BASTEI
LÜBBE

ALLEN STEELE

LABYRINTH der Nacht

Science-Fiction-Roman

ins Deutsche übertragen
von Ralph Tegtmeier

BASTEI
LÜBBE

BASTEI-LÜBBE-TASCHENBUCH
Band 23 141

Erste Auflage:
Juli 1993

Deutsche Lizenzausgabe 1993
Bastei-Verlag Gustav H. Lübbe
GmbH & Co., Bergisch Gladbach
Originaltitel: Labyrinth of Night
Lektorat: Reinhard Rohn
Titelillustration: Bob Eggleton
Umschlaggestaltung:
Quadro Grafik, Bensberg
Satz: KCS GmbH,
Buchholz/Hamburg
Druck und Verarbeitung:
Brodard & Taupin, La Flèche,
Frankreich
Printed in France

ISBN 3-404-23141-4

Dieser ist für Frank Jacobs …
Der sich nicht mit einem Nein begnügte

Danksagung

Der Autor möchte folgenden Personen für ihre Unterstützung bei Recherche und Entwicklung dieses Romans danken: Koji Mukai, Tom Scheelings, Randy Kennedy, Phil Unger, Bob Liddil, Gardner Dozois, Sheila Williams, James Patrick Kelly, Kent Orlando, Doug Ferguson, Malcolm Hopker, Mike Nugent, Garry Freeman und Bob Eggleton. Dankbar bin ich auch für die nachhaltige Unterstützung durch Deborah Beale, Charon Wood, Ginjer Buchanan, Susan Allison, Carol Lowe, Martha Millard und Shelly Powers. Besonderer Dank gilt, wie immer, auch meiner Frau Linda.

Der größte Teil der naturwissenschaftlichen Grundlagen und der Extrapolation technologischer Entwicklung stützt sich auf die veröffentlichten Beiträge der ersten drei ›Case for Mars‹-Konferenzen, die zwischen 1981 und 1987 an der Universität von Colorado in Boulder abgehalten wurden; der Rest stammt überwiegend aus solch unterschiedlichen Quellen wie Texten zur Raumwissenschaft und Astronomie, Zeitungsmeldungen und interessanten Modellbaukästen. Die umstrittenste Quelle dieses Romans aber ist zugleich der Zündfunken zu seiner Grundidee gewesen: das sogenannte ›Gesicht‹ und die nahegelegene ›Stadt‹ in der Region Cydonia auf dem Mars.

Die meisten Einzelheiten über diese vorgeblichen ›Alien-Kunstwerke‹ stammen aus zwei Büchern zum Thema: *The Monuments of Mars* von Richard C. Hoagland und *The Face on Mars* von Randolfo Rafael Pozos. Während einige der Theorien und Mutmaßungen über die Cydonia-Anomalien in diesen Roman eingeflossen sind, wurden andere wiederum ausgelassen, und nicht wenige von ihnen sind allein das Produkt der Phantasie des Autors.

Im wirklichen Leben hat man für die Merkwürdigkeiten, die 1976 von der *Viking*-Sonde der NASA fotografiert wurden, entweder die Anerkennung als sicheren Beweis für extraterrestrische Intelligenzen gefordert oder sie als wirrste Pseudowissenschaft abgetan. Die Wahrheit liegt wahrscheinlich irgendwo zwischen Fakten und Phantasie. Das endgültige Urteil ist noch nicht gesprochen, und vielleicht wird es auch erst zu fällen sein, wenn die erste bemannte Expedition in die Region Cydonia stattgefunden hat. Wir können nur hoffen, daß wir das noch erleben werden.

Im vorliegenden Werk werden das Gesicht und die Stadt so behandelt, als existierten sie wirklich, doch sollte man dies nicht als begeisterte Unterstützung der Theorien vom ›Marsgesicht‹ mißverstehen; der Autor behauptet weder daran zu glauben, noch es nicht zu tun. Es ist dies tatsächlich ein Werk der Science *Fiction*, nicht mehr und nicht weniger.

Ihre Übernahme der zugrundeliegenden Prämisse ist mir ebenso willkommen wie Ihre skeptische Betrachtung derselben.

September 1987 – Dezember 1991
Rindge, New Hampshire
Sanibel, Florida
St. Louis, Missouri

Prolog

Niemand hätte in den letzten Jahren des neunzehnten Jahrhunderts geglaubt, daß diese Welt aufmerksam und scharf von Intelligenzen beobachtet wurde, die größer waren als die des Menschen und doch ebenso sterblich; daß die Menschen, während sie ihren verschiedenen Geschäften nachgingen, beobachtet und studiert wurden, vielleicht ebenso eindringlich, wie ein Mann mit einem Mikroskop die vergänglichen Kreaturen untersuchen mag, die in einem Wassertropfen umherschwärmen und sich vermehren ... doch über die Kluft des Weltalls hinweg musterten Geister, die sich zu unseren verhalten wie unsere zu jenen sterbender Tiere, gewaltige und kalte und unwohlwollende Intellekte diese Erde mit neidischen Augen und schmiedeten selbstsicher ihre Pläne gegen uns ...

Krieg der Welten (1897)
H. G. Wells

Station Cydonia,
Mars: 6. Juli,
09.45 MCM
(Zentraler Marsmeridian),
2029

Hal Moberly trat vorsichtig auf ein rundes Steinstück vor einer roten Tür tief unter der Marsoberfläche, schloß die Augen und erwartete den Tod. Statt dessen schob sich die Tür knirschend beiseite, auf Schienen gleitend und von Zugwinden bewegt, die mindestens so alt waren wie die überlieferte Geschichte des Menschen. Als er die Tür hörte, schlug der NASA-Mitarbeiter die Augen auf und atmete tief durch. Hinter der geöffneten Tür, jenseits des Lichtovals seiner Lampe, lag die Dunkelheit des Raums C4-20.

»Gott sei Dank«, murmelte er. »Ich bin noch da.«

Shin-ichi Kawakami beobachtete das Geschehen vom Überwachungszentrum der Station Cydonia aus, die außerhalb der Stadt auf der felsübersäten, windzerfurchten roten Ebene lag. Um ihn herum saßen die anderen Mitglieder der Mannschaft über ihre Stationen gebeugt und konzentrierten sich auf die Instrumente. »Verstanden, Hal«, antwortete der japanische Exobiologe. »Bleiben Sie ein paar Augenblicke in der Tür stehen, damit der Sensorpack den Raum abtasten kann.«

Neben Kawakami verfolgte Paul Verduin den Radar im Sensorpack von Moberly – ein unförmiges Paket, das auf der rechten Schulter des Schutzanzugs befestigt war –, wie er das Innere von Raum C4-20 ausmaß. Die Daten des Radargerätes wurden direkt in Verduins Computer gespeist, der daraus ein dreidimensionales Abbild von C4-20 errechnete und auf den Schirm überspielte. Der neue Raum war 40 Fuß lang, 21 Fuß breit und 8 Fuß hoch. In dieser Kammer schien es keine Einrichtung zu geben, doch der holländische Astronom bemerkte, daß der Computer die Wände als unregelmäßig, geriffelt und uneben dargestellt hatte.

An ihrer Station hinter ihnen überwachte Tamara Isralilowa

die internen Monitore der Rüstung. Moberlys Hoplite-II-Rüstung war weniger ein Kleidungsstück als ein Vehikel. Der Hoplite-Anzug, der aus der Militärpanzerung amerikanischer und russischer Schwerinfanteristen weiterentwickelt wurde, wog eine halbe Tonne und glich einem Ei mit halbrobotischen Armen und Beinen. In seinem kokonähnlichen Inneren war Moberlys Körper von Biosensoren bedeckt.

»Atmung, EKG, Blutdruck, Alpha-Hirnwellen – alles steigt«, meldete die russische Ärztin. »Er ist extrem nervös, Dr. Kawakami.«

»Spritzen Sie ihm nichts, Tamara«, erwiderte Kawakami. »Es ist mir lieber, wenn er an diesem Punkt nervös ist als somnambul.« Er blickte Verduin über die Schulter. »Was ist dort drin, Paul?«

Verduin schüttelte den Kopf. »Sieht nach einer normalen Kammer aus, nur daß die Wände unregelmäßig zu sein scheinen. Klumpig. Und schauen Sie sich dies hier an.« Er zeigte auf den Spektrographieausdruck. »Metall, kein Gestein. Irgendeine leichte Aluminium-Stahl-Legierung. So etwas ist uns bisher noch nicht begegnet.«

Macht es nicht so spannend, Jungs. Moberlys Stimme ertönte in ihren Kopfhörern. *Gibt es hier irgendwelche Sprengfallen?*

Kawakami und Verduin sahen sich an. Eine überflüssige Frage. Bisher war jeder Raum des Untergrundlabyrinths mit Sprengfallen versehen gewesen, und eine Person war auch bereits ums Leben gekommen. Moberly wollte in Wirklichkeit fragen, ob dort etwas war, was ihn auslöschen würde, sobald er die neue Kammer betrat. Verduin zuckte mit den Schultern, dann schüttelte er den Kopf. »Gehen Sie weiter, Hal«, sagte Kawakami. »Machen Sie zwei Schritte in den Raum und bleiben Sie stehen. Und verstärken Sie die Intensität Ihrer Weißlichtstrahlung etwas, damit wir ein gutes Bild empfangen.«

Als Moberly durch die Tür in den Raum C4-20 trat, hellte sich das Fernsehbild aus seiner Brustkamera auf. Kawakami und Verduin musterten den Bildschirm zwischen ihren Stationen. Die Wände, mit ihrem Farbton von poliertem Kupfer, wiesen komplizierte Muster auf, verwobene Wirbel und Strudel wie von einer Laubsäge gefertigt. Sehr seltsam. Auch andere

Kammern im Labyrinth hatten Wandmusterungen aufgewiesen, doch keine so komplex oder umfangreich wie diese. Die Kamera schwenkte zur gegenüberliegenden Wand und hielt an. *Hey!* schrie Moberly. *Seht ihr das?*

»Ja, wir können es erkennen«, erwiderte Verduin aufgeregt. Isralilowa drehte sich zum Monitor um. Nachdem sie den Bildschirm einen Augenblick gemustert hatte, gewährte sie Kawakami eines ihrer seltenen Lächeln.

Was sie an der letzten Wand zu sehen bekam, war tatsächlich gar nichts: Die gegenüberliegende Wand hatte keine Tür.

»Das ist es«, flüsterte Kawakami. »Das Ende.«

Dann sah Verduin auf seine Konsole und hörte auf zu grinsen. Er legte die Linke über sein Kehlkopfmikrofon und zeigte auf seinen Schirm. Kawakami sah ebenfalls hin und spürte, wie sich seine Heiterkeit verflüchtigte.

»Elektromagnetisches Rauschen«, flüsterte Verduin. Eine vom Computer erzeugte rote Linie in einem seiner Schirmfenster hatte kürzlich in der Kurvenmitte einen Stachel entwickelt. Bevor Kawakami etwas fragen konnte, gab Verduin ihm die Antwort, indem er auf eine gleichmäßigere blaue Linie unterhalb des roten Ausschlags zeigte. »Das ist seine Anzugspannung. Die rote Linie weist auf eine äußere Quelle hin. Der Stoß kam im selben Augenblick, als er den Raum betreten hat. Ich kann die Quelle nicht isolieren, aber er stammt mit Sicherheit aus dem Inneren von C4-20.«

Sie vernahmen ein vertrautes knirschendes Geräusch in ihren Kopfhörern, vom Außenmikrofon des Panzers übermittelt. Alle hoben den Kopf. *Die Tür schließt sich,* meldete Moberly. *Da legt sie los.* Das Fernsehbild auf dem Monitor machte einen plötzlichen Ruck, als sich Moberly umdrehte, und gab nun die Tür zum Korridor wieder, die sich schnell zuschob. Moberly sprang einen Schritt vor, doch die Tür hatte sich schon versiegelt, bevor er sie erreichte.

Die ganze Mannschaft im Modul atmete tief durch. Zwar hatte jedermann damit gerechnet, daß der neue Raum sich wieder versiegeln würde, nachdem Moberly eingetreten war, dennoch schwante ihnen Unheilvolles. Hal hielt offensichtlich seine Furcht streng im Zaum – mit der professionellen Kälte eines

Wissenschaftlers und Forschers, typisch für einen Mann, der sich ein eingerahmtes Bild von Sir Richard Burton über die Pritsche gehängt hatte –, doch die Leute am anderen Ende seiner Funkverbindung waren hochgradig angespannt.

Sie erinnerten sich, was mit Valery Bronstein geschehen war ... und sie waren sich nur zu sehr des einsamen Grabes bewußt, das auf dem Hügel hinter der Station lag.

Trotzdem, dachte Kawakami, wenn wir jetzt in Panik geraten, wird das Hal auch nicht guttun. »Also schön«, sagte er. »Es weiß, daß er dort drin ist.« Seine Finger fanden die Tastatur auf seinem Schoß, und er gab zwei Zahlen ein. Arthur Johnson und Miho Sasaki, der amerikanische und der japanische Co-Leiter der Expedition, standen einsatzbereit im Korridor vor C4-20. »Team Lima-Zwo, können Sie uns empfangen?«

Wir sind hier, Shin-ichi, Arthur Johnsons Stimme klang angespannt. *Die Tür hat sich gerade geschlossen. Was geht dort drin vor?*

Kawakami wollte gerade antworten, als ein anderes Geräusch die Verständigung übertönte: keine Statik, nicht das übliche Knistern elektromagnetischer Interferenzen von der Pyramide. Rhythmische Laute, so natürlich und doch auch unerwartet wie Kojotengeheul in der Mitternachtswüste. »Hören Sie«, sagte Isralilowa. »Das ist doch nicht zu glauben!«

»Pst!« zischte Kawakami. Musik. Formlos und willkürlich, sogar schneidend, aber unzweifelhaft Musik, die sich aus den fremden Höhlen erhob wie die mürrischen Riffs eines Jazzers in einer U-Bahn, als würde dort draußen irgendwo in der Kammer ein Avantgarde-Musiker lauern. Gespenstisch, doch irgendwie passend ... und nichtsdestoweniger bedrohlich.

Bekommt ihr das mit? fragte Hal Moberly.

Kawakami griff an das CD-ROM-Deck über seiner Konsole. »Wir zeichnen es auf, Hal«, erwiderte er. »Bleiben Sie in Bereitschaft. Warten Sie auf unser nächstes Signal.«

Der Chefwissenschaftler der Mannschaft hegte keine Zweifel, was diese Klänge zu bedeuten hatten. Irgendwie mußte dies die letzte Prüfung des Labyrinths sein. Und doch war es etwas gänzlich Neues. Bis zu diesem Zeitpunkt war alles, was sich unter der Pyramide C-4 befand, eine Frage von mathematischen Gleichungen und gesundem Menschenverstand gewesen. Doch wie sollte man ein Stück Musik, ob fremdartig oder nicht, dazu bringen, sich zu einer eindeutigen Aussage zu bekennen?

Kawakami sah Verduin an. Der andere Wissenschaftler fing seinen Blick auf, schaute zurück auf seine Konsole, dann schüttelte er stumm den Kopf. Instinktiv hatten sie beide die nackte Wahrheit erkannt, wenngleich keiner von ihnen den Mut aufbrachte sie offen auszusprechen.

Hal Moberly würde nicht mehr lebend aus C4-20 herauskommen. Und es gab nicht das geringste, was sie dagegen unternehmen konnten . . .

Waterville,
New Hampshire:
31. August,
17.30 EST,
2029

Die Blackhawk war ein älterer Helikopter, der kurz vor der Ausmusterung stand, von der Regierung aber immer noch für unbedeutendere Gelegenheitsaufträge eingesetzt wurde. Man hatte die militärischen Abzeichen entfernt, und so war sie dazu geeignet, Dick Jessup aus Zentralmassachusetts nach Waterville Valley zu fliegen. Als Jessup gefragt hatte, weshalb er nicht einfach mit dem Wagen zum Konzertplatz fahren könnte, hatte der Hubschrauberpilot ihn angegrinst. »Ich glaube nicht, daß Sie das tun sollten, Sir«, hatte Lieutenant Orr erwidert.

Und jetzt, nach einem einstündigen Flug vom städtischen Flughafen Worcester zu dem Ausflugsort, sah Jessup den Grund dafür. Der Verkehr auf den Autobahnen nach Waterville Valley staute sich meilenweit, blieb in den Ausläufern der White Mountains stecken. Eine geschätzte Menge von siebzigtausend Musikliebhabern umringte die riesige Freilichtbühne des *New England Bluegrass and Jazz Festival.* Orr flog einen Bogen um die riesige Masse aus Menschen, Zelten und Automobilen, bis er die Blackhawk auf einen Landeplatz aus gestampftem Erdreich im Inneren des eingezäunten Hinterbühnentrakts landete. Ein paar Roadies eilten herbei, um Jessup in Empfang zu nehmen, als er aus der Maschine stieg, um wieder zurückzuweichen, verwirrt, weil der einzige Passagier des Hubschraubers kein Künstler war. Einer von ihnen betätigte sein Armbandfunkgerät, und wenige Minuten später kam der Bühnenmanager in der Überzeugung heranstolziert, daß Jessup nur ein reicher Schnorrer sein konnte. Es dauerte eine Weile, bis Jessup den Disput beigelegt hatte; erst nachdem der Bühnenmanager mit dem Marketingchef telefoniert und sich hatte bestätigen lassen, daß Jessup als geladener Gast hier war, beruhigte er sich wieder. Jessup war erleichtert; er hatte seinen Regierungsausweis nicht vorzeigen wollen. Das hätte den Streit zwar abgekürzt, gleichzeitig aber auch unangenehme Fragen entstehen lassen.

Andererseits schien der Bühnenmanager irritiert zu sein, daß er Jessup nicht einfach von seinen Ordnern festnehmen lassen konnte. »Schaffen Sie bloß Ihren Vogel da weg!« bellte er und deutete dabei auf die Blackhawk. »Hier fliegen immer noch Leute an.«

»Okay«, erwiderte Jessup. »Können Sie mir sagen, wo Ben Cassidy ist?«

»Auf der Bühne. Sie können mit ihm sprechen, wenn sein Auftritt beendet ist. Und nun bringen Sie gefälligst den Chopper weg!«

Jessup winkte Orr zu und zeigte ihm den emporgereckten Daumen, da wies der Pilot auf seine Uhr und hob zwei Finger. Zwei Stunden. Das genügte. Jessup nickte, und die Blackhawk hob sich wieder in den klaren Augusthimmel. Jessup wollte sich wieder zum Bühnenmanager umdrehen, doch der schritt soeben davon, um jemand anderen anzuschnauzen. Jessup fragte sich, ob der Mann sich wohl jemals die Konzerte auch anhörte, die er beaufsichtigte, oder ob er vielleicht nur in diesem Geschäft war, weil es ihm einen Vorwand bot, sich als hartgesottener Bursche zu geben.

Jessup fand den Weg zur Bühne und stieg die Stufen zu dem

kleinen Stück zwischen einem Stapel aus Zubehörkisten und einem Tisch, der mit zusammengefalteten Pausenhandtüchern und Flaschen mit Mineralwasser bedeckt war. Um ihn herum eilten Roadies und verschiedene Beobachter hin und her; er fühlte sich in seinem beigefarbenen Anzug mit Krawatte fehl am Platz, unter den vielen Jeans und T-Shirts, die für diese Versammlung am Labor Day die Uniform darstellten. Er sah viel zu sehr nach einem Regierungsbeamten in offizieller Regierungsmission aus. Die Leute scheuten vor ihm zurück, als wäre er ein Steuerfahnder, der die Kasseneinnahmen überprüfen wollte. Jessup war sich sicher, daß es keinen Unterschied gemacht hätte, wenn er sich als NASA-Beamter ausgewiesen hätte. Nicht bei der in letzter Zeit immer stärker werdenden Stimmung gegen die Raumfahrt . . .

Er richtete seine Aufmerksamkeit auf die einsame Gestalt auf der Bühne: ein stämmiger Mann, der auf einem hölzernen Schemel saß und Jessup den Rücken zukehrte. Ben Cassidy trat solo auf, wie üblich, ohne jede Bandunterstützung. Er war ein Mann in den mittleren Jahren – mit dünner werdendem Haar und grauem Bart, mit dem gefurchten und von buschigen Augenbrauen beherrschten Gesicht eines Hafenarbeiters, der zum Wandermusiker geworden war. Er trug bauschiges Kattunzeug, die Ärmel bis zu den Ellenbogen hochgeschlagen, und saß gebeugt über den Tasten und den digitalen Verzerrerknöpfen einer elektronischen Gitarre von Yamaha.

Es schien Jessup unmöglich, daß eine einzige Person den riesigen Ozean von Gesichtern unterhalten könnte, der sich an der Küstenlinie der Bühne brach, er glaubte, daß seine Musik in der Flut der Menschlichkeit ertrinken müßte. Doch während Cassidy spielte, merkte Jessup, wie er mit dem Strom verschmolz: mit der Menge, mit der Hitze des Mitnachmittags, vor allem aber mit der Musik, die aus Cassidys Gitarre hervorströmte. Er beendete gerade ein Bluesstück – Jessup, der in seiner Collegezeit für eine Weile ein Bluesfan gewesen war, erkannte es undeutlich als *My Dog Can't Bark, My Cat Can't Scratch* von Muddy Waters wieder – und ging soeben in eine freie Improvisation über.

Je länger Jessup zuhörte, um so faszinierter wurde er. Zuerst schien es, als würde Cassidy einfach nur wild herumzupfen, ziellos dieselben paar Akkorde schlagen. Dann fügte er dem Baßrefrain ein Tastensolo hinzu und begann mit einem Dialog zwischen den beiden Akkordsätzen, hin und her wechselnd wie ein Schauspieler, der allein ein Gespräch zwischen zwei Personen darstellte. Als es schon unmöglich schien, daß Cassidy es noch sehr viel länger durchstehen würde, fügte der Musiker noch einen dritten Refrain hinzu, ein trällerndes Gitarrenriff, das er in das Gespinst der Noten einflocht. Die Zuschauer in der Nähe der Bühne, die diesem Auftritt wie elektrisiert lauschten, begannen zu schreien und zu klatschen, doch der über sein Instrument gebeugte Cassidy blickte nicht auf, schien nicht einmal zu bemerken, daß er ein Publikum hatte.

Als Jessup lauschte und zusah, fiel ihm plötzlich wieder ein, weshalb er geschickt worden war, um Cassidy zu rekrutieren. Er hatte die Bandaufzeichnungen von Hal Moberlys Begegnung mit Raum C4-20 gehört. Jessup hatte sich gefragt, ob Arthur John verrückt geworden sei, als er Cassidys Namen vorgeschlagen hatte; es war ihm unwahrscheinlich erschienen, daß der Wissenschaftler auf Station Cydonia etwas anderes haben wollte als einen weiteren Wissenschaftler. Doch nun, als er Cassidys Gitarre hörte, begann Jessup es zu verstehen. Sein improvisierter Stil wies eine beunruhigende Ähnlichkeit mit der Musik von Raum C4-20 auf.

Jessups rechte Hand fuhr unwillkürlich auf die Innentasche seines Jacketts zu, als er sich auch schon wieder bremste. Die darin befindliche, zusammengefaltete Nachricht mußte warten, bis er Cassidy nach seinem Gig hinter der Bühne zu sprechen bekam. Plötzlich empfand Jessup Abscheu gegen sich selbst. Er hatte Cassidys Personalakte studiert, wußte, daß der Musiker zum Zweiten Golfkrieg eingezogen worden war. Niemand sollte zweimal eingezogen werden . . .

Doch es gab keine andere Wahl. Das letzte Rätsel des Labyrinths mußte gelöst werden. Um jeden Preis.

Cassidy beendete sein Instrumentalstück, und als die Menge außer Rand und Band geriet, stand er einen Augenblick auf, um sich kurz und feierlich zu verbeugen. Als er dabei einen Blick nach hinten warf, sah er Jessup in den Kulissen stehen.

Ihre Blicke trafen sich. Jessup bemerkte die kühle, abschätzende Musterung, die herabgezogenen Mundwinkel im Bart. Dann widmete Cassidy sich wieder seiner Gitarre und seinem Publikum.

Nachdenklich wärmte er sich mit ein paar Noten auf, um dann zu seinem nächsten Stück überzugehen. Jessup erkannte es sofort: Es war der *Uncle Sam Blues*.

Kennedy Raumfahrtzentrum,
Cape Canaveral, Florida:
4. Oktober,
08.00 EST,
2029

Der unbemannte Frachtshuttle *Constellation* war schon ein ziemlich alter Vogel, der letzte seiner Bauart. Sie war in den frühen Jahren des dritten Jahrtausends gebaut worden, um die letzten Komponenten der ersten Generation der Station Freedom in den Orbit zu befördern, und war das letzte Exemplar der ›Delta Clipper‹ von Rockwell, das auf die Startrampe gerollt wurde. Ihre Schwesternschiffe befanden sich inzwischen im Nationalmuseum für Luft- und Raumfahrt in Washington, im Besucherzentrum der KSC auf der gegenüberliegenden Seite des Capes und im Marshall-Raumflugzentrum in Huntsville.

Die *Constellation* tat jedoch noch immer ihren Dienst, weil es niemand am Kap übers Herz brachte, den letzten der ›Delta Clipper‹ endgültig einzumotten. Die zweite Generation der McDonnell-Douglas-›Dummies‹ waren zwar effizientere Arbeitstiere, doch gehörten sie überwiegend der Skycorp und anderen Raumgesellschaften, die sie auch betrieben. Obwohl die NASA inzwischen ihre dritte Generation von SSTO-Raumfliegern für die meisten Missionen im Orbit einsetzte, gab es immer noch Bedarf für den größeren Frachtraum der *Constellation*. Doch jedermann am Cape wußte, daß die Tage der *Constellation* gezählt waren; mit neunundzwanzig Jahren war sie schon eine große alte Dame. Noch etwa ein Jahr, dann würde sie ausgemustert werden, würde man ihre wiederverwertbaren Teile ausbauen, dann würde man die leere Hülle mit Shellack überziehen und sie in irgendeiner anderen Institution der NASA auf einen Betonsockel stellen, um sie dort für Touristenschnappschüsse in Stellung zu bringen und Vogelmist auf ihre Außenhülle zu sammeln. Niemand lebt ewig.

Morgen früh würde sie jedoch wieder losfliegen. Zehn Tage zuvor hatte man die *Constellation* auf die Rampe 2-A am nördlichen Ende des Capes gerollt, um sie dort mit Fracht zu beladen und dem üblichen Check vor dem Start zu unterziehen. Ihre Fracht wurde in den Papieren nicht ausdrücklich aufgeführt, auch wurde ihr Ziel im Orbit nicht enthüllt. Flug 29ANM war eine geheime Militärmission für die US Navy, so daß selbst ihre genaue Abflugzeit in Übereinstimmung mit den alten Richtlinien des Verteidigungsministeriums vor der Öffentlichkeit geheimgehalten wurde. Was diesen Flug betraf, galten auf Rampe 2-A scharfe Sicherheitsvorkehrungen.

Ein Fahrstuhl glitt im Kern des rotierenden Wartungsgebäudes hinauf und hielt auf der vierten Ebene; der mit einem Schutzhelm bewehrte Techniker im Käfig mit August Nash zog die Metallgittertür auf und trat beiseite.

»Geradeaus, Colonel Meredith«, sagte er unterwürfig. »Soll ich auf Sie warten, bis Sie mit Ihrer Inspektion fertig sind?«

»Nein«, antwortete Nash. »Danke noch mal ...« Er schob seine Hornbrille zurück und ließ den Blick auf das Namensschild schweifen, das an den Einteiler der Rampenratte geheftet war: *Robillard, J. E.* »... John«, beendete er seinen Satz. »Wenn ich hier fertig bin, nehme ich die Treppe nach unten. Lassen Sie bitte nur einen Jeep für mich zurück, wenn Sie so freundlich wären.«

»Sehr wohl, Sir«, erwiderte Robillard. Nash nickte und wollte gerade aussteigen, als der Techniker ihn zurückhielt. »Entschuldigung, Sir. Ihre Kapuze?«

»Richtig.« Die weiße Nylonkapuze, die hinten an Nashs Einteiler herabhing, der ihn von Kopf bis Fuß kleidete. Nash verwünschte sich stumm. Ein solch kleiner Fehler konnte seine ganze Tarnung auffliegen lassen. Der Einteiler war dazu gedacht, die unberührte Umgebung des RW-Weißraums vor Staubverschmutzung zu schützen. Ein echter Colonel der Air Force würde es besser wissen, als diesen Trakt zu betreten, ohne sich vorher die Kapuze über den Kopf gestreift zu haben.

»Natürlich«, murmelte er. »Entschuldigung.« Er zog die Haube über die Air-Force-Mütze, die sein graugefärbtes Haar bedeckte. Seine falsche Brille mit ihren völlig nutzlosen Gläsern glitt ihm von der Nase und wäre beinahe heruntergefallen; er erwischte sie mit der behandschuhten Spitze seines Zeigefingers und schob sie zurück, dann versiegelte er seine Halsklappe mit dem Klettverschluß. Er stieg aus dem Aufzug, drehte sich um und winkte J. E. Robbillard zu. »Bis bald.«

»Alles klar, Colonel.« Die Rampenratte winkte freundlich zurück und schob dabei mit der Linken das Gitter wieder zu. Als sich der Aufzug dröhnend zurück durch den abschwenkenden Wartungsturm bewegte, machte Nash kehrt und schob sich sanft durch die durchsichtige Klappe der schweren Plastikmembran, die den Weißen Raum isolierte.

Kalte Luft, die nach außen gepumpt wurde, um auf dieser Seite der Membran einen positiven Druck aufrechtzuhalten, strich ihm ins Gesicht. Nach der sengend heißen Temperatur an der Landerampe vor dem RW war sie von willkommener Frische. Unmittelbar vor ihm befand sich eine geöffnete mannshohe Stahlluke: *Seite 4 Tür,* stand auf dem Schild an der Tür. *Rauchen verboten.* Als ob irgend jemand es wagen würde, in dieser unmittelbaren Nähe zu mehr als einer halben Million Liter Flüssigsauerstoff und -wasserstoff in der Antriebseinheit des Shuttle ein Streichholz zu entzünden. Nash trat durch die Luke und erblickte vor sich das Ziel seines Auftrags.

Die lange, senkrecht stehende Schnauze des Frachtdecks der *Constellation* ragte vor ihm auf, reichte bis zu der Abgeschiedenheit des weißen Raums des RW empor. Die Zugangsplattform der Ebene 4 war vom Turm aus verlängert worden, bis sie unmittelbar in den geöffneten Dockluken endete; hier war alles weiß und von spiegelndem Silber, staubfrei und so vollkommen sauber, daß jede Mikrobe an Hunger gestorben wäre. Und dort vorn waren, sicher auf einer Palette im Frachtraum verschnürt, zwei große, pinnenförmige Gegenstände, jeder von ihnen von einem goldenen Schutzfilm überzogen.

Am Rande der Werkplattform kniete ein ebenfalls in einen weißen Einteiler gekleideter Frachttechniker und studierte gerade ein Datenbrett, das er in den Händen hielt. Als Nash durch die Luke trat, blickte er sich zu ihm um; er sprach die naheliegende Frage zwar nicht aus, doch war sie deutlich von seinem Gesicht abzulesen. »Colonel Joel Meredith«, erwiderte Nash forsch. »Vom Raumfahrtkommando der US-Luftwaffe.« Als wenn er jedes Recht hätte, hier zu sein . . . was er im Sinne der Legende ja auch hatte. Mit einem Nicken wies er auf die goldenen Zwillingsuntertassen. »Wie läuft es denn heute so?«

»Hervorragend, Sir.« Eine verunsicherte Pause. »Ganz hervorragend.«

»Sind das die Vögel?«

Der Frachttechniker, ein Schwarzer in den mittleren Jahren, mit kurz gestutztem Bart, wandte den Blick nicht von Nashs Gesicht ab. »Nun«, sagte er wie beiläufig. Vorsichtig faltete er das Datenbrett zusammen. »Das sind sie.«

Der Frachttechniker schien seinem Gast etwas zuviel Aufmerksamkeit zu widmen. Nash ignorierte ihn, obwohl er spürte, wie der Blick des Mannes über sein Gesicht fuhr und eingehend das Ausweisschild musterte. Nash trat ein paar Schritte näher und ließ den Blick dabei die Kabine hinauf und hinunter schweifen.

Trotz der klobigen Isolierung konnte er erkennen, daß es sich bei den beiden im Frachtraum der *Constellation* verstauten Gegenständen um Luftpatronen handelte. Doch war es nicht dieselbe Größe von Luftpatronen, wie sie normalerweise von den OTVs zur Luftbremsung in der Erdatmosphäre oder über eine der anderen, im Tiefenorbit befindlichen Raumstationen verwendet wurden. Die hier waren kleiner; sie hatten eine große Ähnlichkeit mit der äußeren Hüllenform der Marslander. Zwar wies die Schutzfolie Dutzende von mattweißen Aufdrucken auf, die den Treibstoff und die elektrischen Luken kennzeichneten, doch wies nichts davon darauf hin, daß es sich bei ihnen um militärische Raumfahrzeuge handeln könnte. Wenn sein Geheimdienstbericht jedoch stimmen sollte . . .

»Wann haben Sie sich den Schnurrbart abrasiert, Colonel?« fragte der Techniker.

»Bitte?« Nash musterte das Ausweisschild des Mannes – *Humes, T. S.* – und richtete seine Aufmerksamkeit sofort wieder auf die *Constellation*, als würde er die Frage des Technikers ignorieren. Doch das leise Unbehagen, das ihn schon vom ersten Augenblick, als er den Techniker zu Gesicht bekam, befallen hatte, verstärkte sich.

»Als ich Sie das letzte Mal gesehen habe, hatten Sie einen Schnurrbart«, setzte Humes nach. Er zögerte, dann fügte er hinzu: »Vor vier Monaten.«

»Ach, das ist schon eine Weile her«, erwiderte Nash wegwerfend. »War den Suppenfänger leid, das ist alles.«

Das Aktenfoto des Air Force Colonel Joel K. Meredith hatte ihn glattrasiert dargestellt, sonst hätte sich Nash einen Schnurrbart wachsen lassen, da er seinen Auftrag, sich in Rampe 2-A einzuschleusen, schon vor drei Wochen erhalten hatte. Doch Merediths Foto war relativ alt gewesen, es war mindestens sechs Monate zuvor aufgenommen worden. Obwohl Meredith nur selten das Cape besuchte, hatte seine letzte Startvorbereitungsinspektion vor genau vier Monaten stattgefunden. Möglicherweise erinnerte Humes sich wegen eines Schnurrbarts an ihn, den er sich nach der letzten Aktenaufnahme hatte wachsen lassen.

Gewiß, innerhalb von vier Monaten konnte man sich durchaus einen Schnurrbart wachsen lassen und ihn auch wieder abrasieren. Doch auch ohne einen solchen Bart sah Nash Meredith hinreichend ähnlich, um einer Überprüfung standzuhalten; die vorübergehenden Hautanpassungen der Ambulanzärzte bei Security Associates hatten sein Gesicht den Zügen des Colonels angeglichen. Der echte Colonel Joel K. Meredith befand sich praktischerweise mit seiner Familie auf Urlaub in den Smoky Mountains; Beobachtermeldungen zufolge war er erst gestern in seinem Sommerhaus unmittelbar vor Gatlinburg, Tennessee, gesichtet worden. Obwohl Nashs falsches Gesicht und seine gefälschten Ausweise genügt hatten, um ihn ins KSC und hinaus auf Rampe 2-A zur Endinspektion zu führen, wußte er doch, daß es nur einiger weniger Telefonanrufe bedurfte, um seine Tarnung völlig auffliegen zu lassen.

Bisher war zwar nichts vorgefallen, was irgendwelchen Verdacht erregt hätte. Doch falls jemand mißtrauisch werden sollte, und sei es nur für eine Sekunde . . .

Humes richtete sich auf und fuhr sich mit den behandschuhten Händen viel zu beiläufig die Oberschenkel entlang, um die Falten in seinem Einteiler zu glätten. »Na ja, wenn Sie mich einen Augenblick entschuldigen wollen, Colonel . . .«

»Kaffeepause?« fragte Nash. Humes nickte hastig, sein plötzliches Grinsen war ganz offensichtlich falsch. »Klar doch. Gehen Sie nur.«

Nash musterte weiterhin eindringlich die Luftpatronen und gestattete es Humes, vorsichtig an ihm vorbeizugehen. An der Wand hinter ihnen hing ein Telefonapparat; Nash ließ den Techniker die halbe Strecke dorthin zurücklegen, dann wirbelte er herum und hieb dem Mann die rechte Handkante unmittelbar unter das linke Ohr.

Humes sackte auf der Plattform zusammen, der Hieb hatte ihn bewußtlos geschlagen. Nash kniete neben ihm nieder, prüfte seinen Puls, um sicherzugehen, daß er noch lebte, dann zerrte er ihn für den Fall vom Rand der Plattform fort, daß Humes benommen erwachen und in die falsche Richtung losgehen sollte.

Nash verabscheute es, diese Rampenratte auszuschalten; mindestens ein halbes Dutzend schläfriger KSC-Werkschutzwachen hatten Nash allein aufgrund seines gefälschten Ausweises durch die Kontrollposten gewunken, bis diese kleine Rampenratte über die Finte gestolpert war und nur aufgrund der Tatsache etwas unternommen hatte, daß ein Gesicht, das er vor vier Monaten zuletzt gesehen hatte, damals einen Schnurrbart trug. »Man sollte dir eine Gehaltserhöhung geben«, flüsterte er, als er Humes neben dem Feuerlöscher zu Boden gleiten ließ.

Nun tickte eine Zeitbombe. Wenn er Humes nicht umbringen wollte, war es nur noch eine Frage der Zeit, bis der Techniker wieder zu Bewußtsein kam und Alarm schlug. Bis dahin mußte Nash den Kontrollpunkt am Westtor des KSC hinter sich gelassen haben. Doch Robillard hatte ihm unmittelbar außerhalb des Startplatzzauns ein Fahrzeug bereitgestellt, und unter seinem Einteiler trug Nash Straßenkleidung. Mit etwas Glück könnte er in fünfzehn Minuten das Raumfahrtzentrum verlassen haben und sich schon auf der Autobahn nach Titusville befinden, wo der Privatjet der Security Associates ihn bereits auf dem städtischen Flughafen erwartete. Das würde ziemlich knapp werden, aber ...

Nicht darüber nachdenken. Der Auftrag ging vor. Im Rahmen seiner falschen Brille steckte eine winzige Nanokamera, deren Microchips drei Bilder speichern konnten. Doch da er sich inzwischen allein auf der Plattform befand, durfte Nash es riskieren, die 35mm-Miniaturkamera zu verwenden, die er in seiner Jackentasche verborgen hielt; sie hatte eine viel größere Auflösung als die verwaschenen Bilder der Nanokamera. Er öffnete den Reißverschluß des Einteilers und nahm den Taschenrechner heraus, in dem die Kamera verborgen war, dann verbrachte er die folgenden fünfzehn Sekunden damit, die Zwillingsluftpatronen im Frachtdock der *Constellation* hastig zu fotografieren. Das letzte Bild nutzte er zu einem Schnappschuß von Humes – zur eigenen Belustigung wie auch für den unwahrscheinlichen Fall, daß die Leitung einen Beweis dafür verlangen sollte, daß er den armen Mann nicht vom Wartungsturm in den Tod geschoben hatte. Dann verstaute er die Kamera wieder in der Jacke und schloß den Einteiler.

Über die Schulter gewandt warf Nash einen letzten Blick auf die *Constellation*, als er über die Beine des Technikers stieg. Es gehörte nicht zu seiner Aufgabe, sich Gedanken darüber zu machen, was sein Arbeitgeber vorhatte oder welche Gründe der Kunde haben sollte, an bestimmte Informationen zu kommen. Nash war nur ein einfacher Fußsoldat. Eindringen, die gewünschte Info beschaffen und wieder hinausgelangen, ohne erwischt zu werden. Das war alles.

Und doch ...

Der Teil von Nashs Verstand, der einst für die CIA gearbeitet hatte, wollte gern wissen, was an einer gewöhnlichen Fracht so Besonderes dran sein sollte, die, falls seine Instruktionen korrekt waren, für den Mars bestimmt war. Gewiß, die geheimnisvollen Gegenstände waren für die Basis Freedom bestimmt, sie sollten in das nächste hinausfliegende Versorgungsschiff verbracht werden, das an der US-Raumstation andockte. Doch wozu hatten sie ihre eigenen Luftpatronen? Was für eine geheime Fracht beförderte die Luftwaffe zum Mars?

Er eilte durch die Luke und die Plastikmembran und rannte im Dauerlauf die angrenzende Treppe zum Boden des Startrampenturms hinunter. Du wirst es nie erfahren, sagte sich Nash, und es geht dich sowieso nichts an . . .

Zum zweitenmal irrte Nash während dieses Auftrags. Denn für ihn fing alles erst an.

TEIL 1
Red Planet Blues

Station Cydonia,
Mars:
15–16. Juni 2030

»Auch wegen einiger ungewöhnlicher Oberflächenmerkmale ist die Region Cydonia von großem Interesse, Gebiete, wo große Felsblöcke kahl über die sie umgebenden Ebenen emporragen. Einer dieser Blöcke hat eine geradezu gespenstische Ähnlichkeit mit einem Affengesicht. Man hat darin eine Laune der Lichtverhältnisse gesehen. Es wurden aber auch andere Vermutungen geäußert, die sich auf ein anderes Bild aus etwas verändertem Winkel stützen und meinen, daß diese Gestalt durchaus wirklich sei und auf verschiedenste Weise mit nahegelegenen Landschaftsmerkmalen in einem geometrischen Zusammenhang stünde. Zur Erklärung wurde die Deutung vorgeschlagen, daß das ›Gesicht‹ auf dem Mars ein Beleg für die Existenz extraterrestrischer Intelligenzen sei, die in irgendeiner früheren Epoche ein sinnvolles Muster auf der Planetenoberfläche hergestellt hätten. Ob es sich bei der Gestalt um einen Zufall handelt, ob sie künstlich hergestellt wurde oder gar ein weiteres Beispiel für einen anthropomorphen Mars darstellt, läßt sich erst entscheiden, wenn eine der nächsten Marsmissionen das Gebiet erneut und in größeren Einzelheiten untersucht . . .«

Return to the Red Planet (1990)
Eric Burgess

Auszug aus ›Das Labyrinth von Cydonia‹, Neues Sonnensystem (Version 6.0), McGraw Hill Hypertexte (2032)

ROLLTEXT: Die ersten Hinweise dafür, daß extraterrestrische Intelligenz in grauer Vorzeit in das Sonnensystem eingedrungen war, wurden von der Wissenschaft weitgehend ignoriert. Als die Raumsonde *Viking I* der NASA am 20. Juli 1976 ihr Rendezvous mit dem Mars hatte, umkreiste der Orbiter des Raumfahrzeugs den Planeten und führte die bis dahin umfangreichste fotokartographische Erfassung des Mars durch (siehe Kapitel 2). Während des Umlaufs Nr. 35 nahm die Kamera der *Viking* das erste Foto des Gesichts auf, und zwar in der auf der nördlichen Marshalbkugel gelegenen Region Cydonia, am Rande der Planitia Acidalia.

– Bitte Eingabetaste drücken –

(BILD: Die Sonde Viking I bei Anflug und Umkreisung des Mars, überlagert vom ersten unscharfen Foto des Gesichts; Archivbilder von der NASA-Viking-Mannschaft, die sich im kalifornischen Pasadena um die Bildschirme im Jet Propulsion Laboratory schart.)

ROLLTEXT: Obwohl die Bildauswertungsmannschaft der *Viking* das Gesicht sofort bemerkte, tat man es als natürliche Formation ab, die durch Winderosion entstanden sei. Einige wenige Wissenschaftler und irdische Forscher gingen der rätselhaften Aufnahme 35A72 jedoch nach. Sie bildeten das sogenannte Unabhängige Marsuntersuchungsteam, dessen Dutzend Mitglieder eine unpopuläre Frage stellten: War das Gesicht ein Beweis dafür, daß der Mars einst von einer raumfahrenden interstellaren Zivilisation besiedelt wurde?

– Bitte Eingabetaste drücken –

(BILD: Region Cydonia aus dem Orbit betrachtet; Strichdiagramm wird über das Foto geblendet, um die Verbindung zwischen Schlüsselobjekten zu veranschaulichen; Vergrößerungsausschnitt von Einzelheiten der Montage.)

ROLLTEXT: Die inoffizielle Gruppe untersuchte die *Viking*-Fotos der Region Cydonia für weitere zehn Jahre, inzwischen durch ein computererzeugtes Auswertungssystem unterstützt, das die Bezeichnung SPIT oder Starburst Pixel Interleaving Technique trug (siehe Anhang 2). Dabei machten sie eine Reihe faszinierender Entdeckungen. 11,2 Kilometer westlich des Gesichts schien es eine Stadt zu geben, die aus vier Hauptpyramiden bestand, welche rechtwinklig zu einer Gruppe von 4 mal 8 Kilometern Länge um einen Mittelplatz angeordnet waren. Einige Kilometer südlich des Gesichts wurde ein weiteres großes Gebäude entdeckt, das von der Gruppe auf den Namen ›D&M Pyramide‹ getauft wurde, nach Vincent DiPietro und Gregory Molenaar, den Entdeckern der Pyramide. Wie die Stadt schien auch sie in einer Verbindungslinie zum Gesicht zu stehen. Da die D&M Pyramide an ihrer Nordostseite eine uneben konturierte ›fünfte Seite‹ zu besitzen schien, gewann man den Eindruck, daß ein großer Riß eine Seite der Pyramide spaltete, der möglicherweise von einem Meteoreinschlag verursacht worden war. Verband man die Stadt, die D&M Pyramide und das Gesicht miteinander in gedachten Linien, so ergaben sich zwei rechte Winkel – ein Dreieck –, somit also weitere Beweise dafür, daß diese Formationen künstlichen Ursprungs waren. Darüber hinaus stellte die Gruppe durch Berechnungen fest, daß der Sonnenaufgang auf dem Mars zum Zeitpunkt der Sonnenwenden unmittelbar östlich des Gesichts stattfand, so daß man die Sonne vom Stadtplatz aus über dem Gesicht aufgehen sehen konnte.

– Bitte Eingabetaste drücken –

(BILD: Verschiedene Fotos und Filmausschnitte: Zusammenkunft im Verlauf der ersten ›Marskonferenz‹ in Boulder, Colorado; Deckblatt eines Berichts mit dem Titel Ungewöhnliche Oberflächenmerkmale auf dem Mars; *Radioteleskop auf einem Berg; Schlagzeile einer Supermarktillustrierten, Weekly World News:* »DAS MARSGESICHT – NEUER SHOCKER!«

ROLLTEXT: Das unabhängige Forschungsteam veröffentlichte seine Ergebnisse in den 80er Jahren, traf dabei aber nur auf Skepsis bei der Mehrheit der wissenschaftlichen Gemeinde. Obwohl die Frage nach der Möglichkeit extraterrestrischer Intelligenzen durchaus diskutiert und erforscht wurde, konzentrierte sich der größte Teil der SETI-Forschung hauptsächlich darauf, die Funksignale ferner Sonnen zu orten, so beispielsweise das Projekt META in Harvard, Massachusetts (siehe

Kapitel 15). Die meisten Experten hielten die Vorstellung für lächerlich, daß es in unserem eigenen Sonnensystem Beweise für die Existenz von E.T.s geben könnte. Zu ihrem Unbehagen mußte die Gruppe miterleben, wie sich das Medieninteresse an dem Gesicht hauptsächlich auf Schlagzeilen in den bunten Blättern beschränkte, zusammen mit Berichten über Sichtungen des Schneemenschen und Meldungen über die Rückkehr von Elvis Presley in einem UFO.

– Bitte Eingabetaste drücken –

(BILD: Filmaufnahme einer CES-Proton-Rakete beim Start von einer Rampe; Animationsgrafik von unbemannten russischen und amerikanischen Sonden beim Eintritt in den Marsorbit; Archivbild von der Montage der ersten bemannten amerikanisch-russischen Expedition im Tiefenorbit über der Erde in der Nähe der Station Freedom; Archivbild von der Freisetzung der Landefahrzeuge aus der H. G. Wells über dem Mars; Filmaufnahmen von der Montage der Station Arsia in der Region Tharsis.)

ROLLTEXT: Während die Verfechter der Gesichtstheorie auf eine Rückkehr auf den Mars drängten, um das Geheimnis der Region Cydonia zu lösen, wurde die Marserforschung schließlich in den letzten Jahren des zwanzigsten Jahrhunderts durch die Vereinigten Staaten und die Gemeinschaft Unabhängiger Staaten wieder aufgenommen. Unbemannte Sonden, darunter die Probenbeschaffungsmission der NASA, führten zum Internationalen Marsprojekt, das am 12. August 2020 einen Menschen auf den roten Planeten beförderte (siehe Kapitel 2). Station Arsia, die erste dauerhaft bemannte Basis, wurde von der ersten Expedition unmittelbar südlich des Äquators, etwa 7000 Kilometer von Cydonia entfernt, errichtet. Doch die ersten Missionen hatten eher international-politische Anliegen als die wissenschaftliche Forschung zum Inhalt, und das Rätsel von Cydonia genoß weiterhin nur eine niedrige Prioritätsstufe. Selbst nachdem schließlich Menschen dauerhaft auf dem Mars stationiert waren, sollte es noch weitere acht Jahre dauern, bis die Kontroverse durch den ersten menschlichen Besuch der Region Cydonia endgültig beigelegt wurde.

– Bitte Eingabetaste drücken –

1 Die Shinseiki

Eineinhalb AEs von der Sonne entfernt gleitet der Mars durchs All, eine rostfarbene Wüstenwelt, die zwischen der ruhigen blaugrünen Schönheit der Erde und dem gewaltigen bunten Mahlstrom des Jupiter gefangen ist. Auf der Erde herrscht in der nördlichen Hemisphäre Frühsommer, doch auf dem Mars ist der Sommer in den nördlichen Breitengraden beendet; gefrorenes Kohlendioxyd und Wasser haben zu einer erneuten Ausdehnung der kleinen weißen Eiskappe am Nordpol des Planeten geführt, während südlich des Äquators hoher Frühling herrscht und die Eismassen des Südpols fast völlig abgeschmolzen sind.

Als die Sonne über dem Zentralmeridian aufsteigt, läßt der Wasserdampf dünne, filmige Wolken in den riesigen Schluchten der Valles Marineris entstehen, die vom neuen Tag schnell verdunstet werden. Kurzzeitig erheben sich Winde, schleudern roten Sand in die spärliche Atmosphäre, bis sie sich wieder zögernd legen, wenn auch nur für eine Weile. Der Mars ist eine schlummernde Welt, die sich langsam aus ihrer Ruhe löst; wenn sich der Herbst auf die nördliche Hemisphäre legt und die Tage kälter werden, wird der rote Planet keine längeren Schläfchen mehr halten können. Schon bald werden die Sandstürme beginnen und riesige Schleier aus scharlachrotem, vom Wind aufgewirbelten Sand werden einen großen Teil der Welt bedecken, werden sogar den Hochkrater des Mons Olympus verschleiern, den großen Schildvulkan hoch im Nordosten der Valles Marineris.

Der Marstag dauert etwas länger als der irdische: vierundzwanzig Stunden, neununddreißig Minuten und fünfunddreißig Sekunden. Das ist eine der wenigen wirklichen Ähnlichkeiten zwischen den beiden Welten. Die Atmosphäre des Planeten besteht hauptsächlich aus Kohlendioxyd und hat auf der Planitia Amazonis eine Dichte von sieben Millibar, verglichen mit der Dichte der Erdatmosphäre, die eintausend Millibar auf Meereshöhe beträgt. Der Mars besitzt keine ›Meereshöhe‹; seine Meere und Ozeane sind vor Jahrmillionen verdampft, und das Fehlen atmosphärischen Drucks hat zur Folge, daß freistehende Gewässer hier einfach nicht existieren können. Hochsommer am Marsäquator bedeutet einen Anstieg der Bodentemperatur auf sengende 16,7° C; im Winter kann die Temperatur am Nordpol unter -77° C sinken.

Vor langer Zeit machte ein inzwischen fast völlig vergessener amerikanischer Vizepräsident namens Daniel Quayle in einem Fernsehinterview folgende Bemerkung über den Mars: »Der Mars befindet sich im wesentlichen in der gleichen Umlaufbahn. Der Mars ist ungefähr gleich weit von der Sonne entfernt, was sehr wichtig ist. Wir haben Aufnahmen gesehen, die Kanäle zeigen und, wie wir glauben, Wasser. Wenn es dort Wasser gibt, heißt das, daß es auch Sauerstoff gibt. Gibt es Sauerstoff, bedeutet das, daß wir dort Atemluft vorfinden werden.« Dan Quayle war dumm. Der Mars ist kein Zwillingsbruder der Erde mit einem großen Hautproblem. Dies ist eine kalte Welt. Dies ist eine harte Welt.

Aber es ist ganz gewiß keine unbelebte Welt.

In sechzig Millionen Kilometer Entfernung von der Erde bahnte sich die *SS Shinseiki*, das Kreisschiff der NASDA/UCHUHIKO seinen Weg auf der letzten Strecke ihres Flugs in Richtung Mars, drehte sich anmutig wie ein dreiflügliger Wetterhahn auf ihrer Mittelachse.

Neun Monate zuvor hatten drei interplanetare Fahrzeuge ihre nuklearen Thermalaggregate angeworfen und sich aus der Umlaufbahn der Erde gelöst, um auf identischen ballistischen Bahnen dem roten Planeten entgegenzufliegen. Nachdem sie den Sog der Erdschwerkraft hinter sich gelassen hatten, jenseits der Mondumlaufbahn, hatten die Fahrzeuge im leeren Raum ein Rendezvousmanöver vollzogen. Die drei Schiffe waren an ihren am Bug befindlichen Mehrfachdockadaptern angekoppelt, so daß jedes Fahrzeug in einem Winkel von 120 Grad zum nächsten lag und sie einen Speichenkreis von 60 Meter Durchmesser bildeten. Lange Hitzeradiatoren entfalteten sich und fuhren wie eine Ziehharmonika aus den Speichen hervor, und Reaktionskontrolldüsen feuerten, um das Speichenrad in Uhrzeigerdrehung zu versetzen, damit innerhalb der beiden zylindrischen Aufenthaltsmodule hinter den an jeder Speiche befindlichen Solarwärmeschüsseln ein Drittel Erdgravitation erzeugt wurde.

So entstand die *Shinseiki* einmal mehr, wie es schon zweimal zuvor geschehen war. An anderen Punkten der riesigen Entfernung, die Erde und Mars voneinander trennte, durchliefen ihre beiden Schwesternschiffe gerade ihre eigenen Phasen ihres jeweiligen Marsflugs. Die *USS Percival Lowell*, das von der Skycorp betriebene amerikanische Schiff, befand sich auf dem langen, einsamen Rückflug von dem roten Planeten. Die *SS Sergej Korolew*, das GUS-Schiff, das gemeinsam von Glavkosmos und Arianespace betrieben wurde, wurde auf der Raumstation Mir in die Erdumlaufbahn gerade auf den nächsten Start vorbereitet. Alle fünf bis zehn Monate, abhängig von den orbitalen Konjunktionen der beiden Planeten, kehrt ein anderes Rundflugschiff zum Mars zurück, so daß sie zu dritt eine lange, wiederkehrende Brücke zwischen den Welten herstellten. Diesmal war die *Shinseiki* an der Reihe, den Planeten des Kriegsgotts aufzusuchen.

Bei diesem Besuch jedoch führte die *Shinseiki* mehr als nur Entsatzmannschaften, Nahrungsmittel, Ersatzteile und Post mit sich. Auf dem Stasideck B im Modul 2 verabreichte man gerade fünf Männern Medikamente, um sie aus ihrem langen Schlaf zu wecken. Über ihnen, auf der anderen Seite der langen Trasse der Speiche 2, mit schützendem Goldfilm bedeckt, waren die beiden Luftpatronen, die August Nash im Nutzfrachtraum der *Constellation* vor vielen Monaten fotografiert hatte.

Und am gegenüberliegenden Ende der Speiche 2, in einem Lagerabteil des Moduls 1, war eine Gitarre.

Zehn Monate nachdem er mit Richard Jessup gesprochen hatte, sah Ben Cassidy dabei zu, wie eine Tasse Kaffee auf eine Weise vergossen wurde, wie er es noch nie im Leben gesehen hatte. Er hatte sich in einem Sessel in der Offiziersmesse des Schiffs niedergelassen – ein Sessel, der unter dem sechseckigen Tisch auf einer schmalen Gelenkschiene hervorgezogen und wie eine Schachtel aufgefaltet wurde –, und der japanische Kommandant, Minoru Omori, hatte den Pappbecher mit dem Kaffee neben seinem Ellenbogen auf den Tisch gestellt. Dick Jessup, der sich ihm gegenüber an den Tisch gesetzt hatte, hatte ihm eine Instruktionsmappe gereicht; und als Cassidy danach griff, hatte er mit dem Ellenbogen den Becher umgeworfen.

Der Kaffee verspritzte sich im Zeitlupentempo, als wäre er von einer Slow-Motion-Kamera erfaßt worden. Der Becher kippte in einem merkwürdigen Winkel, und der Kaffee schoß in einer stark gekrümmten Flugbahn hervor; die Flüssigkeit, die wie ein Klumpen aus braunem Quecksilber aussah, schien ihrer eigenen Wege zu gehen. Cassidy ertappte sich dabei, wie er sie anstarrte, während Jessup nach einem Papierhandtuch auf der Kombüsentheke hinter sich griff. Jessup saugte das Zeug auf, bevor es Cassidys Schoß erreichte, dann sah er auf und bemerkte den benommenen Blick des Musikers.

»Der Corioli-Effekt«, erklärte er. »Der wird von der Drehbewegung des Schiffs ausgelöst. Aber keine Sorge! Sie werden nicht lange genug hier sein, um sich daran gewöhnen zu müssen.«

»Oh«, murmelte Cassidy. »Das ist ja hervorragend.«

»Wie kommen Sie klar? Haben Sie sich schon eingefunden?«

»Ja. Klar. Alles prima.« Natürlich kam er gut zurecht. Er war schließlich gerade zu der Erkenntnis gelangt, daß er sich im Augenblick in einem japanischen Raumschiff im Orbit um den Mars befand, ungefähr 60 Millionen Kilometer von allem entfernt, was er jemals gekannt oder geliebt hatte, wo nicht einmal eine umgestürzte Tasse Kaffee richtig herumspritzte. Und, Dick, wie fühlst du dich?

Cassidy sah zu, wie Jessup aufstand und zur Kombüse schritt, um das Handtuch in den Recyclingschacht zu werfen. Sein erster Eindruck von Jessup, als sie sich damals vor fast einem Jahr in Roterville kennengelernt hatten: Jessup erinnerte an einen Buchhalter – groß, dunkelhaarig, gertenschlank, konservativ in jeder Hinsicht, mit wenig oder überhaupt keinem

Humor und herablassend bis zur Beleidigung. Ein ganz gewöhnlicher Bürokrat wie ein Steuerprüfer oder ein Postbeamter. Doch auch wenn hinter Richard Jessup mehr stecken mochte, als auf den ersten Blick offenbar wurde, blieb der Mann für Cassidy ein Rätsel. Sicher, den größten Teil ihrer bisherigen Beziehung hatte Cassidy verschlafen, deswegen war es für ein Urteil vielleicht etwas verfrüht ... aber er hatte Jessup während ihrer ersten Begegnung schon nicht gemocht und sah noch immer keinen Grund, dem Mann Vertrauen zu schenken.

Hinter sich hörte er das amüsierte Kichern der Marines, zweier zäher Burschen von der Ersten Rauminfanterie, die man kurz vor ihm in ihren Zombietanks auf dem Stasisdeck wiederbelebt hatte. Die Biostase war Teil ihrer Ausbildung; für sie war jeder, der noch nie neun Monate in drogeninduziertem Tiefschlaf verbracht hatte, offensichtlich ein Neuling. Deshalb war es für sie in Ordnung zu lachen, diese professionellen Schwielenärsche, wie sie im gedämpften Halblicht der Messe am Schott lehnten.

»Hat den Zombietatter«, hörte er einen von ihnen flüstern.

»Zu viel Rock 'n' Roll, Mann«, erwiderte sein Kumpel.

Fickt euch ins Knie, dachte Cassidy. Um seine Verlegenheit zu überspielen, ließ er den Blick über die durchgehende Bildschirmkonsole schweifen, die über dem Tisch hing. Einer der Schirme zeigte ein computerverstärktes Bild vom Mars, wie er von einer Kamera in der Nabenmitte der *Shinseiki* eingefangen wurde. Während er darauf sah, glitt einer der drei spindeldürren Arme des Kreisschiffs an dem blutunterlaufenen Auge des Mars vorbei, umgeben von Schwärze und winzigen blauen Datenströmen.

Er blinzelte das Bild an. Ja, es war wirklich der Mars. Aber was, um Gottes willen, hatte er hier zu suchen?

Kapitän Omori, der Befehlshaber der *Shinseiki*, setzte vorsichtig einen weiteren Kaffeebecher vor Cassidy auf den Tisch und entfaltete seinen eigenen Sessel. Jessup nahm wieder Platz, räusperte sich und legte ein Blatt auf seinem Klemmbrett um. »Danke, daß Sie alle hier sind«, sagte er. »Wie Sie erhole auch ich mich gerade von den Tanks ...«

Einer der Marines lachte wieder. »Nichts zu danken«, sagte er.

Der Schwadronkommandant, Colonel Carter Aldiss, hatte sich in den vierten Sessel am Tisch gesetzt. Er war ein Mann in den mittleren Jahren mit ergrauendem Crewcut und einem ständigen Mach-mich-nicht-an-Blick; wie die beiden anderen Marines trug auch er einen blauen Einteiler mit den bestickten Abzeichen der Ersten Rauminfanterie an der Brust, das einen Adler auf Sternengrund zeigte. Er sah von seinen Papieren und dem Kaffee auf und murmelte: »Halt's Maul, Spike.«

»Jawohl, Colonel.«

Jessup räusperte sich wieder nervös. »Also übergebe ich jetzt das Wort an Käpt'n Omori, der Sie mit Einzelheiten unserer Mission vertraut machen wird. Käpt'n?«

»Danke, Dr. Jessup.« Minoru Omori war ein untersetzter Mann mit rundlichem Gesicht, der so aussah, als würde er tatsächlich einmal im Jahr lachen, nur so zum Spaß. »Willkommen an Bord der *Shinseiki*, meine Herren. Meine beiden Mannschaftsmitglieder, Erster Offizier Massey und Diensthabender Offizier Cimono, möchten Ihnen ihre besten Wünsche übermitteln und bitten Sie um Verständnis dafür, daß sie jetzt nicht anwesend sind, um Sie persönlich zu begrüßen, weil sie anderen Verpflichtungen auf der Brücke nachgehen müssen. Frau Cimono hat mich dennoch gebeten, Ihnen mitzuteilen, daß es ihr eine Freude war, für Sie zu sorgen, als Sie in Biostase waren, und daß sie sich darauf freut, auf dem Rückflug das gleiche für Sie tun zu können.«

Unerwartet fing Omori an zu grinsen und lachte. Jessup antwortete mit einem höflichen, unsicheren Lächeln. »Vielleicht hat es ihr Freude gemacht, uns zum Husten aufzufordern«, flüsterte einer der Marines.

»Schluß damit, Goober«, sagte Aldiss.

»Jawohl, Colonel.«

»Fahren wir fort . . .« Omori, wieder förmlich geworden, zog ein Datenbrett aus einer Einteilertasche und tippte einige Befehle ein. Die Schirme über dem Tisch blitzten auf und ersetzten die Fernsehkamerabilder des Außenkörpers mit einem computererzeugten Diagramm vom Anflug der *Shinseiki* auf den Mars. »Die äußere Kurve zeigt unsere gegenwärtige Flugbahn. Wenn wir die Periapse um siebzehnhundert Uhr erreicht haben, werden die Landefahrzeuge Eins und Zwei gestartet. Die Landungsmannschaft des Landefahrzeugs Eins muß um fünfzehn Uhr dreißig in der Luftschleuse Eins-zwei-Delta zur Einkleidung und Besteigung sein.«

»Das sind wir, Ben«, murmelte Jessup. Cassidy nickte. Er dachte immer noch an den vergossenen Kaffee.

»Die Ersatzmannschaft für Station Arsia, der Hauptbasis in der Nähe der Region Noctis Labyrinthis, wird um fünfzehn Uhr fünfundvierzig durch Schleuse Zwei-zwei-Charlie das Landefahrzeug Zwei besteigen«, fuhr Captain Omori fort. »Diese Leute wissen nichts von Ihrer Anwesenheit, weil sie sich abgeschieden in einem anderen Teil des Schiffs aufhalten. Vorher, um fünfzehnhundert Uhr, werden die Landefahrzeuge der Station Arsia starten. Sie werden die *Shinseiki* um achtzehnhundert Uhr erreichen und für die Rückreise andocken. Bis dahin werden unsere beiden Landefahrzeuge natürlich schon gestartet sein, und wir werden die Luftbrems- und Landemanöver beendet haben. Bei gewöhnlichem Fahrplan würden wir dreißig Minuten später die Periapsenzündung für den Erdrückflug aktivieren, um achtzehn Uhr dreißig, doch im Laufe dieser Mission werden wir auf ein kleineres Problem im Zielcomputer stoßen, was zu einem Konflikt mit der primären KI-Schnittstelle führen wird.«

Ein Lächeln kroch über Omoris Lippen. »Natürlich wird es nichts Kritisches sein. Der Zielcomputer wird dem Zündungssystem lediglich mitgeteilt haben, daß der Kurs falsch berechnet wurde, woraufhin das Hauptsystem sich herunterfahren und die Zündung abbrechen wird. Ein unvorhergesehener Unfall. Er wird uns dazu zwingen, das OMS zu zünden, um einen Noteintritt in den Tiefenorbit herbeizuführen. Das gibt uns genug Zeit, um das KI-Neuralhauptnetz zu überprüfen und das Problem zu lösen, ohne unseren REO-Zugang einzubüßen. Sowohl der Kommandant von Arsia als auch der von Cydonia wird über die unglückliche Ursache der Verzögerung informiert werden.« Omoris Lächeln wurde breiter. »Natürlich.«

Cassidy, den diese Erklärung verwirrte, hörte die Marines kichern und sah, wie sich Aldiss zufrieden in seinem Sessel räkelte; Jessup versuchte ein selbstzufriedenes Grinsen zu verbergen. Cassidy ignorierte die Soldaten und sah Omori über den Tisch hinweg geradewegs an. »Entschuldigen Sie, Käpt'n«, sagte er leise, »aber wovon zum Teufel reden Sie da?«

Omori erwiderte seinen Blick und wurde wieder ernst. »Von einem bedauerlichen Zwischenfall, Mr. Cassidy. Nichts, was Ihnen Sorgen bereiten sollte.«

»Nichts, was mir Sorgen bereiten sollte. Wie gut.« Schließlich begann sein Geist wieder klarer zu werden. Man hatte ihn gewarnt, daß die mentale Benommenheit zu den Nachwirkungen der Biostase gehörte. Die Vorderlappen erholten sich als letzter Teil des Gehirns von den Pharmazeutika – klinische Abkömmlinge der Kräuter, mit denen haitianische *houngans* einst Menschen als *zombies* zu betäuben und zu versklaven pflegten –, die nun für den Tiefschlaf im All verwendet wurden. Aber es war der zerebralen Verschwommenheit eines Kokaintaumels nicht unähnlich. Tatsächlich konnte man die Dröhnung fast genießen...

Cassidy schüttelte den Kopf: *Hör auf damit.* Fragen, die die letzten Stunden in seinem Hinterkopf gelauert hatten, drängten sich nun in sein Bewußtsein. Er sah zu Jessup hoch. »Wer sind diese Burschen?« fragte er und zeigte mit einem Daumen auf die Marines hinter sich. »Sie haben mir gesagt, daß an Bord dieses Schiffs ein Wissenschaftlerteam sein würde. Wo sind die?«

Jessup zuckte unschuldig mit den Schultern. »In Modul 1, auf der anderen Seite des Schiffs«, sagte er mit unerschütterlicher Ruhe. »Das ist die Mannschaft, die Station Arsia anfliegen wird. Weshalb?«

»Weshalb? Man hat mir erzählt, daß die zur Basisstation Cydonia mitkämen. Sie selbst haben mir das noch in der Raumstation mitgeteilt.«

Jessup blinzelte. »Das habe ich Ihnen vor neun Monaten gesagt, Ben. Seitdem hat sich einiges geändert. Es ist ein ganz anderes Team...«

»Na schön, wo ist dann *mein* Team?« setzte er nach. »Die Burschen, die ich kennengelernt habe, bevor sie mir eine Nadel in den Arm gestochen und gesagt haben, ich soll von hundert rückwärts zählen.«

Die Marines kicherten wieder; Cassidy merkte, wie er

wütend wurde. »Was haben diese Marines hier zu suchen? Und was ist das für eine Scheiße über unvorhergesehene Unfälle und verzögerte Verbrennung, äh ... retroanguläre Rückkehr, oder wie, zum Teufel, Sie das nennen ...«

»Ja«, meinte der Marine, den Aldiss Spike genannt hatte, ein hagerer Bursche, der gegen das Schott lehnte. »Das heißt rektales Rückstoßbrennen, Mann.«

Cassidy drehte sich in seinem Sessel zu ihm um und starrte den Jungen an, der ihn noch immer auslachte. »Sie sind bei den Marines, stimmt's?« Spike, der nun breit grinste, nickte. »Schätze, da verstehen Sie wohl ziemlich viel von rektalem Brennen, wie?«

Während der andere Marine sich vor Lachen zu biegen begann, zerfloß Spikes Miene zu einem wütenden Funkeln. Der Musiker ignorierte ihn und richtete seine Aufmerksamkeit wieder auf Jessup. »Was geht hier vor?« wollte er wissen.

»Nun ...« Jessup seufzte und blickte auf seine Hände hinunter. »Wie ich schon sagte, die Mission ist umdefiniert worden, worüber wir Sie vor unserem Abflug von der Erde nicht informieren konnten. Sicherheitserwägungen ...«

»Da scheiß' ich drauf. Sie haben mich unter dem Vorwand hierher geschleppt, daß ich an einer wissenschaftlichen Expedition teilnehmen werde. Und plötzlich stelle ich fest, daß ich für einen Haufen Schlammschweine das Ein-Mann-Marine-Korps spielen soll.« Wütend schüttelte Cassidy den Kopf. »Ich weiß zwar nicht, wie solche Sachen organisiert werden, aber ich kann mir schon denken, daß die Geschichte ziemlich weit im voraus geplant wurde. Sie haben mich schon die ganze Zeit reingelegt, nicht wahr?«

»Ben, ich ...« Jessup schloß die Augen. »Okay, ich gebe es zu. Man hat Sie über bestimmte Aspekte dieser Mission im dunkeln gelassen, und nun ist es Zeit, daß Sie es erfahren. Jedenfalls das meiste.«

Cassidy wollte etwas einwenden, doch Jessup hob abwehrend die Hand. »Warten Sie, gehen wir die Sache erst einmal durch. Colonel Aldiss, ich denke, diese Gelegenheit ist nicht die schlechteste, um Ihre Mannschaft und unseren Mr. Cassidy hier zu instruieren.«

Aldiss nickte. »Spike, Goober, Sie dürfen jetzt Ihre Befehle öffnen.«

Während die beiden Marines die Siegel auf den Aktenmappen zerbrachen, die man ihnen beim Betreten der Messe überreicht hatte, fuhr Aldiss fort. »Im vergangenen Januar, als diese Mission noch im Vorbereitungsstadium war, drang das russische Kreisschiff *Sergej Korolew* in den Marsorbit ein und brachte Nachschub zur Basis Cydonia. Es war ein planmäßiger Flug, unerwartet daran war allerdings, daß eines ihrer Frachtlandungsboote zwei AT-80 Buschbagger-Autotanks und einen gepanzerten Kampfanzug enthielt. Das war eine ziemlich große Überraschung, was wohl nicht eigens erwähnt zu werden braucht.«

Captain Angelo ›Spike‹ D'Agostino pfiff leise durch die Zähne. »Buschbagger sind eine ziemlich fiese Sache, Colonel. Und was für ein Typ von GKA war das?«

»Ein neues Modell, deshalb gibt es noch nicht viel Information darüber. An die Marsumwelt angepaßt ... die Buschis wurden genauso angepaßt ... aber der Anzug sieht aus wie eine Variante des Hoplite I-Panzers, den die Erste Rauminfanterie vor ein paar Jahren benutzte, um die Station Descartes zu besetzen. Vielleicht ist er ein wenig langsamer zu Fuß, wenn man die höhere Gravitation bedenkt ...«

»Eine höhere Gravitation als der Mond?«

»Richtig. Lesen Sie Ihr Material. Darin sind alle technischen Einzelheiten der CIA angeführt. Jedenfalls sind das die ersten Waffen, die auf dem Mars mobil gemacht wurden, und sie wurden komplett mit einem russischen Militärberater geliefert, Major Maxim Oeljanow ... Sie sollten auch das Dossier über ihn lesen. Natürlich hat Minsk behauptet, daß die Rüstung nur für den Fall gedacht sei, daß es seitens der Cooties zu irgendwelchen Überraschungen kommen sollte. Aber wir werden das Risiko nicht eingehen, daß die Russen den Versuch unternehmen, die Station Cydonia zu stürmen ...«

»Hoppla, einen Augenblick!« unterbrach ihn Cassidy. »Verstößt das nicht gegen irgendeinen UNO-Vertrag gegen Waffen im Weltraum?«

»Die UNO ist ziemlich weit weg hier, Mann«, murmelte D'Agostino, ohne den Blick von seiner Akte zu heben.

Aldiss warf dem Captain einen strengen Blick zu, nickte aber dabei. »Es gibt keinen Beweis dafür, daß die Russen derlei Absichten hegen . . .«

»Ja, aber zwei Buschis und ein GKA sind schon ein ziemlich starkes Argument«, bemerkte D'Agostino. »Die Russen sind in letzter Zeit ziemlich frech geworden.«

»Ja, aber vielleicht liegt das aber auch daran, daß der Penner, den wir gerade ins Weiße Haus gewählt haben, selbst ziemlich frech geworden ist«, versetzte Cassidy.

»Wollen wir die Sache doch lieber nicht politisieren, oder?« versetzte Jessup gelassen. »Jedenfalls hat Colonel Aldiss' Schnelle Eingreiftruppe . . .«

»Die Gruppe Falke«, unterbrach Spike spitz. »Nennen Sie uns beim Namen.«

»Oder Sie nennen uns überhaupt nicht«, fügte Goober hinzu.

»Richtig. Die Gruppe Falke ist als das As im Ärmel hier. Sehen Sie, Ben, es gab auch ein Wissenschaftlerteam, das für Cydonia zusammengestellt worden war und eigentlich an Bord dieses Flugs sein sollte, aber es wurde zurückbehalten, um Platz für die Aktion Jagdrennen zu machen . . . äh, das ist der Codename für diese Operation.«

»So ist es, Kumpel.« Lieutenant William ›Goober‹ Hoffman, ein hochgewachsener, hagerer Junge aus Alabama mit rasiertem Schädel, schlug Cassidy in herablassendem Trost die Hand auf die Schulter. »Betrachten Sie uns einfach als Ihre Schutzengel.«

»›Der Tod aus den Wolken‹«, murmelte D'Agostino hinter seiner Aktenmappe. »Sitzen bloß rum und notieren Namen.«

»Klasse.« Cassidy rollte die Augen. »Jessup, werden diese Typen etwa mit uns nach unten gehen? Denn wenn sie es tun sollten, werden Sie wohl kaum etwas dagegen haben, wenn ich hier oben einfach etwas warte, bis die unten alles zusammengeschossen haben, oder?«

Aldiss schüttelte den Kopf. »Wir werden nicht mit Ihnen im Landungsboot sein, Mr. Cassidy. Das Team wird vorübergehend hier oben bleiben.«

»Vorüber . . .«

»Jawohl, Sir«, antwortete Aldiss in einem Ton, der anzudeuten schien, daß er keine weiteren Fragen zu beantworten bereit war. »Wir erwarten von Ihnen lediglich, daß Sie nach Ihrem Eintreffen auf der Station Cydonia den Mund darüber halten, daß wir hier oben sind.«

Cassidy musterte den Colonel mit zu Schlitzen verengten Augen. Die Sache ergab keinen Sinn. Wenn die Marines als Gegenmacht zu dem russischen Panzeranzug auf dem Mars waren, was sollte es dann nützen, die Schnelle Eingreiftruppe auf der *Shinseiki* zurückzulassen? Er öffnete die Lippen, um eine weitere Frage zu stellen, doch Jessup schien seine Gedanken gelesen zu haben. Langsam erhob er sich aus seinem Sessel – augenscheinlich begann auch er sich an den Coriolis-Effekt zu gewöhnen –, räusperte sich und nahm sein Klemmbrett auf.

»Colonel, ich bin sicher, daß Sie die Einweisung Ihrer Männer und Captain Omoris lieber allein fortsetzen wollen.« Aldiss nickte, und Jessup sah zu Cassidy hinüber. »Ben, wenn Sie mitkommen wollen, werde ich Sie wieder einem alten Freund vorstellen.«

»Großartig.« Cassidy stand auf und sah mit an, wie sich sein Sessel unter dem Tisch zusammenfaltete. »Vielleicht geben Sie mir hinterher ja meine Gitarre wieder zurück.«

Er folgte Jessup eine Leiter in die Lagerkabine unter der Messe hinunter. Jessup griff nach der Luke über ihren Köpfen und schloß sie. »Diese Leute sind wahrscheinlich das Beste, was die Erste Rauminfanterie anzubieten hat«, sagte er ruhig. »Sie hätten ruhig ein wenig höflicher zu ihnen sein können.«

»Ich habe mich freiwillig gemeldet, um an einem wissenschaftlichen Experiment teilzunehmen, nicht zu einer militärischen Raumoperation ... obwohl der Satz ›Ich bin dazu gepreßt worden‹ es wahrscheinlich besser beschreiben würde.«

»Vielleicht wäre es doch besser, wenn Sie sich selbst als Freiwilligen betrachteten, gleich unter welchen Umständen.« Die Schotten der schmalen Kabine wurden von versenkten Spinden eingerahmt. Jessup schritt an Cassidy vorbei und fuhr mit dem Finger über die numerierten Schränke, bis er einen bestimmten gefunden hatte. »Aber ich will Ihnen einen Rat geben.«

Cassidy trat an seine Seite und sah zu, wie Jessup den Spind öffnete. »Was denn?«

Jessup holte ein längliches, in undurchsichtige silberne

Mylarfolie eingewickeltes Bündel hervor und reichte es sanft an Cassidy weiter. »Wenn wir unten sind, tun Sie genau, was ich Ihnen sage, aber begeben Sie sich nicht in den Wohntrakt. Ich werde dafür sorgen, daß man Sie an einen sicheren Ort bringt . . .«

»Weshalb?«

Jessup musterte ihn ausdruckslos. »Es gibt da Scheiße, die bald in den Propeller fliegen wird.« Bevor Cassidy etwas erwidern konnte, hob er einen Zeigefinger. »Ich kann Ihnen jetzt nicht sagen, was es ist. Tun Sie einfach nur, was ich sage, dann wird Ihnen nichts passieren. In Ordnung?«

Cassidy starrte Jessup einen Moment an, dann öffnete er das Reißverschlußsiegel des Bündels und blickte auf seine Yamaha-Gitarre. »Was soll ich danach tun?«

»Ihren Job erledigen, das ist alles«, antwortete Jessup achselzuckend. »Dafür haben wir Sie hierhergebracht. Aber bis dahin gehen Sie dorthin, wohin wir Sie haben wollen. Verstanden?«

»Okay.« Cassidy schüttelte seine Nervosität ab, indem er mit den Fingern über den Hals seines Instruments fuhr. Er wollte es zwar nicht zugeben, aber das Verlangen war wieder da. »Um also den unsterblichen Frank Zappa zu paraphrasieren, halte ich einfach nur den Mund und spiele meine Gitarre.«

»Das ist keine schlechte Idee«, meinte Jessup.

Auszug aus Historische Bestimmung und der Mars: Geschichtliche Betrachtung von David L. Zurkin, Duggan & Sons, Boston (2034)

Noch während die Nachrichtenmedien Fotos von der Stadt und dem Gesicht auf dem Bildschirm und jeder Druckseite zeigten, begannen auf Station Arsia die Vorbereitungen zu einer ausgedehnten Expedition zu der Nekropole der Aliens. Die *Edgar Rice Burroughs*-Expedition des Jahres 2028 hatte kaum mehr geleistet als ein kurzes Überfliegen und eine noch kürzere Landung am Gesicht, und obwohl das Luftschiff das schnellste Langstreckentransportmittel darstellte, das auf dem Mars zur Verfügung stand – anders als Bodenfahrzeuge brauchte es sich nicht mit der zerklüfteten Planetenoberfläche herumzuplagen –, hatte es doch nicht genug Frachtraum und Besatzung zur Verfügung, wie sie für eine längerfristige Erkundung des Orts erforderlich gewesen wären. Inzwischen riefen Wissenschaftler auf der Erde nach weiteren Informationen über die Stadt. Die Hast, mit der die Expedition durchgeführt wurde, ließ einen Streit aufkommen: Wer hatte das Erstrecht auf Erkundung der Ruinen?

Wenn die Errichtung der Station Arsia auch eine internationale Anstrengung gewesen war, so hatten doch verschiedenste Nationen Komponenten zur Siedlung beigesteuert und bei der Entdeckung des Fundortes Unterstützung geleistet. Die *Burroughs* war zwar in den Vereinigten Staaten registriert, doch ihre zweiköpfige Besatzung, W. J. Boggs und Katsuhiko Shimoda, waren jeweils amerikanischer beziehungsweise japanischer Nationalität. Waren nun die Vereinigten Staaten die Entdeckerin des Gesichts, weil Boggs das Luftschiff geflogen hatte, oder war es Japan, weil Shimoda als erster die Pyramiden entdeckte? Die Marstraktoren, die die zweite Expedition nach Cydonia brachten, stammten aus russischer Herstellung, die Leiter des Wissenschaftlerteams auf Station Arsia aber, Shinichi Kawakami und Paul Verduin, waren japanischer und holländischer Provenienz, während es sich bei den Co-Leitern der neu errichteten Basisstation Cydonia – Arthur Johnson, Sascha Kulejan und Miho Sasaki – um einen Amerikaner, einen Russen und einen Japaner handelte. Zwar hatte man die wissenschaftlichen Geräte aus den Labors der Station Arsia geplündert und zur Basisstation Cydonia verbracht, und diese waren amerikanischer Herkunft; die Aufenthaltsmodule dagegen waren von der Europäischen Raumfahrtagentur erbaut worden, während die raffinierte Müllverwertungsanlage ein Produkt der GUS war.

Unter idealen Bedingungen wäre dies zu einem Monument internationaler Raumfahrtkooperation geworden. Tatsächlich hatten die Bewohner der Marssiedlung schon vor langem gelernt, der Frage, wer was und wozu beisteuerte, keine Bedeutung mehr beizumessen. Boggs und Shimoda hatten sich sogar geweigert, ›ihre‹ Entdeckung offiziell als die eigene anerkennen zu lassen, indem sie darauf hinwiesen, daß es schließlich das Bildauswertungsteam der *Viking* gewesen sei, welches das Gesicht erstmals im Jahre 1976 ausgemacht hatte. (Ein Dokument der Bescheidenheit, das später noch schlimme Folgen zeitigen sollte.) Doch auf der Erde sahen die beteiligten Regierungen die Angelegenheit etwas anders. Als der Mars noch als Zwischenstation für weitere planetare Erkundungen gegolten und man seine Rohstoffe für beinahe unbegrenzt gehalten hatte, waren die USA, Rußland und Japan sowie die Europäer durchaus willens gewesen, sich den Reichtum zu teilen. Doch die Stadt, eine unerforschte Kultur und technische Artefakte der Aliens (denen Boggs den Spitznamen ›Cooties‹ verlieh, eine Bezeichnung, die durch die Nachrichtenmedien verewigt wurde) galten nicht als Teil der Vereinbarung.

Unglücklicherweise mußte das internationale Raumrecht erst noch weiter entwickelt werden, um die Erforschung oder Bergung extraterrestrischer Artefakte zu regeln. Das einer Anwendung am nächsten kommende Dokument, das ›Protokoll über die Entsendung von Mitteilungen an extraterrestrische Intelligenzen‹, das in den späten achtziger Jahren von SETI-Wissenschaftlern aufgesetzt und der Abteilung für Weltraumfragen bei den Vereinten Nationen vorgeschlagen worden war, deckte die ferne Möglichkeit nicht ab, daß jemand tatsächlich außerirdische Artefakte *finden* könnte; und die meisten Rechtsgelehrten waren sich darin einig, daß das terrestrische Seerecht sich nicht auf die Bergung nichtterrestrischer Gegenstände anwenden ließ. Daher gab es praktisch keinerlei Rechtssicherheit: Die Stadt schien dem Erstbesten ausgeliefert zu sein, doch wer würde das sein?

Um die Angelegenheit noch weiter zu verkomplizieren, hatte die amerikanische Politik, wie sie es in periodischen Abständen zu tun pflegte, wieder einen Rechtsruck vollzogen, vor allem im Hinblick auf die amerikanisch-russischen Beziehungen. Nachdem sie sich vor dem völligen gesellschaftlichen und wirtschaftlichen Zusammenbruch retten konnte, vor dem sie in den frühen neunziger Jahren gestanden hatte, war die Gemeinschaft Unabhängiger Staaten Anfang des einundzwanzigsten Jahrhunderts um so schwungvoller in das System der freien Marktwirtschaft eingetreten. Mit ihren starken Verbindungen zu den Ländern des Gemeinsamen Europäischen Marktes hatte sich die GUS weltweit zu einem starken Konkurrenten auf den Gebieten Maschinenexport, Landwirtschaft und Kybernetik entwickelt. Zudem hatte sich die frisch privatisierte Glavkosmos besonders auf dem Gebiet der Raumindustrie innovativ hervorgetan, und viele ihrer Nebenentwicklungen übten unmittelbaren Einfluß auf die erneuerte Industriebasis der GUS aus. Obwohl die Vereinigten Staaten schon seit langem nicht mehr der militärische und politische Rivale der Gemeinschaft waren, mußte Amerika doch feststellen, daß die GUS auf dem Weltmarkt ein scharfer Konkurrent war, von Weizenexporten und populärem Kino (das Remake des *Panzerkreuzer Potemkin* hatte 2028 den Oscar bekommen und der Actionfilm *Sechs aus Sibirien* brach weltweit alle Kassenrekorde) bis zu Konsumkybernetik und Automobilen, wie der Erfolg des neuen Zil 3000 Solarautos bewies.

Viele Auguren bezeichneten das einundzwanzigste bereits als das Russische Jahrhundert, ein Schlagwort, das vor allem jenen nicht schmecken wollte, die davon ausgegangen waren, daß das neue Jahrtausend eine Fortsetzung des Amerikanischen Jahrhunderts werden würde. Die Entdeckung der Stadt drohte das frühere Gleichgewicht noch mehr zu gefährden; wenn die Alien-Nekropole irgendwelche wichtigen technischen Entdeckungen preisgeben sollte, würde der unausgesprochenen Konvention zufolge jene Nation als Hauptnutznießer daraus hervorgehen, der diese Entdeckungen zuzuschreiben waren. Die GUS war geradezu verzweifelt darum bemüht, den Tritt, den sie auf dem Weltmarkt zu fassen begonnen hatte, zu verstärken, und sah in der Stadt ein Mittel zu einem höheren Zweck... und die Vereinigten Staaten, ihr wichtigster Wirtschaftsrivale, waren ebenso verzweifelt daran interessiert, dafür zu sorgen, daß die GUS sich keinen derartigen Vorsprung verschaffte.

Inzwischen hatten viele Amerikaner, die den russischen Absichten immer noch mißtrauten, den Verdacht entwickelt, daß die GUS im Begriff sei, den Vereinigten Staaten eine gewichtige wissenschaftliche Entdeckung zu entreißen. Für den Mann auf der Straße wurden Cooties und Stadt zu einem heiklen Thema. Die Republikanische Partei setzte einen nationalen Boykott russischer Produkte in Gang, und im ganzen Land fuhren immer mehr Automobile mit dem archaisch anmutenden Slogan ›Der Mars ist nicht rot!‹ herum.

Ihren Höhepunkt erfuhr die nationalistische Reaktion im November 2028, als der ultrakonservative George White zum Präsidenten gewählt wurde. In seiner ersten Rede zur Lage der Nation vor dem Kongreß spielte White unverblümt auf die aufkeimenden amerikanisch-russischen Differenzen über die Bergungsrechte an den Artefakten von Cydonia an (obwohl bis dahin, wie seine Kritiker einwandten, innerhalb der Stadt noch gar keine entdeckt worden waren). Indem er sich auf eine ›Historische Bestimmung Amerikas im Weltraum‹ bezog, machte Präsident White zugleich den höchst dubiosen Anspruch geltend, daß die Stadt den Vereinigten Staaten gehöre, weil sie erstmals im Jahre 1976 von einer amerikanischen Raumsonde entdeckt worden war.

Die russische Führung in Minsk reagierte mit Empörung auf Whites Rede. Präsident Andrej Nasanow, ein Protektionist der Arbeiterpartei, der der überlieferten Auffassung anhing, daß die russischen Raumfahrtbemühungen vielmehr eine historische Bestimmung *seines* eigenen Landes darstellten, schlug mit einem noch lächerlicheren Anspruch zurück, indem er behauptete, daß der rote Planet von Rechts wegen russisches Gebiet sei, weil die alte UdSSR im Jahr 1971 als erste mit einer unbemannten Raumsonde auf dem Mars gelandet war. In dem darauf folgenden Gezänk ging jede Erwähnung des Raumabkommens der Vereinten Nationen unter, das ausdrücklich jegliche nationale Ansprüche auf Himmelskörper untersagte.

Hätte sich die Stadt als bloße Anhäufung verlassener leerer Gebäude erwiesen, wäre dieser Zwist wahrscheinlich irgendwann, wie üblich, in mürrischen, gegenseitigen Beschimpfungen zwischen den ökonomischen Supermächten verklungen. Doch dann wurde, zum Guten oder zum Bösen, das Labyrinth entdeckt ...

2 Ultimatum

Ein plötzlicher Ruck ließ Cassidy aus seinem Schlummer fahren. Einen Augenblick überlegte er, ob das Landefahrzeug möglicherweise umgekehrt war und wieder an der *Shinseiki* angedockt hatte. Als das Raumfahrzeug vom Kreisschiff gestartet und seinen Planetenanflug begonnen hatte, hatte Jessup ihm mitgeteilt, daß es bis zur Luftbremsung und dem Eintritt in die Atmosphäre nur fünfzehn bis zwanzig Minuten dauern würde.

Cassidy hatte die Gelegenheit genutzt, die Augen zu schließen; je weniger er mit Null-Gravitation zu tun bekam, um so lieber war es ihm. Er verspürte ein weiteres scharfes Rucken und ein leichtes Schlingern des Hecks, wie bei einem Flugzeug, das in großer Höhe auf Turbulenzen stieß. Nein, er war noch nicht gelandet, und er würde diese Sache auch nicht durchschlafen können.

Als er instinktiv die Armlehnen seines Sessels packte, riß er zugleich die Augen auf. Im vorderen Cockpit konnte er den Kopf des Ersten Offiziers Massey erkennen, der über die Rückenlehne seiner Andruckliege hinausragte. Die mehrfarbigen Lichter auf den Instrumentenpaneelen wurden von einem glühenden Rosa übertönt, das durch die schmalen Sehschlitze des Flugdecks eindrang. »Sind wir schon da?« murmelte er.

»Wir treten gerade in die obere Atmosphäre ein«, erläuterte Jessup auf der Liege neben ihm. Cassidy blickte zu ihm hinüber; der NASA-Mann sah so selbstsicher aus wie ein fluggewohnter Geschäftsmann, der auf einem Pendelflug zwischen Chicago und New York ein Gewitter über sich ergehen ließ. Er musterte Cassidy. »Wie geht es Ihnen?«

»Hervorragend.« Wieder ein schlingerndes Rucken, als hätte etwas dem Landungsboot einen Sprungtritt verpaßt. Cassidy merkte, wie sich sein Magen verkrampfte. »Wie lange wird es noch dauern, bis wir am Boden sind?«

»Zehn, vielleicht fünfzehn Minuten«, antwortete Massey. Der

Erste Offizier der *Shinseiki* hob den Blick nicht von seinen Kontrollinstrumenten; er behielt die Hand am Ruder, das durch die Sichtluken des Cockpits eindringende rote Licht färbte seine dunkle Haut rot. »Höhe zwo-hundert-vierzig-vier Kilometer, Eintrittswinkel vierzehn Komma eins Grad, Geschwindigkeit ungefähr sechzehn Klicks pro Stunde. Es wird gleich ein wenig rucken, wenn wir Mach 2 erreichen. Entspannen Sie sich einfach und genießen Sie den Flug.«

Das Landefahrzeug schlug ein paarmal abwechselnd nach links und rechts aus. »Rucken?« fragte Cassidy. »Es *wird* erst noch rucken?« Er ließ den Kopf gegen die gepolsterte Rückenlehne seiner Liege sinken, dann gelangte er zu dem Schluß, daß ein derartiger indirekter Kontakt mit dem Rumpf des Boots doch nicht so beruhigend war. Die atmosphärische Reibung müßte doch die Außenhülle Blasen schlagen lassen wie den Asphalt in Texas ... aber schließlich fuhr man auf der Bundesstraße 82 auch nicht mit doppelter Schallgeschwindigkeit in annähernd 260 000 Metern über dem Boden.

Schon der bloße Gedanke daran krampfte seine Eingeweide zusammen. Also denk nicht darüber nach, sagte er sich. Tu so, als wäre es eine Achterbahn in Six Flags. Cassidy schloß wieder die Augen und umklammerte die Armlehnen, fühlte sich für einen kurzen Augenblick erleichtert, etwas beruhigt. Einatmen, ausatmen. Einatmen, ausatmen, während der Rumpf erzitterte und das Deck unter seinen Füßen Sprünge vollführte. Es fühlte sich an, als ob das Landungsboot in einen Abgrund von einer Million Kilometer Tiefe stürzte.

Schließlich hörten die Erschütterungen auf; für einige wenige, ruhige Augenblicke schien es, als schwebte das winzige Gefährt auf einem Luftkissen, in einem Schwebezustand in Zeit und Raum. »L minus sechs Minuten«, meldete Massey. »UAMS deaktiviert, Hauptbremsschirmaktivierung in vier Minuten und zweiundzwanzig Sekunden ...«

Schon sehr viel besser. Noch immer durchzuckten kleinere Erschütterungen die Hülle, aber es war nichts Ernstes mehr. Er konnte Massey verstehen, wie er Funkbefehle in sein Kehlkopfmikrofon sprach. Keine Bange, Kumpel. Du schaffst das schon ...

»Haben Sie noch die Erleichterungstüte, die ich Ihnen gegeben habe?« fragte Jessup plötzlich.

Ben öffnete die Augen. Jetzt war das Cockpit in ein mattes rotes Licht getaucht; alles in dem Raumfahrzeug schien von seinem wunderhübschen Glühen getönt zu sein. Die Kotztüte lag immer noch unter Cassidys rechtem Oberschenkel; er hatte darauf gesessen, seit das Landungsboot von der *Shinseiki* abgedockt war. »Klar«, sagte er. »Aber ich glaube nicht . . .«

»Geschwindigkeit sechshundertfünfzig Meter pro Sekunde, Höhe fünf Kilometer«, sagte Massey. »Countdown bis zur Bremsschirmaktivierung. Fünf . . . vier . . . drei . . .«

Er merkte, wie Jessup ihm die zusammengefaltete Tüte unter dem Hintern wegzog und sie ihm in die rechte Hand drückte. »Aufgepaßt«, erwiderte Jessup. »Schleppschirme zuerst . . .«

Da wurde das Landefahrzeug von der Faust Gottes gepackt, in eine senkrechte Stellung gerissen und zornig durchgeschüttelt; die drei Schleppschirme waren gezündet worden, um das doppelkonische Raumfahrzeug zu bremsen. Eine Sekunde später gab es einen weiteren harten Ruck, als sich die Hauptschirme öffneten, doch bis dahin hatten Cassidys Eingeweide bereits ihre letzte Revolte vollzogen.

Er rülpste in furchtbarem Schmerz und griff nach der Tüte. Es gelang ihm nur knapp, das Selbstklebesiegel zu öffnen und das Gesicht in den Papierschlund zu stürzen, bevor er sich mit einer Heftigkeit übergab, wie er es noch nie in seinem Leben getan hatte.

»L minus fünfzig Sekunden«, meldete Massey. »Geschwindigkeit zweihundertsieben Klicks, Höhe eins Komma fünf Klicks. Haupttriebwerkszündung in zehn Sekunden. Landeanflug auf Basisstation Cydonia. Willkommen auf dem Mars, meine Herren . . .«

Wahnsinn. Cassidy verabscheute den ganzen Laden bereits.

An den riesigen Hauptschirmen hängend, durch kurze Feuerstöße aus den Bremsraketen gelenkt, schwebte das Landungsboot wie ein silberner Löwenzahnsamen die letzten eineinhalb Kilometer auf die Basisstation Cydonia herab. In fünftausend

Meter Höhe wurden die Schirme abgestoßen und die Landetriebwerke gezündet, um das Fahrzeug für das Aufsetzen auf der Landerampe zu verlangsamen, die aus kaum etwas anderem bestand als einem Sandkreis in der Nähe des Wohntrakts, den man von Felsbrocken und größeren Steinen gesäubert hatte.

Richard Jessup konnte die Basis zwar nicht sehen, weil die Sichtluken des Cockpits im Augenblick gen Himmel zeigten, doch er konnte sich vorstellen, was sich unter ihnen befand: elf Module, in einer Reihe angeordnet und unter dem roten Oberflächensand vergraben, in der Nähe geparkte Fahrzeuge und unweit davon die viereckige Anordnung alter Pyramiden, die die verschollene Stadt des Mars bildeten . . .

Die verschollene Stadt des Mars. Er fragte sich, wie sich ein solch romantischer Begriff in seinen Geist einschleichen konnte, dann fiel es ihm wieder ein. Am Tag, da die Erkundungsmannschaft der *Burroughs* die Stadt entdeckt hatte, waren ein paar Jungs aus dem NASA-Hauptquartier zum *Hawk and Dove* hinübergegangen, einer beliebten Kneipe in der Nähe vom Capitol Hill, die von den Bürohengsten im öffentlichen Dienst frequentiert wurde. Sie hatten den größten Teil der Nacht damit zugebracht, die Entdeckung von ETI in solcher Erdnähe zu feiern; Jessup hatte dem Barkeeper sogar seine Autoschlüssel ausgehändigt und ein Taxi nach Hause, nach Georgetown, genommen. Es war eben einer von diesen Abenden gewesen.

An irgendeinem Punkt hatte jemand, der sehr viel Science Fiction gelesen hatte – das mußte der alte Joe Quinlan gewesen sein, weil er der einzige unter ihnen war, der das Zeug überhaupt anrührte –, eine alte Story aus der Zeit der Pulps erwähnt, die von Ray Bradbury und Leigh Brackett verfaßt worden war: »*Die Verschollene Stadt des Mars*«, hatte Joe gegackert, als er nach dem dritten oder vierten oder fünften Bierhumpen griff, den das Barmädchen an ihren Tisch gebracht hatte.

»Wenn die noch da wären, müßten wir ihnen Flugtickets zum Mars schicken, nur weil sie schlauer waren als wir. Ist das die Möglichkeit! Eine verschollene Stadt auf dem Mars . . .«

Jessup mußte lächeln, wie er daran dachte, doch dann schüttelte er hastig den Kopf. Nein. Hör auf damit. Es war keine Zeit für Science-Fiction-Träume. Er mußte vor allem an die Operation Jagdrennen denken.

Der Mars mußte warten. Vor ihm lag eine wichtigere Aufgabe.

Wenige Minuten nachdem sie auf der Landerampe aufgesetzt waren, verließ Jessup das Raumschiff und hielt auf die halb eingegrabenen Modulgruppen zu. Weiße Treibstoffdämpfe stiegen aus den Ventilen des Landefahrzeugs empor; die Bodenmannschaft rückte bereits mit ihren Schläuchen an, um den restlichen Treibstoff aus den Tanks abzusaugen.

Hinter ihm half Massey Ben Cassidy gerade die Ausstiegsleiter hinunter. Jessup wies den Musiker an, so lange beim Landungsboot zu verweilen, bis ihn jemand abholte, und Cassidy schien endlich einmal nicht dazu bereit, seine Entscheidung in Frage zu stellen. Tatsächlich schien ihm schon das bloße Gehen Schwierigkeiten zu bereiten, wie er in der niedrigeren Schwerkraft die ersten zaghaften Schritte versuchte. Jessup war das nur recht; langsam ging ihm Cassidys kesse Lippe auf die Nerven. Er überließ den Musiker der Obhut Masseys und schlenderte davon, froh, seine Last für einige Minuten los zu sein.

Zwei der Co-Inspektoren der Basis, Miho Sasaki und Arthur Johnson, hatten als eine Art inoffizielles Begrüßungskomitee an der Landerampe gestanden. Nun folgten sie Jessup. Alle drei trugen sie die leichten, eng an der Haut anliegenden, flexiblen Schutzanzüge, die inzwischen die klobigen Hartschalenanzüge der ersten Expeditionen abgelöst hatten. Die Oberteile aus weißem Stoff waren von rotem Staub verschmiert, und alle paar Sekunden stießen kalte Dampfwolken aus ihren Rucksäcken: überschüssiges Kohlenmonoxyd, aus dem offenen Kreislauf der Lebenserhaltungssysteme ausgeschieden, die dem planetaren Kohlendioxyd den Sauerstoff entzogen und ihn in das Null-Voratmungssystem der Schutzanzüge einspeisten. Damit wurde die häufige Neubefüllung der Sauerstoffbehälter der älteren Hartschalenanzüge überflüssig. Aber dafür stieß nun auch jedermann Rauchwolken aus, als wäre er ein Automobil alter Bauart.

Sasakis und Johnsons Begrüßung war überschwenglich gewesen – durchaus verständlich, da das letzte Landungsboot die Basis Cydonia vor fast zehn Monaten besucht hatte –, doch Jessup hatte brüsk von ihnen verlangt, daß sie ihm zu den Wohnmodulen folgten. Er verdrängte die überraschten Mienen, die er durch die Helmvisiere erkannte, so wie er auch bewußt alle anderen Sinneswahrnehmungen ausschloß: das merkwürdige Ziehen der niedrigeren Schwerkraft, die scharlachrote, felsübersäte Landschaft mit ihrem kurzen Horizont, den fremdartigen rosa Himmel und das seltsame Gefühl, daß all dies ebensogut eine heiße Wüste irgendwo auf der Erde hätte sein können, wären da nicht die Farben und die Daten in seinem Helmmonitor.

Während sie auf den Aufenthaltstrakt zugingen, blieb Jessup stehen, um die Stadt zu betrachten: vier riesige, erodierte Steinpyramiden, die gespenstisch an die ägyptischen Pyramiden von Gizeh erinnerten, wie sie so über der flachen roten Landschaft aufragten. Die Nekropole warf lange, spätnachmittägliche Schatten auf den Boden, deren Spitzen fast den Aufenthaltstrakt selbst berührten; sogar von hier aus konnte er die Risse und Brüche erkennen, die sich über ihre Seiten zogen, die Spuren der Zeit auf diesen natürlichen Hügeln, die die Aliens auf eine bisher noch unbestimmte Weise zu Pyramiden gehauen hatten. Schon ihre schiere Größe war überwältigend; fast zwang sie das Auge zu optischen Täuschungen, verlieh ihnen den Anschein, als seien sie irgendwie miniaturisiert anstatt Hunderte von Metern hoch.

In der Ferne konnte er das große Mausoleum der D&M-Pyramide erkennen, das größte der Artefakte von Cydonia. Selbst auf einige Kilometer Entfernung ragte ihre Spitze noch über die der beiden östlichsten Stadtpyramiden hinaus. Er konnte den riesigen Spalt an der Südostseite der Pyramide zwar nicht ausmachen, wußte aber, daß er da war. Und ein Stück weiter, am Rand des östlichen Horizonts, war das Gesicht selbst, ein scharfes Profil, das blind in den roten Himmel hinaufstarrte.

Die verschollene Stadt des Mars . . .

Und während Jessup schaute, kam einer der russischen Autotanks scheppernd vor der Pyramide C-1 in Sicht. Der At-80-Buschbagger war vier Meter hoch und von ebenso häßlicher Konstruktion wie sein Einsatzzweck: ein Roboter, der auf zwei nach hinten abknickenden Beinen aufrecht ging und dessen oberer, drehbarer Geschützturm ein rückstoßfreies 20-mm-Maschinengewehr enthielt. Während er an ihnen vorbeistelzte, drehte sich der Geschützturm auf Jessup zu, und der Autotank blieb für einen Augenblick stehen, prüfte mit seinem Zyklopenauge kurz den Neuankömmling.

»*Stopp*«, sagte Johnsons Stimme in Jessups Kopfhörer. »*Halten Sie Ihre Hände hoch und bewegen Sie sich nicht.*«

Jessup erstarrte. Ein kurzer Feuerstoß aus dem Maschinengewehr könnte ihn mit Leichtigkeit in zwei Hälften teilen, doch offensichtlich gelangte die KI des Buschbaggers zu dem Schluß, daß keiner von ihnen eine unmittelbare Bedrohung darstellte. Der riesige Kriegsroboter wuchtete davon, verspritzte mit seinen riesigen flachen Fußplatten kleine Sandfontänen.

Jessup stieß die Luft aus; dabei spürte er eisige Wut in sich aufsteigen. Fast hätte er dem Roboter gedankt; er hatte ihn daran erinnert, weshalb er überhaupt hier war.

Scheiß auf die Romantik, dachte er. *Das hier ist Krieg* . . .

»Nun«, begann Johnson, sobald sie das Modul 9 betreten hatten, »würde es Ihnen etwas ausmachen, mir zu sagen, was . . .?«

Während der langen Einschleusungsprozedur in Modul 1, da die Luftschleuse stets nur zwei Personen auf einmal aufnehmen konnte, hatten die beiden Männer Miho ihre Intimität gelassen, während sie in der Unterdruckgarage warteten. Als sie schließlich an die Reihe kamen, hatten Johnson und Jessup sich dekontaminiert und waren aus ihren Schutzanzügen gestiegen, um die blauen Standardeinteiler anzulegen, die sich in den Spinden der Luftschleuse befanden. Sasaki hatte sie geduldig im Zugangskorridor erwartet; weil Jessup darauf bestanden hatte, hatte sie sie durch den tunnelgleichen Korridor ins Modul 9 auf der anderen Seite des Aufenthaltstrakts geführt, wo sich das wissenschaftliche Labor und das Lazarett befanden.

»Eine Sekunde.« Sorgfältig schloß Jessup die Luke hinter sich. Dann öffnete er unvermittelt den Reißverschluß seiner Brusttasche und holte einen versiegelten Umschlag hervor, um ihn Johnson zu überreichen. Der Astrophysiker wendete den Umschlag einmal in der Hand, grunzte nichtssagend, öffnete die Lasche und entfaltete den darin befindlichen Brief. Schnell überflog er die knappen Instruktionen und beachtete die Unterschriften des Präsidenten und des Direktors der NASA, dann reichte er ihn an Sasaki weiter und blickte Jessup an.

»Also . . .« Er brach ab, schürzte die Lippen und musterte die Glasgefäße auf der Chemikerbank. »Gilt das auf Dauer, Dick?«

»Nur bis die Krise aufgelöst wurde«, erwiderte Jessup. »Sie müssen mir glauben, wenn ich Ihnen sage, daß das nicht meine Entscheidung und auch nicht mein Wunsch ist. Alle setzen vollkommenes Vertrauen in Ihre Fähigkeit, diese Mission zu leiten . . .«

»Nur daß man eben niemanden haben will, der sich so gut mit den Russen versteht.« John, ein gedrungener Mann mit krausem grauen Haar, lachte abfällig und schüttelte den Kopf. »Mein Gott! Ich war in der ersten Klasse, als sie die Berliner Mauer abrissen. Ich weiß noch, wie man das damals als das Ende des Kalten Kriegs bezeichnete. Und jetzt will dieses Arschloch von einem Präsidenten, den wir gewählt haben, alles wieder von vorn anfangen.« Wieder schüttelte er den Kopf. »Rettet uns vor den Politikern!«

»Art . . .« Jessup seufzte und rieb sich den Hinterkopf, befühlte die Beule, die er sich bei der Luftbremsung zugezogen hatte. Das war immerhin alles gewesen, Ben Cassidy hatte sich bei der Landung heftigst übergeben. »Mir gefällt die Sache auch nicht, aber die Geschichte hier kann nicht funktionieren, solange man uns eine geladene Pistole an die Schläfe hält.«

»Was wollen Sie denn dagegen tun?« Miho Sasaki faltete den Brief wieder zusammen und reichte ihn an Johnson zurück, dann warf sie mit zerstreuter Geste das lange, glatte schwarze Haar über die Schultern. »Hier heißt es, daß Sie Arthur des Kommandos enthoben haben – aus ›militärischen Erwägungen‹. Was soll das bedeuten?«

Jessup hatte Sasakis Dossier gelesen. Promotion in Astrophysik im Alter von fünfundzwanzig Jahren an der Universität von Nagoya, Institut für Plasmaphysik; an ihrem dreißigsten Geburtstag bereits NASDA-Forscherin. Zögling von Shin-ichi Kawakami. Sie sprach ein fast akzentfreies Englisch. Eine sehr schöne Frau mit einem rasiermesserscharfen Verstand. Nichts von einer unterwürfigen Geisha an sich. Er würde vorsichtig mit ihr umgehen müssen.

»Das kann ich Ihnen im Augenblick noch nicht sagen . . .« fing er an.

»Natürlich können Sie es uns im Augenblick sagen.« Arthur Johnson tat unbekümmert. »Dick, wir kennen uns doch nun schon geraume Zeit. Wir waren beide Frischlinge am MIT, wenn ich mich richtig erinnere. Es gibt doch wohl nichts, was Sie einem alten Bundesbruder nicht erzählen könnten, oder?«

»Also schön, dann *will* ich es Ihnen eben nicht erzählen«, erwiderte Jessup. »Zunächst will ich mit Sascha und Oeljanow sprechen, und ich will ihnen Gelegenheit geben, die Buschbagger und den GKA freiwillig zu entfernen. Das ist *mein* Entschluß, nicht der George Whites.«

»Welch Heldentum«, antwortete Johnson säuerlich. »Was haben Sie denn da oben? Eine Atombombe vielleicht?«

Jessup ignorierte ihn. »Ich möchte, daß Sie beide dabei sind, wenn ich mit ihnen spreche. Falls und wenn . . . falls sie sich weigern, möchte ich, daß Sie beide in aller Ruhe jedem erklären, daß man in Deckung gehen soll. Im Inneren der Stadt wäre es wohl am besten . . .«

»Das ist doch wohl eher die *schlimmste* Stelle . . .«

»Dann wenigstens innerhalb des Aufenthaltstrakts, solange alles außer Reichweite der Buschbagger bleibt. Wer steuert denn heute die *Burroughs*? Immer noch W. J. Boggs?« Johnson nickte langsam. »Na gut, dann soll Boggs die *Burroughs* fortbringen, möglichst weit hoch, und er soll darauf achten, daß Cassidy an Bord ist, wenn er abfliegt.«

Johnson starrte Jessup einen Augenblick an, dann nickte er. »Ja, Sir«, murmelte er. »Sie haben das Sagen. Nicht wahr, Miho?«

»Soll das heißen, daß es einen Militärschlag geben wird?« fragte Sasaki.

Jessup blickte sie an, erwiderte aber nichts. Die schlanke junge Frau trat näher. »Für wen halten Sie sich, Jessup? Japan und die Europäische Raumfahrtagentur sind neutrale Mitglieder dieser Mission. Was gibt Ihnen das Recht, ohne unsere Erlaubnis anzugreifen?«

»Miho, Ihre Regierung und die Europäer wurden auf höchster Ebene informiert und konsultiert.« Jessup hielt ihrem Blick stand und zwang sich zur Ruhe. »Sie mögen vielleicht denken, daß Sie nichts damit zu tun haben, aber Sie wissen genausogut wie ich, daß diese Waffen gegen alles und jeden hier eingesetzt werden können. Paul, Shin-ichi, Art, Sie selbst . . . Sie sind alle potentielle Geiseln. Ihre Regierung hat das auch begriffen. Deshalb wurde die *Shinseiki* von ihr auch als Einsatzfahrzeug zur Verfügung gestellt.«

»Wozu?« wollte sie wissen. »Geht es um einen taktischen Nuklearschlag?«

Jessup zögerte. Eigentlich hätte es zu seinem Vorteil sein sollen, sich nicht in die Karten blicken zu lassen; doch falls Miho Sasaki irrigerweise glauben sollte, daß es hier um einen Nuklearschlag ging, könnte das gegen ihn arbeiten. Sasakis Urgroßeltern waren *hibakusha* gewesen, Überlebende der atomaren Bombardierung von Hiroshima im Zweiten Weltkrieg; ein gewisses Mißtrauen gegenüber der amerikanischen Atommacht war schon geradezu traditionell, doch in ihrer Familie gründete es sehr tief. Sollte sie das Gerücht verbreiten, daß die *Shinseiki* einen atomaren Gefechtssprengkopf mit sich führte, würde das nicht nur eine grundlose Hysterie zur Folge haben, es könnte Oeljanow sogar dazu provozieren, Geiseln zu nehmen.

»Keine Nuklearwaffen«, widersprach er. »Ich werde Ihnen nicht sagen, was wir dort oben haben, aber ich verspreche Ihnen, daß kein Atomschlag geplant ist. Darin müssen Sie mir vertrauen.«

»Miho«, sagte Johnson. Sasaki blickte den amerikanischen Wissenschaftler an, und Johnson nickte düster. Sie atmete tief durch, dann schloß sie sich seinem Nicken an.

Johnson sah zu Jessup. »Also schön, was kommt als nächstes?«

Jessup löste das Gürtelfunkgerät von seinem Einteiler und

reichte es an Johnson. »Rufen Sie Sascha und Major Oeljanow an und bitten Sie sie hierher.«

Johnson nahm das Funkgerät entgegen, schaltete es auf Kanal 2 und gab ein paar Ziffern ein. »Dr. Kulejan, Major Oeljanow, bitte sofort in Modul 9 melden.« Er gab Jessup das Funkgerät zurück. »Wissen Sie, Dick, Sascha ist auch nicht allzu wild auf diese Situation. Da steckt ausschließlich Oeljanow hinter. Er ist nur zwischen die Fronten geraten.«

Jessup nickte. »Ich will mich bemühen, mich daran zu erinnern. Danke, daß Sie es mir sagen.«

Wenige Minuten später trafen Sascha Kulejan und Major Maxim Oeljanow zusammen im Labor ein. Schon zu dritt war es im Modul ziemlich beengt gewesen; nun, als noch zwei weitere Personen hinzukamen, preßte man buchstäblich die Nasen aufeinander. Kulejan war nicht am Landeplatz gewesen, als das Boot eingetroffen war; der schlanke, bärtige Russe grinste und ergriff mit beiden Händen Jessups ausgestreckte Hand und drückte sie herzlich.

»Richard!« rief er. »Wie gut, Sie wieder einmal zu sehen! Willkommen auf dem Mars!«

Jessup zwang sich zu einem unbehaglichen Lächeln. »Es ist auch schön, Sie wieder zu sehen, Sascha. Ich wünschte, es geschähe unter glücklicheren Umständen.«

Kulejans Miene wechselte von Herzlichkeit zu Verwunderung, und einmal mehr verspürte Jessup eine unbestimmte, herablassende Belustigung beim Anblick seines alten Bekannten. Sascha war ein hervorragender Wissenschaftler, einer der allerbesten innerhalb der russischen Weltraumgemeinde – aber er konnte auch unglaublich naiv sein, sich in einer hauchdünnen Eierschale aus Theorie und Forschung isolieren, um nur noch gelegentlich einen kurzen Blick auf die harte Realität um ihn herum zu werfen. *Wachen Sie auf, Sascha,* wollte Jessup seinen Freund anfauchen. *Sie sind von den Panzern Ihres eigenen Landes umringt . . . möchten Sie nicht vielleicht einmal fragen, weshalb?*

Nein. Sascha wußte es durchaus. Er war nur unwillig, es vor sich selbst zuzugeben. Bevor der Glavkosmos-Astrophysiker etwas erwidern konnte, richtete Jessup seine Aufmerksamkeit auf Oeljanow. Der Major der GUS-Armee – hochgewachsen, von der Statur eines Preisboxers und mit dünnem, dunklem Haarschopf – stand in förmlicher Stellung neben dem Schott. »Dr. Jessup«, sagte er steif.

»Major Oeljanow«, erwiderte Jessup mit gleicher Förmlichkeit. »Ich bin hier als Repräsentant der Regierung der Vereinigten Staaten. Ich habe vorübergehend Dr. Johnson als amerikanischen Co-Direktor der Basis Cydonia abgelöst.«

Oeljanow blickte Jessup regungslos an. »Ja? Fahren Sie bitte fort.«

Jessup atmete tief durch. Schon vor seinem Abflug von der Erde hatte er diesen Augenblick einstudiert, seit man ihm diese Aufgabe aufs Auge gedrückt hatte, und doch ertappte er sich beim Zittern. Er war es nicht gewöhnt, Leuten ein Ultimatum zu stellen, schon gar nicht einem russischen Offizier. »Wir haben Probleme . . .«

Er brach ab, nahm einen weiteren tiefen Atemzug und fing wieder an. »Major Oeljanow, wir können die Anwesenheit von Autotanks oder Kampfpanzern in dieser Basisstation nicht dulden. Sie wirken destabilisierend auf den internationalen Charakter dieses Forschungsprojekts und stellen eine Bedrohung für das Wohlergehen seiner Mitglieder dar. Als offizieller Repräsentant der Vereinigten Staaten von Amerika fordere ich Sie daher auf, alle russischen Waffen aus der Station Cydonia zu entfernen.«

Oeljanow blieb unbeeindruckt. »Als offizieller Repräsentant der Gemeinschaft Unabhängiger Staaten . . .« Seine Stimme hatte einen leisen ironischen Unterton. ». . . glauben wir, daß der Einsatz unserer gepanzerten Einheiten im Gegenteil zu einer größeren Stabilisierung beiträgt. Und es ist auch niemand durch sie zu Schaden gekommen, oder?«

Jessup hörte, wie Miho Sasaki hinter ihm unruhig wurde, doch er blickte sich nicht um. Sascha Kulejan wirkte unbehaglich, verlegen. Jessup hielt den Blick auf Oeljanows Gesicht gerichtet. »Ich . . . wir teilen diese Auffassung nicht, Major. Ich bitte Sie einmal mehr, Ihre Autotanks aus der Station Cydonia zu entfernen.«

Der Offizier hob skeptisch eine Augenbraue. »Und was sollen wir mit ihnen tun, Dr. Jessup? Sie im Ödland aussetzen?« Er schüttelte den Kopf. »Nein. Das ist inakzeptabel. Wir haben erhebliche Mühe und Unkosten aufgebracht, um die AT-80s auf den Mars zu bringen. Mein eigenes System ist ... Ihrer Hoplite-II-Rüstung nicht ganz unverwandt.«

»Es ist bewaffnet. Das ist doch wohl Unterschied genug.«

Oeljanow zuckte gleichzeitig mit den Schultern. »Ich fürchte, daß alle Geräte weiterhin funktionstüchtig in der Station Cydonia verbleiben müssen.«

»Dann weigern Sie sich also?«

Oeljanows Mundwinkel zuckte. »Offiziell, ja, das habe ich gerade gesagt, Dr. Jessup.«

Jessup machte sich nicht erst die Mühe, Kulejan gegenüber das Ultimatum zu wiederholen. Obwohl Sascha technisch gesehen der russische Co-Direktor der Basis war und ebensoviel zu sagen hatte wie er selbst und Sasaki, galt es als unausgesprochene Abmachung, daß Oeljanows Autorität in militärischen Fragen über seiner stand. Hätte er seine Forderung Kulejan gegenüber noch einmal wiederholt, hätte das seinen Freund, den er von raumwissenschaftlichen Konferenzen auf der Erde her kannte, tatsächlich in Verlegenheit bringen können. Solche Nuancen würden an Saschas Vorgesetzte in Minsk gemeldet – und von ihnen fehlinterpretiert – werden. Die alten Kommunisten mochten zwar in der GUS schon lange nicht mehr an der Macht sein, doch die Hierarchie derselben hatte alle Zeitläufe überstanden, neokapitalistische Demokratie hin oder her.

Er stand unter Befehl. Oeljanow stand unter Befehl. Jedermann auf diesem gottverdammten Planeten stand unter irgend jemandes Befehl ... und trotz aller politischer Vernunft hatte das alles weitaus weniger mit Politik zu tun als vielmehr damit, wer über die meisten Spielzeuge auf dem Mars verfügte.

»Dann ...« Jessup machte eine Pause, um seine Worte sorgfältig zu wählen, er durfte seine Karten jetzt nicht offen auf den Tisch legen. »Die Vereinigten Staaten und ihre Marsverbündeten werden angemessene Gegenmaßnahmen treffen müssen.«

Oeljanow wollte etwas erwidern, doch dann unterbrach er sich. Er verschränkte die Hände hinter dem Rücken und musterte Jessup gelassen. Die Herausforderung war deutlich von seiner Miene abzulesen: *Versuchen Sie es nur, aber vergessen Sie nicht, daß wir die überlegene Feuerkraft haben.*

Okay, dachte Jessup, es ist ja nicht so, als hätte ich nicht vorher nett gefragt . . .

»Entschuldigen Sie mich«, sagte er und zwängte sich an dem russischen Offizier vorbei, um durch die Luke zu treten. Hinter sich hörte er, wie Johnson im Maschinengewehrtempo auf russisch auf Oeljanow einredete, offensichtlich versuchte er den Major zu beruhigen, während Oeljanow mit Sätzen antwortete, die aus dem einzigen gebräuchlichen russischen Wort bestanden, das Jessup kannte: *Njet . . . njet . . . njet . . .*

Wie du willst, du stures Arschloch.

Die Basis Cydonia war eine kleine Anlage; nichts darin war mehr als ein paar Schritte von allem übrigen entfernt. Jessup ging durch den Zugangskorridor, bis er das Modul 2 entdeckte, das Kommandozentrum auf der gegenüberliegenden Seite des Aufenthaltsmoduls. Er schloß die Luke hinter sich und befahl dem wachhabenden Offizier, sofort einen Funkspruch an die *Shinseiki* aufzugeben, auf einer Prioritätsfrequenz, die von der Kommandomannschaft des Schiffs überwacht wurde. Mit einem Satz von Codezahlen wies er sich aus, und wenige Sekunden später ertönte Omoris Stimme über das Comlink.

Ja, Dr. Jessup? Wie ist Ihre Besprechung verlaufen?

»Außer Spesen nichts gewesen«, erwiderte Jessup verspannt. »Start für Operation Jagdrennen, Code Romeo Delta zwo-eins-eins-eins. Wiederhole, Jagdrennen, Code Romeo Delta zwo-eins-eins-eins. Bestätigen Sie, Ende.«

Eine kurze Pause. Dann hörten sie Colonel Aldiss' Stimme über das Comlink. *Haben verstanden, Kommando Cydonia. Operation Jagdrennen, Code Romeo Delta zwo-eins-eins-eins, Bestätigung. Wir sind einsatzbereit, wiederhole einsatzbereit, mit Code November Tango drei-null-neun, sollen wir lostanzen?*

»Bestätige Code November Tango drei-null-neun«, erwiderte Jessup und schloß damit den Kreis. »Dann mal rein in die Pedale, Jagdrennen.«

Verstanden, Kommando Cydonia. Gruppe Falke wird eingesetzt. Ende und aus.

Jessup meldete sich ab und setzte sich in einen Sessel, um eine Reihe von Fernsehschirmen über der Konsole zu mustern. Fünfzehn Minuten, falls alles planmäßig verlief.

Wenn Oeljanow nur vorher nichts herausbekam . . .

(Auszug aus ›Benjamin Cassidy – das Rolling-Stone-Interview‹; Rolling Stone, 16. November, 2028)

Angefangen hast du mit The Working Blues ...

Das stimmt. Mit Jaime, Les und Amad, dazu ein paar Sessionleute, die wir für die Studioarbeit angeheuert haben, damit haben wir zwei Alben gemacht, *Flashpoint* und *Big House*. Gute Burschen, großartige Musiker.

Warum hast du dann die Gruppe aufgelöst und bist auf Solo umgestiegen?

Weil ich sie nicht bezahlen wollte. In den Dingen bin ich ziemlich knickerig. (*Lacht.*) Nö, das war es nicht. The Working Blues war ein heißes Ensemble, und wir haben auch Geld gemacht, wenigstens genug, um zurechtzukommen. Aber nach einer Weile, weißt du, da wollte ich mich einfach lösen, wollte mal schauen, ob ich den Blues wieder runterschrauben konnte ... zurück auf einen einzigen Burschen mit seiner Gitarre, nicht mehr. Nichts gegen die Jungs, aber ich begann mich zu fragen, ob ich wirklich überhaupt eine Band brauchte. Das war, na ja, du weißt schon, so wie John Mayall jahrelang mit seinen Bluesgruppen ohne Drummer arbeitete, weil er meinte, daß Percussion nur eine Menge Lärm beiträgt. Nach einer Weile habe ich mich eben gefragt, ob wir den Blues mit diesem ganzen Extrazeug nicht einfach überladen, und da ... (*fährt sich mit dem Finger über die Kehle*) ... *Pffft!* Da beschloß ich, mich von der Gruppe zu trennen. Aber ich bewundere und respektiere diese Jungs noch immer. Tatsächlich werde ich sogar bei den Sessions für Jaimes nächstes Album mitmachen, damit er endlich Gelegenheit bekommt, mich aus seiner Gruppe zu feuern. (*Lacht.*) Ich wette, das wird er auch tun, nur um es mir heimzuzahlen.

Jaime und Amad haben beide behauptet, daß deine Kokainabhängigkeit die Gruppe auseinandergetrieben hätte. Sieht so aus, als hätten wir jetzt zwei völlig verschiedene Geschichten vorliegen ...

Nein, das sind keine verschiedenen Geschichten. Es sind nur zwei Teile derselben Story. Klar, ich hing an dem Zeug, das läßt sich nicht leugnen. Es wurde so schlimm, daß ich mir während unserer Tournee mit den Cambodians vor jedem Auftritt etwas reinpfiff. Erst mußten sie mir die Spritze geben, dann die Gitarre. »Okay, Ben, hier entlang. Und jetzt bloß nicht stolpern!« Und nach dem Gig haben sie mich dann in der Garderobe auf eine Couch gelegt und jemanden abgestellt, um darüber zu wachen, daß ich mir keine Überdosis reinzog. Ich wußte, daß ich krank war, und sie wußten es auch, und als ich dann in den Kliniken herumhing und in den Entzugshäusern, wieder clean wurde und mir überlegte, daß ich es vielleicht allein weiterversuchen sollte, kamen sie ihrerseits zu dem Schluß, daß sie die Nase voll von meinem Scheiß hatten. Es war also eine Scheidung in gegenseitigem Einvernehmen. Ich hege keinen Groll gegen die anderen, und ich glaube auch nicht, daß sie es gegen mich tun.

Du hast einmal gesagt: ›Es macht Spaß, ein Junkie zu sein ... man braucht dazu nur Geduld und Geld.‹

Was soll ein Junkie auch sonst sagen? Mann, ich kann mich nicht einmal erinnern, wann ich das gesagt haben soll. (*Macht eine Pause.*) Nein, es lag nicht daran, daß es mir Spaß machte. Ich meine, niemand bettelt darum, Junkie zu werden. Ich habe es nicht wegen des Kicks getan, denn das Zeug hatte für mich keinen Kick, und ich kann auch nicht behaupten, daß es der gesellschaftliche Druck war, denn diese Burschen sind clean, und selbst das Blues-Publikum ist heutzutage sauber.

Warum hast du denn dann überhaupt damit angefangen Koks zu schießen?

Das ist eine gemeine, schwierige Frage. Ich schätze ... ich glaube, ich hatte Angst. Ich habe nach etwas gesucht, nach irgendeiner transzendenten Erfahrung, die mich stärker mit der Musik eins werden ließ. Es genügte mir nicht, nur auf der Bühne zu spielen. Aber zugleich hatte ich auch Angst davor, was ich bei dieser Suche vorfinden würde. Frag mich nicht, warum oder weshalb. (*Schüttelt den Kopf.*) Und vielleicht habe ich ja auch immer noch Angst. Ich bin zwar über die Drogen weg, aber ich fürchte mich immer noch.

3 Jagdrennen

»Ich hoffe, du bist nicht irgend so ein Wissenschaftler, der sich schnell noch ein paar Felsproben unter den Nagel reißen will, denn ich werde sie nicht an Bord bringen, und wir werden hier so schnell wie möglich abhauen, und zwar jetzt!«

W. J. Boggs, der säbelbeinige, einsachtzig große Fliegerjunge aus Tennessee, wartete nicht erst auf eine Antwort, als er durch die Luftschleuse der Gondel sprang und sich in den Pilotensessel auf der linken Seite der Flugkabine warf. Der Copilot der *USS Edgar Rice Burroughs*, Katsuhiko Shimoda, griff über Ben Cassidy hinweg, der auf dem Boden hinter den Sitzen kauerte, und legte einen Schalter um, der die automatische Versiegelung der Schleuse aktivierte, während Boggs mit seinem behandschuhten Daumen auf den Funkgerätknopf stach.

»Kommando Cydonia, hier ist die *Burroughs*, erbitten Erlaubnis für Notstart«, bellte er. Er wartete die Antwort nicht ab. »Scheiß drauf!« murmelte er. »Wir haben es eilig. Katsu, ist die Luke gesichert?«

»Roger, W. J.« Seelenruhig legte Shimoda Schalter auf seiner Copilotenkonsole um. »Kabinendruckausgleich aktiviert. MPUs bei hundert Prozent okay. Schubdüsen okay. Hüllenintegrität synchron . . .«

»Ja, ja, ja. Scheiß auf die Checkliste, laß uns nur zusehen, daß wir hier rauskommen.«

Burroughs, hier Kommando Cydonia. Erlaubnis für Notstart erteilt.

»Verstanden, Kommando«, erwiderte Boggs. Über die Schulter gewandt sah er zu Cassidy hinüber. »Halt dich da fest, Kumpel, jetzt wird es ein wenig heftig. Okay, Katsu, kapp die Taue!«

Shimoda warf zwei Hebel um, die die Halteleinen des Luftschiffs lösten. Das vierzig Meter hohe Fahrzeug schwankte in der steifen Brise, die mit untergehender Sonne am westlichen

Horizont aufgekommen war. Zu beiden Seiten der Gondel schleuderten die leerlaufenden VTOL-Turboventilatoren roten Staub auf; im roten Nebel huschte die Bodenmannschaft in ihren Schutzanzügen aus dem langen, ovalen Schatten des Kleinluftschiffs hervor.

»Höhenruder auf Vertikalflug eingestellt!« rief Boggs. »Steuer- und Backbordpropeller auf neunzig verkoppelt und bereit für vollen Drosselschub! Alles festhalten, es geht los!«

Boggs rammte die beiden Drosselhebel mit der rechten Hand vor, und die *Burroughs* ruckte heckwärts, als sie zum Himmel emporschoß, ihre 800-PS-Turbopropeller heulten auf, als sie in der zähen Mars-Atmosphäre nach Auftriebsstabilisierung suchten. Ein Kugelschreiber, den jemand ungesichert auf dem Instrumentenpaneel hatte liegen lassen, glitt über die Oberfläche und fiel zu Boden, rollte scheppernd in den hinteren Teil der Kabine.

»Ach, Scheiße«, murmelte Boggs. »Das habe ich befürchtet.« Der Pilot beäugte mißtrauisch seinen Höhenmesser, dann blickte er wieder zu Cassidy zurück. »Kannst du fliegen?« fragte er.

»Was?« fragte Cassidy matt. Ihm war, als würde das Luftschiff senkrecht auf seinem Schwanz stehen. Er hatte sich heute bereits einmal übergeben; es war einfach unfair, ihn schon wieder einer solchen Tortour auszusetzen, kaum eine Stunde nachdem er wieder festen Boden betreten hatte. Es gelang ihm, den Blick von den paar Zentimetern Deck zwischen seinen Knien zu heben. »Dieses Ding?«

»Nein. Ich meine, wenn wir dich aus der Luke schmeißen müßten, kannst du dann mit den Armen wedeln, und schaffst du es dann allein bis zum Boden? Wir sind nämlich überladen, und dieses Schiff ist eigentlich nicht für drei Personen ausgerichtet.«

»Nun ... .«

»Verdammt.« Boggs wandte sich wieder seinen Instrumenten zu. »Katsu, wir haben hier einen Passagier, der blöd genug ist zu glauben, daß er mit den Armen wedeln und fliegen kann. He, behalt gefälligst das Radar im Auge, ja?«

Shimoda blickte zu Cassidy zurück. »Mach dir seinetwegen

keine Sorgen. Er drehte immer durch, wenn er es eilig hat.« Er überprüfte seine Anzeigen. »Kabinendruck normal. Wir können die Helme ausziehen.«

Er löste den Schnappverschluß am Kragen seines Schutzanzugs und streifte den Helm ab, dann beugte er sich zu Boggs hinüber, um auch seinen Helm zu nehmen, weil der Pilot beide Hände am Steuerknüppel des Luftschiffs hatte. Cassidy nestelte an seinem eigenen Helm und schaffte es schließlich, das Ding von seinem Schutzanzug zu lösen; hilfsbereit beugte sich Shimoda zurück, um den Schalter an Cassidys Brustpack umzulegen, der die interne Luftversorgung abschaltete. Der japanische Copilot rüstete sich erst selbst mit Kopfhörern aus, dann holte er ein weiteres Paar aus einer Schublade und warf es dem Musiker hin. Boggs schaffte es, mit einer Hand das Ruder gegen die reißenden Winde zu führen, eine George-Dickel-Baseballmütze unter seinem Sitz hervorzuzerren und sie über seinen Kopf zu ziehen, um schließlich einen Kopfhörer darüber zu schieben. Die schaumstoffgepolsterten Kopfhörer konnten das Dröhnen der Maschinen zwar kaum dämpfen, aber die Kehlkopfmikrofone machten die Verständigung untereinander etwas einfacher.

»Tut mir leid, daß wir dein Paket zurücklassen mußten«, entschuldigte sich Shimoda. »Unsere Frachtkapazität ist limitiert, wie W. J. schon erklärt hat, und wir reizen sie ohnehin schon bis zum äußersten aus, indem wir dich mitnehmen. Was war da überhaupt drin?«

»Meine Gitarre.«

»Eine *Gitarre*?« schrie Boggs. »Bist du dieser Musiker, den man uns eigentlich hatte schicken sollen?«

»Ja, das bin ich. Ich bin der Musiker. Und was ihr dort unten auf der Basis zurückgelassen habt, ist meine Gitarre. Weshalb habt ihr es eigentlich so eilig?«

Boggs musterte ihn eindringlich. »Du warst doch gerade noch da oben. Sag du es mir. Ich weiß nur, daß ich plötzlich allerdringlichste Order bekomme, uns so schnell wie möglich hier rauszubringen. Da unten muß gleich irgendwas passieren, und ich habe den Auftrag, mein Fahrzeug keinem Risiko auszusetzen.« Er richtete seine Aufmerksamkeit wieder auf die Instrumente. »Wenn du uns irgend etwas mitteilen mußt, mein

Sohn«, sagte er über die Schulter gewandt, »dann ist jetzt dazu die Gelegenheit. Denn ich bin in rechtschaffenem Zorn befindlich ... und das mit den Flugstunden war nicht bloß ein fauler Witz.«

»Na ja ...« Cassidy erinnerte sich an Jessups Warnung auf der *Shinseiki,* den Mund zu halten. Scheiß drauf. Irgend etwas Scheußliches würde gleich von oben herunterfahren, und er wußte kaum mehr darüber als diese beiden Figuren hier. »Oben auf der *Shinseiki* sind ein paar Marines«, sagte er und die beiden Männer schossen ihm Blicke zu. »Rauminfanterie«, fügte er hinzu. »Sie haben irgend etwas vor, das sie Jagdrennen nennen, aber ich weiß nicht, was es ist ...«

»Haben sie Landungsboote?« fauchte Boggs. »RB-Fahrzeuge?«

»Was ist denn ein RB-Fahrzeug?« Cassidy zuckte mit den Schultern, er kam sich dämlich vor; er gewöhnte sich ziemlich schnell an dieses Gefühl. »Ich meine, wenn ihr sowieso wißt, was hier los ist ...«

»Oh, ich weiß es. Ich weiß es sehr wohl.« Boggs starrte Shimoda an; der Copilot nickte ernst. »Das müssen RB-Jäger sein. Darauf verwette ich meinen rasierten ...« Plötzlich grinste er Shimoda an, der mit einem leisen Lächeln den Kopf schüttelte, dann blickte er wieder über die Schulter gewandt zu Cassidy zurück. »Du bist also der Gitarrist. Das ist komisch.«

»Besser als wieder so einen Langweiler von einem Wissenschaftler zu bekommen«, bemerkte Shimoda.

»Halt du mal die Augen hübsch auf das Radar gerichtet, Kumpel. Winkel eins-zwo sinkend, Kurs zweiunddreißig Nord zu vier-null-vier Ost.« Boggs schob das Steuerruder aus seinem Schoß, und die Schnauze des Luftschiffs senkte sich langsam in eine waagerechtere Position. Cassidy gelangte zu dem Schluß, daß er wieder unbeschadet den Blick heben könnte; und so spähte er aus der Sichtluke backbord.

Dreihundert Meter unter ihm lag die felsübersäte, windzerfurchte marsianische Tiefebene. Der winzige Schatten des Luftschiffs zog über eine endlose rote Wüste, fiel in Täler und uralte, auseinanderbrechende Flußbetten, passierte kleine Hügel und den erodierten Rand eines alten Einschlagkraters.

Es war das erste Mal, daß er Gelegenheit bekam, sich den Mars anzuschauen; während der Landung hatte er die Landschaft nicht zu Gesicht bekommen, und danach hatte man ihn in solcher Eile aus der *Burroughs* bugsiert, daß er kaum mehr als ein paar flüchtige Sekunden Zeit gehabt hatte, sich an die um zwei Drittel niedrigere Schwerkraft anzupassen, von einer Betrachtung der rotgefärbten Landschaft ganz zu schweigen.

Das war also der Mars. Er sah aus wie . . . nein, nicht wie die Hölle. Er war in der Hölle gewesen, und so wie hier sah es dort überhaupt nicht aus. Wie der Limbus, vielleicht. Das Fegefeuer. Kansas an einem wirklich schlimmen Tag. So, wie sich dein Kopf nach einer harten Sommernacht in einer heruntergekommenen Bar in der Downtown von Memphis anfühlt, wenn das Publikum apathisch gewesen ist und die Sommerhitze dir schon die Kälte aus dem nächsten Bier gezogen hat, bevor die Kellnerin es auch nur auf die Bühne gebracht hat, und trotzdem schüttest du zehn Flaschen davon in dich hinein, während du dich durch Willie Dixons größte Hits stümperst. Genau so: die Verödung von Geist und Seele. Der Mars war ein Planet, der unter Gottes eigenem Kater litt . . .

»Okay, wir sind raus aus der Scheiße und in etwas sicherer Entfernung«, sagte Boggs. »Wie geht's der Hülle, Katsu?« Stumm reckte Shimoda den Daumen. »Schön. Zweiundzwanzig Kilometer bis unten, das sollte als Sicherheitsabstand eigentlich reichen. Dann machen wir hier ein Schweberchen und schauen uns die Vorstellung an. Irgendwas auf dem Schirm?«

»Negativ«, sagte Shimoda mit einem Blick auf das Radar.

»*Null* heißt das, verdammt! Auf diesem Schiff wird Englisch gesprochen!« Er tat so, als wollte er Shimoda einen Klaps auf den kurzgeschorenen Schädel verpassen, doch der Copilot wich der Bewegung behende aus. »Man könnte meinen, daß du immer noch Känguruhfleisch aus Australien auf der Shin-Nippon beförderst, so wie du da quatscht.«

»Rindfleisch«, berichtigte ihn Shimoda. »Rindfleisch habe ich transportiert, nicht . . . aha! Radarkontakt. Zwei Objekte dringen bei Mach 2 in fünfzigtausend Fuß in die Atmosphäre ein, zweiundvierzig Grad Nord, fünfunddreißig Grad West . . . jetzt fällt jeweils ein drittes und viertes schwer auszumachendes Objekt von ihnen ab, knapp außerhalb des Blickfelds.«

»Das sind die abgelösten Luftpatronen«, bemerkte Boggs. »Fünf Dollar, daß die RB-Jäger entwickelt haben, seit wir weg waren.« Er blickte wieder zu Cassidy. »Du warst doch oben. Stimmt das nicht?«

»Ich weiß es nicht.« Cassidy war immer noch von der Szenerie jenseits der Sichtscheibe fasziniert. »Wo ist das Gesicht?«

»Das haben wir unten gelassen. Hätte besser Ausschau halten sollen. Was war an Bord der *Shinseiki*?«

»Zwei Marines waren an Bord, als . . .«

»Zwei? Nur zwei?«

»Drei. Ich meinte drei.« Cassidy dachte kurz darüber nach. »Drei von der Ersten Rauminfanterie, aber sie haben mich in nichts eingeweiht, deshalb weiß ich nicht, was . . .«

»Zum Teufel auch, aber *ich* weiß es!« Boggs lachte kreischend und schlug mit der rechten Handfläche gegen das Steuer. »Siehst du, Katsu? Habe ich dir doch gesagt!« Wieder sah er zu Cassidy zurück. »Musiker, wie? Kein Scheiß. Bin selbst nach einem Musiker benannt worden. Waylon Jennings. Aus Nashville, Tennessee. Meine Heimatstadt.«

»Das ist ja wunderbar.« Cassidy rülpste und fühlte sich etwas erleichtert. Seine Eingeweide waren nicht mehr verknotet; es gab sowieso nichts mehr auszukotzen. »Würde mir irgend jemand vielleicht mal eine offene Antwort geben und mir mitteilen, was hier eigentlich los ist?«

Boggs lachte. »Hier ist folgendes los, daß Major Oeljanow und seine Roboter vom verdammten Marineinfanteriekorps nämlich einen vor den Bug bekommen werden, und wenn du aus dieser Sichtluke spähst, kannst du dir die ganze Nummer angucken.« Er zeigte auf die dreigeteilte Sichtscheibe neben Shimodas Sessel. »Sie haben darum gebettelt und jetzt . . .«

»Höhe zwei Uhr«, meldete Shimoda und zeigte aus seiner Sichtluke. »Zwei Kondensstreifen.«

»Da geht es los.« Boggs beugte sich herüber, um über Shimodas Schultern zu spähen. Zwei dünne weiße Streifen schossen durch die dunkellila Stratosphäre. »So«, fügte er zerstreut hinzu, »du bist also der Knabe, der in das Labyrinth hinuntergehen soll?«

»Ja.« Cassidy versuchte unbeholfen, sich aufzurichten und auf den Knien auszubalancieren, und kämpfte gegen die ständige Bewegung des Decks. »Ich schätze, diese Person bin ich wohl.«

»Glück für dich. Ich hoffe, es ergeht dir besser als dem letzten Burschen, der da unten war.«

Für einen Moment vergaß Cassidy die Kondensstreifen. Er sah Boggs von der Seite an. »Der letzte Bursche? Was war denn mit dem?«

»Den haben sie in einer Tüte rausgeholt ... jedenfalls das bißchen, was sie von ihm noch finden konnten.« Boggs brach ab und musterte Cassidy. »Soll das heißen, daß dir niemand erzählt hat, was mit Hal passiert ist?«

»Luftpatronenabwurf auf meinen Befehl«, sagte Spike D'Agostino in die Dunkelheit hinaus, während er die handschuhbewehrten Finger um einen Hebel neben seinem linken Oberschenkel schloß. »Drei ... zwo ... eins ...«

Er riß den Hebel hoch. Ein plötzliches Rucken, ein lauter Knall, dann brach die Luftpatrone, die D'Agostinos winziges Raumfahrzeug umschlossen hatte, auseinander wie eine Muschelschale. Hartes rotrosa Licht explodierte in der Kuppel seines Cockpits und zwang ihn zu heftigem Blinzeln, trotz des Helmmonokels, das sein rechtes Auge schützte. *Waaauuuiiiee!* schrie Hoffmans Stimme in seinen Kopfhörer. *Das Baby buckelt ja wie ein Texasfohlen!*

D'Agostino ignorierte ihn. Die F-210-Hornisse stürzte auf den etwa fünfzigtausend Fuß tiefer gelegenen Boden zu; wenn er nicht in den nächsten fünf Sekunden etwas dagegen unternahm, würde der atmosphärische Sog an den Stummelflügeln das Fahrzeug in ein unumkehrbares flaches Trudeln versetzen. Mit der Rechten packte er das Ruder zwischen seinen Beinen, griff mit der Linken an das Kontrollpaneel über seinem Kopf und zündete die Triebwerke. Auf der Betriebszustandsanzeige leuchteten die Dioden grün auf; D'Agostino öffnete die Drosselklappe und zog sanft den Steuerhebel zurück.

Die fünf Pratt-&-Whitney-Sauerstoff-/Kohlenmonoxyd-Triebwerke, die unterhalb und hinter dem schlanken Rumpf der Hornisse montiert waren, erwachten brüllend zum Leben und fingen den RB-Jäger in seinem tödlichen freien Fall ab, rissen ihn wieder an den Himmel. Der Rumpf erbebte, als der digitale Geschwindigkeitsanzeiger auf Mach 1 zurückrollte, und die schwarzweiße Kugel des künstlichen Horizonts sich auf der Y-Achse stabilisierte. Spike stieß ein erleichtertes Seufzen aus. Nun würde er doch nicht in hunderttausend Teilen über die Planetenoberfläche verspritzt werden.

»Falke Eins an Falke Zwo«, sagte er. »Was macht denn dein Pferdchen?«

Synchron, Falke Eins. Alle Anzeigen auf Grün, wir fliegen eben. Hast du auch Spaß gehabt? meldete Hoffman.

»Einfach wunderbar, Falke Zwo.« Die Achterkugel hob sich ein wenig zu schnell ins Weiße; nun, nach der Bremsung ihres Sturzflugs, begann die Hornisse aufzusteigen, anstatt zu sinken. D'Agostino schob den Knüppel sanft ein Stück nach vorn; die Seitentriebwerke fuhren herunter, um Achterschub zu geben, peitschten den Jäger vorwärts.

Er blickte nach links. Einige hundert Meter entfernt auf neun Uhr schnitt sich die andere Hornisse durch die dünne Atmosphäre und zog einen weißen Kondensstreifen hinter sich her. Falke Zwei schien in Ordnung zu sein; er wußte, daß Hoffman seinerseits Falke Eins einer schnellen Sichtkontrolle unterzog. D'Agostino mußte den Knüppel kräftig festhalten, um gegen die heftigen Wirbel und Strudel der Marsstratosphäre anzukämpfen, doch davon abgesehen war es weitgehend so, wie er es in den Simulatoren erlebt hatte. Das einzige, was jetzt fehlte, war sein Flugausbilder, der ihm wegen verzögerter Reaktion den Arsch aufriß ...

Scheiß drauf. Das hier war echt. »Okay«, sagte D'Agostino. »Waffensysteme entsperren.«

Verstanden, Falke Eins. Entsperrt und geladen.

Mit der linken Hand legte D'Agostino weitere Schalter um. Das Zündungskontrollpaneel auf dem Armaturenbrett leuchtete auf, meldete ihm in grünen Lettern, daß die beiden intelligenten Luft-Bodenraketen unter den Tragflächen ebenso geschärft und einsatzbereit waren wie die 30-mm-Kanone unter dem Cockpit. Das ECM-Paneel meldete, daß die elektronischen Radar- und Infrarotblockaden aktiv waren; die Radaranzeige war leer, fing keine herannahenden Geschosse ein. Im Helmmonokel vor seinem rechten Auge war ein dünnes Fadenkreuz erschienen, er bewegte die Augen erst nach links, dann wieder nach rechts, und das Fadenkreuz folgte der Bewegung. Das Stirndisplay in seinem Helmvisor gab die gleichen Anzeigen wieder wie das Multifunktionsdisplay auf dem Armaturenbrett.

»Falke Zwo, wir liegen 1a, voll auf Peilstrahl«, sagte er.

Verstanden, Falke Eins. Ich nehme alles zurück. Ist ein süßes kleines Pony, frisch von der Weide . . .

»Verstanden.« Ob Fohlen oder Wildfang, es war ein hübsches kleines Schiff, das er da lenkte, und D'Agostino war nur zu bereit, damit ein kleines Rodeo zu veranstalten. Er grinste und schob den Steuerknüppel wieder vor. Falke Eins senkte seine stumpfe Schnauze ein Stück, und der rote Horizont stieg vor den Sichtluken der Kabine auf. »Okay, dann wollen wir mal los.«

Ganz genau, Falke Eins. Auf zur fröhlichen Bärenjagd . . .

Arthur Johnson fand Richard Jessup im Kommandomodul; er wandte den Blick nicht von der Monitorreihe ab, die er gerade eindringlich gemustert hatte, als der Astrophysiker die Luke öffnete. Johnson wollte etwas sagen – er wußte auch nicht so genau, was eigentlich, nur daß er immer noch ziemlich wütend und nur zu bereit war, es Jessup wissen zu lassen –, als er an Jessups Seite trat und plötzlich sah, was sich auf den Schirmen abspielte.

Zwei der Monitore zeigten Szenen, die von außerhalb der Aufenthaltsmodule angebrachten Kameras eingefangen wurden. Auf jedem Schirm stapfte ein Buschbagger in schnellem Tempo über das felsige Gelände zwischen Unterkunft und Stadt; im Hintergrund war jeweils einer der Autotanks zu erkennen. Sie schienen nebeneinander in Position zu gehen.

Der dritte Schirm gab das Innere von Modul 1 aus der Vogelperspektive wieder: die Fahrzeuggarage und die Luftschleuse. Ihre Doppelluken waren verschlossen; in der Mitte des Schirms war Maxim Oeljanow zu sehen. Der Armeemajor der GUS-Streitkräfte war in einen russischen GKA gehüllt; der Außenschalendeckel war offen, und sie konnten seinen Kopf aus dem dicken Innenfutter des Anzugs herausragen sehen. Oeljanow trug eine weiße Snoopy-Baumwollmütze. Während sie ihn beobachteten, bewegten sich seine Lippen stumm.

»Schauen Sie sich das an«, sagte Jessup leise und ließ sich zum ersten Mal anmerken, daß er Johnsons Eintritt registriert hatte. Er wies auf die beiden anderen Schirme. Die oberen Kanonentürme der Buschbagger rotierten um fünfundvierzig Grad, ihre Kanonen zeigten nach Osten und schwenkten zum Himmel empor.

»Hundesohn.« Jessups Stimme war ein ehrfürchtiges Raunen. »Er ist drauf gekommen und hat die Buschis auf reine Stimmbedienung geschaltet. Ich habe versucht, mich in ihre KI-Schnittstelle einzuschleifen, aber sie haben mich ausgesperrt.« Er schüttelte den Kopf. »Vielleicht können die Hornissen die Signale per ECM stören, aber ich bezweifle es, denn . . .«

Johnson ließ ihn nicht ausreden. Er riß sich das Gürtelfunkgerät von der Hüfte, schaltete es auf Kanal 1, den Standardkanal für den Arbeitsfunkverkehr der Basis, und hob das Gerät ans Gesicht. »Major Oeljanow, hier ist Dr. Johnson«, sagte er. »Können Sie mich hören? Ende.«

Oeljanows Kopf ruckte hoch, anscheinend eine Reaktion auf Johnsons Stimme. Jessup drehte sich um und versuchte Johnson das Funkgerät abzunehmen, doch der Wissenschaftler trat einen Schritt zurück und schob Jessup beiseite. »Maxim, das ist doch einfach Blödsinn«, sagte er. »Ich weiß nicht, was Jessup vorhat, aber wenn Sie mit Ihrer Sache fortfahren, bringen Sie das ganze Projekt in Gefahr. Seien Sie . . .«

»Art, versuchen Sie nicht . . .«

»Maul halten, Dick!« versetzte er. »Hören Sie, Maxim . . . machen Sie sich aus dem Ding raus und kommen Sie hierher, dann können wir noch mal über die Sache reden. Okay? Wir müssen diesen Unfug nicht unbedingt durchmachen.«

Unbeholfen drehte sich Oeljanow in dem schweren Panzer und

blickte zur Kameralinse hinauf. Ein sarkastisches Lächeln erschien auf seinem Gesicht, bevor sich der Deckel des GKA langsam auf seinem pneumatischen Scharnier senkte. Dann hob Oeljanow den rechten Arm – wies mit dem häßlichen Schlund eines lasergesteuerten Maschinengewehrs auf die Kamera. Ein winzigkurzes Aufblitzen an der Mündung der Waffe, da schoß auch schon der Schnee über den Schirm, und das Bild erlosch. Eine Sekunde später ersetzte der Computer das Bild durch eine Textmeldung: KAMERA EINS – NULL – EINS FUNKTIONSUNTÜCHTIG / 1838:32:45/6-18-30 / TOTALAUSFALL.

»Das glaube ich nicht«, murmelte Johnson. »Er hat einen Schuß auf . . .«

Im selben Augenblick hörten sie irgendwo in der Nähe ein lautes *Peng!* Alarmsirenen ertönten im Unterkunftstrakt. Johnson wirbelte herum und überprüfte die Flachbildschirmanzeige der Umweltüberwachungsstation:

DEKOMPRESSION MODUL 1 / LUFTSCHLEUSE AUSGEFALLEN / INNENLUKEN VERSIEGELT / INNENDRUCK STABIL MODULE 2-9 /1838:33:01/6-18-30.

»Verdammt noch einmal!« schrie er. »Entlüftung in Modul 1! Er hat ein Loch in die Hülle geschossen!«

»Wird ihn das daran hindern, das Garagentor zu öffnen?«

»Nein. Er kommt immer noch über die manuelle Steuerung hinaus . . .«

»Verdammt.« Jessup blieb ruhig. »Und jetzt ist auch noch die Überwachungskamera ausgefallen. Wenn Sie das nicht getan hätten, hätten wir beobachten können, was er gerade unternimmt.«

»Zum Teufel damit!« bellte Johnson. »Jetzt kann niemand mehr durch die Hauptschleuse! Ich habe Leute, die da draußen ausgesperrt sind . . .«

»Beruhigen Sie sich. Wenn die reinwollen, können sie immer noch die Hilfsluftschleuse in Modul 10 nehmen.« Jessup griff an Johnson vorbei, um die Dekompressionsalarmanlage abzuschalten, dann kehrte er sich wieder den beiden immer noch funktionsfähigen Schirmen zu. »*Ich* habe jetzt hier das Kommando, Art. Tun Sie so etwas nie wieder, oder wir bekommen Probleme miteinander.«

»Probleme?« Johnson ließ das tragbare Funkgerät von seiner Hand herabbaumeln; ein Gefühl der Unwirklichkeit bemächtigte sich seiner. »Das hier nennen Sie ein *Problem*? Was zum Teufel sind Sie...?«

Unfähig, seinem Zorn und seiner Verwirrung Ausdruck zu verleihen, verstummte er plötzlich. Jessups Blick blieb auf die Schirme geheftet. »Wenn Sie immer noch helfen wollen«, sagte er, »können Sie alle benachrichtigen, daß sie an Ort und Stelle in Deckung gehen sollen. Es wird einen Weltraum-Boden-Luftschlag auf die Station geben, und zwar innerhalb der nächsten fünf Minuten. Meinen Sie, Sie schaffen das?«

Arthur Johnson starrte auf Jessups Hinterkopf. An der Wand hinter ihnen war ein Feuerlöscher befestigt; vielleicht konnte er seinem alten Bundesbruder mit seiner Hilfe ja mit einem kräftigen Hieb das Gehirn aus dem Schädel schlagen...

Doch statt dessen hob er wieder das Funkgerät und gab mit taubem Zeigefinger die Ziffern für Kanal 1 ein.

(Auszug aus den Anhörungsprotokollen des Sonderausschusses für Weltraumfragen des Senats der Vereinigten Staaten: 1. Juli, 2030)

Michael Rosenfeld, Missouri, Ausschußvorsitzender: Der Ausschuß hat immer noch keine Antwort darauf erhalten, Mr. Betano, weshalb NASA und Weißes Haus es für erforderlich hielten, den Kongreß nicht darüber zu informieren, daß man eine geheime militärische Mission auf den Mars schickte.

Ellio B. Betano, Chefdirektor der NASA: Aus demselben Grund, aus dem auch viele Leute innerhalb der NASA, dem Pentagon und ... Personen, die in direktem Zusammenhang mit der Mission standen, nicht informiert wurden, Senator. Wir waren der Meinung, daß der geheime Charakter der Operation Jagdrennen, ihre sensible Natur, dem öffentlichen Recht auf Aufklärung entgegenstand. Wir wollten nicht, daß die Russen davon erfuhren. Ich stand unter direktem Befehl des Präsidenten, niemandem über Jagdrennen Mitteilung zu machen, der nicht vom FBI und dem State Department als Geheimnisträger der obersten Sicherheitsstufe eingestuft worden war.

Mr. Rosenfeld: Ich habe eine solche Einstufung, Mr. Betano, und wurde auch nicht informiert.

Mr. Betano: Das wußte ich nicht, Senator. Es tut mir leid.

Mr. Rosenfeld: Ja, darauf möchte ich wetten. Eine Wortmeldung von Miss Crouse.

Margaret Crouse, Kalifornien: Wenn ich richtig informiert bin, wurde der Schlag mit Hilfe eines neuen Raumschifftyps durchgeführt, dem ... F-210-Mars-RB. Ich glaube, man nennt sie ...

Mr. Betano: Hornissen, Madam. Die F-210-Hornisse, Mars-Raum-Boden. Ein sehr effizientes, wirkungsvolles Kampfvehikel, wie die Operation Jagdrennen bewiesen hat.

Miss Crouse: Dem will ich unter gewissen Vorbehalten zustimmen. Doch soweit ich weiß, wurde dieser Jäger speziell für den Einsatz auf dem Mars entwickelt und gebaut. Dem Ausschuß liegt die Aussage eines anderen Zeugen vor, der uns mitteilt, daß die Hornisse zu aerodynamisch ist, um auf dem

Mond eingesetzt zu werden, gleichzeitig aber auch zu leicht und leistungsschwach für den Einsatz auf der Erde. Der einzige Ort, wo sie wirkungsvoll für Kampfeinsätze verwendet werden kann, ist der Mars. Genau genommen wurde sie sogar ausschließlich auf die Gegebenheiten des Mars hin entwickelt. Meine Frage, Mr. Betano, lautet, ob der F-210 entwickelt, entworfen und gebaut wurde, bevor sein Einsatz erforderlich war.

Mr. Betano: Nun, der . . . ich meine, der Etat für die Hornisse wurde unter Position FY 27 vom Militärgesamtausschuß als Neuentwicklungsprogramm gebilligt, wobei man an die Möglichkeit dachte, daß das Schiff irgendwann in der nahen Zukunft gebraucht werden könnte. Es wurde im Geheimetat des Verteidigungsministeriums von beiden Häusern bewilligt und wurde . . . Könnten Sie bitte die Frage noch einmal wiederholen, Senatorin?

Miss Crouse: Sind Sie taub, Mr. Betano, oder halten Sie mich für blöd?

Mr. Rosenfeld: Eine Wortmeldung von Senator Leakey.

William Leakey, Ohio: Ich glaube, was Senatorin Crouse damit fragen will, Mr. Betano, ist, ob die Hornisse für genau eine solche Art von Einsatz entworfen wurde.

Mr. Betano: Ich verstehe nicht, was Sie mich fragen wollen, mein Herr.

Mr. Leakey: Die F-210 scheint als Kampffahrzeug entworfen worden zu sein. Ich habe die technischen Daten hier vorliegen, und ich stelle fest, daß zur Bewaffnung eine 30-mm-Kanone und zwei intelligente Kompaktflugkörper gehören. Die Hornisse war also nicht nur für den Flug in der Marsatmosphäre ausgestattet, sondern augenscheinlich dafür, feindliche Kräfte auf der Marsoberfläche anzugreifen. Doch ihr aufgrund ihrer beschränkten Treibstoffkapazität begrenzter Aktionsradius machte sie nur für Kurzeinsätze geeignet. Nach einer Landung hing sie praktisch am Boden fest. Das ist doch wohl eine korrekte Einschätzung, nicht wahr?

Mr. Betano: Das ist richtig, Sir, aber ich weiß immer noch nicht . . .

Mr. Leakey: Ich frage mich, Mr. Betano, weshalb NASA und Pentagon es vor vier Jahren für erforderlich hielten, einen RB-

Jäger für den Mars zu bauen und ihn im Geheimetat des Verteidigungsministeriums zu verstecken, obwohl die Vereinigten Staaten und die GUS doch die letzten dreißig Jahre vollkommen friedliche Beziehungen miteinander unterhielten, besonders auf dem Gebiet der Weltraumforschung. Die Art von Mission, für die die Hornisse gedacht war, die Umstände, für welche sie erbaut wurde, existierten damals überhaupt nicht. Beide Länder kooperierten miteinander bei der Erforschung des Mars. Die Russen hatten im Jahre 2026 keine Waffensysteme auf den Mars gebracht, noch hatten sie ihrer Meinung nach damals Anlaß dazu, es zu tun.

Mr. Betano: Ich verstehe nicht, worauf Sie damit hinauswollen, Senator.

Mr. Leakey: Doch, ich denke, das verstehen Sie sehr wohl. Irgend jemand war wild auf einen Krach.

4 60 Sekunden über Cydonia

Die Luke zum Modul 11, dem Unterdrucklabor für Umweltfaktoren, war mit einem Poster bedeckt, das Marvin den Marsianer aus den alten *Loony Tunes*-Cartoons zeigte; Marvin richtete eine Strahlenkanone auf den unvorsichtigen Besucher, und seine Augen hatten sich unter dem römischen Zenturiohelm drohend zu Schlitzen verengt. Darunter stand in englischer Sprache auf einem Schild:

TÖRICHTER ERDLING! WENN DU KEINEN SCHUTZANZUG TRÄGST, DANN HOL DIR SOFORT EINEN!

(*Und drück auf den Knopf, wenn du reinwillst!*)

Miho Sasaki trug einen Schutzanzug – das Schild war überflüssig, denn die Luke ließ sich nicht öffnen, bevor die Luftschleuse des angrenzenden Moduls 10 nicht entlüftet worden war –, aber sie hatte den Summer bereits ein halbes Dutzendmal betätigt, ohne Antwort zu erhalten. Nun blieb ihr nichts anderes mehr übrig, als mit den Fäusten gegen die Luke zu hämmern, was Marvin mehr Prügel eintrug, als er jemals von Bugs Bunny bezogen hatte.

»Kawakami-san!« schrie sie auf japanisch. »Kawakami-san, öffnen Sie die Luke!«

Sie hielt einen Augenblick inne. Plötzlich begriff sie die Absurdität ihrer Situation; in der dünnen Atmosphäre des Labors würde ihr Klopfen und Rufen ebenso unhörbar bleiben wie die Geräusche, die jemand im Keller machte, um eine Person im dritten Stock auf sich aufmerksam zu machen. Doch Dr. Kawakami hatte weder auf die Signallampe reagiert noch auf ihre Meldungen per Comlink.

Dennoch trommelte Sasaki wieder gegen das Schott. »Kawakami-san, öffnen Sie . . .!«

Da sprang die Luke plötzlich aus ihren Scharnieren nach innen auf, wie von ihren Fäusten getrieben. Eine Sekunde später riß Tamara Isralilowa den Deckel gänzlich auf. *Schnell rein!*

befahl sie. Ihre Stimme im Comlink klang rauh, sie sprach Englisch, wie das unter den verschiedenen Nationalitäten auf der Station üblich war. Ohne darauf zu warten, daß sich Miho aus freien Stücken in Bewegung setzte, packte Tamara sie am Unterarm und riß sie durch die offene Luke ins Innere des Moduls.

Die Beleuchtung im Labor war matt und vom selben rötlichen Ton wie die Planetenoberfläche außerhalb des Aufenthaltstrakts, womit die natürlichen Umweltbedingungen des Mars nachgeahmt wurden. Die Aufgabe des Labors bestand darin, die Außenbedingungen zu kopieren, während zugleich die staub- und bakterienfreien Bedingungen hergestellt wurden, die für exobiologische Untersuchungen erforderlich waren. Auf der gegenüberliegenden Seite der zentralen Werkbank benutzte Shin-ichi Kawakami gerade ein Ansaugband, um eine Flaschenreihe in einem Schottregal zu sichern. *Haben Sie sie reingeholt?* fragte er, ohne über die Schulter zurückzublicken. *Gut! Nun schließen Sie die Luke!*

Sofort schlug Isralilowa die Luke wieder zu. *Tut mir leid, daß es ein paar Augenblicke gedauert hat,* entschuldigte sie sich forsch, *aber wir waren beschäftigt . . .*

»Dann wissen Sie also von . . .« fing Sasaki an.

Natürlich, Miho. Kawakami zurrte das Band fest um die Flaschen, dann trat er an das Computerterminal neben dem Regal. *Arthur hat vor einigen Minuten Warnung gegeben. Wie die Amerikaner so gern sagen, es wird eine Menge Bewegung geben, deshalb . . .*

»Eine Menge Gerüttel«, berichtigte Miho ihn reflexartig.

Jerry Lee Lewis, erwiderte Kawakami ungeduldig, während seine Finger über dic Tastatur huschten. Er war Nobelpreisträger für Exobiologie, wissenschaftlicher Leiter der Expedition Cydonia und ein geheimer Fan des westlichen Rock 'n' Roll; mit gleicher Leidenschaft praktizierte er *sho,* die alte japanische Kunst der Kalligraphie, und sammelte Rockabilly-Bänder aus den 50er Jahren. Miho wußte selbst nicht so recht, weshalb sie den alten Mann liebte . . . *Ja, Miho, ich weiß . . . und nun stellen Sie doch bitte sicher, daß das Zelt über Hirohito richtig befestigt ist, ja?*

Sasaki blickte auf die dunkle Gestalt, die in der Mitte des

Raums auf dem langen Labortisch lag, in eine durchsichtige Plastikplane eingeschlagen, die an den Tischkanten mit Klammern befestigt war. Hirohito war der Spitzname des Wissenschaftlers für den einzigen intakten Leichnam eines Cootie, den man in der Stadt bisher entdeckt hatte. Es war passend, daß Kawakami ihm den Namen eines früheren japanischen Kaisers verlieh; vor allem lag darin jetzt eine gewisse Ironie, wenn man daran dachte, daß Hirohito einst dazu gezwungen gewesen war, den Vertrag mit den Vereinigten Staaten zu unterschreiben, der dem Zweiten Weltkrieg ein Ende setzte.

Doch Hirohito, der mumifizierte Alien, war Kawakami ebenso wichtig wie sein eigenes Leben. Alle anderen Cooties bestanden nur aus vertrockneten Fragmenten chitinähnlicher Exoskelette: hier ein halbzertrümmerter Schädel, dort ein Schienbein und ein Teil eines Brustkorbs. Von allen bisher aufgefundenen Überbleibseln hatte allein Hirohitos insektenähnlicher Körper durch einen merkwürdigen, immer noch nicht geklärten Zufall die Katastrophen der Zeit überstanden. Sorgfältig überprüfte Miho die Klammern der Plane und dachte darüber nach, daß Kawakami seine Nobelpreismedaille mit Freuden gegen einen weiteren, zu Hirohito passenden Leichnam eintauschen würde. Was nicht allzuviel bedeutete, wenn man bedachte, daß der alte Wissenschaftler dieselbe Medaille im Labor von Modul 9 schon als Papierbeschwerer mißbraucht hatte . . .

Plötzlich, ohne erkennbaren Grund, mußte sie an ein anderes Mitglied der Wissenschaftsmannschaft denken. »Paul!« rief sie und hob den Blick vom Labortisch. »Hat irgend jemand Paul gesehen?«

Kawakami wandte sich am Terminal zu ihr um; im Helmvisier rahmte sein zottiger weißer Schnurrbart sein zerstreutes Stirnrunzeln ein. *Verduin? Ich hatte geglaubt, daß Sie wüßten, wo er ist.*

Sasaki starrte ihn fassungslos an, dann ließ sie einen Blick über den Tisch zu Isralilowa schießen. Tamara hielt ihm stand und schüttelte den Kopf. *Ich habe ihn zuletzt draußen auf der Oberfläche gesehen,* meldete sie. *Er hat gerade den C-4-Scanner überprüft, als das Landungsboot aufsetzte . . .*

Sasaki stieß ein Zischen aus und wich von dem Labortisch zurück; fast hatte sie die Außenluke erreicht, die am gegenüberliegenden Ende des Labors unmittelbar auf die Oberfläche hinausführte, als Kawakami schon aus seinem Sessel gesprungen war und ihr die Arme um die Hüfte geschlungen hatte. *Nein!* befahl er, *Sie bleiben hier!*

»Paul ist dort draußen!« Miho wehrte sich nicht gegen Shinichi, obwohl sie den sechzigjährigen Mann mühelos hätte zu Boden schleudern können. »Es wird einen Luftschlag geben! Er wird umkommen, wenn er dort draußen bleibt!«

Falls er Arthurs Meldungen empfangen hat, wird er in Deckung gegangen sein, sagte Kawakami in tröstendem Tonfall. *Sie können nichts für ihn tun, Miho.*

Im Kokon seiner Kampfrüstung eingesponnen, blickte Maxim Oeljanow in den eingebauten VR-Schirm und studierte die flache Landschaft, die den Aufenthaltstrakt vom Stadtrand trennte. Digitale Meldetexte in kyrillischen Buchstaben informierten ihn darüber, daß die nächstgelegene Pyramide, die C-4, nur dreißig Meter südöstlich von ihm entfernt war; als er in diese Richtung blickte, sah er jemanden in einem Schutzanzug in der Nähe der Scanner stehen, an der westlichen Ecke des massiven Steinbaus. Er ignorierte die Person; wenn der oder die Betreffende töricht genug war, sich hier im Freien aufzuhalten, konnte er auch nichts daran ändern.

Er konzentrierte sich wieder auf den unmittelbar vor ihm liegenden Nordostrand der Basis Cydonia, hinter dem aufrechtstehenden Doppelkegel des Landungsboots der *Shinseiki*. In der Ferne nahe dem Horizont konnte er das große Profil des Gesichts ausmachen, wie es düster in den dunkel werdenden Himmel emporstarrte.

Wenn sie kommen, dachte er, *dann über das Gesicht* . . . Der Zentrale Nachrichtendienst der GUS hatte schon vor einiger Zeit von dem geheimen amerikanischen Unterfangen erfahren, einen RB-Jäger für den Marseinsatz zu bauen. Deshalb hatte man Oeljanow ja auch an diesen gottverlassenen Ort versetzt – um eine mögliche amerikanische Besetzung der Basisstation zu verhindern. Wenn der ZND doch nur auch über so etwas wie die Hornisse verfügte...

Nein. Das war Wunschdenken. Er würde sich auf die Autotanks verlassen müssen, die rechts und links von ihm standen. Wenn es zum Allerschlimmsten kommen sollte, wenn der Gegner überlegene Feuerkraft unter Beweis stellen sollte, könnte er immer noch der Einheit Eins befehlen, ihre Kanonen auf das Kommandomodul des Aufenthaltstrakts zu richten. Dann könnte er den amerikanischen Piloten vielleicht die Kapitulationsbedingungen diktieren.

Doch das wäre ein feiger Ausweg. Oeljanow schloß ihn fast reflexartig aus. Es ging um eine Kraftprobe: russische Kybernetik und Panzerung gegen experimentelle amerikanische Raumfahrzeuge.

Ja. Eine Kraftprobe...

Er bemerkte, wie sich sein Schatten vor ihm auf dem Boden ausdehnte, von der in seinem Rücken untergehenden Sonne geworfen, und erinnerte sich an die alten amerikanischen Western, die er vorbehaltlos liebte. Wegen dieser Vorliebe hatten ihn seine Mitkadetten an der Russischen Militärakademie ›Kadett Clint‹ getauft, und dieser Spitzname war ihm gar nicht unlieb gewesen. Er war ein loyaler Offizier der russischen Armee, doch in seiner Phantasie trug er stets einen Cowboyhut und zwei Colts; und sein erträumtes Selbst hatte auch immer ein wissendes Blinzeln in den Augen.

Ja, das würde einem Western sehr nahekommen: Er war Bob Wayne... njet, erinnerte er sich wieder, das heißt John Wayne... Gary Cooper, Steve McQueen, Yul Brunner, Clint Eastwood...

»Na schön, Pilger«, sagte er auf Englisch und imitierte dabei Bob-John Waynes gedehnte Aussprache, »ich fordere dich auf...«

Wie auf ein Stichwort begann das RWS zu piepsen und meldete ihm, daß es in Radarweite etwas aufgefangen hatte. Zwei blaue Kreuze erschienen auf seinem VR-Schirm und bedeckten die weißen Zwillingsstreifen, die über dem nordöstlichen Horizont aufgingen. Sehr gut; genau, wie er es vorhergesagt hatte.

»Einheit Eins, Einheit Zwei«, sagte er laut, »anfliegende

Objekte auf Azimut fünfundfünfzig Grad neun Komma zwo Minuten verfolgen, ins Ziel nehmen und Waffensysteme arretieren.«

Ein Doppelpiepsen in seinen Kopfhörern, als die Autotanks gehorsam seinen Befehlen Folge leisteten. Er brauchte nicht erst zu seiner Stirnanzeige hinaufzublicken, um sich davon zu überzeugen, daß sie ihre Geschütze scharf gemacht hatten und die Bahn der Hornissen verfolgten.

Oeljanow hob den rechten Arm, um an den Himmel zu zeigen, spürte, wie sein Zeigefinger sich um den versenkten Abzughahn seines eigenen eingebauten Gewehrs schlang. »Automatische Zielnahme fortsetzen«, befahl er seinem Anzug. »Feuerkontrolle auf manuell.« Er hätte es auch dem Anzug überlassen können, das optimale Ziel zu bestimmen und es automatisch für ihn unter Beschuß zu nehmen, doch das wäre ihm viel zu unsportlich gewesen. Ein Soldat – oder ein Revolverheld – überließ es nicht einem Computer, den Abzughahn zu betätigen. So hätte Clint das nicht gemacht...

Als das Piepen des RWS schriller wurde, das schnelle Nahen des Feindes meldend, stellte sich Oeljanow breitbeinig hin und atmete tief ein. Wenn die Sonne untergegangen ist, sagte er sich, werde ich Held der Gemeinschaft geworden sein...

Das erste Anzeichen dafür, daß etwas Ernstes im Schwange war, bekam Paul Verduin, als er eine knappe Funknachricht von Arthur Johnson empfing, in der er aufgefordert wurde, in der Nähe der Stadt in Deckung zu gehen. Dann verstummte das Comlink, und so blieb dem holländischen Wissenschaftler wenig anderes übrig, als um sein Leben zu laufen.

Er war sich sicher gewesen, daß eine Kraftprobe unvermeidlich war, seit dem ersten Augenblick, da die Russen ihre Waffensysteme nach Cydonia gebracht hatten. Doch nie hätte er geglaubt, daß alles so *schnell* gehen würde...

Verduin begriff, daß irgend etwas am Himmel los war, als der C-4-Scanner den Kopf nach Osten wandte. Der Scanner war ein stationärer Roboter: ein hoher, schlanker Automat, der permanent im Boden verankert war, ausgerüstet mit einem

Bündel von Kameras, Geräusch- und Bewegungsdetektoren, Aufnahmegeräten und Funksendern, die oben auf seinem Hauptstamm in einen Drehkopf eingelassen waren. Man hatte ihn hier aufgebaut, um als Bewachung für die C-4-Pyramide zu dienen, damit niemand dem Labyrinth einen unautorisierten Besuch abstattete ... vielleicht aber auch, um zu verhindern, daß etwas *daraus* hervorkam.

Verduin kauerte sich hinter der Westecke der Pyramide nieder und stach mit dem Zeigefinger auf die Tastatur am rechten Armband seines Schutzanzugs, aktivierte Kanal 4, die Frequenz des Scanners. *Was kommt aus dem Osten auf uns zu?* fragte er.

Fast sofort blitzte die Antwort des KI-Systems in grünleuchtenden Lettern auf dem Stirndisplay seines Helms auf: ZWEI OBJEKTE / IDENTITÄT UNBEKANNT / NO 55.95 X 1200 M... / GESCH. GESCHW...

Den Rest las er nicht mehr, denn plötzlich vernahm er ein hohes, dünnes Pfeifen, das eine absurde Ähnlichkeit mit dem Geräuscheffekt eines Zeichentrickfilms hatte, als ob eine Bombe vom Himmel herabstürzte. Verduin blickte wieder über die Ebene zu den fernen Hügeln des Aufenthaltstrakts. Oeljanow – niemand hätte sonst diesen Panzeranzug tragen können, daher mußte es Oeljanow sein – und die beiden Autotanks standen immer noch zwischen ihm und der Sicherheit im Inneren der Module. Wenn er allerdings die dritte Schwerkraft ausnutzte und seine Fußgewichte abstreifte, die es ihm gestatteten, auf der Planetenoberfläche normal zu gehen, könnte er vielleicht immer noch ...

Denk nicht einmal darüber nach, ermahnte er sich. Zwischen dir und was immer gerade da vom Himmel herabkommen mag, liegen Millionen Tonnen Gesteinsbrocken. Wenn du hierbleibst, hast du vielleicht eine Chance, aber draußen im Freien ...

Verduin schnitt eine Grimasse und kauerte sich noch tiefer hinter die Pyramide. Die Erzählungen seines Großvaters fielen ihm ein, der sich als Kind im Zweiten Weltkrieg in der Wohnung seiner Mutter zu Arnheim zusammengekauert hatte, als die Panzerdivisionen der Nazis die Alliierten Streitkräfte bei ihrer unglückseligen Operation Market Garden belagerten.

Sein Großvater hatte zu den wenigen holländischen Bewohnern gehört, die unversehrt aus Arnheim entkommen waren, als die Stadt im Zuge der Kampfhandlungen schließlich planiert worden war. Für den jungen Paul Verduin, der damals sämtliche wissenschaftliche Bücher verschlang, die er nur zwischen die Finger bekommen konnte, hatte die Belagerung von Arnheim etwas ebenso Abwegiges wie der Fall des alten Roms für die Westgoten.

Er hatte sich die oft wiederholten Geschichten des alten Mannes nur mit beiläufigem Interesse angehört, um höflich zu bleiben, während er in einem weiteren Text blätterte, doch nun hatte er eine Ahnung davon, wie sich sein Großvater damals gefühlt haben mußte. Ein mechanisiertes, gesichtsloses Grauen senkte sich über ihn, und die einzige Möglichkeit, die ihm blieb, war, davonzulaufen oder sich zu verstecken . . . niemals jedoch die Gegenwehr.

Das Pfeifen wurde lauter. Von seinem viel zu nahen Beobachtungspunkt aus konnte er sehen, wie die russischen Autotanks einknickten, als sich ihre häßlichen schwarzen Maschinengewehre zugleich nach oben richteten und ausfuhren. »Verdammt«, flüsterte er auf holländisch. »Verschwindet von diesem Planeten . . .«

Und dann, mit einemmal, war der Zorn des Kriegs über ihm.

Der Autotank mit der Bezeichnung Einheit Eins eröffnete als erster das Feuer, Millisekunden später gefolgt von einem steten Feuerstoß der Einheit Zwei, die ihm näher stand. Ein schwaches, stakkatoähnliches *Pappa-pappa-pappa-pappa* hallte durch die dünne Atmosphäre, als ihre Maschinengewehre Feuer zu speien schienen und leere Patronenhülsen seitlich aus den Robotern sprangen und hüpfend auf den Wüstenboden fielen. Instinktiv fuhr Verduin mit den Händen an die Seiten seines Helms, als er mit ansah, wie Oeljanow einen Schritt vortrat und sein eigenes Gewehr auf etwas immer noch Unsichtbares am Himmel jenseits der Pyramidenspitze losfeuerte . . .

»Verschwindet von meinem gottverdammten Planeten!« schrie Verduin.

Plötzlich explodierte etwas zwischen Einheit Eins und Einheit Zwei, warf eine Staubfontäne auf und schleuderte Oeljanow auf die Knie. Einen Sekundenbruchteil später bemerkte Verduin ganz kurz, wie etwas in Einheit Zwei einschlug ...

Da detonierte der Buschbagger wie eine Bombe, sein Treibstofftank zerplatzte zu einem orangeroten Feuerball, schleuderte verbogenen Metallschrott nach außen. Im gedämpften Brüllen sah Verduin, wie etwas in einer Spiralflugbahn auf ihn zuschoß; er warf sich flach auf den Boden und spürte im nächsten Augenblick, wie ein schwerer Gegenstand nur wenige Meter entfernt von ihm in den Boden einschlug.

Verduin spähte zwischen seinen Ellenbogen hervor und erblickte den Kopf des C-4-Scanners, dessen Kameralinse direkt auf ihn gerichtet war. Ein paar Meter zufällige Geschwindigkeit mehr, und er hätte ihn zermalmt.

Er hatte kaum genug Zeit, es zu begreifen, als eine weitere Explosion ertönte, diesmal über ihm. Paul reckte den Hals, so weit es sein Helm zuließ, und erblickte ein kleines Raumgefährt, das über den Himmel jagte und dessen Schatten über den zerstörten Koloß des Autotanks huschte. Unter den Tragflächen qualmte schwarzer Rauch hervor; das Fluggefährt trudelte außer Kontrolle in einem langen Bogen schräggelegt nach unten und verschwand hinter der riesigen Spitze der C-1-Pyramide ...

Noch mehr Gewehrlärm. Verduin konnte sich nicht beherrschen, rollte sich seitwärts ab, um mit entsetzter Fasziniertheit zuzusehen, wie ein weiteres Geschoß die Einheit Eins aufschlitzte. Der obere Geschützturm des Autotanks explodierte, und der mobile Rumpf darunter schien zögernd zusammenzubrechen wie der geköpfte Leib eines Tiers. Maxim Oeljanow, der sich in seinem GKA unbeholfen aufrappelte, hob das Gewehr in seinem rechten Panzerarm, um zu zielen, als sich ein breiter, finsterer Schatten über ihn legte ...

Geschosse prasselten auf den Panzer herab wie schwerer Regen. Ein Sauerstoff-Stickstoff-Gemisch schoß aus dem GKA hervor – rosa getönter weißer Nebel –, als der russische Offizier zurücktaumelte und einen letzten störrischen Feuerstoß von sich gab, bevor er auf dem felsigen Boden zusammenbrach. Sein Körper versank in einer staubigen Wolke, als im nächsten Augenblick das zweite Raumfahrzeug über ihn hinwegpeitschte, über die untergehende Sonne schoß und im dunklen Himmel verschwand.

Die Griechen haben diese Welt nach einem Kriegsgott benannt ...

Paul Verduin sah dem Gefährt nach, wie es in die Höhe jagte, während er auf das nächste Geschoß wartete, die nächste Salve von 30-mm-Projektilen. Doch es war wieder friedlich geworden: Der Westwind wälzte das Schleiergemisch aus rotem Staub und schwarzem Rauch langsam vom Schlachtfeld, und der Treibstoff der zerstörten Autotanks unternahm einen kurzen, fruchtlosen Versuch, in der spärlichen Atmosphäre zu verbrennen. Verduin vernahm ein unverständliches Stimmengeschnatter in seinen Kopfhörern – bisher unbemerkt, dennoch ständig präsent.

Was will man da erwarten ...?

Verduin legte sich flach auf den Boden, spürte, wie sein Körper innerhalb der engen Begrenzung seines Schutzanzugs zitterte. Er hatte eine stechende, ätzende Empfindung zwischen den Oberschenkeln, wo er über die Kapazität der Urinsammelschale seines Anzugs hinaus unwillkürlich Wasser gelassen hatte. Es war ihm fast gleichgültig. Er verfolgte das kleine Raumschiff bei seiner scharfen Rechtskurve, sah, wie es wendete und zur Basis zurückkehrte. Ein Teil von ihm wußte, daß es zur Landung ansetzte ... aber instinktiv wartete er darauf, daß der Pilot seine Kanone auf ihn richten würde, hier, wo er hilflos am Boden lag, um das Feuer erneut zu eröffnen.

Doch er wußte, daß das nicht geschehen würde. Nein. Das würde es nicht.

Das würde es nicht ...

»Verschwindet von meinem Planeten«, flüsterte er wieder.

(Auszug aus dem Abschnitt ›Mars‹,
Das Sonnensystem, Band 4,
Time-Life-Bücher, New York, 2034)

Die zweite Expedition zur Stadt warf ebensoviele neue Rätsel auf, wie sie neue Entdeckungen zutage brachte.

Die außerirdischen Forscher, die den Mars in der fernen Vergangenheit besucht hatten, hatten den Planeten anscheinend nie wieder verlassen. Tatsächlich war der rote Planet zu ihrem Grab geworden. Man stellte fest, daß die riesige D&M-Pyramide ein gewaltiger Friedhof war, in dessen inneren Katakomben ausgetrocknete Überreste lagerten. Obwohl nur ein einziges intaktes Exoskelett eines Cootie – wie die fremde Rasse von den ersten Forschern getauft worden war – jemals entdeckt wurde, genügte dieses einzige Exemplar zusammen mit den Fragmenten anderer dem Exobiologen der Basis Cydonia, Shinichi Kawakami, und seinem wissenschaftlichen Team, um sich ein annähernd vollständiges Bild von der Physiologie der insektoiden Aliens zu machen (siehe Abb. 3-8).

Warum hatten die Cooties auf dem Mars gesiedelt und nicht auf der Erde? Und warum hatten die Aliens den Mars nie wieder verlassen und sich statt dessen damit beschieden, die Toten – vielleicht sogar die Lebenden – innerhalb der D&M-Pyramide einzuschließen? Zwar gibt es zahlreiche Theorien dazu, doch die maßgeblichste wurde in den achtziger Jahren von Richard Hoagland formuliert, bevor die Existenz des Gesichts und der Stadt verifiziert worden waren, und sie fand später die vorsichtige Unterstützung Kawakamis.

Hoaglands Theorie zufolge hatte es sich bei den Aliens um Kolonisten gehandelt, die mit einem unterlichtschnellen Raumschiff von ihrer Heimatwelt in unser Sonnensystem verbracht worden waren. Das Raumschiff war dem Kurs einer früheren Kundschaftersonde zur Erde gefolgt, doch nach einer Reise, die Hunderte, möglicherweise sogar Tausende von Jahren gedauert hatte, hatten die Kolonisten feststellen müssen, daß die Erde sich inzwischen wesentlich anders entwickelt hatte als erwartet.

Hoagland spekulierte, daß die irdische Gravitation vielleicht zu groß gewesen sei, um eine solche Kolonie zu erhalten, ein Faktor, den eine Kundschaftersonde bei ihrer Beurteilung der Erde als potentiell kolonisierbare Welt vielleicht übersehen hatte. Nach seiner Untersuchung der Cootie-Überreste war Kawakami zu dem Schluß gelangt, daß die Physiologie der Aliens vielleicht nicht kräftig genug gewesen war, um in der höheren Gravitation der Erde ihre wesentlichen, lebenserhaltenden Funktionen über längere Zeit zu gewährleisten, was Hoaglands Theorie einige Glaubwürdigkeit verlieh. Andere Exobiologen haben diese Mutmaßungen seitdem in Frage gestellt. So wurde beispielsweise über die Möglichkeit mikrobiologischer Raubtiere spekuliert, und es wurde auch auf die mangelnde Plausibilität der Vermutung hingewiesen, daß eine solche hochentwickelte interstellare Sonde es versäumt haben sollte, ausgerechnet über Gravitationsbedingungen Meldungen zurückzufunken – doch gilt die Hoagland-Kawakami-Theorie nach wie vor als gängigste Erklärung.

Eine Frage blieb jedoch nach wie vor ungelöst: Weshalb hatten die Cooties ihr Heimatsystem verlassen? Aus Forscherdrang? Aus der Not, andere Planeten zu kolonisieren, weil die Bedingungen in ihrem Heimatsystem unwirtlich geworden waren? Niemand wußte es mit Sicherheit.

Jedenfalls mochten die Cooties zu der Entscheidung gelangt sein, eher auf dem Mars als auf der Erde zu siedeln. Vielleicht war ihr Raumschiff ein Einweggefährt, war die Rückkehr ins Heimatsystem wegen des Mangels an Treibstoff und anderer Ressourcen unmöglich, während die anderen Planeten im System noch unwirtlicher waren. Der Mars stellte die beste und einzige Hoffnung für das Überleben der Kolonie dar.

Doch aus irgendeinem Grund überlebte die Marskolonie nicht. Das Planetenklima konnte die Cooties nicht allzu lange erhalten. Obwohl man nie ein Raumschiff gefunden hat, weisen die Indizien darauf hin, daß es auseinandergebaut wurde und daß die Cooties unser Sonnensystem nie wieder verließen.

Innerhalb des Stadtquadrats erwiesen sich die Pyramiden C-1, C-2 und C-3 als verlassene Überreste der Kolonie, deren riesige Kammern und kleine Räume anscheinend einst kurzzeitig dem Zweck dienten, die Cooties am Leben zu erhalten. Doch fand man in den Pyramiden überraschend wenige Überreste und schon gar keine anderen Indizien für die Kultur der Aliens: keine Hieroglyphen, kein Beispiel einer Schriftsprache und nichts, was einen Hinweis darauf bot, wo die Cooties hergekommen waren. Ja, es schien geradezu, als hätten die Cooties ihre Artefakte absichtlich beseitigt und verborgen, bevor sie ihr Grab im Inneren der D&M-Pyramide aufsuchten.

Und schließlich blieb da noch das Rätsel des Gesichts selbst. Das kilometerlange Hochplateau in der Nähe der Stadt war eindeutig bearbeitet worden, um einem menschlichen Gesicht zu gleichen. Diesem anthropomorphen Beweismaterial zufolge schien es, als hätten die Cooties um die Existenz der menschlichen Rasse auf der Erde gewußt; weshalb sonst hätte es auf einem Planeten, wo der Homo sapiens sich nie entwickelt hatte, ausgerechnet zu einem menschlichen Gesicht kommen sollen? Die starke natürliche Erosion der Bauten – einschließlich eines großen Risses in der Wand der D&M-Pyramide, der von einem uralten Zusammenstoß mit einem Meteor herrührte – bewiesen, daß Gesicht und Stadt Tausende von Jahren alt waren, daß sie erschaffen worden waren, lange bevor die menschliche Rasse die Fähigkeit entwickelte, zu anderen Planeten zu reisen. Wenn die Aliens daran geglaubt haben sollten, daß die Bewohner des dritten Planeten es eines Tages zum Mars schaffen würden, weshalb hielten sie es dann für erforderlich, die Aufmerksamkeit der menschlichen Forscher zu erregen, wenn man berücksichtigte, daß die Menschen doch erst lange nach dem Untergang der todgeweihten Kolonie dort eintreffen würden?

Die Antwort auf diese Rätsel befand sich im Inneren von Pyramide C-4 – der letzten, die von dem internationalen Forscherteam geöffnet wurde, und der ersten, deren Erforschung Menschenleben kostete . . .

5 Das erste Opfer

Die Nacht war bereits eingebrochen, als die *Burroughs* zur Basis zurückkehrte. Die Mannschaft hatte zwar den Umriß der Station mit tragbaren Scheinwerfern markiert, doch war es immer noch dunkel genug, daß das Schiff, von zwei Taschenlampen der Expeditionsmitglieder am Boden eingewiesen, bei der Landung ziemlich hart aufsetzte. Der größte Teil der Flutlichter konzentrierte sich um die Wracks der beiden Buschbagger. Oeljanows Leichnam, der noch immer in dem zerschossenen Kampfanzug steckte, lag vor dem Aufenthaltstrakt, wo er bei seinem letzten Widerstand gefallen war. Die überlebende Hornisse hatte das Gespräch über das Comlink mitverfolgt und war neben dem Landungsboot der *Shinseiki* niedergegangen, die andere aber hatte sich mehrere Kilometer entfernt in den Wüstensand gebohrt. Miho Sasaki und Spike D'Agostino hatten einen Traktor genommen, um am Absturzort die sterblichen Überreste von Goober Hoffman einzusammeln.

Ben Cassidy fand Dick Jessup neben Oeljanow. Er sah zu, wie jemand mit einem tragbaren Laser den Keramikpanzer des GKA durchschnitt, um den Leichnam des Majors zu bergen. Der Musiker ignorierte den stummen, fast respektvollen Kreis von Menschen, die Oeljanow umstanden. Er packte Jessup an der linken Schulter. »Jessup, ich will ein paar Worte mit Ihnen wechseln«, fordert er.

Nicht jetzt, erwiderte der NASA-Direktor. Er wandte den Blick nicht von Oeljanows Leichnam ab.

»Warum haben Sie mir nichts von Moberly erzählt? Oder von dem ersten Burschen, der dort hineinging und der schon beim Betreten des Labyrinths umkam?«

Das ist jetzt nicht die passende Zeit, beharrte Jessup.

»Sie Hundesohn, wann *war* denn die richtige Zeit dafür?« Cassidy hob empört die Stimme. Die Umstehenden wandten den Blick von Oeljanow und sahen sie an. »Vielleicht, bevor Sie mich zu dieser gottverdammten Mission erpreßt haben? Oder hatten Sie vielleicht Angst, daß ich nicht mitmachen würde, wenn ich erführe, daß die letzte Person, die den Raum C4-20 betreten hat, wie ein Brathähnchen zerrupft wurde? Alles, was von ihm übrig geblieben ist, war sein Kopf . . .!«

Jessup löste wortlos den Arm aus Cassidys Griff und wollte fortgehen. Cassidy aber packte ihn erneut und riß ihn zurück, ballte dabei die rechte Hand zu einer Faust. Für einen kurzen Moment konnte er den ängstlichen Blick genießen, der ihn durch das Helmvisier Jessups anstarrte.

Arthur Johnson, der in der Nähe gestanden hatte, sprang vor und löste Cassidys Finger gewaltsam von Jessups Anzug.

Hören Sie auf! schrie er. *Wenn Sie auch nur einen Haarriß in seinen Helm schlagen, ist er tot, bevor wir ihn zu einer Luftschleuse bringen können!*

Er riß Cassidy von Jessup fort, der sich inzwischen umgedreht hatte und die beiden musterte. »Das ist auch nicht schlimmer als das, was er für mich vorgesehen hatte!« brüllte Cassidy. »Was hatten Sie vor? Mich dort hineinzuwerfen und zu sehen, ob der Raum mich genauso umbringen würde wie Moberly?«

Johnson, der Cassidy immer noch festhielt, sah zu Jessup auf. *Sie haben ihm nicht von Hal berichtet?* fragte er. Jessup antwortete nicht; er starrte Cassidy nur an. Johnson schüttelte den Kopf. *Gibt es vielleicht noch irgend etwas, was Sie uns vorenthalten haben, Dick?*

Großartig! Einfach famos! Waylon Boggs, der sich nach der Überprüfung der *Burroughs* zu dem Kreis gesellt hatte, trat hinter Jessup. *Wenn diese Mission so weiterläuft, dann haben wir bald mehr Leichen zu begraben als die Cooties in der Pyramide zurückgelassen haben.*

Das muß man der NASA lassen, murmelte Johnson, *nie antworten, immer nur abwiegeln . . .*

NASA? Von wegen! Paul Verduin, der auf der gegenüberliegenden Seite des Kreises stand, scharrte mit den Füßen. *Jedesmal, wenn das amerikanische Militär sich einmischt, gibt es nichts als Gerede.*

Okay! Also gut! Jessup verlor die Fassung. *Sie wollen wissen, warum man Ihnen nichts über Moberly erzählt hat, Ben?*

Sie haben es bereits beim ersten Mal richtig erraten – Sie wären nicht mitgekommen, wenn ich es Ihnen erzählt hätte. Art, Sie möchten wissen, warum man Ihnen nicht vorher etwas über Jagdrennen mitgeteilt hat? Weil die Sache dann zu Oeljanow durchgesickert wäre, und dann hätte er Geiseln genommen, und möglicherweise wären noch mehr Leute dabei gestorben . . .

Das fällt mir schwer zu glauben, versetzte Verduin. *Maxim war vieles, aber ich glaube kaum, daß er uns als Geiseln genommen hätte. Wenn er das gewollt hätte, warum hat er es nicht im selben Augenblick getan, als Ihre Kanonenboote in die Atmosphäre eindrangen? Zeit dazu hatte er jedenfalls. Ich habe es mitangesehen, als . . .*

Sie wollen mich einen Lügner nennen? fauchte Jessup. *Also gut, nur zu! Aber vielleicht sind Sie alle ja jetzt nur noch am Leben, weil ein paar Leute etwas geheimgehalten haben.*

Eine ganze Minute lang herrschte Schweigen; das Comlink blieb stumm bis auf das leise Zischen der Statik. Im Gleißen des Flutlichts stiegen die Abdämpfe ihrer lebenserhaltenden Systeme wie Rauch von kleinen, qualmenden Feuern empor. Cassidy mußte an die ganzen Streitereien hinter der Bühne denken, an denen er teilgehabt hatte, damals, als er noch die Band besaß: an die vielen Male, da er viel zu voll von Drogen gewesen war, um auf die Bühne zu treten und zu spielen, und als Jaime und Amad und die Sessionmusiker ihn vom Mikrofon nach hinten gezerrt hatten und von ihm wissen wollten, ob er seinen Eid gebrochen habe, wenigstens für diesen einen Gig sauberzubleiben. Und jedesmal hatte er gelogen. Nein, ich habe das Zeug nicht angerührt. Hatte nur eine schlimme Nacht, das ist alles. Ich schwöre es, ich bin völlig in Ordnung. Nur ein paar Biere zuviel . . .

»Tut saumäßig weh, die Wahrheit, wie?« fragte er laut.

Jessups Augen schossen auf ihn zu. Sein Blick war mörderisch, doch er sagte nichts.

Ich frage Sie noch einmal, diesmal höflich, warf Johnson schließlich ein. *Gibt es noch irgend etwas, was Sie uns verheimlichen?*

Nein, erwiderte Jessup lakonisch. *Nichts.*

Also gut, sagte Johnson. Er ließ Cassidy fahren und zeigte auf den Aufenthaltstrakt. *Ben, wenn Sie mit mir kommen wol-*

len, dann werden wir Ihnen in der Messe eine Tasse Kaffee und etwas zu essen machen. Dann sollen Sie die ganze Geschichte über das Labyrinth und darüber hören, was Hal Moberly passiert ist. Er zögerte. *Wenn Sie allerdings erst einmal alles wissen, werden Sie vielleicht nicht mehr dort hineingehen wollen.*

»Ja, das möchte ich dann vielleicht nicht«, antwortete Cassidy. »Aber habe ich überhaupt eine Wahl?«

Johnson schüttelte den Kopf in seinem Helm. *Wohl kaum, fürchte ich.*

Das Modul 4 der Basis Cydonia war eine Messe, die zugleich als Kantine, Konferenzzimmer und Freizeitraum diente. Doch bis Cassidy und Johnson dort eintrafen, hatten bereits Boggs, Katsuhiko Shimoda, Spike D'Agostino und mehrere andere Mannschaftsmitglieder dort alles übernommen. D'Agostino war mit den Überresten von Goober Hoffman zur Basis zurückgekehrt; er war in einer Stimmung, in der er einen kräftigen Schluck vertragen konnte, und Boggs war nur zu bereit, ihm damit zu dienen. Shimoda hatte eine Flasche Sake spendiert, und Boggs hatte eine Flasche Whiskey aus seinem Spind hervorgegraben, und so waren sie gerade damit beschäftigt, sich in den Trübsinn zu saufen. Weder Johnson noch Cassidy stand der Sinn danach, sich ihnen anzuschließen. Johnson entdeckte etwas rehydriertes Roastbeef und Meerrettich im Kühlschrank, goß zwei Becher schwarzen Kaffee ein, dann zogen sich die beiden Männer in Johnsons Quartier im Schlaftrakt von Modul 6 zurück, der nun völlig leer war, weil sich alles andere in der Messe drängte.

»Das war wirklich ein wunderbarer Tag.« Johnson setzte sich auf seine Pritsche und tunkte eine Scheibe Rindfleisch in die braune Soße auf seinem Teller. »Erst werde ich des Kommandos enthoben, und dann muß ich mitansehen, wie zwei Leute umkommen.« Er schob sich das Roastbeef in den Mund und kaute, während er Cassidy musterte, der auf der gegenüberliegenden Pritsche saß. »Was mir schwerfällt zuzugeben«, fuhr er schließlich fort, nachdem er die Portion heruntergeschluckt hatte, »ist, daß ausgerechnet ich der Bursche bin, der Sie überhaupt in diese Klemme manövriert hat.«

Cassidy blickte ihn verständnislos an. »Können Sie das vielleicht noch mal wiederholen?«

»Es ist meine Schuld. Als wir uns die Bandaufzeichnung von Moberlys Begegnung mit dem Raum anhörten, dachte ich, daß es sehr ähnlich wie Ihre improvisierten Arbeiten klingt. In meinem Bericht an die NASA habe ich das dann ganz nebenbei erwähnt. Ich habe den Vorschlag unterbreitet, daß wir eine künstliche Intelligenz entwickeln ... vielleicht irgendeine Art von KI-Expertensystem ... das Ihren Gitarrenstil kopieren würde, etwas, um mit C4-20 zu kommunizieren. Schließlich müssen die Cooties selbst ja auch irgendeine Art von KI gehabt haben, um das Labyrinth zu unterhalten. Wenn es also eine KI gäbe, die insbesondere Ihren Stil nachahmen könnte ...« Er atmete tief durch. »Aber irgend jemand muß mich wohl allzu wörtlich verstanden haben. Ich hatte nicht geglaubt ...«

Bedauernd schüttelte er den Kopf. »Verdammt, Ben, es tut mir leid. Ich höre schon seit Jahren Ihre Sachen. Das letzte, was ich mir gewünscht hätte, war, ausgerechnet Sie in diese Scheiße zu reiten.«

Cassidy nickte und stippte zerstreut etwas Fleisch in seinen Meerrettich, bis er bemerkte, daß er ohnehin keinen Hunger hatte. Er stellte den Papierteller auf der Pritsche ab. »Ist schon in Ordnung. Wahrscheinlich hätten die mich sowieso eingezogen.«

»Eingezogen? Mann, Sie sind doch so alt wie ich. Viel zu alt für den Wehrdienst. Was hatten die denn gegen Sie in der Hand?«

Cassidy nippte an seinem Kaffee. Er schmeckte furchtbar, also stellte er ihn auf dem Boden ab. »Steuern und Drogen«, erwiderte er.

»Was ist damit?«

»Ich habe ein paar Jahre meine Steuern nicht gezahlt, weil ich voll auf Drogen war. Sie haben gesagt, ich könnte ins Gefängnis gehen oder auf den Mars. Ich glaube, die hatten sich schon auf mich eingeschossen, bevor sie in meine Bücher schauten, aber danach hatten sie jede Menge Dinge in der Hand, um mich hierher zu kriegen. Jedenfalls habe ich das aus dem geschlossen, was Jessup mir erzählt hat.«

Grinsend schüttelte Johnson den Kopf und fuhr sich mit dem Handrücken über die Lippen. »Der gute alte Dick! Ich hätte es doch zulassen sollen, daß Sie ihm da draußen den Anzug zerschmettern. Selten ist ein größeres Arschloch auf Erden gewandelt ... oder auf dem Mars, wenn wir schon dabei sind.« Er nahm noch eine Scheibe Fleisch. »Schätze, das leuchtet ein. Irgend jemand hat einmal gesagt, daß das erste Opfer des Kriegs immer die Wahrheit ist.«

»Na ja, das ist ja auch in etwa das Problem mit meiner Situation, nicht?« Cassidy stemmte die Ellenbogen auf die Knie und verschränkte die Hände. »Ich meine, langsam ist es ziemlich offensichtlich, daß Jessup mir nicht alles erzählt hat, als ich noch die Möglichkeit hatte auszusteigen. Worum geht es hier denn wirklich?«

»Ich weiß es nicht. Wie lautet denn die genaue Frage?«

»Was ist mit diesem Burschen Moberly passiert? Ich weiß, daß er in dem Raum umgekommen ist, aber ich weiß nicht, wie oder warum und daß es noch jemanden im Labyrinth erwischt hat. Aber was ist so wichtig daran, das ganze Zeug zu erforschen?«

»Jessup hat wirklich ziemlich viel ausgelassen, wie?« Art Johnson nippte an seinem Kaffee, schnitt eine Grimasse und stellte seinen Becher ebenfalls auf dem Boden ab. »Hal Moberly ... na schön, dann will ich es Ihnen mal von Anfang an erzählen ...«

»Als die Forscher der Station Cydonia Anfang 2029 die Pyramide C-4 öffneten, haben sie darin als erstes einen kleinen Raum entdeckt, der ungefähr so groß war wie ein größerer Wandschrank. In dem Raum befand sich nichts, lediglich eine weitere steinerne Tür auf der gegenüberliegenden Seite. In der Mitte der Tür war ein großer runder Knopf befestigt.

Der erste Mensch, der den Raum betrat, war ein russischer Exobiologe, Valerij Bronstein. Er hatte schon den richtigen Gedanken – den Knopf mit der Hand drücken, um die Tür zu öffnen. Doch als er in den Raum kam, trat er dabei auf eine große runde Scheibe, die im Boden versenkt war. Mit seinem Körpergewicht preßte er sie hinunter, und noch bevor er oder jemand anders reagieren konnten, stürzte ein tonnenschwerer Steinblock aus der Decke und zermalmte ihn.«

»O Gott«, sagte Cassidy.

Johnson nickte. »Nachdem wir den Block fortgezogen und Valerijs Leichnam geborgen hatten, machte sich jemand anders an das Problem, indem er einen Stock durch die Tür schob und den Türknopf damit drückte. Diesmal ging die Tür auf, ohne daß ein weiterer Steinblock herabfiel. So entdeckten wir einen Gang, der ein Stück weiterführte. Wir folgten ihm bis zum Raum C4-2, und stießen dort auf die nächste kleine Prüfung.«

Raum C4-2 war größer als Raum C4-1. Auch diesmal gab es wieder eine Tür an der gegenüberliegenden Seite, aber mit einem breiten Schlitz in der Mitte, während links davon eine schmale Stange herausragte. Ober- und unterhalb des Schlitzes waren zwei waagerechte, parallel zueinander verlaufende Wellenlinien eingemeißelt. Außerdem wurden die Wände der Kammer von schmalen, waagerecht laufenden Rillen durchzogen. Diesmal betrat das Wissenschaftlerteam den Raum unter großen Vorsichtsmaßnahmen und studierte eindringlich den Schlitz und die Diagramme, bevor Johnson selbst die Aufgabe ausführte, von der Shin-ichi Kawakami glaubte, daß sie die Lösung zu diesem neuen Test darstellte: Er bewegte die schmale Stange vorsichtig von links nach rechts im Schlitz und folgte dabei dem Muster der Wellenlinien.

»Ich war zu Tode verängstigt, aber die Tür ging tatsächlich auf«, fuhr Johnson fort. »Jedenfalls entdeckten wir einen Korridor, der nach unten zum Raum C4-3 führte. Später haben wir dann die Rillen in den Wänden überprüft und darin federgetriebene Widerhaken entdeckt. Scharf wie Rasiermesser. Hätte ich eine falsche Bewegung gemacht, sie hätten mich in Stücke gerissen.«

»Und der nächste Raum war . . .?«

»Wieder eine Prüfung.« Johnson grinste. »Tricktrack, sofern Sie das glauben können, und eine weitere Todesfalle, falls man dabei versagte. Diesmal war der ganze gottverdammte Boden angelegt, zusammenzubrechen und einen in eine endlose Grube stürzen zu lassen. Und so ist das ganze Labyrinth konstruiert.«

Mit dem Finger zog er eine absteigende Spirale in die Luft. »Es führt tiefer und tiefer und tiefer, Raum um Raum, und jeder Raum hat seinen eigenen IQ-Test, immer ein Jota schwieriger als der vorhergehende. Meistens geht es um irgendwelche Symbollogik eine Entdeckung, die einer eventuellen Schriftsprache der Cooties noch am nächsten kommt. Der erste Trick bestand also immer darin festzustellen, was die Symbole zu bedeuten haben. Als wir Raum C4-10 erreichten, begannen die Tests uns auch Mathematik abzuverlangen, und C-13 sowie C-14 enthielten Prüfungen, bei denen es um das geht, was wir als Newtonsche Physik bezeichnen. Manchmal brauchten wir Wochen, um uns zu überlegen, was die Cooties verlangten, auch wenn die Lösung selbst dann ziemlich einfach war. Genau darum scheint es auch zu gehen. Die Räume sollen feststellen, ob wir schlauer sind als sie.«

Er nahm eine weitere Scheibe Rindfleisch und tunkte sie in die Soße. »Natürlich haben wir Vorsichtsmaßnahmen ergriffen, nachdem ich dort hineingegangen bin. Wir haben dafür sorgen können, daß man uns modifizierte Hoplite-Panzerung lieferte, wie sie auch von den Friedenstruppen der UNO verwendet wird. Reines Aufklärerzeug . . . diesen Kampfpanzeranzug, den Oeljanow trug, haben die Russen erst später herbefördert. Aber unsere Rüstung gab dem ersten, der einen Raum betrat, wenigstens einen gewissen Schutz, und von hier oben im Kontrollmodul konnten wir überprüfen, was er oder sie gerade sah oder tat. Es hat hervorragend geklappt. Wir haben niemanden mehr verloren – bis Hal Moberly in C4-20 eindrang.«

»Okay.« Cassidy reckte einen Zeigefinger. »Ich weiß, daß irgend etwas seinen Anzug auseinandergerissen hat. Der Kontakt zu ihm war bereits abgebrochen, als es geschah, aber kurz vorher hörten Sie die Musik. Stimmt das so?«

Johnson nickte wieder. »Genau. Es klingt so, als ob man Ihnen über C4-20 nur nicht erzählt hat, daß Moberly darin umkam . . . und daß wir danach kaum mehr genug von seinem Körper vorfanden, um damit einen Eimer zu füllen.«

»Seinen Kopf«, warf Cassidy ein. »Einen Teil seines Panzers und seinen Kopf.«

Johnson schnitt eine Grimasse, als er die Augen schloß. »Der Rest von ihm fehlte, und ich will verdammt sein, wenn ich weiß, weshalb.« Dann sah er wieder den Musiker an. »Aber hat man Ihnen auch erzählt, daß es so aussieht, als sei C4-20 das *Ende* des Labyrinths?«

Überrascht schüttelte Cassidy den Kopf.

»Das paßt«, fuhr Johnson fort. »Es gibt dort keine weiteren Türen, aber die Wände sehen anders aus. Metallisch. Vielleicht liegt irgend etwas dahinter. Sollte dem so sein, dann würde das zu Kawakamis Theorie passen, daß die Cooties nämlich wußten, daß jemand von der Erde kommen würde. Sie haben das Gesicht erbaut, um unsere Aufmerksamkeit zu erregen, und dann haben sie das Labyrinth geschaffen, um sicherzugehen, daß jeder, der diesen Ort erforschte, auch klug genug war, um zu begreifen . . .«

Cassidy hob die Hände. »He, einen Augenblick!« Er schloß kurz die Augen, versuchte, sich auf ein unvertrautes Denkmuster zu konzentrieren. »Damit ich die Sache richtig begreife: Diese Aliens . . .«

»Nennen Sie sie Cooties. Das tut jeder.« Johnson musterte ihn fragend. »Ich bin überrascht, daß Sie das nicht wissen. Auf der Erde scheint doch jeder davon gehört zu haben.«

»Ich lebe erst seit kurzem wieder auf der Erde, falls Sie verstehen, was ich meine.« Cassidy zuckte mit den Schultern und fuhr fort, bevor Johnson ihn fragen konnte, wie er seine Bemerkung verstehen sollte. »Diese Cooties haben also ein Labyrinth in einer toten Stadt hier auf dem Mars zurückgelassen . . .«

»Das ist richtig.«

»Und sie haben das Gesicht erbaut, um unsere Aufmerksamkeit auf diesen Ort zu lenken.«

Johnson nickte. »Das stimmt ebenfalls.«

»Aber das haben sie Tausende von Jahren früher getan, lange bevor wir überhaupt mit Ballons herumgemacht haben, von Raketen ganz zu schweigen.«

Johnson lächelte. »Sie sind auf der richtigen Spur.«

»Woher wußten die denn, daß jemand von der Erde herkommen würde?« platzte es aus Cassidy heraus. »Und wenn sie es wußten, warum haben die dann so viel Brimborium darum veranstaltet? Warum nicht einfach irgend etwas aufstellen . . . ich weiß auch nicht, Hieroglyphen, eine Landkarte, irgendeine Art einfache Instruktionen? Wozu dieser ganze Unsinn, wenn sie doch nur eins wollten . . .?« Plötzlich war die Luft heraus, er konnte seine Gedankenflut nicht mehr in Worte fassen.

»Wozu das alles, wenn sie doch einfach nur Kontakt zu uns

herstellen wollten?« beendete Johnson für ihn den Satz. »Darum geht es ja gerade, Ben ... *wir wissen es nicht!* So ist die Wissenschaft nun einmal. Man kann nicht einfach nur irgend etwas anschauen und sagen: ›Aha, da ist also die Antwort!‹ An dieser Sache ist nichts klar und eindeutig. Hier sind Rätsel innerhalb von Rätseln verschachtelt, wie eine alte chinesische Rätseldose oder eine Zwiebel, die eine Schale nach der anderen ablegt. Wir haben eine Stadt, die einst von einer extraterrestrischen Rasse bewohnt wurde, aber die hat uns nichts hinterlassen außer einem Labyrinth, an dessen Ende ...«

Er hielt inne und zuckte mit den Schultern. »Na ja, was immer dort eben sein mag. Vielleicht gibt es irgend etwas unter dieser Stadt, etwas, das uns alles erklären kann, was wir über die Cooties nicht wissen. Beispielsweise weshalb sie überhaupt hierherkamen. Weshalb sie die Stadt erbaut haben. Was liegt am Boden des Labyrinths, das sie schützen mußten ...?«

»Ein Raumschiff?« fragte Cassidy.

Johnson zuckte wieder mit den Schultern. »Wer weiß? Beide Seiten würden nur zu gern dort unten so etwas entdecken. Schließlich haben wir ihr Schiff nie gefunden. Sie hätten es eigentlich im Orbit lassen müssen, aber wir wissen auch nicht, wie die Cooties vorgingen. Wir haben keine Vorstellung, was dort unten sein mag, aber andererseits gibt es ohnehin so viel, was wir *nicht* über die Cooties wissen, im Vergleich zu dem, was wir *tatsächlich* gesichert haben. Mit Sicherheit muß dort unten aber irgend etwas sein, das sie mit dem Labyrinth beschützen wollten.« Er hob eine Augenbraue. »Was immer es sein mag, es muß etwas *Großes* sein.«

Cassidy ließ sich auf die Pritsche fallen und stieß einen leisen Pfiff aus. »Kein Wunder, daß alle so scharf darauf sind, den Laden für sich zu beanspruchen.«

»Genau. Internationale Kooperation ist ja ganz prima und schön, solange wir nur in ein paar Felsen herumstochern, aber sobald auch nur die leiseste Möglichkeit auftaucht, daß man dabei etwas so Nützliches wie ein Raumschiff entdecken könnte ...« Johnson seufzte kopfschüttelnd. »Und wieder einmal pfuscht die Politik der Wissenschaft ins Handwerk.«

Cassidy wirkte nachdenklich. »Und wo stehen wir dann ...?«

Das aufgehende Modulschott unterbrach ihn. Die beiden Männer hoben den Blick und sahen Sascha Kulejan und Tamara Isralilowa in die Unterkunft steigen. Als sie Cassidy und Johnson erblickten, blieben sie stehen. Ihre Mienen wirkten niedergeschlagen.

»Hoppla«, sagte Johnson. »Tut uns leid, Leute. Wir gehen schon und lassen euch etwas Privatleben.« Er beugte sich zu seinem Kaffeebecher hinunter und bedeutete Cassidy, das gleiche zu tun. »Hausregeln«, murmelte er. »Wer den Laden haben will, hat Priorität. Und Sie sitzen auf Saschas Pritsche.«

Doch Kulejan schüttelte schnell den Kopf. »Nein, nein. Es ist nichts dergleichen. Man hat uns gesagt, daß Sie hier drin sind, da sind wir gekommen, um . . .«

Er verstummte. Er sah genau wie Isralilowa zornig und verwirrt aus. »Was ist denn los?« fragte Cassidy.

Isralilowa atmete tief durch. »Im Kontrollmodul ist soeben ein Kommuniqué unserer Regierung empfangen worden«, berichtete die junge Physikerin mit bebender Stimme. »Anordnung des Präsidenten persönlich. Die Gemeinschaft Unabhängiger Staaten zieht ihre Beteiligung aus dieser Expedition offiziell zurück. Wir haben Befehl erhalten, in keiner Weise mit dieser Mission mehr zu kooperieren. Wir sollen die Rückkehr zur Station Arsia vorbereiten und dort auf die *Korolew* warten.«

Johnson seufzte. »Großartig! Einfach großartig!« Dann sah er zu Cassidy zurück. »Ich frage mich, ob vielleicht noch irgendwo etwas zum Saufen übrig ist. Gerade eben ist noch etwas anderes gestorben.«

Auszug The New York Times (Online-Ausgabe); 16. Juni 2030, Seite 1. Schlagzeile: US-RAUMSTREITKRÄFTE GREIFEN ZND-EINHEITEN AUF MARS AN

WASHINGTON, 15. Juni. – Hohe Regierungsbeamte der White-Administration, des Verteidigungsministeriums und der NASA bestätigen heute in einer überraschend anberaumten Pressekonferenz, daß eine schnelle Eingreiftruppe der Ersten Rauminfanteriedivision des US-Marinekorps mobile Militäreinheiten auf dem Mars angegriffen und ›völlig vernichtet‹ habe, die der Gemeinschaft Unabhängiger Staaten gehörten. Der Zwischenfall fand heute um 13.35 EST oder 18.40 MCM (Marszentralmeridian) statt. Dabei kamen ein russischer Militärberater und ein Pilot des Marinekorps ums Leben.

Der heutigen Stellungnahme des Weißen Hauses zufolge wurde der Angriff von zwei Piloten des Marinekorps in Raum-Boden-Flugzeugen vom Typ ›Hornisse‹ ausgeführt, die vom japanischen Raumschiff *SS Shinseiki* im Marsorbit ausgesetzt wurden. Die beiden Elitepiloten gehörten zur Gruppe Falke der Ersten Rauminfanterie. Die beiden RB-Jäger zerstörten zwei russische AT-80-›Buschbagger‹-Autotanks, bevor es einem russischen Armeeoffizier gelang, mit seinem an Raumbedingungen angepaßten gepanzerten Kampfanzug eines der beiden Gefährte abzuschießen. Die verbliebene Hornisse tötete daraufhin den russischen Offizier, bevor sie unversehrt auf der Marsoberfläche landete.

Der Überfall fand in der Region Cydonia statt, an der Basisstation der internationalen Expedition, die dort die kürzlich auf dem Planeten entdeckten extraterrestrischen Ruinen erforscht. Der Sprecher des Pentagon, Lt. Col. Samuel O. Kasey, identifizierte den US Marineinfanteristen, der dabei ums Leben kam, als Lt. William A. Hoffman; der Name des überlebenden Piloten wurde nicht genannt. Obwohl die Identität des russischen Militärberaters offiziell nicht bekanntgegeben wurde, sprechen

NASA-Vertreter davon, daß es sich dabei um Major Maxim Oeljanow gehandelt habe.

NASA-Sprecher Jerome Jeffers teilte mit, daß unter den zivilen Mitgliedern der Expedition keine Todesopfer oder Verwundete zu beklagen seien. »Alle dort oben sind jetzt in völliger Sicherheit«, erklärte Mr. Jeffers auf der Pressekonferenz. »Die Situation hat sich stabilisiert ... der ganze Vorfall dauerte nur sechzig Sekunden, und die russischen Panzereinheiten wurden völlig vernichtet.« Die Sprecherin des Weißen Hauses, Mary Nile, erklärte, daß die im Geheimen geplante und ausgeführte Militäroperation eine Antwort auf die ›drohende russische Aggression auf dem Mars‹ gewesen sei, ›die das Leben der Wissenschaftler in der Basis Cydonia bedroht‹ habe. Obwohl sie feststellte, daß ›die Vereinigten Staaten den Tod sowohl von Lieutenant Hoffman und Major Oeljanow bedauerten‹, wies Miss Nile gleichzeitig darauf hin, daß die Geheimoperation, die vom Verteidigungsministerium den Codenamen ›Jagdrennen‹ erhalten hatte, ›ein voller Erfolg‹ gewesen sei.

»Wir sind der Überzeugung, daß diese Operation erforderlich war, um die Sicherheit und das Wohlergehen der amerikanischen, japanischen und europäischen Wissenschaftler zu gewährleisten, die auf dem Mars tätig sind«, erklärte Miss Nile auf der Pressekonferenz. »Es war zwar eine schmutzige Arbeit, aber sie mußte nun einmal getan werden.«

An der Expedition Cydonia sind auch mehrere russische Wissenschaftler beteiligt. Bei Redaktionsschluß lag noch keine offizielle Stellungnahme aus Minsk vor, obwohl ein hochrangiger russischer Vertreter der Botschaft in Washington die Operation persönlich als ›empörendes Verbrechen‹ bezeichnete und eine ›zügige Antwort der Völker der Gemeinschaft‹ ankündigte.

Derselbe Beamte hielt es auch für denkbar, daß eine solche Antwort einen Antrag auf unmittelbares Eingreifen des Weltsicherheitsrats der Vereinten Nationen einschließen könnte ...

Auszug aus The Washington Post (Online-Ausgabe);
16. Juni 2030, Seite 1, Schlagzeile:
RUSSEN VERLANGEN ENTSCHÄDIGUNG,
ZIEHEN MARSMANNSCHAFT AB

MINSK, 16. Juni – Wie die russische Nachrichtenagentur Glasnost heute meldet, hat Präsident Andrej Nasanow eine offizielle Protestnote an Präsident George White übergeben, in der er sowohl eine förmliche Entschuldigung und Entschädigungszahlungen für ›den unverzeihlichen Angriff aus dem Hinterhalt‹ verlangte, der am Samstag von den Weltraumtruppen der Vereinigten Staaten gegen russische Panzereinheiten auf dem Mars geführt wurde.

In einer knapp gehaltenen offiziellen Erklärung, die den Vertretern der ausländischen Presse übergeben wurde, erklärte Glasnost zudem, daß der Direktor der Raumagentur Glavkosmos, Alexander Karpow, die russischen Mitglieder der internationalen Wissenschaftlergruppe, die zur Zeit die außerirdischen Ruinen erforscht, angewiesen habe, ›die Zusammenarbeit bei der Expedition zu beenden‹ und sich darauf vorzubereiten, die Station Cydonia ›zum nächstmöglichen Zeitpunkt‹ zu verlassen.

Die GUS bereitet eine offizielle Beschwerde beim Weltsicherheitsrat der Vereinten Nationen vor, in der sie verlangen wird, daß die Vereinten Nationen das amerikanische Vorgehen auf dem Mars als ›verbrecherischen Übergriff‹ zu verurteilen haben, wie aus ungenannten Quellen im UNO-Hauptquartier zu New York verlautbart wurde. Möglicherweise wird die GUS von der UNO auch Sanktionen gegen amerikanische und japanische Raumgesellschaften wegen ihrer Unterstützung des Angriffs durch die erste Rauminfanteriedivision des US Marinekorps verlangen.

Die Sprecherin des Weißen Hauses, Mary Nile, wollte heute auf der täglichen Pressekonferenz nicht weiter eingehen auf das russische Vorgehen und die GUS-Forderungen. Amerikanische Regierungsvertreter ließen inoffiziell durchblicken, daß Präsident White Nasanows Forderungen prüfe, daß er aber mit dem Rückzug der russischen Wissenschaftler und Missionsmitglieder der Basisstation Cydonia einverstanden sei.

»Wenn das bereits genügt, uns die GUS vom Hals zu schaffen, sind wir sehr froh über den Verlauf der Dinge«, sagte ein hochrangiger Beamter des Weißen Hauses. »Wir lassen die Sektkorken knallen.«

Miss Nile gab bekannt, daß der Präsident am Mittwochmorgen nach seiner Rückkehr von seinem Urlaub in Camp David auf einer Pressekonferenz zu der Angelegenheit Stellung nehmen will . . .

6 Musik für Aliens

Okay, letzter Halt.

W. J. Boggs gebot Ben Cassidy in dem niedrigen Gang vor Raum C4-20 stehen zu bleiben. Der Korridor wurde nur von einigen wenigen Lampen erhellt; das düstere Licht, die uralten Steine, die die Felswände einfaßten, das ungreifbare, und doch erdrückende Gefühl des Gewichts der Pyramide über ihnen . . . alles erinnerte Cassidy an Fotos von den Galerien im Inneren der Chephrenpyramide in Ägypten. Die ursprüngliche Steintür war mit einer hydraulischen Klemme aufgestemmt worden; vor ihnen überprüfte Miho Sasaki gerade die LCD-Anzeige der tragbaren Luftschleuse, mit der sie den Eingang vakuumdicht versiegelt hatten. Sie schob den Sperriegel des Schotts herunter, öffnete es und trat beiseite.

Bitte eintreten, meine Herren, sagte sie förmlich.

Boggs blieb stehen. *Miho, meine Süße, können wir das nicht noch einmal machen, aber diesmal mit Gefühl? Beispielsweise ›Bewegt gefälligst eure Ärsche dort rein‹ oder irgend etwas weniger . . .*

Bitte, Waylon, wir vergeuden nur unsere Zeit. Alle vernahmen sie Shin-ichi Kawakamis Stimme über das Comlink aus der Überwachungszentrale. *Mr. Cassidy, wenn Sie bitte so freundlich wären . . . ?*

»Also gut.« Cassidy zögerte einen Augenblick, dann zwängte er sich an Sasaki vorbei in die winzige Kammer. Hinter ihm schob sich Boggs mit Wucht durch die Luftschleuse, zog die Luke zu und verriegelte sie, dann berührte er die Bedienungselemente, um den Belüftungsprozeß einzuleiten.

Sie ist verliebt in mich, murmelte Boggs, als sie darauf warteten, daß der Luftdruck in der Kabine wiederhergestellt wurde. *Ich sage es dir, sie läßt es sich zwar nicht anmerken, aber die Dame ist einfach hin- und hergerissen von mir.*

Hör auf zu lügen, sagte Sasaki eisig; sie blieb zwar unsichtbar hinter der Luke verborgen, war aber über das Comlink deutlich zu hören. *Ben, wir werden hier sein. Wenn irgend etwas schiefgehen sollte, kehrt in die Luftschleuse zurück, dann holen wir euch von dieser Seite her raus.*

Klare Sache, dachte Cassidy. Aber Hal Moberly hat es auch nichts genützt, als er dort drin war, nicht wahr? Natürlich würde dieser Test etwas völlig anderes werden. Zum einen hatte man C4-20 unter Luftdruck gesetzt, und sei es nur deswegen, weil es für Cassidy schwierig bis unmöglich gewesen wäre, in einem Schutzanzug zu spielen; die Handschuhe waren einfach nicht flexibel genug. Und selbst wenn es einen anderen Typ gegeben hätte, hätte er ihn doch unmöglich gleichzeitig tragen und seine Gitarre spielen können. Und außerdem brauchten sie die zusätzlichen akustischen Qualitäten einer erdnormalen Atmosphäre, wenn dieser Versuch, Kommunikation herzustellen, Erfolg haben sollte.

Alles gute Gründe, und doch bedeutete es, Cassidy einer höchst angreifbaren Situation auszuliefern. Die tragbare Luftschleuse war zwar ein Kompromiß, aber kein sehr guter. Wenn wirklich irgend etwas in diese Luftschleuse hineingelangen wollte . . .

Aber nicht vergessen vorher anzuklopfen, fügte Boggs hinzu. Cassidy bemerkte durch sein Helmvisier, wie er ihm heimlich zuzwinkerte. *Es könnte nämlich besetzt sein, weißt du. Okay, wir haben vollen Druck, Chef. Kannst es dir jetzt ruhig gemütlich machen.*

Cassidy streifte seinen Helm ab, dann öffnete er den Reißverschluß und stieg aus seinem Schutzanzug. Das lenkte ihn nicht nur von seiner eigenen Furcht, sondern auch von Boggs'! Kumpel-Getue ab. Nachdem er feststellte, daß der Pilot einen gewissen Zugang zu dem Musiker gefunden hatte, hatte Arthur Johnson es Boggs erlaubt, ihn ins Labyrinth zu begleiten, weil er sich davon versprach, daß Waylon Cassidy von der Tortur ablenken könnte, die vor ihm lag. Doch das funktionierte nicht besonders gut; Ben wußte, daß Boggs nur versuchte, seine Nerven zu entspannen, und so fühlte er sich trotz W. J.s Gegenwart nur noch verspannter.

Unter dem Schutzanzug trug Cassidy Cordhosen, hochhackige Slipper und ein altes Sweatshirt. Boggs, der seinen

Helm nicht abgelegt hatte, musterte sein Gesicht. Als Cassidy sich dem zweiten Schott der Luftschleuse zuwandte, hielt ihn der Luftschiffpilot mit ausgestrecktem Arm davon ab. »Warte, Freund«, sagte er. »Ich will dir wenigstens noch einen Glücksbringer mitgeben. Streck die rechte Hand vor.«

Verwundert gehorchte Cassidy. Boggs griff hinter sich, dann zog er die eigene Rechte wieder hervor, gekrümmt, als würde er etwas in der Handfläche verbergen, und klatschte sie in Cassidys Hand. Der Musiker blickte auf die eigene Hand herunter und stellte fest, daß sie immer noch leer blieb.

Boggs zwinkerte ihn wieder an, obwohl seine Miene säuerlich blieb. »Das ist ein echter Cootie-Fänger aus Tennessee. Wirkt garantiert gegen glubschäugige Monster, oder du kriegst dein Geld zurück.«

Cassidy mußte grinsen. »Jetzt hast du endlich mal wirklich etwas Komisches gesagt, W. J.«, erwiderte er, als er den Cootie-Fänger in seine Tasche gleiten ließ.

»Werde mich mehr anstrengen.« Boggs drehte sich um, riß den Hebel am zweiten Luftschleusenschott herunter und drückte es auf. »Also gut. Gehen wir ein paar Cooties fangen.«

Trotz des Luftdrucks war der Raum C4-20 kalt; Ben konnte die Kälte durch seine Kleider spüren, sah, wie sie seinen Atem in Nebel verwandelte. Der Raum summte. Der leise, monotone Klang hatte bereits begonnen, als die Tür geöffnet und die tragbare Luftschleuse eingebaut worden war, vor etwa drei Stunden an diesem Morgen. Kawakami zufolge war jedoch nichts weiter geschehen, außer einem leichten Anstieg elektromagnetischer Emission, der von dem Sensor registriert wurde, den man auf einem Dreifuß im Raum aufgestellt hatte. Das Geräusch, das in Cassidys Ohren wie das Dröhnen eines Bienenstocks klang oder wie die erwartungsvolle Statik aus den Monitorboxen eines Aufnahmestudios, schien aus allen Richtungen gleichzeitig zu kommen und aus den raffiniert gemusterten Metallwänden des Raums hervorzugehen.

Cassidy rieb sich mit den Händen die Arme, um sich aufzuwärmen, dann ließ er den Blick durch Raum C4-20 schweifen. Reihen provisorisch aufgebauter Tanks speisten ein Sauerstoff-Stickstoffgemisch in die Kammer. Stromkabel schlängelten sich am Boden und führten von einem tragbaren Notaggregat zu den Lampen, dem Sensor, zwei auf Dreifüßen befestigten Überwachungskameras und schließlich zu dem Sechs-Kanal-Soundboard für seine elektrische Gitarre und die beiden Lautsprecherboxen. Die Gitarre selbst ruhte auf einem kleinen Klapptisch, zusammen mit seinem Gürtelgerät und der Funkausrüstung. Daneben stand, wie ein aufgebauter Wachposten, Sascha Kulejan.

»Ich glaube, alles ist in Bereitschaft«, sagte der russische Wissenschaftler, als er Kopfhörer und Mikrofon aufnahm und an Cassidys Anzug montierte, wobei er sorgfältig das Mikro justierte. Cassidy bemerkte, daß seine Hände zitterten, und zwar nicht von der Kälte; Kulejan war eine Stunde vorher durch die Luftschleuse gegangen, um das Gerät aufzubauen, und hatte offensichtlich nicht allein hier sein wollen. Doch als man die Tür der Kammer aufgerissen hatte, hatte ihn nichts bei der Arbeit gestört. Entweder stellte die Tür einen Auslösemechanismus dar ...

... oder der Raum hatte ausdrücklich auf Cassidy gewartet.

»Seien Sie nicht beunruhigt, wenn das Gerät versagt und Sie niemanden mehr hören können«, meinte Sascha. »Das geschieht öfters während eines Tests. Sagen Sie mal etwas.«

»Test eins, zwei, drei«, sagte Cassidy.

Wir empfangen Sie gut, hörte er Tamara Isralilowa aus seinem Kopfhörer. *Sie sehen gut aus.*

»Danke.« Cassidy sah zu Kulejan zurück. »Ich dachte, Ihre Regierung hätte allen Russen befohlen, hierbei nicht mehr zu kooperieren. Was tun Sie beide dann hier?«

Kulejan schnalzte mit der Zunge, als er die medizinischen Sensoren an Cassidys Brust und Schläfen befestigte. »Meine Regierung ist weit weg. Im übrigen hat die russische Wissenschaft eine lange Geschichte des ... patriotischen Ungehorsams. Das Militär und die Wissenschaft – wir sind uns nicht immer in allen Dingen einig. Bei allem gegenseitigen Respekt, natürlich.«

»Ihre Einstellung gefällt mir. Ich wünschte, einige unserer Wissenschaftler würden das öfter auch so sehen.« Cassidy grinste. »Guten Morgen, Dickie. Hören Sie mir zu?«

Falls Dick Jessup in der Befehlszentrale war, gab er jedenfalls keine Antwort, doch Kulejan lächelte kurz, als er mit einem Handinstrument die medizinischen Sensoren prüfte. Cassidy paßte die Kontrolleinheit in das Hüftband seiner Hose ein, dann nahm er die Yamaha auf. Er zog den Haltegurt über die linke Schulter und fuhr kurz mit den Fingern der rechten Hand über die Reihen versenkter Plastikhebel, bevor er den Stromschalter an der Kontrolleinheit betätigte. In den Lautsprechern krachte ein blechernes *Tschuk*, als die Gitarre ans Netz ging. Im nächsten Augenblick ertönte das Summen der Wände beinahe unmerklich eine Note höher.

Leichter Anstieg elektromagnetischer Emission, meldete Kawakami. *Ich glaube, Ihr Publikum erwartet Sie.* Alle blickten zur Steintür hinüber. Die hydraulische Klemme schien zu halten, die Tür blieb offen. Augenscheinlich hatte noch irgendeine andere Kraft als die schlichte Mechanik entschieden, daß es Zeit war, mit dem Test zu beginnen.

»Ich kann sie hören.« Cassidy spürte, wie ihm ein eisiger Schauer die Wirbelsäule hinunterrann. Er musterte Kulejan und Boggs. »Ihr Burschen solltet jetzt besser die Bühne verlassen. Ich glaube, der Laden wird langsam unruhig.«

Kulejan klopfte ihm auf die Schulter, dann nahm er seinen Helm auf und ging auf die Luftschleuse zu. Boggs zögerte noch einen Augenblick, die Sorge, die er für einen Landsmann aus den Südstaaten empfand, war seinem Gesicht deutlich anzusehen. »Spielst du auch Wunschnummern?« fragte er.

»Tut mir leid.«

»Das ist aber ein mieser Titel.« Sein Witz verfehlte die Wirkung, und er merkte es auch. Kopfschüttelnd begab sich Boggs zur Luftschleuse, dann blieb er noch einmal stehen, um sich umzublicken. »Hör zu, Tex, falls die Sache schwierig werden sollte, schaff deinen Arsch hier raus. Du bist diesen Burschen nichts schuldig.«

Cassidy starrte auf seine Gitarre herunter. Boggs salutierte kurz, dann duckte er sich in die Luftschleuse und schlug die Luke hinter sich zu.

Der Musiker atmete tief durch. Irgendwie war es trotz seiner Furcht eine Erleichterung, endlich allein zu sein. Allem erwartungsvollen Summen der Wände zum Trotz war ihm, als durchlebte er wieder seine ersten Tage als Künstler. Das billige Garagenstudio in Brownsville, wo er sein erstes Demoband zusammengeschnitten hatte: die Wände mit alten Eierkartons gepolstert, das alte, eingerahmte Foto von Sonny Terrie und Brownie McGee an einer Wand und das lächerliche, auf schwarzen Samt gemalte Porträt von Elvis auf der anderen. Die harten Tage vor dem Ruhm, vor den Konzerten – und dem Kokain. Die guten, hungrigen Tage. Alle Leute waren fort, und er war allein mit seiner Axt, seinem Verstand und seinen Händen. Das Lampenfieber war da, aber die Furcht war verflogen. Er wartete, wie ein Meistergitarrist darauf wartete, daß eine ihm unbekannte Vorgruppe endlich ihr Bier beiseite stellte und sich zusammenriß.

Nun war es nur noch er und ein anderer Raum. Er wußte, was er zu tun hatte.

»Komm schon, Freundchen«, hauchte Cassidy, »gib mir einen Einstieg, den ich spielen kann.«

Es begann.

Zuerst war da ein fragendes Notentrillern, einmal die Oktave hoch und runter, untermalt von dem Summen, das mittlerweile zu einem drängenden, monomanen Pochen geworden war. Cassidy schloß die Augen und lauschte dem komplizierten Klangmuster. Zuerst schien es ihm, als seien es nur willkürliche Noten, doch als er sich konzentrierte, vernahm er einen schwachen Rhythmus. Okay, das war es. Er fuhr mit der Hand auf das Keyboard der Yamaha zu, drehte das Höhenrädchen ein Stück hoch und spielte die ersten Takte von *Crossroads Blues,* einem alten Song, der zum Rhythmus des Raumes zu passen schien.

Der Song paßte sich hervorragend ein und entspranch sogar seiner eigenen Stimmung, doch der Raum war offensichtlich nicht zufrieden. Das Pochen wurde zu einem harten, hämmernden Jaulen, um dann in einen fast rockähnlichen Dreivierteltakt überzugehen, vor dem eine launische Akkordfolge in *his* ertönte.

Machen Sie sich deswegen keine Sorgen, sagte Kawakami. *Entspannen Sie sich und versuchen Sie mit ihm zu reden.*

»In Ordnung«, murmelte Cassidy. »Ich spiele Robert Johnson, aber es will die Beatles.« Diese Bemerkung brachte ihn auf eine andere Idee. Er überlegte einen Augenblick, dann wechselte er zum Bundbrett, verzerrte die Tonlage, brannte den einfachen Refrain von *Why dont' we do it in the road?* hervor, spielte den *Rump-bumm-bumm-bumm-bumm-rump-bumm-*Rhythmus auf seinem Keyboard, dann ließ er den Speicher die Sequenz unendlich lange wiederholen, während er den Refrain spielte.

Es war eine nette kleine Nummer, und für einen Augenblick schien es, als würde der Raum ihn nachmachen. Zweimal wiederholte er den Takt. Und dann, mitten im zweiten Takt, gab er eine schrille, dissonante und verzerrte Note von sich, die sich bis zur Unendlichkeit steigerte, bevor sie wieder abflachte und dem beinahe willkürlichen Klangmuster das Feld überließ, mit dem er ursprünglich angefangen hatte. Hübsch, dachte er. Doch wieder inspirierte ihn dieses besondere Klangmuster. »Du magst also das Zeug aus den Sechzigern, wie?« murmelte er dem Raum zu. »Okay, dann versuchen wir es doch mal hiermit, du alter Hippie.«

Er wechselte ins Baßprogramm über und hackte die ersten metronomischen Riffs des Songs *The other one* von den Grateful Dead heraus. Wieder schien es für kurze Zeit, als würde der Raum darauf anspringen; um ihn herum folgte der Ton dem gespenstischen schnellen Rhythmus der Musik, verlieh dem Song eine merkwürdige Walpurgisatmosphäre. Und dann, als sich Cassidy entspannen und in den Refrain übergehen wollte, gab es eine laute Explosion unzusammenhängenden Lärms, der an einen übellaunigen Musikstudenten erinnerte, dessen Finger das Tempo nicht halten konnten und der deswegen in frustriertem Zorn auf seine Gitarrensaiten einhieb. Klar. Denn schließlich konnten nicht einmal die blutigsten Musikanfänger tonnenschwere Steinblöcke auf ihre Lehrer abwerfen, wenn sie die Nase voll hatten . . .

»Das wird langsam etwas schwierig«, bemerkte Cassidy.

Ja. Stimmt. Diesmal war es Paul Verduin, der mit ihm sprach.

Wir wollen Sie ja nicht aufregen, Ben, aber wir stellen da unten etwas sehr Ungewöhnliches fest. Würden Sie bitte einmal auf die Wände schauen und uns mitteilen, was Sie dort sehen?

Cassidy hob den Blick von seinem Instrument, sah auf die Wände und sog erschreckt die Luft durch die Zähne ein. Langsam, und doch merklich, verschoben sich die Muster an den Wänden und arrangierten sich aufs neue. Die Rillen und die kompliziert gewundenen Linien flossen dahin, wimmelten, als wären es Würmer, die sich im Ködereimer eines Anglers drängten. Die Ausbuchtungen und Flächen bewegten sich auf organische, lebendige Weise, als wäre hinter ihnen etwas zum Leben erwacht und wollte ausbrechen.

»Ihr macht wohl Witze«, hauchte Cassidy.

Es war, als hätte er ein Flashback in seine schlimmsten Drogenhalluzinationen: in die Zeit, als er in St. Louis im Stadtteil Soulard auf der Bühne eines Clubs gestanden hatte, zu durcheinander vom frischen Schuß, um ins Publikum hinauszusehen, und im Zwielicht jenseits der Bühnenscheinwerfer plötzlich die Menschen zu einem widerlichen Gewirr von Moränen verwandelt sah, klaffende Mäuler, die ihn stumm aus dem Raum anschrien.

Das war die Nacht, da er sich die Gitarre vom Leib gerissen hatte und hinter die Bühne gestürzt war, da seine Band ihn neben der Toilette am Boden zusammengekrümmt vorgefunden hatte. Jetzt war es ziemlich ähnlich: Platzangst, Übelkeit, der plötzliche Verdacht, daß sein Verstand zerbrechen würde. Er starrte die Wände an, verspürte den überwältigenden Drang, jetzt genau das gleiche zu tun: Wirf die Yamaha weg, renn zur Luftschleuse, hämmere gegen das Schott und schrei, damit Boggs und Sasaki dich hier rausholen, bevor die Wände dich zermalmen.

»Ich muß hier raus«, flüsterte er.

Schauen Sie es nicht an, riet Kawakami. *Konzentrieren Sie sich auf Ihre Musik.*

»Verdammt noch einmal, ich mache keine Scherze!« schrie er. »Holen Sie mich hier raus!«

Nein! Vergessen Sie Ihre Songs! Es will, daß Sie mit ihm kommunizieren! drängte Kawakami.

»Kommunizieren? Was, zum Teufel, soll ich Ihnen denn sagen?«

Spielen Sie einfach! Sonst kommen Sie dort nie wieder lebendig heraus!

Cassidy riß den Blick von den wogenden Wänden, konzentrierte sich auf seine Gitarre, während er dem Raum und seiner wabernden chaotischen Musik lauschte. Vielleicht wollte es ja nur, daß er improvisierte. Er versuchte es mit Harmonik, drückte den zwölften Bund mit den Fingern, während er langsam die Lautstärke erhöhte. Die Lautsprecher jaulten von der Interferenz auf, und der Raum antwortete mit schrillem Quieken und Rumpeln, das in einem hallenden Gebrüll mündete.

»Okay, das hat dir also gefallen«, sagte er laut. Er hörte seine Stimme beben, kämpfte die Panik herunter. Spiel oder stirb: Das waren heute abend die Hausregeln. »Also gut, versuchen wir es damit.«

Cassidy schob die rechte Hand in die Tasche und fand das Bottleneckstück, das er noch aus seiner Zubehörtasche geholt hatte, bevor er sich auf den Weg zur Kammer machte. Er schob das Stück über den Mittelfinger der linken Hand und drückte es auf den Steg, während er den Lautstärkeregler auf höchste Stufe stellte. Dann ließ er die Glasröhre die Bünde entlanggleiten; es hörte sich an wie Fingernägel aus rostfreiem Edelstahl, die die längste Schiefertafel der Welt entlangschabten, ein furchtbares Kreischen, das ihm Zahnschmerzen bereitete. Er fuhr das Gleitstück die Stege hinunter, machte am achten und dritten Bund halt, um die Saiten zu vibrieren, dann schoß er wieder den Gitarrenhals hoch und berührte gleichzeitig den Akkordsequenzer, um den Begleitrhythmus zu wiederholen, den er vor ein paar Minuten einprogrammiert hatte.

Kein Text, keine Melodie, keine vorgegebenen Muster: reine Improvisation, wie John Coltrane, wenn er in einer schwülen Nacht im alten Village Vanguard auf seinem Sax wimmerte; oder Roy Buchanan, als er Saiten auf eine Weise verbog, wie sie noch nie in einem Londoner Studio verbogen worden waren; oder wie Brent Mydland, der bei einem der legendären Dead-Konzerte Ende der achtziger Jahre vor einem vollen Stadion auf seinem Keyboard eine unterweltliche Musik hervorbrachte. Die Drogen hatten Coltrane und Mydland umgebracht, Buchanan hatte sich aufgehängt, als er seine Depression nicht mehr ertrug, doch zu ihrer Zeit hatten sie die Grenzen des Bekannten vorangetrieben, hatten Klänge hervorgebracht, wie sie noch nie von Menschen vernommen worden waren. Musik für Aliens . . .

Der Raum antwortete mit einem weiteren verzögerten Beben, dann fing er an, einen nicht ganz so willkürlichen Satz feiner, blecherner Noten hinzuzufügen, die auf merkwürdige Weise an ein Xylophon erinnerten, das von einem hyperaktiven Kind gespielt wurde. Daraus wurde ein erkennbarer Rhythmus, und ohne nachzudenken, berührte Cassidy die Rhythmuskontrolle und die Congataste, dann benutzte er das Keyboard, um seinen eigenen Percussionhintergrund hinzuzufügen, um sich dem Xylophonklang anzuschließen, ohne ihn zu imitieren. Der Raum wimmerte und krachte, doch der xylophonische Rhythmus setzte sich fort, während Cassidy sich mühte, Schritt zu halten, dem Spiel des Raums zu entsprechen und es schließlich zu übertreffen, wie er versuchte, den nächsten Schritt vorauszusehen.

Cassidy verlor das Zeitgefühl. Langsam begann er sich zu vergnügen, genoß die Erfahrung, stellte sich vor, wie er Miles Davis beim Spielen von Free-form-Jazz begleitete. Nur zum Spaß versuchte er es mit ein paar Takten aus *Sketches of Spain*, dem Werk des verstorbenen Meisters; der Raum antwortete, imitierte ihn Note um Note. Glatt ging er in die Erkennungsmelodie von *Twilight Zone* über, und der Raum begann damit zu improvisieren, trieb das gespenstische Perlen der Noten immer höher und höher, bis Cassidy es mit den Eröffnungstakten aus *The Star-Spangled-Banner* zurückholte, wobei er sich wieder auf den zwölften Bund konzentrierte, während der Raum darüber auf eine Weise improvisierte, die eine bemerkenswerte Ähnlichkeit mit Jimi Hendrix' berühmtem Jam in Woodstock aufwies.

Die Furcht und die Nervosität waren inzwischen vollkommen verschwunden. Er amüsierte sich. Er hatte gar nicht gemerkt, daß er die Augen geschlossen hatte, bis etwas gegen seine Waden strich. Da riß er sie auf, sah an seiner Gitarre vorbei auf den Boden und erblickte einen kleinen Cootie, der vor ihm stand.

Es sah beinahe aus wie ein Spielzeug: eine detailreiche Miniatur, ein Metallmodell eines Cootie, eine Kreuzung zwischen Gottesanbeterin und Termite. Während die echten Cooties jedoch ungefähr die Größe eines Collies gehabt hatten, war dieser hier nur so groß wie ein Dachshund. Zuerst glaubte Cassidy wieder, daß er halluzinierte, bis der Pseudo-Cootie auf seinen sechs vielgliedrigen Beinen davonhuschte; die säbelähnlichen Greifer hielt er vorsichtig in die Höhe.

Cassidy geriet in Panik und wich ein paar Zentimeter zurück, fast hätten seine Hände das Instrument fahren lassen. *Nicht aufhören*, ermahnte ihn Kawakami leise. *Spielen Sie weiter. Die sind jetzt schon ein paar Minuten dort.*

»Die sind schon in paar Minuten hier?« wiederholte Cassidy. Er blieb bei *The Star-Spangled-Banner*, hob dabei den Kopf und sah sich um.

Die Metallwände waren verschwunden, hatten kahle rote Innenwände aus Gestein freigelegt, wie sie jeder andere Raum im Labyrinth besaß, und um ihn herum bewegten sich Dutzende der kleinen metallischen Roboter. Sie krabbelten schnell und zielstrebig durch die Kammer, kletterten übereinander, untersuchten schnell und sorgfältig die Überwachungskameras, den Notstromgenerator, die Lufttanks, den Sensor, sein Soundboard und die Boxen, hielten sich dabei aber in respektvoller Entfernung von Cassidy selbst.

Er musterte sie, war fasziniert von ihren koordinierten Bewegungen. Ihre Greifer rieben gegeneinander wie zirpende Grillen. Jetzt war die Musik überall um ihn herum. »Sie waren in den Wänden«, flüsterte er.

Sie waren die Wände, erklärte Kawakami. *Wir konnten sie nicht sehen, weil sie übereinandergefaltet waren. Sie kamen hervor, als Sie gespielt haben.*

»Die haben Moberly umgebracht«, sagte Cassidy.

Sie werden Ihnen nichts tun. Sie geben ihnen, was sie ... warten Sie! Was tun die da?

Nun huschten die Roboter auf die Wände der Kammer zu, ihre scharfen kleinen Greifer bohrten sich ins Gestein, spürten die Haarrisse zwischen den Blöcken auf, gewannen an Hebelkraft. Plötzlich rissen zwei der Cooties auf der anderen Seite der Kammer einen Steinblock aus der Wand.

Mit lautem, ersticktem *Whuff!* der aus der unter Druck stehenden Kammer entweichenden Luft brach plötzlich ein Wirbelwind im Raum C4-20 aus und peitschte roten Staub von Wänden und Boden. *Raus mit Ihnen!* schrie Kawakami. *Rein in die Luftschleuse!*

Mit Staub in den Augen und den Kleidern machte Cassidy kehrt und rannte auf die Luftschleuse zu. Die Cootie-Roboter unternahmen nichts, um ihn aufzuhalten, als er in die winzige Kammer schlüpfte. Er zog die Gitarre aus und ließ sie zu Boden fallen, dann packte er den Hebel des Schotts, stemmte die Füße gegen die Schwelle und warf sich zurück, schaffte es tatsächlich, die Luke gegen die entweichende Atmosphäre zu schließen.

Im Inneren der Luftschleuse war es still. Kaum war die Luke verschlossen, als Cassidy schon hastig in seinen Schutzanzug stieg, versuchte, sich an die Prozedur zu erinnern. »Ich bin drin, ich bin drin, ich bin drin«, murmelte er. »Ich bin in Sicherheit. Holt mich nur hier raus. Was ist da draußen los?«

Immer mit der Ruhe, Freund, hörte er Boggs sagen. *Zieh einfach deine Klamotten an und laß ganz hübsch und gelassen den Druck raus. Wir holen dich da raus.*

»Was ist hier los?« wollte Cassidy wissen.

Das weiß keiner so genau, erwiderte Boggs, *aber es ist irgend etwas.* Cassidy hörte ihn kichern. *He, Mann, dieser Cootie-Fänger hat doch prima funktioniert, nicht?*

»Ja, vielleicht.« Cassidy stieß die Luft aus und schloß die Augen, spürte, wie der Schweiß in seinem Gesicht gefror. »Warum gehst du nicht mal hinein und versuchst es selbst damit?«

Meldung der Associated Press (Online Ausgabe); 17. Juni 2030

ANNAPOLIS, MD – Der umstrittene ehemalige Kapitän des Jagd-U-Boots *Boston* der US Marine erklärte heute, daß eine Militärpräsenz der Vereinigten Staaten auf dem Mars gerechtfertigt sei, nicht wegen der gegenwärtigen russischen Krise, sondern wegen des Potentials ›der mit an Sicherheit grenzenden Wahrscheinlichkeit extraterrestrischer Feindseligkeiten‹.

Comm. Terrance C. L'Enfant machte diese Bemerkungen bei einem Vortrag vor Kadetten der Marineakademie, die L'Enfant selbst im Jahre 1998 verlassen hatte. Es war das erste Mal seit seinem vielbeachteten Kriegsgerichtsverfahren im Jahre 2019, daß L'Enfant in Annapolis eine Vorlesung gehalten hatte.

Während er über die Notwendigkeit sprach, ›ewige Wachsamkeit‹ gegen ›Feinde, deren Natur heute nicht einmal bekannt sein mag‹ zu wahren, spielte L'Enfant auf die jüngste Kraftprobe zwischen russischen und amerikanischen Raumstreitkräften in der Marsregion Cydonia an. Obwohl er sich nicht dazu äußerte, ob die Operation Jagdrennen eine gerechtfertigte Reaktion auf die Verbringung von Waffensystemen der GUS auf den Mars war, teilte L'Enfant seinem Publikum aus 600 Kadetten und Offizieren mit, daß die Vereinigten Staaten die Verpflichtung hätten, sich vor ›feindseligen außerirdischen Kräften‹ zu schützen.

»Sehen wir der Sache doch ins Gesicht«, sagte L'Enfant. »Was früher noch die reinste Science Fiction war, steht nun im Begriff, zur nackten Wirklichkeit zu werden. Wir wissen nun, daß es irgendwo im Universum intelligentes Leben gibt, daß die andere Seite weiß, wo wir uns in der Galaxie befinden, und daß sie fähig ist, uns ernsten Schaden zuzufügen. Die Frage lautet also nicht so sehr, was wir wegen der Russen unternehmen sollen; es geht vielmehr darum, was wir tun wollen, um die beinahe mit Sicherheit auf uns zukommende extraterrestrischen Feindseligkeiten abzuwehren.«

Lt. Wyatt Shippey, ein Sprecher der Marineakademie, widersprach der Auffassung, daß L'Enfant mit seinen Worten die

Grundeinstellung von Annapolis oder der US Marine wiedergebe. »Commander L'Enfant war eingeladen worden, um zu den Kadetten über das Thema allgemeiner Wachsamkeit zu sprechen«, sagte Lt. Shippey auf einer Konferenz nach dem Vortrag. »Alles, was er über die Marskrise geäußert hat, war nur seine persönliche Meinung.«

L'Enfant wurde vom Verteidigungsminister vorzeitig aus dem aktiven Dienst entfernt, nachdem ihn ein Marinekriegsgericht vom Vorwurf des Ungehorsams und der groben Nachlässigkeit freigesprochen hatte, die im Jahre 2019 zum Torpedoangriff auf den japanischen Frachter *Takada Maru* durch die *Boston* geführt hatten. Obwohl er seinen Rang als Offizier mit Portepee beibehielt, wurde L'Enfant an den Generalstab am US-Seefahrtinstitut berufen.

7 Jenseits des Labyrinths

Cassidy beugte sich über Kawakamis Schultern, um auf die Überwachungsmonitore zu schauen. »Also, was tun sie jetzt gerade?«

Er brauchte nicht wirklich zu fragen. Auf den Bildschirmen im Überwachungszentrum konnten sie erkennen, daß die Pseudo-Cooties immer noch damit beschäftigt waren, die innere Steinmauer von Raum C4-20 zu zerlegen. Sie hatten die ganze Ausrüstung im Raum intakt gelassen, einschließlich der Überwachungskameras, der Scheinwerfer und des Sensors, doch waren die winzigen Roboter damit beschäftigt, Steine zu hauen und zu schlagen und sie neben der Luke aufzuschichten.

Neben Shin-ichi Kawakamis Arbeitsplatz drängten sich Paul Verduin, Arthur Johnson, Tamara Isralilowa und Sascha Kulejan um Verduins Konsole und studierten die ersten Daten der Sensoren. Der Computer war bereits damit beschäftigt, ein unvollständiges dreidimensionales Modell der neuen Kammer am Boden des Labyrinths zu berechnen, als das Radar des Sonsors ein unscharfes Bild eines endlosen Raums zeichnete, den die Scheinwerfer nur zu einem Bruchteil erhellten. Die gegenüberliegende Wand endete in einer gestrichelten Linie, womit das Gerät anzeigte, daß es nicht dazu in der Lage war, die Kammer in voller Größe auszuleuchten.

»Es ist auch kein leerer Weltraum.« Kawakami zeigte vor sich auf den Überwachungsmonitor, wo unscharfe Gestalten provozierend dicht außerhalb der Reichweite der Flutlichter lagen. »Sehen Sie? Dort hinten können wir nur undeutlich erkennen, daß dort etwas ist. Vielleicht Maschinen. Dahinter könnte der Eingang zu einem weiteren Tunnel oder sogar einer ganzen Reihe von Katakomben liegen. Das werden wir erst mit Sicherheit wissen, wenn wir wieder jemanden nach unten geschickt haben . . .«

»Nicht mich, will ich hoffen!«

»Wir dachten, wir wären am Ende des Rätsels angelangt«, sagte Kawakami und atmete tief durch. »Doch es sieht so aus, als hätten wir erst angefangen.« Über die Schulter gewandt blickte er Cassidy an. »Und wie geht es Ihnen, mein Freund? Wollen Sie mir immer noch Obszönitäten an den Kopf werfen?«

»Wenn Sie dort unten gewesen wären, hätten Sie auch mit Obszönitäten um sich geworfen.« Arthur Johnson wandte sich an Cassidy. »Gute Arbeit, Freund«, sagte er sanft und reichte ihm die Hand. »Wie geht es Ihren Nerven?«

»Völlig erschossen, aber ich werde es überleben.« Zerstreut schüttelte Cassidy Johnsons Hand, dann sah er sich im Modul um. »Wo ist Dickie? Ich dachte, er würde hier bei Ihnen sein.«

Johnson hob die Augenbrauen. »Ach so, Sie müssen Dr. Richard Jessup meinen! Ich glaube, er ist in der Messe aufgehalten worden. Er ist dort um ... wie lange ist es jetzt her, Dr. Kawakami?«

Kawakami lehnte sich in seinem Sessel zurück und sah auf die Armbanduhr. »Vor ungefähr eineinhalb Stunden.« Er lächelte. »Ich dachte, ich hätte gehört, wie jemand gegen die Luke hämmerte. Aber sicher bin ich mir nicht.«

Johnson schüttelte traurig den Kopf. »Es ist wirklich schrecklich, wie sich dieser Griff doch manchmal verhakt.« Sein kurzes Grinsen verschwand wieder, als er sich nach den anderen umsah. »Meine Herren, meine Dame, ich denke, der Augenblick der Entscheidung ist gekommen. Alle, die dafür sind, mögen bitte die Hand heben.«

Johnson hob selbst die Hand. Kawakami und Verduin folgten sofort. Nach einem kurzen Zögern hoben auch Kulejan und Isralilowa die Hände. Johnson nickte. »Ich habe die Angelegenheit vor ungefähr zwei Stunden mit Miho besprochen. Sie ist immer noch dabei, im Labyrinth alles abzuwickeln, hat mir aber in *absentia* ihre Zustimmung mitgeteilt, folglich ist es wohl einstimmig. Tamara, wenn Sie bitte so freundlich wären, den unglückseligen Dr. Jessup zu befreien? Tut mir leid. Ich glaube nicht, daß ich der erste sein sollte, den er jetzt gleich zu Gesicht bekommt.«

Isralilowa drängte sich an den Männern vorbei, um das überfüllte Modul zu verlassen. Während sie das tat, betätigte Paul Verduin ein paar Tasten auf seiner Konsole, wartete einige Augenblicke und entnahm schließlich zwei CD-ROM-Disks aus den Schlitzen in seiner Rechenanlage. Feierlich übergab er sie Arthur Johnson. »Die audiovisuellen Aufzeichnungen sind auf Nummer eins, die Sensordaten und das Verlaufsprotokoll auf der Zwei«, sagte er. »Ich habe vor ungefähr einer Stunde ein Backup gemacht, aber das hier ist der vollständige Bericht.« Er überlegte einen Moment. »Dieser Pilot, Captain D'Agostino. Ist er . . .«

Johnson lächelte. »Entwaffnet. Er hatte zwar eine Pistole dabei, aber die ist ihm bedauerlicherweise abhanden gekommen, als er seinen Rausch ausschlief. Da sein Fahrzeug keinen Treibstoff mehr hat, kann er auch nicht starten. Ich denke, Katsu ist dort und sorgt für ein paar dauerhaftere Veränderungen.« Er lachte leise und schüttelte den Kopf. »Boggs und er haben sich schon eine ganze Weile darüber beschwert, daß sie nicht genug Ersatzteile für die *Burroughs* haben, deshalb glaube ich, daß sie sich im Moment welche beschaffen.«

Kawakami wirkte immer noch beunruhigt. »Richard könnte versuchen, den Kapitän zum Eingreifen zu bewegen.«

»Dieses Risiko müssen wir eingehen«, antwortete Arthur. »Aber wenigstens ist er in der Minderheit. Ein kampfgeschulter Marine gegen ein halbes Dutzend feiger Wissenschaftler . . .?« Er zuckte mit den Schultern. »Na ja, sollte die Sache zu ernst werden, können wir ihm immer noch eins über den Schädel geben und damit drohen, ihn aus der Luftschleuse zu schmeißen. Ich schätze, er wird einen Rückflug zur *Shinseiki* bekommen, wenn das Landungsboot wieder startet.«

Verduin musterte gerade die CD-ROMs in Johnsons Händen. »Keine Bange, Paul. Sie sind in guten Händen.« Johnson ließ die beiden Silberscheiben in seine Hemdtasche gleiten und schloß den Reißverschluß, dann atmete er tief durch. »Okay, Leute, dann schaltet es aus. Paul und Shin-ichi, vergessen Sie nicht, alles aus dem Speicher zu löschen. Lassen Sie nichts zurück, was verwendet werden könnte.«

»Was haben Sie . . .?« fing Cassidy an.

Johnson hob einen Finger. »Warten Sie. Einfach nur warten!«

Um sie herum bearbeiteten die Wissenschaftler emsig ihre Tastaturen. Ein Video- und Computerschirm nach dem anderen erlosch, als das elektronische Summen der Computerlaufwerke verstummte. All die vielen Instrumente, die jeden hart erkämpften Zentimeter dieser Reise durch das Labyrinth aufgezeichnet hatten, erstarben nun nach und nach. Binnen einer Minute herrschte völlige Stille in Modul 8. Sämtliche Instrumente waren tot, die Schirme vollkommen dunkel.

Johnson stieß die Luft aus. »Ich hätte nie gedacht, daß es hier so still werden könnte.« Er legte die Hand auf Kawakamis Schulter. »Irgendwelche Reuegefühle, Kawakami-*san*?«

Der Exobiologe musterte einen dunklen Monitor. Einen Augenblick später schüttelte er den Kopf. »Es ist die einzige Möglichkeit«, sagte er. Nachdenklich fuhr er sich mit dem Finger an die Oberlippe. »Hat nicht einer Ihrer Gründerväter mal etwas über zusammen oder getrennt Hängen gesagt?«

Als Jessup wenige Augenblicke später das Kontrollmodul betrat, fiel ihm als erstes die mangelnde Aktivität auf. Er ließ den Blick über die toten Konsolen schweifen, dann richtete er ihn auf den Wissenschaftlerstab, der ihn seinerseits stumm beobachtete. »Falls hier das los sein sollte, was ich vermute«, sagte er gleichmütig, »dann begehen Sie alle einen schweren Fehler.«

Arthur Johnson schüttelte den Kopf. »Nein, das glauben wir nicht. Das ist ein Streik, Dick. Vielleicht könnten Sie es auch eine Revolution nennen. Jeder hier ist dabei, und bevor nicht unsere verhandlungsfähigen Forderungen erfüllt wurden, läuft nichts mehr.«

»Nun ja.« Jessup verschränkte die Arme vor der Brust. »Also gut, ich höre. Was verlangen Sie?«

»Erstens: Die Vereinigten Staaten und die Gemeinschaft Unabhängiger Staaten werden sich förmlich gegenseitig für ihre Militäraktionen hier oben entschuldigen. Zweitens: Die GUS wird es ihren Mitgliedern im Wissenschaftlerteam gestatten, ihre Arbeit hier fortzusetzen. Drittens: Die teilnehmenden Nationen müssen sich verpflichten, kein weiteres Militärpersonal oder -gerät auf dem Mars zuzulassen.« Johnson hob die Hände. »Das wäre alles.«

»Das wäre alles.« Dick Jessup seufzte. »Nun, ich werde Ihre Forderungen zwar an den Präsidenten weiterleiten, aber Sie wissen doch wohl selbst, daß Sie damit nicht durchkommen. Die brauchen nur ein neues Wissenschaftlerteam herzuschicken. Dann setzen die die Arbeit fort, und Ihre Karriere geht den Bach runter.«

Paul Verduin hüstelte. »Das dürfte etwas schwierig werden«, meinte er leise. »Ich habe mir die Freiheit herausgenommen, die Festplatten zu löschen. Die Daten wurden an einen anderen Ort verbracht, wo niemand sie finden kann . . .«

»Wie bitte?«

»Und sie werden alle vernichtet, sollten unsere Forderungen nicht veröffentlicht und erfüllt werden«, schloß Johnson. »Sollte man eine neue Mannschaft hierherschicken, müßten die etwa zwei volle Jahre Forschungsarbeit von vorn durchlaufen. Ich glaube nicht, daß die Cooties so lange warten werden.«

Jessup starrte Johnson ungläubig an. »Was ist mit den Cooties? Was ist hier los?« Und dann schien er zum erstenmal seit Betreten des Moduls Ben Cassidy zu bemerken. »Was ist dort unten vorgefallen?«

»Das Rätsel von Raum C4-20 ist gelöst«, meldete Kawakami. »Mr. Cassidy ist es gelungen, die Cooties davon zu überzeugen, daß wir eine vernunftbegabte, schöpferische Rasse sind. Allein diesen Beweisen diente das ganze Labyrinth. Es war ein Mechanismus, um festzustellen, ob wir nicht nur technologisch, sondern auch kreativ fortgeschritten sind. Zu welchem Zweck, das wissen wir noch nicht . . . aber ich bezweifle, daß sie sich noch sehr viel länger in Geduld üben werden. Ihre Roboter sind dort unten bereits am Werk.«

Mit gerunzelter Stirn blickte Jessup Kawakami an. »Roboter? Richtige Automechanismen?«

»Aktiviert, als C4-20 hinreichend Beweise für unsere Intelligenz gesammelt hatte. Wir haben die ganze Sache völlig verkehrt betrachtet. Die Cooties hatten bereits genug Beweismaterial für unser empirisches Wissen. Diesmal wollten sie sichergehen, daß wir nicht bloß Knobler und Tüftler sind.« Kawakami lächelte. »Jetzt sind sie dabei, die letzten Mauern niederzureißen.«

»Aber warum hat man uns dann ...«

»Warum man uns hierher gelockt hat? Warum sie diese Testreihe aufgebaut haben? Was haben sie sich davon versprochen, von einem komplizierten Spiel, das augenscheinlich erst lange nach ihrem Tod beginnen würde?« Kawakami schloß die Augen und schüttelte gemächlich den Kopf. »Ich weiß es wirklich nicht. Versuchen Sie zu begreifen, Richard, daß wir hier damit befaßt sind, eine völlig fremde Perspektive zu verstehen, und daß wir dafür nur sehr wenige Spuren und Hinweise haben. Es gibt keine einfachen Antworten, und was wir glauben in Erfahrung gebracht zu haben, ist möglicherweise reine Spekulation. Und doch ist dies der erste Schritt auf der Suche nach einer Antwort.«

Kawakami mußte gähnen; er hob die Hand vor den Mund, um den Impuls zu unterdrücken. »Im Kern geht es um folgendes, Dr. Jessup: Wir sollten aus einem ganz bestimmten Grund hierherkommen. Wir kennen ihn nicht, noch wissen wir, was sie sich von unserer Gegenwart auf dem Mars versprochen haben. Jedenfalls bisher noch nicht ... aber wenigstens haben wir die ersten Schichten des Mysteriums abgetragen.«

Er blickte Jessup geradewegs an. »Jenseits des Labyrinths«, sagte er, »liegt ein weiteres Labyrinth. Jedenfalls hat es im Augenblick den Anschein. Die Frage ist nur, ob Sie uns weitermachen lassen werden?«

»Ob ich ...?« fing Jessup an.

»Sie warten auf uns«, erklärte Johnson. »Die Tür steht sperrangelweit offen. Aber wir werden keinen Finger rühren, wenn die Jungs in Washington und Minsk sich weiterhin aufführen wie die Kinder. Wir haben beschlossen, daß wir es nicht zulassen werden, daß Sie die Cooties zu einem Spielball Ihres Scharmützels machen, und genau darum geht es bei unserem Streik.«

Jessup musterte ihn wütend. »Ihre Arbeit läßt sich auch durch eine andere Expedition fortsetzen.«

Johnson zuckte mit den Schultern. »Vielleicht, aber wie lange wird das dauern, wenn wir unsere Forschungsergebnisse vernichten? Zwei, drei Jahre. Ich habe so ein Gefühl, als ob die Cooties nicht mehr allzulange warten dürften.«

Der NASA-Beamte schwieg einen Augenblick. »Vergessen Sie

es, Art«, sagte er schließlich. »Es wird nicht funktionieren. Die *Shinseiki* ist immer noch im Orbit, und wir haben oben auch immer noch Männer an Bord. Versuchen Sie es auf die harte Tour, wenn Sie unbedingt wollen, aber wir können jederzeit einen neuen Angriff fahren . . .«

Cassidy hatte während des Gesprächs geschwiegen. Tatsächlich, begriff er plötzlich, hatte er sich ohnehin viel zu lange herausgehalten. Er räusperte sich und machte einen Schritt vor, trat zum erstenmal in den Kreis. »Er lügt, Leute.«

Dick Jessup drehte sich zu ihm um und stach ihm fast mit dem Finger ins Gesicht. »Halten Sie sich da raus!« brüllte er. »Das geht Sie einen feuchten Dreck an!«

Cassidy wandte den Blick nicht von Jessup ab, als er fortfuhr. »Oben auf der *Shinseiki* gibt es noch einen Militär, einen Colonel der Marines. Soweit ich weiß, sind da keine Jäger mehr. Als sie die Buschbagger ausgeschaltet haben, haben sie damit auch ihr gesamtes Arsenal verfeuert. Außer der Kommandomannschaft ist da oben nur noch ein einziges Etappenarschloch. Der kann überhaupt nichts ausrichten.«

Die versammelten Wissenschaftler musterten Jessup wieder. Langsam kam die Wahrheit ans Tageslicht; er hatte seine Trümpfe verspielt, sein Vorrat an Lügen war endlich erschöpft.

»Vielleicht«, meinte Jessup mit bebender Stimme. »Vielleicht hat er recht. Vielleicht. Aber was passiert, wenn die *Lowell* in neun Monaten hier eintrifft? Glauben Sie etwa, daß die keinen Angriffstrupp an Bord haben werden?«

Johnson wirkte gleichgültig. »Die Möglichkeit besteht immer. Na und? Was soll uns daran hindern, die Daten zu vernichten, wenn sie auftauchen? Das nützt denen gar nichts. Und sollte es zum Schlimmsten kommen, dann haben sie nur einen Haufen toter Abtrünniger aufzuweisen und sonst nichts. Dann ist alles verloren . . . und sie müssen der Weltöffentlichkeit auch noch ein Massaker plausibel machen.« Er lächelte wieder. »Dieses Spiel gewinnt niemand, und irgendwie kann ich mir nicht vorstellen, daß selbst George White so dämlich sein könnte.«

»Wachen Sie auf, Dick«, sagte Cassidy gütig. »Es ist Zeit, erwachsen zu werden. Sie können jetzt mit Ihrem Schlagt-die-Russen-Spiel aufhören.«

Jessup hatte sein Temperament bisher gezügelt, doch jetzt ging es endgültig mit ihm durch. »Ich dachte, ich hätte Ihnen gesagt, Sie sollten die Klappe halten, Sie gottverdammter Junkie!« schrie er Cassidy an. Cassidy erwiderte Jessups starren Blick. Hinter Jessup stand Johnson, lächelte sanft und nickte. Ohne jedes Zögern ballte Cassidy die Faust und verpaßte Jessup einen schnellen, harten Haken gegen den Unterkiefer.

Der NASA-Beamte stürzte rücklings über einen Stuhl und krachte zu Boden. »Wenn ich es mir allerdings so überlege«, meinte Cassidy und massierte sich dabei die Fingerknöchel, »ist es manchmal recht befriedigend, unreif zu sein.«

Er machte kehrt und trat aus dem Modul. Johnson sah zu Jessup hinunter, der sich gerade das Blut aus dem Mundwinkel wischte und vom Boden aufstand. Niemand rührte sich, um ihm beim Aufstehen zu helfen. »Wenn Sie nichts dagegen haben, werde ich jetzt wieder die Leitung dieser Station übernehmen«, sagte Johnson ruhig. »Das Landungsboot wird um dreizehnhundert Uhr starten. Ich gehe davon aus, daß Sie und Captain D'Agostino an Bord sein werden. Die Sitzung ist beendet.«

Johnson verließ die Kabine und tat einen tiefen Atemzug, dann schritt er den Korridor entlang zur Messe. Die Luke stand offen. Cassidy blickte durch die schmale Sichtscheibe über das rotgefärbte Gelände. Jenseits der Scheibe lag die Stadt; im Vordergrund ragte die C-4-Pyramide in die Höhe, türmte sich in den Mittagshimmel.

Der Astrophysiker betrat leise den Messeraum, dann blieb er stehen. Obwohl Cassidy ihm den Rücken zugekehrt hatte, hörte er, wie der Musiker etwas vor sich hin flüsterte. Johnson lauschte; nein, es war kein Flüstern. Es war ein Singen . . .

»Early this mornin' . . . when you knocked on my door . . .«

Cassidy hörte abrupt auf, als hätte er unbewußt die Gegenwart eines anderen im Modul bemerkt, doch sagte er nichts, während er weiterhin aus der Sichtscheibe blickte. Johnson räusperte sich leise. »Ben Cassidy, Gitarrist mit zwei Fäusten«, sagte er und trat hinter den Musiker. »Einen sauberen Haken haben Sie da. Wie geht's Ihrer Hand?«

Cassidy zuckte mit den Schultern, drehte sich nicht um. »Schürfungen, aber bis zu meinem nächsten Gig sollte es wieder verheilt sein. Wahrscheinlich in einem Bundesgefängnis.«

Der Co-Direktor der Station gesellte sich an der Sichtscheibe zu ihm. »Nein, so etwas wird Dick nicht tun. Dann müßte er nämlich zugeben, von einem Liberalen verprügelt worden zu sein. Ich würde ihm nur nicht mehr den Rücken zukehren, sobald Sie wieder auf der Erde sind.«

Er folgte Cassidys Blick aus der Scheibe. »Das Landungsboot zur *Shinseiki* wird in ungefähr zwei Stunden starten. Meinen Sie, Sie werden diesen Ort vermissen?«

»Ach was. Ich kann es gar nicht erwarten, nach Hause zurückzukommen.« Cassidy hielt inne. »Aber die Cooties könnte ich vielleicht vermissen. Es hat Spaß gemacht, mit denen zu jammern, könnten Sie mir vielleicht eine Bandaufzeichnung von diesem Auftritt überlassen?«

Johnson überlegte. »Tut mir leid. In zehn Jahren vielleicht, aber jetzt noch nicht. Das Material ist zu sensibel.«

»Schon in Ordnung. Manchmal bekommt man die allerbesten Konzerte nur ein einziges Mal zu hören.« Cassidy zögerte. »Glauben Sie wirklich, daß Ihr Streik funktionieren wird?«

»Vielleicht, vielleicht auch nicht. Aber er wird den ganzen Pennern da draußen klarmachen, daß wir nicht mehr mitmachen. Vielleicht kommt es nur darauf an. Machen Sie sich um uns keine Sorgen.«

Cassidy lachte. »Werde ich schon nicht ... Na ja, vielleicht doch.«

»Wie geht es Ihnen?«

Ben Cassidy sah auf die öde Landschaft hinaus, fort von der toten Stadt. In der Ferne am Horizont starrte die Ruine des Gesichts ins Weltall empor. Gelassenheit in altem Stein. Gelassenheit in seinem eigenen Geist. Zum ersten Mal seit Jahren waren die Furcht und das Verlangen verschwunden.

»Wie es mir geht?« Cassidy schloß die Augen und legte das Kinn auf die Arme.

Nach einer Weile lächelte er. »Ich fühle mich sehr viel besser«, sagte er.

Zwischenspiel

Die Spionage wird, in weitaus größerem Umfang als jemals zuvor im vergangenen Jahrhundert, nicht mehr nur in den Dienst der Förderung von Regierungszielen gepreßt werden, sondern auch von Firmenstrategien, in der Annahme, daß die Macht von Firmen auch zwangsläufig zu nationaler Macht beiträgt. Das gesamte Arsenal der elektronischen Beobachtung könnte in kommerziellen Dienst gestellt werden, dazu ganze Heere ausgebildeter menschlicher Betreiber ...

Alvin Toffler
Powershift

Washington, D. C.: 12. November, 09.00 EST, 2031

Demonstrierende Raumfahrtgegner hatten ein Reklameplakat auf dem Bahnsteig der Roten Linie der U-Bahn Station Dupont Circle verunziert; August Nash bemerkte es, als er aus der Bahn stieg und sich in die Schar der Morgenpendler einreihte. Das Hologramm, das unmittelbar über einer Bank hing, die im Augenblick von zwei Studienanfängern der Universität von Georgetown belegt war, machte Reklame für *Newsweek*. Das Plakat zeigte ein Foto des Gesichts auf dem Mars; der Werbetext verkündete, daß das Nachrichtenmagazin ›Nicht bloß so ein stinknormales nettes Gesicht‹ sei, oder irgendein vergleichbares Wortspiel; viel direkter war dagegen die falsch geschriebene Nachricht, die als roter Schleier über den durchsichtigen Rahmen gesprüht worden war:

DER MARS DEN MARSANERN!
USA – RAUS – SOFORT!!

Nash studierte die Nachricht nur einen kurzen Moment, bevor er seinen Trenchcoat wieder zuknöpfte und den Bahnsteig in Richtung Rolltreppe verließ, die auf die Straße hinaufführte.

Die Zentrale der Security Associates Ltd. befand sich auf der Connecticut Avenue, einen Block von der Station Dupont Circle entfernt, in einer Zeile von Geschäftsgebäuden, die unweit der Embassy Row lag. Von außen war nichts zu erkennen, was die führende Privatdetektei der Welt von allem anderen auf der Straße unterschieden hätte; zur Rechten lag ein Bagel Shop, zur Linken ein Buchladen für Schwule und dazwischen eine Milchglastür mit eingraviertem Firmennamen, so unauffällig, daß sie zu einer Detektei hätte gehören können, die sich auf entlaufene Kinder und Scheidungsfälle spezialisiert hatte.

Nash schob die Tür auf, schritt den schmalen Gang entlang ins Foyer und blieb vor den beiden Fahrstühlen stehen, um seinen Trenchcoat abzulegen; er achtete darauf, daß sein Gesicht die ganze Zeit zu sehen blieb, damit die Augen auf der anderen Seite der verborgenen Überwachungskameras ihn erkannten. Der rechte Fahrstuhl hatte ein Paneel mit versenktem Auffahrtsknof, der Fahrstuhl zur Linken dagegen einen Codekartenschlitz. Nash zog seine Codekarte aus der Innentasche seines Zweireihers und schob sie hinein.

»Nash, August«, sagte er. Er überlegte einen Moment, dann rezitierte er: »›Die Zeit ist reif, das Walroß sprach's, zu künden von mancherlei Ding‹ . . .« Das genügte dem Stimmerkennungssystem des Computers, um seine Identität zu bestätigen. Sein Name war wichtig, das Zitat von Lewis Carroll dagegen nicht; ebensogut hätte er die Liste der Inhaltsstoffe auf einer Frühstücksflockenpackung vorlesen können, das hätte die KI auch zufriedengestellt. Die linke Fahrstuhltür glitt auf, wie sie es auch getan hätte, wenn er nicht laut gesprochen hätte; doch ohne die Stimmabdruckidentifikation wäre sofort nach seinem Betreten der Kabine aus verborgenen Düsen in der Fahrstuhldecke Gas ausgetreten.

Wäre er ein unbestätigter Klient oder ein neugieriger Passant gewesen, der den Fahrstuhl zur Rechten genommen hätte, so hätte ihn der Lift in den ersten Stock gebracht, wo ihm dann die höfliche Empfangsdame ein Antragsformular, eine ziemlich uninformative Broschüre ausgehändigt und ihm einen Vortrag darüber gehalten hätte, daß Security Associates Ltd. eine hochspezialisierte Agentur war, die sich nur mit den hochspezialisierten Bedürfnissen einer sehr exklusiven Sorte von Kundschaft befaßte. Hätte er auch das Surren von Druckern und das Piepsen von Telefonen hinter der Trennwand gehört, vor der ihr Schreibtisch stand – beides nur Bandaufzeichnungen –, hätte er dabei doch niemals die TEC-9-Pistole zu sehen bekommen, die in der halb geöffneten Schublade unmittelbar über ihrem Schoß lag.

Im linken Fahrstuhl gab es dafür keine Etagenknöpfe. Das war auch nicht erforderlich, weil er Nash direkt in das zweite Stockwerk beförderte. Auch hier gab es einen Empfangstrakt, der sich aber sehr von dem ein Stockwerk tiefer gelegenen unterschied: kein zusammengestückeltes Mobiliar, keine Topffarne und auch keine hilfsbereite Dame an einem Schreibtisch. Im matt erhellten Foyer saß ein schweigsamer junger Schwarzer hinter einer kugelsicheren Scheibe und sah Nash stumm dabei zu, wie er an die Identifizierungsstation neben dem Fahrstuhleingang trat und sich einer Handabdruck- und Retinaanalyse unterzog.

Der Posten blickte auf die Bildschirme unter dem Tisch, dann reichte er ihm durch einen Schlitz in der Scheibe ein Plastikabzeichen. »Willkommen, Mr. Nash«, sagte er. Er hatte den britischen Akzent eines gebürtigen Westafrikaners; er saß in einem Rollstuhl. »Er erwartet Sie im Konferenzraum.«

»Danke, Bart. Es ist schön, wieder zu Hause zu sein.« Nash befestigte den Ausweis an seinem Jackenrevers – die Plastikbeschichtung war immer noch warm, sein Foto stammte von der Überwachungskamera im Erdgeschoß. Dann schritt er zu der schweren Eichentür rechts von der Sicherheitsüberprüfung. Bart betätigte den Summer, als Nash die Hand auf den Türknauf aus rostfreiem Stahl legte; hätte er Nash nicht freigegeben, hätte ein 50 000-Volt-Schlag diesen durch das Foyer geschleudert.

Hinter der Tür lag das Allerheiligste der Security Associates. Das war der zweitsensibelste Bereich im Zentrum der Firma. Unter dem Gebäude, in einem unterirdischen Stockwerk, das nur über einen dritten Aufzug zugänglich war, lag die ›Grube‹, das Hauptkontrollzentrum, wo ein Dutzend Männer und Frauen jede diskrete Bewegung beobachteten, die die Agenten der Detektei machten und per Satellit übertrugen. Auch der große Cray-10-Computer befand sich dort unten, ebenso die Waffenkammer und der Schießstand, doch diese Ziele hatte Nash nicht im Auge. Jedenfalls nicht heute; Control hatte eine Besprechung mit ihm im dritten Stock anberaumt, und mit der Grube würde Nash erst viel später zu tun bekommen.

Der Korridor führte Nash eine lange Reihe schalldichter

Türen entlang, von denen jede durch ihren eigenen Codekartenschlitz und einen Zahlentastenblock gesichert war. Anonyme junge Männer und Frauen – Sekretäre, Datenanalytiker, Informationsspezialisten, und so weiter – kamen ihm im Gang entgegen, lächelten höflich, hielten den Blick aber auf den sandfarbenen Teppichboden gerichtet, um ihn nicht ansehen zu müssen. Security Associates war nicht wie andere Firmen; hier gab es keine Weihnachtsfeiern im Büro oder Karten mit Genesungswünschen, wenn jemand ins Krankenhaus mußte. Die meisten Lohnschecks der Angestellten waren auf die Bankkonten des benachbarten Bagel Shops oder des Buchladens für Schwule gebucht, die selbst wiederum eine Tarnung für die Agentur bildeten. Beiläufiges Fraternisieren zwischen den Angestellten wurde mißbilligt, wenn es nicht sogar zur offenen Kündigung führte. Als Feldagent hatte Nash hier zwar viele Verbündete, aber keine Freunde; außer Bart am Empfang kannte er kaum jemanden im Washingtoner Büro beim Namen.

Bis auf Control, natürlich, und der hatte etwas gegen den Gebrauch seines Namens, wenn es nicht im Privaten und nur durch seine wichtigeren Operateure geschah. Nash gelangte an den Konferenzraum am Ende des Ganges, klopfte einmal gewohnheitsmäßig an die Tür und drehte den Türknauf.

Noch bevor er die Tür auch nur um einen Zentimeter geöffnet hatte, hörte er schon Controls Stimme aus dem Raum ertönen: »Guten Tag, Mr. Nash. Bitte treten Sie ein. Wir haben eine Menge zu besprechen, Sie und ich . . .«

Ein trockenes Kichern. »›Von Schuhen und Schiffen und Siegelwachs . . .‹«

Natürlich hatte er sein Eintreffen beobachtet; es gab nur sehr wenig, was Control entging. »›Von Kohlköpfen und Königen‹«, beendete Nash das Zitat, als er in das fensterlose Nest schritt – wo das Meer sehr oft kochte und es manchmal so schien, als wüchsen Schweinen eben *doch* Flügel.

Control sah aus wie ein Geschichtsprofessor aus Oxford, der sich ein ausgedehntes Forschungssemester gegönnt hatte und nun in den Staaten war, um seine Zeit zu vergeuden. Seine ausgebeulten Hosen und der irische Fischerpullover aus Wolle waren schmutzig von der Asche seiner Bruyèrepfeife; er musterte Nash durch seine Metallbrille mit Augen, die nur unwesentlich dunkler waren als sein längliches Haar und der ungekämmte Schnurrbart. Als er sich hinter dem großen Konferenztisch erhob, um dem Agenten die Hand zu geben, griff er reflexartig zu dem Spazierstock mit dem silbernen Knauf, der neben dem Tisch stand.

Der Stock war mehr eine Marotte als ein wirkliches Erfordernis, um das Gewicht auf seinem verletzten rechten Knie zu entlasten, von dem er behauptete, es sich in seiner Jugend in Eton bei einem Polospiel gebrochen zu haben. Tatsächlich war Robert Halprin niemals in Oxford gewesen; seine alte Collegekrawatte stammte von einem sehr viel härteren Ort, irgendwo in Beirut, wo er in den neunziger Jahren fast zwei Jahre lang von schiitischen Muslims als Geisel festgehalten worden war, bevor ihm die Flucht aus den Händen der Extremisten gelang. Gerüchten zufolge war er zwar als Schuljunge tatsächlich in Eton gewesen, hatte aber nie das Innere eines Stalls zu Gesicht bekommen, ganz zu schweigen vom Besteigen eines Pferds zu einem Polospiel. Die alte Knieverletzung war vielmehr das Resultat einer Mission, die so sensibel gewesen war, daß es ihm selbst heute noch unter dem Geheimhaltungsgesetz verboten war, darüber zu sprechen.

Halprin war ein Veteran des MI-6, was kaum jemand überraschen konnte. Auf der Lohnliste der Security Associates standen mindestens ein halbes Dutzend Schüler aus Seiner Majestät Geheimdienst, zusammen mit verschiedenen ehemaligen Mitgliedern der Mossad, des ZND Rußlands, der Royal Canadian Mounted Police, von La Piscine und (wie Nash selbst) der amerikanischen CIA. Als privater Nachrichtendienst war Security Associates Limited stolz auf ihre Fähigkeit, ehemalige Angestellte verschiedenster amtlicher Spionageapparate in Dienst nehmen zu können; das war besser als unerfahrene Amateure einzustellen und sie dann erst zu Spionen auszubilden. Seit die Briten, die Israelis, die Russen, die Kanadier, die Franzosen und die Amerikaner über die Arbeit der Security Associates informiert waren, gab es nur selten Einwände, wenn einige ihrer ehemaligen Mitarbeiter zu den ›Privaten‹ gingen (obwohl in manchen Kreisen der Nachrichtendienstgemeinde die Firmenabkürzung SA als ›Saudumme Arschlöcher‹ gedeutet wurde). Schließlich war es weitaus wünschenswerter, wenn ein Agent im Ruhestand seine Dienste einer Firma im Privatsektor anbot, wo man ihn wenigstens im Auge behalten konnte, als wenn er zu ›den anderen‹ überlief oder gar ein weiteres Machwerk Enthüllungsmemoiren verfaßte.

»Wie war es auf Jamaika?« fragte Halprin, nachdem Nash ihm die Hand geschüttelt hatte. »Wahrscheinlich besseres Wetter als hier oben, stelle ich mir vor.«

Nash wußte, daß Control genau über den tropischen Wirbelsturm informiert war, der den größten Teil der vergangenen Woche über Kingston hinweggefegt war. »Jedenfalls wärmer«, meinte er knapp, faltete seinen Trenchcoat über den Sessel und fuhr sich mit der Hand durchs nasse blonde Haar. »Allerdings ein wenig feucht.«

Ein heimtückisches Lächeln huschte über Halprins Antlitz. »Genau«, erwiderte er. Forsch winkte er Nash an einen Stuhl auf der gegenüberliegenden Seite des langen Tischs und nahm seinen eigenen Platz wieder ein. »Es geht um Ihren nächsten Auftrag, und so will ich hoffen, daß Sie ausgeruht aus dem Urlaub zurück sind, nicht wahr?«

Heimtückischer alter Hundesohn. Er wußte mit Sicherheit auch, daß Nash drei Tage damit zugebracht hatte, das Regenwasser aus dem Kielraum seines Schoners zu eimern. Es gab nur wenig im Leben seiner Feldagenten, was Control entging. »Ja, Sir«, sagte Nash, als er sich setzte und die Beine übereinanderschlug. »Sehr entspannend, Jamaika zu dieser Jahreszeit.« Er machte eine Pause, dann fuhr er fort: »Sie sollten es auch irgendwann einmal probieren, Sir. Ausgezeichnet zum Fischen.«

»Ja. Richtig.« Halprin ging die Aktenmappen auf seinem Schreibtisch durch. Das Wortgeplänkel war vorbei; Zeit, an die Arbeit zu gehen. »Es hat indirekt mit Ihrem Auftrag am Cape Canaveral vor ungefähr zwei Jahren zu tun. Die Arbeit, die Sie damals für die Skycorp erledigt haben . . .«

»Die Fotos von den F-210-Hornissen?« Nash achtete sorgfältig darauf, sachlich zu klingen. »Ich hoffe, unsere Klienten sind nicht immer noch wütend darüber, daß ich dem Techniker damals einen Klaps verpaßt habe.«

›Wütend‹ war eine Untertreibung. Die Direktoren der Skycorp waren außer sich gewesen, als sie erfuhren, daß Nash im Turm der Startrampe 2-A eine NASA-Rampenratte k.o. geschlagen hatte. Die Tatsache, daß die Informationen über Operation Jagdrennen, die sie im Zuge dessen erhielten, von allerhöchster Qualität waren, hatte diesen Zorn kaum besänftigen können.

Doch für gutes Geld gab es auch gute Leistung. Seit dem unrühmlichen Big-Ear-Debakel des Jahres 2016, als die private Raumfirma wegen ihrer Beteiligung an einer streng geheimen Operation des Nationalen Sicherheitsrats öffentlich in Verlegenheit gebracht worden war, da es dabei um eine heimliche Überwachung inländischer Signal- und Kommunikationswege ging – ebenso wie kürzlich durch den Arbeiterstreik auf der Mondstation Descartes im Jahre 2024 und dem darauf folgenden Überfall der Ersten Rauminfanterie hatte die Skycorp versucht, sich von den US-Nachrichtendiensten und dem Militär zu distanzieren. Insgesamt war es nämlich schlecht fürs Geschäft, wenn die Interessen der Gesellschaft allzu sehr mit denen der Regierung der Vereinigten Staaten verquickt waren. Dies vor allem heute, da das Unternehmen für den Bau der ersten großen Raumkolonie im Orbit von La Grangia auf ein multinationales Abkommen mit anderen Weltraumfirmen hinarbeitete. Vor zwei Jahren hatte die Skycorp mit Beunruhigung reagiert, als ihr durch die üblichen Kanäle die Information zugespielt wurde, daß an Bord der *SS Shinseiki* eine geheime militärische Nutzfracht auf den Mars befördert werden sollte. Die Skycorp hatte beachtliches Kapital auf dem Mars investiert, das meiste davon bisher noch rein spekulativ. Langfristig betrachtet hatte der Mars für die Firmsa eine sehr große Bedeutung gewonnen: Als Treibstoffquelle für weitere Erforschungen des erdfernen Raums war er unverzichtbar. Deshalb hatte die Skycorp auch wissen wollen, was dort oben los war; wie so viele andere private Unternehmungen vor ihr hatte auch sie sich insgeheim die Dienste der Security Associates gesichert.

Die Detektei hatte viel, wiewohl nicht alles, über die Einzelheiten der Operation Jagdrennen in Erfahrung gebracht. Nashs

Auftrag am Cape Canaveral hatte darin bestanden, festzustellen, welche militärische Nutzfracht von der *Constellation* in den Orbit gebracht wurde. Seine Fotos der beiden Luftpatronen, die im Frachtraum des Orbiters gestanden hatten, hatten nach eingehender Analyse der Fotoanalytiker der Firma die schlimmsten Befürchtungen bestätigt. Die Skycorp war sehr zufrieden mit der Information gewesen; als es zu der unvermeidlichen Krise gekommen war, war die Firma bereits vorgewarnt gewesen und konnte sich rechtzeitig öffentlich von der Operation Jagdrennen distanzieren . . . eine sehr nützliche Taktik in Anbetracht der Tatsache, daß die Raumfahrtgegner durch das Scharmützel zwischen den amerikanischen und den GUS-Streitkräften auf Cydonia Auftrieb bekommen hatten. Uchu-Hiko, die Eignerin der *Shinseiki*, hatte nicht so viel Glück gehabt. Monatelang hatten japanische Grüne die Firmenzentrale in Tokio belagert, und in der Nähe ihres australischen Raumflughafens war eine nicht detonierte Bombe entdeckt worden.

Dennoch hatte es Skycorp mißbehagt, daß Nash zum Schutze seiner eigenen Identität einen Startrampentechniker hatte ausschalten müssen. Die NASA hatte niemals behauptet – und schon gar nicht bewiesen –, daß der immer noch nicht aufgeklärte Überfall im Zusammenhang mit der Skycorp gestanden hatte; das FBI glaubte immer noch, daß es sich um eine Aktion der radikalen Grünen gehandelt haben mußte, die den Sicherheitsgürtel am Cape durchdrungen hatten; und die kleine Handvoll Leute, die es besser wußten, waren nicht gewillt, es an die große Glocke zu hängen. Trotzdem, es war eine unsaubere Sache geworden. Schlecht für das Geschäft . . . auch wenn das Angebot einer Teilrückzahlung abgelehnt worden war.

»Nein, nein«, warf Halprin hastig ein. »Die Klientin hat das inzwischen verstanden.«

»Die Klientin wollte damals, daß ich gefeuert werde, wenn ich mich richtig erinnere«, antwortete Nash.

»Jetzt nicht mehr.« Halprin hob den Blick von seinen Papieren. »Tatsächlich hat man ausdrücklich um Sie gebeten, als man Kontakt mit uns aufnahm. Es scheint, als hätte die Klientin nach wie vor ein gewisses Interesse an amerikanischen Militäraktivitäten auf dem Mars.«

Nash verschränkte die Hände im Schoß. »Noch eine Nutzfracht? Klar, das bekomme ich schon hin ... das heißt, solange ich mich nicht wieder als Oberst ausgeben muß.«

Er hatte es als Witz gedacht, doch Control schien der Humor zu entgehen. Er lehnt sich in seinem Ledersitz zurück und verschränkte die Finger. »Oh, Sie werden schon noch zu einem Besuch auf Cape Canaveral kommen«, sagte er gedehnt. In dieser Pose erinnerte er Nash an einen englischen Professor, der einem etwas langsamen, aber vielversprechenden Studienanfänger die Schlacht von Trafalgar erklärte. »Aber ich versichere Ihnen, daß Sie noch sehr viel weiter kommen werden ...«

Er machte eine Kunstpause. »*Sofern* Sie den Auftrag annehmen sollten, natürlich.«

Diese Bemerkung gefiel Nash überhaupt nicht. Control gab seinen Agenten nur selten die Option, einen Auftrag abzulehnen. Sein Grundgehalt entsprach seinem damaligen Nettolohn als CIA-Agent, aber die Gefahrenzulage war sogar noch dreimal höher als die eines Mossad-Mechanikers. Das war nur einer der Gründe dafür, daß eine Inanspruchnahme der Dienste der Security Associates bei einem Grundpreis von einer Million Dollar anfing, und das waren nur billige Aufträge wie beispielsweise der Personenschutz für Topmanager. Davon ließ sich gut leben, andererseits mußte er dafür aber auch entsprechende Leistung bringen. Daß Control ihm das Privileg zugestand, einen Auftrag abzulehnen, war untypisch für die Vorgehensweise, mit der die Security Associates ihre höchstbezahlten Angestellten behandelte.

»Ich verstehe nicht, Sir«, sagte er.

Halprin redete nicht um den heißen Brei herum. »Zu diesem Auftrag gehört es, daß Sie selbst auf den Mars reisen.«

Nash dachte nicht einmal eine volle Sekunde darüber nach, da hatte er auch schon seinen Stuhl zurückgeschoben und war aufgestanden. »Entschuldigen Sie mich, Robert«, sagte er höflich. Es war eine dieser äußerst seltenen Gelegenheiten, da er jemals Controls Vornamen verwendet hatte. »Ich glaube, ich habe ein Schiff, das noch repariert werden muß.«

Er nahm seinen Trenchcoat auf und ging auf die Tür zu. Halprin ließ ihn das halbe Büro durchqueren, bevor er sich räusperte. »Falls es Sie interessieren sollte«, sagte er, »der Name der Person, über die Sie Erkundigungen einziehen sollen, ist Terrance L'Enfant.«

Wieder eine kurze Pause. »Commander Terrance L'Enfant, US Marine, ehemaliger Kapitän der *USS Boston*.« Das Geräusch eines zündenden Streichholzes, dann das Saugen von Halprins Pfeife. »Den kennen Sie doch, nicht wahr?«

Nash blieb kurz vor der Tür stehen. Er atmete tief ein, schloß für einen Moment die Augen, dann drehte er sich, wie es Control erwartet haben mußte, auf dem Absatz um und kehrte an den Konferenztisch zurück.

»Gut.« Control lehnte sich wieder in seinem Stuhl zurück und streichelte den warmen Kopf seiner Pfeife. »Nachdem wir diesen Teil erledigt hätten, machen wir uns mal an die Arbeit, was meinen Sie? Bitte nehmen Sie Ihre Akte auf und gehen Sie auf die erste Seite...«

Basisstation, Mars:
14. Februar,
13.59 MCM,
2032

Im riesigen Schatten der D&M-Pyramide hing eine Kugel aus rostfreiem Stahl unter einem Dreifuß über einer Gesteinsspalte, und innerhalb der Kugel befand sich eine Spinne. Die Spinne war von der St. Petersburger Robotikgesellschaft angefertigt worden und hatte fast eine Million Eurodollar gekostet. Es war Valentinstag, doch niemand auf Station Cydonia dachte an Liebe.

Lieutenant Charlie Akers stemmte sich vorsichtig gegen ein Bein des Dreifußes und griff über die offene Grube, um ein Stromkabel aus dem elektrischen Teil der Kugel zu reißen. Er zog das Kabel von der Spalte und dem umgebenden Geröll vor, ließ es auf den Boden fallen, riß ein letztes Mal am Windenseil, um seine Spannung zu überprüfen, dann drehte er sich um und zeigte den drei Überwachungskameras, die um die Grube standen, den gereckten Daumen.

Im mehrere Kilometer entfernten Überwachungszentrum der Basis Cydonia sah Tamara Isralilowa, wie Akers aus dem Kamerabereich trat. Sie tippte eine Reihe Befehle in ihre Konsolentastatur. »Innenbatterien geladen und auf maximaler Leistungsbereitschaft«, meldete sie nach einem Blick auf die Kurven auf dem Flachbildschirm an ihrer Konsole. »Aktivierungssequenz eingeleitet. Fall in minus fünfundzwanzig Sekunden, Countdown läuft.« Schnell warf sie einen Blick über die Schulter auf Paul Verduin. »Fertig, Paul?«

Verspannt saß Verduin hinter ihr in seinem Sessel im abgedunkelten Überwachungszentrum. Vielfarbige Dioden blitzten auf seiner Konsole in komplizierten Mustern auf, doch war er im wahrsten Sinne des Wortes blind für sie: Der VR-Helm der seinen ganzen Kopf bis auf Nase, Mund und Kinn bedeckte, war vollkommen undurchsichtig. »Bereit zum Anschalten«, sagte er.

Er griff mit der rechten Hand vor, tastete nach dem Hauptschalter auf der Konsole. Es war der einzige Schalter außerhalb der virtuellen Realität, den er benutzen mußte, um die Sonde zu steuern, und er hatte sich sorgfältig eingeprägt, wo er auf seiner Station angeordnet war. Doch noch bevor er ihn gefunden hatte, spürte er, wie eine andere Hand an ihm vorbeifuhr und den Schalter umlegte. Als plötzlich das Licht in seine dunkle Welt rauschte, murmelte er: »Danke, Shin-ichi.«

Gern geschehen. Doch die Stimme gehörte nicht zu Shin-ichi Kawakami. Es war Terrance L'Enfant, der gesprochen hatte.

Natürlich mußte es L'Enfant sein, überlegte Verduin; der konnte ja nichts geschehen lassen, ohne sich einzumischen. *Typisch aufdringlicher Amerikaner,* dachte er, doch dann überlegte er es sich anders. Nein. Nicht so typisch. Sonst hätte Verduin seiner Verärgerung vielleicht Ausdruck verliehen, aber bei dem Commander ...

Und doch stellte L'Enfant nur eine kleine Irritation dar, zumindest für den Augenblick. Plötzlich war Verduin mit der Probe eins geworden, obwohl sie mehrere Kilometer von ihm entfernt war. Durch einen kleinen Schlitz in der Kugel konnte er, ebenso deutlich wie mit seinen eigenen Augen aus Fleisch und Blut, die Beine des Dreifußes erkennen; den in einen Schutzanzug gekleideten Techniker, der daneben stand; und, wie ein Berg vor ihm aufragend, die zerborstene Nordostseite der D&M-Pyramide, die fast eineinhalb Kilometer in den rosafarbenen Himmel ragte. Die digitalen Datenströme am Rande seines Gesichtsfelds informierten ihn über Kompaßkoordinaten, Höhe, Batteriespannung, Lichtstärke und mehr. Unwirklich, und doch so real ...

Abwurftransitkapsel minus fünfzehn Sekunden. Diesmal war es Shin-ichi Kawakamis sanfte Stimme, die ihn ansprach. *Wie geht es, Paul?*

»Telemetrie normal.« Er sah zu der durchschimmernden Reihe grüner Dioden über seiner Stirn hinauf; konzentrierte sich auf die zweite von links und zwinkerte zweimal hintereinander; sofort leuchtete sie rot auf. »Recorder aktiviert.«

Da, erwiderte Isralilowa und berichtigte sich sofort: *Ja, verstanden.* Das Englische war hier die gebräuchliche Sprache, obwohl Verduin sie auch verstanden hätte, wenn sie ihn auf russisch angeredet hätte. *Abstiegssequenz voll automatisiert. Zehn Sekunden bis Abwurf. Neun ... acht ...*

Verduin verschränkte die Hände im Schoß und versuchte sich zu entspannen. Die nächsten paar Sekunden gab es für ihn nichts anderes zu tun, als die Fahrt zu genießen. Sofern man sich überhaupt entspannen konnte, während man einen fünfhundert Meter tiefen Schacht hinabstürzte, auch wenn es nur auf die Ferne geschah. Er atmete tief ein ...

Zwei ... eins ... Abwurf eingeleitet.

Fast spürte er, wie der Dreifuß die Ösen der Kugel freigab; ein kurzes Aufblitzen der Bewegung, als die Probe in die Spalte stürzte und ihr schneller Flug nur von dem Kabel gebremst wurde. Verduin schloß instinktiv die Augen, dann zwang er sich, sie wieder zu öffnen. Im Zwielicht am oberen Rand der Grube sah er die rauhen Felsmauern in verwischten Streifen vorbeijagen, als er in den Abgrund stürzte, bis das Sonnenlicht schließlich verblaßte und er in die Dunkelheit geworfen wurde.

Digitale Ziffern flackerten am Rande seines Gesichtsfelds, so schnell, daß sie schon fast bedeutungslos wurden. Tiefer, tiefer, tiefer ...

Vierhundert Meter, meldete Tamara.

»Als nächstes: das Erdgeschoß«, sagte Verduin, »Gartengeräte, Bücher, Spielwaren ...«

Werden Sie jetzt nicht komisch! hörte er Marks auf der anderen Seite des Moduls sagen.

Der Zorn vertrieb seine Furcht. »Ich möchte Sie mal dabei erleben«, erwiderte er und bedauerte die Bemerkung sofort wieder. Marks war imstande, ihm den VR-Helm vom Kopf zu reißen und genau das zu tun. Nach fünf Monaten hatte Verduin gelernt, daß es immer ein Fehler war, sich mit L'Enfants Schlägertypen – *Begleitern,* sofern man diesen Begriff immer noch verwenden wollte – zu streiten. Shin-ichi war der einzige, der ...

Dreihundert Meter, meldete Tamara angespannt. *Zweihundertfünfzig ... zweihundert ... reduzieren Fallgeschwindigkeit ...*

Die Transitkapsel war an dem Punkt vorbeigekommen, wo der alte Meteor einen Teil der D&M-Pyramide zum Einsturz gebracht hatte. Obwohl Verduin immer noch blind war und die Kameras der Sonde ihn in der schützenden Deckung der Kapsel abschirmten, wußte Verduin von Ausflügen mit früheren Sonden, daß die Felswände der Grube in dieser Tiefe glatter und weniger zerklüftet waren als weiter oben, denn hier hatten die Bohrmaschinen die letzten hundert Meter zu dem Tunnel freigelegt, dem er selbst den Namen ›Mamas Hintertür‹ verliehen hatte.

Fallgeschwindigkeit sinkt, gab Tamara durch. *Einhundert Meter... fünfundsiebzig... fünfzig... fünfundzwanzig... wir liegen gut in der Zeit... zwanzig... achtzehn... fünfzehn...*

»Bitte nur keine Hast meinetwegen«, sagte er im Scherz.

Fünf Meter... vier... drei Komma siebenfünf... drei Meter... wir sind im Tunnel.

Der vertikale Schacht war zu Ende. *Null Komma fünf Meter bis zum Boden*, sagte Tamara. *Plattformneigung stabil.* Sie hielt inne, um ihre Konsole zu überprüfen, dann fügte sie hinzu: *Sie sind am Boden angekommen.*

Langsam ließ er die Atemluft wieder entweichen, als er vernahm, wie ihre geschickten Finger eine neue Reihe von Befehlen eintippten. *Entfalten Transitkapsel*, sagte sie. *Sie sind jetzt auf manueller Steuerung. Viel Glück.*

»Danke«, antwortete Verduin. »KI-System einschalten. Spinne: Lampen aktivieren, Kamera auf Infrarot.«

Plötzlich strömte wieder monochromes Licht in seine Welt, als die stimmgesteuerte KI-Schnittstelle ihre externen Infrarotscheinwerfer anschaltete und die entsprechenden Filter über ihre Fiberoptikgeräte schob. Verduin sah, wie sich die gekrümmten Seiten der Kapsel öffneten, wie ein Ei, dessen Inhalt einwärts schlüpfte. Vor ihm erstreckte sich ein langer, waagerechter Tunnel wie ein uraltes Wurmloch, wenn auch nicht von irgendeiner Kreatur gefertigt, die sich auf der Erde entwickelt hatte; der Kompaß teilte ihm mit, daß er in nordnordwestliche Richtung führte. Direkt auf die Katakomben zu.

»Es ist dunkel hier unten«, sagte er nervös.

Wir müssen uns beeilen, gemahnte ihn Kawakami. *Die werden jetzt jede Minute . . .*

»Natürlich.« Scharf zog er die Luft ein. »Spinne: zwei Meter vorwärts, dann zuhalten.«

Bei der Sonde handelte es sich um eine mechanische Spinne. Sie hatte ungefähr die Größe eines Terriers und bewegte sich auf sechs vielgliedrigen Beinen, die seitlich an ihrem tief hängenden Körper befestigt waren. Während Verduin sprach, stieg sie schleppend vom Boden der zusammengefalteten Transitkapsel und betrat das glatte Gestein des Tunnels, wobei sie sich den Weg mit einem kleinen, am vorderen Teil angebrachten Infrarotscheinwerfer erleuchtete. Zu beiden Seiten der facettierten Kameraanordnung ragten zwei Antennen hervor und strichen sanft über die Felswände. Verduin konnte erkennen, ja fast fühlen, wie die winzigen Fußnäpfe gegen haarfeine Risse und Unebenheiten auf dem Tunnelboden stießen.

Transitkapsel wird entfernt, sagte Isralilowa.

Mit einer Zugwinde wurde die Kugel wieder an die Oberfläche zurückgezerrt. Jetzt war Verduin allein in Mamas Hintertür, wenn auch nur in teleoperativem Sinn. »Es fühlt sich gespenstisch an«, murmelte er.

Machen Sie sich deswegen jetzt keine Sorgen, warf Kawakami ein. Er schwieg für eine Sekunde. *Stellen Spuren elektromagnetischen Outputs in der Nähe Ihres Landepunkts fest,* fügte er leise hinzu.

Was soll denn das bedeuten? wollte L'Enfant wissen.

Seine Frage wurde ignoriert, doch Paul wußte, was Kawakami gemeint hatte. Die Sensoren der Sonde hatten bereits elektromagnetische Aktivitäten im Inneren des Tunnels registriert – das war kein Hintergrundrauschen, und es stellte bisher das einzige verläßliche Erkennungsmerkmal der Cooties dar.

Genauer: der Pseudocooties. Wie immer mußte sich Verduin auch diesmal daran erinnern, daß die autonomen Roboter, die unter der Marsoberfläche lauerten, nur Analogien der wirklichen Außerirdischen darstellten. Jede Aktivität in diesem nur selten benutzten Teil der unkartographierten Katakomben zwischen der D&M-Pyramide und dem Labyrinth konnte trotzdem nur eins bedeuten: Sie wußten, daß er hier war, und sie kamen auf ihn zu.

Das war ja auch der Grund, weshalb er überhaupt hier war.

»Spinne: vorwärtsgehen«, sagte Verduin. »EMF-Spuren anpeilen und verfolgen.« Er lächelte, als die arachnide Sonde vorantorkelte und die elektromagnetische Unterschrift der Pseudocooties ins Visier nahm.

Diesmal waren die Wissenschaftler auf sie vorbereitet. Falls alles nach Plan laufen sollte, würde die Tarnung funktionieren und die außerirdischen Roboter würden die Spinne für eine der ihren halten. Sollte die Kriegslist gelingen, könnte er sich als trojanisches Pferd in ihre Reihen einschleichen.

Er fuhr sich mit schweißnassen, im Augenblick für ihn unsichtbaren Handflächen über seine Hosenbeine. Endlich, nach all den Mißerfolgen vor diesem Versuch, standen sie unmittelbar davor, die Katakomben unter der Stadt zu erkunden.

»Komm, Miez, Miez, Miez . . .« murmelte er.

Empfangen stärkeres EMF von ihrem Sensorpack, meldete Kawakami. *Direkt vor Ihnen und näherkommend . . .*

Bitte seien Sie vorsichtig, warf Tamara leise ein.

Paul dachte an Sascha Kulejan: wie er erst vor drei Monaten hier unten ums Leben gekommen war, kurz nachdem sie den Tunnel entdeckt und geöffnet hatten. Sascha hatte versucht, Mamas Hintertür in einem gepanzerten Anzug zu erforschen, hatte geglaubt, daß er sich irgendwie an die Cooties anschleichen könnte. Seinen Leichnam hatten sie nie gefunden; wie schon bei Hal Moberly hatten die Cooties unerklärlicherweise sämtliche Spuren seines gepanzerten Aufklärungsanzuges beseitigt. Sein letzter Schrei, als die fremden Roboter über sein gepanzertes Exoskelett schwärmten, war zugleich auch das letzte, was sie je von ihm gehört hatten.

Kein Wunder, daß Tamara ihm eine so unlogisch Warnung zuteil werden ließ; auch wenn Paul nur als künstliche Gegenwart im Tunnel war, hatte sie doch ihren Liebhaber sterben hören. Wie sie es überhaupt ertragen konnte, jetzt im Überwachungszentrum zu arbeiten, überstieg seine . . .

Irgend etwas bewegte sich im Schatten des Tunnels, unmittelbar außerhalb des Kegels seiner Lampe.

Kontakt! rief Kawakami.

»Spinne, Vorwärtsbewegung einstellen«, befahl Paul. Die Sonde blieb stehen. »Also gut, jetzt«, sagte er. »Komm schon, komm schon . . .«

Einen Augenblick lang geschah gar nichts; kleine, unscharfe Gestalten huschten unmittelbar außerhalb der Reichweite seines Infrarotscheinwerfers vorbei. Um ihn herum war die Stille im Modul plötzlich greifbar geworden, als alles den Atem anhielt. »Kommt schon«, flüsterte er. »Worauf wartet ihr noch . . .«

Und mit einemmal kamen sie – ein Dutzend oder mehr Pseudocooties stürzten wie eine kupfergetönte Woge aus der Dunkelheit hervor. Sie bewegten sich so schnell, daß er ihre Zahl nicht einmal schätzen konnte. Erst war da noch der leere Tunnel, dann waren sie auch schon auf ihm, ein Schwarm identischer metallischer Insekten, auf mechanischen Beinen dahinhuschend, wie sie auf die Sonde zustürmten.

Verduins Sicht-Punkt schaukelte heftig, als sie gegen die Sonde sprangen. Er hörte Kawakami irgend etwas brüllen, dann erblickte er kurz eines der vorderen Spinnenbeine, wie es aus seinem Schultergelenk gerissen wurde. Gott, waren die schnell! Zwei scherengleiche Greifer fuhren unmittelbar vor seinen Augen herab . . .

Verduin zuckte in seinem Sessel zurück . . . dann verschwand das Universum, wich einer grauen Statik, um schließlich gänzlich zu erlöschen. Schwarz.

Telemetrie auf null, meldete Isralilowa. *Uplink an Quelle unterbrochen.*

»Ich bin tot«, seufzte er.

Im Innern des Helms war es nun vollkommen dunkel. Langsam streifte er ihn ab und ließ ihn mit einem tiefen Seufzer der Erleichterung in den Schoß gleiten, spürte, wie ihm der kalte Schweiß aus dem verfilzten Haar über die Stirn rann. Im Modul begannen alles jetzt damit, sich ihm zuzuwenden, und Verduin begriff, daß sein ›Tod‹ im Tunnel nur sehr wenige Sekunden gedauert haben konnte.

L'Enfant ergriff als erster das Wort. »Nun?« fragte er. »Haben Sie etwas gesehen?«

Verduin öffnete den Mund, um zu sprechen, doch die Sprache versagte ihm. Er zuckte mit den Schultern und hob hilflos die Hände.

»Ja«, sagte er schleppend. »Was eine Gartenspinne eben sieht, kurz bevor eine Gottesanbeterin sie verschlingt.« Er wischte sich den Schweiß von der Stirn und atmete lange und tief durch. »Fremd. So *fremd* ...«

»Natürlich war es fremd«, versetzte L'Enfant ungeduldig. »Was haben Sie denn gedacht, womit wir es hier zu tun haben? Mit einem Ihrer Amsterdamer Schaufenstermädchen?«

Er beugte sich näher zu Paul heran, stemmte die rechte Hand auf die Konsole, während er den Rücken von Verduins Sessel mit der Linken packte und auf sich zudrehte. »Ich will keine subjektiven Meinungen hören«, forderte L'Enfant und blickte Verduin in die Augen. »Ich will wissen, *was* Sie gesehen haben.«

Verduin starrte Terrance L'Enfant sprachlos an. In den vergangenen paar Monaten hatte er gelernt, dem Amerikaner zu mißtrauen; später war er dann dazu gekommen, ihn nicht zu mögen. Erst seit kurzem hatte er ihn fürchten gelernt. L'Enfant war besessen von den Cooties. Das waren Kawakami und Isralilowa zwar auch ... wie er selbst ebenfalls, auch wenn er es nicht einmal vor sich selbst gern zugab. Aber weshalb wären sie auch sonst schon seit mittlerweile drei Jahren auf dem Mars geblieben?

L'Enfants Besessenheit hatte jedoch noch eine finstere Seite entwickelt, die sich als Neigung zur plötzlichen Gewalttätigkeit offenbarte. Er war fast zu allem fähig. Schließlich war dies ja auch der Mann, der einst die *Takada Maru* versenkt hatte ...

»Antworten Sie ihm«, sagte Marks von der anderen Seite des Raums her. Er lehnte gegen das geschlossene Schott, die Arme vor der Brust verschränkt. »Er hat Ihnen eine einfache Frage gestellt, Dr. Verduin«, fügte er hinzu, während er gelassen den Arm hob, um seinen dichten schwarzen Vollbart zu kratzen. »Können Sie ihm da nicht auch eine einfache Antwort geben?«

Eine einfache Antwort. Wie absurd ...

»Wir haben die telemetrische Verbindung zur Sonde weniger als drei Sekunden nach dem Kontakt verloren«, warf Tamara nervös ein. L'Enfant schwenkte den Blick auf sie; Verduin war überrascht von ihrer Aussage. Drei Sekunden ... länger *nicht*? »Sollte Paul da überhaupt noch irgend etwas gesehen haben«, fuhr sie fort, »dann ist das nichts Geringeres als ein Wunder ...«

»So ungenau und rein indizienbegründet auch immer, scheint es doch wenigstens die Gegenwart einer kollektiven Schwarmintelligenz zu bestätigen.« Kawakami war bereits dabei, die auf den Festplatten des Computers gespeicherten Daten auf eine CD-ROM zu überspielen; er hatte L'Enfant den Rücken zugekehrt, als hätte er seine Anwesenheit gar nicht bemerkt oder als sei sie ihm gleichgültig. »So sehr unsere Sonde auch physisch einem Exemplar der Pseudocooties glich, hat sie sie doch nicht einmal für einen Augenblick täuschen können. Vielleicht eine Art fortgeschrittener Tropismus, wenngleich das doch wohl eher eine organische Intelligenz nahelegen würde, nicht wahr?«

L'Enfant hatte sich dem Chefwissenschaftler der Mannschaft zugewandt, sagte aber nichts. »Auf jeden Fall«, fuhr Kawakami fort, »könnte das bedeuten, daß sie einander durch Sinnesorgane identifizieren, die nicht auf visuellem Erkennen beruhen. Deshalb haben sie den Eindringling vernichtet, so wie rote Ameisen schwarze Ameisen aufspüren und ausmerzen, die versuchen, in ihre Hügel einzudringen.«

Er holte die kleine CD-ROM-Disk aus dem Schlitz, gab sie in eine Plastikhülle, drehte sich in seinem Sessel um und bot sie L'Enfant dar. »Die Aufzeichnung ist hier drauf, genau so, wie Paul es erlebte«, sagte er. »Allerdings ist uns etwas Wichtiges entgangen. Wenn Sie das Protokoll analysieren, teilen Sie uns doch bitte mit, ob Sie vielleicht zu einer neuen Interpretation gelangen können. Es würde uns interessieren, Ihre eigenen Theorien dazu zu hören.«

L'Enfant musterte Kawakami kalt. Die implizierte Beleidigung war eindeutig: L'Enfant konnte die neuen Daten ebensowenig auswerten, wie er alte babylonische Keilschrifttafeln hätte entziffern können.

Wenn er es wagen sollte, Shin-ichi zu schlagen, dachte Verduin, *dann schwöre ich, daß ich ihn ...*

Er sah wieder zu Marks hinüber und atmete noch einmal tief

durch, diesmal, um sich zu beruhigen. Nach allem, was L'Enfant bisher gesagt und getan hatte, fehlte es nur noch, daß er Kawakami persönlich bedrohte. Tatsächlich war Shin-ichi die einzige Person in der Basis Cydonia, die ihren ungewollten Hirten einzuschüchtern vermochte; vielleicht lag es an Kawakamis Status als Nobelpreisträger, vielleicht war es aber auch sein unbeugsamer Wille, der L'Enfants bodenlose Paroli bot. Vielleicht lag es aber auch allein daran, daß beide Männer gleichermaßen besessen waren, wenn auch aus unterschiedlichen Richtungen, und einander somit aufwogen.

L'Enfant nahm die Diskette nicht sofort entgegen. »Und wie lange wird es wohl noch dauern, bis Sie meinen, über zuverlässige Daten zu verfügen?« fragte er mit trügerisch sanfter Stimme.

Kawakami erwiderte seinen Blick. »Wie ich Ihnen schon sagte, Commander, wir wissen es nicht. Wir arbeiten hier auf völlig neuem Gebiet, und das ist ein sehr schleppender und oft nach großer Geduld verlangender Vorgang.« Er schloß kurz seine glänzenden braunen Augen. »Die Wissenschaft ist oft so.«

»Ja, das haben Sie schon einmal gesagt.« L'Enfants Stimme hatte eine neue Härte. »Aber ich bin kein gemächlicher oder geduldiger Mensch.«

»Sollten Sie irgendwelche spezifischen Empfehlungen zur Effizienzoptimierung unserer Forschungsarbeit haben«, antwortete Kawakami geduldig, »wäre ich nur zu glücklich darüber, wenn Sie mir Ihre Ideen mitteilten.«

L'Enfant sagte nichts.

Schließlich nahm er die Plastikschachtel aus Kawakamis hagerer Hand. Seit er in der Station Cydonia war, hatte das Wissenschaftlerteam L'Enfant Kopien sämtlicher erarbeiteten Daten übergeben müssen – offiziell, um sie an das Ames Labor der NASA weiterzuleiten, obwohl der wirkliche Grund dafür zweifellos das Anliegen war, eine Wiederholung des ›Streiks‹ zu verhindern, mit dem die anfängliche Untersuchung des Labyrinths vor zwei Jahren geendet war. L'Enfant stand auf, schob die Schachtel in die Brusttasche seines Einteilers und verließ Verduins Arbeitsplatz.

»Ich werde Sie wissen lassen, was ich denke«, sagte er steif zu

Kawakami. Er blickte zu Verduin zurück und nickte langsam ... und dann, völlig unerwartet, breitete sich ein herablassendes Grinsen über sein Gesicht aus.

»Ameisen«, sagte er mit trockenem Kichern. L'Enfant schüttelte ungläubig den Kopf, als er kehrtmachte und den schmalen Gang zwischen den Konsolen entlangschritt. »Sie sind von Ameisen geschlagen worden ...«

Sein Grinsen verblaßte, als er stehenblieb und wieder die Wissenschaftler musterte. »Ich verliere langsam die Geduld«, sagte er leise. »Kommen Sie endlich mit etwas Neuem rüber. Einer neuen Möglichkeit, dort unten hineinzukommen.«

Dann drehte sich L'Enfant um und setzte seinen Marsch aus dem Überwachungszentrum fort. Marks trat beiseite und öffnete die Luke, gab L'Enfant einen knappen Salut, als er in den Korridor hinausschritt. L'Enfant würdigte die Geste keiner Antwort, doch das hinderte Marks nicht daran, den Wissenschaftlern ein hämisches Feixen zu gewähren, als er seinem Kommandanten in den Gang hinaus folgte. Niemand sagte einen Ton, bis sich die Luke scheppernd hinter ihnen geschlossen hatte.

»Hundesohn«, flüsterte Tamara.

Kawakami ignorierte sie. Er drehte seinen Sessel sofort zu Verduin herum. Dann verschränkte er seine langen, knochigen Finger und strich sich zerstreut übers Kinn, um sich plötzlich wieder seiner Computerkonsole zuzuwenden und die REPLAY-Taste zu drücken.

»Da wir schon nichts Besseres zu tun haben, schauen wir es uns doch noch einmal an ...«

TEIL 2

Reise nach Cydonia

25.–29. August 2032

»Wenn uns die Astronomie etwas lehrt, dann, daß der Mensch nur ein winziges Etwas innerhalb der Entwicklung des Universums ist und daß in den Heerscharen von Himmelskörpern um ihn zwar scheinbar ähnliche, aber doch unterschiedliche Einzelerscheinungen zu erwarten sind. Er lernt, daß er zwar wahrscheinlich niemals irgendwo sein Doppel finden wird, daß es aber sein Schicksal ist, beliebig viele, durchs All verstreute Vettern zu entdecken.«

Mars (1895)
Percival Lowell

8 Die *Percival Lowell*

Mattes rotes Licht, irgendwo von oben, durch geschlossene Augenlider geschaut... kalte Luft an seinem Gesicht... Schmerz in der rechten Armbeuge... ein vages Gefühl ständiger Bewegung... ein antiseptischer Geruch... das rhythmische digitale Piepsen eines Elektrokardiographen...

»Puls achtundachtzig... Blutdruck einhundertzwanzig zu achtzig...«

»Respiration normal. Er atmet gut.«

»EKG-Aktivität normal... kein Anzeichen intraventrikulärer Defekte... dito introarterieller...«

»Was sagt das EEG?«

»Hervorragend.«

Er hatte einen Geschmack im Mund, als sei er ihm mit Watte ausgestopft worden. Sein Kopf fühlte sich taub an, wie bei einem Whiskeykater, und doch merkwürdig schmerzfrei. Er schlug die Augen auf: Ein junger Mann mit spärlichem Bart und schmutzigblondem Haar unter einer Baseballmütze stand zu seiner Linken. Rechts war eine Frau mit kastanienfarbenem Ponyschwanz, leichtem Oberbiß und einem Sweatshirt, das verkündete, daß es – oder sie selbst? – Eigentum der *Oakland Athletics* sei.

Er öffnete den ausgetrockneten Mund. »Wasser«, gelang es ihm zu krächzen.

»Können... Sie... mir etwas Wasser geben?«

»Was redest du da?« fragte der Bursche mit der Baseballmütze. Er beugte sich über den Rand des Zombietanks und grinste ihn an. »Hast du gerade gesagt, du willst etwas Essig haben?« Sein Atem roch nach Juicy Fruit.

»Hören Sie auf damit.« Die Frau griff hinter sich und holte eine Preßflasche hervor. Er wollte instinktiv danach greifen, mußte aber feststellen, daß er die Hände nicht heben konnte. Seine Handgelenke stießen gegen milden Druck, sie wurden von Nylonriemen festgehalten. Sein Gesicht juckte; inzwischen war ihm ein Bart gewachsen, und er hätte seine Seele in der Hölle dafür gegeben, um ihn kratzen zu können. Sie bog den Trinkhalm und schob ihn sanft zwischen seine ausgetrockneten Lippen. »Ziehen Sie langsam daran«, sagte sie. »Immer nur ein wenig ... langsam, langsam ...«

Noch nie hatte ihm Wasser so gut geschmeckt. Er mußte seine ganze Willenskraft zusammennehmen, um nicht zu schlürfen. Die Beleuchtung im Winterschlafmodul war rotstichig-gedämpft. Er spürte ein leises Drehen: die Rotation der Speichen des Kreisschiffs. Die Frau genehmigte ihm einen weiteren Schluck aus der Flasche, dann nahm sie sie ihm wieder weg. »Wie fühlen Sie sich?«

Er nickte leise. Verdammt, was juckte sein Gesicht! Juicy-Fruit-Atem beugte sich wieder über den Tank. »Mr. Donaldson, wissen Sie, wo Sie sind?«

Einen Augenblick lang verwirrte ihn die Frage. Dann kehrte seine Erinnerung zurück; niemand an Bord kannte ihn unter dem Namen August Nash. Für sie war er ... ja, genau, Donaldson. Andrew Donaldson.

Sein rechter Arm hing an einem Glukose-IV-Tropf. Links und rechts von seiner nackten Brust führten sechs mit winzigen Saugnäpfen befestigte Kabel zum EKG. Ein leiser, straffer Druck rund um seinen Penis, unsichtbar unter dem Laken, das das Wasserbett des Tanks bedeckte, teilte ihm mit, daß man einen Katheder angebracht hatte.

»Marsschiff ...« murmelte er. Er dachte eine Sekunde darüber nach, dann fügte er hinzu: »Die *Lowell*.«

»Das ist richtig.« Die Frau nickte freundlich. »Sie haben die letzten neun Monate im Winterschlaf verbracht. Verstehen Sie mich? Deshalb müssen wir jetzt ganz langsam, Stück für Stück vorgehen.«

»Riemen.« Er hob die Hände gegen die Handgelenkschnallen; er war hilflos, solange sie ihn festhielten, und das setzte ihm noch mehr zu als der Kater. Er wollte sich wirklich im Gesicht kratzen. »Könnten Sie bitte die Riemen entfernen ...?«

Sie schüttelte den Kopf. »Noch nicht sofort. Erst haben wir noch etwas zu erledigen.«

»Wenn Sie glauben sollten, daß das Aufwachen schon schlimm ist«, fügte Juicy Fruit mit einem Feixen hinzu, »dann freuen Sie sich erst einmal so richtig auf das, was jetzt als nächstes kommt.«

»Ruhe.« Das Eigentum der *Oakland Athletics* griff nach einem Tablett und holte eine Betäubungspistole hervor. »Nun, Mr. Donaldson, ich werde Ihnen jetzt ein mildes örtliches Beruhigungsmittel spritzen. Sie werden nicht wieder einschlafen. Das dient nur dazu, Ihnen das Durchlaufen der nächsten Phase zu erleichtern. Alles in Ordnung?«

Während sie sprach, zog sie das Laken herunter. Juicy Fruit sah sie an, musterte dann Nash und zwinkerte. »Jodi liebt diesen Teil. Ich meine, als sie damit an der Reihe war herunterzukommen und Ihnen physikalische Therapie angedeihen zu lassen, da hat sie ...«

»Maul halten, Lew! Ich warne Sie.« Jodi lief rot an, als sie die stumpfe Schnauze der Pistole gegen seine rasierte Scham unmittelbar oberhalb der Hoden preßte. Er hatte kaum genug Zeit sich gedemütigt zu fühlen, bevor sie den Abzughahn betätigte. Ein scharfes Stechen, als die Nadel unter die Haut fuhr. Als sein Unterleib taub zu werden begann, nahm sie einen offenen Plastikbeutel und schob die manschettenartige Öffnung um sein Glied. Dann faßte sie den Katheder mit Daumen und Zeigefinger ihrer beiden weichen Hände. Die Sanitätsbeamtin sah zu ihm hoch und lächelte beruhigend.

»Also schön«, sagte sie, »können Sie mir die Namen der Bundesstaaten aufsagen? Fangen Sie in alphabetischer Ordnung an.«

»Ähhh ... klar.« Da er wußte, was auf ihn zukam, starrte er an die niedrige, gewölbte Decke des Tiefschlafdecks. »Alabama ... Alaska ... Arkansas ...«

»Nun ja«, meinte Lew nasal. »Tut mir leid, Kandidat Eins, aber Sie haben Arizona vergessen. Damit haben Sie zwar den neuen Pontiac Sunfire verspielt und auch die Reise nach Rom, doch dafür bekommen Sie als Trostpreis ...«

Und dann öffnete Jodi den Katheder. Trotz des Betäubungsmittels war der Schmerz furchtbar; es fühlte sich an, als hätte man ihm eine glühend heiße Nadel in den Harnleiter gestoßen.

»Ihre erste Pinkelpause in neun Monaten!« Lew drehte sich zu einem imaginären Studiopublikum und begann zu klatschen. »Einen großen Applaus für Mr. Donaldson, Leute! Was für ein Bursche, wie . . .?«

Während er unter Schmerzen in den Plastikbeutel urinierte, bewegte Nash die Augen, um dem Ersten Offizier der USS *Percival Lowell* ins Gesicht zu blicken. »Ich . . . werde . . . Sie umbringen«, zischte er keuchend.

Lew drehte sich um, und wie er den Ausdruck in Nashs Gesicht erblickte, erstarb sein Grinsen. »Schön«, sagte er, als er auf die Luke zuging, die zu dem Zugangskorridor zu Arm Zwei führte. »Dann werde ich mal die *Sagan* überprüfen. Sie . . . kommen allein mit dem anderen Zombie zurecht, Jodi?«

»Kein Problem.« Die Sanitätsoffizierin entfernte den Harnbeutel und versiegelte ihn mit dem Reißverschluß. Sie schien erleichtert, daß der Erste ihr Reich verließ. Als sie davonging, um den Beutel in den Recyclingschacht zu leeren, konnte Nash zum erstenmal den Nachbarzombietank auf dem Deck erkennen. Der Plastikdeckel stand offen; darin lag eine junge Japanerin, die man zwar schon aus der Biostase geholt hatte, die aber anscheinend immer noch schlief.

Ihr Name stand auf einem weißen Klebeband, das außen am Tank befestigt war. Im matten roten Licht konnte Nash ihn kaum erkennen: *Sasaki, Miho.*

Nash erinnerte sich daran, daß seine Auftragsinstruktionen eine Frau dieses Namens erwähnt hatten. Er mühte sich, seinem vernebelten Verstand Einzelheiten zu entlocken, aber seine Erinnerung war blockiert. Statt dessen schlossen sich seine Augen von allein; wenige Augenblicke später war er wieder eingeschlafen.

Fünf Stunden danach kletterte Nash die letzten Sprossen der langen Leiter hinunter, die in den Zugangskorridor zu Arm Eins führte.

Er fühlte sich noch ein wenig geschwächt von der Biostase; so machte er kurz vor der verschlossenen Luke mit der Aufschrift *1A – Befehlszentrale* halt, um etwas Luft zu schnappen und seinem Körper zu gestatten, sich an die Drittelschwerkraft zu gewöhnen. Seine eigene Unterkunft befand sich auf Deck 3 D in einem der beiden Wohnmodule auf Arm Zwei; es war nicht weit vom Biostasedeck, allerdings auf der gegenüberliegenden Seite des Kreisschiffs zur Befehlszentrale. Um hierher zu gelangen, hatte er die ganze Strecke den Zugang Zwei hinauf und aus Modul 3 hinausklettern müssen, hatte durch den Nullgravitationstrakt im Achsenzentrum der *Percival Lowell* steigen müssen, wo sich die drei Arme miteinander verbanden, und dann wieder den Zugang Eins hinaus bis zum Ende von Arm Eins, wo die Module 1 und 2 verkoppelt waren.

Es war eine lange Kletterpartie, aber Kreisschiffe waren ja auch nicht für Krüppel entworfen worden, ganz zu schweigen von Leuten, die noch kurz zuvor bettlägerig gewesen waren. Es war eine gute sportliche Übung, selbst wenn man nicht die letzten neun Monate in einem Zombietank verbracht hatte; jedenfalls war er jetzt schon ziemlich erschöpft, sowohl von der Kletterei als auch durch die veränderte Gravitation.

Nash preßte die Hand gegen die entriegelte Luke und drückte sie auf, dann schwang er vorsichtig den linken Fuß von der Leiter, packte die Griffe in der Lukenöffnung, um sich abzustützen, und schob sich ins Befehlszentrum. Das war ein schwieriges Manöver, selbst bei niedriger Gravitation. Aus der Dunkelheit rief ihm eine Stimme zu: »Mr. Donaldson . . .«

»Hier«, antwortete er.

»Schon von den Toten zurückgekehrt, wie ich sehe. Kommen Sie doch herein und trinken eine Tasse Kaffee mit uns.«

Das waren die freundlichsten Worte, die ihm jemand während dieser langen Reise gesagt hatten . . . jedenfalls seit der Arzt ihm auf der Station Freedom die Zombiedroge gespritzt und ›süße Träume‹ gewünscht hatte, kurz vor dem Transfer an Bord der *Lowell* vor neun Monaten.

»Danke.« Nash schloß die Luke hinter sich und drehte sich um. »Gerade jetzt wüßte ich einen Kaffee wirklich zu schätzen.«

Er blieb stehen, damit sich seine Augen an die Lichtverhältnisse gewöhnen konnten. Die Brücke war dunkel, wurde hauptsächlich vom Glühen der Konsolendioden erleuchtet sowie von den wenigen angeschalteten Lichtpaneelen in der niedrigen Decke. Grüne geometrische Muster waberten und verschoben sich über die Computerflachbildschirme, während die rote Sichel des Mars in der Mitte zweier Überwachungsmonitore hing. Wie alle anderen Abteile der *Lowell* war auch das Befehlszentrum des Schiffs kreisförmig und fensterlos, obwohl dieses Deck noch dichter vollgepackt war als die Biostaseabteilung. Doch selbst in der matten Beleuchtung konnte er undeutlich erkennen, wie sich jemand auf der anderen Seite der Kabine gerade aus einem Sessel erhob. Als die Frau unter einer Lampe vorbeikam, merkte Nash, daß er nicht der erste der ehemaligen Schiffszombies war, der dem Bordkommando einen Besuch abstattete.

»Lassen Sie sich nicht von mir stören«, sagte die schlanke junge Japanerin gerade. »Ich wollte ohnehin gerade gehen.«

James Massey, der Kapitän der *Percival Lowell*, erhob sich aus seinem eigenen Sessel. »Selbstverständlich«, sagte er. »Ich sehe Sie dann vor dem Start ...« Er drehte sich um und streckte Nash freundlich die Hand entgegen. »Mr. Donaldson, Miho Sasaki. Miho, das ist Andrew Donaldson. Er ist der neue Erste Offizier der *Akron*. Und Miho hier ist ...«

»Exobiologin«, ergänzte Nash, als die Erinnerung an sein Briefing bei Control plötzlich wiederkehrte. »War vor einigen Jahren Assistentin von Shin-ichi Kawakami in der Basisstation Cydonia. Ja, ich habe von Ihnen gehört ...«

»Das haben Sie wirklich?« Sasakis Mandelaugen weiteten sich, und sie schien sich etwas zu versteifen. »Dr. Kawakami mag ja berühmt sein, aber ich wußte gar nicht, daß ich selbst auch schon einen solchen Status habe.«

Nash hielt sich noch rechtzeitig zurück, bevor er noch mehr herausplappern konnte. Die Biostase mußte ihm stärker zugesetzt haben, als er gemerkt hatte. Erst sein Scheitern beim Versuch, sich automatisch an Sasaki zu erinnern, die immerhin während der Cydonia-Krise vor zwei Jahren eine Schlüsselfigur gewesen war, und nun sein Mangel an Zurückhaltung. Unprofessionell. Jetzt blieb ihm nur noch übrig, die Sache zu überspielen.

»Tut mir leid.« Nash zuckte mit den Schultern und blickte zu

Boden, tat verlegen. »Wollte mich nicht so gehenlassen. Es ist nur, daß . . . ich bin schon seit einer ganzen Weile ein Mars-Freak. Ich habe einfach alles über die Expedition Cydonia gelesen, und so . . . ja, deshalb kann ich mich auch an Ihren Namen erinnern. Das ist alles.«

Sie lächelte kurz, mehr aus diplomatischer Höflichkeit als aus echter Wärme. »Sie haben ein gutes Gedächtnis für Einzelheiten, Mr. Donaldson . . .«

»Andrew. Die meisten Leute nennen mich Andy.«

»Andy«, beendete sie ihren Satz in gezwungener Unförmlichkeit, während ihre Miene wieder eisig wurde. »Wir werden uns später noch kennenlernen müssen, da Sie ja auf der . . . wie war der Name noch einmal?«

»Die *USS Akron*«, sagte Massey, während er hinter ihr vortrat. Er nahm sie am Unterarm und führte sie mit leisem Drängen auf die Luke zu. »Sie werden morgen an Bord gehen, Miho, da können Sie Andy dann alles fragen, was Sie wissen möchten.«

»Ja, natürlich«, antwortete sie. »Wir werden jede Menge Zeit haben. Guten Tag noch, meine Herren.«

Nash trat beiseite, als Sasaki sich an ihm vorbeizwängte, und öffnete die Luke. »Bis in ein paar Stunden, Mr. Donaldson«, fügte sie mit immer noch unterkühlt wirkender Stimme hinzu. Dann duckte sie sich durch die Luke und machte sich an den Leiteraufstieg hinauf zum Zugang, der Transferkabine in der Nabe des Kreisschiffs entgegen.

Massey schloß die Luke hinter ihr; diesmal drehte er am Schloßkranz, um sie zu versiegeln. »Entschuldigen Sie die Überraschung, Mr. Donaldson, aber sie hat darauf bestanden, mich aufzusuchen.« Er lächelte, als er sich wieder umdrehte. »Wir sind alte Bekannte aus der Zeit, als ich noch Erster Offizier auf der *Shinseiki* war. Offensichtlich hat sie sich schneller vom Zombietank erholt als Sie, obwohl Sie doch als erster herauskamen.«

»Sie hat ja auch keinen Katheder bekommen, das dürfen Sie nicht vergessen«, sagte eine vertraute Stimme auf der gegenüberliegenden Seite des Abteils. Lew stand halb gebeugt über dem Navigationstisch, eine Brille mit Drahtgestell auf der

Nase, die rechte Hand um den Kopfhörer geschlossen. Während er noch immer die sich verschiebenden Datenmeldungen auf den breiten LCD-Flachbildschirmen verfolgte, spähte er verlegen über den Rand seiner Brille und grinste Nash an. »Eins muß ich wirklich sagen, Mann, Sie hatten den schlimmsten Fall von Zombiekater, den ich je gesehen habe, seit ich auf diesem Kahn arbeite.«

Nash erwiderte nichts. Massey schlüpfte zwischen die beiden, als wollte er sich absichtlich zwischen Nash und seinen Ersten Offizier schieben. »Meinen Ersten Offizier haben Sie bereits kennengelernt, Lew Belotti . . .«

»Ja, das habe ich.« Nash zügelte seinen Zorn. »Er hat einen interessanten Humor.«

»Und ich stehe auch für Hochzeiten zur Verfügung und für Firmenpartys«, fuhr Belotti grinsend fort.

Massey schloß schmerzerfüllt die Augen. »Und er steht sogar zur Verfügung, um hinunter in die C-Röhre zu steigen und die Startleiterplattform noch einmal zu überprüfen. Nicht wahr, Lew?«

Lew wollte etwas anderes erwidern, doch ein Blick in Masseys Miene genügte, um ihm begreiflich zu machen, daß er und seine kesse Lippe im Augenblick auf dem Deck nicht erwünscht waren; vielleicht erinnerte er sich auch an Nashs Schwur auf dem Biostasedeck vor einigen Stunden. Belotti stand auf und vermied es, einem der beiden Männer nahe zu kommen, indem er die Zwischendeckluke öffnete und die kurze Leiter zum Logistikdeck unterhalb der Kommandobrücke hinunterstieg. Einem unausgesprochenen Befehl des Kapitäns folgend, schloß er die Luke hinter sich, so daß die beiden Männer nun absolut ungestört waren.

Massey seufzte kopfschüttelnd. »Tut mir leid, Nash«, sagte er, während er zu seinem Sessel an der linken Seite der Kabine zurückkehrte. »Lew ist ein bißchen komisch, vielleicht selbst für dieses Schiff . . . ach, übrigens, der Kaffee steht in der Kanne dort drüben, hinter seinem Sessel.«

Die Kaffeekanne der Kommandobrücke ruhte auf einer provisorisch installierten Heizplatte unter den Notfallschränken. Das Schott darüber war bedeckt mit hawaiianischen Surfszenen und Pinups aus dem *Playboy*. Nash entdeckte einen Plastikbecher, der mit den Comicfiguren der Buck-Existential-Serie bedruckt war und einigermaßen sauber aussah. »Offensichtlich kennen Sie meinen wirklichen Namen«, sagte er, als er die dicke, pechschwarze Brühe einschenkte. »Ich hoffe, daß das nicht schon die Runde gemacht hat.«

Der Kapitän schüttelte den Kopf. »Ich habe es selbst erst vor ungefähr drei Wochen erfahren, kurz bevor wir den sonnenfernsten Punkt umrundeten. Wir haben etwas E-Mail über den Uplink Huntsville erhalten, und da wurde ich instruiert ... keine Sorge, es war ausschließlich zu meinen Händen. Jodi und Lew haben es nicht gelesen.«

»Wenn Sie meinen.« Nash war nicht völlig überzeugt. Belotti wirkte ihm etwas zu durchtrieben. »Wenn Sie mich fragen, Käpt'n, Ihr Erster Offizier ist ein bißchen zu flippig für diese Art von Arbeit.«

»Er ist ein guter Navigator, er versteht genug von Biostase, um Jodi bei den Zombies zur Hand zu gehen, und er kann ein Landungsboot sogar noch bei einer Windgeschwindigkeit von dreißig Knoten sicher runterbringen.« Massey lehnte sich in seinem Sessel zurück. »Das ist alles, was für mich zählt. Darüber hinaus ist es mir gleichgültig, ob er jeden Groucho-Marx-Gag auswendig kann und einmal am Tag blaumacht.« Er zuckte mit den Schultern. »In diesem Job gewöhnt man sich an merkwürdige Vögel. Nachdem ich drei Jahre auf der *Shinseiki* gearbeitet habe, ist Lew die reinste Erholung. Diese Japsen hatten nun wirklich *überhaupt* keinen Humor. He, der Bart steht Ihnen übrigens gut.«

Nash hatte beschlossen, den Bart, der ihm während der Biostase gewachsen war, nicht abzurasieren. Er war zwar immer noch unbequem, bot ihm aber doch etwas mehr Sicherheit, daß L'Enfant sein Gesicht nicht wiedererkennen würde. »Ja, vielleicht«, murmelte er, ohne sich für Masseys Meinung über den Zustand seiner Toilette zu interessieren. Er nahm seinen Kaffee zu dem Sitz mit, den Miho Sasaki gerade freigemacht hatte, und nahm darauf Platz. Dann nippte er an dem Gebräu und zuckte zusammen. Es schmeckte wie eine Mischung aus reinem Koffein und heißem Fett. Jeder Mannschaftskaffee seiner gesamten Marinezeit war besser gewesen, aber wenn der Zweck des Kaffees darin bestehen sollte, ihn wachzurütteln, so wurde er seiner Aufgabe gerecht. »Sie waren an Bord der *Shinseiki*? Während der Operation Jagdrennen?«

»Gewissermaßen. Ich hatte das Landungsboot der *Shinseiki* hinunter nach Cydonia gebracht, als direkte Flüge zur Basisstation noch nicht erlaubt waren, deswegen befand ich mich während des Überfalls am Boden. Ich hatte allerdings nicht allzuviel damit zu tun . . . saß während des größten Teils des Spiels sozusagen nur auf der Zuschauertribüne.« Massey preßte die Lippen zusammen. »Und ich will Ihnen auch nicht verheimlichen, daß ich nicht allzu wild darauf bin, schon wieder die Heimatbasis für eine neue Geheimoperation zur Verfügung zu stellen, auch wenn es jetzt die Show der Skycorp ist.«

»Diesmal ist es anders.«

»Bestimmt. Bloß eine kleine Variation über dieselbe Scheiße. Und alles nur wegen dieser dämlichen toten Aliens und ihrer dämlichen toten Stadt . . .«

Nash hob eine Augenbraue. »Wie bitte, Käpt'n?«

»Ach, nichts.« Massey seufzte wieder, als er sich die Augen mit den Knöcheln rieb. »Mein Gott, langsam höre ich mich schon an wie einer von diesen Zurück-zur-Erde-Pennern zu Hause. Vergessen Sie es, Nash. War eine lange Reise hierher. Gehen wir die Sache noch einmal durch, bevor ich Sie und Miho und den Rest der Zombies im Landungsboot verfrachte, okay?«

Die beiden Landungsboote der *Lowell* – der unbemannte Frachtleichter und die *Carl Sagan*, das Personallandungsboot – sollten planmäßig um 1500 Uhr MCM von der *Lowell* abgeworfen werden. Doch würde keines der beiden Landungsfahrzeuge in direktem Flug auf die Basis Cydonia zuhalten. Da maschinenbetriebene Landungen und Starts die empfindlichen seismographischen Instrumente störten, mit denen die Aktivität der Pseudocooties unter der Stadt beobachtet wurden, war es Raumschiffen verboten worden, direkt auf Cydonia zu landen, wenn man von gelegentlichen Fallschirmabwürfen des einen oder anderen Frachtkanisters absah.

Statt dessen würde Nash die dreiköpfige Mannschaft der *Lowell* und die drei Entsatzwissenschaftler zur Station Arsia begleiten, über sechstausend Kilometer von der Basis Cydonia entfernt. Am folgenden Tag, um 0800 Uhr, sollte Nash die Station Arsia an Bord des neuen Marsluftschiffs *USS Akron* verlassen. Zwei Tage später würde er in Cydonia eintreffen.

»Damit haben Sie sieben Tage, um Ihre Arbeit zu erledigen und nach Arsia zurückzukehren«, stellte Massey fest. »Zwei Tage, um hinzukommen, drei Tage auf Cydonia, dann wieder zwei Tage für die Rückreise. Das ist ein unabänderlicher, absolut feststehender Termin.«

»Sicher. Ich verstehe . . .«

»Nein, mein Herr, ich glaube nicht, daß Sie das tun.« Massey kauerte sich vor und stemmte die Ellenbogen auf die Knie. »Hören Sie gut zu, denn ich will keinerlei Mißverständnisse aufkommen lassen. Es hat mit unserer Startmöglichkeit für den Rückflug zu tun. Nach unserem Landurlaub – die KIs werden sich um das Schiff kümmern, während es im Orbit geparkt ist, damit wir uns unten am Boden etwas die Beine vertreten können – müssen wir immer noch auf dem Treibstoffdepot auf Phobos auftanken und die Sicherheitsüberprüfung unseres Schiffs für den Rückflug durchführen, deshalb kann ich auch nicht mehr herausschinden als sieben Tage am Boden. Um achtzehnhundert Uhr und neundrei GMT werden Jodi, Lew und ich wieder das Landungsboot besteigen, um in den Orbit zurückzukehren – und wenn Sie bis dahin nicht wieder nach Arsia zurückgekehrt sein sollten, werden Sie eben so lange warten müssen, bis die *Korlew* in neun Monaten hier eintrifft.«

Er lächelte und schüttelte den Kopf. »Glauben Sie mir, Nash, das werden Sie sich bestimmt nicht wünschen, fast ein ganzes Jahr auf Station Arsia herumzuhängen. Da unten ist es nämlich ziemlich langweilig.«

Nash musterte das Bild des Mars auf einem der an der Decke befestigten Monitore. »Das kann ich mir vorstellen.«

»Ich denke, das können Sie tatsächlich.« Massey leerte den Rest seines lauwarmen Kaffees, schnitt eine säuerliche Grimasse und stellte seinen Becher schließlich auf den Boden. Dann schob er sich aus seinem Sessel. »Kommen Sie. Ich muß

Ihnen Ihre E-Mail-Diskette und noch etwas anderes übergeben.«

Nash stand auf und folgte dem Kapitän zu einem Wandschrank hinter dem Navigationstisch. Massey zog einen Schlüsselring aus seiner Westentasche, wählte einen *Allen*-Dreher unter einem Dutzend anderer aus und schob ihn ins Loch. »Das hier befindet sich bereits in diesem Schrank, seit wir die Erdumlaufbahn verlassen haben. Sie müssen mir schon vertrauen, wenn ich Ihnen sage, daß niemand daran herumhantiert hat. Weder Lew noch Jodi haben diesen Schlüssel. Ich vermute, es hat irgend etwas mit Ihrem Auftrag zu tun, was immer das sein mag.«

»Vielleicht«, meinte Nash. »Und Sie sind nicht einmal neugierig? Wegen meines Auftrags, meine ich.«

Massey öffnete den Schrank und griff hinein. »Hören Sie zu, Sportsfreund, ich bin hier nur der Busfahrer. Es ist weder mein Job, zu wissen, was Sie vorhaben, noch interessiert es mich.« Er holte einen kleinen stählernen Attachékoffer heraus und reichte ihn Nash. Als Nash ihn entgegennahm, griff Massey in eine Brusttasche, holte eine unbeschriftete CD-ROM-Diskette hervor und reichte sie ebenfalls seinem Passagier. »Und das ist Ihre Post von zu Hause. Und machen Sie sich darüber mal keine Sorgen, okay?«

Nash musterte die Diskette nachdenklich. Das kopiergeschützte Siegel befand sich zwar noch an Ort und Stelle, doch das mußte nicht viel bedeuten. Ein guter Cracker hätte nach dem Lesen der Datei ein solches Detail bestimmt nicht vergessen. »Wenn Sie meinen, Käpt'n.«

»Ja, ich meine.« Massey schloß den Wandschrank wieder und verschränkte die Arme vor der Brust. »Schön, und jetzt raus mit Ihnen. Ich habe hier ein Schiff zu führen. Seien Sie um vierzehn Uhr dreißig an Luftschleuse Zwei, dann wird Ihr Freund Lew sich um Sie kümmern.«

»In Ordnung.« Nash wandte sich gerade zum Gehen, da fiel ihm etwas anderes ein. »Nur noch eine Sache . . .«

»Worum geht es?«

»Um Sasaki.« Massey schien sich ein wenig zu verspannen, als er ihren Namen hörte. »Sie hat vor fast zwei Jahren nach dem Jagdrennen-Vorfall den Mars auf diesem Schiff verlassen. Leute, die den Mars verlassen, kommen aber meistens nicht zu einer zweiten Runde wieder.«

Masseys Miene blieb ungerührt. »Und?«

»Was tut sie also wieder hier?«

»Wie ich schon sagte, Nash ... ich fahre nur den Bus.« Er lächelte matt. »Wenn Sie wissen wollen, was Miho hier tut, dann fragen Sie sie doch selbst. Ich kümmere mich nur um meinen Kram.«

Nash kannte ein halbes Dutzend Methoden, um die gewünschten Informationen aus Massey herauszupressen, die meisten von ihnen waren ziemlich schmerzlich. Doch bezweifelte er, daß irgendeine davon bei dem Kapitän funktioniert hätte. Statt dessen wandte er sich der Schleuse zu und entriegelte sie. »Also gut. Bis bald«, sagte er.

»Vierzehn dreißig, Luftschleuse Zwei. Danach ...« Massey hielt die volle rechte Hand und zwei Finger der linken hoch. »Sieben Tage. Glauben Sie nur daran. Leben Sie danach.«

»Ich werde es schon nicht vergessen.«

Der Kapitän schüttelte den Kopf. »Sorgen Sie dafür, daß Sie es nicht tun. Und viel Glück ... Mr. Donaldson.«

9 Letzte Instruktionen

Nashs Reisegefährten auf Deck 3 D, zwei Mitglieder der Ersatzmannschaft für Station Arsia, nahmen in der Messe eine Mahlzeit zu sich, als er in seine Nische zurückkehrte. So war er allein im Passagierraum der *Lowell.* Dennoch schloß Nash vorsichtshalber die Ziehharmonikatür der schrankgroßen Kabine, bevor er den Attachékoffer auf seine Koje legte.

Mit seinem Daumenabdruck sperrte er den Koffer auf. Wie erwartet, enthielt er einen Notebookcomputer, dazu ein Sortiment aus der Waffenkammer von Security Associates. Nash öffnete den Klappbildschirm, stellte den Computer an und schob die Diskette, die Massey ihm gegeben hatte, in das Laufwerk.

Die erste Seite des Schirms enthielt ein Datenverzeichnis mit einem einzigen Eintrag: *Mes / 8-01-32-1500 / Donaldson.* Daneben stand der Kommentar: *1st read / 8-25-32-1137.* Nash stieß die Luft aus. So weit so gut; niemand hatte diese Datei geöffnet, seit sie von Security Associates über das Raumkommunikationsnetz der Skycorp übertragen worden war. Dennoch war es eine Einwegnachricht, denn es bestand kein Funkkontakt zur Erde mehr, bis der Mars wieder hinter der Sonne hervorgetreten war.

Nash gab seine Codezahl ein; nach kurzem Überlegen holte er noch ein paar leichte Kopfhörer hervor und schloß sie an den Computer an. Er schaltete den Wiedergabemodus auf *Vox,* damit die Nachricht durch den Sprachsynthesizer verbal übertragen wurde. Es gab noch einige andere Dinge im Attachékoffer, die er überprüfen mußte, und er würde ein paar Minuten einsparen, wenn er sich die Nachricht vorlesen ließ.

Das Logo der Firma erschien auf dem Schirm, begleitet von einer sterilen, androgynen Stimme:

Guten Tag, Mr. Donaldson. Die folgende Nachricht wurde um 1500 Greenwich Mean Time am 1. August 2032 an Sie abgeschickt. Dazu wurde eine extrahohe Übertragungsrate verwendet, um eine Entzifferung zu verhindern. Die Datei ist darauf programmiert, nur einmal abgespielt werden zu können, danach löscht sie sich selbsttätig von der Diskette. Ferner sind Sie angewiesen, diese Diskette nuch Gebrauch zu vernichten. Bin bereit, bitte Taste drücken . . .

Ein weiterer Beweis dafür, daß die Nachricht nicht angezapft worden war. Er hätte es wissen müssen, daß Security Associates solche Vorsichtsmaßnahmen ergreifen würde. Willkürlich drückte Nash auf die J-Taste; nach kurzer Pause fuhr die Stimme fort: *Danke. Ihre Nachricht beginnt jetzt . . .*

Wieder eine Pause, obwohl der Schirm statisch blieb. Dieselbe KI-Stimme fuhr fort, aber Sprachmodus und Wortwahl waren unzweifelhaft Robert Halprin zuzuschreiben; alles, was fehlte, war sein Oxford-Akzent.

Guten Tag, Mr. Donaldson. Dies sind die letzten Instruktionen vor Beginn Ihres gegenwärtigen Auftrags, und sie umfassen eine Aktualisierung Ihres Operationshintergrunds. Sie werden diese Nachricht kurz nach Ihrer Wiederbelebung an Bord der USS Percival Lowell auf dem Weg zum Mars erhalten. Da es vorgekommen ist, daß die Biostase zu spontanen Störungen des Langzeitgedächtnisses führte, beginnen diese Instruktionen mit einer Zusammenfassung Ihres Auftrags . . .

Darauf konnte man sich bei Control verlassen, daß er alle Einzelheiten abhandelte, selbst wo es überflüssig war. Nash lächelte, als er in den Koffer griff; seine Hand ertastete ein kleines, luftgepolstertes Plastikpaket, das er hervorholte und öffnete, während er zuhörte.

Auf dem Schirm erschien das digitalisierte Foto eines ernsten Mannes – Mitte Fünfzig, faltiges Gesicht, schmale, stechende Augen, schütter werdendes blondes Haar. Nichts an ihm wies auf die leiseste Spur von Warmherzigkeit oder Humor hin. Nash spürte, wie sich etwas in seiner Brust zusammenzog, als er das vertraute Gesicht studierte.

Dieser Mann ist Commander Terrance L'Enfant, erklärte Controls KI-Doppelgänger unnötigerweise. *Er ist zur Zeit als amerikanischer Co-Inspektor der internationalen wissenschaftlichen Forschungsbasis Cydonia tätig . . .*

Beinahe unwillkürlich berührte Nash die *Pause*-Taste auf dem Computer. Er musterte L'Enfants Gesicht, stützte die Arme dabei auf die Knie und erinnerte sich an eine Nacht vor langer Zeit, als er mitangesehen hatte, wie sein früherer Kapitän das Leben von fast fünfzig Männern und Frauen auslöschte ...

Nash hatte sich im Jahre 2019 bei der US Kriegsmarine eingeschrieben und hatte als Matrose an Bord der *USS Boston* gedient. Die *Boston* war ein Jagd-U-Boot der Seewolf-Klasse, das im Südpazifik Dienst tat; im Alter von fünfundzwanzig Jahren war Nash dort während der kurzen indisch-japanischen Krise dabeigewesen – und bei dem *Takada-Maru*-Vorfall.

Als die japanische Regierung ihr Vorhaben ankündigte, bis zu einhundertundfünfzig Tonnen Plutonium zu importieren, das aus verbrauchten Uranbrennstäben der osteuropäischen Atomkraftwerke wiedergewonnen worden war, um damit ihre eigenen Kernkraftwerke zu versorgen, hatten die Vereinigten Staaten, Großbritannien und Deutschland bei den Vereinigten Nationen dagegen protestiert. Das Plutonium sollte auf dem Bahnweg aus Osteuropa und der GUS in die indische Hafenstadt Madras verbracht werden, wo es auf japanische Handelsfrachter verladen und entlang der Hauptschiffahrtslinien des Indischen und Pazifischen Ozeans zur japanischen Hafenstadt Osaka befördert werden sollte. Das Plutonium war für Japans Kernkraftwerke unverzichtbar; das Land war noch immer stark von Kernenergie abhängig, hatte aber durch die Grüne Revolution seine Hauptlieferanten von Uran und Plutonium, nämlich die Vereinigten Staaten, Australien und Südafrika verloren. Die GUS hatte, genau wie Ungarn und die Tschechoslowakei, keine solchen ökologischen Skrupel; sie hatten das wiederaufbereitete Plutonium aus ihren eigenen stillgelegten Kernkraftwerken bereits an Indien verkauft, und die indische Regierung erwartete einen satten Gewinn durch den Weiterverkauf an Japan. Zwar räumten sowohl Japan als auch Indien inoffiziell ein, daß es eine Gefahr für die Umwelt bedeuten könnte, eine solche Menge Plutoniums auf hoher See zu befördern – ganz zu schweigen von der Gefahr von Terroristengruppen der Dritten

Welt, die sowohl einen Zug bei seiner Fahrt durch den Nahen Osten hätten entführen oder einen Frachter im Indischen Ozean hätten kapern können –, dennoch war keins der beiden Länder dazu bereit, von dem Vertrag zurückzutreten. Für Indien war zu viel Geld mit im Spiel, und die japanische Regierung stand unter innenpolitischem Druck, die immer wiederkehrenden Stromausfälle in ihren großen Städten endlich zu reduzieren.

Als sich dann sowohl Japan als auch Indien weigerten, den Resolutionen nachzugeben, wurde es schließlich ernst mit dem internationalen Druck. Gemäß den Bestimmungen des UNO-Umweltschutzabkommens sprach sich die Vollversammlung für Seeblockaden sowohl Indiens als auch Japans aus. Die *USS Boston* erhielt den Auftrag, den Hafen von Osaka zu blockieren; sie war in erster Linie dafür zuständig, alle japanischen Frachter, die Kurs auf den japanischen Seehafen nahmen, aufzubringen, sie zu durchsuchen und die Mannschaften sämtlicher Schiffe zu verhaften, die Plutonium als Fracht mit sich führten.

Wenige Tage nach Beginn der Blockade gab Indien nach. Japan jedoch blieb hart und bezeichnete die UNO-Resolution als Verstoß gegen das internationale Seerecht. Inzwischen waren zahllose japanische Frachter zwischen Indien und Japan auf See. Niemand wußte mit Sicherheit, welcher von ihnen Plutonium geladen hatte und welcher nicht. Die Krise führte zu Unruhen in Indien, in deren Folge die Regierung gestürzt wurde. Das neue Grüne Parlament war noch ein völliges Durcheinander, und Japan weigerte sich, irgendwelche Informationen preiszugeben, die den Transport des Plutoniums behindern könnten, welches das Land bereits erworben und von Madras aus auf die Reise geschickt hatte. Zum erstenmal seit Ende des Zweiten Weltkriegs stand Japan gegen den Rest der Weltgemeinschaft.

Und dann, in der Nacht des 29. Mai 2019, ortete die *USS Boston* einen japanischen Frachter, die *Takada Maru*, im Philippinischen Meer; offensichtlich fuhr das Schiff mit Kurs Osaka. Kommandant der *Boston* war Kapitän Terrance L'Enfant; unter den Mitgliedern des Entertrupps war der Matrose August Nash ...

Doch das war vor über dreizehn Jahren gewesen, und er konnte es sich nicht leisten, jetzt noch darüber nachzudenken. Er hatte einen Auftrag zu erledigen; mit Gespenstern würde er sich zu passenderen Zeiten in den Ring begeben können.

Nash setzte das Abspielen der Nachricht fort, indem er erneut die *Pause*-Taste drückte; der Schirm geriet wieder in Bewegung, und der Bericht ging weiter. Während Nash zuhörte, entsiegelte er das Paket mit der kleinen Sammlung Elektretwanzen, jede davon mit eigenem Mikrotransmitter ausgestattet und mit Hilfe von Saugnäpfen auf jeder Oberfläche zu befestigen; ferner den winzigen Sony-Microrecorder, der mit den Wanzen zusammen eingesetzt werden sollte. Alle Geräte waren ausgereift und ließen sich leicht verbergen; wenn es nicht anders ging, könnte er das ganze Arsenal in seiner Unterwäsche verstecken.

Nach Beendigung der Feindseligkeiten zwischen den Vereinigten Staaten und der GUS im Jahre 2030, sagte die Stimme, *wurden die amerikanischen und russischen Streitkräfte aus der Region Cydonia abgezogen. Als indirektes Ergebnis eines Richterspruchs des Weltgerichtshofs, der zu der Feststellung gelangte, daß die GUS der Hauptaggressor gewesen war, und in Übereinstimmung mit der Resolution des Weltsicherheitsrats, die dem Konflikt ein Ende setzte, wurde es den Vereinigten Staaten gestattet, unbewaffnete Militärbeobachter auf der Basisstation Cydonia zu unterhalten, die die Funktion einer symbolischen Friedensstreitmacht wahrnehmen sollten, um eine weitere Verbringung russischer Munition zu der Basis zu verhindern. Obwohl das nicht den ursprünglichen Forderungen des Wissenschaftlerteams in der Basis Cydonia entsprach, willigten sie widerstrebend in diese Klausel ein.*

In einer kleinen, gepolsterten Schachtel befand sich eine Armbanduhr von Seiko; in ihrer LCD-Anzeige verbarg sich die winzige Öffnung einer automatischen Linse. Wurde eine der Tasten zweimal schnell hintereinander gedrückt, machte die Mikrofilmkamera im Inneren der Uhr eine blitzfreie Aufnahme. Die Filmmicrodisk schaffte sieben Belichtungen. Mit Bedauern streifte Nash seine eigene Rolex Oyster ab und schob sich die Seiko auf das linke Handgelenk, sorgte dafür, daß der Chronometer nach außen zeigte.

Weil man in ihm einen Offizier sah, der fähig zu unabhängigen Entscheidungen war, wie auch wegen seiner Ansichten, die er bei einem Vortrag an der Marineakademie Annapolis hinsichtlich der Alien-Überreste auf Cydonia geäußert hatte, wurde Terrance L'Enfant vom Pentagon für diesen Auftrag ausgewählt. Kurz nach L'Enfants Benennung trat der amerikanische Co-Direktor der Basis Cydonia, Dr. Arthur Johnson, aus Protest zurück. Mehrere weitere Mitglieder der Cydonia-Expedition folgten ihm und verließen die Basis, so daß der Wissenschaftlerstab auf vier Personen reduziert wurde, darunter kein einziger Amerikaner. Doch die Anordnung des Sicherheitsrats blieb weiterhin gültig. L'Enfants Status wurde im Zuge dieser Entwicklung aufgewertet, und er bekam den Posten des neuen amerikanischen Co-Direktors zugewiesen, was unter der zögernden Billigung der europäischen und japanischen Mitglieder der Wissenschaftlergruppe auf Cydonia geschah. Die GUS reichte eine offizielle Protestnote dagegen ein, gestattete es aber zweien ihrer Wissenschaftler weiterhin, auf Cydonia zu bleiben...

Das Bild teilte sich in vier Teile, um die Gesichter der drei anderen Personen neben L'Enfants Sträflingsfoto zu zeigen. Der erste war ein bärtiger schwarzer Mann, unter dessen Bild der Computer den Namen *A. Marks* schrieb. Ein drahtiger, vorzeitig kahl gewordener Mann wurde als *C. Akers* bezeichnet. Als drittes folgte eine junge Frau mit kurz geschorenem braunen Haar: *M. Swigart.* Insgesamt, dachte Nash, machten sie den Eindruck, als habe man sie im Camp LeJeune rekrutiert: harte Burschen.

L'Enfant wurde von drei Offizieren zur Basis begleitet, die offiziell den Status von Beobachtern haben: Stabsfeldwebel Alphonso Marks. Lieutenant Charles Akers und Lieutenant Megan Swigart. Marks ist ein ehemaliger Nahkampfausbilder des US Marineinfanteriekorps, Akers ist als Marinekampftaucher ausgebildet, und Swigart war früher Marinepilotin auf dem A-36-Jäger. Obwohl alle in Annapolis graduierten und in gewissem Umfang eine naturwissenschaftliche College-Ausbildung genossen, ist keiner von ihnen ein Spezialist auf irgendeinem naturwissenschaftlichen Gebiet, noch gehören sie der

Ersten Rauminfanterie des Marinekorps an. Ihre frühere Verbindung zu L'Enfant ist unbekannt, obwohl er sie ausdrücklich für diesen Auftrag anforderte . . .

Wieder wechselte das Bild, um diesmal eine dreidimensionale Skizze der Topographie der Stadt in Cydonia wiederzugeben, einschließlich des Gesichts und der nahegelegenen D&M-Pyramide sowie der kleineren, von Menschen geschaffenen Aufenthaltsmodule der Basis Cydonia. Die Gitterlinienkarte drehte sich langsam, während der Bericht fortgesetzt wurde.

Trotzdem es im Jahre 2030 gelang, in das Labyrinth unter der C-4-Pyramide einzudringen, scheiterte das internationale Wissenschaftlerteam in den vergangenen zwei Jahren an der Aufgabe, weiteren Kontakt zu den robotischen Aliens herzustellen, die den Spitznamen Pseudocooties tragen und unterhalb der fremden Stadt Tunnel angelegt haben. Der einzige Fortschritt in dieser Zeit war die Entdeckung eines Tunnels, der unmittelbar von der D&M-Pyramide in ein unerforschtes Gebiet unterhalb der zentralen Pyramidengruppe in der Nähe der Basis Cydonia führte.

Auf dem Bildschirm wurde der Tunnel rot gekennzeichnet. *Als Anfang dieses Jahres ein russischer Wissenschaftler in den neuen Tunnel geschickt wurde, brach der Kontakt zu ihm völlig ab. Dieser Wissenschaftler, Sascha Kulejan, war zugleich der russische Co-Direktor dieser Expedition. Er gilt als verschollen, wahrscheinlich tot, und wurde von der russischen Raumagentur Glavekosmos aufgrund der fortgesetzten politischen Proteste von Minsk gegen die UNO-Resolution durch keinen neuen Mitarbeiter ersetzt . . .*

Nash schüttelte den Kopf; diese Situation war ihm bereits vertraut. Obwohl sich die Russen immer noch für die Cydonia-Expedition interessierten, hatten sie einen großen Fehler gemacht, indem sie Militärstreitkräfte zum Mars schickten, um ihre Ansprüche zu bekräftigen. Am Ende war daraus ein Akt der Verzweiflung geworden, der sich zum Schaden der GUS ausgewirkt hatte. Als sich die Weltmeinung nach dem amerikanischen Überfall gegen die Gemeinschaft Unabhängiger Staaten kehrte, hatte die russische Öffentlichkeit die Nasanow-Regierung abgewählt, und die GUS war zu weiteren

Rückzügen gezwungen gewesen, bis sie nur noch zwei Schlüsselpersonen auf Cydonia aufzuweisen hatten. Nun, nach Kulejans Tod, blieb nur noch ein russischer Wissenschaftler in der Basisstation, ein letztes Alibimitglied der GUS-Beteiligung an der Expedition.

Die bisherigen Bemühungen, ferngesteuerte Sonden in den Tunnel zu schicken, sind ebenfalls gescheitert, fuhr die Stimme fort, *sie wurden bei Kontakt mit Pseudocootie-Drohnen vernichtet, die jeden Eindringling in ihr unterirdisches Netzwerk angreifen. Das stellt eines der Rätsel der fremden Stadt dar, da das Gesicht von Cydonia doch offensichtlich erbaut wurde, um mit der Menschheit Kontakt aufzunehmen, so wie das Labyrinth unter C-4 anscheinend dem Zweck diente, unsere Intelligenz und unseren Einfallsreichtum zu prüfen. Daß die Alliens nun weitere Kommunikationsversuche bremsen, obwohl das Gesicht selbst ursprünglich eine Einladung an den* Homo sapiens *bedeutete, stellt das Wissenschaftlerteam inzwischen vor Rätsel ...*

Auf dem Schirm erschien ein leicht unscharfer Schnappschuß eines Manns in einem Schutzanzug; er hatte sich der Kamera halb zugewendet, offensichtlich ohne zu merken, daß er fotografiert wurde. Im Hintergrund sah man die riesige, kantige Gestalt einer der Marspyramiden, doch interessanter war die Tatsache, daß der Mann anscheinend ein Sturmgewehr in den Händen hielt. Als Nash genauer hinsah, erkannte er die Waffe: Es war eine 5,56-mm-Steyr-AUG, ein Gewehr, das von verschiedenen US-Vollstreckungsbehörden bevorzugt wurde.

Diese Fotografie befand sich auf einer Filmdiskette, die kürzlich aus der Basisstation Cydonia geschmuggelt wurde, fuhr die Stimme fort. *Es wurde heimlich von einem Luftschiffpiloten, Katsuhiko Shimoda, aufgenommen, der später in der Nähe der Region Tharsis bei dem Flugunfall ums Leben kam. Bei einem Mann auf dem Bild handelt es sich vermutlich um Stabfeldwebel Marks. Er ist mit einen Sturmgewehr bewaffnet, was einen Verstoß gegen den UNO-Vertrag darstellt, da dieser den US-Beobachtern auf der Station Cydonia ausdrücklich jegliche Bewaffnung untersagt. In den vergangenen zwölf Monaten sind die Berichte der Basis Cydonia an die Erde seltener und weniger informativ geworden, manchmal enthalten sie kaum mehr als Routinestatistiken über den Konsum von Verbrauchsgütern durch das Stationspersonal sowie Nachschubanforderungen. Ganz ähnlich haben sich die direkten Kontakte zur Station Arsia, der Hauptbasis auf dem Mars, auf monatliche Nachschubflüge der Akron reduziert. Man geht zur Zeit davon aus, daß Commander L'Enfant und seine Adjutanten die paramilitärische Kontrolle über die Basis Cydonia übernommen haben und die Wissenschaftler bei Androhung von Gewalt an offener Kommunikation hindern. Sollte dies der Fall sein, so sind die Gründe dafür jedenfalls unbekannt . . .*

Wieder teilte sich das Bild. Auf der rechten erschien die Skizze eines länglichen, unförmigen Raumfahrzeuges, in dem Nash einen unbemannten amerikanischen Frachter für interplanetare Flüge erkannte, wie er verwendet wurde, um Nachschub auf den Mars zu befördern. In der linken Hälfte erschien das bewegliche Bild einer Hohlmannschen Flugbahn zwischen Erde und Mars. *Seit Sie an Bord der Lowell die Erde verlassen haben, ist es zu einem unerwarteten Vorfall gekommen. Der automatisch betriebene Raumfrachter* Bradbury *wurde auf eine acht Monate dauernde Flugbahn zum Mars geschickt, die dem Rendezvous der Lowell mit dem Mars um knapp eine Woche zuvorkommen wird. Wir wissen lediglich, daß ein Frachtcontainer, der von einem amerikanischen Militärshuttle von Vandenberg aus in den Orbit gebracht und kurz vor ihrem Verlassen des irdischen Tiefenorbits auf die Bradbury verladen wurde, inzwischen über der Basis Cydonia abgeworfen worden ist. Der Inhalt des Containers ist unbekannt. Angesichts seines Ursprungs können wir jedoch nur davon ausgehen, daß es sich dabei um eine militärische Nutzlast handelt . . .*

Foto und Skizze wichen dem Logo der Skycorp: ein statisches Bild. *Sprecher des Pentagon haben den Vorwurf einer solchen militärischen Intervention durch die private Raumindustrie, die die Untersuchung Cydonias finanziert, zurückgewiesen. Trotz der Indizienlage gibt es keine ausreichenden Beweise, um von einer eindeutigen Gesetzesübertretung seitens des US-Militärs zu sprechen. Keine der in Frage kommenden Regierungen ist bereit, eine Wiederholung der Ereignisse des August 2030 zu ris-*

kieren, bevor keine eindeutigeren Beweise gesammelt wurden . . .

Der letzte Gegenstand in dem Attachékoffer war vielleicht der wichtigste, wenn man bedachte, daß der Gegner bewaffnet war. Die SIG/Sauer P230 war eine trügerisch kleine halbautomatische Handfeuerwaffe; sie war kaum mehr als neun Zentimeter lang; man hätte sie leicht als Waffe für die Damenhandtasche abtun können. In der Regel führte Nash seine Aufträge unbewaffnet aus; bei den seltenen Gelegenheiten, wenn er doch eine Waffe mitnahm, etwa beim Personenschutz, trug er meistens eine Glock 19. Aber trotz ihrer größeren Feuerkraft war die Glock viel zu groß, um sie unbemerkt in einem Einteiler tragen zu können, während sich die kleine P230 ohne weiteres in einer Hosentasche verstauen ließ. Und wenn er eins nicht wollte, so daß L'Enfant von der Donaldsons Bewaffnung erfuhr.

Ihr Auftrag umfaßt vier Gebiete. Erstens sollen Sie feststellen, ob Commander Terrance L'Enfant die Kontrolle über die Basis Cydonia übernommen hat. Zweitens, welche Pläne er hegt. Drittens, feststellen, ob er vorhat, zur Erlangung dieser Ziele militärische Gewalt anzuwenden. Und viertens sollen Sie eine Einschätzung darüber geben, ob seine Operationen Skycorps gegenwärtige Aktivitäten auf dem Mars gefährden . . .

Nash verriegelte die Sicherung, dann betätigte er mit dem Daumen die Magazinfreigabe unter dem blauen Stahllauf und griff nach der Schachtel mit .38er Munition. Wie die Waffenspezialisten der Security Associates versprochen hatten, hatte man ihm Weichmantel-Sicherheitspatronen beschafft, wie sie auch von den Luftmarschällen der FAA verwendet wurden. Diese Geschosse zerschellten sofort, wenn sie auf irgend etwas Widerstandsfähigeres als einen menschlichen Körper trafen, schlugen also nicht durch unter Luftdruck stehenden Hüllen. Eine nach der anderen füllte Nash die sieben Patronen in das Magazin.

Ihr Hauptziel besteht darin, Beweismaterial dafür zu sammeln, das die erwähnten Behauptungen entweder stützt oder widerlegt, gleich, ob es sich um Fotos oder Gesprächsaufzeichnungen handelt, und zwar auf jede verdeckte Vorgehensweise, die Ihnen zur Verfügung steht. Nach Ihrer Rückkehr zur Lowell werden Sie besagte Information zur frühestmöglichen Gelegenheit an die Security Associates übertragen, sobald die Umlaufbahnen von Erde und Mars die Wiederaufnahme einer direkten Funkverbindung ermöglichen. Noch einmal: Ihr Hauptziel besteht im Sammeln von Informationen . . .

Nash schob das gefüllte Magazin wieder in den Pistolengriff, dann nahm er die Reservepatrone, um sie ebenfalls zu laden. *Da Sie es mit bewaffneten und möglicherweise gefährlichen Gegnern zu tun bekommen, und weil Sie außerhalb der Funkreichweite operieren werden, wird Ihnen die Befugnis erteilt, im Extremfall auch tödliche Gewalt anzuwenden, um Ihr eigenes Überleben sicherzustellen . . .*

Erschrocken blickte Nash auf den Schirm; das war kein Bestandteil seiner ersten Missionseinweisung letztes Jahr in Washington gewesen.

Seien Sie versichert, daß die Rechtsberater der Gesellschaft für den Fall, daß sich im Zuge Ihres Auftrags diese Option als erforderlich herausstellen sollte, Ihrer Interpretation des Siebten Zusatzprotokolls der UNO-Protokolle über die Entsendung von Kommunikationen an extraterrestrische Intelligenzen zu einem derartigen Vorgehen autorisiert sind . . .

»Siebtes Zusatzprotokoll?« flüsterte er. »Was zum Teufel soll das . . .?«

Ohne auf seine Verblüffung einzugehen, fuhr der Bericht ungerührt fort. *Ihr Kontaktmann auf dem Mars ist Samuel Leahy, der Generalmanager der Skycorp auf der Station Arsia. Leahy wird Sie mit allen relevanten Mitarbeitern der Station Arsia bekanntmachen und Ihnen, falls erforderlich, weitere aktuelle Daten in Zusammenhang mit Ihrem Auftrag zur Verfügung stellen. Wir erwarten Ihren ersten Bericht nicht vor zwölfhundert Uhr und nicht später als vierundzwanzighundert Uhr, Greenwicher Zeit, am 11. November 2032. Viel Glück, Mr. Donaldson.*

Ohne jeden weiteren Abschied endete die Nachricht. Der Schirm erlosch; augenblicklich war ein verkapseltes Virusprogramm damit beschäftigt, sämtliche Daten auf der Diskette zu vernichten. Nash stieß die Diskette aus, packte sie mit den Fäusten und zerbrach sie, bevor er die Reste in den Müllschlucker warf.

Im Extremfall . . .

Er wußte, was das bedeutete. Er durfte jemanden auslöschen, bevor die andere Seite ihrerseits versuchte, ihn auszulöschen. Das war kein Problem.

Das Siebte Zusatzprotokoll . . .

Nicht die blasseste Ahnung.

L'Enfant . . .

Er wußte alles über Terry L'Enfant den Schrecklichen.

Nash nahm die Pistole auf und musterte sie. Control hatte ihn in einer scheinbar klar definierten Mission hierher geschickt. Nun, da er hier war, ohne Funkkontakt und völlig auf sich selbst gestellt, hatte man die Spielregeln geändert. Gewiß, man hatte ihn mit einer Pistole ausgerüstet, doch niemand hatte sich die Mühe gemacht ihn zu fragen, ob er L'Enfant überhaupt umbringen wollte.

Oder, falls er es wollte, ob er auch die Nerven haben würde, um den Abzughahn zu betätigen.

»Halprin«, flüsterte er, »du gottverdammter Hundesohn . . .«

10 Das Mars-Hotel

»Neun Sekunden bis zum Start ... acht ... sieben ...«

»Letzter Maschinencheck positiv. Alles startklar. Trennung um Punkt null.«

»Verstanden. Fünf bis Start ... vier ... drei ...«

»Nabelschnur gelöst.«

»Verstanden ... eins ...«

»Null und Trennung.« Lew Belottis rechte Hand, die auf dem Hebel über seinem Kopf geruht hatte, riß ihn herunter. Mit einem abrupten Beben löste sich die *Sagan* aus ihrem Nest unter dem zweiten Arm der *Lowell.* Grüne Dioden blitzten über die Rundumkonsole des Cockpits. »Trennung vollzogen«, sagte er, als er beide Hände wieder auf das Steuerruder legte. »Befeuerung der Umkehrstoßraketen in fünf Sekunden auf meinen Befehl. Fünf ... vier ... drei ... zwei ... eins ... Zündung RCR.«

Ein leichtes Gefühl der Bewegung war zu bemerken, als der Flugcomputer automatisch die RCRs entlang der doppelkegeligen Hülle des Landungsfahrzeugs zündete und es vom Kreisschiff abstieß. Von seiner Andruckliege im Mittelteil der Mannschaftskabine sah Nash mit an, wie das Tägerkonstrukt von Arm Zwei kurz an der Sichtscheibe des Cockpits vorbeitrieb: die golden in Mylar gehüllten Lebensraumzylinder, die OMS-Maschinen, die Sauer-/Stickstofftanks und das breite Hexagon der Funkantennen sowie schließlich die lange schwarze Welle des Hitzeradiators. Und dann, plötzlich, war die *Lowell* fort, drehte sich auf ihrem eigenen einsamen Orbit davon, als die massive rote Kugel des Mars ins Gesichtsfeld schwebte.

»Nette Show, Lew.« Entspannt beobachtete Massey seinen Offizier auf dem rechten Copilotensitz. Er blickte auf die Meldungen eines seiner Computermonitore. »Vier Minuten bis zur Einleitung der Primärabstiegssequenz, auf Ihr Kommando.«

»PAS in vier Minuten, Käpt'n.« Lew lehnt sich gegen seine Haltegurte und begann damit, den nächsten Befehlssatz in die Computertastatur zu tippen. Nash hörte das zerstreute Platzen seines Kaugummis, während er arbeitete. Seine Checkliste hatte sich beim Entkopplungsmanöver aus ihrer Magnethalterung gelöst und strebte nun, von keiner Schwerkraft behindert, vom Armaturenbrett hoch; ohne auch nur einen einzigen Taktschlag auszulassen, riß Lew sie aus der Luft und schob sie zurück auf die Konsole unter der Sichtluke. Über die Schulter gewandt sah er zu den sechs hinter ihm sitzenden Passagieren hinüber. »Alles in Ordnung dahinten?«

Nash nickte und reckte kurz den Daumen. Miho Sasaki in der Andruckliege neben seiner schien völlig ungerührt. Der Sanitätsbeamte, Jodi Feriguo, schien zu schlummern. Das ließ sich allerdings nicht von den anderen Passagieren im hinteren Teil behaupten, den drei Wissenschaftlern, die auf dem Weg zur Station Arsia waren, um dort ihre zweijährige Forschungsarbeit aufzunehmen. Nash vernahm ein paar unbehagliche Rülpser; der plötzliche Übergang zur Nullgravitation war unangenehm, und Nash zweifelte nicht daran, daß sich mindestens einer von ihnen während der Luftbremsung übergeben würde.

Belottis Interesse an ihnen war allerdings bestenfalls höflicher Natur. Er hatte seine Aufmerksamkeit wieder seinen Instrumenten zugewandt. »Flugleitzentrale Arsia, hier spricht *Sagan* MEM-L012«, murmelte er in sein Kehlkopfmikrofon. »Verstehen Sie uns?« Eine Pause. »Verstanden, Arsia, sind auf Standby zur Orbitaustrittszündung. Alle Systeme synchron. Erwarten Wetteransage und Instruktionen für Primärlandemanöver, Ende.«

Nash sah wieder zu Sasaki hinüber. Die junge Frau wirkte völlig entspannt, sie hatte die Hände im Schoß verschränkt, während sie durch die Sichtluken auf das Sternenpanorama sah. Ihr langes schwarzes Haar war zu Zöpfen geflochten und im Nacken zu einem festen Knoten gebunden, doch ein paar lose Strähnen schwebten ihr seitlich vorm Gesicht. »Das müßten Sie inzwischen ja schon kennen«, meinte er.

Sasaki zuckte mit den Schultern. »Ich hatte gedacht, es würde etwas aufregender werden«, gestand sie, »aber ich denke, beim zweiten Mal . . . beim dritten, wenn man die Luftbremsung in der Erdatmosphäre mitzählt . . .« Sie lächelte ein wenig und blickte wieder nach vorn. »Es fühlt sich an wie eine ganz normale Reise.«

»Nun ja.« Aus irgendeinem Grund fühlte sich Nash ganz ähnlich, trotz der Tatsache, daß dies *sein* erster Trip war. Für ihn war das Verlassen der Geborgenheit der *Lowell* und der beginnende Abstieg auf den Mars nur die erste Phase seines Auftrags. Es war weniger ein Höhepunkt als eine Ouvertüre. Die Basisstation Cydonia war sein eigentliches Ziel, und dorthinzukommen war nur Teil des Jobs.

»Freuen Sie sich darauf, nach Cydonia zurückzukehren?« fragte er.

Die Frage schien sie zu erschrecken – jedenfalls blinzelte sie und machte eine fahrige Handbewegung. »Sicher«, erwiderte sie, ohne ihn anzublicken. »Da unten gibt es viel für mich zu besichtigen. Die neuen Ausgrabungen, die Forschungsergebnisse über die Aliens . . .«

»Und Ihr Mentor, Dr. Kawakami . . .«

»Ja.« Sie nickte ganz leicht. »Der ist auch dort!«

Nash wollte noch etwas sagen, doch sie schloß einmal mehr die Augen und legte den Kopf etwas schräg, von ihm abgekehrt. Sie war ganz eindeutig nicht daran interessiert, ihren Teil der Konversation bestreiten zu müssen.

Durch die Sichtluken schob sich der Mars langsam ins Gesichtsfeld. Nash erblickte die lange, mäandernde Schnittwunde der Valles Marineris und zur Linken die Pockennarbe des Mons Arsia. Dort unten, irgendwo zwischen Noctis Labyrinth und dem beginnenden vulkanischen Hochland befand sich die Station Arsia. Er sah erneut zu Sasaki hinüber, doch sie hatte die Augen friedlich geschlossen, die Hände immer noch verschränkt. Er musterte sie einen Moment, wartete darauf, daß sie die Augen wieder aufschlug, doch Sasaki rührte sich nicht.

Nash widmete sich wieder den Sichtfenstern. Er war sich fast sicher, daß Sasaki irgend etwas zu verbergen hatte, doch würde sie nicht darüber sprechen . . . jedenfalls nicht im Augenblick.

Schön. Das paßte ihm durchaus. Nash lehnte sich in seiner

Liege zurück, um den langen Abstieg zu erwarten. Er hatte Zeit, bis sie gelandet waren.

Dann würde er sich daran machen, ihr Gehirn zu zerpflücken.

»Okay, okay«, sagte Jeri Beauchamp, als sie unentwegt das Blinken auf den XYZ-Achsen ihres Computers beobachtete. »Nun zwölf Grad nach Süden herumschwingen, zwei Grad Ost ...« Das Blinken bewegte sich gehorsam ein Stück auf die Mitte der dreidimensionalen Achse zu. »Sehr schön, Lew, paßt genau. Sieht gut aus dort ...«

Roger, TRAFCO, sagte Lew Belottis verwaschene Stimme in ihrem Kopfhörer. *Aktivieren Hauptschirm in fünf Sekunden. Fünf ... vier ... drei ... zwei ...*

Jeri hob den Blick von ihrem Bildschirm, suchte die *Sagan* auf den rundumlaufenden Scheiben der Flugleitzentralenkuppel. Hinter den schräg angeordneten Schwarzglasreihen der Solarfarm im Süden stürzte das Landungsfahrzeug in schnellem Flug an seinen drei Hauptfallschirmen auf das Landedeck Drei zu. Eine Sekunde später rissen sich die gestreiften Schirme frei und trieben im kühlen Sommerwind davon. Im selben Augenblick blitzten die Bremstriebwerke auf, und die Landegestelle spreizten sich aus dem abgeplatteten Hitzeschild der *Sagan*, die nun die letzten paar hundert Meter bis zur Landestelle sachte herabstieg. Jeri konnte bereits die Brandflecken an der flachen Seite der Hülle erkennen, die bei der Luftbremsung durch die atmosphärische Reibung entstanden waren.

Ich mach es auf den Zehner genau, dann kriegst du noch neun Cents Wechselgeld, Süße, sagt Lew. Die Bodenmannschaft war bereits damit beschäftigt, die Schläuche auszurollen, um den letzten Treibstoffrest in den Lagertanks abzusaugen.

Jeri lächelte; immer derselbe alte Angeber! »Gib es mir nach der Landung im Marshotel, Hübscher«, erwiderte sie. Und das würde er zweifellos auch tun. Lew liebte es, neun glänzende, frisch geprägte Pennies mitzubringen, die er aus seiner Tasche zu fischen pflegte, um sie eine nach dem anderen in die Handfläche des Fluglotsen gleiten zu lassen, der ihn bei seinem Eintritt in die Atmosphäre und bei der Landung geführt hatte. Ein blödes Ritual, aber angesichts der einmaligen Schwierigkeiten bei der Landung auf dieser Welt eins, auf das er durchaus einen Anspruch hatte. Solange er sich nicht wieder in der Bar vollaufen ließ und versuchte, an ihre Hose zu kommen . . .

Sie vernahm Schritte auf der Kuppelleiter hinter sich, drehte sich aber erst um, als sie jemanden hinter ihrer Schulter spürte. »Das Landungsfahrzeug der *Lowell?*« fragte eine kurzatmige Stimme.

Jeri schnitt eine Grimasse. *Nein, Sam,* dachte sie, *das ist ein Kundschafter der Cootie-Invasionsflotte. Du solltest besser wieder nach unten rennen und deinen Vorrat an Fusel sichern . . .* »Ganz genau«, sagt sie tonlos. Sie blickte wieder über die Schulter. »Möchten Sie irgendwelche Nachrichten übermitteln?«

Sam Leahy hielt inne, um sein unrasiertes Doppelkinn zu massieren. Er hatte eine leichte Fahne; der Generalmanager der Station hatte seinen Nachmittag wieder im Mars-Hotel verbracht. »Nöö . . .« fing er an, doch dann überlegte er es sich schnell wieder. »Doch. Da ist ein Passagier an Bord . . . Andrew Donaldson. Sagen Sie ihm, daß ich ihn in der Bar erwarte.«

Das paßte. Sam erledigte seine Geschäfte nur selten im Büro; er hätte die Sache einfach offiziell machen sollen, indem er sich seinen Schreibtisch aus dem Büro nach unten schaffen und in einer Ecke des Mars-Hotels aufstellen ließ. »Vor oder nach einer Reinigung?« fragte sie.

Wieder eine Pause. Die Ironie war ihm völlig entgangen. Sam war offensichtlich damit beschäftigt, die Alternativen ernsthaft gegeneinander abzuwägen. »Ja . . ., nachdem er sich geduscht hat. Aber es ist wichtig, daß er sich mit mir trifft.« Er trat zurück, erlöste sie von seinem stinkenden Atem. »Vergessen Sie nicht, es ihm zu sagen«, fügte er hinzu. »Es ist wichtig. Ich muß mit ihm sprechen. Alles klar?«

Jeri nickte. Die Raketen des Landungsflugzeugs wirbelten bereits roten Staub auf dem fernen Landedock auf. »Alles klar, Sam. Ich werde ihm die Nachricht übermitteln lassen.« *Und wenn du noch bei Bewußtsein bist, wenn der Bursche dich gefunden hat, kriegt Lew von mir sein Wechselgeld zurück.*

Wenn du dann auch noch zusammenhängend reden kannst, überlege ich es mir glatt noch, Lew vielleicht an meine Hose zu lassen ...

»Gut. Großartig.« Leahy verpaßte ihr einen derben Schlag auf die Schulter und machte kehrt. »Okay ... weitermachen. Ich bin sicher, Sie wissen, was Sie tun.« Er torkelte zur Leiter. Während die *Sagan* die letzten paar Meter herabstieg und sich auf ihrem Landegestell auf die Landedocks senkte, hörte sie, wie der Generalmanager sich den Kopf an der geöffneten Luke anschlug, fluchte und beim Abstieg mehrere Leitersprossen verfehlte.

Jeri grinste und tippte Instruktionen in ihre Tastatur ein, gab der Bodenmannschaft das Signal, mit der Triebwerkssicherung zu beginnen. Nein, dachte sie, heute abend werde ich wohl allein ins Bett gehen.

In den ersten Jahren hatte die Station Arsia aus einer Reihe von Modulen bestanden, die dicht gedrängt unter dem Marsboden zusammenstanden, von ähnlichem Aussehen wie die Station Descartes auf dem Mond. Tatsächlich hatten sich die ersten Siedler selbst als Maulwürfe vom Mars bezeichnet.

Aber der Personalzuwachs war größer gewesen als erwartet. Die Vulkane in der Region Tarsis hatten Geologen angezogen, und die riesigen Schluchten der Valles Marineris, wo Shin-ichi Kawakami sich seinen Nobelpreis verdiente, indem er Mikrofossilien längst ausgestorbener marsianischer Lebensformen entdeckte, hatten weitere Exobiologen angelockt. Wichtiger noch war die nachgewiesene Möglichkeit, Treibstoffe aus der Atmosphäre zu gewinnen und Wasser aus den Permaeisvorkommen am Nordpol des Planeten zu ziehen, denn beides hatte für Skycorp und Uchu-Hiko eine unerwartete Wende bedeutet. Aus dem Mars wurde das Tor zum äußeren Sonnensystem. Noch bevor die dauerhafte Population des Planeten die Fünfzig überschritten hatte, war es bereits offensichtlich geworden, daß die Station Arsia nicht würde überleben können, indem man ihr einfach nur weitere vorgefertigte Module hinzufügte. Wie schon einst die Station Descartes war auch Arsia irgendwann dazu gezwungen gewesen, sich mit den vor Ort zur Verfügung stehenden Mitteln zu behelfen und große, dauerhafte Gebäude aus den bereits vorhandenen Rohstoffen zu errichten.

Das erste Gebäude im ›Apartmenthouse‹-Stil wurde im Jahre 2031 in der Station Arsia fertiggestellt. Es war ein voll umschlossener Bau, von der ungefähren Form einer auf der Seite liegenden Flasche, bestand aus drei Stockwerken und war sechzig Meter lang, aus vor Ort gebrannten Ziegeln und Glas konstruiert, mit Plastikmembranen im Innern, um die atmosphärische Integrität zu erhalten, und einer etwa sechzig Zentimeter dicken Schicht aus Regolith, die das Gebäude von außen isolierte und vor Strahlen schützte. An einem Ende befanden sich die Hauptluftschleusen, die aus drei älteren Modulen ausgebaut worden waren; auf der gegenüberliegenden Seite ein riesiges, vielschichtiges Fenster aus dickem Marsglas, das es dem Licht erlaubte, in das geräumige Atrium im Erdgeschoß zu filtern. Die Balkone, die bei den oberen Stockwerke entlangliefen, waren mit Hängepflanzen verziert, die auf das Atrium herabhingen, wo in dem sorgfältig mit Nährstoffen versorgten Boden bereits kleine Bäume wuchsen.

Obwohl die Schlafunterkünfte im zweiten Stock noch immer ziemlich beengt waren, stellten sie mittlerweile wenigstens nicht mehr den einzigen Ort dar, wo man sich nach einem langen Tag in den Labors oder draußen auf der Treibstoff-Farm entspannen konnte. Zum einen gab es den Freizeitraum im Erdgeschoß, der zugleich als Bar diente. Wie sein Vorgänger in der alten Basis hieß auch er das ›Mars-Hotel‹, ›die gemütlichste Bar auf dieser Seite des Mondes‹.

Tatsächlich war es natürlich die einzige kleine Bar auf dieser Seite des Mondes.

August Nash fühlte sich zerknittert und matt vom Flug, hatte es aber immerhin noch zu einer Dusche und einer vollen Mahlzeit gebracht, als er schließlich die Tür aufschob – ein ausgedientes Schott aus dem ursprünglichen Modul, auf das jemand in schwarzer Handschrift die Worte Mars-Hotel gemalt hatte – und die kleine Treppe zum Freizeitraum hinabstieg. Abgesehen von der schlechten Beleuchtung durch die japanischen Papierlaternen, die man an die niedrige Decke gehängt hatte, fiel ihm als erstes eine Reihe von Erste-Hilfe-Schränken hinter dem Poolbillardtisch auf. Ihre Existenz und ihre Anordnung in einer Unterzelle des Aufenthaltsbaus bestätigte seinen Verdacht, daß das Mars-Hotel ursprünglich als Schutzraum vor Sonnenstrahlung entwickelt worden war.

Ansonsten sah es aus wie in einer Grenzkneipe: eine Kollektion willkürlich zusammengestückelter Tische und Stühle, darunter auch ein paar Andruckliegen, die man aus alten Landefahrzeugen gerissen hatte; ein Billardtisch mit zerschabtem Filz; Marsziegelwände, die mit altem Stoff überzogen und mit buchstäblich allem verziert worden waren, vom verblaßten Reisebüroposter bis zu einem pockennarbigen Wurfpfeilbrett. Eine alte Gibson-Gitarre hing an Viehhaken von einer Wand, daneben ein Foto der inzwischen legendären Mars-Hotel, der Band, die zehn Jahre zuvor von einem Trio des damaligen Stationspersonals von Arsia gegründet worden war und die es sogar geschafft hatte, zwei Alben auf der Erde herauszubringen. Aus einem angeschlagenen CD-Deck hinter der Bar stöhnte Robert Johnson gerade den ›Travellin' Riverside Blues‹; die Theke selbst war wenig anders als ein paar Streifen aus einer Raumschiffhülle, die man über zwei Frachtkisten gelegt hatte. Ein paar Leute hingen in der Bar herum; die alten Hasen waren an dem merkwürdigen Sonnenbrand zu erkennen, den sie nur auf dem Gesicht aber an keiner anderen Körperstelle aufwiesen; und als Nash eintrat, rief Lew Belotti ihm zu: »He! Andy! Komm her und trink ein Bier mit uns!«

Der Erste Offizier der *Lowell* war in Begleitung einer jungen Frau mit kurzgeschorenem, braunem Haar und einem großen, schlaksigen Burschen mit Bart und einer Baseballmütze. Hinter ihnen war ein stämmiger, gedrungener Mann auf seinem Stuhl zusammengesackt, den Kopf auf die fleischigen Arme gelegt: stockbetrunken. Die anderen ignorierten ihn, als Belottis Freunde sich nach Nash umdrehten.

Lew war selbst schon betrunken; seine Stimme klang lallend, als er alle einander vorstellte. »Andy, die wunderschöne Dame zu meiner Rechten ist Jeri, die Fluglotsin, die so phan ... phantastisch ... so hervorragend gearbeitet hat, um uns heute nachmittag zu einer sicheren Landung zu verhelfen ...«

Sie lächelte unverbindlich und schlug die Hand beiseite, die Lew ihr auf den Oberschenkel gelegt hatte. Lew merkte es kaum. »Und das hier«, sagte er und hob dieselbe Hand, um sie seinem Nebenmann großspurig auf die Schulter zu hauen, »ist W. J. Boggs, der legendäre, schätzenswerte Kapitän des guten Schiffs *Akron.«*

W. J. Boggs trat um Jeri und Lew herum. »Du bist mein neuer Erster Offizier, wie?« Bevor Nash etwas erwidern konnte, drehte Boggs sich zu einem kleinen bärtigen Mann um, der auf der anderen Seite der Theke auf einem Hocker saß und in einem Taschenbuch las. »Nuge! Eine Flasche Jack's und zwei Gläser!«

Der Barkeeper hob den Blick, dann legte er sein eselsohriges Exemplar von *Der Schnee des Kilimandscharo* beiseite, nahm eine Flasche Whiskey und zwei Keramikbecher aus dem improvisierten Regal. »Ich schreibe es an«, sagte Nuge, als er Whiskey und Becher auf dem Tresen abstellte. »Mach mir nur nicht wieder die Becher kaputt, okay?« Dann kehrte er zu seinem Hemingway zurück.

»Keine Sorge. Viel Spaß beim Lesen.« Boggs nahm die Flasche und die Becher auf, schob sie sich unter den linken Arm und packte Nash mit der freien Hand. »Komm schon, Junge«, sagte der Pilot, als er ihn zu Tür zerrte. »Verlassen wir diesen Saftladen und unterhalten wir uns mal ordentlich.«

Nash zögerte, dann nickte er schließlich. Er mußte immer noch Kontakt mit Sam Leahy aufnehmen; als er das Wohngebäude betreten hatte, hatte man ihm die Nachricht übermittelt, daß der Generalmanager der Station sich mit ihm im Freizeitraum treffen würde. Andererseits ließ ihm dieser Boggs nicht allzuviel Wahl . . .

»Klar«, sagte er. »Wenn es nicht zu lange dauert.«

Sie stiegen die Treppe wieder hoch, gingen durch die Tür und traten ins Atrium. Die Nacht war eingebrochen; gedämpftes Licht entlang der Innenbalkone des Wohnzentrums verlieh den kleinen Bäumen in dem Miniaturpark ein dämmriges Aussehen. Das Atrium war still und völlig verlassen; die einzigen Geräusche waren das Wispern des Luftrecyclers und das sanfte

Gurgeln des Wassers, das durch den nahegelegenen Hydrokulturteich perlte. Durch das große Fenster am anderen Ende des Wohngebäudes war die unregelmäßige, fahl orangefarbene Kugel des Phobos zu erkennen, die am schwarzen Himmel aufging.

Boggs fand eine Bank, die nur unweit vom Mars-Hotel entfernt war, und stellte die Becher darauf ab. »Wolltest gar nicht wieder gehen, wie?« fragte er, während er seine Mütze zurückschob und die Flasche Jack Daniels aufschraubte. »Fast so, als würdest du irgend jemanden suchen.«

»Das ist dir also aufgefallen?« Nash glättete sein Hemd und sah zu, wie Boggs einen der Becher aufnahm; offenbar waren sie vom selben Brennofen hergestellt worden, der auch die Ziegel für das Gebäude geliefert hatte. »Tatsächlich versuchte ich jemanden namens Sam Leahy zu finden . . .«

»Und tatsächlich ist dein Name auch nicht Andrew Donaldson.« Boggs sprach sehr leise, als er einen kräftigen Schuß in einen der Becher goß. »Dein wirklicher Name ist August Nash, du arbeitest für eine Privatschnüfflerfirma namens Security Associates, und du bist von der Skycorp angeheuert worden, um dich nach Cydonia zu begeben und festzustellen, was zum Teufel mit L'Enfant los ist.«

Er reichte Nash den halbvollen Becher. »Sam hat mir alles darüber erzählt. Habe ich irgend etwas ausgelassen?«

Nash ignorierte den Becher. Statt dessen atmete er tief durch, versuchte, das Zittern seiner Hände zu unterdrücken. »Nicht viel«, murmelte er. »Wieviel hat Sam dir erzählt, oder ist es schon in der ganzen Station herum?«

»Entspann dich lieber und trink etwas«, drängte Boggs. »Mach schon. Das Zeug ist zu kostbar, um es zu vergeuden.« Höflich nahm Nash den Becher aus der Hand des Piloten in Empfang; der wiederum hob den zweiten Becher von der Bank. »Mach dir keine Sorgen wegen deiner Tarnung. Außer Sam bin ich der einzige, der von deinem Auftrag weiß. Du wirst dich schon mit mir abfinden müssen.«

Nash ließ den Alkohol in seinem Becher kreiseln; am Aussehen und dem Geruch konnte er nicht feststellen, ob er aus einer Destillerie in Tennessee kam oder auf dem Mars schwarzgebrannt worden war. Er entschied sich, das Risiko einzugehen, und nahm einen Schluck. Kein Zweifel, echter Tennessee-Whiskey. »Ich weiß nicht so recht. Ich sollte eigentlich nur mit Leahy sprechen ...«

Boggs kicherte, als er sich selbst einschenkte und die Flasche abstellte. »Schön, du kannst es ja versuchen ...«

»Ich kann dir nicht folgen«, erwiderte Nash kopfschüttelnd.

»Hast du den dicken Betrunkenen am Ende der Bar gesehen?« Nash nickte. »Das war Sam. Er läßt sich jeden Abend so vollaufen. Ich bezweifle, daß er sich noch an irgend etwas anderes erinnert als daran, daß er dich mir vorstellen sollte ... tatsächlich war das auch der einzige Grund, weshalb ihr beiden euch treffen solltet ... aber da er mir vor drei Tagen die ganze Geschichte in einem seiner seltenen Anflüge von Nüchternheit erzählt hat, können wir den Mittelsmann jetzt getrost übergehen.«

»Der GM der Station ist ein Trinker?«

»Drücken wir es einmal so aus: Als die Blutkonserven des Lazaretts zur Neige gingen und sie das Personal um Spenden baten, hat Doc Haldeman Sam abgelehnt, weil er eine überhohe Alkoholrate im Serum befürchtete.« Boggs grinste und spielte zerstreut mit seinem Becher. »So ist das eben hier oben. Tagsüber wird gearbeitet, nachts schüttet man sich zu. Sam übertreibt es lediglich ein bißchen, das ist alles.«

Diese Offenbarung erschreckte Nash; nicht so sehr die Tatsache, daß Leahy Alkoholiker war, sondern vielmehr, daß sich Security Associates so unglaublich vertun konnte, einer solchen Person die Aufgabe zuzuweisen, den Erstkontakt mit Nash auf dem Mars sicherzustellen. Andererseits – wenn Security Associates Leahy über Skycorp angeheuert haben sollte ...

»Wie kann er dann seinen Job behalten?« fragte er. »Weiß die Skycorp nichts davon?«

Boggs grinste und rollte die Augen. »Die Jungs in Huntsville wissen nicht die Bohne, was hier oben wirklich passiert ... jedenfalls nicht, was Sams Trinkerei betrifft. Er benimmt sich ganz ordentlich, wenn er mit der Zentrale sprechen muß, und hier verpfeift ihn keiner, weil sich jeder auf diese Weise sogar einen Mord noch bezahlen lassen kann, indem er ihn während der Arbeitsstunden begeht. Deshalb dost die Firma ihn auch nicht ein.« Er schüttelte den Kopf. »Aber er ist ein guter alter Junge. Er wird niemandem sonst davon erzählen, was du hier tust.«

Nash nickte bedächtig. Boggs' Geschichte schien glaubwürdig, und sie erklärte auch, wie Security Associates dazu kommen konnte, Kontakt zu einem Trinker aufzunehmen. Seine Leute in Washington vermochten zwar wichtige Hintergrundinformationen aufzudecken, aber sie waren keine Hellseher. Wenn die Skycorp nichts über Leahys Alkoholprobleme wußte und glaubte, daß der Generalmanager vertrauenswürdig sei, dann wäre diese Falschinformation eben an Security Associates weitergeleitet worden; und Halprin, der im guten Glauben an die Information seiner Klientin handelte, hätte darum gebeten, daß Leahy zu Nashs Mittelsmann auf Station Arsia bestimmt würde.

Es war keine gute Situation, aber der Schaden war nun einmal angerichtet und ließ sich nicht mehr beheben, wenn er Leahy nicht gleich umlegen wollte. Die Operation selbst hatte dadurch keinen tödlichen Schlag erhalten. Nash konnte jetzt nur noch hoffen, daß Boggs' Einschätzung sich als richtig erweisen würde, daß Leahy nämlich niemandem auf der Station von ihm berichten würde.

»Also gut«, sagte er. »Wie geht es jetzt weiter?«

Boggs leerte den Whiskey in einem Schluck, saugte die Luft zwischen den Zähnen ein und stellte den Becher wieder auf die Bank. »Mach mal ein Lauscherchen«, sagte er leise. »Jetzt kommt, was *ich* weiß. Ich soll dich nach Cydonia bringen und wieder zurück. Du bist Andrew Donaldson, mein neuer Rechtssitzer . . .«

Boggs brach ab und blinzelte Nash von der Seite an. »Verstehst du überhaupt etwas von LTAs, oder ist das auch nur Maskerade?«

Nash schüttelte den Kopf. »Keine Maskerade. Ich war zwei Jahre lang Copilot auf einem Frachtluftschiff im Golf . . .«

»U-Boot-Jagddienst im Zweiten Krieg?«

»Nein. Ich war in Bahrein stationiert, aber Nummer Zwei habe ich verpaßt.«

»Gut für dich. Ich habe während des Zweiten die *Macon* aus Kuwait geflogen. Um ein Haar hätte mir so ein gottverdammter jordanischer MIG den Arsch abgeschossen.« Boggs schnitt eine Grimasse. »Verdammt. Du bist wahrscheinlich schon in Ordnung, aber ich wünschte mir, die Skycorp würde mir einen permanenten Copiloten schicken. Seitdem Katsu ins Gras gebissen hat, habe ich die *Akron* kaum allein geschafft.« Plötzlich nahm Boggs wieder die Whiskeyflasche auf. »Scheiße. Diese arme Sau Katsu . . .«

Diesmal machte er sich nicht die Mühe mit dem Becher; er trank direkt aus der Flasche. Nash war bereits über den Ausfall der *Edgar Rice Burroughs* vor einem Jahr unterrichtet worden, als das Frachtluftschiff auf dem Rückflug von einer geologischen Vermessung am Mons Olympus von einem Sandsturm demoliert wurde. Katsuhiko Shimoda hatte das Schiff gesteuert; er und sein einziger Passagier, ein britischer Astrogeologe, waren bei dem Absturz ums Leben gekommen. Eine Scheißmusik, wie Boggs vielleicht sagen würde; Shimoda hätte das Kommado über das neue Marsluftschiff, die *Akron*, übernehmen sollen, das damals gerade auf Station Arsia gebaut wurde. Boggs' Zeit war um, und er hätte eigentlich zur Erde zurückkehren können, doch nach dem Absturz der *Burroughs* hatte er einen weiteren Vertrag mit der Skycorp unterschrieben, um anstelle seines verstorbenen Freunds das neue Luftschiff zu steuern.

»Jedenfalls . . .« Boggs verschloß die Flasche wieder und stellte sie auf der Bank ab. »Wir starten morgen sehr früh. Wenn alles gutgeht, werden wir irgendwann am frühen Sonntag dort sein. Es ist hauptsächlich ein Nachschubausflug . . . Lebensmittel, Medikamente, aber wir haben auch eine Riesenkiste dabei, die soeben von der *Lowell* abgeworfen wurde und noch entladen und überprüft werden muß.«

Nash spitzte die Ohren. »Eine große Kiste? Was ist denn da drin?«

Boggs schüttelte den Kopf. »Keine Ahnung. Irgend etwas für das Wissenschaftlerteam, mehr weiß ich auch nicht. Jedenfalls ist das nützlich, weil du dadurch etwas Zeit bekommst, dich umzusehen. Sofern das Wetter mitspielt, bedeutet das, daß wir spätestens Dienstag in der Frühe dort wieder abhauen. Meistens erwische ich auf dem Rückweg einen hübschen Gegenwind, die Rückreise dürfte also ganz okay sein ... aber es könnte auch sehr knapp werden, abhängig von der jeweiligen Wetterakutansage.«

»Wetterakutansage? Was soll das heißen?«

Boggs musterte ihn von der Seite. »Hat man dir denn überhaupt nichts über den Laden hier erzählt? Marsat II ist der Tiefenorbitwettersatellit.« Er ließ den Zeigefinger in engem Kreis wirbeln. »Einmal pro halbe Stunde umläuft er den Planeten und sendet Echtzeitbilder von der globalen Wetterlage in Arsia ... eine Wetterakutmeldung im Gegensatz zu Wettervorhersagen. Vorhersagen helfen uns hier nicht allzuviel.«

Nash nippte an seinem Whiskey. »Weshalb nicht?«

»Weil das Klima auf diesem Drecksplaneten zu instabil ist. Hier ändert sich alles so schnell, daß wir immer nur auf den letzten Drücker loslegen können. Da sind die Akutmeldungen das Beste, was uns zur Verfügung steht.« Boggs stach mit einem Finger nach ihm. »Aber eins kann ich dir sagen. Hier unten in Äquatornähe mag gemütlicher Sommer sein, aber oben in den nördlichen Breitengraden bricht jetzt der Winter an, und das bedeutet Sandsturmzeit. Cydonia liegt direkt am westlichen Rand der Panitia Acidalia, und da entstehen schon mal ganz schön üble Winde ...«

Er schnippte mit den Fingern. »Die *Akron* ist ziemlich stabil gebaut, aber ein Sandsturm von hundert Knoten Geschwindigkeit wird die Hülle auseinandereißen. Du kannst mich mit Scheiße bepinseln, wenn ich zulasse, daß mir dasselbe passiert wie Katsu. Wenn ich sage, daß wir gehen, dann gehen wir auch ... und dann ist es mir auch gleichgültig, wenn du dein Geschäft mit L'Enfant noch nicht beendet haben solltest.«

»Alles klar.« Nash wandte den Blick ab, sah aus dem Fenster. Phobos und Daimos waren bereits außer Sichtweite; draußen war es jetzt pechschwarz. »Was, glaubst du, ist denn mein Geschäft mit L'Enfant?«

Jetzt war Boggs an der Reihe, zurückhaltend zu reagieren. Er folgte Nashs Blick durch das Fenster und sprach wesentlich leiser. »Ich weiß es nicht. Sam hat mir nur gesagt, daß du verdeckte Ermittlungen für einen Report an die Skycorp durchführst, das ist alles.« Er zögerte. »Aber sollte es irgendwie dazugehören . . . du weißt schon, sein Kommando zu beenden, dann bin ich schwer dafür. Der Drecksack bringt das Faß zum Überlaufen, verstehst du, was ich meine?«

»Und das macht dir zu schaffen?« fragte Nash. Boggs musterte ihn scharf. »Ich meine, du bist jetzt doch hier unten. Er kann dir doch überhaupt nichts anhaben, selbst wenn . . .«

»He, he, he!« unterbrach Boggs ihn zornig. »Ich habe früher die *Burroughs* aus Cydonia herausgeflogen, Kumpel! Ich habe immer noch Freunde da oben!«

Er atmete tief durch. »Hör mal, mag ja sein, daß ich hier hängengeblieben bin, weil ich eine moralische Verpflichtung habe, Katsus Vertrag für ihn zu erfüllen, aber diese Burschen . . . ich meine, die sind da geblieben, weil sie einen Job übernommen haben und ihn auch zu Ende führen wollen. Es ist kein Geheimnis, daß Shin-ichi nicht auf die Erde zurück kann, weil seine Pumpe den Streß nicht überleben würde, aber er hätte auch nach Arsia kommen und die Station als Chefwissenschaftler übernehmen können. Und was Paul und Tamara angeht . . . Scheiße, die hätten doch wieder nach Hause zurückkehren und sich jeden beliebigen Universitätsposten unter den Nagel reißen können, den sie gewollt hätten. Aber sie wollten dieser Cootie-Sache auf den Grund gehen, und dafür haben sie ihren Arsch riskiert. Ich bin verdammt stolz auf sie.«

Er griff einmal mehr nach der Jack-Daniels-Flasche. »Aber Terry L'Enfant . . . der jagt einem wirklich Angst ein, genau wie die Knalltüten, die ihn begleiten. Vor zwei Monaten war ich da oben auf Versorgungsflug. Wir hatten die *Akron* erst halb entladen, als ich einen Akutwetterbericht über einen großen Sandsturm bekam, der sich in Amazonis entwickelte. Sicher, das ist ganz schön weit weg, aber ich wollte kein Risiko eingehen, deshalb habe ich Shin-ichi gesagt, daß ich jetzt die Mücke machen, das Gebiet verlassen und mit dem Rest der Lieferung wieder zurückkommen würde, sobald ich sicher sein konnte, daß alles in Butter war.«

Boggs öffnete die Whiskeyflasche wieder, trank aber nicht. »Shin-ichi war das recht. Er hat es verstanden . . . aber einer von dem Schlägertrupp hat die Sache mit angehört und L'Enfant gemeldet, und kaum daß ich mich versehe, steht L'Enfant in der Befehlskabine und *befiehlt* mir, nicht ohne seine Erlaubnis zu starten. Da werde ich sauer und sage ihm, daß ich mir von niemandem vorschreiben lasse, was ich mit meinem Schiff mache . . .«

Boggs ahmte mit seiner linken Hand eine Pistole nach und richtete sie geradewegs auf Nashs Stirn. »Da zieht L'Enfant eine Kanone. Zielt damit direkt auf meinen Schädel und sagt mir, wenn ich nicht seinen Anweisungen folgte, wird er mein Gehirn über den ganzen Laden verteilen. Das waren genau seine Worte.«

Boggs ließ die linke Hand fallen und hob die Flasche in der rechten. »Das ist wirklich ein gemeingefährlicher Hundesohn.«

Zwei Torpedos, die durch mondbeschienenes Wasser schießen . . .

Ungebeten drängte sich die Erinnerung Nash auf. »Das sehe ich nicht im mindesten anders«, flüsterte er bei sich.

Boggs setzte mitten im Schluck ab. Er spülte den Whiskey herunter und musterte Nash mit verengten Augen. »Weißt du etwas über ihn?«

Nash schüttelte sich aus seinem Tagtraum. »Nein«, log er. »Nichts, was nicht allgemein bekannt wäre.«

Bevor der Pilot weiterfragen konnte, trat Nash von der Bank fort. »Danke für den Drink, aber für mich wird es Zeit, mich auf die Matratze zu hauen . . . vielleicht solltest du das auch tun.«

»Ja. Vielleicht.«

Boggs verschloß den Jack Daniels fest und beugte sich nach den Bechern. »Nur noch eine Sache, Augie . . .«

»August. Niemand nennt mich Augie . . . und ab nun würde ich es vorziehen, wenn du mich Andy Donaldson nennen würdest. Okay?«

»Tut mir leid.« Boggs grinste ihn an. »Ich mag es auch nicht, wenn man mich Waylon nennt. Vielleicht bis auf . . .« Er brach ab, um in seine Faust zu rülpsen. »Was ich dich noch fragen wollte: Was hat Miho hier zu suchen? Auf dem Mars, meine ich.«

Das war *wirklich* eine gute Frage: Nash hatte die Frau schon fast vergessen. Sie war kurz nach der Landung verschwunden; obwohl sie die Nacht ebenfalls im Wohngebäude zubrachte, hatte er sie seit ihrer Ankunft nicht mehr zu Gesicht bekommen. »Ich weiß es nicht«, erwiderte er, »warum fragst du sie nicht selbst?«

Boggs blickte auf die Flasche zwischen seinen Händen und schüttelte den Kopf. »Nööö . . . das wäre keine gute Idee.« Seine Stimme klang belegt. »Wir sind früher gut miteinander klar gekommen, aber . . . na ja, ist was Persönliches.«

»Na klar. In Ordnung.« Nash verpaßte Boggs einen Klapps auf den Arm, als er davonschritt, um die Treppe zu den oberen Stockwerken des Gebäudes hinaufzugehen. »Wir sehen uns am Morgen, Freund. Hör auf zu trinken und schlaf dich etwas aus.«

»Um Null siebenhundert. Verstanden.« Boggs hörte sich an, als sei er in Gedanken woanders. Nash sah über die Schulter und erblickte den Piloten, wie er die fast leere Flasche und die Becher zurück ins Mars-Hotel brachte. Er hoffte nur, daß Boggs dort nicht die Nacht verbringen würde. Sicher, Nash war zwar selbst qualifiziert, ein Luftschiff zu steuern – aber nicht auf dem Mars und ganz bestimmt nicht etwas so gräßlich Großes wie die *Akron.* Sollte er den linken Sitzplatz übernehmen müssen, weil der Pilot zu zittrig war, um . . .

Als er sich umsah, erblickte er einen länglichen Schatten, der von einer oben hängenden Lichtquelle geworfen wurde, wie er über seinen Weg flitzte.

Nash hob schnell den Blick; einen Augenblick lang schaute er eine Gestalt, die über den Balkon im zweiten Stock eilte. Im Reflex wollte er schon auf die Treppe zustürzen, da hörte er eine Schlafsaaltür, die geöffnet und wieder geschlossen wurde.

Er entspannte sich. Es war schon viel zu spät, und er konnte nicht feststellen, welche Tür es gewesen war. Irgend jemand hatte sein Gespräch mit W. J. Boggs belauscht; soviel war sicher, und er hatte auch einen starken Verdacht, wer das gewesen sein könnte.

»Gute Nacht, Dr. Sasaki«, murmelte er.

11 Der Flug der *Akron*

Der Tunnel war direkt durch die Wand eines großen Einschlagkraters an der nordwestlichen Peripherie der Station Arsia gebohrt worden. Der Tunnel war schmal, die tief hängende Decke mit elektrischen Lampen ausstaffiert; er erinnerte an den Schacht einer Kohlenmine. Als Nash hindurchging, spürte er ein Vibrieren durch die Sohlen seiner Stiefel. Er vernahm ein leises metallisches Scheppern, das selbst in dieser dünnen Atmosphäre zu hören war und durch seinen Helm drang, entdeckte die Quelle dieses Geräusches aber erst, als er das Ende des Tunnels erreichte.

Der Luftschiffhangar befand sich im Inneren des Kraters. Der Boden war mit Marsziegeln gefliest, auf die man einen großen weißen Kreis gemalt hatte. Hoch oben am Kraterrand erhellten Flutlichter das riesige Gelände. Als Nash durch die Luke trat, stellte er fest, daß das Aluminiumdach des Kraters langsam in zwei Schrägflächen zusammengefaltet wurde. Das erzeugte das monotone Scheppern. Als sich das Schrägdach teilte, drang das helle Morgenlicht in den Hangar ein, und die Flutlichter schalteten sich automatisch ab. Doch das war es nicht, was sofort seine Aufmerksamkeit packte und ihm den Atem verschlug.

Die *USS Akron* sah zwar nicht so aus wie ihr Namensvetter, das lenkbare Luftschiff, das 1933 vor der Küste von New Jersey in den Atlantischen Ozean gestürzt war, war aber fast genauso riesig. Die neue *Akron* war ein schlanker Silberkeil, über einhundertfünfzig Meter lang und hundert Meter breit, das von dem Wasserstoffgas, welches von der Bodenmannschaft noch immer in seine Innenzellen gepumpt wurde, dicht über den Hangarboden gehalten wurde.

Ein langes, windfangähnliches Ruder hob sich hoch über dem Heck; am spitz zulaufenden Bug, über und neben der Gondelausbuchtung befanden sich die langen Entenschwänze seiner vorderen Höhensteuer. Das obere Drittel der Hülle war mit photovoltaischen Zellen bedeckt, die im Sonnenlicht mattschwarz schimmerten. Am Boden des Luftschiffes, unmittelbar hinter der Gondel, waren die kleinen Fenster seiner innenliegenden Passagierkabine zu erkennen. An der unteren Seite der Hülle, direkt hinter der Passagierkabine, standen die Frachtluken offen, während Arbeiter durch eine Wartungsluke unter dem Heck ein- und ausgingen. Zu beiden Seiten des gewaltigen Gefährts waren zwei auf Drehgelenken montierte Pratt-&-Whitney-Turbopropeller befestigt. Der Schiffsname und seine Registriernummer, *MA-102A*, waren auf den mittleren Teil gemalt worden.

Anders als die erste *Akron*, die ein echtes lenkbares Luftschiff gewesen war, handelte es sich bei dem marsianischen Luftschiff um einen halbstarren Hybriden, der die Eigenschaften von Kleinluftschiffen und Flugzeugen miteinander verband. Sie besaß eine Konstruktion aus Graphitpolymer, die in Form von zusammengelegten Ringen von der Erde auf den Mars transportiert worden war; die Außenhaut bestand aus Schichten von Mylar und Kevlar. Das Passagierabteil war modular konstruiert, es befand sich im Inneren der Hülle und hing an Kabeln herab. Da der Wasserstoff auf dem Mars leicht zu gewinnen war, in der Kohlendioxydatmosphäre aber nicht seine brennbaren Eigenschaften aufwies, die ein Jahrhundert zuvor der *Hindenburg* zum Verhängnis geworden waren, diente er hier nur als Treibgas; die deltagleiche Form einer ›fliegenden Tragfläche‹ verlieh dem Luftschiff größere Stabilität und Nutzlastauftrieb als seinem kleineren Vorgänger, der *Edgar Rice Burroughs.*

Nash spürte, wie etwas gegen seine Waden prallte. *Entschuldigen Sie*, sagte Miko Sasaki in seinem Kopfhörer, als sie ihren Aluminiumkoffer um ihn herumschwenkte. Nash hatte ganz vergessen, daß er ja den Tunneleingang blockierte; er murmelte eine Entschuldigung und wollte beiseite treten, doch Sasaki war bereits an ihm vorbeigegangen und schritt nun über den Hangarboden auf das Luftschiff zu. Sie wirkte überhaupt nicht beeindruckt von dem riesigen Gefährt. Andererseits war sie auf ihrer kurzen Fahrt vom Wohngebäude zum Hangar fast völlig stumm gewesen. Vielleicht hatte sie heute etwas anderes im

Sinn – möglicherweise wollte sie aber auch einfach nur nicht mit ihm reden.

Er hatte seinen eigenen Koffer aufgenommen, als er Boggs' körperlose Stimme über das Comlink aus dem Luftschiff hörte: *Ein bißchen Bewegung, Leute! Die Bodenwinde werden stärker, und ich will hier rauskommen, bevor die Sache zu haarig wird.*

»Komme schon, Chef«, sagte Nash, der sofort begriff, was Boggs meinte. Die meisten Luftschiffunfälle geschahen im Hangar, wenn Winde die Hülle ergriffen und sie beim Start oder der Landung gegen die Luken schleudern konnten. Obwohl der Krater einen perfekten natürlichen Hangar für die *Akron* darstellte, der sie zwischen den Flügen vor Mikrometeoriten und Sandstürmen schützte, konnte ein Senkrechtstart zu einem schwierigen Unterfangen werden. Nash folgte Sasaki über den Hangarboden.

Doch als er schließlich im großen Schatten des Luftschiffs stand, blieb er neben dem offenen Frachtdeck stehen. Bei seinem Austritt aus der Hauptluftschleuse des Wohngebäudes vor zwanzig Minuten hatte er einen großen Nutzlastcontainer auf der Ladefläche eines anderen Geländefahrzeugs erspäht, dessen seitlich angebrachte Seriennummern ihm verraten hatten, daß er aus dem Leichter der *Lowell* stammte.

Der Container war hier, doch inzwischen hatte man seine Aluminiumwände zusammengelegt, und das Verpackungsmaterial lag quer über die Ziegel verstreut. Ein paar Frachtschweine kletterten auf einer gewaltigen Maschine herum, griffen und befestigten Kabel aus der Dockwinde über ihren Köpfen. Die Maschine selbst war unter ihren Fiberglasschichten, auf denen japanische Schriftzüge angebracht waren, kaum zu erkennen; alles, was ihr fehlte, war ein grellrotes Geschenkband, ein Schleifchen und eine große Karte mit dem Aufdruck *Nicht vor Weihnachten öffnen.* Einer der Frachtarbeiter kletterte vorsichtig vorn an dem Ding herunter, spähte an die Decke des Frachtdecks und reckte schnell den Daumen; die Kabel spannten sich, als die Winde arretierte, und das merkwürdige Gerät hob sich mühsam vom Boden.

Komm schon, Andy, sagte Boggs ungeduldig. *Miho hält dir schon die Tür auf, und wir haben keine Zeit herumzualbern.*

»Tut mir leid. Komme sofort.« Nash schritt zu der Leiter, die in das Passagierabteil führte, und kletterte zur Luftschleuse hinauf. Sasaki erwartete ihn unmittelbar dahinter; als er eintrat, betätigte sie die Tastatur, mit der das Einfahren der Leiter gesteuert wurde, dann schlug sie die Luke zu und drehte den Kranz im Uhrzeigersinn, um sie zu verriegeln.

Es wird ein paar Minuten dauern, sagte sie, während sie Codes eintippte, um mit den Belüftungszyklen zu beginnen. *Ich denke, Waylon wird schon allein zurechtkommen.*

»Ich schätze schon.« Tatsächlich fühlte sich Nash langsam mehr als Passagier denn als Copilot. Die Fluginstrumente des Luftschiffs waren größtenteils computergesteuert, so daß seine vorgebliche Rolle als Erster Offizier eher akademischer Natur war.

Die Luftschleuse war klein und eng; zu zweit war es, als würden sie sich zusammen einen Wandschrank teilen. Außer der Austrittsluke zum Mannschaftsabteil führten weitere Luken ins Frachtdeck und durch die Decke in die Hülle des Luftschiffs hinaus. Obwohl er direkt vor ihr stand, wich Miho seinem Blick aus und musterte unentwegt die digitale Anzeige über der Tastatur.

Nash ließ eine Minute verstreichen, dann räusperte er sich. »Haben Sie letzte Nacht gut geschlafen?«

Recht gut, danke. Sie fuhrt fort, die Anzeige zu mustern. Er sagte nichts; schließlich drehte sie ihm das Gesicht zu. *Und Sie?*

»Ich bin noch etwas verkatert. W. J. und ich haben letzte Nacht zusammen eine Flasche Whiskey getrunken, deshalb . . .« Er hob die Hand und wedelte damit. Sasaki lächelte leise und musterte wieder das Paneel. »Natürlich«, fügte er hinzu, »wissen Sie das ja alles schon.«

Ihr Blick huschte zu ihm zurück. *Wie bitte?* fragte sie.

Nash hob drei Finger und berührte danach die entsprechende Ziffer auf seiner Handgelenktastatur, um den Comlink-Kanal zu wechseln. Sasaki zögerte, dann folgte sie seiner Anweisung; jetzt hatten sie eine Privatverbindung. »Sie wissen, daß wir einen Drink im Atrium genommen haben«, fuhr er fort, »weil Sie ja vom Balkon im zweiten Stock aus gelauscht haben.«

Sofort öffnete sie den Mund. »Nein, machen Sie sich nicht die Mühe es zu leugnen«, fügte er hastig hinzu. »Ich habe Sie gesehen . . . aber erst nachdem Sie alles mitangehört hatten, was wir besprachen. Vermute ich.«

Die Astrophysikerin musterte ihn finster und schwieg einen Augenblick. *Sie haben mich also erwischt, Mr. Nash . . .* begann sie.

»Kann man wohl sagen.« Es war zwecklos, ihr jetzt noch zu sagen, daß er nur geblufft hatte; die bloße Tatsache, daß sie seinen wirklichen Namen verwendete, war Bestätigung genug. »Warum hören wir also nicht mit dieser Komödie auf, und Sie sagen mir, weshalb Sie hier sind?«

Sasaki überlegte einige Sekunden. *Also gut,* erwiderte sie schließlich. *Aber nicht jetzt. Wenn wir erst einmal unterwegs und allein sind, können wir uns unterhalten.*

»Einverstanden. Dann hätten wir wenigstens das erledigt.« Inzwischen war der Staub fast verschwunden. Nash blickte auf die Anzeigetafel und sah, daß der Diodenbalken langsam auf die grüne Linie zuzukriechen begann; er klatschte mehrere Male in die Hände und stellte fest, daß das Geräusch nicht mehr ganz so gedämpft klang. Der Belüftungszyklus näherte sich seinem Abschluß. »Zurück auf Kanal 1«, sagte er und stellte bei seinem Comlink wieder den Originalkanal ein.

Sofort ertönte Boggs' Stimme. *He, wo seid ihr denn hin verschwunden?*

»Auf einen anderen Kanal«, erklärte Nash. »Ich wollte Miho einen schmutzigen Witz erzählen.«

Das funktioniert nicht, Kumpel. Ich habe ihr schon alle meine besten erzählt, aber sie hat nicht ein einziges Mal gelacht. Nash bemerkte, wie Miho errötete, als Boggs das sagte. *Sobald ihr beide hier seid, kommt ihr sofort aufs Flugdeck und schnallt euch an. Macht euch bloß nicht die Mühe, die Anzüge vorher auszuziehen. Der Wind wird immer heftiger, und ich für meinen Teil werde langsam nervös.*

»Verstanden«, sagte Nash. In diesem Moment ertönte ein Summen in der Luftschleuse: Die Armaturenlichter blitzten grün auf. Nash und Sasaki lösten ihre Helme und streiften sie ab, um sie zusammen mit ihren Handschuhen in Spinden zu verstauen. Miho zog ihren Snoopyhelm aus und schüttelte ihr Haar, dann entriegelte sie die Luke zum Passagierabteil und schob sie auf.

Das Passagierabteil war ungefähr so groß wie ein mobiles Haus. Ein schmaler Gang brachte sie zu der Gangway, die zur Gondel hinabführte; Nash konnte einen kurzen Blick auf die Kojen, die Kombüse, die Messe und das Miniaturlabor erhaschen, bevor Miho ihn auf das Flugdeck hinunterführte. Boggs saß im vorderen linken Sitz, Kopfhörer und Kehlkopfmikrofon über seine Mütze geklemmt; er hob kaum den Blick, als sich Nash an ihm vorbeiquetschte und sich rechts von ihm in den Copilotensitz sinken ließ, während Sasaki den Passagiersitz hinter Boggs einnahm. »Ihr habt ja lange genug gebraucht«, grollte er. »Ich habe schon angefangen mich zu fragen, ob ich nicht vielleicht besser mit einem Eimer kaltem Wasser nach hinten komme.«

»Waylon . . .« fing Miho an.

»Sorry, Kindchen. Mach dir nichts aus mir. Vor dem Fliegen bin ich immer ein Arschloch.« Achtlos ließ Boggs das Klemmbrett fallen, das er in der Hand gehalten hatte. »Hör mal zu, Nash . . . Scheiße, ich meine Andy . . .«

»Mach dir deswegen keine Sorgen mehr!« Nash fand die Sicherheitsgurte und schnallte sie sich um Hüfte und Schultern. »Das haben wir dort hinten gerade geklärt.« Über die Schulter gewandt blickte er Sasaki an. »Richtig, Miho?«

»Richtig . . . August.« Wieder dieses leise Lächeln.

»Dann sind wir hier oben also alle Freunde. Wurde auch Zeit.« Boggs sah so aus, als hätte er Zitronen gefrühstückt. Nash fragte sich, wie der Kater wohl *ihm* zusetzen mochte. »Okay, ich bin nicht davon ausgegangen, daß du gleich beim ersten Mal weißt, wie man dieses Ding steuert, deswegen ist auch auf deiner Seite der Bank alles auf Autopilot gestellt. Dann lehne dich zurück und genieße den Flug . . . falls wir jemals hier rauskommen sollten.«

Während er sprach, ließ Boggs die Augen über die zahllosen digitalen und analogen Anzeigen auf seinem Armaturenbrett schweifen. Er musterte ein Paneel neben seinem linken Ellenbogen und begann halblaut zu fluchen. »He, Skip!« bellte er in sein Kehlkopfmikrofon. »Skip, kannst du mich hören?« Er machte eine Pause, lauschte einen Augenblick. »Hör zu, Mann, ich habe hier eine rote Anzeige, die mir meldet, daß die hintere Wartungsluke noch offen steht. Wirst du vielleicht mal endlich jemanden hinschicken und sie schließen lassen, oder was?«

Er legte die Hand über das Mikrofon und warf Nash einen säuerlichen Blick zu. »Bodenmannschaft«, murmelte er. »Ständig lassen die die gottverdammte Luke offen. Wenn ich nicht diese Idiotenlampen hätte, die mir sagen, was da läuft . . .« Er brach ab und lauschte wieder, sah auf das Paneel hinunter, um sich davon zu überzeugen, daß die Warnlampe erloschen war, dann gab er das Mikro wieder frei. »Okay, danke. Werde mich revanchieren.«

Boggs ergriff die beiden Drosselhebel neben seinem rechten Oberschenkel und schob sie um ein Viertel nach unten . . . Nun setzten ein leichtes Vibrieren und ein anschwellendes Dröhnen ein, als die Turbopropmaschinen anliefen. Er blickte wieder auf den Flachbildschirm in der Mitte, der eine Computersimulation des Luftschiffs auf dem Landegitter aus der Vogelperspektive zeigte, dann berührte er das Läppchen seiner Kopffunkanlage.

»*Akron* an Arsia TRAFCO. Start einprogrammiert und abflugbereit, haben Sie verstanden?« Er lauschte einen Augenblick. »Danke, Jeri. Wir sind schon unterwegs. Ich bringe euch ein paar M & Ms mit. Ende.«

Durch das breite umlaufende Fenster sah Nash, wie das vordere Ankerkabel sich aus der Dockwinde unter dem Bug des Luftschiffs löste; sie wurde rasch über den Hangarboden geschleift und dann emporgerissen, um in der Bugachse zu verschwinden. Als die Steuer- und Backbordkabel gelöst wurden, kam es zu ähnlichen Seitenstößen. Bodenmannschaften in Schutzanzügen huschten aus dem Schatten des Luftschiffs; einer von ihnen beugte sich vor, löste seine Fußgelenkketten, richtete sich wieder auf und vollführte einen Purzelbaum nach vorn, um wieder in perfekter Haltung auf die Beine zu kommen.

»Angeber«, grollte Boggs. »Eines Tages wird sich Ted dabei

noch weh tun.« Er packte den Steuerknüppel fest mit der linken Faust und schob die Drosselklappen mit der Rechten auf den Kabinenboden. »Und jetzt festhalten. Es geht los . . .«

Mühelos wie ein Fahrstuhl schob sich die *Akron* von ihrem Landeplatz. Durch das Fenster sahen sie, wie die schrägen Wände des Kraters unter ihnen abfielen. Höher und höher . . .

Nun näherte sich der Kraterrand, während das Sonnenlicht sich glitzernd an den Kanten des eingezogenen Hangardachs brach. Und dann, ganz plötzlich, hatte das riesige Luftschiff den Hangar verlassen und erhob sich in den rosafarbenen Marshimmel.

Sofort begann der Wind an dem Luftschiff zu zerren. Die stumpfe Schnauze senkte sich nach vorn; für eine Sekunde sah es so aus, als würde die *Akron* sich in den Boden bohren. Durch die Gondelfenster bemerkte Nash, wie die in Schutzanzüge gekleideten Leute unten stehenblieben und zu ihm emporstarrten. Der riesige Hügel des Wohngebäudes kam gefährlich näher. »O Scheiße Scheiße Scheiße Scheiße Scheiße . . .!« zischte Boggs, als er den Steuerknüppel zurückriß.

Das Luftschiff schien geradezu aufzustöhnen, als er um Kontrolle rang; der Schatten des Gefährts jagte über den roten Boden. Nash packte die Armlehnen seines Sessels und biß die Zähne zusammen, als die *Akron* im Tiefflug dem Boden entgegentauchte. Die gut zwei Millionen Kubikmeter Sauerstoff in den Gaszellen konnten zwar nicht brennen . . . aber explodieren konnten sie durchaus. Er rüstete sich für den unausbleiblichen Absturz.

Boggs kämpfte mit dem Ruder, fauchte zwischen zusammengebissenen Zähnen: »Komm schon, du Schweinepriester, steigen, steigen, steigen . . .!«

Und dann schob sich die Schnauze, einen kostbaren Zentimeter nach dem anderen, in die Höhe. Das Knarren und Beben des Luftgestells verklang; das Pochen der Maschinen schien nun weniger drängend. »So geht es gut, so geht es gut . . .« flüsterte Boggs gerade. »Braves Mädchen, ganz sachte, süßes Baby . . .«

Während die Station Arsia hinter ihnen verschwand, erschien vor ihnen der Horizont. Von den trügerischen Bodenwinden befreit, stieg das Riesenluftschiff anmutig auf Reiseflughöhe. Als Boggs das Ruder nach rechts drehte, erblickten sie fern im Westen die großen Kegel der Vulkangebirgskette der Montes Tharsis: den hoch emporragenden Berg Mons Arsia und, ganz entfernt am Horizont als nebliger und doch schier aberwitzig riesiger Kuppelbau, den Hochkessel des Mons Olympus.

Dann nahm das Luftschiff Kurs Nordost. Die Vulkane verschwanden zur Linken, und weiter vor ihnen erschienen die tiefen, mäandernden Schluchten der Noctis Labyrintis. Aus dieser Höhe sah das Labyrinth der Nacht wie ein endloses Gewirr von Schluchten aus, das sich über den Planeten zog und dessen steile, windgepeitschte Wände in den dünnen Morgennebel herabfielen, der noch immer über dem Boden der Spalte hing. Unter dem nebelverschleierten Schatten die tiefsten Tiefen des großen Canyon. Wenn die *Akron* in diesen bodenlosen Abgrund gestürzt wäre ...

Nash starrte auf die Canyons hinunter, bis die *Akron* darüber hinweggefahren war, dann lehnte er sich in seinem Sessel zurück und atmete auf. Er hörte, wie Miho Sasaki hinter ihm das gleiche tat. Jenseits des Noctis Labyrintis lagen der Äquator und die riesigen Zentralebenen. Boggs schob die Drosselklappen auf Dreiviertelkraft, aktivierte auf der Tastatur die Autopilotenfunktion des Flugcomputers, dann streifte er sich Kopfhörer und Mikro vom Kopf. Auch er atmete tief durch, um schließlich seine Mütze zurückzuschieben. Auf seiner Stirn glitzerte ein dünner Schweißfilm.

Boggs nahm die Mütze vom Kopf, tupfte sich den Schweiß mit dem Hutband ab und grinste Nash schließlich mit seinem Tennessee-Humor an.

»Mein Gott«, sagte er. »Das ist ja wie Sex mit einem Gorilla.«

Nash und Sasaki wechselten sich in der Luftschleuse ab, um sich aus ihren Schutzanzügen zu pellen und sie zu verstauen; als sie ihre Einteiler und Turnschuhe angezogen hatten, schickte Boggs sie in den Frachtraum, um die Nutzfracht zu inspizieren. Er machte sich Sorgen, daß sich das Frachtgut beim Start möglicherweise verschoben hatte und dadurch das Luftschiff aus dem Gleichgewicht bringen könnte. »Das ist etwas, was man beim Flug vielleicht gar nicht bemerkt«, erklärte er, als er ihren Kurs in den Navigationshilfscomputer eingab, »aber bei der Landung kann das verteufelt haarig werden. Wenn sich irgend etwas verschoben hat, schiebt es einfach wieder zurück und schnallt es erneut an.«

Das war leichter gesagt als getan. Tatsächlich hatten mehrere Kisten im Frachtraum ihre Riemen zerrissen und waren umgestürzt; die meisten davon waren schwer genug, um sie nur mit vereinten Kräften bewegen zu können. Außerdem war ein großer Container mit russischen Essensrationen aufgebrochen und hatte seinen Inhalt über das ganze Deck verstreut. Miho korrigierte den Stand des Behältnisses, um sich dann auf Händen und Knien auf die Suche nach sämtlichen verlorenen Büchsen, Verpackungen und Tuben zu machen, während Nash die Kabel der großen Maschinen festzurrte, deren Beladung er kurz vor dem Start beobachtet hatte.

»Ich hatte die Freuden der russischen Küche ganz vergessen«, bemerkte sie, als sie eine Armladung rotgestreifter Drucktuben zurück in den Container schob. »Sauerampfersuppe . . . Ampfersuppe . . . Borschtsch . . . Buchweizenkasha . . . Leber mit Sahne . . .« Sie entdeckte ein durchsichtiges, in Plastik verpacktes Bündel. »Und natürlich Roggenbrot.«

»Hört sich hervorragend an.« Nash war gerade dabei, die riesige, in Kevlar gehüllte Maschine anzugehen. Sie hing noch immer von der Kabelwinde herunter, war beim Aufstieg also nicht gestürzt. Am vorderen Ende schien es einen Halterungsmanipulator zu geben, doch sicher war er sich dessen nicht. Am Heck jedoch befand sich die unverwechselbare Ausbuchtung eines Methantreibstofftanks. »Ich hoffe, daß unter den Medikamenten genügend Vorrat an Tabletten gegen Sodbrennen vorhanden ist.«

»Ich meine es ernst«, versetzte Sasaki. »Das russische Essen wird weitgehend unterschätzt. Eine reine Geschmackssache, wenngleich dieses Brot hier viel zu wünschen übrig läßt und ich es lieber sähe, wenn Glavkosmos endlich mal aufhörte, die Suppen in Tuben abzufüllen. Die haben sich nicht sonderlich gesteigert, seit den alten Zeiten, als sie . . .«

Sie hob den Blick und sah, wie er versuchte, ein paar Zentimeter der Abdeckplane beiseite zu schieben. »Wenn Sie es unbedingt wissen müssen«, fügte sie eisig hinzu, »es handelt sich um ein bemanntes Erkundungsfahrzeug vom Typ Jackalope, das von Mitsubishi Heavy Industries speziell für die Arbeit auf dem Mars umgerüstet wurde. Trotz seiner Größe ist es ein recht empfindliches Gerät, deswegen möchte ich Sie bitten, daran nicht so herumzuhantieren.«

Nash ließ die Plane sinken und trat zurück. Es hätte ebensogut der Prototyp eines neuen Solarautos von Mazda sein können, aber er mußte ihre Erklärung hinnehmen. »Entschuldigen Sie. Wenn Sie vielleicht gleich mit der Wahrheit herausrückten und mir einige dieser Dinge erzählten . . .«

Sie funkelte ihn böse an. »Wenn Sie sich vielleicht ein bißchen weniger wie ein Spion aufführen und offene Fragen stellen würden, anstatt herumzuschnüffeln . . .«

»Hoppla!« Er drehte sich um und hob beide Hände. »Nun mal halblang, meine Dame. Schließlich war nicht ich es, der gestern nacht gelauscht hat.«

»Das ist wahr.« Sasaki verstaute das Brot in der Kiste, befestigte wieder die Plastikabdeckung und hob sie auf den Containerstapel. Dann wischte sie sich den Staub an den Hosenbeinen ihres Einteilers ab und wandte sich dem Schott zu. »Wenn Sie mich entschuldigen wollen, werde ich in der Kombüse etwas Kaffee für Waylon aufsetzen.«

Sie ging auf die geschlossene Luke zu, doch Nash streckte den Arm aus und packte ihren Unterarm. »Nicht so schnell, Miss Sasaki . . .«

»Entschuldigen Sie mich, Mr. Nash.« Sie riß sich von ihm los. »Und wenn Sie nichts dagegen haben, es heißt Dr. Sasaki . . .«

»Entschuldigen Sie, ich vergaß, Dr. Sasaki.« Er zwang sich zur Ruhe. »Hören Sie, ich entschuldige mich, okay? Aber Sie haben gesagt, daß Sie mir reinen Wein einschenken würden, wenn wir erst einmal gestartet sind, und da wird es langsam Zeit, daß wir endlich das Gespräch führen, das Sie mir versprochen haben.«

Sie zögerte, war immer noch im Begriff, das Frachtdeck zu

verlassen. »Natürlich«, fuhrt er fort, »haben wir ja noch zwei Tage vor uns, bis wir Cydonia erreichen, da können wir die ganze Angelegenheit auch ein anderes Mal besprechen. Vielleicht heute abend beim Essen, mit W. J.?«

Miho drehte sich wieder um, verschränkte die Arme vor ihrem Einteiler. »Also gut«, sagte sie. »Tatsächlich ist es ziemlich einfach. Meine Regierung hat viele Berichte über die merkwürdigen Aktionen Ihres Commander L'Enfant zu hören bekommen . . .«

Nash schüttelte den Kopf. »Das ist nicht mein Commander L'Enfant, das können Sie mir glauben. Die Sache wollen wir doch mal klarstellen. Das Pentagon hat ihn auf den Mars geschickt, und der Klientin meiner Firma gefällt das ebensowenig wie Tokio.«

Wieder dieses kurz aufblitzende Lächeln. Nash hatte bereits bemerkt, daß Miho Sasaki eine sehr hübsche Frau war; er fragte sich, um wieviel hübscher sie erst sein mochte, wenn sie sich nicht so eisern zusammenriß. »Entschuldigen Sie. Also deren Commander L'Enfant. Abgesehen von der Tatsache, daß Japan Shin-ichi Kawakami zu seinem Nationalgut zählt, geht es auch noch um den großen Anteil, den wir bei der Erforschung der letzten Geheimnisse der Aliens haben, sowohl was das investierte Kapital als auch einen etwaigen wissenschaftlichen Nutzen daraus betrifft. Angesichts L'Enfants früherer Karriere und, wenn man den *Takada-Maru*-Vorfall berücksichtigt, haben wir eine Menge Grund zur Sorge.«

Ja, natürlich: die *Takada Maru* durfte hier nicht fehlen. »Klingt mir sehr wie die Motive meiner eigenen Klienten«, sagte Nash vorsichtig.

Sie schüttelte den Kopf. »Wir brauchen nicht um den heißen Brei herumzureden, Mr. Nash. Mir ist durchaus bekannt, daß Sie ein Feldagent der Security Associates sind und daß die Skycorp sich der Dienste Ihrer Firma versichert hat. Wir haben unsere eigenen Informationsquellen.«

Nash spürte wie sein Blutdruck stieg. Im Zuge dieser Operation war seine Tarnung schon zweimal aufgeflogen: erst durch Leahy, der die Geheimsache an Boggs weitergegeben hatte . . . und nun durch Sasaki, die das nicht alles nur beim Belauschen ihres nächtlichen Gesprächs hätte in Erfahrung bringen können.

Trotz ihrer Zusage hatte Sasaki ihm nicht alles mitgeteilt, doch konnte er sich schon denken, daß sie im Dienst von Uchu-Hiko stand. Oder im Auftrag von JETRO. Die japanische Außenhandelsorganisation war im Prinzip nichts anderes als ein von der Regierung gelenkter Nachrichtendienst für Wirtschaftspionage. Er hatte schon seit vielen Jahren private amerikanische Firmen ausspioniert und dabei oft vormals ungebundene japanische Staatsangehörige für seine schmutzige Arbeit im Ausland engagiert. Es war ein faires Spiel: Die CIA hatte ähnliches mit amerikanischen Firmenvertretern in Asien und im Nahen Osten getan, ebenso im ehemaligen Sowjetblock.

»Also haben Ihre . . .« Nash wählte seine Worte sehr vorsichtig, ». . . Auftraggeber Sie gebeten, zu Basisstation Cydonia zurückzukehren, um festzustellen, was L'Enfant da tut.«

Doch Sasaki biß nicht an. »Ja. Ganz ähnlich wie Ihr Auftrag. Natürlich bin ich offiziell nur als Begleitperson der MRV auf der Reise nach Cydonia. Wenn ich damit fertig bin, soll ich zur Station Arsia zurückkehren, um dort meine neue Stellung als Chefastrophysikerin anzutreten.« Sie zuckte leicht mit den Schultern. »Mein Bericht wird wohl im wesentlichen ähnlich ausfallen wie Ihrer, aber wenigstens könnten wir unsere jeweiligen Ergebnisse gegenseitig verifizieren.«

»Das könnten wir.« Nash dachte einen Augenblick darüber nach, während er gegen einen Stapel Kisten lehnte. »Aber wenn Ihre Leute wußten, was meine Leute tun, warum haben Sie sich dann nicht einfach mit der Skycorp in Verbindung gesetzt? Wir scheinen doch dasselbe Ziel zu verfolgen, und das hätte wenigstens einem von uns die lange Reise erspart.«

Wieder erschien ihr flüchtiges Lächeln. »Aus einem sehr guten und sehr einfachen Grund, Mr. Nash . . .«

Er grinste zurück. »Kommen Sie, Miho. Nennen Sie mich August.«

»Gewiß, August.« Absolut immun gegen seinen Charme. Miho drehte sich wieder zu der Luke um. »Der Grund, weshalb wir uns nicht früher mit Ihnen in Verbindung gesetzt haben, ist der, daß wir Ihnen nicht trauen.«

Während sie die Luke entriegelte und öffnete, blickte sie ihn über die Schulter gewandt an. »Aber nehmen Sie das bitte nicht meinem Land übel. Ich traue Ihnen nämlich auch nicht.«

Dann verließ sie das Frachtdeck, schloß die Luke hinter sich. Nash pfiff durch die Zähne, als er sie gehen sah.

Er wußte beim allerbesten Willen nicht zu sagen, ob sie einen Scherz gemacht hatte oder nicht.

12 Der *Takada Maru*-Vorfall

Eine Stunde nach ihrem Start von der Station Arsia erreichte die *Akron* die Kraterfelder des Planum Lunae. Beim Blick aus den Fenstern konnten sie die langen, mäandernden Kanäle ausmachen, die in südlicher Richtung auf die Valles Marineris zuführten, von lange vertrockneten Flüssen in jenen alten Zeiten gegraben, als die Marsatmosphäre noch dichter gewesen war und der Planet über Wasser verfügte. Boggs hielt ihre Fluggeschwindigkeit absichtlich unter siebzig Knoten, um Treibstoff zu sparen; wenn er nicht in der Gondel saß und die Hände auf das Steuerruder gelegt hatte, schaltete er den Autopiloten ein, damit sie eine konstante Flughöhe von dreihundertdreißig Metern hielten, was den Wind am besten ausnutzte.

Der Sonnenuntergang des ersten Tags der Reise fand statt, als sie noch immer über dem Planum Lunae fuhren; sie versammelten sich zu dritt in der Befehlskabine, um zuzusehen, wie die Sonne am westlichen Horizont unterging. Boggs schob eine alte Bluegrass-CD in sein Abspielgerät, und schweigend lauschten sie, wie Lester Flatt und Earl Scruggs auf einer fremden Welt weitab von Nashville den Tag zu seinem Ende begleiteten. Die Nacht auf dem Mars war ebenso dunkel wie in der Antarktis: Der pechschwarze Himmel wurde nur vom Sternenlicht durchbrochen, der tief unter ihnen liegende Boden war eine düstere, konturlose Masse ohne Form oder Tiefe. Miho erwärmte ihre fade Mahlzeit in der Mikrowelle der Kombüse; nach dem Essen legte sie sich in ihrer mit einem Vorhang abgetrennten Koje schlafen, während Boggs und Nash sich in Vierstundenschichten bei der Wache auf dem Flugdeck ablösten.

Bei Tagesanbruch flogen sie hoch über den Südwestrand der Planitia Chryse. Das Gelände hatte sich über Nacht verändert, war abrupt von Kratern und toten Flußbetten in eine riesige Ebene driftender Dünen und windgenarbter Felsen übergegangen. Kurz vor Mittag rief Boggs Nash auf das Flugdeck und wies auf ein metallisches Glitzern auf der Planetenoberfläche, das wie ein Stück Silber in einem dunkelroten Sandkasten leuchtete: die Viking-1-Sonde, die seit ihrer Landung im Jahre 1976 in periodischen Abständen immer wieder abwechselnd vom Sand begraben und von Sandstürmen freigelegt wurde. Langsam verschwand die alte NASA-Sonde aus dem Blickfeld, da kündigte Boggs an, daß sie inzwischen die Hälfte der Strecke bis zur Basisstation Cydonia zurückgelegt hatten.

Eine Stunde später legte Nash auf Boggs' Verlangen einen Schutzanzug an, stieg durch die Hauptluftschleuse und kletterte durch die Dachluke in die Hülle des Luftschiffs zu einer Inspektion. Es war, als wäre er in eine riesige, von Trägern übersäte Höhle eingedrungen: Ein schmaler Laufsteg führte zwischen die Polykarbonringe des Skeletts, bis er zu den gewaltigen, durchschimmernden Säcken der Wasserstoffgaszellen gelangte. Die fiberoptischen Lampen entlang des Gehsteigs verliehen dem riesigen Inneren des Luftschiffs ein mattes Glühen.

Dies war ein Land der Riesen; alles hier war überlebensgroß und machte ihn zu einer bloßen Spielzeugfigur. Nash mußte sich am Geländer festhalten, als er den gewaltigen Kern des Luftschiffs durchschritt und spürte, wie es von jeder Brise vor- und zurückgewiegt wurde. Er stieß bis zum Heck des Schiffs vor, entdeckte das hintere Wartungsschott und überzeugte sich davon, daß die Bodenmannschaft von Arsia es tatsächlich verschlossen hatte, dann bahnte er sich wieder seinen Weg nach vorn, und der leuchtende Lichtkreis seiner Helmlampe tänzelte über die Innenhaut, als er nach winzigen Lecks suchte.

Im Mittelschiff entdeckte er eins; es war von einem fliegenden Geröllteilchen geschlagen worden, und er versiegelte es mit der Schaumpistole, die Boggs ihm mitgegeben hatte. Dann kletterte er eine lange Leiter zu einem oben gelegenen Laufsteg unter der Spitze des Luftschiffs empor. Hier gab es zwar keine Löcher, statt dessen entdeckte er das Krähennest: eine winzige, nur selten benutzte Beobachtungskuppel auf der oberen Hülle der *Akron.*

Nash stieg die kurze Leiter in das winzige Abteil hinauf und mußte plötzlich nach Luft ringen. Es war, als wäre er einen waldigen Berghang emporgeklettert, um schließlich die Baumlinie hinter sich zu lassen und sich völlig unversehens auf dem Gipfel wiederzufinden. Durch die Plexiglaskuppel sah er vor und hinter sich, wie sich die Hülle der *Akron* zu einem riesigen Gitterwerk erstreckte, dem die solarvoltaischen Zellen, die die obere Außenhaut des Schiffs bedeckten, ein metallschwarzes Aussehen verliehen. Rund um das Schiff erblickte er die marsianische Wüste, das scharlachfarbene Ödland, das sich ausstreckte, so weit das Auge reichte.

Unmittelbar vor ihm, jenseits des spitz zulaufenden Bugs, lag die große Kurve des nordwestlichen Horizonts. Irgendwo jenseits dieses Horizonts, auf der anderen Seite dieses zugleich höllischen und wunderschönen Gebiets, war die Basis Cydonia . . .

Und L'Enfant.

Nash spähte eine Weile gen Nordwesten, dann stieg er wieder aus der Kuppel, sicherte das Schott und kehrte zurück in die Kabine.

Kurz nach dem Mittagessen kam Boggs an seinen gewohnten Posten auf dem Flugdeck zurück. Nash saß hinter dem kleinen Klapptisch und sah aus dem Fenster auf die Dünen hinunter, während Sasaki die letzten Papiertabletts entsorgte, als sie plötzlich das Wort ergriff.

»Warum hat man Sie hinter L'Enfant hergeschickt?« fragte sie.

Die Frage klang fast unschuldig, war so formuliert, als hätte sie ihn gefragt, ob er verheiratet war oder was sein Lieblingsfilm sei. Dennoch überraschte sie Nash damit; Sasaki hatte seit der kurzen Unterhaltung auf dem Cargodeck nur wenig mit ihm gesprochen, noch viel weniger sogar mit Boggs. Er blickte zu ihr hinüber, wie sie dort in der Kombüse stand und ihm den Rücken zugewandt hielt.

»Wie bitte?« fragte er.

Sie machte sich nicht die Mühe die Frage zu wiederholen, ebensowenig drehte sie sich zu ihm um. »Ihrem Dossier zufolge befanden Sie sich an Bord der *USS Boston*, als L'Enfant das Kommando hatte. Ist es nicht ziemlich riskant für Ihre Firma, jemanden zu schicken, der von seiner Zielperson wiedererkannt werden könnte?«

Großer Gott, wieviel wußte diese Frau über ihn? Andererseits führten gute Nachrichtendienste natürlich Akten über alle anderen bekannten Agenten; Sasaki hatte soeben unbewußt seinen Verdacht bestätigt, daß sie für JETRO arbeitete. Nash fuhr sich mit der Serviette über den Mund, um sein Grinsen zu verbergen.

»Ich würde ihn nicht unbedingt als Zielperson bezeichnen«, meinte er. »Das würde ja bedeuten, daß wir ihn für eine Attentat auserkoren haben. Ich bevorzuge den Begriff ›Opposition‹.«

»Verzeihen Sie meine Wortwahl«, erwiderte sie steif. Sie wischte die Arbeitsfläche, dann öffnete sie die Mikrowelle, um sie innen auszuputzen. »Aber die Frage bleibt. Wenn Sie ein Mannschaftsmitglied an Bord der *Boston* waren, warum hat man Sie dann ausgeschickt, wenn man die Chancen bedenkt, daß L'Enfant Sie wiedererkennen könnte?«

Nash zuckte mit den Schultern. »Eine angebrachte Frage ... aber spielen wir zur Abwechslung doch einmal nach einheitlichen Regeln.« Sie warf ihm einen fragenden Blick über die Schulter zu, sagte aber nichts. »Will sagen, anstatt daß ich Ihnen immer alle Antworten gebe und Sie nur meinen Fragen ausweichen, wäre es doch mal etwas Neues, wenn Sie etwas offener mit mir sprächen. Etwas kooperativer. Okay?«

Miho wandte den Blick ab. Für kurze Zeit war sich Nash sicher, daß er sie wieder verloren hatte. Sasaki war eine zähe Braut, das mußte er zugeben. Sie war fähig, Befestigungsanlagen um sich herum aufzubauen, in die niemand eine Bresche schlagen konnte, während nur sie allein die Zugbrücke hoch- oder herunterließ, wie es ihr beliebte. Selbst wenn sie keine professionelle Agentin sein sollte, war sie doch clever genug, um einen der wichtigsten Grundsätze des Metiers zu beherrschen: die Fähigkeit, andere zum Sprechen zu bringen, während sie selbst nur soviel Information preisgab, wie sie für nützlich hielt. Und jetzt sah es so aus, als könnte sie gleich völlig dichtmachen ...

Statt dessen nahm sie die Kaffeekanne auf und kam zum Tisch zurück, um Nashs Becher zu füllen, bevor sie sich ihm gegenübersetzte. »In Ordnung«, sagte sie zögernd. »Wir scheinen in etwa dieselben allgemeinen Zielvorhaben zu verfolgen, da gibt es eigentlich keinen Grund, weshalb wir nicht ... kooperativ vorgehen sollten.«

Sie hielt inne, um schließlich mit kalter Stimme hinzuzufügen: »Jedenfalls was berufliche Dinge angeht.«

Nash musterte sie genauer; sie begegnete seinem Blick mit distanzierter Gelassenheit. »Seien Sie mir nicht böse«, sagte er leise, »aber was Sie da gerade gesagt haben ... die Art, wie Sie es sagten ... das klingt danach, als würden Sie glauben, daß ich es darauf abgesehen hätte, Sie zu verführen.«

Sie errötete und wandte den Blick ab, doch immerhin kehrte ihr rätselhaftes Lächeln für eine Sekunde wieder. »Ist Spionage denn nicht auch eine Form der Verführung?« fragte sie.

»Sie weichen mir wieder aus.« Nash fuhr mit der Fingerspitze den Rand des heißen Bechers entlang. »Passen Sie auf, Miho, stellen wir doch einmal eins klar. Ich bin kein James Bond, und Sie sind auch ganz bestimmt keine Mata Hari. Sie sind eine wunderschöne Frau, aber ich bin rein beruflich hier, und dazu gehört es nicht, zu versuchen, Sie ins Bett zu bekommen, selbst wenn das meinen Neigungen entspräche.«

Sie behielt den Blick auf das Fenster geheftet, schien aber doch etwas aufzutauen. »Das meinen Sie nicht ernst.«

Er hielt ihrem Blick stand. »O doch, das meine ich ernst, also hören Sie endlich auf damit. Es wird langsam zu einem Hindernis.« Er stieß die Luft aus und fügte hinzu: »Außerdem fängt es an mich anzukotzen.«

Sasaki blickte ihn wieder an, dann neigte sie verlegen den Kopf; ihr langes schwarzes Haar fiel nach vorn und verschleierte ihr Gesicht. Er hörte, wie sie etwas murmelte: Es war unverständlich und auf japanisch, klang aber wie eine Entschuldigung. Als sie schließlich wieder den Kopf hob, erblickte er zu seiner Überraschung ein Lächeln, das nicht sofort wieder verschwand.

»Ja«, sagte sie. »Es tut mir leid. Ich verstehe. Es ist nur, daß ...«

Sie brach ab, fuhr dann wieder fort, während ihre Miene wieder ernst wurde. »Es ist nur, daß japanische Frauen sehr viel Sexismus durchmachen mußten«, sagte sie, »sogar noch mehr als westliche. Unter meinen Landsleuten gibt es eine unausgesprochene Annahme: Wenn man zweiunddreißig Jahre alt ist, einen Doktor in Astrophysik hat und als Mitglied eines Forscherteams auf den Mars versetzt wird, muß man mit einigen Männern geschlafen haben, um dorthin gelangt zu sein. Es baut auf Jahrhunderte traditioneller Vorurteile, die noch nicht gänzlich ausgestorben sind, und mit dieser Annahme hatte ich mein gesamtes Berufsleben lang zu tun. Nach einer Weile geht man schließlich davon aus, daß jeder Mann, der einen um Kooperation bittet . . .«

»Und wenn er dann auch noch ein Spion ist . . .«

Sasaki grinste verlegen. »Ja. Vor allem, wenn er ein amerikanischer Spion ist . . .«

»Dann spricht er immer nur in Zweideutigkeiten«, beendete Nash den Satz. Sasaki errötete wieder, doch diesmal verbarg sie nicht ihr Gesicht. »Und dann ist da noch die Spannung zwischen Ihnen und Boggs. Eine alte Affäre, schätze ich.«

Ihre Augen weiteten sich beunruhigt und schockiert. »Hat er Ihnen das erzählt?« wollte sie wissen. Ihre Stimme war ein drängendes Flüstern, und sie blickte über seine Schulter zu dem Laufsteg, der zur geöffneten Gondelluke führte.

»Nein . . . und das brauchte er auch gar nicht zu tun. Um einmal einen unserer großen Amerikaner zu zitieren, John Dillinger: ›Ich mag vielleicht blöd sein, aber dumm bin ich nicht‹.« Er fügte nicht hinzu, daß sie selbst soeben seinen Verdacht bestätigt hatte. Er mußte auch seine Einschätzung von ihr revidieren. Sasaki konnte zwar gut Dinge für sich behalten, aber ein Profi war sie nicht. »Irgendwann einmal war etwas zwischen Ihnen beiden. Das sieht doch ein Blinder.«

Sasaki zögerte, dann nickte sie langsam. »Auf meiner letzten Tour zur Basisstation Cydonia . . . und es dauerte auch nicht länger als eine gemeinsam verbrachte Nacht. Ich dachte, ich hätte es abgelegt, als ich fortging.«

»Aber dann sind Sie wiedergekommen«, erriet Nash, »und sehen Sie einmal, wer Sie auf Station Arsia schon erwartete!« Sie schnitt eine Grimasse und nickte wieder. »Nun, das geht mich alles nichts an, aber Sie werden diese Gefühle schon beiseite schieben müssen. Wir haben es hier bald mit einer gefährlichen Sache zu tun, und wir drei müssen uns aufeinander verlassen können. Wenn Sie ihm und mir eine Ohrfeige verpassen wollen, dann warten Sie damit, bis wir Cydonia hinter uns gebracht haben ... aber bis dahin werden Sie uns beiden schon vertrauen müssen.«

Er grinste kopfschüttelnd. »Glauben Sie mir, Miho, Sie könnten sich heute nacht nackt auf meine Pritsche werfen, und ich würde trotzdem nichts unternehmen. Dieses ganze Testosteron vernebelt einem doch nur das Gehirn.«

Miho gewährte ihm ein scheues Lächeln. Sie nahm sich zusammen, richtete sich auf ihrem Stuhl auf und goß sich etwas Kaffee in ihren eigenen Becher. »Ja«, erwiderte sie, und ihre ganze Kühle von vorher war wieder zurückgekehrt, »aber ich glaube, im Augenblick sind Sie es, der den Fragen ausweicht.«

Nash nahm seinen Kaffee auf und trank einen Schluck. Im Gegensatz zu dem Gebräu auf der *Lowell* schmeckte Sasakis Kaffee wenigstens nicht wie koffeinversetztes Motorenöl. »Es waren achtundneunzig Männer und Frauen an Bord der *Boston«*, sagte er, »und die meisten von ihnen haben wenig anderes getan als die Decks zu schrubben und die Schotten zu polieren ... mich selbst eingeschlossen. Als ich später endlich von Bord kam, konnte ich ein Jahr lang keinen Mop mehr anschauen. Ich war ein Mannschaftsdienstgrad, kein Offizier, und habe dem Land der Offiziere auch nie einen Besuch abgestattet. Ich war bloß ein kleiner Aufwischer, der gerade dem Teenageralter entwachsen war, und das war es auch schon ... und außerdem liegt es schon zwei Jahrzehnte zurück. Die Firma hat Fotos von mir aus meiner Dienstzeit mit jüngeren Aufnahmen verglichen und gelangte zu der Einschätzung, daß die Chancen, daß L'Enfant mich unter einem anderen Namen wiedererkennen könnte, nicht einmal eins zu hundert betragen dürften.«

Er rieb sich seinen neuen Bart. »Und das schon ohne Bart, natürlich. Man hat auch kurz über exothermische Hauttransplantate nachgedacht ... ich habe früher schon mal damit gearbeitet ... aber die sind nur kurze Zeit haltbar, dann pellen sie sich ab. Die Ärzte meinten, daß sie die Biostase nicht überlebt hätten, und niemand hielt es für erforderlich, daß ich mich einer dauerhaften Gesichtschirurgie unterziehe. Jedenfalls war man nicht der Meinung, daß er mich wiedererkennen würde. Schließlich werden wir ja auch nur ein paar Tage dort bleiben.«

»Natürlich«, entgegnete sie. »Aber das ist nur eine halbe Antwort. Warum hat man Sie überhaupt für diesen Auftrag ausgewählt?«

»Na ja, nach meiner U-Boot-Zeit habe ich mich im Luftschiffkorps der Marine eingeschrieben, was also die Legende betrifft . . .«

»Das weiß ich bereits. Sie beantworten immer noch nicht meine Frage.«

Jetzt wurde Nash zurückhaltend. Er spielte mit dem Kaffeebecher, während er aus dem Fenster sah und den alten Steinen des Mars nachblickte, wie sie vorbeitrieben. »Weil«, sagte er schließlich, »ich in der Nacht an Bord der *Boston* war, als die *Takada Maru* torpediert wurde.

In der Nacht, als die *Boston* einhundertsechzig Seemeilen südlich des Hafens von Osaka die *Takada Maru* aufbrachte, hatte der Vollmond auf den Wellenkämmen des Philippinischen Meers geschienen; die matten Lichter des japanischen Festlands hatten orangesilbern am Nordwesthorizont geglüht. Das Trampschiff war ohne Positionslichter gefahren, hatte versucht, die Blockade zu durchstoßen, doch seine Hülle war zu groß gewesen, um den Solarkontakt mit dem Jagd-U-Boot zu entkommen.

Wenige Minuten nach dem ersten Piepsen im Solarskop war das Schiff eine Drittelmeile vor dem Frachter aufgetaucht. Der Kapitän hatte dem Funker befohlen, das Fahrzeug anzufunken und ihm den Befehl zu geben, gemäß der Allgemeinen UNO-Resolution 819 beizudrehen und sich für eine Besichtigung bereitzuhalten. Der Fähnrich am Segelscheinwerfer hatte die gleiche Nachricht in Morsecode abgesetzt. Von der Brücke der *Takada Maru* kam keine Antwort, obwohl der Frachter tatsächlich alle Maschinen stoppte. Mehrere Minuten später und nach weiteren gescheiterten Versuchen, eine Verbindung zu dem Frachter herzustellen, hatte der Kapitän einen bewaffneten Entertrupp von zwölf Mann in zwei aufblasbaren Zodiak-Booten ausgesetzt und ihnen befohlen, sich zu dem Schiff zu begeben, seinen Kapitän unter Arrest zu stellen und das Fahrzeug nach Plutonium-Kontrabande zu durchsuchen.

Zu den Mitgliedern dieses Entertrupps gehörte auch der Matrose August Nash.

»Der Kapitän . . . L'Enfant . . . hatte strikte Order, wie zu verfahren war, wenn er während der Blockade ein japanisches Schiff aufbrachte.« Nash starrte beim Reden in seinen Kaffeebecher. »Es wurde zwar nicht öffentlich bekanntgegeben, aber er sollte keineswegs einfach das Feuer auf jedes Schiff eröffnen, das die Blockade unterlief. Im schlimmsten Fall sollte er solche Schiffe durchlassen und den Vorfall einfach über FLTSATCOM weitermelden.«

»Davon haben wir nie gewußt«, warf Miho ein.

»Das sollten Sie auch nicht. Es wäre keine große Hilfe gewesen, wenn Japan gewußt hätte, daß es sich bei der Blockade nur um einen Papiertiger handelte.« Er seufzte kopfschüttelnd. »Tatsache bleibt, daß wir keine Befugnis hatten, Blockadebrechern mit Gewalt zu begegnen, wenn sie sich dem Entern widersetzen sollten . . . er sollte lediglich ihre Registrationsnummern aufnehmen und sie an die Marine weiterleiten, damit dadurch die Informationen, die von den Spionagesatelliten übermittelt wurden, verifiziert werden konnten. Wenn die Schiffe die Blockade freiwillig respektierten, durften wir sie aufbringen und an Bord gehen, die Mannschaft unter Arrest stellen und die Frachträume durchsuchen . . . aber bis auf Warnschüsse vor den Bug sollten wir uns auf keinen Fall in Kampfhandlungen mit Schiffen einlassen, die nicht anhielten, wenn wir sie dazu aufforderten.«

Er nippte an dem lauwarmen Kaffee. »Auch sonst hätte es eigentlich eine Bilderbuchoperation werden sollen, genau wie die beiden anderen Enterungen, die damals von der *Trafalgar* und der *Bush* während der Operation Seedrachen ausgeführt wurden . . . aber irgend etwas ging schief.«

Nash hob den Becher zu einem weiteren Schluck, dann stellte er ihn wieder ab. »Da stand ich nun draußen auf der Hülle und half dabei, unser Boot klar zum Wassern zu machen, als ich jemanden rufen hörte, daß das Schiff sich in Bewegung setze.

Ich hob den Blick, und für einen Augenblick hätte ich schwören können, daß der Frachter sich tatsächlich normal bewegte . . .«

Er schüttelte wieder den Kopf. »Aber das hätte auch irgend etwas anderes sein können, Miho. Bei strahlendem Mondlicht auf hoher See kann es schnell zu optischen Täuschungen kommen. Es hätte der Frachter sein können, der sich in Bewegung setzte, um uns zu rammen, ebensogut aber auch das Dümpeln des Schiffs in der Flut.« Er zuckte mit den Schultern. »Aber in der nächsten Sekunde spielte es sowieso keine Rolle mehr. Wir spürten plötzlich, wie die Hülle unter unseren Füßen erbebte, als die Rohre geflutet und die Torpedoschächte geöffnet wurden. Und dann . . .«

Nash schnippte mit den Fingern. ». . . befahl der Kapitän, zwei Torpedos abzufeuern.«

Er unterbrach sich, als er an das Grauen jener Nacht zurückdachte. Irgendwo in den Tiefen seines halbleeren Bechers konnte er noch einmal die silbrigen Zwillingsfurchen der Torpedos sehen, wie sie durch das dunkle Wasser schnitten und auf die *Takada Maru* zujagten. Kurz vor dem Aufprall hörte er schrille japanische Stimmen in Panik aufschreien . . .

Dann die Explosionen – in kaum einer Sekunde Abstand voneinander, als die Torpedos die Treibstofftanks im vorderen Teil des Frachters trafen.

»An Bord der *Takada Maru* waren achtundvierzig Männer und Frauen.« Sasakis Stimme war kühl und fast emotionslos, frei von Wut oder Bezichtigung. »Ungefähr die Hälfte kam sofort bei der Explosion um. Der Rest starb durch Ertrinken, einschließlich jene, die über Bord gesprungen waren, aber von der Widersee ergriffen wurden, als . . .«

Nash sah sie an. »Meinen Sie vielleicht, ich wüßte das nicht? Glauben Sie, ich hätte sie nicht gehört? Ich war schließlich dabei, verdammt!«

Für eine Sekunde war Sasaki erschrocken über die Heftigkeit seiner Antwort; sie sackte auf ihrem Stuhl zusammen und starrte ihn an. Dann verschränkte sie gelassen die Arme vor der Brust. »Sie hätten versuchen können, einige von ihnen zu retten.«

»Das Schiff sank sehr schnell . . .«

»Trotzdem.«

»Ja. Das kam auch während der Untersuchung zur Sprache. Der Kapitän . . . verdammt, ich meine L'Enfant . . . nannte dafür denselben Grund wie für das Abfeuern der Torpedos. Schiffe der Seewolfklasse waren berüchtigt für ihre Instabilität an der Wasseroberfläche. Wenn sie nicht völlig untergetaucht waren, konnten sie nicht besonders gut manövrieren. Als der Frachter sich in Bewegung setzte . . .«

»*Falls* er sich in Bewegung setzte.«

»Ja! Als es so schien, als würde er sich in Bewegung setzen, sofern man L'Enfants Aussage Glauben schenken will, meinte er, daß er einen Zusamenstoß nur durch eine Notwasserung würde vermeiden können. Und da zwölf seiner Männer draußen an Deck waren, konnte er sie nicht opfern, indem er einen solchen Befehl gab.« Er schüttelte gemächlich den Kopf. »Deshalb befahl er, die Torpedos abzufeuern.«

Der Vorfall hatte zu einer weltweiten Kontroverse geführt. Die Presse war wie die öffentliche Meinung ziemlich genau in zwei Lager gespalten: Die einen nannten Terrance L'Enfant – dem die britische Regenbogenpresse den Spitznamen ›Terry der Schreckliche‹ verliehen hatte – entweder einen tapferen Kommandanten, der in Sekundenbruchteilen eine Entscheidung hatte fällen müssen, um seine Mannschaft zu retten, oder einen Kriegsverbrecher und Massenmörder, wie man ihn seit dem Nicaraguanischen Krieg nicht mehr erlebt hatte. Die darauf folgende Untersuchung des Vorfalls hatte nicht dazu beitragen können, das ethische Dilemma aufzulösen. Als die Ballard Corporation unter der Aufsicht der World Wildlife Federation Tiefseetauchroboter zum Wrack der *Takada Maru* hinunterschickte, stellte man fest, daß der Frachter tatsächlich Container mit tschechischem Plutonium geladen hatte. Glücklicherweise war keiner davon durch die Torpedoexplosion oder auf seiner letzten Reise zum Grund des Ozeans aufgebrochen, doch wurde der Vorwurf laut, daß L'Enfant beinahe dafür gesorgt hatte, daß das Küstenshelf des Pazifiks mit dem gefährlichsten Gift kontaminiert wurde, das dem Menschen überhaupt bekannt war.

Der Untersuchungsausschuß konnte diese Kontroverse nicht

einfach ignorieren. Die Sache war viel zu verwickelt, als daß irgend jemand zu einem eindeutigen Urteil hätte gelangen können, vor allem was die Frage betraf, ob die *Takada Maru* nämlich in den kritischen Augenblicken tatsächlich durch eigene Maschinenkraft in Bewegung gewesen war. Es gab keine Überlebenden der *Takada Maru,* die als Augenzeugen hätten fungieren können, und der Sonaroffizier der *Boston* war nicht dazu in der Lage gewesen, eine eindeutige Antwort darauf zu geben, ob er tatsächlich das Geräusch der sich bewegenden Schiffsschrauben des Frachters oder einfach nur das übliche Hintergrundrauschen des Meers vernommen hatte, etwa das Rufen von Walen, das man mit Schraubenlärm hätte verwechseln können. In einer sensationellen Anhörung wurde bekannt, daß der Sonarmann einen vom Gericht angeordneten Standardhörtest nicht bestanden hatte; es stellte sich heraus, daß sein Gehör beeinträchtigt war. Doch selbst dann noch ließ sich nur schwer sagen, ob dies L'Enfant genutzt oder geschadet hatte.

Nach zweimonatiger Beratung sprach der Ausschuß Terrance L'Enfant von der Anklage der Fahrlässigkeit und der Nichtbefolgung von Befehlen frei. Inzwischen hatte der Marineminister L'Enfant bereits seines Kommandos enthoben und ihn aus dem aktiven Dienst entfernt, anstelle des Kapitänsrangs hielt er nun den Dienstgrad eines Commanders inne. Man schickte ihn in aller Stille an Land und schuf eigens für ihn einen nichtssagenden Schreibtischjob im Institut der US Marine als ›taktischer Chefberater‹ – eine Form des Abschiebens in der Vergessenheit innerhalb der riesigen Bürokratie der Marine. Nach dem Versenken der *Takada Maru* hatte Japans Import wiederaufbereiteten Plutoniums fast sofort aufgehört, und L'Enfants Name war schon bald aus dem öffentlichen Bewußtsein wieder verschwunden, sogar in Japan selbst.

Und dann, viele Jahre später, hatte er in einem Vortrag in Annapolis etwas gesagt, was die Aufmerksamkeit der hohen Tiere erregte ...

»Jedenfalls ist das ein Teil des Grunds, weshalb die Gesellschaft mich geschickt hat.« Nash klopfte mit den Fingerspitzen auf die

Tischplatte, dann verschränkte er die Hände. »Ich habe unter L'Enfant gedient und befand mich an Bord der *Boston*, als die *Takada Maru* versenkt wurde, deshalb glaubt man wohl, daß ich beurteilen kann, ob der Mann schon wieder durchgedreht ist.«

Miho Sasaki musterte ihn mit distanzierter Gelassenheit. »Sie glauben also, daß er . . . durchgedreht war, wie Sie sagen, als er die Torpedos abfeuerte?«

Nash zögerte nicht mit seiner Antwort. »Vollkommen. Dieses Schiff befand sich nicht auf Rammkurs. L'Enfant war schon damals ein schießwütiger Paranoider, und ich glaube, daß er auch heute noch ein schießwütiger Paranoider ist.« Er spreizte die Hände. »Jedenfalls ist das meine Vermutung.«

»Warum haben Sie denn dann nichts vor dem Untersuchungsausschuß darüber gesagt?« Ihre Augen verengten sich, als sie ihn über den Tisch hinweg anblickte. »Das haben Sie doch nicht getan, nicht wahr?«

Er seufzte und wandte den Blick ab. »Miho, ein gemeiner Soldat rennt nicht zu einem Untersuchungsausschuß aus hohen Tieren und behauptet dort, daß sein Kapitän verrückt geworden ist, während er selbst bloß an Deck gestanden hat. Es . . . das tut man einfach nicht.«

Ihr Gesicht war so reglos wie die Felsenlandschaft, die unter ihnen vorbeizog. »Macht Ihr Versäumnis, nicht als Zeuge auszusagen, Sie dann nicht ebenfalls schuldig . . .?«

Plötzlich merkte Nash, wie ihm das Temperament durchging. »Verdammt noch einmal, Lady!« brüllte er. »Sie haben ja nicht die leiseste Ahnung, was Sie . . .!«

Irgendwo hinter seiner Schulter ertönte ein leises Hüsteln. Nash drehte sich um und sah Boggs im Gang stehen. Er wirkte zugleich amüsiert und irritiert. Im Eifer des Gesprächs hatte keiner von ihnen gehört, wie er aus der Gondel zurückgekehrt war.

»Entschuldigung«, sagte Boggs, »aber wir haben ein paar feststehende Regeln auf der *Akron*, und eine davon lautet, daß man, wenn man sich schon unbedingt prügeln will, wenigstens die Luke schließt, damit die anderen nicht auch noch zuhören müssen.« Er legte den Kopf schräg in die Richtung der Kombüse, neben der er stand. »Die andere Regel lautet, daß man vorher alle scharfen und spitzen Gegenstände entfernt. Wir führen hier ein sauberes Schiff, und ich habe keine Lust, irgend jemandes Blut aufwischen zu müssen.«

Nashs Wutanfall verrauchte so schnell, wie er gekommen war. Es war schwer zu sagen, ob Boggs es ironisch gemeint hatte oder nicht. »Sorry, W. J.«, murmelte er. Er blickte zu Sasaki hinüber, die es vermied, einen der beiden anzusehen; sie verbarg das Gesicht hinter ihrer Hand und war offensichtlich verlegen. »Und es war auch keine Prügelei«, fügte er hinzu. »Nur eine Meinungsverschiedenheit . . .«

»Über geschichtliche Fragen«, fügte Miho hinzu. Sie sah Nash an. »Und persönliche Ethik.«

Nash verkniff es sich, auf die Stichelei zu kontern. Boggs verschränkte die Arme hinter dem Nacken und gähnte. »Na ja, mir persönlich ist es scheißegal, wer der schnellere ist, der Kojote oder der Road Runner. Ich bin nur zurückgekommen, um euch mitzuteilen, daß wir gerade eine Funkmeldung aus Cydonia empfangen haben.«

Sofort vergaßen sie ihren Streit; Nash drehte sich in seinem Sitz um, und Sasaki stand reflexartig vom Tisch auf. »Wie lautet denn die Story?« fragte Nash.

»Kleine Flugplanänderung«, antwortete Boggs. »Man hat uns gebeten, zuerst bei der D&M-Pyramide zu landen und nicht am Basislager. Sieht so aus, als wollten sie das MRV so schnell wie möglich abladen und fahrbereit machen.« Er zuckte mit den Schultern. »Klingt ganz vernünftig, da wir sonst sowieso noch einen Sprung zur D&M-Pyramide hätten machen müssen. Damit sparen wir eine Landung, was mir nicht unlieb ist. Unsere aktuelle erwartete Ankunftszeit ist morgen um nullsechzig, kurz nach dem örtlichen Sonnenaufgang. Shin-ichi und Paul werden dort sein, also wird Miho ihr Wiedersehen etwas früher genießen können als erwartet.«

Bevor Sasaki etwas erwidern konnte, hob Boggs die Hand. »Das ist die gute Nachricht. Jetzt kommt die schlechte.« Er öffnete den Reißverschluß einer seiner Brusttaschen und holte einen zusammengefalteten Computerausdruck hervor. »Das ist gerade über den Piepser aus Arsia gekommen«, erklärte er und reichte Nash den Zettel. »Lies ihn und flenn'.«

Nash entfaltete das Fax und breitete es auf dem Tisch aus. Die obere Hälfte des Blatts wurde von einer Merkatorprojektion der nördlichen Marshemisphäre eingenommen; auf der linken Seite der Karte, oberhalb der nördlich des Mons Olympus gelegenen Planitia Arcadia, war ein großer Punktmatrixwirbel zu erkennen. Seltsame Balkendiagramme meteorologischer Daten waren unter die Landkarte gedruckt, doch Nash brauchte sie nicht erst zu interpretieren; die Nachricht auf der zweiten Seitenhälfte faßte alles ganz eindeutig zusammen:

STATION ARSIA AN USS *AKRON* 28-8-32 1410:37:05 MCM

*** DRINGEND ***

AKTUALISIERUNGSMELDUNG AKUTWETTERZENTRUM AUS MARSAT-2 MELDET SCHWERE WIEDERHOLE SCHWERE SANDSTURMENTWICKLUNG IN PLANITIA ARCADIA (KOORDINATEN 145 GRAD NORD MAL 43 GRAD WEST) STOPP ZIEHT IN OSTWÄRTIGER RICHTUNG AUF PLANITIA ACIDALIA ZU STOPP GESCHÄTZTE AKTUELLE WINDGESCHWINDIGKEIT 55 KILOMETER UND STEIGEND STOPP ERWARTETE ANKUNFT STURM AUF BASIS CYDONIA UM 1800 MCM 31-8-32 SPÄTESTENS STOPP KEIN WITZ BOGGS DAS IST EIN KILLER STOPP KEHRE SOBALD WIE MÖGLICH NACH ARSIA ZURÜCK STOPP ENDE DER NACHRICHT

28-8-32 1411:1117-10 ÜBERTRAGUNGSENDE

Nash hob den Blick von dem Ausdruck und sah Boggs an. »Du hast das Sagen«, erklärte er leise. »Kehren wir um oder landen wir noch auf Cydonia?«

»Oh, wir werden durchaus morgen in Cydonia landen.« Der Pilot nahm den Zettel wieder auf und schob ihn zurück in seine Tasche. »Der Sturm befindet sich noch auf der gegenüberliegenden Seite des Planeten, sein Ausläufer wird Cydonia also kaum vor dem späten Dienstagnachmittag erreichen. Aber ich gehe kein Risiko ein. Montagabend sind wir dort raus . . . allerspätestens Dienstagfrüh, und das heißt schon, die Katze dünn schneiden.«

»Wie bitte?« fragte Miho. »Die Katze schneiden . . .?«

Boggs schürzte die Lippen zu einem grimmigen Lächeln. »Ein Südstaatenausdruck, Teure. Es bedeutet, daß wir mit den Göttern ficken würden, wenn wir noch sehr viel länger blieben.«

Er sah wieder zu Nash. »Erledige alles, was du dort zu erledigen hast, möglichst presto, Kumpel. Und dann zurück aufs Schiff. Ich meine es ernst.«

Dann machte Boggs kehrt und ging zur Gondel zurück.

13 L'Enfant

Über Nacht veränderte sich das Terrain, als die *Akron* über die Planitia Chryse flog; im ersten Licht der Dämmerung fielen die bernsteinfarbenen Sonnenstrahlen über die Krater und jagten scharfe Schatten auf die spitzen Hügel der Region Cydonia. Es war ein rauhes, unwirkliches Land, so unirdisch, wie es nur eine Marslandschaft sein konnte . . . und doch nicht fremdartiger als die D&M-Pyramide, die nun vor ihnen aufragte.

Auf den ersten Blick am fernen Horizont geschaut, wirkte die Pyramide fast wie ein natürlicher Berg. Nash war erst unfähig, sie vom umgebenden Hochland zu unterscheiden, selbst nachdem Boggs sie ihm durch die Sichtscheiben des Flugdecks gezeigt hatte. Doch dann, als das Luftschiff langsam näher kam und die Pyramide Form- und Einzelheiten anzunehmen begann, staunte er nicht nur über ihre schiere gewaltige Größe, sondern auch über die erkennbare Tatsache, daß dieser Berg die Frucht intelligenter Arbeit war.

Wie jedermann war auch Nash mit den Tausenden von Fotos vertraut, die man von diesem Gebiet schon geschossen hatte. Im Laufe der letzten zehn Jahre hatten sich die Pyramiden des Mars in die kollektive öffentliche Psyche eingegraben – als Symbol für alles, was geheimnisvoll und unergründlich war. Aufnahmen von der Stadt waren von Werbeagenturen bis zum Überdruß verwendet worden, um schier alles zu verkaufen, von Wagen über Deo bis zum Rock-'n'-Roll-Superstar des Monats. Dennoch hatte nichts davon Nash wirklich auf die D&M-Pyramide vorbereiten können; sie besaß eine schreckliche Großartigkeit, die über die Vertrautheit mit ihrem fotografischen Abbild weit hinausreichte.

Die Pyramide war fast dreihundertunddreißig Meter hoch. Sogar nach Zehntausenden von Jahren der Winderosion, die die einst glatten roten Mauern zerklüftet und gepeitscht hatten, behielt sie doch immer noch viel von ihrer ursprünglichen

Gestalt, in der Cooties sie einst aus einem Berg geschlagen hatten. Drei ihrer vier Seiten waren scharfkantig und eben, hoben sich im Winkel von dreißig Grad ihrem fernen Gipfel entgegen. Um die Basis lagen große Gesteinshaufen, die bei dem ursprünglichen Bau beiseite geworfen worden waren.

Die Nordostseite der Pyramide war eine Ruine. Als die *Akron* sich dem Bauwerk näherte, ließ sich die große Spalte am Nordosthang deutlicher erkennen. Geröllschutt der alten Katastrophe ruhte in massigen Haufen über der Zunge der dunklen Schlucht, von der Gewalt des Meteoraufpralls durch die Gegend geschleudert. Sonnenlicht sammelte sich um die Zunge der Felsenkluft, drang aber nicht durch die Dunkelheit, die ihre Tiefen heimsuchte. Lange nachdem die Cooties ihr Werk vollendet und sich selbst innerhalb des Riesenbaus beigesetzt hatten, hatte ein großer Meteor die Nordostwand getroffen und einen Teil der Pyramide zum Einsturz gebracht, was ihr ein fast fünfseitiges Aussehen verlieh. Sollten die Aliens tatsächlich irgendeine Art von langfristiger Biostase innerhalb der Pyramide angestrebt haben, so war der Meteor zu ihrem Verhängnis geworden; sein Aufprall hatte die riesigen Innenkammern mit Gewalt entlüftet, die Sarkophage aufgerissen und die Aliens der abweisenden marsianischen Umwelt ausgeliefert.

Es blieb immer noch ein Rätsel, weshalb sich die Cooties in der großen Pyramide selbst versiegelt hatten, doch das Ergebnis war eindeutig: Sie waren in der D&M-Pyramide umgekommen, vielleicht ohne jemals wieder das Bewußtsein zurückzuerlangen.

Die *Akron* zog in einer Schleife an der Pyramide vorbei, bevor sie mit dem Landeanflug begann. Während das Luftschiff die Pyramide umkreiste, zwang sich Nash dazu, den Blick abzuwenden; er musterte den nordwestlichen Horizont. In einigen Kilometern Entfernung konnte er die vier kleineren Pyramiden der Stadt erkennen ... und dort, nördlich der D&M-Pyramide, sah er das Gesicht selbst, wie es in den Himmel starrte.

»Es ist schön«, flüsterte er.

»Ja, das ist es«, bestätigte Miho leise hinter ihm. Wie Boggs hatte auch sie während des ganzen Anflugs geschwiegen; Nash erschrak, als er ihre Stimme hörte. Er sah sich um und merkte, daß sie seinem Blick zum Gesicht gefolgt war.

»Ich habe fast ein Jahr hier verbracht«, fuhr sie fort und schaute immer noch das menschengleiche Profil an, das hier ins Hochplateau eingemeißelt worden war. »Ich hatte gedacht, ich würde mich an den Anblick gewöhnen, aber das habe ich nie getan.«

»An so etwas kann man sich nicht gewöhnen«, meinte Nash. Er sah sie an und schüttelte den Kopf. »Nicht, wenn man weiß, daß es nicht von uns erschaffen wurde.«

Sasaki nickte bedächtig, während ihre Augen sich wieder auf die D&M-Pyramide richteten, sagte aber nichts. Nash verfolgte das Gesicht, bis es aus dem Blickfeld seiner Steuerbordsichtluke verschwunden war, dann widmete er sich wieder zögernd der D&M-Pyramide.

»Gut, Leute, wir sind auf Endanflug.« Boggs ignorierte die vertraute Szene, konzentrierte sich völlig auf seine Instrumente, um eine sichere Landung zu bewerkstelligen. Der Boden kam näher, als die *Akron* die Westseite der Pyramide umfuhr; ihr kalter Schatten ergoß sich durch die Sichtscheiben. Der Pilot schob den Steuerknüppel ein winziges Stück vorwärts, spielte sanft mit dem Höhenruder, um dem Luftschiff die richtige Neigung zu verleihen, während er nach und nach die Turbopropmaschinen drosselte. Der frühe Morgenwind klopfte sanft gegen das Luftschiff, als es die Pyramide umrundete und wieder ins Licht eintrat. »Könnte ein wenig holprig werden hier, also sorgt für stramme Sitzgurte.«

Nash überprüfte sein Geschirr mit leichtem Ruck. »Schon etwas von unserem Begrüßungskomitee gehört?«

»Erst vor ein paar Minuten.« Boggs hatte einen Satz Kopfhörer mit Kehlkopfmikrofon über seine Baseballmütze geklemmt. »Sie erwarten uns unten an der Nordostseite. Wir sind vor ein paar Minuten über sie hinweggestrichen.« Er sah zu Nash hinüber und legte einen Finger auf die Lippen. Das Mikrofon war eingeschaltet, und so durfte er keine Kommentare abgeben, die er später bereuen würde. »Auf mein Zeichen entkoppelst du die Halteleinen und bereitest den Abwurf vor.«

Bevor Nash jedoch irgend etwas unternehmen konnte, hatte

W. J. bereits die Schalter zum Öffnen der Falluken und zur Bereitstellung der Leinen betätigt. Denn trotz allem, was Boggs gesagt hatte, war Nashs Rolle als Erster Offizier reine Tarnung; solange Boggs sich auf dem Flugdeck befand, lag alles, was mit der Führung des Schiffs zu tun hatte, ausschließlich in Boggs' Händen. So hatte er die letzte Bemerkung nur gemacht, um jeden in die Irre zu führen, der das Comlink überwachen sollte. »Wenn du deinen Kopf schon gebrauchen mußt, dann solltest du es am besten jetzt tun«, fügte er mit vielsagend mürrischem Augenzwinkern hinzu.

Nash begriff. Er legte die linke Hand in den Schoß, schob die rechte in die Manschette seines Hemds und berührte den Knopf auf seiner Armbanduhr, der das erste Mikrofilmbild in die versteckte Kamera transportierte. Allerdings war diese Vorbereitung praktisch so gut wie nutzlos, denn wenn er erst einmal seinen Schutzanzug trug, würde dieser die Kameralinse verdecken.

Er blickte wieder durch die Sichtscheiben des Flugdecks. Während die *Akron* ihren Vorbeiflug beendete und sich langsam der nordöstlichen Basis der Pyramide zuneigte, konnte er nun eine Anzahl von Gestalten in Schutzanzügen ausmachen, die hinter den Befestigungen auf einem freien Bodenstück warteten. Jetzt wurde die wahre Bedeutung von Boggs' Bemerkung klar.

Sie waren in Feindgebiet eingetreten.

Als die Bodenmannschaft die Halteleinen gepackt hatte, zogen sie sie beiseite und verschnürten sie an in den Boden gerammten Pflöcken. Während Boggs die Maschinen sicherte und die Nachlandungscheckliste durchging, legten Sasaki und Nash ihre Schutzanzüge an. Nash gewährte Miho in der Luftschleuse den Vortritt, um sich anzukleiden, doch das geschah nicht nur aus Ritterlichkeit. Als er allein im Gang stand, öffnete er seinen Attachékoffer und entnahm ihm die SIG/Sauer Automatik, um sie in die rechte Beintasche seines Überkleids zu schieben; nach kurzem Überlegen schob er ein paar der elektronischen Wanzen in eine andere Tasche. Weder Miho noch Boggs beobachteten ihn dabei, und er versteckte den Attachékoffer in einem Kombüsenschrank.

Nachdem Nash sich angekleidet hatte, ging er mit Miho zusammen durch die Luftschleuse, doch bestand der nächste Schritt nicht etwa darin, die Außenluke zu öffnen und die Leiter herunterzulassen. Statt dessen schlossen sie die Innenluken und dekomprimierten das Frachtdeck, um schließlich das Abteil zu betreten und das MRV zu löschen. Nash entriegelte die Frachtraumluken und benutzte den Handhebel, um sie zu öffnen. Doch kaum hatte er das Frachtdeck geöffnet, als Miho wortlos ein herabbaumelndes Zugkabel packte, es durch die Luke warf, mit beiden Händen ergriff und zu Boden glitt.

Nash zögerte nur so lange, bis er die Beintasche abgeklopft hatte, in der er seine Pistole verbarg. Nicht, daß er sofort mit Ärger rechnete, er wollte nur sichergehen, daß die Waffe das Überkleid des Schutzanzugs nicht allzu offensichtlich ausbeulte. Dann packte er selbst das Kabel und glitt ihr nach.

Im breiten Schatten der *Akron* stand eine Gruppe von vier Männern; Miho war bereits auf der kleinsten von ihnen zugelaufen und hatte ihm unbeholfen die Arme um den Leib gelegt; Brusteinheiten und Helme schepperten, als sie sich umarmten. Nash konnte erst nichts hören, bis er sein Comlink auf Kanal 1 stellte, dann vernahm er schnelles japanisches Geschnatter: Mihos eigene und eine ältere, männliche Stimme. Ein weiterer Mann stand etwas abseits dabei; nach einer kurzen Weile berührte er sie am Arm und sprach sie in unsicherem, zögerndem Japanisch an. Sie wandte sich ihm zu, und Nash hörte, wie sie ihn als Paul-*san* ansprach, bevor sie ihn kaum weniger begeistert als den ersten Mann umarmte. Das mußte Shin-ichi Kawakami und Paul Verduin sein; soviel ließ sich leicht erraten, trotz der Tatsache, daß sie etwas zu weit von Nash entfernt waren, um ihre Gesichter zu erkennen oder die handgeschriebenen Namen auf dem weißen Klebeband lesen zu können, das an ihren Schutzanzügen befestigt war. Die beiden anderen Männer, die rechts und links von ihnen standen, wurden weder im Zuge des Wiedersehens begrüßt noch völlig ignoriert.

Nash tat, als würde er die Landschaft studieren, dabei musterte er sie abschätzend und stellte fest, daß er die Tatsache, eine Pistole dabei zu haben, nicht bedauerte. Der Mann zur Linken, der etwas größer gewachsen war als der andere, hatte ein Steyr-Sturmgewehr, das ihm über die Schulter hing. Der andere Mann zur Rechten war zwar unbewaffnet, doch sein Gefährte schien ihm mit Respekt zu begegnen, drehte sich gelegentlich zu ihm hin, als würde er Befehle erwarten.

Nash fuhr es kalt den Rücken herunter, als der unbewaffnete Mann sich in diesem Augenblick bewegte und ihm zuwandte, als hätte er Nash zum erstenmal bemerkt. Es war etwas Vertrautes an seiner Haltung, daran, wie die Arme steif an den Seiten herabhingen. Das konnte nur ...

Plötzlich ertönte Boggs' Stimme im Comlink. *He, Andy! Bist du immer noch im Frachtraum oder wo?*

Einerseits von der Ablenkung irritiert, andererseits aber auch erleichtert, drehte sich Nash wieder zur *Akron* um. Er konnte Boggs nicht in den Fenstern der Steuerkabine erkennen. »Negativ, Käpt'n. Dr. Sasaki und ich befinden uns bereits am Boden. Wir ... haben die Abkürzung durch das Achterdeck genommen.«

Tu das nie wieder. Du könntest dir die Handschuhe aufreißen, dir ein Bein brechen oder sonstwas. War das Mihos Idee?

»Bestätigung. Sie hatte es ziemlich eilig, zwei alte Freunde wieder begrüßen zu können.« Er konnte noch immer das japanische Gespräch in seinem Comlink verfolgen. »Das MRV sieht hervorragend aus«, fügte er hinzu. »Wir sind bereit, es herabzulassen.«

Da geh mal eine Weile lieber schön in den Leerlauf. Die Maschinen sind gesichert, und ich stehe angekleidet in der Luftschleuse, aber ich habe Probleme damit, die Leiter auszufahren. Wenn du die Gangway von draußen herablassen könntest, wüßte ich das wirklich zu schätzen.

»Wird schon erledigt, Käpt'n. Immer mit der Ruhe.« Es klang unwahrscheinlich; die Idiotenlampen auf dem Betriebszustandspaneel der Luftschleuse hatten kein Versagen der Gangwayleiter registriert. Ob Boggs damit ein kleines Problem vortäuschte, war im Augenblick nicht seine größte Sorge. Und doch blieb Nash nichts anderes übrig, als sich zu fügen.

Er setzte sich in Bewegung und begann mit dem Marsch zur

Außenluftschleuse des Luftschiffs, wollte die Gangway hinter der Lukentür manuell entsichern und herausziehen. Da ertönte plötzlich eine Stimme, die er seit zwanzig Jahren nicht mehr gehört hatte, in seinen Kopfhörern:

Irgendwelche Probleme, Seemann?

»Nö«, erwiderte Nash so beiläufig wie er nur konnte. »Überhaupt nicht.«

Er drehte sich um und blickte Commander Terrance L'Enfant, ehemals von der *USS Boston*, in die Augen.

Es war ganz unzweifelhaft das Gesicht seines früheren Kapitäns, dasselbe Antlitz, das auf der *Lowell* im Computer erschienen war. Und doch war es nicht ganz dasselbe. Selbst in der Verzerrung der im Helmvisier gespiegelten Umgebung konnte Nash erkennen, daß sich L'Enfant einen dünnen, sauber gestutzten Schnurrbart hatte wachsen lassen. L'Enfants einst hagere Wangen waren ein wenig aufgedunsen, die wächserne Haut unter seinen Augen wirkte dunkel vor Ermattung, als hätte er schlecht geschlafen.

Doch diese Veränderungen waren minimal verglichen mit den Augen selbst. L'Enfants Augen wiesen eine beunruhigende hohle Tiefe auf, der Blick war leer . . . tot.

Nicht *tot;* da gab es einen feinen Unterschied. Nash hatte die Augen von Männern gesehen, die plötzlich ums Leben gekommen waren, die zu schnell aus diesem Leben ins Unbekannte gerissen wurden, um noch ihren Frieden mit sich selbst zu machen: die aufgerissenen Augen des ungläubigen Entsetzens jener, denen das Leben aus der Hand gerissen wurde.

Nein, so war es nicht. L'Enfants Augen hatten den kalten, starren Blick eines Mannes, der den Tod als Weggefährten akzeptiert hatte: ein dunkler Kumpan, mit dem er sich bei Nacht zusammenkauern konnte, um seltsame Geschichten von Seeleuten zu erzählen, die sich auf See verirrt hatten. Tote Augen. Der bodenlose Blick eines aus den Fugen geratenen Verstands.

Sie wirken ein wenig müde, meinte L'Enfant.

»War eine lange Reise«, erwiderte Nash und zwang sich in das gefährliche Hier und Jetzt zurück. »Wer sind Sie?«

L'Enfant reagierte nicht. Seine Augen schienen Nashs Gesicht zu mustern, und einen Augenblick meinte Nash, das Glitzern des Wiedererkennens zu erblicken. L'Enfant öffnete den Mund, und Nash wartete auf das Unvermeidliche: *Haben wir uns nicht schon einmal gesehen? Haben Sie nicht einmal unter meinem Kommando Dienst getan? Waren Sie nicht einmal Matrose auf meinem alten U-Boot?* Und er dachte wieder an die Pistole, die in seiner Beintasche versteckt war.

L'Enfant, antwortete der andere. *Terrance L'Enfant. Ich bin der Kommandant dieser Basisstation. Sie müssen Boggs' neuer Copilot sein . . .*

»Andy Donaldson. Ja, das bin ich.« Nash streckte seine behandschuhte Hand vor: L'Enfant bemerkte sie entweder nicht, oder er weigerte sich, sie zu schütteln. Nash sah, wie der vierte Mann im Empfangskomitee auf sie zukam. Das Klebeband auf seinem Anzug trug den Namen *Akers;* das mußte also Charles Akers sein, einer von L'Enfants beiden Schlägertypen. Nash tat sein bestes, um ihn zu ignorieren. »Es ist meine erste Reise hierher, deshalb . . .«

Mr. Donaldson, gehört es zu Ihren Gepflogenheiten, Ihrem befehlshabenden Offizier mit Respektlosigkeit zu begegnen? L'Enfants Stimme klang geschmeidig und doch herrisch. *So, wie Sie mit Mr. Boggs gesprochen haben – von wegen ›immer mit der Ruhe‹ und so weiter –, das kann man ja wohl kaum als respektvoll bezeichnen.*

Bevor Nash eine Antwort formulieren konnte, trat L'Enfant einen Schritt zurück und schüttelte leise den Kopf im Helm. *Egal. Ich hätte inzwischen lernen müssen, daß die Fliegerboys der Skycorp meistens unhöflich sind. Und wenn Sie schon mit Boggs fliegen, müssen Sie ja zwangsläufig ein Verlierer sein.* Er wollte sich abwenden, brach ab und blickte ihn wieder an. *Dennoch, Donaldson – so lange Sie auf meiner Basisstation sind, werden Sie die Güte haben, mich als Kommandant L'Enfant anzureden. Verstanden?*

Nicht amerikanischer Beobachter, bemerkte Nash, sondern *Kommandant.* Er fragte sich, ob irgend jemand im Pentagon von diesem inoffiziellen Statuswandel etwas wußte.

Wieder wartete L'Enfant die Antwort gar nicht erst ab. *Ich werde jetzt zur Basis zurückkehren. Dr. Kawakami und Dr. Verduin werden mich begleiten. Charlie hier wird Ihnen dabei behilflich sein, diese Luke zu öffnen und Ihre Fracht zu löschen. Wenn Sie damit fertig sind, erwarte ich von Ihnen, daß Sie ihn mit zum Basislager nehmen. Korrekt?*

In der Nähe stand ein mit sechs Drahtgitterreifen versehenes Geländefahrzeug. Anscheinend wollte L'Enfant damit selbst zur Basis zurückkehren, so daß Akers an Bord des Luftschiffs mitfliegen mußte. »Jawohl, Kommandant.« Nash merkte, wie er beim Antworten mit den Zähnen knirschte. »Wir werden . . .«

Entschuldigen Sie mich, Kommandant. Unerwarteterweise war es Shin-ichi Kawakami, der das Wort ergriff; Nash fiel auf, daß er und die beiden anderen Wissenschaftler während des ganzen Wortwechsels geschwiegen hatten. Der ältliche Exobiologe trat zu den beiden Männern hinüber. *Paul und ich werden etwas Zeit brauchen, um das MRV zu überprüfen, bevor wir zurückkehren, sofern Ihnen das recht sein sollte. Wir können auch mit dem Luftschiff zur Basis zurückkehren, falls erforderlich. Wenn Mr. Akers Sie vielleicht zur Basis zurückbegleiten könnte . . .?*

L'Enfant musterte Kawakami schweigend; es war, als fände ein unausgesprochener und dennoch eindeutiger Austausch zwischen den beiden Männern statt. Akers sah verunsichert von einem zum anderen. Schließlich hob L'Enfant die Hände ein kleines Stück, als wollte er einen symbolischen Kompromiß andeuten. *Also gut, Dr. Kawakami. Dann können Sie und Paul mit diesen Burschen zur Basis zurückreisen. Charlie wird mit mir im Geländewagen fahren. Ich erwarte Sie dort um zwölfhundert Uhr. Verstanden?*

Sehr genau, Kommandant. Kawakami machte eine kleine, unterwürfige Verbeugung. *Spätestens gegen Mittag.*

Der selbsternannte Kommandant der Basis Cydonia nickte gönnerhaft, als würde er einen Untertan entlassen, dann stapfte er auf das Geländefahrzeug zu. Akers folgte ihm, offenbarte dabei das Sturmgewehr auf seinem Rücken; sie marschierten an Sasaki und Verduin vorbei, als würden sie keine Notiz von ihnen nehmen.

Nash sah sie davongehen. »Ich weiß nicht, ob ich . . .«

Kawakami schlug ihm mit der Hand aufs Handgelenk. *Sie haben Probleme mit der Leiter, wenn ich richtig informiert bin?* fragte er.

Nash musterte ihn, und Kawakami fuhr schnell mit dem Zeigefinger an den Helm, schürzte hinter dem Visier die Lippen. Die Bedeutung der Geste war unverkennbar: Sei still, bis sie fort sind. *Das kann doch nicht allzu schwierig sein,* sagte er im Plauderton. *Kommen Sie, ich werden Ihnen helfen.*

Sie schritten zur Luftschleuse der *Akron,* doch bevor Nash emporgreifen konnte, um die tigergestreifte Klappe über dem Hebel für die manuelle Entsperrung zu öffnen, begann sich die Gangway von allein zu entfalten. Als sie sich auf den Boden senkte, ging die Luke auf, und Boggs spähte vorsichtig hervor. Er hob drei Finger; Nash und Kawakami befolgten die Anweisung und schalteten auf Kanal 3. *Ist die Luft schon rein, oder hängt Mackie Messer immer noch in der Gegend herum?*

Nash blickte sich um. Das Geländefahrzeug rollte gerade vom Landeplatz und ließ eine kleine rote Staubwolke zurück, als es den größeren Felsbrocken auswich. Er wartete, bis es hinter dem Rand der D&M-Pyramide verschwunden war. Jetzt waren L'Enfant und Akers seiner Einschätzung nach außerhalb der ungehinderten Empfangsreichweite ihrer Funkgeräte, so daß er frei antworten konnte. »Nettes Manöver, W. J., aber ich wüßte nur zu gern, weshalb.«

Aus keinem anderen Grund als dem, daß ich schon vor dir gesehen habe, wie er sich auf dich stürzte. Der Pilot kam gerade die Leiter herunter. *Ich habe dir doch gesagt, daß der verrückte Hundesohn mir Angst einjagt. Wenn es zwischen euch beiden schon zu einem Showdown kommen soll, dann will ich wenigstens nicht dazwischengeraten.*

»Da bin ich aber froh, daß ich mich auf dich verlassen kann, wenn ich mal in der Klemme stecke«, meinte Nash säuerlich. Doch Boggs' Beschreibung war sehr treffend: L'Enfant hatte sich tatsächlich wie ein Hai auf ihn gestürzt, und Nash hatte das Gefühl, als sei er eben von dem Großen Weißen umkreist worden.

Das war noch eine Veränderung an L'Enfant: Als er noch die *Boston* befehligte, hatte er zwar immer ein strenges Regiment geführt, war aber nie so herrisch gewesen. Der alte Kapitän L'Enfant hätte niemals einen Besucher auf seinem Schiff zusammengestaucht und von ihm verlangt, daß er ihn förmlich bei seinem korrekten Dienstgrad ansprach. Ebensowenig hätte er aus geringfügigem oder gar keinem Grund jemanden bewußt beleidigt. Tatsächlich war er für seine formlose Art bekannt gewesen, hatte sogar verlangt, daß seine Führungsoffiziere einander und ihn selbst beim Vornamen nannten. L'Enfant war ein Haudegen gewesen, kein Zweifel, aber ganz bestimmt kein Menschenschinder. Er war der Typ, dessen Befehle als Bitten verpackt waren, nicht als Forderungen.

Jedenfalls vor dem *Takada-Maru*-Vorfall ...

Nash blickte wieder Kawakami an. »Sie haben gerade etwas gesagt ... etwas über das Geländefahrzeug. Das habe ich nicht verstanden.«

Wenn es irgend jemand verdient hat, daß man ihm wegen eines geschickten Ablenkungsmanövers gratuliert, ist es Shinichi. Paul Verduin kam auf sie zu. Miho ging neben ihm. *Er hat L'Enfants eigenen Befehl gegen ihn selbst ausgespielt und damit sowohl ihn als auch seinen Leibwächter abserviert.*

»Das begreife ich immer noch nicht«, wandte Nash ein.

Nein. Natürlich nicht. Verduin blieb stehen und musterte zerstreut die lange Hülle des Luftschiffs. *Unser ehrenvoller Kommandant hat nämlich eine eiserne Regel aufgestellt, daß niemand ohne Begleitung auf die Planetenoberfläche darf, vor allem dann nicht, wenn er sich nicht in unmittelbarer Nähe der Basisstation aufhält. Zu unserer eigenen Sicherheit, behauptet er, obwohl es mehr dazu dient, uns unter Beobachtung zu behalten. Er konnte ja wohl schlecht gegen seinen eigenen Befehl verstoßen, nicht wahr?* Er stieß ein kurzes, verbittertes Lachen aus, als er auf seine schmutzverkrusteten Stiefel hinabblickte. *Ich würde mich sogar allein im Labyrinth immer noch sicherer fühlen als mit ihm zusammen in der Messe.*

Kawakami lächelte und streckte die Hand vor, um Verduin jovial auf den Arm zu klopfen. *Sie werden möglicherweise noch Ihre Gelegenheit bekommen, genau das zu tun, Paul. Seien Sie nur geduldig.*

Verduin antwortete auf die Bemerkung mit einem schwachen

Lächeln. Kawakami wandte sich wieder an Boggs und Nash, stieß die Luft in einem langen, vernehmbaren Seufzen aus. Selbst in seinem Schutzanzug wirkte er noch abgekämpft und müde, obwohl es doch noch früh am Morgen war. *Meine Herren, dies könnte unsere einzige Gelegenheit sein, während Ihres Aufenthalts frei miteinander zu sprechen, und Terry der Schreckliche hat uns selbst dafür nicht allzuviel Zeit gelassen. Wir werden uns weiter unterhalten, während wir Pauls neues Spielzeug entladen.*

Er wies auf die geöffnete Frachtluke. *Wollen wir . . .?*

14 Fremdenhaß

Also das, sagte Boggs, *muß wirklich das verdammt Häßlichste sein, was ich je gesehen habe.* Er dache kurz darüber nach, dann fügte er hinzu: *Außer der Hure auf der Jefferson Street, bei der ich meine Unschuld verlor, will ich sagen. Also die war nun wirklich ...*

Waylon ... fing Miho an.

Okay, okay, es tut mir leid. Boggs trat hinter das MRV und musterte die Maschine von ihren schaukelförmigen Trittnäpfen bis zur Hochleistungsantenne, dann schüttelte er den Kopf. *Aber wenn die Käfer nicht sofort tot umfallen, sobald sie dieses verhunzte Ding erblicken, drehen sie sich wahrscheinlich auf den Rücken und lachen sich krank.*

Niemand widersprach der Einschätzung des Piloten, was das bemannte Erkundungsfahrzeug betraf. Sie hatten es aus dem Frachtraum der *Akron* gehievt, und als Paul Verduin den letzten Teil der Abdeckung entfernte, bekam jeder das ›verhunzte Ding‹ zum erstenmal richtig zu Gesicht. Seine Karosserie aus Aluminium und Polykarbon war dunkelbraun lackiert, doch auf die vordere Kabinenluke hatte man eine dämlich aussehende Jackalope gesprüht, mit schielenden Augen und einem blöden Grinsen, als hätte sie gerade ein Wettrennen mit einem Bandersnatch gewonnen. Es hatte etwas Aberwitziges, ein mythisches amerikanisches Tier auf einer Maschine japanischer Bauart abgebildet zu sehen, doch war der Spitzname durchaus passend: Das Mitsubishi-MRV-2 glich tatsächlich entfernt einer unwahrscheinlichen Kreuzung zwischen einem Jackrabbit oder Eselhasen und einer Antilope.

Und es war *wirklich* häßlich. Die Maschine war drei Meter hoch und bewegte sich auf Stelzen, die in einem Gelenk nach hinten einknickten; in diesem Punkt hatte sie eine gewisse Ähnlichkeit mit den russischen AT-80-Autotanks, die man früher auf die Basis Cydonia geschafft hatte. Doch die Ähnlichkeit der

Jackalope mit dem Buschbagger war nur oberflächlicher Art; anstelle eines drehbaren Geschützturms bestand die Hülle des MRV aus einer länglichen, eiförmigen Ein-Personen-Kabine mit kleinen Sichtluken zu beiden Seiten und verschiedenen, auf der Hülle befestigten Überwachungskameras und Sensoren. Am vordersten Teil des Fahrzeugs, unter der Frontluke und neben dem auf einem Drehgelenk befestigten Infrarot-Scanner, befand sich ein mehrgelenkiger Greifkrallenmanipulator.

Die Jackalope hatte eine merkwürdige Geschichte, die selbst für die uralte japanische Faszination für Roboter untypisch war. Mitsubishi Heavy Industries hatte den ersten Prototyp, das MRV-1, als militärisches Aufklärungsfahrzeug entworfen, doch war es von keiner der westlichen Armeen angeschafft worden, für die es gedacht gewesen war. Man hatte die Maschine für viel zu langsam und empfindlich gehalten, um echten Gefechtssituationen gewachsen zu sein. Mitsubishi hatte die Idee jedoch nicht fallengelassen; die Version der zweiten Generation wurde neu entworfen und für den zivilen Einsatz auf dem Mond angepaßt. Uchu-Hiko hatte ein paar der neueren MRV-2s für Erkundungsausflüge in der Nähe des Kraters Alphonsus eingesetzt, wo die Firma schließlich auch ihre erste lunare Bergbaukolonie errichtete, allerdings nur mit sehr begrenztem Erfolg. Die Jackalope konnte nichts anderes leisten, was nicht auch ein paar in starre Schutzanzüge gekleidete Prospektoren in einem Geländefahrzeug mit hoher Reichweite mit wesentlich weniger Kosten und Mühe hätte vollbringen können. Auf jeden Fall stellte das MRV-2 ein geradezu klassisches Beispiel für die Rube-Goldberg-Schule der Ingenieurskunst dar: eine technologisch überzüchtete Lösung für ein vergleichsweise banales Problem.

Die Jackalope, die nun auf den Mars gebracht worden war, war das letzte Exemplar, das von Uchu-Hiko erworben wurde; man hatte sie im Warenlager der Firma in der Nähe des Raumfahrtzentrums Kagoshima eingemottet, als fast vergessenes Relikt eines enthusiastischen, aber unklugen Liefervertrags. Und dort wäre es wahrscheinlich immer noch, hätte Paul Verduin sich nicht an seine Existenz erinnert.

Und Sie wollen diesen Schrotthaufen ins Labyrinth bringen? fragte Boggs.

Morgen früh, sagte Verduin so zerstreut, als hätte man ihn auf einer Amsterdamer Straße nach dem Busfahrplan gefragt. Prüfend zog er an einem Stromkabel, das in den Servomotor des linken Beins führte. *Ja, ganz genau.*

Boggs pfiff durch die Zähne und schüttelte den Kopf. *Sie sind wirklich verrückter, als Sie aussehen, Paul.*

Ich habe nie behauptet geistig normal zu sein, mein Freund.

Während sich der holländische Astrophysiker daranmachte, um und unter dem Gerät herumzukriechen, gesellte sich Nash zu Kawakami, um ihm beim Zusammenlegen der abgeworfenen Abdeckungen zu helfen. »Sie wollten mir von L'Enfant erzählen ... davon, was er unternommen hat, als er hierherkam.«

Für einen Augenblick schien es, als habe der Chefwissenschaftler ihn nicht gehört. Seine Schultern sackten in seinem flexiblen Schutzanzug zusammen, während er beharrlich die Mylar-Bahnen einsammelte, bis er schließlich zu Nash emporblickte. *Oh ... ja, ja. Es tut mir leid, das wollte ich doch, nicht wahr? Ich ...*

Miho Sasaki sprang auf ihn zu, vollführte kleine Sätze in der niedrigeren Gravitation. Sie legte eine Hand auf seine Schulter und sprach sanft mit ihm auf japanisch. Er schien erst zu zögern, dann nickte er. *Miho meint, daß ich mich möglicherweise überanstrenge,* sagte er zu Nash. *Ich muß mich entschuldigen, Mr. Donaldson, aber ich neige dazu, ihr zuzustimmen.*

»Sie brauchen sich nicht zu entschuldigen.« Die letzte Stunde hatten sie hart gearbeitet, um die Jackalope aus dem Frachtraum zu hieven; hart genug, um keine Gelegenheit zu haben, die gegenwärtige Situation auf der Basisstation zu besprechen. Nash nahm einen Schluck Wasser aus seiner Helmröhre. »Warum setzen Sie sich nicht eine Weile hierhin, dann können wir ...«

Sasaki legte einen schützenden Arm um Kawakamis Schultern. *Wir sollten das lieber in der Akron fortsetzen,* meinte sie. *Dr. Kawakami hätte nicht so lange auf EVA gehen sollen. Vielleicht wäre es besser ohne seinen Anzug und mit einer Tasse Tee ...?*

So lange er frisch ist, erwiderte Kawakami. Dann sah er sie kampflustig an. *Sie haben doch wohl frischen Tee mitgebracht, oder?*

Ja, Shin-ichi-san. Miho lachte lieblich. *Ich habe es nicht vergessen. Es ist alles in meinem Duffelsack.* Sie lenkte den Exobiologen zur Luftschleuse der *Akron.* Nash blickte über die Schulter und sah, wie ihm Boggs den aufgereckten Daumen zeigte; er würde die Sache hier draußen abwickeln, einschließlich der Aufgabe, die Jackalope mit einer Schutzplane zu verzurren.

Nash nickte, dann sah er auf den Chronometer im Stirndisplay seines Helms. Es blieb ihnen noch über eine Stunde bis zur von L'Enfant gegebenen Stichzeit zur Rückkehr. Er drehte sich um und folgte Kawakami und Sasaki zur Luke.

Nachdem sie einzeln durch die Luftschleuse gekommen waren, behielt Nash seinen Schutzanzug an und streifte nur den Helm und die Handschuhe ab; er wußte, daß er vor dem Start noch einmal auf EVA gehen mußte. Die beiden Wissenschaftler dagegen stiegen aus ihren Anzügen. Das taten sie gemeinsam in der Luftschleuse, ohne jedes Zeichen von Verlegenheit. Wie Nash bereits bemerkt hatte, war die Beziehung zwischen Kawakami und Sasaki wie zwischen Vater und Tochter.

Ohne die Polsterung des Schutzanzugs wurde aber auch deutlich, daß Shin-ichi Kawakamis körperliche Verfassung sich seit den letzten zur Verfügung gestellten Aufnahmen verschlechtert hatte. Sein langer Aufenthalt in der niedrigen Gravitation des Mars und der Mangel an körperlicher Betätigung hatte ihn zusammenschrumpfen lassen. Als er seinen Teebecher aufnahm und ihn sorgfältig zwischen den Handflächen hielt, begannen seine hageren Hände zu zittern.

Wie er ihm so in der Messe des Luftschiffs gegenübersaß, fragte sich Nash, ob Kawakami vielleicht die ersten Symptome der Parkinsonschen Krankheit zeigte. Er sagte jedoch nichts, als er in die Tasche seines Schutzanzugs griff und unbemerkt den winzigen Sony-Recorder anschaltete. Wenigstens innerhalb des Luftschiffs würde er das Gespräch aufzeichnen können.

Kawakami entging die Aufmerksamkeit nicht, die Nash seinen Händen gewidmet hatte. »Akute muskuläre Atrophie«, sagte er mit abrupter Distanziertheit, als würde er einem Studenten den merkwürdigen Nebeneffekt eines Experiments erklären. »Der Hauptgrund dafür, weshalb ich jetzt nicht mehr zur Erde zurückkehren kann, selbst wenn ich es wollte.« Er lächelte leise und nippte an seinem Becher, hielt ihn immer noch mit beiden Händen fest. »Ob es mir gefällt oder nicht, ich bin der erste Marsianer geworden . . . natürlich nur, sofern man unsere Freunde von Achird Cassiopeia nicht mitzählt.«

Miho, die Nashs Becher füllte, unterbrach ihre Tätigkeit; der dünne braune Ceylon-Tee spritzte auf den Tisch, doch die Astrophysikerin schien es nicht zu bemerken. »Achird Cassiopeia? Sie haben die Heimatwelt der Cooties ausgemacht?«

Kawakami setzte seinen Becher ab und spreizte die Hände. »Nur eine Vermutung. Achird Cassiopeia ist jedenfalls ein Arbeitsmodell für das Heimatsystem der Cooties. Das ist ein Stern der Klasse G-null, dessen Masse und Durchmesser nur wenig geringer als die unserer eigenen Sonne ist und der auch die gleiche Strahlkraft besitzt. Das Van-Allen-Raumteleskop hat vor kurzem ein kleines Planetensystem darum entdeckt, und wenn der Rest meiner Vermutung stimmen sollte, paßt auch seine Entfernung von 19,2 Lichtjahren genau dazu.«

Nash schüttelte den Kopf. »Ich kann Ihnen nicht folgen. Warum sollen . . .?« Er mühte sich, den Namen des Sterns auszusprechen, mußte es aber aufgeben. »Warum sollte dieser Stern das Heimatsystem der Aliens sein? Wegen seiner Ähnlichkeit?«

Der Exobiologe schüttelte den Kopf. »Nein. Das gehört zwar auch dazu, aber nicht ausschließlich.« Trotz seines Gesundheitszustandes war Kawakami noch immer ein angeregter Unterhalter. »Meiner Arbeitshypothese zufolge sind die Cooties absichtlich in dieses System gekommen, aber auf der Grundlage falscher Informationen.«

Er hielt inne, genoß sichtlich den Ausdruck der Verwirrung in Nashs und Sasakis Mienen. »Ich denke, die Cooties haben vor vielen Jahrtausenden eine automatische Raumsonde durch dieses System geschickt, einen Kundschafter auf der Suche nach einem kolonisierbaren Planeten. Eine Weile glaubte ich, daß sie die Erde zu ihrem Hauptkandidaten gemacht hätten und dort lediglich nicht siedeln konnten, weil die Gravitationsverhältnisse anders waren, aber jetzt bin ich der Auffassung, daß ihre Sonde den Mars als erste Wahl bestimmt haben dürfte. Ja, als die Sonde den Mars entdeckte, gab es hier wahrscheinlich noch offenes Wasser und eine viel dichtere Atmosphäre. Zusammen mit seiner Gravitation, die einem Drittel der Erdanziehungskraft entspricht, was für die Physiologie der Aliens das richtige gewesen wäre, mag der Mars eine starke Ähnlichkeit mit einem belebten Planeten in der Umlaufbahn um einen Stern der Klasse G-null gehabt haben.«

»Ja, aber . . .«

Miho zögerte, als würde es ihr schwerfallen, die Theorien ihres Mentors in Zweifel zu ziehen. »*Sensei*, Ihre eigenen Forschungen haben doch ergeben, daß es fast dreieinhalb Milliarden Jahre her ist, als der Mars noch einen Ozean besaß.«

Kawakami hob eine Augenbraue. »Ja, aber die Entfernung zwischen unserem System und Achird Cassiopeia ist auch gewaltig.« Er verschränkte die Finger. »Selbst ein Funksignal würde schon mehr als neunzehn Jahre brauchen, um von hier bis in dieses System zu gelangen. Und sogar ein hypothetischer Materie-Antimaterie-Antrieb könnte maximal nur zwanzig Prozent der Lichtgeschwindigkeit erreichen, und es gibt keinen Grund zu der Annahme, daß die Cooties eine Technologie dieser Größenordnung entwickelt haben. Wenn sie allerdings die Reise in einem Generationenschiff oder in Biostase unternommen haben sollten . . .«

Er zuckte mit den Schultern. »Wer weiß? Zwischen der Meldung der Sonde über ihre Entdeckung des Planeten und der Ankunft des Kolonistenschiffs der Cooties in der Marsumlaufbahn hätten Hunderte von Millionen Jahren verstreichen können. Und in dieser Zeit hätte der Planet gewaltige klimatologische Veränderungen durchlaufen können, mit denen die Cooties einfach nicht rechneten . . .«

»So daß sie schließlich auf einem Planeten gestrandet waren, der ihrer Lebensform keine Grundlage mehr bot«, beendete Sasaki den Satz.

Kawakami nickte. »Falls ihr Schiff für eine Einwegreise entwickelt wurde.« Er lächelte. »Ich habe versucht, die anderen dazu zu kriegen, die Aliens in Cassiopeianer umzutaufen, aber ich fürchte, daß der Spitzname Ihres alten Freundes haften geblieben ist.« Er lachte leise, als er wieder seinen Tee aufnahm. »Paul glaubt, daß Sie möglicherweise von 82 Eridani stammen, aber das ist der völlig falsche Spektraltyp. Doch er erinnert sich nun einmal an eine Science-Fiction-Story seiner Kindheit, in der es um insektenähnliche Aliens von Eridani ging, und das versperrt ihm den nüchternen Blick auf die Dinge.«

Er legte plötzlich die Stirn in Falten und blickte aus dem Sichtfenster auf die gewaltige Spalte in der Nordostseite der D&M-Pyramide hinüber. »Diese Romantik könnte ihm noch zum Verhängnis werden, befürchte ich«, sagte er ruhig. »Er hat vor, diese ... ja, diese Maschine, die Sie uns gebracht haben, das MRV ... morgen früh als erstes durch Mamas Hintertür zu führen. Tamara und ich haben beide versucht es ihm auszureden, aber vor mehreren Monaten hat er ...«

Nash räusperte sich sanft. Das war zwar alles ganz interessant, aber im Augenblick ging es ihm um Angelegenheiten höherer Priorität. Miho sah ihn scharf an, dann richtete sie den Blick wieder auf ihren Mentor. »Shin-ichi-*san*, wir müssen über Commander L'Enfant und seine Männer sprechen.«

Sie zögerte, ließ den Blick wieder zu Nash huschen. »Das ist August Nash. Andrew Donaldson ist nur sein Tarnname. Er arbeitet für ...«

»Die Amerikaner.« Kawakamis Aufmerksamkeit richtete sich wieder vom Fenster auf Nash, dem er einen langen, unpersönlichen Blick gewährte. »Wahrscheinlich im Dienst der Skycorp. Nicht wahr?« Er wartete nicht, bis Nash ihm geantwortet hatte, sondern sah Miho wieder an. »So wie Sie selbst jetzt für JETRO arbeiten, im Auftrag unserer Regierung und von Uchu-Hiko. Oder sind das immer noch grundlose Annahmen meinerseits?«

Miho war erstaunt. Nash ertappte sich beim Grinsen. »Tatsächlich haben Sie nur zur Hälfte recht«, erwiderte er. »Ich bin von Security Associates, einem privaten Nachrichtendienst. Ich wurde von der Skycorp angeheuert, um zu untersuchen, was hier oben los ist, also liegen Sie zumindest teilweise richtig. Wie haben Sie es erraten?«

Kawakami wirkte beleidigt. Er schüttelte langsam den Kopf

und trank aus seinem Becher. »Mr. Nash, ich habe keinen Nobelpreis fürs Raten erhalten. Ihre Ankunft zu diesem Zeitpunkt liegt weitab jeder Zufallswahrscheinlichkeit.« Sorgfältig setzte er den Becher wieder auf den Tisch und streckte die Hand vor, um Sasakis Handgelenk zu tätscheln. »Und Sie, meine Liebe, hätten mir lieber Kaffee geben sollen. Das war Verschwendung eines unschuldigen Teebeutels. Verzeihen Sie mir, Miho, aber das war erbärmlich.«

Jetzt war sie völlig verwirrt; Kawakami dagegen schien sich sehr zu amüsieren. »Nun, da die beiden jungen Leute endlich damit fertig sind, einen senilen alten Mann aufzuheitern, darf ich vielleicht alles erklären, was hier in letzter Zeit vorgefallen ist . . .«

Terrance L'Enfants exzentrisches Verhalten, erklärte Kawakami, manifestierte sich nicht sofort nach seinem Eintreffen auf der Station Cydonia. Der Zweck seiner Mission war ganz eindeutig – er sollte das Wissenschaftlerteam an weiteren Revolten hindern, und es war offensichtlich, daß seine drei ›Beobachter‹ ihn lediglich begleiteten, um das durchzusetzen, sollte es zu einem weiteren Versuch kommen, die Expedition aus dem Gleis zu werfen.

Doch hatte sich L'Enfant nicht von Anfang an als Hardliner gegeben. Er hatte seine Rolle als neuer amerikanischer Co-Direktor mit gelassener Unaufdringlichkeit akzeptiert und es vorgezogen, sich herauszuhalten und es Kawakami zu gestatten, die weitere Erforschung der Stadt zu leiten, während er und seine Männer sich mehr um die hauswirtschaftlichen Aufgaben kümmerten, die weitgehend vernachlässigt worden waren, seit der größte Teil des Stationspersonals nach dem Jagdrennen-Überfall die Basis verlassen hatte. Obwohl die Wissenschaftler es immer noch mißbilligten, daß L'Enfant ihnen als Ersatz für Arthur Johnson aufgezwungen worden war, und obwohl sie ihm wegen seines militärischen Status mißtrauten, entdeckten sie doch bald, daß er wenigstens nicht gegen sie arbeitete . . . zumindest damals noch nicht.

Allerdings hatten die Wissenschaftler bis dahin auch schon

schlimmere Sorgen als ihren neuen amerikanischen Co-Direktor. Die Untersuchung war ins Stocken geraten, der ›Streik‹ hatte eine wichtige Gelegenheit vertan, mit den Pseudocooties in Kommunikation zu treten. Genau vierundzwanzig Stunden, dreißig Minuten und 35,25 Sekunden nachdem Ben Cassidy den Erstkontakt hergestellt hatte – also genau nach einem Marstag –, hatten die Pseudocooties den Raum C4-20 wieder versiegelt.

Einen einzigen Sensor hatten sie in Ruhe gelassen, dafür aber die tragbare Luftschleuse und die Überwachungskameras entfernt, den größten Teil der Wände wieder aufgebaut und nur eine einzige, mannsgroße Öffnung zurückgelassen. Doch als sich Paul Verduin in einem Schutzanzug zum Raum hinuntergewagt hatte, hatten ihm mehrere der metallischen Roboter den Weg versperrt; sie griffen ihn zwar nicht an, ließen ihn aber auch nicht weiter als bis zum Eingang von C4-20 vor. Es hatte den Anschein, als sei eine unausgesprochene Terminlinie erreicht und überschritten worden, innerhalb derer die Pseudocooties noch zu einem Kontakt mit Menschen bereit gewesen wären. Kawakami glaubte, daß es sich bei ihnen um autonome, selbstproduzierende Roboter handelte, ähnlich den hypothetischen Von-Neumann-Maschinen, über die man im vergangen Jahrhundert theoretisiert hatte. Jedenfalls hatten sie sich nun in den Katakomben unter der Stadt eingeschlossen.

»Katakomben?« Sasaki hob fragend eine Braue. »Warum glauben Sie, daß die dort unten Katakomben haben?«

»Wir haben eine Reihe von Seismographen um die Stadt herum und innerhalb plaziert«, erklärte Kawakami. »Nachdem wir sie eine Weile sorgfältig beobachtet haben, bemerkten wir ein unregelmäßiges Schwingungsmuster, das von einem Punkt unterhalb der Pyramiden ausgeht. Nachdem wir Computermodelle davon herstellten, sind wir zu der Vermutung gelangt, daß sie aus Untergrundtunnel stammen, die im zentral gelegenen Gebiet zwischen den vier Pyramiden der Stadt zusammenlaufen.« Er zuckte mit den Schultern. »Wofür diese Tunnel gedacht sind und was die Cooties dort unten tun, ist uns völlig schleierhaft. Als C4-20 zum ersten Mal geöffnet wurde, haben wir zwar etwas entdeckt, das wie Maschinen aussah, aber was es genau war, welche Rolle es spielte . . .«

Er spreizte die Hände. »Wir wissen nichts darüber. Immer vorausgesetzt, daß es überhaupt Maschinen waren.«

Immerhin ließ sich durch die Seismographie bestimmen, fuhr er fort, daß sich die Schwingungen unter der Oberfläche südöstlich bis zur D&M-Pyramide ausbreiteten, was die Wissenschaftler zu der Annahme führte, daß es einen Tunnel geben könnte, der direkt von den Katakomben zum Mausoleum der Cooties führte. Das erwies sich als richtig, und weitere Untersuchungen und Computersimulationen entdeckten einen glückhaften Umstand: Der Meteorit, der die nordöstliche Wand der D&M-Pyramide zerstört hatte, hatte zugleich dicht oberhalb des Tunnels eine tiefe Grube geschlagen, die sich am unteren Rand der Meteoritenspalte befand. L'Enfant hatte Bohrgeräte von Station Arsia angefordert, und nach monatelanger geduldiger Ausgrabungsarbeit in der Grube gelang es ihnen schließlich, in den Tunnel zu stoßen und einen schmalen Schacht direkt von der Planetenoberfläche in Mamas Hintertür zu treiben.

Sascha Kulejan hatte sich freiwillig erboten, Mamas Hintertür zu erforschen. Man hatte ihn in seiner Hoplite-II-Kundschafterrüstung an einem Kabel in den Tunnel heruntergelassen, damit er sich seinen Weg zurück zur Stadt bahnen und hoffentlich die Katakomben orten würde. Doch das war gescheitert; der russische Wissenschaftler schaffte es gerade einmal, kaum fünfzig Meter den Tunnel entlangzuschreiten, als er vor sich eine Bewegung bemerkte und meldete. Die Überwachungskamera seines Anzugs erfaßte für einen kurzen Augenblick Pseudocooties, die auf ihn zustürzten. Dann wurde der Videokontakt unterbrochen, und nachdem ein letzter Schrei auf Audioband aufgenommen worden war, war jede Verbindung zu Sascha beendet. Als man später eine ferngesteuerte Spinnensonde hinunterschickte, um ihn zu suchen, war keine Spur von Sascha Kulejan mehr zu finden gewesen – keine Leiche, kein Blut, keine Bruchstücke seines Panzers –, bis die Probe selbst angegriffen und vernichtet wurde.

»Das war der Punkt, an dem L'Enfant anfing . . .« Kawakami verstummte, untypischerweise schien er keine passenden Worte zu finden.

»Komisch wurde?« ergänzte Nash.

Kawakami nickte, doch dann schüttelte er hastig den Kopf. »Paranoia ist wohl die genaueste Beschreibung, Mr. Nash . . .«

»Nennen Sie mich August.« Er lächelte angespannt. »Solange Sie mich Andy nennen, wenn L'Enfant und seine Männer anwesend sind.«

»Ich werde Sie immer Andy nennen müssen, solange wir in der Station sind, selbst unter uns.« Kawakamis Miene war grimmig. »Wir haben einigen Grund zu dem Verdacht, daß man unsere Unterkunft elektronisch überwacht. Unsere Privatkommunikation findet auf Papierstreifen statt, die wir danach herunterschlucken.«

Sasaki stieß zischend die Luft aus. Kawakami musterte sie mit traurigem Blick. »Ja, Miho, so weit ist es schon. Wir können niemandem mehr vertrauen außer uns selbst, und selbst wenn wir mit Arsia eine offenherzige Kommunikation pflegen könnten, wüßte ich doch nicht, wem wir dort vertrauen sollten.« Er machte eine Pause, um dann hinzuzufügen: »Ich glaube, daß L'Enfant dort Informanten haben könnte, aber ganz sicher bin ich mir nicht.«

Das war zwar eine beunruhigende Offenbarung, aber Nash wollte sich jetzt nicht ablenken lassen. »Fahren Sie bitte fort«, versetzte er.

Nach Sascha Kulejans Tod verhängte L'Enfant, Kawakamis Bericht zufolge, mehrere Maßnahmen, die alle, wie er behauptete, ›der Sicherheit der Expedition‹ dienen sollten. Als erstes übernahm er das völlige Kommando über die Basisstation; da Kulejan der russische Co-Direktor gewesen war und Kawakamis Krankheit ihn daran hinderte, mehr als nur symbolischen Widerstand zu leisten, war das ein müheloses Unterfangen. Zudem wurde es durch seine Helfer durchgesetzt. Das war der Zeitpunkt, als die Sturmgewehre, die man vorher vor dem Wissenschaftlerteam verborgen hatte, in Erscheinung gebracht wurden. Seitdem war immer mindestens einer der vier Amerikaner wach, wechselten sie einander im Befehlszentrum ab.

Dann verfügte L'Enfant eine Kommunikationssperre; alle Nachrichten und Berichte mußten erst von ihm freigegeben werden. Zu Anfang gestattete L'Enfant es den Wissenschaftlern noch, technische Forschungsberichte an die Station Arsia zur Speicherung zu übermitteln, bis er zu der Überzeugung gelangte, daß diese selbst wiederum kodierte Mitteilungen enthielten. (»Mit dieser Annahme lag er auch nicht falsch«, fügte Kawakami hinzu, »aber es gelang ihm, sich auszurechnen, was wir dort taten, bevor wir sie absetzen konnten.«) Danach wurden nur noch reine Routinemeldungen an Station Arsia oder die Erde gefunkt.

Dann kamen immer weitere Einschränkungen. Man mußte ihm eine CD-ROM-Kopie aller neuen wissenschaftlichen Daten aushändigen. Niemand durfte sich ohne Militäreskorte allein auf der Planetenoberfläche oder innerhalb der Stadt bewegen, und von Sonnenuntergang bis -aufgang gab es eine EVA-Ausgangssperre. Des weiteren mußte bei allen wichtigen Forschungsvorhaben immer entweder L'Enfant oder einer seiner Adjutanten im Überwachungszentrum zugegen sein.

Schließlich verlangte L'Enfant, daß man ihn mit seinem offiziellen Marinedienstgrad ansprach; das war inzwischen allerdings nur noch eine Formalität, da es offensichtlich war, daß er die paramilitärische Kontrolle über die Basis Cydonia übernommen hatte.

Und schließlich gab es noch eine weitere Veränderung, wenn sie auch nicht in Form von Vorschriften durchgesetzt wurde: L'Enfant hatte es sich angewöhnt, die Cooties gelegentlich als ›den Gegner‹ zu bezeichnen.

Kawakami stemmte die Ellenbogen auf den Tisch und legte das Gesicht in die Hände. »Wir haben so gut wie möglich versucht, innerhalb seiner Regeln zu arbeiten«, fuhrt er müde fort und rieb sich dabei die Augen, »aber es war sehr schwierig. Unsere einzige Hoffnung bestand darin, daß irgend jemandem auf Station Arsia die Unterbrechung der regulären Kommunikation auffallen und daß er einen Bericht auf die Erde schicken würde, daß hier etwas nicht stimmte.«

Miho griff über den Tisch und schloß ihre Hände um seine. »Das haben wir, Shin-ichi-*san*«, sagte sie tröstend. »Deshalb sind wir ja gekommen.«

Sie warf Nash einen Blick zu und bemerkte, daß er nickte. Und doch wurde das Wort *Paranoia* L'Enfants geistiger Verfassung nicht gerecht. Kawakamis Bericht zufolge hatte der Mann eine Xenophobie entwickelt, ängstigte sich auf irrationale Weise vor den Cooties und der gewaltigen Fremdartigkeit, für die sie standen. Vielleicht war dieser Zustand auch nichts Neues, vielleicht hatte er L'Enfants Psyche schon seit vielen Jahren bestimmt; das würde seine Torpedierung der *Takada Maru* vor so vielen Jahren erklären. Doch wie so viele Phobien ließ sich sein Geisteszustand auch anders deuten . . . sogar als positive Eigenschaft, wenn man es so sehen mochte. Als Wachsamkeit. Als Aufmerksamkeit gegen mögliche Gefahren. Als Bereitschaft, Verantwortung zu übernehmen. Der alte Haudegengeist von Annapolis. Vielleicht wußte das Pentagon schon die ganze Zeit, was er hier oben trieb. Vielleicht hatte man L'Enfants eigene Interpretation der Ereignisse für bare Münze genommen und in aller Stille beschlossen, ihm freie Hand zu lassen. Schließlich galt er für viele Leute in Arlington und Washington als verantwortungsbewußter Offizier, der schon einmal seine Fähigkeit unter Beweis gestellt hatte, binnen Sekundenbruchteilen entschieden zu handeln. Hier oben, sechzig Millionen Kilometer von Zu Hause entfernt, so man schon fünfzehn Minuten brauchte, um einen einfachen Funkspruch zur Erde zu übermitteln, herrschte eine hochriskante Situation; da brauchte man jemanden, der fähig war, selbständig zu denken.

Und waren es etwa keine *Aliens?* Ihre Intelligenz hatte sich innerhalb eines Bezugsrahmens entwickelt, der das Fassungsvermögen des Planeten Erde weit überstieg. Sogar der erste Exobiologe, der einen Nobelpreis erhalten hatte, wußte keine schlüssigen Antworten auf die vielen Fragen zu geben, die sie aufwarfen. Wo es an Wissen mangelte, entstand Furcht, und furchtsame Menschen waren nur zu bereit, blindlings in die Dunkelheit hineinzufeuern. Oder sich jemandem anzuvertrauen, der statt dessen für sie Wache stand.

Also nahm man diesen Mann – einen nichtdiagnostizierten Xenophoben – und postierte ihn am Eingang eines Labyrinths. Man gab ihm eine unbefristete Mission, versorgte ihn mit Waffen, mit Soldaten, was immer er brauchte . . .

Und dann ließ man ihn los.

»Ihr blöden Hundesöhne«, murmelte er bei sich.

Kawakami hob den Kopf. »Wie bitte?« fragte er. Miho blickte ihn entsetzt an.

»Nein. Entschuldigung.« Nash atmete tief durch. »Ich meine nicht Sie.«

Mehr denn je begriff er genau, was zu tun war und weshalb. Wenn sein Motiv tatsächlich, was er nie vor sich selbst zugegeben hatte, schlichte Rachsucht gewesen sein sollte, so gab es nun noch einen sehr viel drängenderen Grund, L'Enfant zu Fall zu bringen. Der geistesgestörte Hurensohn war außer Kontrolle geraten und mußte ausgeschaltet werden ...

Nash schüttelte den Kopf, riß sich in die Gegenwart zurück. Er erinnerte sich an seine letzte Nachricht von Control. »Man hat mich informiert, daß kürzlich ein Frachtkanister von einem Frachter für die Basis abgeworfen wurde«, warf er ein. »Können Sie mir irgend etwas darüber sagen?«

Kawakami schüttelte den Kopf und trank seinen lauwarmen Tee. »Sehr wenig, fürchte ich. Er ist vor einigen Tagen im Westen gelandet, aber nur Marks und Akers sind zu ihm hinausgefahren. Sie haben einen Anhänger an einem der Geländefahrzeuge befestigt, und was sie zurückbrachten, hatten sie mit einer Plane bedeckt. Tamara konnte einen Blick auf den Anhänger werfen, bevor sie ihn in das Garagenmodul verbrachten, und sie glaubt, daß es sich um einen Kampfpanzeranzug handelt ...«

»Wie ein Hoplite?« fragte Sasaki.

»Ja, aber sie war sich nicht sicher. Seitdem hat L'Enfant alle mit Ausnahme seiner eigenen Männer daran gehindert, das Modul 1 zu betreten ... das ist die Garage. Er hat den Code der Hauptluftschleuse geändert, da diese in Modul 1 führt, und hat uns gezwungen, statt dessen die Hilfsluftschleuse in Modul 10 zu benutzen.«

Er machte eine Pause, fügte dann hinzu: »Ich bin mir nicht sicher, ob es etwas damit zu tun hat, aber ich habe auch gesehen, wie sie sich an der Hornisse zu schaffen machten.«

Miho atmete tief durch. Nash schüttelte den Kopf. »Wie bitte ... die Hornisse?«

»Die F-210-Hornisse«, erklärte Miho. »Der Raum-Bodenjäger, der während der Operation Jagdrennen verwendet wurde. Er ist nach Beendigung seiner Mission gelandet. Waylon hatte ihn eine Weile zum Ausschlachten von Ersatzteilen für die *Burroughs* benutzt, aber ansonsten bestand er nur noch aus nutzlosem Schrott.« Ihre Augen verengten sich, als sie darüber nachdachte. »Es könnte sein, daß sie ihn wieder flugtauglich machen wollen, aber was würden sie damit erreichen?«

»Und wozu auch ein neuer GKA?« fragte Kawakami. »Die Modelle, die wir in der Vergangenheit eingesetzt haben, waren im Tunnel und im Labyrinth wertlos. Warum sollten die dann schon wieder einen auf die Basis bringen? Wenn Tamara nicht eine so gute Beobachterin wäre, hätte ich meine Zweifel an ihrem Bericht gehabt.«

»Aber selbst wenn nicht«, meinte Nash, »warum sollten sie dann die Fahrzeuggarage versiegeln? Wenn es doch nur ein gewöhnlicher Kampfanzug ist . . . ?«

»Nein«, pflichtete Kawakami ihm bei, »das ergibt keinen Sinn.« Er blickte nachdenklich aus der Sichtluke. »Andererseits habe ich es auch aufgegeben, in L'Enfants Tun irgendeinen Sinn zu suchen. Ich kann ja kaum noch vernünftig mit dem Mann reden. Er akzeptiert meine Rolle als Chefwissenschaftler zwar noch, aber mit jeder Konfrontation verringert sich mein Einfluß auf ihn. Bald wird er überhaupt nicht mehr auf mich hören.« Er seufzte. »Diese Geschichte mit Paul und dem MRV ist nur das jüngste Beispiel dafür.«

»Bringt er das Ding tatsächlich morgen früh in den Tunnel hinunter?« fragte Nash. »Ist das nicht ziemlich riskant?«

»Extrem sogar. Und doch kann ich nichts mehr dagegen tun.« Kawakami verschränkte die langen Finger auf der Tischplatte. »Vor mehreren Monaten, als wir eine weitere ferngesteuerte Spinnensonde durch Mamas Hintertür schickten, hat Paul sie gelenkt, und sein Ziel war es, in den Tunnel einzudringen und bis zu den Katakomben vorzustoßen.«

Er reckte den Zeigefinger und tippte damit auf den Tisch. »Die Sonde wurde natürlich zerstört, aber das, was Paul sah, bevor die Pseudocooties sie in Stücke rissen . . . und nach Betrachten der Bandaufzeichnungen von der Begegnung muß ich ihm zustimmen ... Er gelangte zu der Überzeugung, daß die Pseudocooties als eine Art von Kollektiv- oder Schwarmgeist interagieren, ähnlich wie terrestrische Insekten. Die passendste Analogie wären wohl die Treiberameisen. In Anbetracht ihres bisherigen Verhaltens muß ich seiner Einschätzung recht geben. Wenn die ursprünglichen Cooties, wie sie von ihren automechanischen Gegenstücken dargestellt werden, hochentwickelte Insekten gewesen sein sollen, würde das durchaus einen Sinn ergeben.«

Er lachte leise und schüttelte den Kopf. »Der große Entomologe E. O. Wilson wäre fasziniert gewesen. Ich erinnere mich noch an seine Gastvorlesungen während meiner Studienzeit an der Universität von Osaka, als er ...«

»Shin-ichi-*san* ...« begann Sasaki.

»Entschuldigung. Das Geplapper eines alten Mannes.« Das Lächeln verschwand, als Kawakami innehielt, um seine Gedanken zu disziplinieren. »Paul aber ist ebenfalls mit Wilsons Theorien vertraut. Er ist davon überzeugt, daß die Pseudocooties genau wie Ameisen ein gemeinsames, zentrales Ziel verfolgen, das sich um irgendeine Aktivität tief im Inneren ihres Stocks rankt und daß wir uns darüber nur Gewißheit verschaffen können, indem wir die Katakomben persönlich erforschen. Leider ist L'Enfant ebenfalls zu der Überzeugung gelangt, daß Paul recht hat ... er hat ihn dabei unterstützt, das MRV von der Erde hierherzubringen. Ich bin dagegen, daß Paul die Katakomben im MRV aufsucht, um herauszufinden, ob seine Theorie richtig ist oder nicht, aber L'Enfant hat es zu einer Angelegenheit von höchster Prioritätsstufe gemacht und sich über meine Einwände hinweggesetzt.«

»Und Paul ...?«

»Paul will die Sache zu Ende führen«, erklärte Kawakami. »Trotz meiner und Tamaras Vorbehalte besteht er auf dem Ausflug. Er glaubt, daß das MRV ihm hinreichenden Schutz gegen die Cooties bieten könnte.« Kawakami schüttelte wieder den Kopf. »Sie sind beide besessen, allerdings aus unterschiedlichen Gründen. Paul sieht es als Expedition im Dienste der wissenschaftlichen Forschung an, so gefährlich es auch sein mag, aber L'Enfant ...«

». . . will einen Spähtrupp gegen den Gegner führen«, beendete Nash den Satz für ihn.

Der Exobiologe schloß die Augen. »Das ist richtig.«

In der Messe herrschte für einige Zeit Schweigen. Kawakami seufzte. »Gleich wie es ausgeht«, fuhr er fort, »schweben wir alle in großer Gefahr. Deswegen habe ich auch eine Bitte. Mr. Nash, Sie haben vor, morgen wieder abzufliegen, ist das richtig?«

»Wenn mein . . .« Nash blickte Miho an. »Wenn unser Ziel bis dahin erreicht ist, ja. Spätestens Dienstag in der Frühe.«

Miho zögerte, dann nickte sie. »Sehr schön«, sagte Kawakami. »Dann möchte ich, daß Sie Tamara und Paul an Bord dieses Luftschiffs hinauschmuggeln und mitnehmen, sobald Paul seine Exkursion zu Ende geführt hat.«

Hastig hob er die Hand, bevor einer der beiden etwas einwenden konnte. »Sie schweben in Gefahr, solange sie hier sind, und ich möchte nicht, daß einer der beiden zu einem . . . ständigen Bewohner dieses Orts wird, wie ich einer bin. Es dürfte schwierig werden, aber wir können sie beide ins Luftschiff bringen und hier verstecken. Nicht wahr?«

Nash konnte nicht reinen Gewissens widersprechen. Natürlich ließen sich zwei Personen ohne Mühe im Inneren der *Akron* verbergen; die Hülle war groß genug, um einen ganzen Trupp zu verstecken. Wenn es gar nicht anders ging, könnten sie sie auch in der Beobachterkuppel unterbringen, die er entdeckt hatte. »Und Sie selbst?«

Kawakami grinste ihn an. »Ich bleibe natürlich hier.«

Miho war entsetzt. »Shin-ichi-*san*, Sie können doch nicht . . .!«

»Pst, Miho!« Seine Stimme klang ruhig. »Schließlich ist es meine Kooperation, an der L'Enfant am meisten gelegen ist . . . und wir können nicht alle drei Mitglieder der Mannschaft in dieses Schiff einschleusen, ohne dabei Verdacht zu erregen. Wenn die richtige Zeit gekommen ist, werde ich für die entsprechende Ablenkung sorgen . . . gewaltlos natürlich, aber genug, damit Paul und Tamara unbemerkt an Bord geschafft werden können.«

»Und wenn man ihre Abwesenheit doch bemerkt . . .« fing Nash an.

»Sie brauchen nur mit den beiden an Bord zu gehen«, wandte

Kawakami ein. »L'Enfant hat zwar zweifellos die Mittel, um die *Akron* abzuschießen, aber das wird er nicht tun. Es würde viel zu viele Fragen nach sich ziehen, wenn er sie vernichtete... zumal Sie beide an Bord sind. Wenn Sie erst einmal am Himmel sind, kann er weder Ihnen noch den anderen etwas anhaben, die Ihnen dabei behilflich sein werden, alles zu bestätigen, was Sie ihren jeweiligen Behörden zu Hause melden wollen. Das allein ist es schon wert, sie hier herauszubringen.«

Nash öffnete den Mund, wollte etwas sagen, dann schloß er wieder die Lippen. Er konnte keinen Fehler in Kawakamis Logik erkennen, und es war nur zu deutlich, daß man diesem Mann allein mit Logik beikam. Emotionale Argumente würde er als bloße Gefühlsduselei abtun. Zugleich sah er auch keinen Grund, weshalb Boggs irgendwelche Einwände erheben sollte. Er war schon viel zu lange mit Paul Verduin und Tamara Isralilowa befreundet, um sie als blinde Passagiere abzulehnen. Nun, da das MRV gelöscht war, verfügte die *Akron* ganz zweifellos über hinreichende Auftriebskapazität, um zwei weitere Passagiere zurück zur Station Arsia zu transportieren.

»Wenn Boggs nichts dagegen hat...« begann er zögernd, als plötzlich die innere Luftschleuse ihr unverkennbares Dreifachsummen von sich gab, womit sie ihre Belüftung signalisierte.

»Wir sprechen später darüber«, beendete Nash seinen Satz.

Eine Sekunde später drückte Boggs auch schon die Luke mit der Schulter auf, dicht gefolgt von Paul Verduin. »Also gut, Leute, wir sind abflugbereit.« Boggs warf Helm und Handschuhe auf eine Koje, machte sich aber nicht erst die Mühe, aus dem Schutzanzug zu steigen. »Die Jackapole ist überprüft, abgedeckt und verzurrt. Nicht daß ihr dabei eine besondere Hilfe gewesen wärt.«

»Waylon...« fing Miho an.

»Miho...« erwiderte er und ahmte ihre Stimme nach. Plötzlich beugte er sich vor, zog den Kopf ein, packte ihre Schulter mit beiden Händen und setzte einen langen nassen Kuß auf ihre Lippen. Sie war zu erschrocken, um sich zu wehren; doch Nash sah zu seiner Überraschung, daß sich auf ihrem Gesicht für einen kurzen Augenblick ein Ausdruck der Freude breitmachte, bevor sie ihn von sich stieß.

Boggs richtete sich wieder auf, widmete ihr kaum einen Blick, stapfte durch den Gang auf die Gondel zu, ignorierte dabei Verduins Lachen und Kawakamis diplomatisches Hüsteln. »Nach all diesen Jahren immer noch dasselbe biestige Getue und Geflenne«, meinte er. »Okay, Nash . . . ich meine, Andy . . . geh raus und schnall uns los. In fünf Minuten ist Abflug.«

Er sah noch einmal zu ihnen zurück, bevor er den Gehsteig hinabstieg. »Wir haben nämlich ein Rendezvous mit dem Chefidioten, wenn ihr versteht, was ich meine.«

15 Aufgeflogen

Die Opposition elektronisch zu überwachen gehörte zu den Routinearbeiten des Spionagehandwerks. Wenn man Telefone abhören wollte, brauchte man nur ein paar Minuten, um Dauerwanzen oder Induktionszapfstellen einzubauen, wodurch die Apparate selbst zu Abhörgeräten wurden, sogar wenn der Hörer aufgelegt blieb. Elektretmikros, wie sie Nash für diesen Auftrag ausgehändigt worden waren, unter oder im Mobiliar zu verstecken, war hauptsächlich eine Frage des Eindringens in das Zielgebiet und einiger unbeobachteter Augenblicke, um das schmutzige Werk zu vollenden. Das ließ sich bewerkstelligen, indem man sich als Handwerker ausgab, einen Wächter oder Hüter bestach oder sich Zutritt durch einen Einbruch verschaffte.

In seiner Karriere als Spion hatte Nash zur einen oder anderen Gelegenheit alles einmal getan, sei es, um Firmenforschungschefs, multinationale Führungskräfte oder den Kronprinz eines bestimmten Scheichtums im Nahen Osten zu belauschen. Doch die Basisstation Cydonia mit Wanzen zu versetzen war sehr viel schwieriger, als ein Mikrofon in einem Haus oder einem Büro auf der Erde unterzubringen. Wenn man vom Modul 11 absah – dem Unterdrucklabor, das ständig unbelüftet blieb und daher für die stimmaktivierten Elektretmikros unbrauchbar war –, gab es insgesamt zehn Module im Aufenthaltstrakt, die symmetrisch entlang eines zentralen Zugangstunnels angeordnet waren, darunter Modul 1, die Hauptluftschleuse und Fahrzeuggarage, das an einem Ende des Trakts lag, während sich die Hilfsluftschleuse von Modul 10 und das Labor auf der gegenüberliegenden Seite befanden.

Modul 1 war ein Hauptziel; die aus dem Orbit abgeworfene Nutzfracht wurde in der Garage der Basisstation gelagert, und Nash vermutete, daß die Garage für geheime Arbeiten belüftet wurde, und sei es nur um der Bequemlichkeit willen, in hemdsärmliger Umgebung operieren zu können. Angesichts dessen, was ihm Kawakami über die Abschottung dieses Moduls durch L'Enfant berichtet hatte, schien es allerdings unwahrscheinlich, daß Nash aus dem Gebäudeinneren in die Hauptluftschleuse würde vordringen können. Daher war er gezwungen zu improvisieren.

Nachdem die *Akron* an der Basis eingetroffen war, wo sie von L'Enfants drei ›Beobachtern‹ in Empfang genommen wurden, führte Lieutenant Akers Nash, Sasaki, Verduin und Kawakami vom Landeplatz zum Aufenthaltstrakt; Marks und Swigart, die sich zum ersten Mal am Landeplatz gezeigt hatten, blieben zurück, um Boggs zu beaufsichtigen und die Hauptladung aus dem Luftschiff zu bergen. Wie ein Posten, der einen Trupp Kriegsgefangener in ihr Lager begleitete, ging Akers hinter den vier her. Kurz bevor sie die Hilfsluftschleuse erreichten, gelang es Nash, neben einem in der Nähe geparkten Geländefahrzeug eine Pause einzulegen. Er ließ seinen Duffelsack auf den Fahrzeugsitz fallen und tat so, als müßte er das Stiefelfutter seines Schutzanzugüberkleids richten, während er verstohlen eins der Funkmikrofone unter das Chassis schob.

Frische Fahrzeugspuren führten zum großen Doppeltor des Moduls 1 und wieder heraus. Mit etwas Glück würde das Geländefahrzeug routinemäßig vor Nachteinbruch nach innen geschafft werden; und wenn nichts dazwischenkam, würde der Sand den Kleberücken des Mikros nicht abschmirgeln und das winzige Gerät würde auch nicht zu Boden fallen, wo es nicht nur nutzlos wäre, sondern Nashs Lauschangriff auch noch preisgeben würde. Es war zwar riskant, aber etwas Besseres stand ihm nicht zur Verfügung. Wichtig war nur, daß er eine Möglichkeit freisetzte zu erfahren, was in Modul 1 vorging.

Einige Minuten später winkte ihm jedoch noch unerwartet das Glück. Trotz seines Namens war Modul 10 kein voll ausgebautes Skycorp Modul vom Typ B, sondern vielmehr eine kleine geodätische Kuppel, die kaum größer war als die Luftschleuse der *Akron*. Sie war primär als Verbindungsstelle zwischen dem AEL und dem Rest des Aufenthaltstrakts konzipiert, weshalb immer nur zwei Personen auf einmal darin Platz fanden. Als sie an der Hilfsschleuse eingetroffen waren, verkalkulierte Akers sich ungewollt: Er gestattete es Sasaki und Nash, unbewacht in die Luftschleuse zu treten, während er mit Kawakami und Verduin draußen blieb.

Kaum war die Luftschleuse versiegelt und die Wiederbelüftungssequenz eingeleitet, als Nash auch schon sorgfältig die Decke und die Wände untersuchte. Es waren zwar keine Überwachungskameras zu erkennen, aber da er immer noch die öffentliche Comlinkfrequenz verwendete, durfte er nichts Verdächtiges sagen. Selbst nach der Wiederherstellung des Drucks, wenn sie ihre Helme abgenommen hatten, gab es keine Garantie, daß die Schleuse nicht abgehört wurde; Kawakami hatte sie ja bereits in dieser Hinsicht gewarnt.

»Wie lange dauert das normalerweise?« fragte er Sasaki im Plauderton.

Sie blickte ihn durch ihr Helmvisier an. *Ungefähr fünf Minuten, einschließlich Dekontamination.* Sie folgte ihm mit den Augen, als Nash schnell seine rechte Beintasche öffnete. *Es wird schwierig sein zu sprechen, wenn der elektromagnetische Schrubber erst anfängt. Wir sollten lieber jetzt reden.*

Nash zog eine Grimasse. Das war gar nicht gut; sollte sie tatsächlich jemand über das Comlink belauschen, könnte diese Bemerkung Verdacht erregen. Er sah sie stirnrunzelnd an und schüttelte den Kopf. »Schauen Sie, Miho, ich wollte gestern abend nicht . . . Sie wissen schon, zudringlich werden, aber es ist schon ziemlich lange her, seit ich was bekommen habe.«

Ihre Augen weiteten sich in schockiertem Staunen, doch seine Worte waren nicht annähernd so verblüffend wie der Anblick der Pistole, die er nun aus seiner Beintasche zog und vorsichtig auf den Gitterboden zwischen seinen Füßen legte. »Vielleicht hatten Sie recht, mir eine Ohrfeige zu geben«, fuhr er fort, wobei er ihr zuzwinkerte und grinste, »aber ich hoffe doch, daß wir trotzdem Freunde bleiben können.«

Miho nickte hastig; sie hatte begriffen, worum es ging. *Natürlich. Ich verstehe.* Schon begann die Statik ihre Stimme zu verzerren; roter Staub stieg um sie herum auf, als die elektromagnetischen Schrubber damit begannen, ihre Anzüge zu säubern, während der Schmutz in die Absaugdüsen unter dem

Gitter verschwand. *Aber wenn Sie darüber sprechen wollen, kann ich . . .*

Der Rest ging im elektronischen Rauschen verloren. Nash öffnete den Reißverschluß seiner linken Beintasche und holte die restlichen Elektretmikros hervor. Er schaltete das Comlink aus und bedeutete ihr das gleiche zu tun, dann packte er ihre rechte Hand und ließ die Hälfte der Geräte sorgfältig in ihre Handfläche gleiten. Gleichzeitig beugte er sich vor und preßte sein Helmvisier gegen ihres. »Wanzen!« sagte er laut. »Verteilen Sie die, wo immer Sie können!«

Es kostete ihn drei Versuche, bis sie seine Nachricht verstanden hatte. Dann nickte Sasaki und schob die Wanzen in ihre Tasche.

Wenige Minuten später blitzte die grüne Diode über der Innentür auf und signalisierte damit, daß die Luftschleuse wieder unter Druck stand. Ohne miteinander zu sprechen, stiegen sie aus ihren flexiblen Schutzanzügen, verstauten Helme, Überkleider und die eigentlichen Druckanzüge aus Mylar in den versenkten Spinden. An Bord der *Akron* hatte jeder dem anderen die Luftschleuse allein überlassen, um sich anzukleiden, doch in der gegenwärtigen Situation stand ein solches ›Intimleben‹ außer Frage. Es war das erste Mal während ihrer langen Reise, daß Nash Gelegenheit bekam, Miho unbekleidet zu beobachten; in den ersten Augenblicken, in denen sie nur einen Bikinibüstenhalter und Höschen anhatte, hatte er Gelegenheit, das Keuschheitsgelübde gründlich zu bereuen, das er vor ihr abgelegt hatte. Sasaki sah ihn an, errötete heftig und kehrte ihm den Rücken zu, als sie einen der üblichen Baumwolleinteiler aus ihrem Spind hervorholte. Nash verdrängte Sasaki aus seinem Bewußtsein; es war dies nicht der Ort und die Stunde . . .

Hastig schob er die SIG/Sauer in das Wadenholster über seinem rechten Fußknöchel, dann stieg er in seinen eigenen Einteiler und zog die elastische Beinmanschette sorgfältig über das Holster, um die Pistole zu verbergen. Als er aufstand, sah er, wie Miho eine kleine flache Plastikschachtel aus der Frachttasche ihres Schutzanzugs holte und sie in einer Beintasche ihres Einteilers verstaute. Es schien irgendeine Art elektronisches Gerät zu sein. Sie sah ihn an, bemerkte seinen fragenden Ausdruck und nickte ernst, als sie den Reißverschluß ihres Einteilers schloß.

Diese Frau verfügte offensichtlich über ein paar eigene Geheimtricks; irgendwie war Nash nicht überrascht. Er gewöhnte sich langsam an die Vorstellung, daß Sasaki bei dieser Operation eine ernst zu nehmende Partnerin darstellte.

Schnell verlagerten sie die Mikros in ihre Brusttaschen; Nash achtete sorgfältig darauf, daß die Taschenklappe freiblieb und bedeutete Sasaki mit einem Handsignal, es ihm gleichzutun. Sie nahmen ihre Duffelsäcke auf und überprüften einander, um sicherzugehen, daß alles gut versteckt war.

»Fertig?« fragte er. Sie nickte nervös, dann ergriff Nash den Hebel und schob ihn hoch. Luft zischte leise, und ihre Ohren knackten; Nash drückte die schwere Schleusenluke auf.

Gemeinsam betraten sie die Basisstation Cydonia.

Der Zugangskorridor war verlassen; von ihrer Stelle aus konnten sie feststellen, daß alle Modulluken verschlossen waren. Ein schneller Blick durch den Tunnel offenbarte keinerlei Überwachungskameras, wenngleich das noch keine Wanzen ausschloß. Sie hatten die Basistation mindestens fünf Minuten für sich allein, bis die nächsten beiden Leute durch die Luftschleuse gekommen waren – ja, zehn Minuten, wenn sie das Ablegen der Anzüge mitrechneten.

Doch war der Verbleib L'Enfants noch immer ungeklärt. Seit ihrem Eintreffen auf der Basis hatten sie ihn noch nicht zu Gesicht bekommen. Kawakami hatte ihnen mitgeteilt, daß immer jemand auf Posten im Befehlszentrum war. So blieb Nash nur die Vermutung, daß er sich wohl in Modul 2 befand, auf der gegenüberliegenden Seite des Gangs. Zehn Minuten waren zwar kurz, doch wenn sie so viele Wanzen in den Modulen pflanzten, wie sie nur konnten, bevor die nächste Gruppe eintraf und die Basis betrat, würde ihnen das vielleicht einen Vorteil verschaffen.

»Wohin?« fragte er – möglichst leise, für den Fall, daß im Korridor irgendwelche Abhörinstrumente angebracht waren.

»Hier runter«, sagte Sasaki. »Ich zeige Ihnen unser Quartier.«

Sie schritt um ihn herum und begann damit, ihren Duffelsack den Gang entlang zu tragen, an den ersten beiden Luken vorbei: Modul 8 und 9, jeweils gekennzeichnet als *Überwachungszentrale* und *Labor A*. Er wollte haltmachen, um in beiden Mikrofone zu installieren, doch Sasaki schritt einfach weiter, bevor er sie daran hindern konnte, hielt auf die nächsten beiden Module zu.

Die Luke zu Modul 6 auf der Rechten war unverriegelt; sie schob sie auf und trat sofort ein. Er folgte ihr, musterte das Abteil. Vier Kojen, die Decken und Laken in militärischer Präzision gestrafft und gespannt, Turnschuhe in ordentlicher Reihe neben den Spinden, die Wände ohne jegliche Poster oder Schnappschüsse. Eine der hinten stehenden Kojen war durch einen improvisierten Vorhang vom Rest abgetrennt.

»Das ist wohl falsch, denke ich«, sagte sie leise, während sie mit dem Finger auf die nächstgelegene Koje deutete.

Nash verstand sie sofort. Sasaki hatte ihn zur Unterkunft geführt, die von L'Enfant und seinen Adjutanten benutzt wurde. Schnell kniete er neben der Koje nieder; während sie die Tür im Auge behielt, holte er ein Elektretmikro aus seiner Tasche und klebte es unter die Pritschenkante, in sicherer Entfernung von Auge und tastender Hand. Mit einem Klopfen des Zeigefingers an die Seite der Wanze wurde sie aktiviert. Das Mikrofon würde nun die nächsten zweiundsiebzig Stunden Dienst tun, solange regelmäßige Stimmvibrationen seine Reibungsbatterie wieder aufluden.

So weit, so gut. Nash stand wieder auf und folgte Miho aus dem Modul.

Auf der gegenüberliegenden Seite des Gangs lag Modul 7; Sasaki öffnete die Luke und ließ ihn eintreten. So makellos und ordentlich Modul 6 gewesen war, so ein Durcheinander herrschte in dieser Unterkunft: Die beiden vorderen Pritschen waren nur nachlässig gemacht worden, auf dem Boden lagen Kleidungsstücke verstreut, Landschaftsposter von der Erde hingen zusammen mit Schnappschüssen von unbekannten Leuten an der Wand. Zwei Pritschen am Ende des Moduls waren unbezogen.

»Das ist Ihre«, sagte sie und zeigte auf die leere Matratze zur

Linken. »Paul und Shin-ichi benutzen die beiden anderen Betten. Ich denke einmal, daß Waylon die Pritsche zur Rechten bekommt. Ich werde bei Tamara wohnen, am anderen Ende des Korridors.« Sie machte eine hastige Bewegung mit der Hand, gestikulierte in Richtung Luke; Nash ließ seinen Duffelsack neben seiner Pritsche zu Boden fallen. »Es wird langsam schwer«, fügte sie hinzu.

»Brauchen Sie Hilfe?« fragte er. Er blickte auf die Uhr. Sie hatten noch mindestens zweieinhalb Minuten, bis die Luftschleuse sich wieder öffnete. Vielleicht auch mehr, aber darauf würde er sich nicht verlassen. Möglicherweise schaffte er es noch zurück zum Labor oder ins Überwachungszentrum . . .

»Ja. Danke.« Sasaki nahm ihren Sack von der Schulter und reichte ihn weiter, dann verließen sie die Unterkunft und gingen weiter den Korridor hinunter. Die Messe befand sich rechts in Modul 4, Miho aber öffnete die Luke zum Modul 5. Tamara Isralilowas makellose Pritsche war offensichtlich die einzige, die in diesem Anteil benutzt wurde; Lieutenant Swigart hatte anscheinend keine Vorbehalte dagegen, sich Modul 6 mit drei Männern teilen zu müssen. Nash erinnerte sich an die mit einem Vorhang abgetrennte Pritsche in Modul 6 und lächelte. Soldatische Disziplin im Feld.

Sasaki wies Nash mit einer Geste an, ihren Duffelsack auf die gegenüberliegende Pritsche fallen zu lassen, dann sagte sie laut: »Ich zeige Ihnen mal die Messe.« Bevor Nash etwas erwidern konnte, beugte sie sich dicht an ihn heran und flüsterte ihm eindringlich ins Ohr: »Folgen Sie mir zur Hauptluftschleuse! Schnell, wir haben nicht viel Zeit!«

Sie machte Anstalten, das Modul zu verlassen, als Nash sie am Unterarm packte und zurückriß; sie schnitt eine Grimasse und wehrte sich gegen seinen festen Griff. »Nein, verdammt!« zischte er. »Wir schaffen es nicht rechtzeitig . . . und wie wollen Sie überhaupt dort hineinkommen?«

Sasaki riß sich zornig frei. »Mit einem Kartendecoder«, flüsterte sie. »Schnell, solange wir noch die Chance haben!«

Ein Kartendecoder: Nun wußte Nash, was es mit der kleinen Plastikschachtel auf sich hatte, die er in der Luftschleuse gesehen hatte. Es war ein elektronischer Skelettschlüssel, der sich in einen Codekartenschlitz stecken ließ, um die Codesequenz zu entziffern und jede Tür zu öffnen. Ein sehr hochentwickeltes Stück Spionagetechnologie; JETRO mußte mit einigen Schwierigkeiten gerechnet und Sasaki mit einem solchen Gerät ausgerüstet haben. Er wünschte sich nur, daß die Waffenkammer der Security Associates ebenso weitsichtig gewesen wäre.

Die Versuchung war groß, und doch ... »Wir haben keine Zeit mehr«, wandte er flüsternd ein. »Schauen Sie, selbst wenn wir die Luke aufbekommen, bevor jemand aus dem Modul 10 herauskommt, werden wir nicht allzuviel ausrichten, bis ... «

Da hörten sie Schritte im Gang.

Ohne jedes Zögern packte Nash Sasaki um die Hüfte, riß sie an sich und preßte seine Lippen auf ihre. Sie wehrte sich einen Moment gegen seine grobe Umarmung, bis er sich wie ein Vergewaltiger vorkam, doch dann gewann die Intelligenz die Oberhand über ihre Instinkte. Sie legte ihm die Arme um den Hals und gab sich zögernd hin; für einen Augenblick begann er ihren Kuß tatsächlich zu genießen, bis sich jemand in der Luke räusperte.

»Wenn Sie schon unbedingt so etwas in meiner Basisstation tun wollen«, sagte Terrance L'Enfant leise, »könnten Sie wenigstens den Anstand aufbringen, vorher die Luke zu schließen.«

Nash blickte auf, tat erschrocken, als Sasaki die Arme um seinen Hals löste; sie brauchte ihre Verlegenheit nicht erst zu spielen. L'Enfant stand im Korridor, die Hände hinter dem Rücken verschränkt, ein leicht amüsiertes Lächeln im hageren Gesicht. Er trug einen khakifarbenen Einteiler, der bis auf die beiden Kapitänsbalken mit ihrer Kleidung identisch war. L'Enfant musterte sie mit starrem Blick, und Nash begriff, daß er auf eine Reaktion wartete.

»Tut mir leid, Commander«, sagte er. »Ich fürchte, wir ... haben uns ein wenig gehenlassen.« Er spürte, wie Sasaki in seinen Armen zitterte. »Nächstes Mal werden wir ...«

Das Lächeln verschwand aus L'Enfants Miene; er schloß kurz die Augen und schüttelte den Kopf. »Nicht hier, nein, hier wird es kein nächstes Mal geben, Mr. Donaldson. Wir mußten auf einige persönliche Freiheiten verzichten, um unsere Arbeit zu erledigen, und diese gehört dazu.«

Er hielt einen Augenblick inne. »Sie sind die nächsten beiden Tage hier zu Gast«, fuhr er in herablassendem Tonfall fort, »deshalb erwarte ich von Ihnen, daß Sie beide Ihre sexuellen Impulse zügeln, bis Sie diese Basis verlassen haben.« Dann blickte er Miho an.

»Ich erwarte ferner, daß Sie Ihren Freund vom Damenquartier fernhalten, Dr. Sasaki«, sagte er steif. »Ich glaube, Ms. Isralilowa würde die Höflichkeit zu schätzen wissen. Hier ist kein Collegeschlafsaal. Wir haben hier keine Türklinken, an denen Sie ein Handtuch aufhängen können, um anderen ein Signal zu geben.«

Er sah wieder zu Nash und fügte hinzu: »Aber wenn Sie sich schon jemanden aussuchen mußten, um mit ihm herumzumachen, hätten Sie sich sicherlich besser stehen können als mit einem Luftschiffchauffeur. Wenn Sie mit dem schlafen, dürfte das Ihrer makellosen Karriere wohl kaum förderlich sein, nicht wahr?«

Die Röte in Sasakis Gesicht hatte nun mehr mit unterdrückter Wut als mit Verlegenheit zu tun. Sie löste sich aus Nashs Armen und sah zu Boden, nickte einmal knapp. L'Enfant hatte gar nicht gemerkt, wie tief er ihr mit seiner letzten, beiläufigen Bemerkung das Messer ins Herz gestoßen hatte. Nash bewunderte ihre Selbstbeherrschung, daß sie ihm nicht sofort an die Gurgel ging. Wichtiger aber war, daß er mit seinem Verdacht richtiggelegen hatte: L'Enfants Wortwahl wies darauf hin, daß er ihre gespielte Konversation in der Luftschleuse tatsächlich überwacht hatte. Kawakami hatte recht gehabt – die gesamte Basistation war verwanzt, und das Befehlsmodul war der Haupthorchposten.

Am anderen Ende des Korridors hörten sie das Scheppern und Zischen der sich wieder öffnenden Luftschleuse von Modul 10. L'Enfant blickte hinüber, dann sah er zu Nash zurück. Er brach in ein unerwartetes Lächeln aus und krümmte einen Finger.

»Nun, Mr. Donaldson, wenn Sie bitte hier entlangkommen möchten, ich will Ihnen etwas zeigen.« Seine Stimme klang locker, fast beschwipst. »Das dürften Sie interessant finden. Und Dr. Sasaki ... für Sie habe ich eine kleine Aufgabe.«

Kawakami und Verduin kamen als nächste aus der Luftschleuse; zögernd blieben sie stehen und sahen stumm mit an, wie L'Enfant Nash und Sasaki aus Modul 5 führte. L'Enfant winkte ihnen beiläufig zu, bevor er sich an Sasaki wandte. »Sicherlich möchten Sie etwas mehr Zeit haben, um Ihre alten Bekanntschaften wieder aufzufrischen«, meinte er, »also geleiten Sie sie doch am besten zum Mittagessen in die Messe. Mr. Donaldson und ich werden Ihnen gleich Gesellschaft leisten.«

In diesem Augenblick öffnete sich die Luke von Modul 1 hinter ihnen, und Charlie Akers und Megan Swigart betraten den Aufenthaltstrakt. Nash bemerkte, daß sie beide Anstecknadeln mit einem Streifen am Kragen ihres Einteilers trugen. Sie salutierten nicht und schlugen auch nicht die Hacken zusammen, als sie ihren Kommandanten erblickten, und doch war ihre martialische Unterwürfigkeit gegenüber L'Enfant nicht zu übersehen.

L'Enfant nickte ihnen zu, als Akers die Luke schloß. »Mr. Marks hat Mr. Boggs im Griff, nehme ich an?«

»Jawohl, Sir«, erwiderte Swigart zackig. »Sie löschen gerade die Fracht der *Akron* und kommen nach, sobald sie damit fertig sind.«

»Sehr gut.« L'Enfant trat beiseite und wies mit einer herablassenden Geste auf Miho. »Sie können sich Dr. Sasaki beim Mittagessen mit Shin-ichi und Paul anschließen. Sicherlich werden sie sich über Ihre Gesellschaft freuen.« Sein Ton war höflich, doch ließen seine Worte keinerlei Raum für Weigerungen. Als Swigart an ihm vorbeiging, fügte L'Enfant hinzu: »Und decken Sie auch für Tamara mit auf, sie wird gleich zu Ihnen stoßen.«

Dann drehte er sich zu Akers um. Der Lieutenant war gerade damit beschäftigt, sich den Schweiß von der Stirn zu wischen, ruckte aber sofort in Habtachtstellung, als L'Enfant ihn musterte. »Charlie, wenn Sie mit mir und Mr. Donaldson ins Befehlszentrum kommen würden, können wir den Rest unserer Angelegenheit erledigen.«

»Jawohl, Sir«, sagte Akers völlig ausdruckslos. Er machte kehrt und öffnete die Luke neben Modul 2, trat dann zurück und hielt sie für seinen kommandierenden Offizier offen. L'Enfant erlaubte Nash als erster einzutreten, dann folgte er dicht hinter ihm, während Akers die Nachhut bildete.

Das Befehlsmodul war eng, dunkel und nur matt beleuchtet. Für Nash hatte es eine beunruhigende Ähnlichkeit mit der Kommandobrücke eines Unterseeboots. Eine große Frau mit dunklem lockigen Haar saß vor der Kommunikationskonsole. Sie blickte die Männer nervös an, als sie eintraten; unter ihren Augen waren dunkle Ringe zu erkennen. Ein Blick in ihr Gesicht, und Nash fühlte sich an den Ausdruck eines eingesperrten wilden Hasen erinnert, der seine Wärter musterte, wenn die Zeit wieder gekommen war, sich um die Haustiere zu kümmern.

»Haben Sie die jüngste Akutmeldung von Marsat-2, Tamara?« fragte L'Enfant.

Tamara Isralilowa wies schweigend auf einen Drucker neben ihrer Konsole. L'Enfant riß das oberste Blatt der Papierrolle ab und studierte es; Nash wurde klar, daß es sich um eine Aktualisierung der Wetterinformation handeln mußte, die Boggs gestern an Bord der *Akron* empfangen hatte. L'Enfant nagte zerstreut am Nagel seines rechten Zeigefingers, während sein Blick über den Ausdruck huschte. »Also gut, Tamara, Sie können jetzt gehen«, murmelte er, ohne aufzublicken. »Nebenan wird das Mittagessen serviert.«

Isralilowa stand auf, schien sich darum zu bemühen, Nash dabei nicht anzuschauen, und verließ gehorsam das Befehlszentrum; Akers schloß die Luke hinter ihr, dann postierte er sich daneben. L'Enfant ignorierte beide Männer, während er noch eine Weile den Ausdruck studierte, dann ließ er ihn auf die Konsole fallen und setzte sich in den Sessel, den Isralilowa freigemacht hatte. Er verschränkte die Hände im Schoß und schlug die Beine übereinander, sah mit wäßrigen Augen zu Nash empor.

»Sieht so aus, als stünde uns ein schlimmer Sandsturm bevor«, meinte er. »Nicht wahr, Mr. Nash?«

Es war weder eine Bezichtigung noch eine Enthüllung, nur die selbstsichere Verkündung einer Tatsache. Damit konfrontiert, war es zwecklos, seine Identität noch länger zu leugnen. Merkwürdigerweise empfand Nash weder Überraschung noch Schreck – nur Enttäuschung darüber, daß seine Tarnung so schnell zunichte gemacht worden war.

»Wie lange wissen Sie es schon?« fragte er.

L'Enfant lächelte leise. »Danke, daß Sie nicht meine Zeit verschwenden. Ich hatte eigentlich erwartet, daß Sie mit der Scharade weitermachen würden, bis wir Ihnen die Beweise unter die Nase reiben.«

Er streckte sich in seinem Sessel. »August Nash, früher unter meinem Befehl auf der *Boston* – nein, Sir, ich habe Sie nicht vergessen –, jetzt als Agent bei Security Associates; von der Skycorp angeheuert, um zu untersuchen, was hier in den letzten Monaten vorgefallen ist. Genau genommen – ein Spion.«

»Wenn Sie diesen Begriff verwenden wollen.«

»›Eine Rose mit anderem Namen . . .‹« L'Enfant zuckte gleichgültig mit den Schultern. »Ich habe damit gerechnet, daß irgend jemand schließlich hierherkommen würde. Die einzige Frage war wer und wann, und die wurde beantwortet, und zwar von . . . nun, sagen wir einmal dem einen oder anderen losen Mundwerk auf Station Arsia?«

Nash mußte nur einen Augenblick über den Hinweis nachdenken. »Leahy«, erwiderte er sofort. »Der Generalmanager.«

»Gut geraten.« L'Enfant schloß die Augen und nickte gemächlich. »Ja, aber nicht direkt von ihm. Er brauchte sich nur zu betrinken und vor den richtigen Leuten den Mund aufzumachen. Wir haben ein paar Freunde auf Arsia, die mit unseren Zielen hier . . . sagen wir einmal, sympathisieren. Deshalb brauchten sie die Information nur an mich weiterzuleiten.« Er öffnete die Augen und seufzte angewidert. »Ein reichlich schlampiges Täuschungsmanöver von Ihnen.«

Schlampig, in der Tat . . . wenngleich nicht von Nash. Leahy mußte wirklich nicht mehr bei Verstand gewesen sein, eine Geheimsache auszuplaudern, die man ihm anvertraut hatte. Wenn er allerdings an die einzige Gelegenheit zurückdachte, da er Sam auf Station Arsia erlebt hatte – bewußtlos an der Bar des Mars-Hotel –, schien es Nash nicht unwahrscheinlich zu sein. L'Enfants Verbündete mußten dem hirnlosen Alki an diesem Abend eine Menge Bier und Whiskey ausgegeben haben. Schlechte Informationen, die von der Skycorp an Security Associates weitergegeben worden waren, hatten dazu geführt, daß viel zu wichtige Einzelheiten an genau die falsche Person weitergeleitet wurden. An so etwas waren schon größere Operationen gescheitert ...

Aber jetzt war es zu spät, um Leahy, Skycorp oder auch nur seiner eigenen Firma Vorhaltungen zu machen. Es war eindeutig, daß L'Enfant Nashs wahre Identität kannte. Unklar blieb jedoch noch, wie weit L'Enfants Wissen ging oder welchen Schaden er damit schon angerichtet haben mochte.

»Ich werde mir nächstes Mal mehr Mühe geben«, antwortete Nash trocken. »Die Frage lautet, Commander, was Sie deswegen zu unternehmen gedenken.«

L'Enfant antwortete nicht sofort; statt dessen nahm er das Telefon von seinem Gürtel, klappte es auf und drückte einige Tasten. »Alphonse, Ihr Bericht bitte?« fragte er.

Er lauschte eine Zeit. »Und Sie haben Boggs in die Messe begleitet?« Wieder hörte er zu, dann schloß er: »Sehr gut. Vernichten Sie die gefundenen und melden Sie sich dann hier.«

Er klappte das Telefon wieder zu. »Während wir uns unterhalten haben, hat Sergeant Marks Mr. Boggs in die Messe gebracht. Sie brauchen sich keine Sorgen zu machen, Ihre Freunde sind alle in Sicherheit und stehen unter der Aufsicht von Lieutenant Swigart. Seitdem hat Marks die Basisstation elektronisch nach den Wanzen abgesucht, die Sie auf Ihrem Weg hierher eingepflanzt haben. Lieutenant Akers hat gesehen, wie Sie eine an dem Geländefahrzeug anbrachten, und ich vermute, daß Sie die Gelegenheit genutzt haben, im Inneren des Aufenthaltstrakts weitere zu verstecken. Marks meldet, daß er die Wanze gefunden hat, die Sie in meinem Quartier plaziert haben, sowie die wenigen anderen, die Dr. Sasaki noch am Leib trug.«

Nash atmete tief durch, um seine Nerven zu beruhigen. »Ich bin überrascht, daß Sie mich soweit haben gehen lassen.«

L'Enfant lächelte gerissen. »Ich wollte nur feststellen, was Sie vorhatten, als Sie endlich hier eingetroffen waren. Das ist auch der Grund, weshalb man es Ihnen gestattet hat, mit Dr. Kawakami eine Weile allein auf der *Akron* zu verbringen. Ich wollte, daß Sie sich etwas behaglicher fühlen, Ihnen die Illusion geben, daß Ihr Täuschungsmanöver tatsächlich funktionierte. Shinichi hätte Ihnen nichts erzählen können, was Sie nicht früher oder später ohnehin herausbekommen hätten. Sie selbst hätten keinen allzu großen Schaden anrichten können, ohne sich dabei zu enttarnen, und es war erforderlich, Sie glauben zu machen, daß ich von Ihrem kleinen Spiel nichts wüßte.«

Er hielt inne. »Sie können sich selbst etwas Ärger ersparen, indem Sie mir die restlichen Wanzen aushändigen«, fügte er hinzu. »Sie werden Ihnen jetzt nicht mehr viel nützen.«

Nash schnitt eine Grimasse. »Nein, wahrscheinlich nicht«, gestand er und griff in seine Brusttasche, um die restlichen Elektretmikros hervorzuholen. L'Enfant streckte die Hand aus, und Nash ließ sie hineingleiten; schließlich fiel ihm noch der Mikrorecorder ein. Er holte ihn hervor und gab ihn ebenfalls an L'Enfant weiter.

»Danke.« L'Enfant legte den Kopf schräg und blickte auf Nashs Ärmel. »Und Ihre Uhr, wenn Sie so gut sein wollen? Versteckte Kameras gab es schon, als meine Mutter noch ein Teenybopper war, aber es könnte ja auch sein, daß sie ein Pfeilgeschoß oder irgend etwas anderes enthält. Bitte nehmen Sie sie ab.«

Nash streifte die Uhr vom Handgelenk und reichte sie L'Enfant. »Sie lassen wohl überhaupt nichts aus, wie?«

»Anders als Sie sind wir hier sehr professionell, Mr. Nash.« L'Enfant blickte auf die Uhr, dann warf er sie auf die Tischplatte. »Seiko. Wie billig! Ich hätte doch erwartet, daß man Ihnen etwas Anspruchsvolleres aushändigen würde.«

»Pech gehabt.«

»In der Tat.« L'Enfant ließ die Wanzen von einer Hand in die andere gleiten, offensichtlich wartete er auf Marks. Als der große Marine schließlich zweimal an die Luke klopfte und Akers ihn hereinließ, deutete L'Enfant auf Nash.

»Sergeant, bitte richten Sie Ihre Waffe auf Mr. Nashs Rücken«, sagte er sanft. »Und feuern Sie, falls er eine falsche Bewegung macht.«

Nash vernahm das unverwechselbare Geräusch eines Sturmgewehrs, das in Zielposition ging; er brauchte sich nicht umzublicken, um zu wissen, daß Marks' Steyr nun auf einen Punkt direkt zwischen seinen Schultern zielte. Nash wagte es nicht einmal, auch nur mit einem Muskel zu zucken.

»Mr. Nash«, fuhr L'Enfant fort, »Sie sind wahrscheinlich selbst bewaffnet, aber ich hege doch ernste Zweifel, daß Sie an Ihre Kanone herankämen, bevor Mr. Marks Ihnen ein Geschoß durchs Herz jagt. Sie werden jetzt – und zwar sehr langsam – Ihre Waffe ablegen und sie mir übergeben. Bitte mit dem Griff nach vorn.«

»Und bau bloß keinen Scheiß, Mann«, hörte er Marks hinter sich murmeln. »Ich habe nämlich ein nervöses Zucken im Abzugfinger.«

Nash kniete sich so langsam wie möglich hin, stemmte das rechte Bein hoch und benutzte nur die linke Hand, um die Manschette über das Holster zu streifen. Vorsichtig holte er die SIG/Sauer hervor, achtete darauf, daß er dabei nur Daumen und Zeigefinger benutzte und daß kein Finger dem Abzughahn zu nahe kam. Dann richtete er den Lauf auf sich selbst und reichte die Waffe L'Enfant. »In meinem Duffelsack ist ein Reservemagazin«, sagte er.

»Scheiße«, höhnte Marks. »Da hat ja selbst meine Oma noch mehr Feuerkraft dabei, wenn sie Bingo spielen geht.«

»Seien Sie nett, Alphonse. Bisher war Mr. Nash durchaus entgegenkommend.« L'Enfant streckte den Arm aus und nahm die Waffe entgegen. Er musterte sie, machte ein abschätziges Geräusch mit den Lippen und entfernte das Magazin aus dem Griff. »Warum haben Sie sie mitgebracht?« fragte er im beiläufigsten Plauderton. »Hatten Sie vor mich umzubringen?«

Das war tatsächlich eine gute Frage... »Nein«, erwiderte Nash, der immer noch vor L'Enfant kniete. »Unsere Informationen besagten, daß Sie und Ihre Männer bewaffnet seien, und man räumte mir ein, mich selbst verteidigen zu dürfen.« Er zuckte mit den Schultern. »Das ist alles. Nichts Persönliches, Käpt'n.«

Während er sprach, betete er inbrünstig darum, daß sich

L'Enfants Wissen um seinen Auftrag nicht auf alles erstreckte. Dies war jetzt die entscheidende Prüfung, wieviel L'Enfant wirklich wußte; bisher hatte der Kommandant nur sein Wissen über Nashs Identität und Mission preisgegeben. Wenn L'Enfant ihm den Bluff nicht abkaufen sollte, war da immer noch das Sturmgewehr in seinem Rücken.

Und doch gab es noch Grund zur Hoffnung. Abgesehen von ihrer Unterstützung beim Plazieren der Wanzen mußte L'Enfant Miho Sasaki erst noch erwähnen. Es war natürlich denkbar, daß er selbst ein Pokerspiel betrieb, doch Nash zweifelte daran.

Nash fühlte sich etwas erleichtert. Sasaki war nicht gerade ein As, aber mehr Karten hatte er nun einmal nicht mehr im Ärmel. Wenn er sich nun noch irgendwie am Leben erhalten konnte . . .

»›Nichts Persönliches, Käpt'n‹«, ahmte L'Enfant ihn nach. Er musterte Nash einige Minuten mit seinen leeren, toten Augen, schob zerstreut das Magazin immer wieder in die Waffe und gab es frei wie ein Manager, der mit einem Schreibtischspielzeug hantierte. Einige Sekunden lang war dies das einzige Geräusch im Abteil.

»Nein«, sagte er schließlich. »Ich glaube nicht, daß Sie mich umbringen wollten. Ich denke, Sie sind nur ein drittklassiger Detektiv.« Er steckte die Pistole ein. »Das ist alles, nicht wahr? Ich könnte Sie von Charlie bearbeiten lassen, müssen Sie wissen.«

»Das ist alles«, bestätigte Nash. »Sie haben es erfaßt.«

L'Enfant musterte ihn noch einmal abschätzig und stumm, dann gab er Marks mit einem Kopfnicken ein Zeichen. Nash hörte, wie die Steyr wieder klickend gesichert wurde. Er erhob sich und atmete auf, löste den Blick aber nicht von dem Kommandanten.

»Und was kommt als nächstes?« fragte er. »Ein kurzer Gang in die Luftschleuse?«

L'Enfant blinzelte mehrmals hintereinander in schneller Reihenfolge, dann brach er in manisch-fröhliches Gelächter aus. Marks gab sein eigenes humorloses Krächzen dazu; Akers machte ein Geräusch, das wie sich ein asthmatisches Niesen anhörte. L'Enfant erhob sich von seinem Sessel. »Mr. Nash«, prustete er und wischte sich dabei die Tränen aus den Augen, »glauben Sie etwa, das hier wäre irgendein billiger Spionagefilm? Ich habe nicht vor Sie umzubringen. Die Skycorp hat Sie geschickt, um festzustellen, was ich hier tue, und mit genau diesen Informationen will ich Sie auch versorgen.«

Das Gelächter verstummte nach und nach, während er sich den Rest seines Gesichts abtrocknete. »Aber als erstes«, fuhr er schließlich fort, »muß ich Sie etwas fragen . . . haben Sie schon einmal vom Siebten Zusatzprotokoll gehört?«

Nash erinnerte sich plötzlich an die letzte wichtige Einzelheit, die ihm Control in dem E-Brief an Bord der *Lowell* hatte zukommen lassen. Ja, er hatte davon gehört, hatte aber die Anspielung nicht begriffen. Irgendeine obskure Regelung der Vereinten Nationen – mehr wußte er nicht darüber.

»Nein«, antwortete er gelassen. »Ich weiß nicht, wovon Sie sprechen.«

L'Enfants Miene verwandelte sich abrupt in eine kalte Maske; er trat einen Schritt vor, bis sich ihre Nasen fast berührten, und seine Augen bohrten sich in Nashs wie frostbedeckte Eispickel.

»Lügner«, flüsterte er.

Er machte eine knappe Bewegung mit der rechten Hand. Plötzlich wurde Nash von hinten gepackt und brutal zurückgerissen. Eine schwere Faust knallte in sein Kreuz. Nash keuchte vor Schmerz auf, da wurde ihm die Luft aus den Lungen getrieben, als L'Enfant persönlich ihm einen Hieb verpaßte.

Als Nash vornüber kippte, von Akers und Marks auf den Beinen gehalten, trat L'Enfant um ihn herum. »Ein paar Minuten lang glaubte ich, ich hätte es mit einem Gentleman zu tun.«

L'Enfant öffnete die Modulluke. »Wenn Alphonse und Charlie damit fertig sind, Ihnen Nachhilfeunterricht in Benehmen zu geben, werden wir dieses Gespräch fortsetzen.« Er hielt die Luke offen, während die beiden Männer Nash zum Zugangstunnel zerrten. »Tun Sie Ihre Arbeit im Lagerraum. Gönnen Sie sich etwas Spaß, aber sorgen Sie dafür, daß Sie keine dauerhaften Schäden verursachen.«

Als Nash in den Gang hinausgezerrt wurde, sah er noch einmal in L'Enfants Gesicht; sein Lächeln war aberwitzig. »Schließlich habe ich ein Versprechen gegeben«, sagte er, den Blick direkt auf ihn geheftet. »Und außerdem habe ich Besseres mit Mr. Nash vor.«

TEIL 3

In einer Handvoll Staub

31.– 29. August
2032

Ich zeige euch Angst in einer Handvoll Staub.

T. S. Eliot
The Waste Land (1922)

16 Das Siebte Zusatzprotokoll

Alphonse, Marks und Charlie Akers brachten Nash ins Modul 3, das Lagerabteil gegenüber dem Kommandozentrum, und prügelten ihm dort die Scheiße aus dem Leib.

Sie gingen methodisch und professionell vor; sie wußten, was sie taten, und er war völlig hilflos. Nachdem sie die Luke verriegelt und ihm mit einem Bungiseil, das Akers in der Ersatzteilkiste für Schutzanzüge aufgestöbert hatte, die Hände auf dem Rücken gefesselt hatten, durchsuchten sie ihn als erstes, um sicherzugehen, daß er keine weiteren Waffen oder Überwachungsgeräte bei sich trug. Und nachdem sie ihre Knöchel mit einem alten, zerrissenen T-Shirt umwickelt hatten, hielt Big Al das Opfer fest, während Charlie Magen und Gesicht bearbeitete.

Nach etwa fünfzehn Minuten ließen sie Nash zu Boden gleiten, er war kaum noch bei Bewußtsein und blutete aus dem Mund. Er glaubte, es sei vorbei, doch die beiden Soldaten gewährten ihm nur eine Verschnaufpause. Folterer wußten, daß ein Mensch nicht unbegrenzt extremen Schmerz vertragen konnte, deshalb warteten sie geduldig, bis Nash aufgehört hatte zu stöhnen, bevor sie ihn wieder auf die Beine zerrten. Dann kam Marks im Boxring an die Reihe, während Akers Nash festhielt.

Und so weiter, eine gute Stunde lang oder noch mehr. Nach einer Weile hatte Nash völlig das Zeitgefühl verloren; er erschlaffte, konzentrierte sich auf einen Punkt am Boden zwischen den Füßen seines Peinigers und versuchte, an etwas anderes zu denken. Sein benebelter Verstand erinnerte sich an einen zusammenhanglosen Ereignisfetzen aus der Vergangenheit – an das Plastikmodell eines Flugzeugträgers, den er als dreizehnjähriger Junge gebaut hatte – und vergaß schon bald den Schmerz. Marks und Akers ihrerseits befolgten L'Enfants Befehl: Sie achteten sorgfältig darauf, ihm nichts zu brechen und keine permanenten Schäden zu verursachen, bis auf den Zahn in seinem linken Unterkiefer, den Akers ihm glatt aus dem Mund schlug. Und überraschenderweise sprachen sie auch nicht viel während der Tortur. So brutal es auch war, handelte es sich aber nicht um ein richtiges Verhör.

So ging es eine Ewigkeit weiter, bis ein letzter Hammerschlag Nash die letzte Luft aus den Lungen trieb und er in eine bodenlose schwarze Grube stürzte. Nachdem sie seinen Puls genommen hatten, um sich davon zu überzeugen, daß er noch am Leben war, zerrten Marks und Akers ihn aus dem Lagerraum in den Korridor hinaus zu Modul 9, dem Labor, das zugleich als Stationslazarett diente.

Tamara Isralilowa war bereits herbeizitiert worden, um in ihrer offiziellen Funktion als Ärztin der Basis Cydonia tätig zu werden. Vorsichtig hob sie Nash auf den Untersuchungstisch und schnitt ihm mit einer Schere seinen blutgetränkten Einteiler und die Unterwäsche vom Leib, und nachdem sie ihn geröntgt hatte, tat sie ihr Bestes, um seine Wunden zu verarzten. Sie verabreichte ihm eine örtliche Betäubung, nähte die Schwellung an seiner rechten Wange und überprüfte seine Zähne nach weiteren Schäden. Nachdem sie die Wunden verbunden und Nanochirurgica in seinen Blutkreislauf gespritzt hatte, verabreichte sie ihm Kodein, um ihn für mehrere Stunden aus dem Verkehr zu ziehen. Dann bedeckte sie ihn mit Laken und einer Decke, schaltete das Licht ab und verließ das Lazarett.

Es hätte das Ende des Alptraums sein sollen. Statt dessen war es nur das Vorspiel.

Als Nash viele Stunden später erwachte, herrschte im Modul keine totale Dunkelheit mehr. Als erstes erblickte er nur die Leuchtziffern eines Chronometers, der irgendwo in der Nähe des Betts stand: 23.37; kurz vor Mitternacht, örtliche Marszeit. Ein stumpfer Schmerz durchzog seinen ganzen Körper, und die ersten Augenblicke glaubte er, immer noch im Lagerraum zu sein, wartete darauf, daß Marks und Akers mit der nächsten Runde ihres Preisboxens beginnen würden. Doch als ihm klar wurde, daß er sich nicht mehr im Lagerraum befand, merkte er zugleich, daß er auch nicht allein war.

In einem Sessel am anderen Ende des Abteils bewegte sich jemand. Dort war ein kleiner Flecken Licht, der von einer Halogenlampe wie die Aura eines fernen Spiralnebels geworfen wurde. Er sah hin und erblickte mit umwölkten Augen eine Hand, die nach einer Plastikflasche auf dem Schreibtisch neben dem Licht griff. Der Sessel rutschte sanft ein Stück auf dem Fliesenboden zurück, als sein Besucher sich erhob; Nash hörte Schritte, dann verdeckte ein großer Leib die Lampe. Er spürte eine Hand, die den Plastikhalm der Flasche sanft zwischen seine zerschundenen Lippen schob.

»Hier, Seemann«, sagte Terrance L'Enfant. »Trinken Sie das. Nur ein wenig . . . «

Nash zögerte, dann saugte er an dem Trinkhalm. Kühles Wasser, lieblicher als jeder Wein, strömte in seinen ausgetrockneten Mund und rann ihm die trockene Kehle hinunter. Er trank gieriger, begann jedoch plötzlich zu würgen und zu husten.

»Nein, nein, nein«, ermahnte ihn L'Enfant. »Das ist zu viel.« Er nahm die Flasche von Nashs Mund, ergriff seine schlaffe rechte Hand und stellte die kühle Flasche auf Nashs Brust ab. »Wenn Sie bereit sind, ist es da, aber übertreiben Sie es erst einmal nicht. Okay?«

Nash antwortete nicht. L'Enfant war eine dichte schwarze Masse, die über seinem Bett schwebte; er trat ein paar Schritte zurück, worauf das Leuchten der Lampe seinen Kopf und die Schultern wie eine Korona umgab und seiner Figur Dichte verlieh, jedoch ohne die Einzelheiten seines Gesichts preiszugeben. Ein finsterer Gott des Wahnsinns und der Folter.

»Man hat mir gesagt, daß Sie tapfer waren«, sagte L'Enfant. Seine Stimme war so monoton wie das Ticken einer Uhr. »Sie haben nicht gesprochen, haben nur selten aufgeschrien. Sergeant Marks war besonders beeindruckt von Ihrem Verhalten. Ich kann zwar nicht ehrlicherweise behaupten, daß es ihnen leid tut, aber falls es Sie tröstet: Der Sergeant hat gesagt . . . «

»Fi-fi-fi-fick dich ins Knie«, konnte Nash mühsam flüstern.

L'Enfant erwiderte eine Weile nichts. Schließlich seufzte er. »Ich hätte nichts anderes erwarten dürfen.« Wieder eine Pause.

»Aber was immer es auch heißen mag, ich bin jedenfalls stolz darauf, daß Sie einmal Mitglied meiner alten Mannschaft waren. Ich verabscheue Jammerlappen.«

Nash antwortete nicht. Er erwartete, daß L'Enfant nun verschwinden würde, nachdem er seinen Spruch aufgesagt hatte, doch der Kommandant verharrte neben seinem Bett. »Ich glaube jetzt«, fuhr er fort, »daß Sie nicht richtig gelogen haben. Daß Sie zwar von dem Siebten Zusatzprotokoll gehört hatten, aber nicht wußten, was es zu bedeuten hat. Als wir die Waffe fanden, war ich überzeugt, daß man Sie geschickt hatte, um mich zu töten, wobei das Protokoll als ziemlich wacklige Begründung herhalten sollte. Ich werde Sie ein weiteres Mal fragen, aber diesmal möchte ich meine Frage umformulieren. Wissen Sie, was das Siebte Zusatzprotokoll ist?«

Nash schüttelte leise den Kopf. Die Bewegung verursachte ihm Schmerzen, doch L'Enfant erwiderte nichts. Er wartete auf eine richtige Antwort. »Nein«, murmelte Nash. »Ich weiß es nicht.«

Wieder eine lange Pause. »Ich denke nicht, daß Sie dumm genug sein könnten, mich jetzt noch anzulügen«, meinte L'Enfant, »deshalb werde ich es Ihnen sagen.«

Er verschränkte die Arme. »Als die Wahrscheinlichkeit, eines Tages auf außerirdische Lebensformen zu treffen, noch rein theoretisch war«, fing er an, »kam eine Gruppe von SETI-Forschern in England zusammen und entwickelte Marsregeln für den ersten Kontakt mit extraterrestrischen Intelligenzen. Sie wurden zu einer prinzipiellen Erklärung zuammengefaßt, die schließlich den Vereinten Nationen als Entwurfsprotokoll vorgelegt wurde. Obwohl diese Erklärung nie förmlich ratifiziert und zu einem Bestandteil des internationalen Weltraumrechts wurde, diente sie doch als Grundlage für einen formlosen Vertrag bei Erstkontakt. Als man die Cooties entdeckte, wurde diese Deklaration zur rechtlichen Grundlage, auf die sich der Sicherheitsrat und der Weltgerichtshof stützen konnten, als sie nach dem Versuch der GUS, die militärische Kontrolle über diese Basisstation zu erringen, zu Gericht saßen und urteilten. Wenn die Regeln auch nicht rechtlich bindend waren, dienten sie doch weitgehend demselben Zweck. Können Sie mir bisher folgen?«

Nash nickte; diesmal verlangte L'Enfant nicht von ihm, daß er sprach. »Das letzte dieser Regeln ist das Siebte Protokoll, es ist inzwischen für unsere gegenwärtige Situation das Wichtigste.«

Er hob einen Finger. »Ich zitiere: ›Für den Fall, daß Extraterrestrier eine Bedrohung für menschliche Gesundheit, Wohlergehen oder den Frieden darzustellen scheinen sollten, soll keine Nation handeln, ohne zuvor den Sicherheitsrat der Vereinten Nationen konsultiert zu haben.‹ Ende des Zitats. Verstehen Sie jetzt?«

Nash dachte ein paar Augenblicke darüber nach, aber es fiel ihm schwer, eine Verbindung herzustellen. »Nein«, flüsterte er, »das tue ich nicht.«

L'Enfant machte kehrt und schritt zu seinem Sessel zurück. »Ich vermute, daß Dr. Kawakami Ihnen viel über die Cooties erzählt hat«, sagte er, während er sich hinsetzte, »aber da seine Theorien eher zum Orthodoxen neigen, zweifle ich daran, daß er Ihnen auch von meinen eigenen Vermutungen berichtet hat.«

Er schlug die Beine übereinander und verschränkte die Hände im Schoß, so locker und gelassen, als würde er eine Plauderei mit einem alten Schiffskameraden genießen. »Es liegt mir fern, seine Arbeit für Sie zu interpretieren, aber angesichts dessen, was er und sein Team bisher entdeckt haben, seit ich hier das Kommando übernommen habe, bin ich zu der unausweichlichen Schlußfolgerung gelangt, daß die Cooties eine ebensolche Bedrohung darstellen.«

Er legte den Kopf ein Stück zurück, um an die Decke zu blicken; im matten Licht konnte Nash erkennen, daß er die Augen halb geschlossen hatte, beinahe so als würde er meditieren. Nash fiel auf, daß er die Aliens bereits zweimal als Cooties und nicht als Pseudocooties bezeichnet hatte.

»Und so kommt es zu der ironischen Situation, in der wir uns gegenwärtig befinden«, meinte L'Enfant. »Die UNO gestattet es uns, hierherzukommen, um eine Friedensstreitmacht gegen weitere russische Aggressionen zu bilden. Ja, wenn die GUS tatsächlich versuchen sollte, wieder Militäreinheiten auf den Mars zu befördern, hätten wir freie Hand ... dann wäre die alte Abmachung sofort ungültig. Das Pentagon hat uns sogar insgeheim mit Waffen und dem erforderlichen Material ausgerüstet, um den alten RB-Jäger für den unwahrscheinlichen Fall wieder flugtauglich zu machen, daß es tatsächlich dazu kommen sollte.« Er zuckte mit den Schultern. »Aber die Russen sind nun wirklich unsere kleinste Sorge. Sie stellen keine Bedrohung mehr dar . . . unsere Hauptsorge sind vielmehr die Cooties. Mehrere Leute sind bereits beim Versuch, Kontakt zu ihnen herzustellen, ums Leben gekommen, doch wegen des Siebten Zusatzprotokolls ist es uns untersagt, auf die Aggression einer fortgeschrittenen fremden Art zu reagieren, ohne zuvor den UNO-Sicherheitsrat zu konsultieren und seine Erlaubnis einzuholen.«

Er seufzte und hob die Hände in einer ausladenden Geste. »Dieser Ort hier ist ein Brückenkopf, August. Die Sicherheit unserer Rasse . . . der gesamten menschlichen Rasse, nicht nur der Amerikaner oder der Russen oder der Japaner . . . steht vor dem Abgrund völliger Vernichtung, und die Basis Cydonia stellt das Sprungbrett dar. Würde man den Sicherheitsrat jedoch darauf aufmerksam machen, würde der Rat erst im allerletzten Augenblick handeln. Und bis dahin wäre es schon viel zu spät. Dann wäre unsere Möglichkeit, unsere Chance, einen präventiven Gegenschlag zu führen, unweigerlich verloren. Und alles nur wegen der Politiker, der Wissenschaftler, der . . . «

L'Enfant schüttelte in grenzenlosem Ekel den Kopf. »Der Freidenker«, beendete er seinen Satz und spuckte den Begriff aus, als wäre er Gift auf seiner Zunge. »Sie wollen uns glauben machen, daß die Cooties uns nichts anhaben möchten. Sie hängen an der naiven Annahme, daß eine hochentwickelte Art warmherzig und friedliebend sein muß, so wie mir Kawakami Drakes Formel unter die Nase reibt und behauptet, daß dies ein Beweis dafür sei, daß die Cooties uns nicht schaden wollen, nur weil sie die interstellare Raumfahrt gemeistert haben.«

Er beugte sich vor, stemmte die Ellenbogen auf die Knie und verschränkte die Hände, sah nun mit seinem überschatteten Gesicht in Nashs Richtung. »Aber ich bin ein Militär«, sagte er. »Ein Soldat. Ich entschuldige mich nicht für meine Art zu denken. Dies ist eine Alienkultur, und deshalb können wir überhaupt nichts voraussetzen, am allerwenigsten friedliche Absichten. Angesichts der Tatsache, daß die Cooties uns gezielt hierhergelockt haben, um dann fast jeden zu ermorden, der direkten Kontakt mit ihnen aufgenommen hat, während sie zugleich ihre eigenen Aktionen und Motive im dunkeln lassen, muß ich davon ausgehen, daß sie wirklich nichts anderes im Sinn haben, als uns zu schaden.«

Er machte eine Pause. Sein Kopf neigte sich leicht zur Seite, als sei er in Gedanken verloren. »Kennen Sie die Sonnentaupflanze?« fragte er abrupt.

Nash wußte davon, schüttelte aber trotzdem den Kopf. »Sie überlebt, indem sie mit süßen, pollenähnlichen Düften Insekten auf ihre Blätter lockt«, erklärte L'Enfant, während er zugleich die rechte Hand öffnete. »Wenn sich das unvorsichtige Insekt darauf niederläßt, bleibt es an den klebrigen Blättern der Pflanze haften. Bis dahin ist es schon viel zu spät, denn da hat die Pflanze bereits begonnen, sich über ihre Beute herzumachen.«

Er ballte die Hand zur Faust. »Erst erstickt sie sie, dann verdaut sie sie langsam.« Er blickte wieder zu Nash hinüber. »Das Gesicht gleicht sehr dem Sonnentau. Verstehen Sie?«

Nash erwiderte nichts. Wieder eine lange Pause, während L'Enfant auf den Boden starrte. »Es gibt Leute auf der Erde, die mit mir übereinstimmen«, sagte er schleppend, »und sie haben mir ... das heißt meinen Männern und mir ... die Mittel in die Hand gegeben, um sicherzustellen, daß wir nicht dasselbe Schicksal erleiden wie das Insekt in der Sonnentaupflanze. Begreifen Sie jetzt?«

L'Enfant sah ihn wieder an, wartete eindeutig auf eine Antwort. Nash fuhr sich mit der Zunge über die trockenen Lippen. »So, wie Sie damals mit der *Takada Maru* verfahren sind?« versetzte er.

Es war eine riskante Frage, ein wahres Pulverfaß, und er war sich überhaupt nicht sicher, wie L'Enfant reagieren würde. Der Kommandant antwortete nicht sofort; er wandte einmal mehr den Blick ab, diesmal wirkte er verlegen. Als er schließlich wieder sprach, war seine Stimme leise, fast unhörbar.

»Sie verachten mich für das, was ich getan habe, nicht

wahr?« fragte er. »Obwohl ich handelte, um Ihr eigenes Leben zu retten ... Ja, Matrose, ich weiß, daß Sie damals oben an Deck waren, als ich befahl, die Torpedos ... Dafür hassen Sie mich noch heute.«

Nash antwortete nicht. L'Enfant gab ein tiefes, kehliges Glucksen von sich. »Das ist schon in Ordnung, Matrose. Ich habe mich an Vorwürfe gewöhnt, und zwar von besseren Männern als Sie einer sind.« Er seufzte. »Ja, genau wie die *Takada Maru*. Und wieder einmal wird eine fadenscheinige UNO-Resolution gegen mich in Anschlag gebracht. Allerdings gibt es diesmal einen großen Unterschied.«

L'Enfant erhob sich aus seinem Sessel und trat langsam ans Bett. »Sie wurden als Spion hierher geschickt«, fuhr er fort, »und das ist auch genau die Rolle, die Sie spielen werden. Sie werden mein Zeuge sein ... das ist der einzige Grund, weshalb Sie noch am Leben sind. Ich werde Ihnen nicht vorher sagen, was hier geschehen wird oder wie es zustande kommen soll, aber wenn Sie auf die Erde zurückgekehrt sind, werden Sie den vollständigen Bericht über das mitnehmen, was hier oben getan wurde.«

Er schob die rechte Hand in eine Tasche, holte etwas hervor und warf es neben Nash aufs Bett. »Hier. Es könnte vielleicht nützlich für Sie werden, aber lassen Sie es mich wissen, falls Sie eine bessere Fotoausrüstung benötigen.«

Nash durchwühlte das Laken mit der linken Hand, bis er den Gegenstand gefunden hatte. Er brauchte ihn nicht erst ans Licht zu heben, um ihn wiederzuerkennen: Es war seine Armbanduhr mit der eingebauten Miniaturkamera.

»Was werden Sie nun tun, Commander?« fragte er.

»Das werde ich Ihnen jetzt noch nicht sagen«, antwortete L'Enfant. »Ich möchte nicht, daß Sie den anderen alles verderben.« Er trat vom Bett zurück. »Ich nehme an, daß Dr. Isralilowa sich Ihrer Verletzungen angenommen hat, so daß Sie morgen früh wieder auf den Beinen sein sollten.«

Er drehte sich um und schritt auf die Luke zu. »Seien Sie dann um nullachthundert im Überwachungszentrum, Modul 8. Dort werden Sie den Beginn der Operation miterleben.« Er blieb stehen und zögerte einen Augenblick. »Für die spätere

Dokumentation: Der offizielle Codename dafür lautet Kentucky Derby. Irgend jemand im Pentagon hat wirklich Sinn für Ironie, meinen Sie nicht auch?«

L'Enfant öffnete die Luke; dann drehte er sich noch einmal zu dem bettlägrigen Mann um, vom Lichtstrahl aus dem Zugangskorridor erfaßt. »Gute Nacht, Mr. Nash«, sagte er. »Schlafen Sie wohl.«

Er verließ das Modul, schloß die Luke hinter sich.

Sind wir hier sicher?

Miho Sasaki schrieb die vier Wörter auf einen Zettel und reichte ihn an Tamara Isralilowa.

Sie befanden sich allein in Modul 5, lagen einander gegenüber auf den Pritschen der Unterkunft. Die Deckenbeleuchtung war abgeschaltet, aber das düstere Bernsteinleuchten des Deimos schimmerte durch die Fensterschlitze an der gegenüberliegenden Seite des Moduls. Jede der Frauen hatte eine Bleistifttaschenlampe unter der Bettdecke verborgen, um die Notizblöcke zu beleuchten, mit deren Hilfe sie verstohlen miteinander kommunizierten.

Als Isralilowa den Arm ausstreckte, um das Papier entgegenzunehmen, vernahmen sie plötzlich Schritte im Korridor. Sie riß Sasaki den Zettel aus den Fingern und schaltete sofort ihre Lampe aus. Miho hörte, wie das Papier zu einem Klumpen zerknüllt wurde, als Tamara sich darauf vorbereitete, die Nachricht hinunterzuschlucken. Sasaki löschte ihre eigene Lampe, und dann lagen sie bewegungslos da, bis die Schritte an ihrer Luke vorbeigekommen waren, dem Befehlsmodul entgegen.

Wahrscheinlich war es Marks gewesen, der im Moment Wache hatte. Vielleicht auch L'Enfant persönlich. Mit einem Klicken erwachte Isralilowas Bleistifttaschenlampe zu neuem Leben; Sasaki sah zu, wie sie das zerknüllte Papier wieder entfaltete, ihre letzte Frage las und auf die Rückseite des Zettels die Antwort schrieb. Miho juckten die vielen kleinen Papierknäueln, die sie sich bereits in ihren Slip geschoben hatte; wenn diese Konversation zu Ende war, würde sie sie alle verschlucken müssen.

Als sie daran dachte, holte sie eines der Knäuel hervor und schob es sich in den Mund.

Tamara beendete ihre Nachricht und reichte sie ihr. *Ja, ich glaube schon, aber du noi wer weiß?* hatte sie in ihrem fehlerhaften Englisch geschrieben. *Akers kam hier einmal rein aber ich habe laut geschrien, bis Swigart kam zu helfen. Tun dasselbe wenn er es noch mal versucht.*

Zuerst begriff Miho nicht, was sie damit meinte, doch als sie die Nachricht ein zweites Mal durchlas, stieß sie zischend die Luft aus. Charlie Akers hatte versucht Tamara zu vergewaltigen; es war ein Segen, daß sich unter den anderen Amerikanern wenigstens noch eine weitere Frau befand. Doch das war nicht die Antwort auf ihre Frage.

Sie nahm ihren eigenen Schreibstift auf und schrieb unter Tamaras Mitteilung: *Tut mir leid, daß das passiert ist. Danke für den Rat, meinte ich aber nicht. Sind wir morgen in Sicherheit? Wir alle?* Sie unterstrich das Wort *morgen*, um ihre Aussage zu verdeutlichen, dann gab sie den Zettel wieder an Tamara zurück.

Während Isralilowa ihre Nachricht las und auf einem anderen Stück Papier die Antwort verfaßte, lauschte Sasaki angestrengt auf Geräusche des Wachpostens im Korridor. Sie konnte sich an ähnliche Nächte im Teenageralter erinnern, als ihre Eltern sie auf ein exklusives Mädcheninternat bei Hiroshima geschickt hatten. In den Schlafsälen war das Licht um neun Uhr ausgeschaltet worden, und obwohl es Aufseherinnen gab, die durch die Räume schritten, um nach Schülerinnen Ausschau zu halten, die es wagten, gegen die Hausregeln zu verstoßen, hatte es sie nie davon abgehalten, mit ihrer Zimmergenossin ähnliche schriftliche Unterhaltungen zu führen. Heute war es nicht sehr viel anders als in jenen Nächten, doch hatte sie kein warmes Gefühl der Nostalgie dabei. Damals war es in den spätnächtlichen Mitteilungen um Jungen und Lehrer und jugendliches Heimweh gegangen; heute nacht dagegen ging es um ihr Überleben.

Als Tamara fertig war, streckte sie den Arm aus. Miho nahm die neue Notiz entgegen und faltete das Papier unter ihrer Taschenlampe auseinander. *Nein!! L. hat etwas geplant für die*

Zeit nach V.'s Besuch im Tunnel. Gefährlich. Hat zu tun mit Geheimnissen (?) in Mod. 1 – glaube neuer GKA, weiß keine Einzelheiten. A. und M. auf Posten. Ärger!

Sasaki nagte an ihrer Unterlippe. Tamara wußte wenig mehr als das, was Shin-ichi ihr bereits mitgeteilt hatte; sie konnte darüber hinaus lediglich bestätigen, daß Paul Verduins morgige Expedition eine wesentliche Rolle in L'Enfants Planung spielte. Sie hegte zwar den Verdacht, daß Nash vielleicht etwas Neues in Erfahrung gebracht hatte – trotz der schrecklichen Mißhandlung, die er an diesem Nachmittag hatte durchmachen müssen, hatte man ihn inzwischen über zwölf Stunden von ihr ferngehalten –, aber es gab keine Möglichkeit für sie, ins Modul 9 zu gelangen, wo Tamara ihn behandelt hatte.

Allerdings hatte sie immer noch den Schlüsseldecoder. Seit Nashs Festnahme hatte sie sein Versteck ständig gewechselt, doch bis auf Marks' Entdeckung der Wanzen in ihrem Einteiler hatte bisher noch niemand eine Leibesvisitation an ihr vorgenommen – obwohl sie inzwischen den Verdacht hegte, daß Akers nichts lieber täte.

Wichtiger war allerdings, daß sie langsam zu begreifen begann, daß L'Enfants Verfolgungswahn seine eigentliche Schwäche darstellte. Trotz seiner scheinbaren Allwissenheit hatte der Kommandant ihr gegenüber eine Art blinden Fleck entwickelt, anscheinend sah er in Miho eine etwas einfältige Komplizin Nashs. Miho wußte nicht, ob er ihre frühere Rolle in der Station Cydonia übersehen hatte, sich von seinen Anstrengungen, Nash zu entlarven, zu sehr ablenken ließ, oder ob er einfach nur dachte, daß sie keine ernsthafte Bedrohung für ihn darstellen könnte. Aber das war ihr auch gleichgültig, selbst wenn er sie dadurch beleidigt hatte, daß er ihre Intelligenz so eklatant unterschätzte. L'Enfants Arroganz und Ignoranz stellten im Augenblick ihren einzigen Vorteil dar, und sie mußte einen Weg finden, um sie sich zunutze zu machen.

Wenn sie doch nur ins Modul 1 gelangen könnte, um mit ihrem Decoder dort die Luftschleuse zu öffnen ...

Nein. Es gab noch etwas von höherer Priorität, wenngleich es nicht das war, wozu JETRO sie auf den Mars geschickt hatte. Sie nahm ihren Stift auf, zögerte und schrieb schließlich: *Sehr* wichtig! Sofort vernichten! Wir verschwinden morgen mit dem Luftschiff. B. wird W., mich und andere an Bord nehmen, nachdem ...

... erneut Schritte draußen im Korridor. Sofort löschte Tamara ihre Taschenlampe. Für einen Augenblick war Miho versucht, das Risiko zu mißachten und weiterzuschreiben. Doch dann hörten die Schritte unmittelbar draußen vor der Luke auf, und sie packte ihre eigene Lampe und schob sie sich unter das Kopfkissen.

Sie schaffte es gerade noch, den Zettel zu einer winzigen Kugel zusammenzuknüllen und ihn in den Mund zu schieben, als sich die Luke auch schon öffnete. Miho stellte sich schlafend und blinzelte, als ein Lichtstrahl durch die geöffnete Luke eindrang. Das Herz klopfte ihr bis zum Hals, als eine Gestalt durch die Öffnung trat. Einen entsetzlichen Augenblick lang glaubte sie, daß Charlie Akers gekommen war, um sie aufzusuchen. Sie zog die Knie an die Brust ...

»Entschuldigung, meine Damen«, sagte Megan Swigart beim Eintreten. »Haben Sie etwas dagegen, wenn ich Ihnen heute nacht Gesellschaft leiste?«

Miho tat schläfrig, setzte sich in ihrer Pritsche auf, das trockene Papierknäuel noch immer im Mund.

Sie sah, wie Tamara im grellen Licht eine Grimasse schnitt und die Hand hob, als sei auch sie soeben aus dem Tiefschlaf erwacht.

»Tut mir leid, Sie zu stören«, sagte Swigart, während sie die Luke wieder schloß. »Der Kommandant meinte, daß Ihnen vielleicht nach etwas Gesellschaft sei. Ist das in Ordnung?«

In der frischen Dunkelheit hörte Miho, wie der weibliche Lieutenant durch das Modul schritt und sich im hinteren Teil auf eine der ungemachten Pritschen legte. Falls Swigart vorhaben sollte zu schlafen, wollte sie es in voller Montur tun; Miho hörte nicht, wie sie ihre Kleidung abstreifte und auf den Boden legte. Tatsächlich zog Swigart nicht einmal die Stiefel aus.

»Schon in Ordnung«, erwiderte Miho schläfrig. »Gute Nacht.«

Swigart antwortete nicht. Miho legte den Kopf auf das Kissen und zerkaute so leise, wie sie nur konnte, den Zettel. L'Enfant ging kein Risiko ein; heute nacht sollten sie und Tamara ihre eigene Aufseherin bekommen. Tamara hatte recht. Die Situation war außerordentlich gefährlich geworden.

17 Ausbruch

Es war etwas völlig anderes als das Steuern der Spinne. In der virtuellen Realität war der Tod nur eine Abstraktion, die Funktionsbeendigung einer ferngesteuerten Maschine am anderen Ende eines elektromagnetischen Kanals. Diesmal jedoch stand weitaus mehr auf dem Spiel. Als Paul Verduin sah, wie Marks die Kabinenluke schloß, erinnerte es ihn unbehaglich an das Schließen eines Mausoleums – von innen.

»Hör auf damit«, flüsterte er bei sich. »Du wirst schon nicht umkommen.«

Wie bitte? Shin-ichi Kawakamis Stimme kam als dünnes, von Statik überlagertes Krächzen durch das Comlink. *Haben Sie gerade etwas gesagt?*

Verduin schnaufte. »Nein«, erwiderte er. »Alles einsatzbereit.«

Er griff an die Kopfkonsole und legte eine Reihe von Schaltern um. Im hinten gelegenen Maschinenraum ertönte ein scharfes Winseln, als die Turbinen der Jackalope aktiviert wurden. Bunte Dioden blitzten auf den Konsolen im winzigen Cockpit auf, und auf dem zweiten Flachbildschirm zwischen seinen Knien ließ der Hauptbordcomputer eine lange Sequenz von Funktionsprüfungen abrollen. Er hörte, wie Akers von der Hülle stieg; er hoffte nur, daß der Lieutenant nicht aus Versehen mit seinen Stiefelsohlen versehentlich eine der externen elektrischen Leitungen abreißen würde.

Es war bereits entschieden worden, daß er unbelüftet hinunterfahren würde. Das würde der Innenhülle zusätzliche Stabilität verleihen. Verduin schaltete die Sauerstoff-Stickstoff-Leitungen seines Schutzanzugs auf die internen Speiseventile des Cockpits um, dann stöpselte er das Comlink des MRV in seine eigene Brusteinheit. »Können Sie mich jetzt besser empfangen?«

Verstanden. Kawakamis Stimme klang nun sehr viel deutlicher. Das Statikgeräusch war verschwunden. *Wir empfangen Sie jetzt sehr gut.*

Können Sie jetzt bitte für uns einen Hauptsystemcheck durchführen, Paul? Tamara Isralilowas Stimme war klar genug, daß er die Anspannung darin bemerkte. Verduin ertappte sich dabei, wie er die Tatsache schon bereute, daß sie die zweite Onlinekommandantin dieser Mission war. *Als erstes bitte die Überwachungskameras und die Hauptsensoren.*

»In Ordnung.« Verduin griff mit der Linken an das Paneel oberhalb der Computertastatur und drückte eine Reihe von Tasten. Auf dem Innenpaneel der Luke, unmittelbar vor ihm, erwachte der Hauptflachbildschirm zum Leben; für einen Augenblick war das Bild unscharf, bis die am Bug montierte Kamera ihre automatische Brennweitenkorrektur ausgeführt hatte, dann konnte er Charlie Akers deutlich vor dem MRV stehen sehen; im rechten Monitorabschnitt erschienen Sekundärbilder seiner infraroten Gespenstersilhouette und die schwach flackernde Balkengraphik seines elektromagnetischen Bilds. Verduin blickte durch die kleine, ovale Sichtluke zur Linken, um sicherzugehen, daß Akers tatsächlich dort stand. »Sehen Sie das?« fragte er.

Ja, hervorragend. Isralilowa klang schon sehr viel sachlicher. *Und jetzt bitte auf die anderen Kameras gehen.*

Verduin drückte die anderen Tasten auf dem Kommunikationspaneel, worauf sich das Bild auf dem Hauptmonitor schnell veränderte und der Reihe nach das Blickfeld von 360 Grad abarbeitete, als sich die kleineren Überwachungskameras auf der Außenhülle des MRV aktivierten. Steuerbord: das geparkte Geländefahrzeug und die fernen Pyramiden der Stadt. Heck: die Wüste, wobei die Kamerafilter automatisch das Gleißen der Morgensonne dämpften. Backbord: die ausgedehnte rote Steigung der D&M-Pyramide, darauf das dreibeinige Windengestell über der Grube, das zu Mamas Hintertür hinunterführte.

»Sieht alles gut aus«, meinte er, als er zum Bild der Frontkamera zurückkehrte. »Werde jetzt das ECM testen. Bleiben Sie dran.«

Er legte die linke Hand auf die Tastatur und tippte die entsprechenden Codezahlen in den Bordcomputer, während er sie gleichzeitig halblaut aussprach. Bevor es Japan verlassen hatte, hatte man am MRV noch eine besondere Änderung angebracht. Dabei handelte es sich um ein System für elektronische Gegenmaßnahmen, wie sie ähnlich von Düsenjagdbombern verwendet wurden, um das gegnerische Radar in die Irre zu führen. Da es sich bei den Pseudocooties tatsächlich um Miniaturroboter handelte, bestand die Möglichkeit, daß ein ECM-System ihre KI-Systeme durcheinanderbringen könnte. Das ECM der Jackalope war dafür gebaut, sich auf ihre elektromagnetischen Frequenzen zu schalten und sie zu blockieren, um die Pseudocooties blind zu machen und zu verwirren oder sie sogar völlig abzuschalten.

So war es jedenfalls geplant. Sollte es funktionieren, wäre es ein wirkungsvoller Schild gegen die Aliens. Es gab dabei nur einen Nachteil: Bisher war es noch nie an einem Pseudocootie getestet worden. Die Computeranalyse besagte zwar, daß es sich bewähren würde – doch Computer hatten sich auch noch nie einem Schwarm semiintelligenter Maschinen in einem Tunnel ausgesetzt.

Das Comlink stieß ein statisches Krächzen aus, und das Bild auf dem Hauptmonitor löste sich in unregelmäßige Linien auf, bis der Computer die Störsignale ausgefiltert hatte. Als der Bildschirm sich wieder eingespielt hatte, sah Verduin, wie Akers zurücktaumelte, offensichtlich desorientiert durch das, was durch seinen Helm kam. Verduin mußte laut lachen. Es war ihm eine unerwartete Freude, einen von L'Enfants Männern so gründlich verwirrt zu sehen. »Soviel zur Frage der Größenordnung, Muskelprotz«, murmelte er.

Das ECM scheint hervorragend zu funktionieren, Paul. Kawakamis Stimme klang scharf von Statik, dennoch konnte Paul einen gewissen, vorsichtigen Unterton der Ironie heraushören. Er erinnerte sich daran, daß L'Enfant sich wahrscheinlich gerade ebenfalls im Überwachungszentrum aufhielt; falls dem so sein sollte, war er mit Sicherheit nicht erfreut. *Und jetzt bitte abstellen.*

Zögernd schaltete Verduin das ECM aus. Auf dem Schirm

sah er, wie Akers seine Fassung zurückgewann. Das Sturmgewehr, das er beim EVA grundsätzlich dabei hatte, war ihm an seinem Riemen von der Schulter gerutscht; er schob es wieder hinauf, während er das MRV stumm und wütend anfunkelte. Paul gefiel Akers Miene nicht. »Richten Sie dem Lieutenant mein Bedauern aus«, sagte er förmlich.

In Ordnung, erwiderte Tamara. *Und jetzt versuchen Sie zu gehen.*

Nun kam der schwierigste Teil. Bei den Übungen in einem Simulationsprogramm, das man in den Basiscomputer geladen hatte, hatte er zwar gute Ergebnisse erzielt, aber das war auch nur ein etwas anspruchsvolleres Computerspiel gewesen. Die Jackalope tatsächlich zu steuern, war etwas völlig anderes. Vorsichtig ließ Verduin seinen Stiefel in die Steigbügel der Fußpedale unter dem zweiten Bildschirm gleiten, dann griff er nach oben und aktivierte die Mobilitätskontrollen. Es kam zu einer leichten Verschiebung, als die internen Kreiselstabilisatoren das Gleichgewicht der Jackalope wieder herstellten. Paul nahm sich eine Minute Zeit, um den Joystick zur Rechten zu greifen und ihn im Kreis herumzuführen. Er sah zu, wie der Waldo-Manipulator an der Schnauze des MRV im unteren Teil des Monitors erschien, um hin- und herzugleiten wie eine Schlange.

»Der Waldo funktioniert gut«, meldete er. »Okay, ich beginne jetzt mit dem Gang ... oder werde es wenigstens versuchen.«

Er holte tief Luft, dann ergriff er den Hebel mit der linken Hand, schob ihn ein kleines Stück vor, hob den rechten Fuß und setzte ihn wieder auf. Der Schirm legte sich leicht nach rechts; gleichzeitig war ein leises Rucken zu spüren, als das gewaltige Vehikel einen Schritt vorwärts machte. Über den Sekundärmonitor rasten Lichter, aber es glühten keine Warnleuchten auf.

Verduin ließ die Luft wieder fahren, dann hob er den linken Fuß und setzte ihn auf. Wieder machte das MRV einen Schritt vorwärts, bebte die Maschine, als der Fußnapf den steinigen Boden fand; die Kreiselstabilisatoren sicherten das Gleichgewicht, und Verduin versuchte es erneut mit seinem rechten Fuß. Die Jackalope tat einen weiteren großen Schritt vorwärts; auf dem Schirm sah er, wie Akers vorsichtig vor der nahenden Maschine zurückwich.

»Das ist wirklich großartig.« Trotz seines Unbehagens mußte Paul grinsen. »Ich fühle mich wie Baby Godzilla.«

Das machen Sie sehr gut, bemerkte Kawakami. *Üben Sie noch ein wenig, bevor wir . . .*

Eine gedämpfte Pause, unverständliche Stimmen im Hintergrund, dann meldete er sich wieder. *Wir haben die Anweisung erhalten, daß Sie das Fahrzeug zur Winde bewegen sollen, um es herabzulassen. Trauen Sie sich das schon zu?*

Verduins Grinsen verschwand. L'Enfant mußte im Kontrollzentrum sein und die Anweisungen geben. Er schwieg eine Weile, überdachte seine Möglichkeiten. Er konnte völlig zu Recht behaupten, daß er mehr Zeit zum Üben brauchte; die Jackalope war immer noch schwer zu bedienen, seine eigenen Bewegungen unkoordiniert. Es war überhaupt keine Frage, daß er noch mehr Zeit in diesem Monstrum von einer Kampfmaschine gebrauchen könnte, bevor er es in die Katakomben hinunter brachte; unter normalen, vernünftigen Umständen hätte man ihm mindestens zwei Tage für die Generalprobe zugestanden.

Doch die gegenwärtigen Umstände waren weder normal noch vernünftig. Ein Sandsturm fegte gerade über die westlichen Ebenen; in vierundzwanzig bis sechsunddreißig Stunden würde dieses Gebiet von Winden in Wirbelsturmstärke heimgesucht werden, die den Staub mit der Geschwindigkeit von Gewehrkugeln durch die Hülle des MRV treiben konnten und die empfindlichen inneren Schaltkreise zerfetzen würden. Auch wenn man diese Maschine durch Planen schützen konnte, gab es keine Garantie dafür, daß sie diesem Ansturm standhalten würden.

Doch die Natur war nicht einmal sein schlimmster Gegner. Der Copilot der *Akron* – er mußte sich selbst daran erinnern, daß er in Wirklichkeit nicht Donaldson, sondern Nash hieß – hatte sich als Spion erwiesen. Erst gestern hatte L'Enfant Akers und Marks auf ihn losgelassen, und Tamaras Bericht zufolge hatten sie den Mann fast umgebracht.

L'Enfant schien irgend etwas im Schilde zu führen; er wurde

langsam verzweifelt, und diese Verzweiflung machte ihn skrupellos und waghalsig. Würde möglicherweise noch jemand in den Lagerraum gezerrt werden, falls sich Verduin weigern sollte weiterzumachen? Verduin bezweifelte, daß man ihn selbst foltern würde – L'Enfant brauchte ihn immerhin, um das MRV zu steuern –, aber was war mit den anderen? Mit Shin-ichi? Der würde niemals die Tortur überleben, die Nash durchgemacht hatte. Und Boggs? Den würden sie vielleicht verschonen, weil sie ihn brauchten, um die *Akron* zu fliegen ... aber was war dann mit Tamara oder Miho?

Verduin schüttelte den Kopf. Nein, das durfte er nicht zulassen.

Und außerdem *wollte* er ja auch feststellen, was dort unten los war ... und eine bessere Chance als jetzt gab es dafür nicht. Er hatte das MRV, er besaß das handwerkliche Geschick und er war schon einmal in Mamas Hintertür gewesen, wenn auch nur auf die Ferne. Sollte er es bis in die Katakomben schaffen und das Geheimnis der Aliens lüften ...

»Ich bin bereit«, entschied er.

Eine kurze Pause im Comlink, bis Isralilowa sich wieder meldete: *Also gut, Paul. Wir sind einverstanden.* Ihre Stimme hatte einen nervösen Unterton. *Ach, noch etwas ... könnten Sie bitte Ihre interne Videoanlage einschalten? Für die ...*

Sie beendete ihren Kommentar nicht, aber Verduin wußte, was sie hatte sagen wollen: »für die Dokumentation« – falls er nicht zurückkehren sollte. Er drückte einen anderen Knopf auf der Kommunikationskonsole, dann blickte er zu der kleinen Kameralinse unmittelbar über seinem Kopf zurück. Er grinste und zappelte mit den Fingern vor der Kamera herum in der Hoffnung, daß es sie etwas beruhigen würde.

Doch während er das tat, drängte sich ihm ein finsterer Gedanke auf: So werden sie sich an mich erinnern ...

Im überfüllten Kontrollzentrum machte sich ein langes Schweigen breit, als sie Verduin der Kamera zuwinken sahen. Kawakami hielt den Blick in stoischer Ruhe auf den Schirm geheftet. Isralilowa schaltete ihr Mikrofon aus und wandte die Augen von der Konsole und allen anderen ab. Ein leises Schluchzen entfuhr ihr, bevor sie die Hand vor den Mund legte. Boggs schürzte die Lippen und runzelte ungewohnt die Stirn, tat so, als würde er seine Stiefelspitzen studieren. Sasakis Miene neben ihm blieb gefaßt, sie stand steif und aufrecht da, doch hatte sie die Hände an den Hüften nervös zu strammen Fäusten geballt. Boggs zögerte erst, dann legte er ihr beruhigend die Hand auf die Schulter. Miho zuckte bei der Berührung zusammen, wich ihm jedoch nicht aus.

Hinter Kawakamis Sessel nahm Nash das zwar alles wahr, behielt seine Aufmerksamkeit jedoch auf Terrance L'Enfant gerichtet. Der Kommandant, der hinter und zwischen Isralilowa und Kawakami auf einem Metallschemel hockte, wirkte unbeeindruckt von Verduins Geste. In ungerührtem Schweigen ließ er den Blick von Bildschirm zu Bildschirm huschen, nahm jede Einzelheit auf, während er gedankenverloren seinen Schnurrbart befingerte. Nash fielen seine dunklen Augenringe auf; es sah nicht so aus, als hätte der Kommandant gut geschlafen, falls überhaupt. Am anderen Ende des Moduls stand Marks wie ein Wachposten neben der geschlossenen Luke und ließ Nash nicht aus den Augen.

Einer der Monitore zeigte die Perspektive der Vorderkamera der Jackalope, während sich das Vehikel langsam der Grube näherte. So klobig die große Maschine auch aussah, schien sie doch beachtlich gut für das Marsgelände geeignet zu sein. Nach einem kurzen Augenblick des Zögerns stieg Verduin über einen Felsbrocken, den er mit einem Geländefahrzeug nur hätte umfahren können. Im Hintergrund konnten sie Akers sehen, wie er in kleinen Sprüngen auf das dreibeinige Windengestell über der Grube zuhielt.

L'Enfant berührte sein Kehlkopfmikrofon. *Lieutenant, überzeugen Sie sich davon, daß die Haltekrallen gut gesichert sind, damit sie nicht abrutschen können. Und geben Sie seinem Kabel reichlich Spielraum, wenn er unten angekommen ist.* Er hatte ein ungewohntes Krächzen in der Stimme. *Wir müssen ihn notfalls schnell wieder herausholen können.*

An der Luke ertönte ein kräftiges Klopfen. Marks öffnete sie und ließ Swigart eintreten. Sie ging auf L'Enfant zu, reichte ihm wortlos einen gefalteten Computerausdruck, machte kehrt und verließ das Kontrollzentrum wieder, um erneut ihren Posten im Befehlsmodul einzunehmen. L'Enfant entfaltete das Blatt und studierte es eine kurze Weile, rieb sich die Augenlider und reichte es über die Schulter an Boggs weiter, den er dabei kaum eines Blickes würdigte.

»Die Akutmeldung besagt, daß sich der Sandsturm auf zweiundfünfzig Grad West befindet«, verkündete er. »Der vordere Ausläufer hat sich bereits in die Planitia Acidalia vorgeschoben und wird bei seinem Zug um die Halbkugel voraussichtlich noch an Geschwindigkeit zulegen.«

Boggs grunzte, als er die Akutmeldung überflog. »Die aktualisierte erwartete Ankunftszeit ist morgen um zwölfhundert Uhr. Scheiße.« Er knüllte das Papier in seiner Faust zusammen und sah zu Nash hinüber. »Flugplanänderung. Wenn wir dem Mistkerl entwischen wollen, müssen wir spätestens um Nulldunkeleinhundert starten. Möglicherweise früher.«

Nash erwiderte den Blick des Luftschiffpiloten, dann schüttelte er schleppend den Kopf. Trotz der Reparaturen durch die klinischen Nanochirurgen tat ihm noch alles weh. Er trat ein Stück näher an L'Enfant heran; als Marks es bemerkte, bewegte er die Hände auf sein Gewehr zu, während Nash sich über den Kommandanten beugte.

»Blasen Sie es ab«, murmelte er L'Enfant zu. »Was immer Sie vorhaben, es wird nicht funktionieren, bevor dieser Sturm uns erreicht hat.«

L'Enfant löste den Blick nicht von den Konsolen. »In Anbetracht der Tatsache, daß Sie nicht wissen, was ich vorhabe, Matrose, wie können Sie sich da so sicher sein?«

Auf den Monitoren hatte Akers inzwischen die Außenhülle des MRV bestiegen und befestigte die Kabelgreifer an den zu beiden Seiten der Kabine angebrachten Sprossen. Die Jackalope stand inzwischen am Rand der Grube, ihre Frontkamera lugte in den verschatteten, felsigen Schlund hinab. »Das einzige, dessen ich mir sicher bin«, erwiderte Nash leise, »ist, daß Sie gerade im Begriff stehen, das Leben dieses Manns zu vergeuden. Sie könnten auch noch warten bis . . . «

»Mr. Nash, Sie liegen weitab vom Schuß.« L'Enfant würdigte

ihn immer noch keines Blicks, aber seine Stimme hatte einen scharfen Unterton angenommen. »Wenn Sie glauben sollten, daß ich Monate der Vorbereitung einfach opfere, nur weil Sie denken . . .«

»Nein!« brüllte Kawakami. Der Exobiologe wirbelte in seinem Sessel herum, und seine normalerweise friedfertigen Augen kochten vor Zorn, als er L'Enfant anstarrte. »Er hat recht. Paul geht unvorbereitet in diese Mission. Er kann das MRV kaum bedienen. Wir werden die Expedition sofort stoppen, sonst muß ich . . . «

»Sie werden mir nicht vorschreiben, was ich zu tun habe!« schrie L'Enfant.

Die Blicke aller Anwesenden im Überwachungszentrum richteten sich auf ihn, aber L'Enfants plötzlicher Wutanfall hatte allein Kawakami zum Ziel. »Ich habe Ihnen schon lange genug zugehört«, fuhr er fort, und seine Stimme klang jetzt abgehackt und heiser, »und ich habe es zugelassen, daß Sie diese Mission zugrunde richten! Aber *jetzt* habe *ich* das Sagen, und da werden Sie meinen Anweisungen folgen!«

Kawakami blieb unbeeindruckt. Er blickte über die Schulter gewandt zu Isralilowa. »Bereiten Sie alles zur Beendigung vor, Tamara«, sagte er entschieden. »Unterbrechen Sie die Bordtelemetrie zu dem MRV und . . . «

»Sergeant!« fauchte L'Enfant.

Sie vernahmen das leise metallische *Tsch-tschik* eines Gewehrs, das gespannt wurde. »Tun Sie, was der Kommandant sagt«, versetzte Marks gelassen.

Nun richteten alle bis auf L'Enfant ihren Blick auf den Sergeant. Marks hielt sein Steyr-Gewehr an die Schulter gehoben, der rechte Zeigefinger befand sich bereits innerhalb des Abzugsbügels. Nash hob die Hände ein Stück, hielt sie hoch; Kawakami folgte seinem Beispiel, und Isralilowas Hände erstarrten über ihrer Konsole.

»Scheißkerl!« entfuhr es Boggs.

»Halten Sie den Mund, Mr. Boggs.« L'Enfant berührte sein Comlink. »Dame, melden Sie sich sofort im Schloß, aber Beeilung! Königsspringer, in Bereitschaft!«

Er machte eine halbe Drehung, um Nash zu mustern.

»Matrose, Sie fangen an, mehr Ärger zu machen, als Sie wert sind. Ich liebe keine Störenfriede.«

»Danke für das Kompliment«, erwiderte Nash trocken. Falls es L'Enfants Idee gewesen sein sollte, den Mitgliedern seiner Truppe die Codenamen von Schachfiguren zu geben, dann hatte seine Paranoia zweifellos ihren kritischen Punkt erreicht. Ein Blick in L'Enfants gerötetes Gesicht, in seine überwachen Augen, und Nash begriff, daß der Mann kurz vor dem Zusammenbruch stand.

Er sah zu Sasaki hinüber. Ihre Blicke trafen sich kurz, und sie nickte fast unmerklich; offenbar hatte sie dieselben Symptome wahrgenommen. L'Enfant stand im Begriff, die Beherrschung zu verlieren. Obwohl Nash nicht mit ihrer Unterstützung rechnen durfte, begann er damit, ein gefährliches Gambit zu planen. Wenn er L'Enfant in die richtige Richtung treiben könnte . . .

Mit einem Kopfnicken wies er zu Marks hinüber. »Wissen Sie, Commander, es wäre ein schlimmer Fehler, ihn hier drin das Feuer eröffnen zu lassen. Selbst wenn er nicht daneben schießen und eine plötzliche Sofortdekompression bewirken sollte, könnte er immer noch die falsche Person erwischen. Beispielsweise Sie selbst.«

»Ach, was wäre ich dann froh!« murmelte Boggs. Sasaki bedeutete ihm zu schweigen.

In L'Enfants Miene begann sich ein Lächeln anzudeuten. »Erstens ist das Gewehr des Sergeants mit Sicherheitsmunition geladen, genau wie die Patronen in Ihrer eigenen Waffe«, sagte er gelassen. »Zweitens ist Alphonse ein hervorragender Schütze. Sie sollten wissen, daß er früher Gefechtsausbilder im Marineinfanteriekorps war.«

»Was wiederum bedeutet, daß Sie mit geborgter Zeit leben, Kumpel«, warf Marks hinter seinem Gewehr ein. *»Comprende?«*

Nash wollte etwas erwidern, doch plötzlich begann sich Sasaki zu räuspern. »Alles, was ich weiß, Commander L'Enfant«, sagte sie, »ist, daß . . .«

Sie zögerte, ihre Lippen bebten. L'Enfant drehte sich in seinem Sessel zu ihr herum, heftete die Augen auf ihre. »Ja, Dr. Sasaki?« fragte er sanft. »Was wollen Sie gerade sagen?«

»Ich weiß, daß Sie ... der gestörteste Hundesohn sind, dem ich je begegnet bin«, erwiderte sie mit langsamer sorgfältiger Aussprache.

Sie schluckte, dann fügte sie hinzu: »Und es ist wirklich ein Wunder, daß Sie überhaupt aufrecht gehen und gleichzeitig Kaugummi kauen können.«

L'Enfants Gesicht lief rot an, als er sie fassungslos anstarrte. Trotz der Tatsache, daß sie alle mit einer Waffe bedroht wurden, sahen die anderen völlig schockiert auf die Astrophysikerin. Kawakamis Unterkiefer klappte herunter wie bei einem Vater, der soeben hatte mit anhören müssen, wie seine Tochter in allen Einzelheiten den Verlust ihrer Unschuld beschrieb.

»Verdammt, Miho«, hauchte Boggs. »Wer hat dir bloß beigebracht, so zu reden?«

Sie wandte sich von L'Enfant ab und lächelte Boggs lieblich an. »Das hast du getan«, antwortete sie. In gespieltem Ernst fragte sie: »Habe ich es richtig hinbekommen?«

»Äh ... ja.«

Wieder klopfte es zweimal an die Luke, und Swigart trat ein, das Gewehr schußbereit in den Händen. »Gibt es Probleme, Commander?«

L'Enfant fuhr sich mit der Zunge über die Lippen und nickte langsam, ohne sie dabei anzusehen. Sein Blick richtete sich auf Nash. »Ja, Megan, die gibt es«, sagte er. »Mr. Nash ist verantwortlich für einen Verlust an Kampfmoral. Bitte entfernen Sie ihn. Der Lagerraum wird fürs erste reichen.«

Er dachte noch einmal kurz darüber nach. »Wenn ich es mir so überlege, scheint Dr. Sasaki in gleichem Ausmaß für die Störung verantwortlich zu sein. Da sie zum entbehrlichen Personal zählt, bringen Sie sie bitte in Modul 5. Stehen Sie Wache im Korridor, um dafür zu sorgen, daß keiner der beiden ohne meine Erlaubnis sein Modul verläßt.«

Swigart richtete das Gewehr auf Nash und Sasaki und wies mit einem Kopfrucken auf die Luke. Als sie sich an L'Enfant vorbeischoben, atmete der Kommandant tief ein, um sich dann wieder Kawakami zu widmen. »Und nun, Sir, werden Sie ohne weiteren Protest die Mission fortsetzen. Sollten Sie meinen Befehl noch einmal verweigern, werde ich Lieutenant Swigart instruieren, Dr. Sasaki zwecks Schnelldekompression zur Luftschleuse zu begleiten. Haben Sie mich deutlich verstanden?«

Kawakami ließ einige Sekunden verstreichen – dann nickte er zögernd, warf Miho einen letzten Blick zu und drehte sich auf seinem Sessel zur Konsole zurück. Isralilowa machte sich wieder zähneknirschend an die Arbeit; Boggs blieb stocksteif stehen, er hatte Respekt vor der Mündung von Marks' Sturmgewehr.

Als Nash durch die Luke stieg, hörte er, wie L'Enfant ihn noch einmal ansprach. »Seitdem Sie hier sind, haben Sie sich zweimal eine Dummheit erlaubt, Mr. Nash«, bemerkte L'Enfant. »Strapazieren Sie nicht Ihr Glück.«

Nash blickte weder zurück, noch antwortete er darauf. Er ließ sich einfach von Swigart hinausgeleiten.

Modul 5, die Frauenunterkunft, die Sasaki sich mit Isralilowa teilte, lag am anderen Ende des Zugangskorridors. Modul 3, der Lagerraum, befand sich direkt daneben. Nachdem sich die drei in den Korridor begeben hatten, bedeutete Swigart Nash und Sasaki wortlos, vor ihr herzugehen.

Als sie den Gang entlangschritten, hörte Nash, wie die Luke von Modul 8 scheppernd zugeschlagen wurde. Gut; jetzt waren sie allein in dem Korridor. Selbst ohne Sasakis zeitlich hervorragend abgestimmte Unterbrechung war dies genau das, was er wollte. Alle anderen befanden sich entweder im Überwachungszentrum oder draußen auf der Oberfläche, und der Haupttunnel war einigermaßen schalldicht.

Hastig errechnete er seine Chancen, sich auf Swigart zu stürzen, nachdem Sasaki erst einmal im Modul 5 war. Es sah nicht gut für ihn aus – Swigart war bewaffnet, wachsam und zweifellos im Nahkampf ausgebildet. Doch da die einzige Alternative darin bestanden hätte, L'Enfants Barmherzigkeit ausgeliefert zu bleiben, wurde ihm klar, daß dies wahrscheinlich seine einzige Gelegenheit zu einem Ausbruch sein dürfte. Wenn er Swigart irgendwie dazu bringen konnte, mit ihm zusammen ein Stück in den Lagerraum einzutreten, könnte er sie vielleicht mit einem Tritt gegen die Lukenklappe ausschalten und . . .

»Ich gehe dort nicht hinein«, sagte Miho plötzlich.

Sie blieb abrupt stehen, drehte sich zu Nash um und ergriff seinen Unterarm. »Nein, ich gehe dort nicht hinein«, wiederholte sie. Ihre Augen waren geweitet vor Angst. »Paul braucht mich jetzt. Ich kann nicht zulassen, daß er ... «

»Weitergehen!« brüllte Swigart. Sie blieb ebenfalls stehen, wenige Meter hinter ihnen, die Steyr aus der Hüfte auf Sasaki gerichtet, während ihr Blick zwischen Miho und Nash hin- und herhuschte. »Den Gang hinunter! Bewegung!«

»Nein!« Sasaki sah sie nicht einmal an. Sie packte Nash an den Schultern und schüttelte ihn. »Ich bin Wissenschaftlerin! Ich müßte jetzt im Überwachungszentrum sein! Paul ist mein Freund, er braucht mich!«

Nash blickte Swigart an, dann sah er wieder in Sasakis flackernde Augen. »Miho, damit schaden Sie nicht nur ihm, sondern uns allen«, flüsterte er eindringlich. »Wenn Sie sich wehren, wird man Sie dort hineinbringen und Sie genauso behandeln, wie man es mit mir getan hat. Kommen Sie, gehen Sie einfach in Ihre ... «

»Nein!« Plötzlich drehte sich Sasaki herum und ging entschlossen den Gang in die Richtung zurück, die sie gekommen waren. »Ich muß Paul helfen! Er braucht mich, um dort wieder lebend herauszukommen! Ich bin die einzige, die es schafft!«

Swigart wirkte erschrocken. Ihr Gewehrlauf hob sich ein Stück, doch nicht auf Schulterhöhe, als sie einen Schritt vortrat. »Gute Frau«, befahl sie, »Sie werden sich jetzt gefälligst umdrehen und ...«

»Gehen Sie mir aus dem Weg!« Sasaki packte überraschend den Lauf von Swigarts Gewehr und schob es wütend wie ein Spielzeug beiseite. Angesichts Sasakis tollkühnem Zug geriet Swigart aus dem Gleichgewicht. In diesem Augenblick kehrte sie Nash den Rücken zu, wie sie sich vorbewegte, um die japanische Wissenschaftlerin daran zu hindern, an ihr vorbeizustolzieren.

Jetzt!

Nash wirbelte herum und ließ das rechte Bein emporschnellen, schlug seinen Stiefel in den Magen der Frau, Swigart sah ihn nicht kommen, sie keuchte auf und krümmte sich zusammen, als der Tritt sie gegen die Korridorwand schleuderte. Der Gewehrlauf senkte sich ein Stück . . .

Nash ignorierte den stechenden Schmerz in seinem zerschundenen Unterleib und sprang Swigart an, solange sie noch hilflos war. Er packte das Gewehr mit beiden Händen, riß es empor und drückte Swigart damit gegen die Wand. Swigarts Miene verzerrte sich im Zorn; mit blinzelnden Augen und zusammengebissenen Zähnen hielt sie ihre Waffe fest und drückte sie gegen Nash.

Ihr linkes Knie fuhr empor, doch er machte eine Seitwärtsdrehung und fing den Stoß mit der Hüfte ab. Swigart nützte den Augenblick. Mit einem Fauchen schleuderte sie ihn mit Hilfe des Gewehrs zurück und Nash stürzte gegen die gegenüberliegende Korridorwand.

Seine zerschlagenen Muskeln bäumten sich vor Schmerz, und seine Hände gaben die Waffe frei. Die Offizierin entriß ihm das Gewehr. Er sah, wie der Lauf in einem Bogen auf sein Gesicht zuschwenkte, wie Swigarts Finger in den Abzugsbügel fuhr . . .

Die Knöchel in die Handfläche gerollt, verpaßte Sasakis Rechte Swigart einen gnadenlosen Karatehieb. Die Soldatin taumelte, knickte in den Knien ein, und die Steyr sank in ihren Händen herab. Nash stürmte vor und verpaßte ihr einen rechten Haken, Swigart stürzte mit dem Gesicht nach vorn zu Boden, das Gewehr fiel ihr scheppernd aus den Händen.

Nash spähte den Gang entlang. Die Luke von Modul 8 blieb geschlossen. Niemand hatte das Handgemenge gehört. Endlich war das Glück einmal auf ihrer Seite. Sofort kniete er neben Swigart nieder und legte die Fingerspitzen sanft unter ihrem rechten Ohr an die Halsschlagader. Er fühlte einen schwachen Puls, ein Zeichen dafür, daß sie zwar bewußtlos war, aber immer noch lebte. Das war gut so. Schließlich hatte er mit Swigart keine persönliche Rechnung mehr zu begleichen wie mit Marks und Akers.

Er sah zu Sasaki hoch. »Ein guter Schachzug, Mädchen.«

Miho nahm bereits das Gewehr auf. »Bringen Sie sie hier raus«, flüsterte sie, ohne Zeit zu vergeuden. Sie ließ den Blick wieder durch den Korridor schweifen, dann deutete sie auf Modul 3. »Dort hinein. Beeilen Sie sich.«

Nash packte Swigart unter den Armen und zerrte sie eilig den Gang entlang zum Lagerraum. Er zuckte zusammen, als er die angetrockneten Blutflecken auf dem Boden erblickte, andererseits hatte die Situation auch eine gewisse ausgleichende Gerechtigkeit: Auf dem Boden lagen noch dieselben, Bungiseile, mit denen Marks und Akers ihn gefesselt hatten. Nash preßte Swigarts Hände hinter ihren Rücken und band sie mit einem Seil zusammen; er empfand keinerlei Bedauern, als Sasaki den weiblichen Lieutenant mit demselben zerfetzten T-Shirt knebelte, das Akers und Marks benutzt hatten, um ihre Fäuste darin einzuwickeln. Auge um Auge, Zahn um Zahn.

»Okay«, sagte Miho schließlich, als sie ihr Werk vollendet hatte und wieder aufstand. »Jetzt sind wir draußen. Was tun wir nun?« Sie blickte in Richtung des Befehlsmoduls auf der gegenüberliegenden Seite des Korridors. »Wenn wir dort hineingehen, könnten wir versuchen, die Kontrolle über die Basis an uns zu reißen. Die Luftschleusen verschließen, die KI-Versorgungsprogramme übernehmen . . . «

»Das könnten wir.« Nash nahm die Steyr auf und überprüfte das Magazin. Voll munitioniert. »Aber auf diese Weise säßen wir möglicherweise auch in der Falle. Außerdem will ich erst sehen, was L'Enfant im Modul 1 gebunkert hat. Danach überlegen wir uns, was wir als nächstes tun. Haben Sie immer noch den Schlüsseldecoder?«

Miho nickte. Sie öffnete den Reißverschluß ihrer linken Beintasche und holte die kleine Plastikschachtel hervor. Nash lächelte. »Prima«, meinte er. »Es wird uns ein paar Minuten kosten, aber wir müssen einfach herausbekommen, was für ein As die im Ärmel haben. Sind Sie immer noch dabei?«

»Kein Einwand«, erwiderte sie. Nash trat über Swigarts reglosen Körper und wollte auf die Luke zugehen, doch Sasaki legte ihm die Hand auf die Brust, um ihn zu bremsen. »Aber was Paul betrifft, habe ich nicht nur Spaß gemacht«, fügte sie hinzu. »Nachdem wir in der Garage fertig sind, werden wir sie daran hindern, Paul Verduin dem Verderben auszuliefern. Haben Sie mich verstanden?«

Vor seinem geistigen Auge sah Nash noch einmal das gepanzerte Ungetüm der Jackalope; das MRV sah so aus, als würde es jedem Geschoß aus seinem Sturmgewehr standhalten und dabei immer noch weiterstapfen. »Wenn Sie mich fragen, ist Paul meiner Meinung nach im Augenblick unser kleinstes Problem.«

Sasaki schüttelte den Kopf. »Nein, das ist er nicht«, erwiderte sie ernst. »Nicht einmal Commander L'Enfant ist unser größtes Problem.« Bevor er sie fragen konnte, was sie damit meinte, hatte sie sich bereits der Luke zugewandt. »Schnell jetzt, wir haben keine Zeit zu verlieren.«

18 Mamas Hintertür

Es war nicht erforderlich, die Infrarotlampen anzuschalten, um der Entdeckung zu entgehen. Die Pseudocooties bemerkten seine Gegenwart schon fast im selben Augenblick, da die Beine des MRV den Tunnelboden berührten. Auf dem Sekundärflachbildschirm des Cockpits fuhren Balkendiagramme in die Höhe.

»Starkes EMF-Muster aus Nordost«, meldete Verduin. Er schaltete die Scheinwerfer ein; plötzlich war der Tunnel vor ihm auf seinem Hauptschirm in ihr weißes Gleißen getaucht und verlieh den glatten Wänden eine rosa Tönung. »Ich erwarte ihr Eintreffen in wenigen Augenblicken.«

Verstanden bestätigte Kawakamis Stimme in seinem Kopfhörer. *Funktioniert das ECM noch?*

»Ja, Shin-ichi«, seufzte er, »es funktioniert immer noch ganz gut, danke.« Es war ja erst das dritte Mal, daß Kawakami sich nach den elektronischen Gegenmaßnahmen der Jackalope erkundigte. Verduin hatte das System eingeschaltet, bevor das MRV in die Grube hinabgelassen wurde, doch Kawakami sorgte sich noch immer, daß es während einer der vielen kleineren Kollisionen Schaden davongetragen haben könnte, als die Jackalope beim Herablassen immer wieder einmal gegen die Schachtwände geprallt war. »Lieutenant Akers soll mir bitte mehr Kabel geben.«

Nach einer langen Pause sah Verduin, wie die Schlaufe des Windenkabels seitlich der Backbordluke ein Stück nach unten rutschte. Das Kabel war immer noch am Scheitel des MRV befestigt; nach Beendigung seiner Erkundung würde Verduin zum Schachtboden zurückkehren, damit Akers die Jackalope wieder an die Oberfläche hieven konnte. Bis dahin würde das MRV das Kabel als Nabelschnur hinter sich herschleifen. Er hoffte nur, daß es sich nicht in einem der Maschinenbeine verhedderte.

»Also gut«, sagte er, »ich beginne mit meiner Erkundung.« Er öffnete die Drosselklappe ein Stück und preßte den Fuß auf das rechte Pedal, dann gab er Druck auf das linke.

Mit einem unbeholfenen Schritt nach dem anderen stapfte das halb robotische Vehikel vorwärts durch Mamas Hintertür. Er vernahm ein scharfes Schaben am Kabinendach und blickte durch die Backbordluken; die Tunneldecke hing bedrohlich tief, aber es drohte ihm keine unmittelbare Gefahr. Außerdem konnte er sowieso nichts dagegen unternehmen, er konnte nur beten, daß der Tunnel sich nicht noch sehr viel mehr verengte, bevor er die Katakomben betrat.

Ihre Telemetrie ist normal, meldete Tamara, *aber wir haben gerade ein Bild Ihrer Kameras verloren. Haben Sie Probleme?*

»Ach, es ist ziemlich eng hier«, erwiderte Verduin, »aber ich denke, ich schaffe es.« Das Schaben mußte von einer der Überwachungskameras hergerührt sein, als sie von der Tunneldecke abgerissen wurde. »Keine Sorge. Ich habe noch mehr von der Sorte.«

Inzwischen war er fünfzig Meter in den Tunnel eingedrungen, der immer noch leer blieb. Wieder fiel ihm auf, wie sehr er doch einem Wurmloch glich ... oder war das früher vielleicht ein unterirdischer Flußlauf gewesen? Er wollte einen Kommentar von sich geben, als sein Blick auf den Sekundärschirm fiel und er scharf die Luft einzog. Der Anstieg des EMF hatte das Grafikfenster schon fast ausgefüllt; er schaltete auf Radar und erblickte eine Wolke weißer Punkte, die langsam vom oberen Teil des Monitors auf ihn zukam.

»Da kommen sie«, murmelte er.

Gerade war der Tunnel vor ihm noch völlig leer gewesen – schon im nächsten Augenblick füllte ihn eine dichte, huschende Woge von Pseudocooties aus. Reihe um Reihe stürmten die riesigen Metallinsekten auf ihn zu wie die Treiberameisen, kletterten dabei übereinander, während ihre Antennen und scharfen Scheren im harten Scheinwerferlicht blitzten ...

Sie hielten genau auf ihn zu.

Bis zu diesem Punkt war Paul überrascht über seine eigene Gelassenheit gewesen; er hatte schon so lange auf diesen Augenblick zugearbeitet, daß er die tödliche Gefahr, der er nun gegenüberstand, schon fast wieder vergessen hatte. Nun erstarrten seine Füße auf den Pedalen, als ihm der Puls in den Ohren hämmerte und sein Mund aufklappte. Einmal mehr dachte er an jene, die hier unten schon gestorben waren, deren gepanzerte Anzüge von diesen Kreaturen in Stücke gerissen worden waren. Er hörte, wie Shin-ichi und Tamara beide in seine Kopfhörer schrien, doch seine Zunge war nur noch ein tauber Muskel in einem ausgetrockneten Mund. Reflexartig riß er die Hände hoch ...

Und dann, völlig unvermittelt, blieben die Pseudocooties stehen.

Es war, als wären sie keine zwei Meter vor dem MRV gegen eine unsichtbare Mauer gelaufen. Die Exemplare in der vordersten Reihe blieben wie angewurzelt stehen, als seien sie betäubt; die hinteren Reihen liefen gegeneinander auf und prallten gegen die Anführer, stapelten sich zu geradezu komisch wirkenden Haufen, um sich schließlich wieder ein Stück zurückzuziehen. Soweit die Scheinwerferstrahlen reichten, erstreckte sich ein dichter Teppich aus metallisch roten Kreaturen, als wären sie ein einziger Organismus ...

Aber sie kamen nicht näher heran als knapp zwei Meter.

Paul! rief Kawakami gerade. *Paul, geht es Ihnen gut? Können Sie uns verstehen?*

Verduin senkte langsam die Hände. Er atmete tief durch und spürte, wie sein Herz ihm gegen die Brust klopfte. »Ich höre Sie, Shin-ichi, äh ... «

Er fuhr sich mit der Zunge über die ausgetrockneten Lippen und mußte lächeln. »Das ECM funktioniert. Die Cooties haben ihren Angriff abgebrochen.«

Jubelgeschrei ertönte in seinem Kopfhörer, so heftig, daß er die Lautstärke herunterdrehen mußte. »Ich werde jetzt feststellen, ob es die volle Wirkung hat«, sagte er. »Ich gehe zwei Schritte vor ... «

Verduin trat in das Fußpedal, und die Jackalope vollführte einen vorsichtigen Schritt nach vorn. Die Pseudocooties in der vordersten Reihe wichen ein Stück zurück, bis sie mit ihren unmittelbar hinter ihnen befindlichen Artgenossen zusammenstießen. Bis in die hintersten Reihen sah er die kleinen Roboter zurückhuschen. Er machte einen weiteren Schritt nach vorn; die Pseudocooties schienen sich Stück um Stück zurückzuziehen, hielten Distanz zu der Jackalope.

»Sie wirken verwirrt«, bemerkte er. »Sie funktionieren zwar noch, und ich glaube, daß sie immer noch miteinander kommunizieren, aber offensichtlich gefällt ihnen die Elektroniksperre nicht.« Paul schüttelte den Kopf. »Ich verstehe das nicht so recht. Es sind schließlich keine organischen Kreaturen, deshalb kann ich mir nicht vorstellen, daß sie schmerzempfindlich sind. Es muß also ihr internes Zielsystem in gewissem Umfang beeinträchtigen, so daß sie . . .«

Man soll einem Geschenk nicht ins Gaulmaul schauen, tadelte ihn Kawakami, und Verduin hätte beinahe gelacht. Shin-ichi, der ein gewaltiger Liebhaber amerikanischer Umgangssprache war, mußte wirklich völlig durcheinander sein, um eine solche Allerweltsfloskel nicht mehr hinzubekommen. *Wir können es später analysieren. Marschieren Sie jetzt erst einmal vorwärts. Stoßen Sie langsam genug vor, damit sie ausreichend Zeit zum Rückzug haben, aber hören Sie nicht auf.* Er machte eine Pause, dann fügte er hinzu: *Seien Sie bitte vorsichtig.*

»Niemals blindlings in ein geschenktes Gaulmaul stürmen«, erwiderte Verduin mit leisem Kichern. Wenn Kawakami darauf etwas entgegnen wollte, behielt er es jedenfalls für sich. »Also schön, ich gehe weiter.«

Vorsichtig machte er zwei weitere Schritte nach vorn. Es fühlte sich an, als würde er den unsichtbaren Vorhang vor sich hertreiben und die Pseudocooties unwiderstehlich in den Tunnel zurückjagen, während er vorstieß. Verduin hörte ein weiteres Schaben von oben, als das Dach der MRV-Kabine gegen die Felswand kratzte, aber er zog es vor, es zu ignorieren. Die Kabine stand nicht unter Luftdruck, deshalb bestand auch nicht die Gefahr des Zerplatzens, falls die Hülle durchbohrt wurde.

Wieder drei Schritte vorwärts. Die Pseudocooties setzten ihren Rückmarsch fort, kämpften förmlich gegeneinander, um ihm ausweichen zu können. Verduin erinnerte sich an eine uralte Fernsehwerbung vor der Grünen Revolution, die er einmal gesehen hatte. Sie zeigte karikierte Insekten, die in schreiender Panik vor den Dunstwolken eines amerikanischen Haushaltsinsektizids flohen; hätte er gewußt, daß es so werden würde, hätte er die Jackalope auf der Außenhülle des MRV übermalt und sie gegen eine Dose *Raid* ausgetauscht. *Es ist viel zu einfach,* dachte er, während er vormarschierte.

Inzwischen war er hundert Meter in den Tunnel eingedrungen. Verduin schätzte, daß er sich jetzt unmittelbar unterhalb der D&M-Pyramide befinden mußte. Akers gab immer noch Kabel nach; kein Anzeichen für ein Verheddern in den Beinen des MRV. So weit, so gut. Als er den Hauptschirm beobachtete, schien es ihm, als hätten die hinteren Reihen inzwischen die volle Flucht ergriffen; sie hatten sich umgedreht und huschten den Weg zurück, den sie gekommen waren.

Doch knapp innerhalb der Reichweite seiner Scheinwerfer konnte er nun auch erkennen, daß der Tunnel eine scharfe Kurve von fünfundvierzig Grad nach links machte; jenseits dieses Punkts war nichts zu sehen. Dieses Merkmal war bei keiner anderen Robotererkundung in Mamas Hintertür entdeckt worden – aber schließlich hatte sich ja auch noch kein Mensch und keine von Menschen geschaffene Maschine so tief in das Revier der Aliens hineingewagt.

»Komme auf eine Tunnelbiegung zu«, meldete Verduin. »Könnte der Anfang der Katakomben sein.« Er sah auf den Sekundärschirm hinunter. Verdammt, das Radargerät konnte die Biegung nicht durchdringen. Der Winkel war zu spitz, um ein Antwortsignal zu erhalten. »Das Radar gibt uns keine Aufschlüsse, aber . . .«

Verduin blickte wieder zum Hauptschirm empor und bemerkte verblüfft, daß die Pseudocooties nun in vollem Rückzug befindlich waren. Selbst die Exemplare an der vordersten Front hatten kehrtgemacht und strömten jetzt den Tunnel hinauf, jagten so schnell vor der Jackalope davon, wie sie herbeigeeilt waren. Er spürte, wie es ihm eiskalt den Rücken herunterlief.

»Sieht so aus, als hätten unsere kleinen Freunde aufgegeben«, meinte er.

Das sehen wir, antwortete Kawakami. *Bekommen Sie ein EMF-Signal jenseits dieses Punkts?*

Verduin schaltete den Sekundärbildschirm zurück auf die Wiedergabe seines ursprünglichen Displays; es zeigte dieselbe Balkengrafik wie schon beim Eintreffen der Pseudocooties, obwohl er feststellte, daß sie nun kräftiger zu fluktuieren schien. »Starke Spur«, sagte er, »aber wahrscheinlich ist das mein Empfangskomitee auf dem Weg nach Hause.«

Inzwischen war der Tunnel fast leer. Die Decke war hoch genug für das MRV. Verduins Vormarsch stand nun nichts mehr im Wege. Er hörte ein leises Reiben in seinen Kopfhörern – war das eine Hand, die das Mikro abdeckte? –, dann kehrte Kawakamis Stimme zurück. *Empfehle, daß Sie mit äußerster Vorsicht vorgehen,* sagte er beinahe förmlich. *Wiederhole, mit äußerster Vorsicht.*

Verduin legte die Stirn in Falten, als er die Eindringlichkeit in Kawakamis Ermahnung bemerkte; wieder fragte er sich, was nur in Modul 8 vorgehen mochte. Bevor man ihn in die Grube herabgelassen hatte, mußte es im Überwachungszentrum irgendeinen Streit gegeben haben. Ob L'Enfant irgendeine Entscheidung erzwingen wollte? Zum ersten Mal merkte er auch, daß er noch kein Wort von Miho Sasaki gehört hatte; dabei hatte sie schon im Modul gelebt, als er selbst sich erstmals verpflichtet hatte, und es sah ihr überhaupt nicht ähnlich, ruhig zu bleiben . . .

Nein. Darüber durfte er sich jetzt keine Sorgen machen. Nach fast drei Jahren des Studiums der Pseudocooties standen sie nun kurz davor, eine eindeutige Antwort auf viele ungelöste Rätsel zu erhalten. Sein Anzug fühlte sich eng und beklemmend an, der Schweiß sickerte aus seinen Achselhöhlen. Verduin nahm etwas frisches Wasser aus dem Trinkhalm in seinem Helminneren. »Also gut, Shin-ichi«, antwortete er. »Mit extremer Vorsicht.«

Er schob den Steuerhebel wieder ein Stück vor und ließ die Jackalope durch den Tunnel watscheln. Das Scheinwerferlicht tänzelte über die Rillen und Hohlräume der Wandflächen; er spürte, wie die Motoren des MRV hinter seinem Sitz vibrierten. Unvermittelt stellte er sich eine Schar in Fräcken gekleideter Würdenträger zu Stockholm vor, die sich zu einer stehenden Ovation erhoben, als er auf das Podium trat, um seinen Nobelpreis entgegenzunehmen . . .

Er verbannte die Phantasie aus seinem Gehirn. Erst einmal die Schmutzarbeit erledigen, ermahnte er sich selbst. Später wird es genug Zeit geben, um die Dankesrede zu schreiben.

Die Jackalope hatte die Biegung erreicht. Verduin ergriff den Joystick mit der Rechten, verschob langsam den Drehwinkel der Fußnäpfe, um durch die Biegung zu kommen. Die Scheinwerfer ergossen ihr Licht über das Felsgestein und drehten sich zusammen mit dem MRV, als sie in den Abgrund hineingriffen. Immer näher und näher . . .

Da trafen die Strahlen der Suchscheinwerfer auf eine riesige dunkle Gestalt im Tunnel.

Für einen Augenblick glaubte Verduin, daß der Tunnel eingestürzt sei; die Gestalt füllte den Gang aus und blockierte ihn völlig wie eine beinahe durchgehend feste Masse.

Dann stürmte sie vor, und in dem winzigen Augenblick, als er erkannte, daß die Gestalt *humanoid* war, peitschte ein geradezu absurd langer Arm in die Höhe. Er erblickte eine riesige, vierfingrige Pranke.

Entsetzt schrie er auf, als er nach dem Waldo-Joystick griff, doch er hatte kaum den Manipulator gehoben, als die Pranke auch schon in die Kabine der Jackalope krachte und die Außenhaut durchstieß wie Papier . . .

Gerade hatten sie Verduin noch auf dem Monitor gesehen, wie er verzweifelt im Inneren des Cockpits der Jackalope nach Halt griff, als eine riesige Pranke durch die Kabine des MRV schlug. Sie hörten eine Schrei . . .

Und dann, im nächsten Augenblick, flackerten die Schirme kurz auf – und waren tot.

»Paul, melden Sie sich«, schrie Kawakami, in seinem Sessel vorgebeugt, um die toten Überwachungsschirme anzustarren. »Verstehen Sie uns? Paul, verstehen Sie mich? Paul!«

Im Nebensessel flogen Isralilowas Hände förmlich über ihre Konsole, als sie versuchte, Kontakt zum MRV herzustellen. »Völliger telemetrischer Verlust!« fauchte sie, und ihr Gesicht war aschfahl, als sie sämtliche möglichen Frequenzen durchtestete. »Comlink an Sendequelle unterbrochen! Null Modulation, keine EM-Ausgangsstrahlung mehr! Ich empfange auch kein Carriersignal!«

Kawakami drehte sich hastig zu L'Enfant um. »Lassen Sie ihn von Akers sofort mit der Winde herausholen! Noch hat er vielleicht eine Chance!«

Einen Augenblick schien es, als würde L'Enfant es ihm ausschlagen. Dann griff er an sein Kehlkopfmikrofon. »König an Königsritter«, sagte er mit geradezu absurder Gelassenheit. »Sind in Mamas Hintertür auf feindliche Aktivität gestoßen. Ziehen Sie ihn dort raus, Charlie, auf der Stelle!«

Er lauschte einen Augenblick, dann nickte er und sah Kawakami wieder an. »Der Lieutenant hat die Winde wieder aktiviert. Er meldet Kabelzug, folglich ist Ihr Junge wohl auch noch am anderen Ende befestigt.« Er wandte den Blick von dem japanischen Exobiologen ab und fügte hinzu: »Allerdings kann ich nicht für seinen Zustand garantieren.«

Kawakami ballte die Hände zu zitternden Fäusten. »Ich habe Ihnen gesagt, Sie sollten ihn nicht da durchjagen«, zischte er und konnte kaum seine Wut beherrschen. »Die Gefahr war viel zu offensichtlich, aber statt dessen haben Sie ... «

»Shin-ichi!« rief Tamara plötzlich. »Schauen Sie dort!« Kawakamis Blick huschte zu ihr hinüber. Die russische Wissenschaftlerin deutete gerade auf einen Computerflachbildschirm über ihrer Konsole; darauf war eine rote Kurve steil in die Höhe geschossen und stieg dem oberen Rand des Bildschirms entgegen. Eine aufschlußreiche elektromagnetische Signatur, die auf Pseudocootie-Aktivität hinwies.

Er musterte den Monitor. »Ich dachte, Sie hätten gesagt, daß wir die Telemetrie völlig verloren haben«, murmelte er.

Tamara erwiderte seinen Blick. »Das stammt nicht von dem MRV«, sagte sie leise. »Das ist von dem Sensor in C4-20 ... in der Stadt!«

Kawakamis Unterkiefer klappte herunter. Es war schon geradezu unzählige Monate her, seit im Labyrinth Aktivität der Aliens registriert wurde. Aber hier lag ganz eindeutig kein Fehler vor. Es war die Spur eines Pseudocootie – eines unglaublich starken Exemplars, intensiver als alles, was sie je bisher zu Gesicht bekommen hatten. »Irgend etwas kommt aus dem

Labyrinth hervor«, erklärte Tamara. »Und es ist sehr, sehr groß.«

Eine nach der anderen erschienen die sechs Ziffern auf dem LCD des kleinen schwarzen Kastens in Sasakis Hand. Als endlich die letzte Nummer ermittelt worden war, gab sie die Sequenz hastig in den Ziffernblock des Schlüsseldecoders ein. Ein leises Summen, dann ein metallisches *klank*, als die Nüsse des Lukenschlosses zurückglitten – dann holte Miho die Plastikzunge des Decoders aus dem Codeschloß, klappte sie wieder in die Einheit und verstaute sie in ihrer Brusttasche.

»Gut, wir sind drin«, flüsterte sie.

Nash sah noch einmal über die Schulter, bevor er den Drehkranz berührte und ihn gegen den Uhrzeigersinn drehte, um die Luke zu öffnen. Versenkte Deckenlichter erwachten automatisch zu flackerndem Leben, als sie in die Luftschleusenkammer eilten. Er blickte zum Anzeigenpaneel und sah, daß Modul 1 entlüftet war. »Anzüge an«, sagte er, während er das Sturmgewehr auf dem Boden ablegte und die Luke hinter ihnen schloß. »Machen Sie schnell. Wir können uns nicht darauf verlassen, daß unser Glück noch lange vorhält.«

Miho war schon dabei, die Schutzanzugsspinde zu öffnen. »Was dann?« fragte sie, als sie den Reißverschluß ihres Einteilers aufzog und ihn um die Fußknöchel zu Boden gleiten ließ. »Das Kommandomodul übernehmen?«

Nash streifte seinen eigenen Einteiler ab; er hörte sie nach Luft ringen, als sie seine Wunden erblickte, achtete jedoch nicht darauf. »Ganz ehrlich? Wir können dort nicht wieder hinein. Soviel ist sicher.«

Sie hielt inne und starrte ihn an. »Aber Paul . . .«

»Es tut mir leid, Miho, aber Paul ist jetzt völlig auf sich allein gestellt.« Mit einem Nicken wies er auf die geschlossene Luke. »Selbst wenn wir die Kontrolle über das Kommandomodul bekämen und von dort aus alles sabotierten, säßen wir damit in der Falle. Nicht nur das, L'Enfant könnte die anderen auch noch als Geiseln nehmen. So oder so ist es ein Spiel, das sich nicht gewinnen läßt. Und ich glaube auch nicht, daß Terry allzu glücklich darüber sein wird, daß wir ein Mitglied seiner Mannschaft herumgeschubst haben.« Nash schüttelte den Kopf. »Es läuft alles auf dasselbe hinaus. Irgendwann müssen wir uns zwangsläufig ergeben, L'Enfant behält das Sagen, und das nächste Mal, wenn wir diese Luftschleuse zu Gesicht bekommen, geschieht es ohne diese Vorteile.« Er hielt die gummiartige Masse eines flexiblen Schutzanzugs hoch. »Verstehen Sie?«

Sasaki zögerte, dann nickte sie schließlich. »Also gut. Was sollen wir dann tun ...?«

»Ich lasse es Sie sofort wissen, sobald mir etwas einfällt.« Hastig stieg er in den Schutzanzug. »Und nun, Beeilung. Wir haben nicht den ganzen Tag Zeit.«

Tatsächlich hatte er bereits einen vagen Plan. Falls sie es unbemerkt bis zur *Akron* schafften und an Bord gelangen konnten, würde er Sasaki in die Hülle des Luftschiffs zu der unbenutzten Beobachtungskuppel in der oberen Außenhülle bringen können. Er bezweifelte, daß L'Enfant oder seine Leute von ihrer Existenz wußten. Es mochte durchaus wahrscheinlich sein, daß sie sich dort oben würden verstecken können, bis Boggs wieder startete.

Es war riskant, doch die einzige denkbare Alternative hätte darin bestanden, ein Geländefahrzeug zu stehlen und zu versuchen, es darin bis zur Station Arsia zu schaffen. Das hätte aber wiederum bedeutet, das Fahrzeug sechstausend Kilometer durch einen marsianischen Sandsturm zu lenken – ohne Landkarten und Wasser. Über ihre Überlebenschancen unter solchen Bedingungen machte er sich keine Illusionen.

Entweder das, dachte er, als er den vorderen Teil seines Schutzanzugs versiegelte und nach dem Helm griff, oder es auf ein Feuergefecht mit L'Enfant und seinen Männern ankommen lassen. Nash musterte die Steyr auf dem Boden der Luftschleuse. Gewiß, er war inzwischen bewaffnet – aber die Opposition war auch vier zu eins in der Übermacht, und außerdem kannte er das Gelände nicht. Für L'Enfant dagegen wäre es ein Heimspiel; er und seine Mannschaft waren schon viele Monate hier, während Nash nur einmal einen einzigen Spaziergang durch einen kleinen Teil des Gebiets gemacht hatte.

Nein, dachte er. Wir nehmen die *Akron* . . . und sollte das scheitern, müssen wir unser Glück eben mit einem Geländefahrzeug versuchen.

Als Nash den rechten Arm in den Ärmel des Schutzanzugs schieben wollte, fiel sein Blick auf die Seiko an seinem linken Handgelenk. Er schnallte sie ab, hielt sie in der linken Hand, bis er den Schutzanzug angestreift hatte, dann schob er sie über die rechte Außenmanschette des Überkleids. Es könnte immer noch sein, daß er Aufnahmen machen mußte, obwohl er sich mittlerweile zu fragen begann, ob dieser Film wohl jemals nach Washington gelangen würde.

Sasaki öffnete eine Wartungsklappe und deaktivierte den elektromagnetischen Schrubber der Luftschleuse – eine Austrittsdekontamination würde jetzt nur kostbare Zeit vergeuden. Dann startete sie den Dekompressionszyklus, sobald sie ihre Schutzanzüge versiegelt und sie auf Innendruck geschaltet hatten. Während die Luftschleuse ihre Atmosphäre absaugte, nahm Nash das Gewehr auf. Die Steyr war mit dreißig Schuß 5.56-mm-Sicherheitsgeschossen geladen. Unter den gegenwärtigen Umständen hätte er es vorgezogen, die raketengetriebenen Kreiseldüsengeschosse zur Verfügung zu haben, wie sie normalerweise von den Sondereinheiten der Ersten Rauminfanterie verwendet wurden. Doch er erinnerte sich an L'Enfants Mitteilung, daß seine Männer innerhalb der Basisstation allesamt Sicherheitsmunition verwendeten. Also schön; solange er nicht auf irgend jemanden das Feuer eröffnen mußte, spielte es ohnehin kaum eine Rolle. Er wollte nur sich selbst und Miho unversehrt hier herausbringen . . .

Und was war mit L'Enfant? War da nicht noch eine Rechnung offen?

Nein. Seine Abrechnung mit L'Enfant konnte warten. Zum Teufel mit dem Auftrag. Im Augenblick ging es ihm nur ums nackte Überleben.

Eine grüne Diode leuchtete über dem Schott auf, zeigte an, daß die Dekompression beendet war. Da die Frequenzen des Comlink geortet und überwacht werden konnten, hob er nur einen handschuhbewehrten Zeigefinger an sein Helmvisier und bedeutete Sasaki damit, Funkstille zu wahren. Sie nickte, dann entriegelte er die Ausstiegsluke und öffnete sie mit einem Tritt, hob das Gewehr für den Fall, daß irgend jemand sie auf der anderen Seite der Luftschleuse erwartete.

Modul 1 war leer; niemand war durch die Garage gekommen, um ihnen eine Überraschung zu bereiten. Vorsichtig ließ er Blick und Gewehrlauf über das unbelüftete Abteil schweifen, bevor er Sasaki ins Modul führte. Vor dem offenen Doppeltor parkte ein Geländefahrzeug, doch das war es nicht, was sofort seinen Blick auf sich zog.

An der rechten Modulwand lehnte ein GKA. Das flugzeuggraue Exoskelett war jedoch von völlig anderer Bauart als die Hoplite-Kampfrüstungen, wie sie gewöhnlich von den Vereinigten Staaten oder den Russen verwendet wurden. Dieser Anzug besaß vorn und an den Seiten dreiteilige getönte Sichtscheiben, was es dem Träger erlaubte, auch ohne VR-System oder Periskop direkt hinauszuschauen. Er war auch schwerer als ein Hoplite; der hintere Teil wies Ausbeulungen auf, die die üblichen internen Treibstoffzellen und unabhängigen lebenserhaltenden Systeme beherbergten. Nash bemerkte auch, daß im linken Arm des Anzugs ein Maschinengewehr eingebaut war.

Er unterschied sich radikal von allen früheren Kampfrüstungen. Bis auf das Gewehr sah er wie eine Spezialanfertigung aus, die mehr für Aufklärungsarbeit als für Kampfeinsätze zu taugen schien. Doch wozu dieser Unterschied?

Nash dachte an seine Spionarmbanduhr und hob den rechten Arm an die Brust, richtete das Ziffernblatt auf den GKA und preßte unbeholfen einen Zeigefinger auf den winzigen Verschlußknopf, um der Nachwelt einen Schnappschuß davon zu sichern. Seine Neugier war geweckt, und so wollte er gerade vortreten, um ihn einer detaillierteren Inspektion zu unterziehen, doch da ergriff Sasaki plötzlich seinen freien Arm. Er blickte sie an und merkte, daß sie auf eine Werkbank im linken Teil der Garage deutete.

Nash wandte sich erst einmal von dem GKA ab, ging an Sasaki vorbei, trat um das geparkte Geländefahrzeug herum und schritt zu der Bank. Neben ihr lagen zwei kleine, schaumstoffgepolsterte Gerätekoffer aus Aluminium. Es schien, als hätte mag darin die Einzelteile irgendeines Geräts aufbewahrt.

Er vermutete, daß es sich dabei um den Inhalt des Frachtkanisters handelte, der kurz vor ihrem Eintreffen auf der Basis Cydonia per Fallschirm aus dem Orbit abgeworfen worden war.

Das Objekt auf der Werkbank selbst war zugleich unbestimmt und doch von enervierender Vertrautheit: eine lange, schlanke Metallröhre, in neutralem Grau gestrichen, von der ungefähren Länge und dem Durchmesser eines Baseballschlägers, aber mit einer großen Handhalterung im Mittelteil. An einem Ende der Röhre befand sich eine große, unregelmäßig geformte Kugel von der ungefähren Größe eines Basketballs. Die Kugel war versiegelt, doch er bemerkte eine offenstehende Wartungsklappe an der Röhre, unmittelbar vor dem Griff; unter der Klappe befand sich eine kleine Aussparung mit einer darin versenkten Zifferntastatur und einem LCD. Das ganze Gerät war in eine Drehbank eingespannt, und Werkzeuge um das Objekt wiesen darauf hin, daß daran noch gearbeitet wurde.

Nash trat ein Stück näher, dann blieb er stehen. Die Kugel war mit einem ihm nur zu vertrauten roten Sechseck bemalt: das internationale Symbol für gefährliche Strahlung.

Plötzlich paßte alles zusammen. Nash begriff genau, was er da vor sich hatte. Benommen hob er die Seiko und schoß ein weiteres Bild.

»Verdammt«, hauchte er. »Sie haben eine Atomwaffe.«

Die Zugwinde zerrte irgend etwas aus der Grube empor; was immer es sein mochte, es drohte die Apparatur auseinanderzureißen.

Selbst in der spärlichen Atmosphäre konnte Charlie Akers das schrille, heftige Winseln des Windenmotors vernehmen, als er sich bemühte, das MRV aus der Grube zu hieven. Akers hielt den Hebel in Umkehrstellung, biß die Zähne zusammen, wie er ihn mit beiden Händen niederpressen mußte. Die Spule drehte sich langsam, als das Kabel sich aufrollte, jedesmal ein paar kostbare Meter. Den Rücken der Grube selbst zugekehrt, behielt Akers den Blick auf das Kabel geheftet, hielt Ausschau nach Anzeichen von Materialermüdung und betete darum, daß es nicht reißen möge; dann könnte es möglicherweise zurückschnellen und ihn treffen, vielleicht sogar seinen Helm zertrümmern. Das wäre wirklich das erbärmliche Ende einer vielverspechenden Militärkarriere.

Das Schicksal Paul Verduins war seine geringste Sorge. Akers hatte über das Comlink den Wortwechsel im fernen Überwachungszentrum mitverfolgen können und war bereits zu dem Schluß gelangt, daß der holländische Astrophysiker nur noch aus einem Stück Toast bestand. Aber der Kommandant hatte die Bergung des MRV befohlen, und solange es immer noch unverkennbar an der Nabelschnur des Kabels hing, hatte Akers keine andere Wahl, als es einzuholen.

Prima, dachte er, wie er sich bemühte, den Hebel unten zu halten. Bring das Scheißding hoch. Danach fahren wir mit Kentucky Derby fort und beseitigen die kleinen Mistdinger ein für allemale. Wie es ja so schön heißt, nur ein toter Cootie ist ein guter Cootie . . .

Jetzt begann sich das Gewinde schneller zu drehen; das Winseln wurde etwas schriller. Es schien, als hätte er bald das Ende der Leine erreicht. Als die letzten wenigen Meter Kabel erschienen, bemerkte Akers, daß sie zerfetzt und zerrissen waren, fast so, als hätte jemand darauf herumgekaut.

»Verdammt!« flüsterte er bei sich. »Was ist denn da unten passiert?«

Doch es blieb ihm kaum Zeit, darüber nachzudenken, denn schon machte das Kabel halt. Akers riß die Winde in den Leerlauf, rammte die Arretierung ein und drehte sich zur Grube um. Gut, jetzt kam der schmutzige Teil dieser . . .

Er erstarrte, als er die Abscheulichkeit erblickte, die unter dem Dreibein hing.

Die zerschmetterte obere Hülle des MRV erkannte er nur an der kleinen Jackalope-Karikatur, die an der Seite aufgesprüht war; alles andere, von den Beinen abwärts, war komplett abgerissen worden. Von dem Mann, der sich im Cockpit befunden hatte, war nur noch ein breiter Blutstreifen unter einer der zerschmetterten Kabinenluken zu erkennen, doch unter der Hülle hing . . .

»O mein Gott!« murmelte Akers.

Die riesige Gestalt – rötlichbraun, menschenähnlich und doch offenbar mechanisch – warf sich mit grauenerregender Behendigkeit nach vorn. Sie senkte dabei die dolchförmigen Krallen in den felsigen roten Boden. Einen Moment sah es so aus, als könnte sie das Gleichgewicht verlieren und rücklings in die Grube zurückstürzen.

Dann hatten die gespreizten Füße auch schon Halt auf dem Boden gefunden. Der Riese stellte sich auf seine gewaltigen, doppelgelenkigen Beine; als er die monströsen Krallen aus dem Boden riß und die langen, fast äffischen Arme emporstreckte, drehte sich ein zyklopisches rotes Auge unter der Kapuze seines halslosen Kopfs auf Akers zu . . .

Und heftete sich auf ihn.

Die Kreatur war drei Meter hoch und sah aus wie ein Dämon, der soeben der Hölle entsprungen war.

In dem kurzen Moment, da das Ungeheuer innehielt, gelang es Akers, seine Lähmung abzuschütteln. Als er auf die Steyr zusprang, die er an einen Felsen gelehnt hatte, schrie er gleichzeitig in sein Kehlkopfmikrofon: »Königsspringer an König! Mayday, Mayday! Ungeheuer an der D&M . . .!«

Mit grauenerregender Geschwindigkeit sprang das Monstrum ihn an.

»Ich werde angegriffen . . .!« heulte Akers auf, als er nach dem Sturmgewehr langte. Er kauerte nieder und brachte die Steyr unbeholfen in Anschlag. »Mein Gott, schaffen Sie jemanden hierher, es . . .!«

Da war es schon über ihm. In wahnwitziger Furcht gelang es Akers noch gerade, ein paar nutzlose Schüsse abzufeuern, bevor das Ungeheuer ihn mit einem schnellen, gewaltigen Schlag seiner Pranke enthauptete.

19 Der Lauf der Minotauren

»Wenn ich diesen Hurensohn zu fassen bekomme, reiße ich ihm seinen . . .«

»Hör auf damit.« Marks sah zur Anzeige über der Luftschleusenluke hinauf. Er mußte das Modul 1 erst belüften, bevor sie dort hinein konnten; sonst würde er nicht in den GKA steigen können, denn der war nicht für den Gebrauch mit einem Schutzanzug konstruiert. »Du bekommst noch eine Chance, okay? Jetzt beruhige dich endlich und tu deine . . .«

»Mich beruhigen? Für den Arsch!« Swigart kämpfte sich in ihren Schutzanzug. Wenn Marks im Panzer steckte, würde sie die Garage wieder entlüften müssen. Das war eine zeitraubende Prozedur – sie hatten es beide eilig, ihre Wut ließ sie sich ungeschickt anstellen, und Marks mußte sorgsam über sie wachen, damit sie nicht irgendeinen Schritt beim Ankleiden ausließ. »Und wenn ich diese schlitzäugige Möse zu sehen bekomme, werde ich . . .«

»Ich sagte, hör auf damit!« Marks packte sie an den Armen und schleuderte sie gegen das Schott. Einen Augenblick schien es, als würde Swigart nach ihm ausholen. »Jetzt kapier das gefälligst!« schrie er ihr ins Gesicht. »Ich werde dich dort draußen brauchen, und ich brauche dich eiskalt! Hast du das begriffen?«

»Sie haben mich zusammengeschlagen!« schrie sie zurück. Ihre Stimme war fast ein kindisches Wimmern. Die Schürfwunde an ihrem Unterkiefer war knallrot angelaufen. »Sie haben mir den Wecker abgestellt und mich in einem gottverdammten Schrank gefesselt und eingesperrt!«

»Dann werden wir eben ihren Wecker abstellen!« Marks hielt ihre Arme gegen die Wand gedrückt. »Nachdem wir die Käfer los sind! Ich verspreche es dir, wir werden es tun . . . aber erst kommt das Geschäft! Hast du mich verstanden?«

Ein Meldeinstrument summte, und das grüne Licht über der Luke blitzte auf, zeigte an, daß das Garagenmodul wieder unter Druck stand. Marks würdigte die Anzeige kaum eines Blicks. Wenigstens Boggs hatte getan, was er sollte; er war durch die Hilfsluftschleuse gegangen und hatte die Außentore wieder gesichert, damit Marks das Modul 1 zum Anlegen des GKA benutzen konnte. Jetzt war er draußen auf der Planetenoberfläche und wartete darauf, Swigart dabei zu helfen, die Hornisse startklar zu machen.

»Wir haben keine Zeit für diesen Unsinn, Megan!« sagte Marks nun etwas ruhiger. »Irgend etwas da draußen hat Charlie weggekratzt, und jetzt kommt es auf uns zu. Wir stehen als nächste auf der Frühstücksliste, wenn wir sie nicht vorher schmatzen. Also immer mit der Ruhe, okay?«

Swigart atmete tief durch. Sie schien sich ein wenig zu entspannen. »Okay, okay. Immer mit der Ruhe.« Sie schob Marks' Hände beiseite, schloß den Reißverschluß ihres Überkleids und zog einen Helm aus einer Lagerkiste. »Aber wenn das vorbei ist, sind die nur noch Geschichte, Mann«, fügte sie hinzu, als sie den Helm über den Kopf streifte.

Marks nickte grimmig, während er schnell die Sauerstoff-/Stickstoff-Zufuhr an ihrer Brusteinheit regulierte. Als sie sich nicht mehr im Überwachungszentrum zurückgemeldet hatte, hatte Commander L'Enfant ihn auf die Suche nach ihr geschickt. Und als er sie schließlich in Modul 3 gefunden hatte, gefesselt und stinkwütend, hatte der Kommandant vollen Alarm gegeben. Marks hatte durchaus Verständnis für seine Mannschaftskameradin. Von zwei unbewaffneten Zivilisten übelwältigt zu werden, stellte an sich schon einen schweren Schlag für das eigene Selbstwertgefühl dar. Und wenn man dann noch bedachte, daß einer davon dieser Penner Nash gewesen war . . .

»Es wird mir ein Vergnügen sein, dir dabei zu helfen«, murmelte er. Er zog die Steyr von der Schulter und reichte sie ihr am Riemen. »Und diesmal gibt es keinen Pardon. Ich werde ihm das Genick brechen.«

Swigart grinste, er grinste zurück, und für ein paar Augenblicke waren sie beide so hart und zäh, daß es ihnen tatsächlich gelang zu vergessen, wie tief ihnen das Herz in die Hose gerutscht war. Denn sie wußten, daß Charlie Akers noch mindestens ein paar Schuß auf das abgegeben hatte, das ihn schließlich umgebracht hatte.

Und das hatte das Drecksvieh nicht aufgehalten.

Kawakami spürte den leichten Druck des Gewehrlaufs im Genick. »Das brauchen Sie nicht«, sagte er sanft.

»Ich fürchte doch, Dr. Kawakami«, erwiderte L'Enfant hinter ihm. Dennoch löste sich die glatte Metallmündung vom Nacken des Wissenschaftlers. »Bequemer so? Gut. Und nun schalten Sie die Kameras an, damit wir sehen können, was draußen vorgeht.«

Die Pistole war Nashs .38er; L'Enfant hatte sie in einer Beintasche seines Einteilers verborgen, und niemand hatte davon gewußt, bis er sie gezogen hatte, im selben Augenblick, da Marks Lieutenant Swigart gefesselt und geknebelt im Lagerraum entdeckte. Dann hatte er Boggs auf die Planetenoberfläche hinausbefohlen, um die Außenluke des Moduls 1 zu schließen und Swigart als Bodenmannschaft der Hornisse zu unterstützen. Sobald Marks und Swigart in die Hauptluftschleuse eingetreten waren und Boggs ihm versichert hatte, daß er sich außerhalb des Aufenthaltstrakts befand, hatte L'Enfant Kawakami aus dem Modul 8 geführt, um die Monitore im Auge zu behalten.

Doch selbst dann hatte der Kommandant nichts dem Zufall überlassen. Als sie draußen im Gang standen, hatte L'Enfant die Luke zu Modul 8 zugeschlagen und mit seiner Codekarte von außen verriegelt, so daß Isralilowa im Inneren des Beobachtungszentrums gefangen war. Dann hatte er Kawakami durch den Gang zum Modul 2 geführt.

Als Shin-ichi Kawakami die Batterie der externen Überwachungsbildschirme angeschaltet und die draußen um den Aufenthaltstrakt und die nahegelegenen Pyramiden montierten Kameras ausgewählt hatte, hörte er, wie L'Enfant in sein Kehlkopfmikrofon sagte: »Okay, Alphonse, wie kommen Sie dort zurecht?«

Kawakami fiel auf, daß L'Enfant, anscheinend ohne es selbst zu bemerken, die albernen Codenamen abgelegt hatte. Es schien, als habe Akers' Tod dem Kommandanten doch stärker zugesetzt, als er zugeben wollte. »Okay, Modul 1 so schnell wie möglich dekomprimieren, dann begibt sich Swigart zu ihrem Fahrzeug.«

Kawakami griff nach der Kopfeinheit, die ihm um den Hals hing, und sofort kehrte der scharfe Druck der Waffe im Genick wieder. Er zögerte einen Augenblick, dann streifte er sich die Kopfhörer um. »Wenn Sie mich umbringen wollen«, bemerkte er, »dann tun Sie das, aber ich denke, im Augenblick können Sie jede erdenkliche Hilfe gebrauchen.«

Er warf ihm einen Seitenblick zu. L'Enfants Gesicht lag im tiefen Schatten des abgedunkelten Befehlsmoduls. Eine Sekunde später löste sich die Waffe wieder von Kawakamis Schädel. »Keine linken Tricks, Dr. Kawakami. Ich mache keine Spielchen mehr.«

»Und ich habe nie welche gemacht, Commander L'Enfant.« Kawakami berührte seinen Kopfhörer und empfing plötzlich den Funkverkehr auf Kanal 1:

... okay, bin drin und aktiviert. Innenelektrik in Ordnung. Jetzt die Garage entlüften und ab nach draußen ...

Externe GKA-Stromversorgung abgeschaltet. Notentlüftung Modul 1 eingeleitet ...

... GKA-Schnellstart-Check eingeleitet ...

... ich habe die Plane von Ihrem Fahrzeug entfernt, Lady, also bewegen Sie gefälligst den Arsch hierher, bevor ich das gottverdammte Ding noch selbst fliege ...

... Primärservos in Ordnung, Hydraulik in Ordnung, Kanone arretiert und geladen, automatische Aktivierungsschaltkreise in Ordnung ...

... bleiben Sie bloß von dem Ding weg, Boggs, sonst reiße ich Ihnen die Eier ab ...

... Bord-ECM aktiviert, Checks in Ordnung. Instrumentenanzeigen im Auge behalten, Megs, ich lege gleich los ...

... keine Sorge, Lady, ich versuche doch nur ...

Ein plötzliches schrilles Quieken elektronischer Interferenzen. Kawakami stieß ein schmerzerfülltes Zischen aus, als er die Hände über die Kopfhörer legte, bis das Computerhauptsystem die Überlagerungen automatisch dämpfte.

... paß auf, Al, du hast gerade fast das Comlink gegrillt. Schnellentlüftung gleich beendet, ich öffne die Hauptluken ...

Kawakami senkte die Hände. Er blickte über die Schulter auf L'Enfant. »Ihr GKA besitzt sein eigenes ECM-System? Warum haben Sie ...?«

»Nichts, worüber Sie sich Gedanken zu machen brauchen.« L'Enfant beugte sich vor; jetzt war er im Dämmerlicht der Überwachungs- und Computerschirme zu erkennen. Im weichen purpurnen Glühen wirkte sein Gesicht starr und leidenschaftslos. »Nur eine kleine Überraschung, die wir uns für unsere Freunde dort unten ausgedacht haben. Und jetzt geben Sie mir ein Bild aus der Stadt.«

Kawakami richtete seine Aufmerksamkeit wieder auf die Konsole, schaltete von Kamera zu Kamera. Eine Montage von Realzeitaufnahmen legte sich über die Schirme – eine Großaufnahme des Aufenthaltstrakts, eine Fernansicht des Gesichts, ein Distanzblick auf die D&M-Pyramide, eine Heckansicht der *Akron* –, bis er schließlich die C-4-Pyramide auf einem Schirm hatte, durch die Linse einer Kamera gesehen, die dicht am Haupteingang des Labyrinths positioniert war ...

Da! Überschattete, undeutliche Bewegung.

Er hielt die Luft an und stoppte die Kamera. Ja. Irgend etwas bewegte sich dort in dem steinernen Eingang. Er ging auf stärkste Zoomstufe; das Bild verschwamm und wurde undeutlich, doch die Bewegung war klar zu erkennen. Kawakami tippte atemlos einen Code auf der Computertastatur, und das Bild wurde verstärkt.

Ein Riese kam aus dem Labyrinth. Auf Säulenbeinen trat er in das kalte rote Morgenlicht des Marshimmels hinaus, schleifte seine riesigen Krallen durch den Boden.

Dicht dahinter drang der nächste aus dem Eingang.

Und auf einem anderen Schirm war soeben ein weiteres Monstrum als körniges Bild erschienen, das aus der Richtung der D&M-Pyramide nahte.

Plötzlich erinnerte sich Kawakami an die altgriechische Legende von dem Ungeheuer, das die Insel Kreta heimsuchte.

Wie in jener Sage kamen auch diese Kreaturen aus einem Labyrinth ... nur daß es diesmal mehr als eins war und es keinen Theseus gab, um sie zu erschlagen.

»Wir haben die Minotauren entdeckt«, flüsterte er.

Weg von dem Ding!

W. J. Boggs stand neben der F-210-Hornisse; er hatte die Schutzplane abgezogen und beugte sich vor, um die Bremsklötze an den Landekufen zu entfernen, als er Swigarts Stimme im Comlink vernahm.

Während er aufsah, kam die Marinepilotin gerade aus dem Aufenthaltstrakt auf ihn zugeeilt, das Sturmgewehr im Anschlag.

»Immer mit der Ruhe, Lieutenant.« Er erhob sich von der Vorderkufe, hielt die leeren Hände hoch. »Ich habe Ihr Flugzeug nur gerade bereit ...«

Niemand berührt dieses Fahrzeug außer mir. Vor allem nicht irgendsoein dahergelaufener Luftschiffjockey. Swigart lief auf den Backbordflügel zu, trat den Bremskeil beiseite und musterte das einsitzige Flugzeug. Boggs bemerkte, daß sie besondere Sorgfalt auf die Düsen der Raketenantriebe verwendete, als erwartete sie festzustellen, daß er sie absichtlich mit irgend etwas zugestopft hatte.

Zufrieden trat sie zur Steuerbordseite hinüber, vorbei an dem Slogan *Fressen scheißen sterben!*, den irgend jemand unter der Pilotenkanzel angebracht hatte, und stieg die Außensprossen zur Kabine hinauf.

Swigart schob die getönte Kabinenabdeckung hoch, dann zögerte sie einen Augenblick, während sie in das winzige Cockpit blickte. *Verdammte Scheiße,* murmelte sie. Dann machte sie eine halbe Drehung auf der obersten Sprosse und hielt ihm ihr Sturmgewehr entgegen. *Da drin ist kein Platz dafür,* sagte sie. *Nehmen Sie es ... und kommen Sie bloß nicht auf falsche Gedanken.*

Boggs rührte das Gewehr nicht an. »Sind Sie wirklich sicher? Ich könnte doch vielleicht versuchen, Sie von hinten zu erschießen oder ...«

Nimm es einfach, Arschloch! fauchte sie. *Ich habe dafür jetzt keine Zeit!*

»Wenn Sie mich natürlich so nett bitten, klar doch . . .« Boggs streckte den Arm aus, und Swigart warf ihm das Gewehr zu. Dann gewährte sie ihm noch einen letzten schmutzigen Blick, um schließlich ins Cockpit zu steigen. »Wünsche Ihnen auch einen wunderschönen Flug!«

Fick dich doch selbst ins Knie. Sie packte den Innengriff und schlug die Kabinenabdeckung zu. *Und nun verschwinden Sie von hier. Spielen Sie mit Ihrem Spielzeugballon!*

Boggs trat einige Meter zurück, achtete darauf, daß er dabei nicht vor die Mündung der 30-mm-Kanone der Hornisse geriet, dann schwang er die linke Faust hoch, um ihr seinen Kommentar zu geben. Falls Swigart es bemerkte, reagierte sie nicht darauf. Durch seinen Helm konnte er das dünne Winseln der F-210-Triebwerke hören, wie sie zum Start hochgefahren wurden.

Okay, was nun? Er blickte zur *Akron* hinüber, erinnerte sich an das letzte Mal, als sein Schiff in eine Feuerzone geraten war. Spielballon hin oder her, die *Akron* war ein noch größeres Ziel als die alte *Burroughs*; wahrscheinlich wäre es keine schlechte Idee, das Luftschiff von hier wegzuschaffen, bevor die Schießerei losging.

»Verdammt«, murmelte Boggs. »Ich kapiere das nicht, Waylon. Wie kommt es, daß dir am selben Ort zweimal dieselbe Scheiße passieren muß?« Er legte sich das Gewehr um die Schulter und begann auf die *Akron* zuzuspringen . . .

Plötzlich hörte er aus ungefährer Richtung der Stadt das Geräusch von platzendem Popcorn: weit entfernt und doch ganz unverwechselbar das Echo von Gewehrfeuer.

Erschrocken stemmte Boggs die Hacken in den Sand; er stürzte rücklings zu Boden, bemerkte es aber kaum, wie er seinen Blick unablässig in Richtung Pyramide hielt. Nash und Sasaki waren nicht im Aufenthaltstrakt, und da Swigart L'Enfant mitgeteilt hatte, daß sie ihre Waffe hatten mitgehen lassen, als sie geflohen waren . . .

»O nein!« flüsterte er. »Miho.«

Boggs sprang auf die Beine, riß sich die Steyr von der Schulter und rannte über den roten Sand auf die Stadt zu.

Sie hatten die Comlink-Kanäle vermieden, damit L'Enfant und seine Männer sie nicht aufspüren konnten, und so mußten sie sich durch Helmberührungen und Handsignale verständigen. Als sie das Modul 1 durch das Garagentor verlassen hatten, hatte Sasaki vorgeschlagen, sich in der C-4-Pyramide zu verstecken.

Es war ihnen wie eine gute Idee vorgekommen. Nash wußte, daß es nur eine Frage von Minuten war, bis man ihre Flucht bemerken würde. Es war ihm auch klar, daß L'Enfant wahrscheinlich die *Akron* durchsuchen lassen würde. Ob es ihnen gefiel oder nicht: Der Plan, die Wissenschaftler an Bord des Luftschiffs zu schmuggeln, war jetzt gestorben, ebenso der Gedanke daran, sich mit Sasaki in der Beobachtungskuppel zu verstecken. Im Augenblick konnten sie nur in die Stadt fliehen.

Das war allerdings ebenso riskant, da das ganze Gelände von Überwachungskameras abgedeckt wurde. Aber mit etwas Glück wären die Bildschirme im Befehlsmodul gerade unbewacht; dann könnten sie es in die C-4-Pyramide schaffen und sich im Labyrinth verstecken, bis die *Akron* starten mußte. Boggs mußte das Luftschiff innerhalb der nächsten zwölf Stunden aus Cydonia ausfliegen. Und wenn sie es schafften, solange in der Stadt zu überleben . . .

Nash ergriff Sasakis Hand und lief auf die ferne Pyramide zu. Es tat furchtbar weh, bei der niedrigeren Gravitation Siebenmeilensprünge zu machen; jedesmal, wenn seine Stiefel auf dem Boden aufkamen, schrien seine geschwollenen Magenmuskeln förmlich auf, und doch war es die schnellste Möglichkeit, die weite Strecke zwischen der Basis und der alten Nekropole zurückzulegen. Sasaki hatte keine Schwierigkeiten, mit ihm Schritt zu halten, geriet aber ins Stocken, als sie auf die erste der Kameras zuhielten. Nash war versucht, mit einem Schuß die Linse zu zertrümmern, doch dann fiel ihm ein, daß dies beim nächsten Mal, wenn jemand versuchte die Kamera zu aktivieren, einen Hinweis auf ihren Fluchtweg geben würde. Also ließ er es sein und rannte weiter.

Sie hatten die Pyramide fast erreicht, als etwas aus der Öffnung hervorkam.

Es war drei Meter hoch, metallen und pechschwarz, obwohl

sich merkwürdige dunkelrote Streifen chaotisch über seine nahtlose Gestalt zogen wie Unreinheiten in einer Resopalschicht. Das Wesen war von menschlicher Gestalt, besaß baumstammähnliche Beine, die in doppelgelenkigen Knien einknickten, und breite Fußnäpfe, die eine merkwürdige Ähnlichkeit mit dem MRV aufwiesen. Tatsächlich war das Ungeheuer einem GKA verwandt – mit breitem, massigem Körper, Drehgelenken, untersetztem Kopf und leicht gebeugtem Rücken. Doch die mit Zuggelenken ausgerüsteten Arme waren von gorillahafter Länge und berührten beinahe den Boden, als es sich vorwärts wälzte, während die Hände aus massiven spitzen Krallen bestanden.

Nash blieb abrupt stehen, seine Kieferlade klappte herunter. Sasaki griff nach seinem Schutzanzug, um sich abzustützen. Ein einzelnes, zyklopenhaftes Auge mit schmalem Schlitz kehrte sich ihnen zu und heftete sich auf sie. Der Leviathan hielt einen Augenblick inne, dann setzte er sich behäbig in Bewegung und hielt auf sie zu. Dahinter kam gerade eine zweite Kreatur aus dem steinernen Eingang. Sie glich der ersten, nur das Muster der roten Markierungen war verschieden.

»Zurück«, sagte er leise. Er befreite sich aus Mihos Griff, trat zwei Schritte zurück und legte die Steyr behutsam in Anschlag. »Machen Sie langsam, aber weichen Sie zurück . . .«

Sasaki erwiderte nichts. Sie blieb vielmehr stehen, starrte das schwarze Ungeheuer an. Nash erinnerte sich daran, daß sein Comlink ja abgeschaltet war und sie ihn nicht hören konnte. Er zögerte einen Augenblick, dann drückte er auf die entsprechende Taste an seinem rechten Handschuhgelenk. »Miho!« schrie er. »Zurück!«

Sie zuckte zusammen, als sie seine Stimme hörte, dann schaltete sie ihr eigenes Funkgerät ein; dennoch wich sie nicht zurück. *August, ich glaube nicht, daß . . .*

In diesem Augenblick hob die erste Kreatur die riesigen Arme und stürzte auf sie zu.

Nash hörte Sasaki schreien. Er sprang vor, schob sie aus dem Weg, riß die Steyr an die Schulter und betätigte mit dem rechten Zeigefinger den Abzug. Neben seinem Ohr ertönte das Geräusch gedämpfter Feuerwerkskörper. Der Rückstoß des

Kolbens gegen seine Schulter kostete ihn fast das Gleichgewicht, während Patronenhülsen über seinen Unterarm tänzelten.

Er hatte gut gezielt: Eine Zickzacklinie dicker Pockennarben erschien auf dem breiten Brustkorb der Kreatur. Das Ding zuckte leicht zurück, seine Bewegungen wurden mechanischer und roboterhafter, doch es ging nicht zu Boden.

Der zweite Roboter, der noch völlig unversehrt war, kam unentwegt auf sie zu, während sich das erste Monstrum wieder fing. Mit ausgestreckten Krallen stapfte er in ihre Richtung.

»Raus hier!« schrie Nash. Er eröffnete wieder das Feuer, konzentrierte sich dabei immer noch auf die nächste der beiden Kreaturen. Sasaki reagierte endlich; als sie aus dem Weg sprang, fuhr der rechte Arm des Roboters in einem Bogen auf sie zu, schlug die gewaltige Kralle heimtückisch durch den Raum, wo sie soeben noch gestanden hatte. Wäre sie nicht ausgewichen, hätte er ihr jetzt die Eingeweide aus dem Leib gerissen.

Nash machte zwei Schritte zurück, feuerte noch immer auf den ersten Roboter. Immer mehr Einschußlöcher verunstalteten seine dicke Haut; er schien etwas langsamer zu werden, hielt aber weiterhin auf ihn zu. Nun hatte sich das zweite Ungeheuer umgedreht und kam ihm entgegen. Er gab noch einige Schüsse ab, dann wirbelte er herum, um einen Satz zu machen ...

Seine rechte Stiefelspitze verhakte sich an einem Stein. Er stolperte und stürzte zu Boden. Instinktiv riß Nash die Arme vor den Helm, um das Visier vor Bruch zu schützen. Seine Wunden brannten vor Schmerz, als er auf dem felsigen Boden aufschlug. Er ignorierte es, griff nach seinem Gewehr ...

Nash ...! schrie Sasaki.

... und fand es nicht. Es war beim Sturz davongeschleudert worden. Er geriet beinahe in Panik, blickte sich um und sah es etwa zwei Meter entfernt zu seiner Rechten auf dem Boden liegen. Er hörte seinen eigenen Atem im Helm, als er hastig darauf zukroch ...

Nach links abrollen! rief Sasaki. *Nach links!*

Nash überlegte nicht erst. Er zog die Arme an und rollte nach links. Kurz sah er eine krallenbewehrte Faust aufblitzen, die sich an der Stelle, wo er vor einem Moment noch gelegen hatte, in den Boden bohrte.

Als er aufblickte, sah er einen der Roboter über sich aufragen, die dunkle Gestalt verfinsterte die Sonne. Er riß die Krallen aus dem Boden und hob sie über den Kopf . . .

Plötzlich ertönte das Geräusch vollautomatischen Gewehrfeuers. Die Kreatur torkelte zurück, und plötzlich schrie ihm Boggs in die Ohren: *Bewegung, Bewegung, Bewegung . . .!*

Nash keuchte und stemmte sich auf, kroch hastig auf Händen und Knien davon. Er spürte, wie Hände seine Handgelenke packten und ihn hochrissen; seine Füße fanden wieder Tritt, und er prallte vor, schlang den Arm um Sasakis Hüfte. Sie stöhnte auf, als ihr die Luft aus den Lungen getrieben wurde, ließ sich aber an Boggs vorbeitragen, der die vorrückenden Kreaturen mit Geschossen eindeckte.

Arsch bewegen! schrie Boggs. *Raus hier! Bewegung, Bewegung, Bewegung . . .!*

Nash überlegte kurz, ob er umkehren und sich die Steyr wieder holen sollte, doch Sasaki zerrte ihn bereits davon. Er blickte sich um und sah, daß die Roboter immer noch auf den Beinen standen; sie waren kaum mehr als ein Dutzend Schritte von Boggs entfernt, der mit seinem Gewehr noch immer voll draufhielt. »Raus da!« schrie Nash. »Du kannst sie nicht fertigmachen!«

Gottverdammter Scheißdreck! Plötzlich warf Boggs seine Steyr beiseite, machte kehrt und sprang vor dem ersten Ungeheuer davon, gerade noch rechtzeitig, um einem weiteren Peitschenhieb der Krallen zu entgehen. *Munition ist alle! Nichts wie weg! Die werden . . .*

Einen Affenfurz werden die, sagte plötzlich eine neue Stimme in ihren Kopfhörern.

Nash blickte sich um. Hinter ihnen stand eine riesige Gestalt in einem gepanzerten Kampfanzug. Sie hatte die Abdeckung des in den linken Arm eingebauten Maschinengewehrs gehoben und deutete damit auf die drei. Durch das getönte Glas konnte Nash Marks' grimmige Miene erkennen.

Sie schafften es gerade noch, beiseite zu springen, als er auch schon das Feuer eröffnete.

Kawakami fühlte sich auf eine gespenstische Weise von allem losgelöst, als er die Monitore beobachtete. Einer der Schirme zeigte einen der Minotauren und Sergeant Marks; das Bild wurde von der Kamera in der Nähe der Pyramide C-4 übertragen. Auf einem anderen Schirm, der zuvor das Äußere des Aufenthaltstrakts wiedergegeben hatte, war nun eine Nahaufnahme desselben Roboters durch die Linse einer weiteren Kamera zu sehen, die auf dem Rückenschild von Marks' GKA montiert war; im Hintergrund war die riesige Gestalt eines zweiten Minotauren zu erkennen. Es war, als würde er zu Hause in Osaka einen Actionfilm auf TBS mit ansehen; alles, was noch fehlte, war eine melodramatische Musik.

Dafür hörte er aber das heftige Rasseln des Gewehrfeuers über das Comlink, das Marks' Stimme zu übertönen drohte: *Sie stecken die Geschosse einfach weg,* sagte Marks in einem fast gelassenen Ton, als würde er einen Dokumentarfilm kommentieren. *Ich habe sie zum Stehen gebracht, aber sie fallen nicht um. Woraus besteht dieses gottverdammte Ding überhaupt?*

»Legen Sie Sperrfeuer und halten Sie sie in Schach.« L'Enfant hatte sich über Kawakami gebeugt und stützte sich auf seiner Sessellehne auf. Kawakami sah ihn an. Die Miene des Kommandeurs wirkte völlig stoisch. »Lassen Sie die Zivilisten raus und dann . . . «

Auf den Monitoren konnten sie mitverfolgen, wie der erste Minotaur einen wuchtigen Schritt nach vorn tat. Sein Panzer schien die Geschosse wie ein Schwamm aufzusaugen. *Die bleiben nicht stehen!* Marks' Stimme begann überzuschnappen. *Ich halte drauf, was ich habe, aber die lassen sich nicht . . .!*

»Sergeant!« brüllte L'Enfant. »Das ECM Ihres Anzugs wird sie in Schach halten. Halten Sie Ihrerseits die Position und legen Sie stärker Feuer. Lieutenant Swigart hat die Hornisse gestartet und wird sie mit ihrer Kanone auslöschen. Sorgen Sie nur . . .«

Verdammt, Commander, einen Scheiß tut das ECM denen an! Der Roboter machte einen weiteren Schritt nach vorn. Seine langen Arme hoben sich drohend, als wollten sie den GKA umschlingen. *Ich kann nicht . . .!*

Halt durch, Al. Das war die Stimme von Swigart. *Bin schon im Kampfanflug, also . . .*

Commander L'Enfant! Jetzt meldete sich Tamara Isralilowa auf dem Comlink. *Die Bewegungsdetektoren haben an der Peripherie der Basis Bewegung entdeckt! Sie kommt auf uns . . .!*

»Nicht jetzt, Dr. Isralilowa«, warf L'Enfant ein. »Behalten Sie die Bewegung weiter im Auge.«

Verdammte Scheiße, Megan! Der Minotaur füllte fast die ganze Linse der GKA-Kamera aus. *Komm gefälligst her und rette meine Haut! Das Scheißding wird mich gleich . . .!*

»Halten Sie die Stellung, Sergeant«, beharrte L'Enfant. »Das ist ein Befehl.« Er machte eine Pause, um schließlich mit absurder Gelassenheit hinzuzufügen: »Und Sie beide . . . zügeln Sie Ihre Ausdrucksweise.«

Ich soll meine Ausdrucksweise . . .? Großer Gott, Sir, das Ding ist nur noch zwei Meter entfernt!

»Das ist weit genug. Halten Sie lediglich Ihre . . .«

»Wahnsinniger!« Kawakamis Wut, die er bis zu diesem Augenblick streng gezügelt hatte, brach nun los. Er berührte sein Kehlkopfmikrofon und schrie: »Fliehen Sie, Sergeant! Das ECM wird sie nicht aufhalten! Sie sind viel zu groß für . . . !«

»Maul halten!« kreischte L'Enfant. »Maul halten!«

Er packte Kawakamis Sessel von hinten, riß ihn hoch und schleuderte den Wissenschaftler zu Boden. Als Kawakami auf den Teppich aufprallte, riß es ihm das Gerät vom Kopf und unterbrach den Funkkontakt. Benommen und atemlos blickte Kawakami auf und sah, daß L'Enfant bereits seinen Platz vor der Konsole eingenommen hatte. »Sergeant, hier spricht Commander . . .!«

Glücklicherweise konnte Kawakami den Rest nicht hören; doch wie er am Boden lag und zu den Bildschirmen aufblickte, konnte er immer noch alles mitverfolgen.

Mit einem einzigen heftigen Stoß schlug der Minotaur seine rechte Kralle durch die transparente Abdeckung von Marks' GKA.

»*Marks . . . !*« heulte L'Enfant auf.

Während ein Schirm erlosch, funktionierte der andere Monitor weiter und gab das Grauen dieser Szene in voller Schärfe wieder: Das frostige Sauerstoff-Stickstoff-Gemisch, vom Blut des Sergeants rot gefärbt, platzte aus der zertrümmernden

Abdeckung hervor, während das schwere Exoskelett zurückfiel.

Als der GKA zusammenbrach, zog der Minotaur den Arm aus dem Wrack; seine Kralle war in Blut gebadet...

»Swigart!« schrie L'Enfant. »Gehen Sie rein und machen Sie sie kalt!«

In dieser Sekunde erblickte Kawakami etwas auf dem anderen eingeschalteten Beobachtungsschirm. Der Roboter, der das GKA vernichtet hatte, wälzte sich schon weiter und verließ das Gesichtsfeld der Kamera. Doch da kam der zweite Minotaur auf den zerstörten GKA zu und blieb stehen.

Und dann geschah etwas Unglaubliches: Er beugte sich leicht vor, packte die gepanzerten Fußgelenke des GKA und begann damit, ihn zum Eingang der Pyramide zurückzuzerren.

Mit einemmal durchzuckte ihn die Erkenntnis wie ein gleißender Blitz, und Shin-ichi Kawakami wurde alles klar.

Er heftete den Blick auf den Schirm, tastete nach dem abgerissenen Kopfgerät, fand es und hielt sich das Mikrofon ans Gesicht. »Lieutenant Swigart!« schrie er. »Hier ist Kawakami! Eröffnen Sie nicht das Feuer auf den zweiten Roboter! Ich wiederhole; Eröffnen Sie nicht das Feuer auf den...!«

»Was tun Sie da?« L'Enfant wirbelte zu ihm herum. Sein Gesicht war eine einzige Maske der Qual. Bevor Kawakami etwas erwidern konnte, hatte er ihm das Kopfgerät abgerissen und beiseite geschleudert.

»Ich habe Ihnen gesagt, Sie sollen das Maul halten!« fauchte L'Enfant, zerrte den älteren Mann auf die Beine und schwang den rechten Arm zurück, um die Hand zur Faust zu ballen. »Haben Sie nicht gesehen, was sie da angerichtet haben? Sie haben meine Männer umgebracht, Sie gottverdammter...!«

»Schauen Sie auf den Schirm!« schrie Kawakami und deutete auf die Konsole hinter dem Kommandanten. »Sehen Sie denn nicht? Schauen Sie sich den Schirm an! Den anderen, es...!«

Er brach ab. Auf dem Schirm konnte er mit ansehen, wie der erste Minotaur zurückgeschlagen wurde, wie sein Rückenpanzer aufriß, als hochkalibrige Projektile darauf einhämmerten. Seine Arme wirbelten durch die Luft, er torkelte noch zwei Sekunden, bis er schließlich wie Marks als reglose Masse Metall in den roten Sand stürzte.

Im nächsten Augenblick zerfetzte ein langer Feuerstoß von 30-mm-Geschossen auch den zweiten Minotaur; seine Krallen ließen den GKA fahren, als er brutal von den Projektilen rücklings zu Boden geschmettert wurde. Hätte man ihn jemals lebendig nennen können, so müßte man ihn jetzt als tot bezeichnen.

»Es ist vorbei«, hauchte L'Enfant, und die Wut wich plötzlich von ihm, als er das Display beobachtete. »Es ist vorbei ... «

Achtlos ließ er Kawakami fahren, der Wissenschaftler sackte wieder zu Boden. L'Enfants Raserei war vorüber. Er torkelte blind zurück, um sich schließlich in einen Sessel fallen zu lassen und die rechte Hand an sein Kopfgerät zu legen. Alles Blut schien ihm aus dem Gesicht entwichen zu sein; jetzt sah der Mann viel älter aus und ganz und gar nicht mehr unbesiegbar.

»Swigart, wie war es?« keuchte L'Enfant. Er lauschte, dann nickte er. »Bestätige zwei Abschüsse. Gute Arbeit. Okay, Sie können wieder landen. Wir werden ...«

Dann brach er ab, lauschte intensiv auf etwas, was ihm durch die Kopfhörer mitgeteilt wurde. Er beugte sich auf seinem Sessel vor. »Dr. Isralilowa«, sagte er ungeduldig, »ich glaube nicht, daß Sie ...«

Dann klaffte sein Mund auf, und Kawakami erblickte einen seltenen Ausdruck von Erstaunen und Fassungslosigkeit im Gesicht des Kommandanten. »O mein Gott ...« flüsterte er.

Kawakami kroch über den Boden, griff nach seinem Kopfgerät. Als er es zu packen bekam, vernahm er plötzlich ein – schrilles Kreischen.

Nicht aus dem Kopfhörer ...

Vom anderen Ende des Aufenthaltstrakts.

Sein Kopf ruckte hoch. »Tamara!« rief er.

»Es greift die Basis an!« brüllte L'Enfant, als er aus dem Sessel aufsprang und einen Satz zu den Fenstern am Ende des Moduls machte. »Swigart, schalten Sie den anderen Roboter aus! Nein, den dritten! Er greift gerade die ...«

Der Rest ging in einem plötzlichen lauten *Peng*! aus dem Inneren des Aufenthalstrakts unter, und das Modul erzitterte, als wäre die Basisstation von einem Erdbeben erschüttert worden. L'Enfant wurde zurückgeschleudert, weniger von der

Wucht der Explosion als von seiner eigenen Überraschung, als überall Dekompressionsalarmanlagen aufheulten und sämtliche Flachbildschirme rote Warnsignale aufblitzen ließen. Er schlug zu Boden, das Kopfgerät gegen die Ohren gepreßt, während in seinen Augen das nackte Entsetzen stand. Kawakami warf instinktiv die Arme über den Kopf. Irgendwo, nicht weit entfernt, hörte er kurz einen weiteren wahnwitzigen Schrei.

»Tamara . . .!« schrie er.

Vom Hauptcomputersystem ausgelöst, öffneten sich bonbongestreifte Deckenklappen automatisch, und Sauerstoffmasken fielen an ihren Plastikschläuchen herab; die Notluke aus Aluminium schloß sich vor der Tür des Moduls und siegelte sie von dem Zugangskorridor ab. »Feuer! Feuer! Feuer!« brüllte L'Enfant gerade . . .

Irgend etwas hatte die Hülle des Aufenthaltstrakts durchschlagen.

20 Boot Hill

Es war der traurigste und einsamste Ort auf dem Mars: eine Reihe von Grabmarkierungen aus Metall, von kleinen Steinhaufen aufrechtgehalten. Auf jedem stand ein Name: *Moberly, Bronstein, Hoffman, Oeljanow und Kulejan.*

Und nun kamen noch vier frische Markierungen dazu.

Der Friedhof war auf einem kleinen Hügel hinter dem Aufenthaltstrakt angelegt worden. Es war nicht möglich, die Toten zur Beerdigung auf die Erde zu überführen: Der Raum, den ein Leichnam an Bord eines Kreisschiffs beanspruchte, ließ sich für wertvollere Nutzlasten verwenden. Und da die Kohlendioxydatmosphäre auch die Kremierung ausschloß, blieb nur noch die Möglichkeit, die Verstorbenen dort zu begraben, wo sie gefallen waren. Der Friedhof der Basisstation Cydonia hatte den Spitznamen Boot Hill bekommen, doch war er keineswegs der erste auf dem Mars: Diese zweifelhafte Auszeichnung gebührte der Station Arsia, wo über ein Dutzend Männer und Frauen lagen.

Und doch hatte sich die Population des Friedhofs von Cydonia heute fast verdoppelt; neben den Grabmarkierungen für Hal Moberly, Valerij Bronstein, William Hoffman, Maxim Oeljanow und Sascha Kulejan waren drei frische Gräber hinzugekommen: die sterblichen Überreste von Charlie Akers, Alphonse Marks und Tamara Isralilowa.

So, wie ich das sehe, bemerkte Boggs, als er gerade mit seinem Spaten eine vierte Markierung in den Boden trieb, *sind die Russen uns weit voraus.*

Nash, der damit beschäftigt war, Isralilowas Grab zuzuschütten, hob den Blick. Die vierte Markierung trug Paul Verduins Name, obwohl darunter kein Leichnam lag. Wie schon Sascha Kulejan vor ihm, war auch er vermißt und galt als tot. Von Hal Moberly war wenigstens noch etwas übrig gewesen, was man hatte beerdigen können. *Im Augenblick,* fuhr Boggs fort, *führen die Russen mit vier zu drei vor den Amerikanern, während die Briten und die Holländer jeweils einen Punkt haben. Die Japsen hinken völlig hinterher. Genug für ein halbwegs anständiges Baseballteam, aber die Amerikaner werden noch einiges aufholen müssen, bevor . . .*

»Falls du damit versuchen solltest, komisch zu sein«, versetzte Nash, »dann war es ein Flop.« Boggs verpaßte Verduin einen letzten Hieb, dann faltete er seinen Klappspaten zusammen und warf ihn zu Boden. *Ich versuche komisch zu sein, denn wenn ich es mir erlauben würde, die ganze Sache zu ernst zu nehmen, könnte es passieren, daß ich dabei durchdrehe.* Er klopfte sich den Staub von seinen Handschuhen und musterte die Gräber. *Ich habe dabei mitgeholfen, mehr als die Hälfte dieser Löcher zu graben, und die meisten dieser Leute waren meine Freunde. Komme mir eher vor wie ein Totengräber als wie ein Pilot.*

Er drehte ich um und sah zu Nash zurück. *Vier an einem Tag. Mein Gott! Da wirst du es mir schon verzeihen müssen, wenn ich ein bis drei Witze reiße. Nimmt den Dingen den Ernst, falls du verstehst, was ich meine.*

Nash warf eine letzte Handvoll Geröll auf Tamara Isralilowas letzte Ruhestätte, dann klappte er seinen eigenen Spaten zusammen. »Entschuldige. Ich schätze, du hast recht.«

Er drehte sich um und ließ den Blick zu den nahegelegenen Pyramiden schweifen, dann ein Stück weiter auf den östlichen Horizont zu, zum Gesicht. Trotz der schrecklichen Gewalt an diesem Morgen war es ein recht schöner Tag geworden. Der klare Himmel, die stillen bis ruhigen Winde, die langen Schatten der Pyramide auf der gleichmütigen roten Wüste . . . eine unbeschreibliche Schönheit. Fast konnte man sich eine langsame Kamelkarawane vorstellen, die aus der Stadt kam, fromme Muslims zu Beginn einer langen Pilgerfahrt nach Mekka.

»Aber kein schlechter Ort, um sich beerdigen zu lassen«, murmelte er. »Großartige Aussicht.«

Scheiß drauf. Boggs folgte seinem Blick zur Stadt. *Schon mal vom Fluch der Pharaonen gehört?*

»Merkwürdig, daß du darauf kommst. Ich habe gerade gedacht, daß es irgendwie aussieht wie . . .«

Wie Ägypten. Ja, das sagen sie alle. Aber ich fange langsam an mich zu fragen, ob die Cooties den Ägyptern vielleicht nicht noch etwas mehr abgeguckt haben als ihren architektonischen Stil. Boggs seufzte und schüttelte den Kopf. *Falls du noch keine Nachrichten gehört haben solltest, Kumpel: du und ich, um ein Haar hätten wir beide uns heute selbst ein Plätzchen auf diesem Dreckshügel eingehandelt.*

Nash wußte selbst, wie knapp sie dem Tod entgangen waren – oder wie knapp es für alle anderen im Inneren des Aufenthaltstrakts gewesen war. Der dritte und letzte der Minotauren hatte das Modul 8 in Stücke gerissen, bevor Swigart ihn in einem letzten Angriffsflug der Hornisse vernichtet hatte. Wäre es ihr mißlungen, hätte der Roboter vielleicht die gesamte Anlage zerstört.

Für Isralilowa war sie dennoch zu spät gekommen. Im Überwachungszentrum eingeschlossen, hatte die russische Wissenschaftlerin den Tod gefunden, als das Modul durch eine explosive Dekompression vernichtet wurde. Soweit es sich noch bestimmen ließ, hatte sie ihren letzten Schrei ausgestoßen, als sie den schwarzen Leviathan draußen vor dem Modulfenster erblickte.

Jetzt stand Swigart am Fuß des Hügels, ein Sturmgewehr in der Armbeuge. Während Nash zusah, blickte sie wieder über die Schulter zu Kawakami und Sasaki hinüber, die gerade neben den Überresten des Minotauren knieten, wo er neben der Ruine des Moduls 8 zusammengebrochen war. Wenn die Offizierin irgend etwas denken sollte, so behielt sie es für sich. Tatsächlich hatte sie nach der Landung der Hornisse auf der Basisstation nichts anderes mehr getan, als L'Enfants nächsten Befehl entgegenzunehmen: Nash und Boggs zu begleiten, während sie die Leichen von Akers, Marks und Isralilowa bargen und sie zum Boot Hill hinaufbrachten, um sie zu bestatten. Seitdem hatte sie kein einziges Wort mehr gesagt, nicht einmal als sie Akers' enthaupteten Leichnam in der Nähe der D&M-Pyramide gefunden hatten.

Was L'Enfant selbst betraf, so hatte niemand außer Swigart ihn in den letzten drei Stunden zu Gesicht bekommen. Soweit man wußte, befand er sich immer noch im Befehlsmodul. Niemand konnte wissen, was in seinem Kopf vorgehen mochte, nur daß er Swigart befohlen hatte, die überlebenden Zivilisten zusammenzuhalten und sie mit der Waffe zu beaufsichtigen.

He! rief Boggs. *Lieutenant!* Swigart ließ den Blick wieder langsam auf sie zurückfahren. *Wir sind fertig hier oben. Wollen Sie den Commander nicht fragen, ob er ein paar letzte Worte sprechen möchte?*

Hinter ihr unterbrachen Kawakami und Sasaki ihre Untersuchung des Minotaurs und sahen Swigart erwartungsvoll an. *Er ist doch hier der Boß,* fuhr er fort, *und hier oben liegen zwei von seinen Leuten, vielleicht möchte er da ganz gern . . . Sie wissen schon . . .*

Swigart starrte die beiden Männer nur an, die rechte Hand stets in Nähe des Abzughahns ihrer Waffe. Nash fragte sich, ob sie vielleicht gerade die Rolle des guten Soldaten spielte; es war durchaus möglich, daß sie eine Schützengrabenneurose hatte, schließlich hatte sie erst kürzlich zwei ihrer Offizierskameraden im Kampf fallen sehen. Jedenfalls erwiderte sie nichts . . .

Und falls L'Enfant den Funkverkehr überwachen sollte, blieb seine Stimme auf dem Comlink ungehört.

Schätze nicht, murmelte Boggs. *Gottverdammter Idiot.* Er legte die Hand auf Paul Verduins Grab und tätschelte es liebevoll. *Ruhe bequem, du Penner, wo immer du sein magst.* Dann nahm er seinen Spaten auf und schlenderte langsam an Tamara Isralilowas Grab vorbei. *Bis bald. Hoffe, du und Sascha habt eine prima Zeit zusammen.* Ohne die Gräber von Marks und Akers zu beachten, verpaßte er Nash einen Klaps und machte sich an den Abstieg, den Hügel hinunter zur Anlage. *Komm schon. Verschwinden wir von hier.*

Nash blieb noch einmal stehen, um die Gräber ein letztes Mal zu betrachten, die er ausgehoben hatte, dann folgte er Boggs den Boot Hill hinunter. Ihm war übel bei dem Gedanken an die vier Menschenleben, die heute ausgelöscht worden waren . . . seltsamerweise sogar was Marks und Akers betraf, obwohl sie ihm am Tag zuvor die Seele aus dem Leib geprügelt hatten. Niemand hatte es verdient, an einem solch erbärmlichen Ort zu sterben.

Doch wenn es nach ihm gehen sollte, würde es heute hier

oben noch ein zehntes Grab geben. Es fiel ihm schwer, sich Terrance L'Enfants Namen auf dem Grab vorzustellen.

»Die haben eine Bombe in der Garage«, sagte Nash. Er machte eine Pause, um Orangensaft aus seiner Preßflasche zu trinken, dann fügte er hinzu: »Eine Atombombe. Möchte irgend jemand darauf wetten, was die damit vorhaben könnten?«

Er war im Labor/Lazarett des Moduls 9, saß auf demselben Untersuchungstisch, auf dem Isralilowa erst vierundzwanzig Stunden zuvor versucht hatte, seine Wunden zu heilen. Boggs, Sasaki und Kawakami saßen oder standen in dem überfüllten Modul um ihn herum. Die Luke war geschlossen, doch Swigart war direkt dahinter postiert. Nachdem er und Boggs mit den Beisetzungen fertig gewesen waren, hatte sie die vier zurück in den Aufenthaltstrakt begleitet, wo man sie schließlich im Labormodul zusammen einsperrte. Nash zweifelt nicht daran, daß L'Enfant ihr Gespräch mit Hilfe der Wanzen belauschte, die noch immer im Modul versteckt waren. Doch inzwischen hatte jeder die Karten offen auf den Tisch gelegt; so hatte niemand mehr Geheimnisse, die er vor den anderen hätte hüten können.

»Wenn das eine A-Bombe ist«, erwiderte Boggs, der neben einem Computerterminal auf einem Schemel hockte, »dann werden keine Wetten mehr angenommen . . . aber ist es tatsächlich eine A-Bombe?« Er sah die anderen an. »Ich meine, ich habe noch nie eine Atombombe aus der Nähe gesehen. Vielleicht ist es ja auch nur . . . ich weiß nicht, ein lasergesteuerter Pogostock oder . . .«

»Ich habe sie auch gesehen, Waylon.« Miho Sasaki lehnte an einem Schott neben Kawakami, der neben einer Laborbank saß. Auf der Bank lag ein großes Stück von dem Minotauren, das sie aus dem Wrack geborgen und in eine Thermodecke gehüllt hatten. »Ich habe zwar auch noch nie eine thermonukleare Waffe gesehen, aber wenn August sagt, daß es ein Atomsprengkörper war . . .«

»Glauben Sie mir«, unterbrach Nash sie. »Ich weiß, wovon ich spreche. Einfach ausgedrückt handelt es sich dabei um einen zweiteiligen Plutoniumkern, der von einer Kadmiumkugel umgeben wird, wobei auf beiden Seiten der Hülle konventionelle Explosivstoffe angebracht sind.« Er hob die Hände und hielt sie wenige Zentimeter auseinander. »Das ganze Ding ist an einen elektronischen Zeitzünder gekoppelt. Wenn der Zünder losgeht, explodiert der Plastiksprengstoff und treibt den inneren Plutoniumkern zusammen, erzeugt dadurch sofort eine kritische Masse und . . .«

Er schlug sich in die Hände. »Glaub mir, W. J., ich kann eine A-Bombe erkennen, wenn man mir eine zeigt. Ich habe Unterricht in solchen Dingen bekommen, als ich für die CIA arbeitete. Es handelt sich um eine Mine der Standardbauart, wie sie für den Einsatz im Zweiten Golfkrieg entwickelt wurde. Der Größe zufolge schätze ich, daß es sich um eine taktische Kernwaffe von niedriger Leistung handelt. Vielleicht zehn Kilotonnen.«

Boggs zuckte mit den Schultern. »Zehn Kilotonnen sind nicht viel«, murmelte er. »Scheiße. Damit putze ich mir doch glatt noch die Nase.«

Niemand lachte, Sasaki aber sah ihn böse an. »Meine Urgroßeltern waren *hibakusha* der Bombardierung von Hiroshima«, sagte sie leise. »Das wurde durch einen Sprengkopf von zehn Kilotonnen ausgelöst. Es hat mehr angerichtet, als ihnen nur die Nase zu putzen.«

Boggs blickte verlegen zu Boden. Shin-ichi Kawakami räusperte sich diplomatisch. »Es geht mit Sicherheit um diese Operation . . . wie haben Sie sie genannt, Mr. Nash? Kentucky Rennen?«

»Kentucky Derby«, berichtigte ihn Nash. »Das war der Codename, den L'Enfant mir gestern abend mitteilte. Leuchtet doch irgendwie ein, wenn man bedenkt, daß die erste verdeckte Militäroperation der Vereinigten Staaten hier den Namen Jagdrennen hatte. Jetzt geht es um etwas höhere Einsätze.«

»Ja, wie auch immer.« Kawakami winkte ab. »Die Sache macht jetzt mehr Sinn. Der Kommandant wollte, daß Paul die Katakomben auskundschaftete, bevor er diese Bombe legt. Danach sollte Sergeant Marks in dem neuen GKA in das Gebiet eindringen und die Bombe plazieren. Sie haben damit gerechnet, daß das interne ECM des Anzugs es Marks gestatten würde, unbeschadet in das unterirdische Tunnelsystem einzudringen.«

Er lächelte leise, schüttelte den Kopf. »Womit er allerdings nicht gerechnet hatte, war die Fähigkeit der Pseudocooties, ein Verteidigugssystem zu züchten, das zu mächtig für unser ECM war. Die ... Minotauren ... scheinen für den Einsatz oberhalb einer Gefahrenschwelle gezüchtet worden zu sein, wie wir selbst sie darstellen könnten ...

»Einen Moment, Shin-ichi!« Boggs hob die Hand. »Ich bin ja vielleicht nicht der Klügste, aber große Worte erkenne ich schon. Sie haben gerade zweimal das Wort gezüchtet verwendet. Meinen Sie nicht eigentlich gebaut?«

Kawakami schüttelte bedächtig den Kopf. »Nein, Waylon, ich habe das Wort mit Bedacht gewählt. Ich meinte durchaus züchten.« Er erhob sich von seinem Schemel und drehte sich zu der Werkbank hinter ihm. »Miho, vielleicht ist es an der Zeit, unseren Freunden unsere jüngste Entdeckung zu zeigen, was meinen Sie?«

Miho nickte und begann vorsichtig damit, das Fragment des zerstörten Minotauren auszuwickeln, das sie draußen verborgen hatten. »Normalerweise würden wir das hier im AEL in Quarantäne geben«, erläuterte sie, »aber wir hielten die Gefahr für minimal. Außerdem scheint es, als ob Commander L'Enfant uns nicht länger voneinander trennen will, deshalb haben wir ...«

»Still, Miho!« Kawakami bedeutete Nash und Boggs an die Bank zu treten, während er ein Vergrößerungsglas an seinem Teleskoparm an das Bruchstück heranzog und sein Licht anschaltete. »Sehen Sie sich das einmal an, meine Herren. Ich werde versuchen, es zu erklären.«

Nash stellte seine Preßflasche ab und trat an die Bank. Unter der Linse lag ein großes, etwa 1,33 Meter langes Teil eines der Minotaurenarme. Jedes der Enden war von einer Salve 30-mm-Geschosse aus der Bordkanone der F-210-Hornisse mit Gewalt vom Rest des Körpers abgerissen worden. Jetzt, da er ihn genauer betrachten konnte, stellte er fest, daß der Arm mehrgliedrig war; er glich den Segmenten eines Wurms; jedes der einzelnen Segmente war nur wenige Zentimeter vom nächsten getrennt. Nash war sofort beeindruckt von der Präzision seiner Herstellung ... oder Züchtung, wenn man Kawakamis geheimnisvolle Wortwahl übernehmen wollte.

Kawakami strahlte ihn an. »Sie sind bereits fasziniert, Mr. Nash. Hier, sehen Sie ...?« Er nahm das Bruchstück auf und bog es anscheinend ohne große Anstrengung zwischen seinen Händen. Der Arm gab geschmeidig nach wie ein feinmechanischer Apparat. »Und beachten Sie auch seine Seiten, um die Gelenke herum«, fuhr er fort. »Keine Nähte, keine Schweißspuren. Alles aus einem Guß, als wenn es aus einem einzigen Stück erbaut worden wäre. Selbst die fortgeschrittensten Mikroschaltkreise, über die wir derzeit verfügen, weisen keine vergleichbare Entwicklungsstufe auf. Und sehen Sie einmal hier ...«

Er hob eines der abgerissenen Enden ans Licht und legte das Innere des Arms frei. Unter der Linse konnte Nash erkennen, daß es erstaunlich detailreich und kompakt war: keine heraushängenden Drähte, keine Servomotoren, keine Solenoiden oder Zahnradübertragungen. Es erinnerte ihn an ein abgerissenes menschliches Körperteil. »Es ist ... fast wie ...«

»Wie organisches Gewebe«, beendete Miho den Satz für ihn. »Aber es ist nicht organisch.« Sie drückte mit der Fingerspitze gegen das Innere des Arms; der wölbte sich, wie es tierisches Fleisch getan hätte. »Ohne eine komplette chemische Analyse können wir nur darüber spekulieren, woraus es besteht, aber es dürfte höchstwahrscheinlich aus verschiedenen Eisenoxiden, Silikaten und Kohlenstoffpolymeren zusammengesetzt sein, so wie die äußere Schale hauptsächlich aus Eisen und Kohlenstoff besteht. Alles heimische Elemente auf dem Mars.«

»Ich verstehe das nicht.« Boggs starrte zugleich fasziniert und verwirrt auf das Bruchstück. »Ich meine, ich habe zwar noch nie so etwas gesehen, aber wenn es nicht erbaut wurde ...«

»Es geht darum«, warf Kawakami ungeduldig ein, »daß diese Maschine weder erbaut noch konstruiert wurde. Sie wurde gezüchtet, als eigenständige, integrierte Wesenheit, ähnlich wie Sie und ich im Schoß unserer Mütter aufwuchsen. Und doch war dies hier Teil eines unlebendigen Wesens. Es ist und bleibt ein Mechanismus.«

»Biomechanisch«, ergänzte Sasaki, »obwohl selbst das noch ein sehr unbeholfener Begriff für das ist, womit wir es hier zu tun haben.« Sie stieß die Luft aus, trat von der Bank zurück und schüttelte ihr langes Haar. »Es gibt nur eine Art von Technologie, die etwas Derartiges bewerkstelligen kann, und das ist...«

»Die Form!« unterbrach Kawakami sie. Er ließ den Arm wieder auf die Bank sinken und deutete darauf. Erregung klang in seiner Stimme, als er im schnellen Tempo weitersprach. »Wir sind jetzt seit drei Jahren hier und bis auf das Gesicht ist dies das erste Mal, daß wir etwas zu sehen bekommen, was einem menschlichen Wesen gleicht! Es ist vollkommen anthropomorph! Es besitzt zwei Beine, hat zwei gebrauchsfähige Gliedmaßen, ist in seiner Bewegung nach vorn orientiert... nichts daran gleicht auch nur entfernt einem Cootie! Sein Exoskelett gleicht einem GKA! Schauen Sie es sich an! Es ist...!«

»Bitte, Shin-ichi-*san*.« Sasaki schloß die Augen. Auf japanisch sagte sie etwas zu ihm, das wie eine Ermahnung klang, und Kawakami bremste sich, obwohl seine Lippen vor Erwartung bebten. Als er verstummt war, schlug sie die Augen auf und sah Nash ins Gesicht.

»Das hier ist ein... ein Paradigma eines menschlichen Wesens«, sagte sie in sorgfältig ausgesuchten Worten. »Ganz so, wie die Pseudocooties Imitationen der wirklichen Cooties sind, ist das hier eine Rekonstruktion eines echten Menschen... oder jedenfalls dessen, was sie von einem lebenden Menschen bisher zu sehen bekommen haben – eines gepanzerten Kampfanzugs.«

Nash blickte Boggs an. Der Luftschiffpilot wirkte zwar immer noch verwirrt, dafür begann Nash langsam zu begreifen. »Sie wollten gerade sagen...?«

»Ja«, endete Sasaki, »es wurde geschaffen, um sich wie ein menschliches Wesen zu verhalten. Und bevor Sie weiterfragen, es wurde mit Nanotechnologie hergestellt. Mit einer Alien-Nanotechnologie, die weit über die rudimentären Nanismen hinausgeht, die wir selbst bisher entwickelt haben. Nichts anderes wäre zu einer solchen Präzision fähig.«

Sie sah zu Boggs hoch und gewährte ihm ein gequältes,

humorloses Lächeln. »Und sollte dem tatsächlich so sein, Waylon, dann sind unsere Atombomben tatsächlich etwas, mit dem wir uns bestenfalls die Nase putzen können.«

Kawakami schritt durch das Abteil zu dem Computerterminal, vor dem Boggs gesessen hatte. »Die Tatsache, daß dieses Ding gezüchtet . . . oder biomechanisch hergestellt wurde, ist nur ein Teil der Lösungen«, erklärte er, während er mit flinken Fingern Befehle eintippte. »Zunächst einmal müssen wir uns die Pseudocooties selbst anschauen und feststellen, warum . . . jetzt geht es los!«

Nash trat vor das Terminal und spähte über Kawakamis Schulter auf den Schirm. Der Physiker hatte das Terminal mit dem Mainframe der Basis verkoppelt; der Flachbildschirm war in zwei Hälften geteilt. Links zeigte er das Diagramm eines Cootie, in der rechten Hälfte ein maßstabgetreues Modell eines Pseudocootie. Während Sasaki und Nash sich hinter ihm aufbauten, ließ Kawakami die beiden Bilder auf einer imaginären dreidimensionalen Achse rotieren.

»Als wir den Pseudocooties zum erstenmal begegneten«, sagte er, »ging ich davon aus, daß es sich bei ihnen lediglich um Roboterkopien der ursprünglichen Aliens handelte, und zwar hauptsächlich deshalb, weil sie so eine große Ähnlichkeit mit den Überresten eines der Aliens hatten, die ich in der D&M-Pyramide entdeckte . . . ›Hirohito‹, erinnern Sie sich noch?«

Boggs nickte unbestimmt, während die Anspielung für Nash völlig schleierhaft blieb. »Ich hatte ferner angenommen, daß die Roboter sich selbst reproduzierten«, fuhr Kawakami fort, »aber weiter bin ich nicht gegangen. Schließlich waren die einzigen Menschen, die in Kontakt mit den Pseudocooties gerieten und es überlebten, um davon noch berichten zu können, Ben Cassidy und Arthur Johnson, und keiner der beiden hatte sich lange genug im Raum C4-20 aufgehalten, um detaillierte Beobachtungen durchführen zu können. Ebensowenig ist es uns jemals gelungen, einen Pseudocootie zu fangen und ihn einer gründlichen Untersuchung zu unterziehen. Deshalb nahm ich an, daß es sich um vereinfachte, mechanische Analogien handelte, die keine größere Komplexität besaßen als unsere eigenen Fabrikroboter und die zwar dazu programmiert waren, miteinander zu interagieren, aber über keine größere Intelligenz verfügten als Grashüpfer.«

Er hustete und deutete auf den Schirm. »Jetzt glaube ich, daß ich mich teilweise geirrt habe. Sicher, die Pseudocooties reproduzieren sich selbst, aber sie sind weder einfach konstruiert noch mechanischer Natur.«

Mit einem Daumen wies er über die Schulter auf das Fragment des Minotauren. »Wie das Ungeheuer dort drüben, wurden sie mit Hilfe von Nanismen gezüchtet – mikroskopischen Robotern, ähnlich den Nanochirurgen, die wir in Krankenhäusern verwenden, aber doch sehr viel komplizierter. Rein theoretisch können sie komplizierte Objekte aus allen zur Verfügung stehenden Rohmaterialien herstellen. Die Nanochirurgen sind ein erster Schritt, den wir selbst in diese Richtung getan haben, aber . . .«

»Warten Sie mal«, unterbrach Boggs. »Wollen Sie mir sagen, daß dieses Ding da von Nanismen erbaut wurde?«

»Nicht von solchen, wie wir sie besitzen«, antwortete Sasaki kopfschüttelnd. »Das hier ist anscheinend das Endprodukt von Nanismen, die gegenwärtig in Gebrauch sind . . .«

»Aber nicht von Menschen«, ergänzte Nash.

»Ja.« Sasaki sah ihn an und nickte bedächtig. »Wenn das stimmen sollte, dann ist die Nanotechnologie der Aliens viel weiter entwickelt als alles, was wir bisher erreicht haben. Unsere Nanochirurgen können zwar innere Gewebeschäden reparieren, etwa zerrissene Blutgefäße, und so weiter . . . tatsächlich so, wie Ihre eigenen Wunden letzte Nacht geheilt wurden . . . aber was Shinichi-*san* hier postuliert, geht weit darüber hinaus.«

Es war offensichtlich, mit welchem Stolz Kawakami seinem Schützling zuhörte, als er zustimmend nickte. »Ganz genau. Die Cooties scheinen die Nanotechnologie in einem Umfang gemeistert zu haben, von dem wir selbst bisher nur träumen konnten. Die Roboter, die uns zu Anfang angriffen, sind ein Beispiel dafür. Es gibt aber auch einen entscheidenden Unterschied. Womit wir heute in Berührung gerieten, das glich einem Menschen, keinem Cootie.«

»Na und?« Boggs zuckte mit den Schultern. »Dann haben sie eben einen von uns statt sich selbst kopiert.«

»Ganz genau!« Kawakami stach mit einem Finger nach dem Piloten. »Die Minotauren waren ungenaue Kopien unserer selbst! Wie das Gesicht stellen sie ungefähre Imitationen der menschlichen Physiologie dar, erschaffen durch Nanismen!«

»Wie das Gesicht?« Boggs blieb skeptisch. »Aber wenn sie diese . . . Nanitismen benutzt haben, um das Gesicht herzustellen, dann müssen sie sie also auch verwendet haben, um die Pyramiden zu bauen . . .«

»Das läge durchaus im Rahmen ihrer Möglichkeiten«, stimmte Kawakami zu. »Sie hätten sie dazu einsetzen können, um vorhandenen Hochebenen und Gebirgen die Form einzuverleiben, die sie wünschten. Das erklärt einen Großteil ihrer Konstruktionstechniken.« Er drehte sich in seinem Sessel um und spreizte die Hände. »Nicht wahr? Jetzt wird doch alles offensichtlich?«

»Nein.« Nash verschränkte die Arme vor der Brust. »Nein, das wird es nicht. Ich komme da auch nicht mit.«

»Denken Sie doch einmal nach!« ermahnte Kawakami ihn. »Man hat uns mit einem Bauwerk an diesen Ort gelockt, das eine Kopie eines menschlichen Gesichts darstellt, und dieses Bauwerk hat uns wiederum zu anderen geführt, bei denen es sich um Kopien der ägyptischen Pyramiden handelt. Nachdem wir einen rudimentären Intelligenztest bestanden hatten – ein Test, der dazu diente zu beweisen, daß wir nicht nur eine vernunftbegabte Art sondern auch fähig zur Innovation und Kreativität sind –, sind die Pseudocooties aus ihrem Schlaf erwacht.«

Bevor Nash etwas einwenden konnte, hob er die Hand. »Ja, ich glaube, das war es . . . ein langer Schlaf, vielleicht über Jahrzehntausende hinweg. Unsere letzte, korrekte Antwort auf das Labyrinth aktivierte ein lange Zeit latentes Programm innerhalb ihrer Sklaven, der Pseudocooties.«

»Wie ein . . .« Boggs zuckte mit den Schultern. »Ich weiß nicht. Ein Weckruf?«

Sasaki legte die Hand vor den Mund, um ihr Lachen zu verbergen, Kawakami dagegen nickte heftig. »Ja, wenn Sie es so nennen möchten. Ein Weckruf.« Ungeduldig erhob er sich aus seinem Sessel, ging an ihnen vorbei, die Hände auf den Rücken gelegt. »Aber als wir sofort darauf reagierten, haben sie uns aus den Katakomben ausgeschlossen.«

»Weshalb?« fragte Nash.

»Das weiß ich auch nicht.« Kawakami beugte den Kopf vor und zurück. »Vielleicht haben wir nicht die nächste, passende Antwort gefunden. Aber als wir schließlich doch weiterforschten, haben sie alle bemannten und unbemannten Sonden an sich gebracht, die wir ihnen hinunterschickten. Das ist auch der Grund, weshalb wir niemals Überreste von Kampfrüstungen oder Spinnen finden konnten, die wir dort hineingeschickt hatten.« Er hob einen Finger. »Als wir jedoch heute angegriffen wurden, geschah es durch menschenähnliche Roboter und keine insektengleichen Pseudocooties ... und selbst dann haben sie noch versucht den GKA zu bergen, den Marks benutzt hatte. Ich konnte es auf den Monitoren im Befehlsmodul mitverfolgen.«

Boggs hob den Blick an die Decke. »Mein Gott, Shin-ichi, ich begreife immer noch nicht, worauf Sie ... «

Kawakami wirbelte herum und sah ihn wütend an. »Seien Sie nicht so dumm!« fauchte er. »Begreifen Sie denn nicht? Die imitieren uns!«

Nash merkte, wie ihm der Unterkiefer herunterklappte. »O Gott«, flüsterte er, als er plötzlich begriff, was Kawakami sagen wollte. »Es sind Mimen!«

Kawakami atmete aus und schloß kurz die Augen. »Ja. Mimen. Wie manche Insektenarten auf der Erde ... und schließlich handelt es sich bei den Cooties ja auch um hochentwickelte Insekten. Sie mimen die Fähigkeiten anderer Kreaturen, genau wie jene Arten, die sich selbst tarnen, um ihrer Beute zu gleichen, oder die gleichartige Pheromone ausstoßen, um ihre Aufmerksamkeit zu wecken. In diesem Fall haben die Cooties eine fortgeschrittene Nanotechnologie zur Erreichung ihrer Ziele eingesetzt und Dinge auf der Erde imitiert, die sie einst vor sehr langer Zeit dort beobachteten – die Skulptur eines menschlichen Antlitzes wie die Sphinx, eine architektonische Form wie die ägyptischen Pyramiden –, um unsere Aufmerksamkeit zu erregen.«

Er zuckte mit den schmalen Schultern. »Wer kann das schon mit Sicherheit sagen? Es könnte sogar sein, daß sie nicht einmal die Nanotechnologie selbst entwickelt haben, sondern sie einfach von einer anderen fremden Rasse kopierten, mit der sie früher in Verbindung gerieten. Das könnte ihr Grundtropismus sein, das inhärente Verhaltensmuster ihrer Rasse – andere Rassen auf ihre Welten zu locken, um dann ihre Technologie an sich zu reißen und sie zu kopieren.«

Nash erinnerte sich an das Gespräch, das er letzte Nacht mit L'Enfant hier in diesem selben Raum geführt hatte. »L'Enfant hat irgend etwas über Sonnentaupflanzen zu mir gesagt. Er meinte, daß Sie glauben würden . . .«

»Daß das Gesicht ein Lockmittel darstellt.« Kawakami seufzte, als er sich auf den Untersuchungstisch stemmte. »Ja, das habe ich damals geglaubt, wie ich es auch heute noch glaube . . . allerdings aus gänzlich anderen Gründen, als er meint. Für ihn ist alles immer nur eine Frage einer feindlichen Invasion aus dem All, wie der Plot eines alten Science-fiction-Films. Aber ich glaube, daß wir es hier mit einer sehr viel komplizierteren und wohlwollenderen Aktion zu tun haben, als es seine paranoide Spekulation zuläßt.«

»Ja«, stimmte Nash zu, »aber Sie haben die Frage nicht beantwortet. Ist das hier nun eine Falle oder nicht?«

Kawakami nickte bedächtig. »Ja, es ist eine Art Falle, genau wie beim Sonnentau. Wir wurden absichtlich an diesen Ort gelockt.« Er schüttelte wieder den Kopf. »Aber aus welchem Grund . . . das weiß ich immer noch nicht.«

Alles schwieg. Boggs verzog das Gesicht und nahm Platz. »Scheiße, davon bekomme ich noch Migräne.« Er rieb sich die Augen. »Okay, soweit habe ich es kapiert. Aber . . . ich weiß nicht, vielleicht bin ich ja nur blöde, aber warum haben die vor so langer Zeit damit angefangen? Ich meine, wenn die die Ägypter kopiert haben, haben sie denn damals wirklich geglaubt, daß ein Haufen Araber irgendwann mal auf den Mars kommen würde? Ich meine, es ist ja nicht so, als wären die Pharaonen besonders im Raumschiffbau tätig gewesen.«

Sasaki nahm den Faden auf. »Waylon, das ist jetzt zwar alles rein theoretisch, aber . . .«

Sie nahm neben Nash am Tisch Platz. »Es könnte sein, daß die Cooties, als sie dieses Sonnensystem zuerst erkundeten und die Existenz der menschlichen Rasse auf der Erde entdeckten, zuviel über uns vorausgesetzt haben.«

»Klingt mir ziemlich danach, als hätten alle Beteiligten ein wenig zuviel vorausgesetzt«, unterbrach Boggs. »Weißt du eigentlich, was ›voraussetzen‹ bedeutet? Es bedeutet, daß man sich . . .«

». . . zum Narren macht«, beendete sie seinen Satz. »Ja, ich weiß. Das hast du mir ja zahllose Male erklärt.« Kawakami senkte das Gesicht und kicherte leise, während Nash sich Mühe geben mußte, sein Grinsen zu verbergen, bevor Boggs es bemerkte. »Aber gehen wir einmal davon aus, daß die Cooties unsere Art vor über zweitausend Jahren entdeckten«, fuhr sie fort. »Wenn sie auf diesem Planeten gestrandet sein sollten, dann hätten sie möglicherweise . . . vorausgesetzt, daß unsere Technologie sich in einer ungebrochenen Steigerungskurve weiterentwickeln würde.«

Mit der Fingerspitze zog sie eine Linie in der Luft, die sich in einem Winkel von neunzig Grad vom Boden bis zur Decke erstreckte. »Vielleicht war das ja bei ihren Vorfahren so, falls sie tatsächlich von Natur aus Mimen waren. Angesichts der technischen Leistungskraft unserer eigenen Vorfahren sind sie vielleicht zu der Vermutung gelangt, daß wir in wenigen Jahrhunderten zur interplanetaren Raumfahrt fähig sein würden und daß unsere Zivilisation im Laufe unseres gesamten kulturellen Aufstiegs immer dieselben architektonischen Grundformen verwenden würde.«

»Dann haben sie entsprechend geplant«, setzte Kawakami den Faden fort. Mit der Hand deutete er in die Richtung der Stadt und des Gesichts. »Sie haben das Gesicht und die Pyramiden kopiert, damit sie den größten von Menschen erschaffenen Bauwerken der alten Erde gleichen, und zwar in dem Glauben, daß der moderne Mensch diese Bauwerke sofort wiedererkennen würde.« Er musterte Sasaki. »Richtig?«

Sie nickte. »Und in gewissem Umfang hatten sie auch recht«, sagte sie. »Sie haben allerdings nicht damit gerechnet, daß unser Fortschritt sich so lange verzögern würde. Vielleicht haben die Cooties ja den technischen Sprung in die Raumfahrt in einer geraden, ungebrochenen Linie geschafft, aber wir . . .«

Wieder zog Miho eine aufsteigende Linie durch die Luft, doch diesmal war sie von Abstiegen und Brüchen zerrissen. »Wir hatten nicht so viel Glück. Unsere Geschichte wurde durch viele Faktoren gebremst: Kriege, Seuchen, Hungersnöte, Politik – das lange finstere Zeitalter, in dem die westliche Welt so viel von der Wissenschaft der Griechen und Römer verlor . . .«

»Die Zerstörung der großen Bibliothek von Alexandrien«, ergänzte Nash, »die Kreuzzüge . . .«

»Die Entstehung einer Feudalkultur in der östlichen Welt, der Isolationismus Chinas und Japans«, fügte Sasaki hinzu. »Nach der Renaissance und der Wiederentdeckung des Sonnensystems dauerte es immer noch mehrere Jahrhunderte, bis die erste Flüssigtreibstoffrakete gestartet wurde . . . und selbst nachdem die *Viking*-Sonde das Gesicht und die Stadt zum ersten Mal gesichtet hatte, sollte es immer noch ein halbes Jahrhundert dauern, bis die erste bemannte Expedition hier eintraf.«

Sie blickte Boggs an und lächelte. »Wenn wir recht haben sollten, haben die Cooties über zweitausend Jahre auf dein Kommen gewartet.«

Er grinste und sah ihr in die Augen. »Mann, Miho, ich komme meistens sehr viel schneller!« Sie errötete, als sie den Blick abwandte. Kawakami wirkte verlegen, obwohl er so tat, als hätte er den billigen Witz nicht mitbekommen.

Nash hatte keine Zeit für Anzüglichkeiten. »Das ist ja alles sehr interessant«, sagte er, »aber es beantwortet immer noch nicht die Grundfrage. Weshalb haben die Cooties . . .?«

Er wurde durch das Geräusch der Luke unterbrochen. Nash drehte sich um und sah, wie Swigart die Luke aufzog und beiseite trat, um Terrance L'Enfant in das Abteil zu lassen.

»Warum die Cooties die Galaxie überquert haben?« fragte er, nicht ohne eine Spur Humor. »Nun, natürlich um auf die andere Seite zu gelangen . . .«

L'Enfant wirkte ausgelaugt. Auf seinen Augen lagen Schatten, als hätte er schon tagelang nicht geschlafen; seine Schultern waren leicht gebeugt, die Hände hatte er tief in den Taschen seines Einteilers vergraben. Swigart folgte ihm schweigend ins Labor, ohne sich die Mühe zu machen, die Luke hinter sich zu schließen. Sie baute sich mit dem Rücken zur Öffnung auf, die Steyr in den Armen.

Lange Augenblicke studierte L'Enfant die vier Personen im Modul, legte die Stirn in Falten, wie er einen nach dem anderen einzuschätzen schien. Als er schließlich sprach, war seine Stimme ein angespanntes, hartes Raspeln.

»Keine Spielchen mehr«, sagte er. »Keine Heimlichkeiten. Sie wissen jetzt alle von Kentucky Derby, davon, was wir mit der Atomwaffe vorhaben. Dieser Plan ist immer noch gültig.«

»Wie bitte?« Boggs sah zugleich amüsiert und verblüfft aus, als hätte jemand vorgeschlagen, daß er einen unnatürlichen Akt mit einem Tier auf einem Bauernhof vollziehen solle. »Sie und wer noch, Kumpel? Ihr GKA ist nur noch Schrott. Sie können gar nicht . . .«

»Maul halten, Mr. Boggs.«

Boggs schnitt eine Grimasse. »Ach, Mann, ich wünschte, die Leute würden endlich damit aufhören, das zu mir zu sagen«, murmelte er. »Langsam fange ich an zu glauben, daß mein Vorname ›Halt's Maul‹ ist.«

L'Enfant machte eine kleine Geste in Richtung Swigart. »Lieutenant, wenn er noch einmal redet, schießen Sie.« Als sie das Gewehr hob und es auf Boggs richtete, fügt er hinzu: »Aber bitte nur ins Bein. Wir werden ihn noch brauchen, um die *Akron* zu steuern, nachdem wir hier fertig sind.«

Boggs öffnete den Mund, um etwas zu erwidern, überlegte es sich aber gründlich. Ausnahmsweise hielt er den Mund. Alle anderen erstarrten, wagten es nicht sich zu bewegen oder auch nur ein Wort zu sagen. L'Enfant machte keine Scherze; es war eindeutig, daß Swigart ohne Vorbehalt jeden Befehl von ihm befolgen würde, auf Boggs oder jeden anderen im Labor zu schießen.

»Na also. Schon besser.« L'Enfant richtete sich etwas auf. Er zog die rechte Hand aus der Tasche, und nun sahen sie, daß er Nashs Pistole hielt. »Mr. Boggs hat auf einen wichtigen Punkt hingewiesen. Sergeant Marks hatte vor, mit dem GKA eine thermonukleare Mine in die Katakomben zu bringen. Diese Option steht uns natürlich nicht mehr offen. Aber grundsätzlich gilt der Plan noch immer.«

L'Enfant hob die Waffe an die Hüfte und richtete sie auf Nash. »Matrose Nash, ich fürchte, für Sie hat in dieser Angelegenheit ein Rollenwechsel stattgefunden. Sie werden die Waffe durch das Labyrinth tragen.«

Er richtete den Blick auf Miho.

»Da das Gerät aber ziemlich schwer ist, könnten Sie etwas Hilfe gebrauchen. Dr. Sasaki, Sie werden ihm dabei zur Hand gehen.«

Miho starrte ihn an, den Mund ungläubig aufgesperrt. »Wir würden niemals überleben«, protestierte sie. »Die Pseudocooties werden . . .«

»Der Gegner wird Sie in Stücke reißen, sobald Sie den Raum C4-20 betreten. Ja, ich weiß.« L'Enfant lächelte sie herablassend an. »Aber das genügt, um das Gerät zu plazieren. Mit dem geringen Nutzen, den Sie in der Vergangenheit für mich hatten, ist es zwar zu Ende, aber für diese einzige Funktion sind Sie noch ganz gut zu gebrauchen. Boggs brauche ich noch, und Dr. Kawakami ist ein wenig zu gebrechlich für diese Aufgabe.«

Nash räusperte sich sorgfältig, um zu zeigen, daß er vorhatte zu sprechen. »Ein netter Versuch, Commander«, sagte er ruhig, »aber es wird nicht funktionieren. Was wollen Sie tun, wenn sich einer von uns weigern sollte? Uns erschießen?« Er zuckte mit den Schultern. »Dann ist niemand mehr übrig, um die Bombe hinunterzubringen. Wie Sie gerade selbst sagten, Shin-ichi ist in schlechter Verfassung, und W. J. brauchen Sie, um die *Akron* zu fliegen.«

L'Enfant nahm das Argument ausdruckslos zur Kenntnis. »Ich habe gesagt, daß Dr. Kawakami zu krank ist, um Ihnen beim Tragen der Geräts zu helfen«, erwiderte er. »Ich habe nicht gesagt, daß er völlig nutzlos wäre.«

Langsam hob er die SIG/Sauer, stabilisierte sie mit der rechten Hand und zielte damit auf Shin-ichi Kawakamis Gesicht. Der Physiker erbleichte, und seine Hände begannen zu zittern, aber er sagte nichts. »Wenn Sie sich weigern sollten«, fuhr

L'Enfant fort, »werde ich ihn umbringen. Schlicht und ergreifend.«

»Nein«, rief Miho. Sie sprang vom Tisch und lief schützend auf Kawakami zu. Nash packte sie am Arm und riß sie zurück. »Sie können ihn nicht töten!« schrie sie, gegen Nash ankämpfend. »Ich werde es Ihnen nicht gestatten, daß Sie . . .«

»Miho!« brüllte Kawakami. »Seien Sie still«.

Er sah sie über die Schulter gewandt an und beruhigte sie mit einem einzigen Blick, dann richtete er die Augen wieder auf L'Enfant. Kawakami wirkte erschüttert; seine Hände zitterten, und als er atmete, war es ein leises Rasseln aus den Tiefen seiner ausgemergelten Brust. Er erwiderte L'Enfants starren Blick, schien die Waffe zu ignorieren, die direkt auf seine Stirn zielte, schloß die Augen und schüttelte angewidert den Kopf.

»Commander L'Enfant«, sagte er in gemessenem Ton, »Sie sind doch ein ignoranter Mann. Sie können niemanden erpressen, wenn er die Rolle verweigert.«

Dann schritt er auf den Kommandanten zu, der Luke entgegen. »Und ich weigere mich, Ihr dummes Spiel mitzumachen.« Für einen Augenblick wirkte L'Enfant völlig verblüfft. Als wäre er unentschieden, ließ er die Pistole in seinen Händen ein Stück sinken. Er blickte zu Boden, anscheinend von Kawakamis unwiderlegbarer Logik gedemütigt. Swigart hob das Gewehr und spreizte die Beine ein Stück, blockierte den Ausgang des Abteils. Kawakami beachtete sie nicht. Er schritt an der Werkbank vorbei, trat um L'Enfant herum auf die Luke zu . . .

Dann hob L'Enfant wieder den Kopf, und in diesem Augenblick schaute Nash das Flackern nackten Wahnsinns in seinen Augen.

»Shin-ichi!« schrie Nash. »Stopp . . .!«

Da wirbelte L'Enfant herum, rammte die Pistole gegen die seidigen weißen Haarspitzen, die Kawakamis rechtes Ohr bedeckten, und drückte den Abzug.

Das Brüllen des Pistolenschusses hallte immer noch von den Metallwänden wider, als Sasaki entsetzt aufschrie, sich von Nash losriß und durch das Abteil stürzte.

Ohne L'Enfant zu beachten, warf sie sich auf Kawakamis schlaffen Körper, kniete in der dunklen Blutlache und schluchzte hysterisch. Swigart war bereits vorgesprungen, um L'Enfant zu decken, indem sie Nash und Boggs mit ihrem Sturmgewehr in Schach hielt. Boggs war völlig gelähmt.

L'Enfants Hände, seine Ärmel, der vordere Teil seines Einteilers – alles war von Blut getränkt. Steif und aufrecht stand er neben Kawakamis Leiche, die Pistole noch immer in den Händen. Irgendwo in dem Abteil ertönte das blecherne Geräusch einer Patronenhülse, die über den Boden rollte. Seine Augen – wirr, völlig wahnsinnig – waren starr auf Nash gerichtet.

»Letzte Chance, Nash!« schrie er. »Der Japse hat mir nicht geglaubt! Wollen Sie zwei daraus machen?«

Ohne den Blick von Nash zu wenden, drückte er den Lauf der Pistole gegen Sasakis Hinterkopf. Sie schien den leichten Druck nicht zu bemerken; noch immer weinte sie unkontrolliert, drückte Kawakami an ihre Brust und schaukelte ihn hin und her, während sie etwas auf japanisch murmelte.

»Ich mache keine Scherze, Nash!« schrie er. Alle seine früheren Posen waren vollkommen verschwunden. An ihre Stelle war ein tobender Wahnsinniger getreten. »Ich werde ihr Gehirn im ganzen Abteil verspritzen, und dann werden Sie immer noch das Scheißding hinunterbringen müssen ... wenn es sein muß, allein!«

Boggs schien aus seiner Trance erwacht zu sein. »Mein Gott, August«, flüsterte er, die Augen inzwischen auf Miho fixiert. »Du kannst ihn doch nicht ... «

»Halt's Maul, Boggs«, sagte Nash.

»Der meint es ernst, Mann. Er wird es tun. Der ist ...«

»Halt einfach nur das Maul!« Er atmete tief durch und erwiderte L'Enfants Blick, ohne zu zucken. Er mußte seine ganze Willenskraft aufwenden, um seinen ehemaligen Kapitän nicht anzuspringen; in diesem Augenblick hätte er seine Seele dafür verkauft, dem Wahnsinnigen die Hände um den Hals zu schlingen.

»Das war nicht erforderlich, Commander«, sagte er leise. »Er wollte nur etwas klarstellen. Sie hätten ebensogut . . .«

»Ich will nur ein Ja oder ein Nein hören!« fauchte L'Enfant. »Etwas anderes interessiert mich nicht!« Er drückte die Pistole noch fester gegen Mihos Kopf. »Und zwar jetzt!«

Nash atmete tief durch. Ihm blieb keine andere Wahl.

»Ja«, antwortete er. »Ich werde es tun.«

21 Kentucky Derby

Der steinerne Eingang zum Raum C4-20 wurde von einer pneumatischen Schraubzwinge offengehalten, wie alle Kammertüren im Labyrinth. Im Strahl ihrer Helmlaternen konnten sie die Kratzer und Abschabungen an den Felswänden des Korridors ausmachen, wo früher einmal eine tragbare Luftschleuse eingesetzt worden war, bevor die Pseudocooties sie auseinandergenommen hatten. Jenseits des Eingangs lag tiefe, unergründliche Dunkelheit: der Vorraum der Katakomben.

Lieutenant Swigart kniete am Boden des Korridors neben dem Atomsprengkörper. Auf ihrem aufgestellten rechten Knie lagen mehrere Computerausdrucke. Sorgfältig folgte sie den in einzeiligem Abstand ausgedruckten Instruktionen, als sie die Schärfungscodes auf der Zahlentastatur der Bombe eingab. Sie nahm sich Zeit, überprüfte jeden Schritt der Prozedur doppelt und dreifach, und das aus offensichtlichem Grund: Ein einziger Fehler, und die Atomwaffe würde nicht detonieren. Oder sie würde es frühzeitig tun.

Beispielsweise in der nächsten Sekunde.

Sie wissen, daß Sie damit nicht durchkommen, sagte Miho Sasaki. *Nicht wahr, Commander?*

Sie stand zwischen Nash und Boggs im Korridor, gegenüber von Swigart und der Atomwaffe, unmittelbar vor dem Eingang zum Raum C4-20. Sie standen so dicht beieinander, daß die Abgase aus den Rückenpacksäcken ihrer Schutzanzüge die Helmvisiere ihrer Hintermänner beschlagen ließen. Ihre Hysterie, die sie noch vor weniger als einer Stunde befallen hatte, war einer eisigen Unberührbarkeit gewichen; hätte L'Enfant nicht während des gesamten Marsches von Modul 8 an diesen Ort tief unter der CT-4-Pyramide die Pistole auf sie gerichtet gehalten, Sasaki hätte den Kommandanten wahrscheinlich angefallen.

Werden Sie nicht melodramatisch, Dr. Sasaki, versetzte L'Enfant. *Natürlich werde ich damit durchkommen.* Er stand hinter Swigart, blockierte jeden Fluchtweg aus dem Labyrinth mit der Steyr, die er auf sie gerichtet hielt. L'Enfant hatte sein Gehabe arroganter Herablassung abgelegt, nicht aber seine Wachsamkeit, seit sie das Labor verlassen hatten. Selbst ihre Ankleidung mit den Schutzanzügen war nur unter äußersten Sicherheitsvorkehrungen erfolgt; er hatte die drei Zivilisten gezwungen, gemeinsam in der offenstehenden Luftschleuse von Modul 1 in ihre Schutzanzüge zu steigen, bevor er sich mit Swigart dabei abgewechselt hatte, immer nur einer auf einmal, während der andere eine Waffe auf die Gefangenen gerichtet hielt. Nichts war dem Zufall überlassen worden; nachdem sie alle durch die Luftschleuse gegangen waren und den Aufenthalstrakt verlassen hatten, hatte L'Enfant Swigart befohlen, ihre Überkleider zu durchsuchen, um sicherzugehen, daß niemand in seinem Anzug einen verfänglichen Gegenstand versteckt hielt.

»Sie hat recht«, wandte Nash ein. »Wenn der A-Sprengkörper losgeht, wird Marsat-2 die Explosion aus dem Orbit beobachten. Selbst wenn Sie rechtzeitig hier rauskommen sollten, werden Sie nichts dagegen tun können, daß die Leute lauter richtige Fragen stellen werden.«

Er hielt inne, hoffte, daß die Fakten ihre Wirkung zeitigen würden. »Vor allem angesichts dessen, was uns und dem Rest der Wissenschaftlermannschaft widerfahren ist«, fügte er hinzu, »ganz zu schweigen von ihren eigenen Männern.«

Swigart schien beim Programmieren zu stocken; ihre Finger schwebten über der Zahlentastatur, als sie zu ihm aufblickte. *Machen Sie weiter, Lieutenant,* sagte L'Enfant ungerührt. *Er weiß nicht, wovon er spricht.* Während Swigart sich wieder an ihr mühseliges Werk machte, fuhr L'Enfant fort: *Mr. Nash, das haben wir alles bereits bei der Planung von Kentucky Derby berücksichtigt, lange bevor Sie sich eingemischt haben. Wir haben damit gerechnet, daß ungefähr zu dieser Zeit des siderischen Marsjahres ein jahreszeittypischer Sandsturm aufkommen würde, und unsere Planung entsprechend darauf eingestellt. In ungefähr einer Stunde wird Marsat-2 von einem tech-*

nischen Versagen heimgesucht werden, das zu einem Ausfall sämtlicher Kameras führen wird. Ein kleiner Computervirus, der nur die nächsten achtundvierzig Stunden wirksam bleibt, aber lange genug für die Explosion. Bis sich der Sandsturm aufgelöst hat, wird die Basis nicht mehr existieren, begraben unter Tonnen von windverwehtem Sand. Und jeglicher Fallout von unserer unterirdischen Detonation wird sich bis dahin über die gesamte Nordhalbkugel verstreut haben.

Und die Stadt? fragte Miho. *Wie wollen Sie ihre Zerstörung ...?*

O nein, nein, nein ... L'Enfant schüttelte den Kopf in seinem Helm. *Sie überschätzen die Sprengkraft dieser Bombe, Dr. Sasaki. Denken Sie nur an die gewaltige Masse des Bauwerks über uns. Diese Explosion wird tief im Planeteninneren stattfinden, innerhalb der Katakomben. Den Computersimulationen zufolge wird Marsat-2 zwar eine neue Grube in der Mitte der Stadt entdecken, gewiß ... aber die Pyramiden selbst bleiben intakt. Etwas durchgeschüttelt, aber nicht vernichtet. Deswegen verwenden wir für diese Mission ja auch nur eine taktische Atomwaffe. Nur die Cooties müssen leiden.*

»Außer Miho und mir, natürlich«, versetzte Nash.

Falls es Sie beruhigen sollte, antwortete L'Enfant, *so schätze ich, daß Ihr Tod schnell und relativ schmerzlos verlaufen dürfte. Der Gegner wird Sie sofort töten, sobald man Ihre Anwesenheit bemerkt hat, dann wird er dieses merkwürdige Ding ergreifen, das Sie mit sich gebracht haben, und es tief in seine Katakomben rüberschlepppen. Sie werden also beide schon lange tot sein, bis die Waffe gezündet wird.*

»Ich kann vor Beruhigung kaum noch an mich halten«, erwiderte Nash trocken.

Swigart hob wieder den Blick von der Atomwaffe.

Zeitzünderangaben, Commander? fragte sie.

L'Enfant überlegte. *Zwei Stunden ... nein, machen Sie drei daraus. Nur um sicherzugehen.* Er zögerte erneut. *Mr. Boggs, können Sie uns hier in zwei Stunden herausbringen. Und in drei in eine sichere Entfernung?*

Boggs antwortete nicht sofort. *Ja.,* entgegnete er schließlich *ich kann Ihnen noch viel mehr ...*

L'Enfant räusperte sich. *Wie bitte, Kapitän Boggs?* fragte er.

Jawohl, Sir Commander L'Enfant, berichtigte sich Boggs. Sein steifer Tonfall verriet, daß er kurz vor dem Zähneknirschen stand. *Die* Akron *kann in zwei Stunden startklar sein.* Er machte eine Pause, fügte dann hinzu: *Sagen wir siebzehn Uhr dreißig, Sir.*

Nash warf einen Blick auf das beleuchtete Helmdisplay. Es war jetzt 15.15 Ortszeit: Nachmittag auf dem zentralen Marsmeridian. Vielleicht hatte Boggs es um der schnellen Rechnung willen nur ein wenig aufgerundet, es war aber auch denkbar, daß der Pilot versuchte, etwas mehr Zeit für sie herauszuschinden. Als ob das noch eine Rolle spielte: Sobald sie Raum C4-20 betraten, würden er und Sasaki der Gnade der Pseudocooties ausgeliefert sein. Und Gnade war eine Eigenschaft, an denen es den fremden Mechanismen unübersehbar mangelte.

Dennoch, diese zusätzlichen fünfzehn Minuten könnten vielleicht einen gewaltigen Unterschied machen . . .

L'Enfant schien sich die Sache zu überlegen, und Nash wollte nicht, daß er die kleine Diskrepanz bemerkte. *Sie haben immer noch nicht die Frage beantwortet, Commander. Was ist mit Kawakami und Verduin und Isralilowa und den anderen . . .*

Und was ist mit uns? fügte Miho hinzu. *Mit welcher Begründung wollen Sie unser Fehlen erklären, wenn Sie erst einmal in Arsia eingetroffen sind?*

Für einen Augenblick wirkte L'Enfant abgelenkt; durch sein Helmvisier konnte Nash erkennen, wie er die Augen starr auf irgendeinen Punkt zwischen Tunnelboden und -decke gerichtet hielt. Swigarts rechte Hand schwebte noch immer über dem Ziffernblock, während sie ihn erwartungsvoll ansah, um seinen endgültigen Befehl auszuführen. Nash fragte sich, ob er nicht doch noch das Risiko eines letzten Angriffs auf den Commander eingehen sollte, als L'Enfant sich aus seiner Träumerei zu schütteln schien.

Ja, das ist in Ordnung, sagte er zerstreut, als hätte man eine Einigung erzielt, während er in Gedanken gewesen war, so daß er es nun nur noch zusammenzufassen brauchte. *Schärfen Sie den Zünder für achtzehn Uhr dreißig, Lieutenant.* Während Swigart sich wieder über die Atomwaffe beugte und sorgfältig die Parameter in den digitalen Zeitzünder eintippte, fuhr er fort: *Ich werde kaum ein Alibi brauchen, Dr. Sasaki. Während des Sandsturms gab es einen Unfall . . . sagen wir einmal, daß ein Felsbrocken durch das Fenster der Messe schlug. Und weil alle dort beim Abendessen saßen, wurden auch alle beim Zerplatzen des Moduls getötet. Nur Lieutenant Swigart, Mr. Boggs und ich selbst blieben davon verschont, da wir uns zufällig gerade in dem Luftschiff aufhielten und die Planitia Chryse erkundeten . . .*

Ach, kommen Sie! platzte es aus Boggs heraus, bevor ihm seine eigene heikle Lage wieder einfiel und er lieber den Mund hielt.

»Er hat recht«, wandte Nash ein. »Das ist doch eine idiotische Räuberpistole. Niemand wird sie auch nur eine Sekunde glauben.«

Sicher, es ist keine sehr wahrscheinliche Geschichte . . . aber schließlich spielt es auch kaum eine Rolle, wie unplausibel diese Konstruktion sein mag. L'Enfants Stimme bekam einen hämischen Unterton. *Ziemlich ähnlich wie bei der Takada Maru,* nicht wahr? Da es die offizielle Legende für diese Operation ist, wird das Pentagon meine Behauptungen unterstützen, während alle Gegenbeweise durch die Kräfte der Natur vergraben wurden. Alles andere hat nur Indiziencharakter. Uns wird nichts geschehen, jedenfalls nicht auf lange Sicht.

Er kicherte. *Außerdem hat es auf dem Mars doch ohnehin schon eine solche Tragödie gegeben, nicht wahr? Es wird höchstens so sein, daß die Anti-Raumfahrtbewegung darin einen weiteren Grund sehen wird, weshalb wir diesen Planeten aufgeben sollten. Von wegen schrecklicher Verschleiß von Menschenleben, und so weiter. Es ist schon in Ordnung . . .*

Zeitzünder ist eingestellt, Sir, unterbrach ihn Swigart und hob den Blick von dem Atomsprengkörper. Als Nash auf die Bombe hinunterblickte sah er, daß auf dem oberen LCD die Ziffern 1830 standen. Darunter zeigte ein zweiter Chronograph eine Reihe von Nullen. *Erwarte Ihren Befehl.*

Sie können das Gerät scharfmachen, Lieutenant. L'Enfant gab den Befehl ohne jedes Zögern, doch Swigarts Hand stockte über der Tastatur. Sie starrte die beiden Menschen an, die sie damit zum Tode verurteilte; Nash meinte, für einen winzigen Augenblick einen Ausdruck des Bedauerns durch ihr Helmvisier erkennen zu können. Dann verhärtete sich ihre Miene wieder, und sie gab die letzte Codesequenz in den Zündmechanismus des Atomsprengkörpers ein, die untere LCD blitzte auf, und eine neue Zahlenreihe erschien: 03:14:59:00.

Der Countdown hatte begonnen.

Swigart schloß die Bedienungsklappe und versiegelte sie mit einem tragbaren elektrischen Schraubendreher. Sie vernahmen ein leises Winseln, als die Schrauben wieder an ihren Platz zurückgetrieben wurden. *Falls Sie daran denken sollten, die Hülle gewaltsam zu öffnen und die Bombe zu deaktivieren,* fügte L'Enfant hinzu, *sollte ich Sie im voraus warnen, daß das Gerät über . . .*

». . . einen Selbstzerstörungsmechanismus verfügt, der die Bombe zündet, falls dabei nicht die richtigen Codes eingegeben werden«, beendete Nash den Satz für ihn. »Ja, ich weiß. Man hat mich unterwiesen, was diese Sorte von Minen betrifft.« Er spürte den Schweiß im Inneren seines Schutzanzugs herabrinnen, als er Swigart beim Beenden ihrer Arbeit beobachtete und ihr beim Aufstehen zusah. »Ist das vielleicht alles? Mehr haben Sie uns nicht zu sagen?«

Tapfer bis zum Ende, das respektiere ich. L'Enfant dachte kurz über die Frage nach. *Sie sollten das, was Sie da tun, nicht als Opfer, sondern als eine Form des Dienens betrachten,* sagte er feierlich. *Ein Dienst nicht nur an Ihrem Vaterland, sondern an der gesamten menschlichen Art. Dafür salutiere ich Ihnen.*

»Ja«, erwiderte Nash. »Angenehmes Flohbeißen . . . Käpt'n.«

L'Enfant erwiderte nichts, aber sein rechter Zeigefinger zuckte am Abzughahn seines Sturmgewehrs. Swigart trat stumm von dem Atomsprengkörper zurück, nahm das eigene Gewehr von der Schulter und richtete es auf Boggs. *Mr. Boggs, Sie kommen bitte hier entlang,* sagte sie.

Boggs trat einen Schritt vor, dann blieb er wieder stehen und drehte sich zu Nash und Sasaki um. Ihre Anzugscheinwerfer warfen ein hartes Gleißen auf sein Helmvisier, so daß sie sein Gesicht nicht erkennen konnten, aber seine Stimme im Comlink klang erstickt. *He, Mann, tut mir leid, daß die Sache so enden mußte,* sagte er zu Nash. *Ich hätte nicht geglaubt ...*

»Keine Sorge«, erwiderte Nash. »Du hast es nicht gewußt. Halt bloß die Ohren steif und bleib auf Kurs, okay?«

Ja. Wird schon klappen. Boggs schwieg, als er sich Sasaki zuwandte. *Mädchen ...* Er ließ die Luft in einem traurigen Seufzer fahren. *Vielleicht ist es jetzt zu spät dafür, aber ich wollte dir noch einmal sagen, daß es mir leid tut wegen all der schmutzigen Witze.*

Er stoppte, dann sagte er noch: *Und daß ich dich liebe ... dich immer geliebt habe.*

Miho antwortete nicht sofort. Schließlich streckte sie den Arm aus und nahm Boggs handschuhbewehrte Hände in ihre. *Wir werden uns wiedersehen, Waylon,* sagte sie sehr leise. *Dann werde ich mir deine Entschuldigung anhören.*

Sie brach ab, sagte schließlich noch etwas auf japanisch, das vielleicht *Ich liebe dich auch* bedeuten mochte.

Sasaki ließ seine Hände wieder fahren. Boggs sah sie ein letztes Mal an, dann machte er widerwillig kehrt und schritt vorsichtig um die Atombombe herum. Swigart packte ihn sofort am Arm und zog ihn außer Feuerweite, schob ihn hinter L'Enfant. Selbst wenn Boggs daran gedacht haben sollte, den Kommandanten in diesem kurzen Augenblick anzufallen, da L'Enfant ihm den Rücken zukehrte, wurde diese Idee doch schnell zunichte gemacht, als die Offizierin wieder herumschwang, um ihre Waffe auf ihn zu richten.

Also gut. Soweit die langen Abschiede. L'Enfant tippte mit der Mündung seiner Steyr in die Richtung der Atomwaffe. *Nehmen Sie das Gerät auf, Matrose Nash. Sie ebenfalls, Dr. Sasaki.*

Nash beugte sich vor und nahm den Griff der Bombe in die rechte Hand. Sasaki ergriff das andere Ende mit der Linken. Als sie die Mine hochhoben, war Nash von ihrer Leichtigkeit überrascht: Sie wog kaum mehr als ein schwerer Koffer. Die Bombe war zwar sperrig, doch hätte er sie auch allein tragen können. L'Enfant hatte Sasaki nur befohlen, ihm dabei zu helfen, weil das eine bequeme Möglichkeit darstellte, zwei der letzten drei Personen loszuwerden, die ihm noch Probleme bereiten könnten.

Und nun drehen Sie sich um und tragen Sie sie in die Kammer, befahl L'Enfant.

Das war wirklich das letzte, was er tun wollte, aber Nash würde sich jetzt auch nicht mehr selbst demütigen, indem er irgendwelche hohle Gesten der Rebellion oder der Verachtung von sich gab. Boggs wurde mit der Waffe bedroht, und Nash hegte keine Zweifel daran, daß L'Enfant nicht zögern würde, eine weitere Geisel zu töten, obwohl er auch intuitiv wußte, daß das Leben des Piloten vertan sein würde, sobald die *Akron* wieder zur Station Arsia zurückgekehrt war.

Doch als sie die Mine durch die Türöffnung in die abgedunkelte Krypta schleppten, war er überrascht, daß L'Enfant keine letzte Ansprache für ihn übrig hatte. Als sie in C4-20 eintraten, hörte er hinter sich ein metallisches Scheppern, dann ein leises, malmendes Geräusch. Er warf einen Blick über die Schulter und sah, daß man die pneumatische Schraubzwinge mit einem Tritt entfernt hatte und daß sich das massive Portal gleitend zu schließen begann.

Sie waren allein im Labyrinth.

Kaum hatte sich die Tür gänzlich hinter ihnen geschlossen, als Sasaki Nash mit einer hastigen Bewegung ihrer freien Hand bedeutete, die Bombe abzustellen. Er blickte zu der schmalen Öffnung in der gegenüberliegenden Wand des Raums hinüber; in wenigen Minuten würden die Pseudocooties in die Kammer schwärmen. Miho wies unablässig drängend mit der Fingerspitze zu Boden.

»Was hast du . . .?« fing er an.

Sie schüttelte den Kopf. Ihre Hand machte eine Geste, die ihn zum Schweigen anhielt. Nash verstummte. Er folgte ihrer Führung und beugte sich vor, um die Atombombe sanft auf dem Boden aufzusetzen. Kaum hatten sie die Hände von dem Gerät gelöst, als Miho sein rechtes Handgelenk packte, die Tastatur an sich zog und völlig unerwartet sein Comlink ausschaltete.

Dann tat sie dasselbe mit ihrem eigenen Schutzanzug, um ihn schließlich an den Schultern zu ergreifen und dicht an sich heranzuziehen, bis ihre Helmvisiere einander berührten. »Hände weg vom Funk!« schrie sie, und ihre Stimme erklang als gedämpftes Murmeln in seinem Helm. »Die orientieren sich an elektromagnetischen Frequenzen!«

Nash war verwirrt, nickte aber trotzdem. »Stellen Sie sich dort hinten an der Wand auf!« schrie sie weiter. »Pressen Sie sich flach dagegen und bleiben Sie absolut still . . . und schalten Sie alles in Ihrem Anzug aus! Die Lampe, die Heizung, den Sauerstoffwiederumwälzer . . .«

»Die lebenserhaltenden Systeme?« Er starrte sie fassungslos an. »Wie sollen wir denn dann atmen?«

»Der Reservetank wird sich einschalten!« brüllte sie. »Damit können Sie ein paar Minuten atmen, und Ihr Anzug wird Ihre Körpertemperatur erhalten! Streiten Sie jetzt nicht mit mir! Gehen Sie!«

Miho ließ ihn los, um selbst zu der von der Atombombe und dem Eingang zu den Katakomben am weitesten entfernten Wand zu laufen. Nash warf erneut einen Blick auf die Wandöffnung. Zu seinem Erstaunen sah er, wie einige der Steine nachgaben, als würden sie von innen losgelöst.

Die Pseudocooties waren bereits unterwegs.

Nash eilte an die Wand, preßte den Rücken flach gegen die harte Oberfläche. Sein Puls klopfte ihm in den Ohren, als er an seiner Anzugeinheit nestelte, mit den Fingern die versenkten Knöpfe betätigte. Rote Warnlampen leuchteten in seinem Helmdisplay auf, als er hastig die primären lebenserhaltenden Systeme des Anzugs abschaltete; er hörte ein dünnes Zischen von Luft, als der Sauerstoffreservetank sich automatisch anschaltete, um die Aufgabe des deaktivierten Sauerstoffextraktionssystems zu übernehmen. Er würde jetzt sehr flach atmen müssen. Die Reserven dienten nur für den Fall, daß die Primärsysteme einen Stromausfall hatten, und von dem Träger des Anzugs wurde erwartet, daß er sofort die nächste Luftschleuse aufsuchen würde.

Im Anzug wurde es plötzlich kalt, als er das innere Heizsystem abschaltete. Als letztes war die Helmlampe an der Reihe; Miho hatte ihre eigene Lampe bereits abgeschaltet, und die Kammer war in Finsternis getaucht, allein von der mattroten Beleuchtung seines batteriegespeisten Helmdisplays erhellt.

Nash preßte die Handflächen flach gegen die Wand, zwang sich dazu, still zu bleiben. Viel schwieriger war es dagegen, die Ruhe zu bewahren. Er konnte ein helles, kratzendes Geräusch aus der Richtung der Wandöffnung vernehmen, wahrscheinlich stammte es von weiteren Steinbrocken, die dort entfernt wurden. Er wollte lieber nicht darüber nachdenken, was da in die Kammer eindrang, und so konzentrierte er sich statt dessen darauf, seine Atmung unter Kontrolle zu bekommen.

Flach atmen, sagte er sich. Flach atmen ...

Das kratzende Geräusch wurde lauter; ob Einbildung oder nicht, er meinte ein leises Vibrieren des Bodens unter seinen Stiefeln zu spüren, als würde etwas in den Raum eindringen. Er spähte in die eisige Schwärze hinaus, versuchte etwas zu erkennen, doch alles blieb unsichtbar. Es konnte durchaus sein, daß einer der Minotauren direkt vor ihm stand und sich in diesem Augenblick eine riesige Kralle hob, um den tödlichen Schlag zu führen ...

Hör auf damit, dachte er. *Keine Mutmaßungen. Arbeite bloß an deiner Atmung.*

Irgend etwas huschte über den großen Zeh seines rechten Stiefels.

Er versteifte sich, sog unwillkürlich die Luft ein, beherrschte sich aber noch rechtzeitig, bevor er sich bewegen konnte. Weitere Schwingungen am Boden, doch diesmal überall um ihn herum. Nun konnte er undeutliche, blecherne Bewegungen vernehmen, als sei die Kammer von nächtlichen Insekten zum Leben erwacht.

Immer mit der Ruhe, befahl er sich selbst. Nicht durchdrehen. Einfach nur ruhig bleiben. Einatmen ... ausatmen ... einatmen ...

Wieder bewegte sich etwas über seine Füße, doch diesmal verschwand es nicht wieder. Nash mußte es nicht erst erkennen, um zu wissen, was es war. Plötzlich drohte ihm die Blase überzuquellen, er mußte unbedingt urinieren, doch er wußte, daß sein Pissoir jetzt überfluten würde, wenn er es täte. *Mach dir nicht die Hose naß, August. Ganz ruhig bleiben, bis ...*

Ein weiteres Pseudocootie kroch über seine Füße. Er fühlte ein Reißen in seiner linken Wade, dann noch eins in der rechten. Noch mehr Pseudocooties tänzelten um seine Füße, doch er bemerkte es kaum, weil allerwinzigste Beine sich am Stoff des Oberkleids seines Anzugs festhielten und jede Falte packten, als sie seine Knie emporhuschten, die Oberschenkel hinauf, auf seinen Unterleib und die Hüften zu.

Sie kletterten an seinem Körper empor.

Er bekämpfte seinen drängenden Impuls aufzuschreien, die Kreaturen abzuschütteln und loszurennen ...

... wohin denn? Er war in dieser Kammer gefangen. L'Enfant hatte die Tür schließen lassen. Es gab keinen Ausweg.

Immer mit der Ruhe, Mann ... ganz ruhig ... ganz ruhig ...

Jetzt waren sie überall auf ihm. Sechs? Zehn? Ein Dutzend? Nash hatte keine Vorstellung. Er konnte sie spüren, als sie über seine Brust huschten wie winzige Bergsteiger, die eine Klippe stürmten. Ihr gemeinsames Gewicht drohte ihn zu Boden zu reißen; er versteifte Knie und Hüften und zwang sich aufrechtzustehen. *Tu so, als wärst du eine Statue,* sagte er sich. Er versuchte, sich die gewaltige Bronzestatue von Abraham Lincoln vorzustellen, wie er für alle Zeiten im Lincoln Memorial zu Washington dasaß, doch statt dessen blitzte vor seinem geistigen Auge Control auf, der im dritten Stock des Hauptquartiers der Security Associates im Büro saß und an seiner schmutzigen, stinkenden Bruyèrepfeife nuckelte.

Kontrolle bewahren, dachte er, wahnwitzig, schon fast am Rand der Hysterie. *Einfach nur Kontrolle ...*

Im bernsteinfarbenen Glühen seines eigenen Helmdisplays schob sich ein überschattetes fremdartiges Antlitz vor seinen Helm: ein Pseudocootie, das geradewegs durch sein Helmvisier starrte.

Nash hielt die Luft an, wagte es nicht einmal, die Augen zu bewegen. Es waren kaum mehr als ein paar Zentimeter, die ihn von dem Pseudocootie trennten. Er mußte blinzeln, so schlimm, daß seine Augenwinkel zu jucken begannen, aber er kämpfte gegen den Impuls an. Was noch gespenstischer war: Er konnte sein eigenes Gesicht in den facettierten Augen des kleinen Roboters gespiegelt sehen, miniaturisiert und zu winzigsten Spiegelbildern vervielfältigt. Die Antennen zuckten vor und zurück, strichen leicht gegen jene der anderen Pseudocooties, die auf seinen Schultern um das Wesen herumkrochen. Nur zu deutlich bemerkte Nash die scharfen, einer Gottesanbeterin ähnlichen Vorderbeine, die sich rechts und links von seinem Helm in das Nylongewebe des Überkleids bohrten.

Er wartete darauf, daß das Pseudocootie sich weiterbewegte, möglicherweise auf seinen Helm kletterte. Vielleicht würde es dort sogar eine kleine Fahne hissen, eine winzige Flasche Champagner öffnen, ein paar Schnappschüsse für die Leute zu Hause machen ...

Doch es bewegte sich nicht.

Er konnte nicht atmen. Seine Lungen mußten verbrauchte Luft ausstoßen. Er konnte nicht atmen. Seine Lungen schmerzten. Wenn er jetzt nicht ausatmete ...

Zum Teufel damit.

»Buh!« flüsterte er und atmete vorsichtig ein.

Das mechanische Insekt wich ein Stück zurück, als sei es erschrocken, hielt aber immer noch an seiner Brust fest, spähte in seinen Helm wie ein Kletterer, der in einer Höhle auf eine lauernde Schlange gestoßen war. Plötzlich bewegten sich auch die anderen Pseudocooties nicht mehr. Nash war sich nur zu bewußt, daß ihre Scheren seinen Schutzanzug binnen Sekunden zerfetzen könnten.

Andererseits teilte ihm das Helmdisplay mit, daß der Sauerstoffvorrat fast erschöpft war. Ersticken oder den eigenen Schutzanzug zerreißen lassen – beides lief auf dasselbe hinaus. Er würde sterben.

Besser, die Sache über die Bühne zu bringen ...

»Worauf wartest du noch?« murmelte er. »Wenn du es schon tun willst, dann tu es gleich.«

Das Pseudocootie verharrte still, doch seine Antennen peitschten wild vor und zurück, rieben sich an denen der anderen. Nash erinnerte sich daran, was Kawakami ihm über die Möglichkeit einer kollektiven Intelligenz unter diesen Kreaturen mitgeteilt hatte. Vielleicht stellten sie die Entsprechung von Soldatenameisen dar, die ihre Umgebung nach Gegnern oder Nahrung absuchten. Er hoffte, daß er weder das eine noch das andere für sie darstellen mochte ...

Und dann, ganz abrupt, verschwand das Pseudocootie vor

seinem Helmvisier, und im selben Augenblick spürte er krabbelnde Bewegung an seinem Körper ... doch diesmal verlief sie nach unten, in einem vollen Rückzug.

So schnell wie sie gekommen waren, verließen die Kreaturen ihn auch wieder.

Nash verharrte stocksteif, bis er fühlte, wie das letzte der Pseudocooties ihn verließ; dann führte er sehr vorsichtig die linke Hand an seine Brusteinheit, tastete nach den richtigen Knöpfen und reaktivierte das lebenserhaltende System. Kühle Luft rauschte plötzlich in seinen Schirm, fühlte sich auf seiner verschwitzten Haut kalt an, er hatte gar nicht bemerkt, daß er schwitzte. Gierig sog er die Luft wieder ein, nahm sie in tiefen Zügen, fragte sich, ob Sasaki sich genauso fühlen mochte ...

»Miho«, krächzte er. Hatte sie auch ...?

An einem Punkt direkt neben ihm schoß ein Helmlicht hervor und blendete ihn mit seiner unerwarteten Helligkeit. Er blinzelte gegen das Gleißen an und hätte beinahe das Comlink aktiviert, als sich eine Hand auf seine Handgelenkschaltung legte. Als er sein Helmvisier mit dem Handschuh abschirmte, spürte er eine menschliche Gestalt neben sich und merkte, wie etwas inzwischen Vertrautes gegen seinen Helm schlug.

»Ich bin es!« hörte er sie durch die Induktionsverbindung schreien. »Wir haben es geschafft! Schalten Sie Ihr Licht ein!«

Es ließ sich nicht feststellen, wie viele Pseudocooties in C4-20 gewesen waren, aber jetzt war die Kammer völlig leer. Eins jedoch fiel sofort auf:

Der Atomsprengkörper war verschwunden.

Sasaki zeigte auf die abgetragene Wand. »Sie müssen ihn dort entlang mitgenommen haben«, erklärte sie und musterte die immer noch geschlossene Tür zum Labyrinth. »Wenn wir nicht hierbleiben wollen ...«

»... dann müssen wir ihnen folgen«, beendete Nash ihren Satz. Obwohl sie die lebenserhaltenden Systeme ihrer Schutzanzüge aktiviert hatten, mieden sie aus Vorsicht noch immer das Comlink. Das Helmberührungssystem war zwar umständlich, doch in der Stille der Kammer konnten sie einander deutlich vernehmen. »Ich verstehe es nicht. Sind sie auch über Sie gekrabbelt?«

Sasaki nickte. Er spürte, wie sie bei der Erinnerung daran erschauerte. »Warum haben sie uns dann nicht umgebracht?« wollte er wissen. »Eins von ihnen hat mir sogar in den Helm geschaut, und es konnte mich bestimmt nicht für etwas anderes halten als einen Menschen.«

Sie zuckte mit den Schultern. »Wir haben keine Kampfrüstung getragen.«

Natürlich . . . Nash schloß die Augen. »Miho«, sagte er, »ich wünschte mir, Sie würden nicht immer in Rätseln sprechen, wenn ich Ihnen mal eine Frage stelle. Weshalb haben die uns nicht umgebracht, weil wir keine Rüstung trugen?«

»Die einzigen Leute, die bisher in diesem Raum Begegnungen mit ihnen überlebt haben, waren Ben Casidy und Arthur Johnson«, erwiderte sie. »Beide kamen in flexiblen Schutzanzügen hierher. Alle anderen trugen stets Panzerung . . . und hat Shinichi nicht bemerkt, daß die Minotauren eine entfernte Ähnlichkeit mit einem GKA haben?«

»Sie glaubten also, daß die sich auf Kampfrüstungen stürzen würden?«

»Ja.« Sie sah ihn geradewegs an und lächelte leise. »Ich hatte einen Verdacht, daß dem so sein könnte. Deshalb habe ich Ihnen auch aufgetragen, alles abzustellen und sich still zu verhalten. Sie müssen Kampfrüstungen, sogar alles, was mechanisch ist und elektromagnetische Frequenzen abstrahlt, beispielsweise die Sonden oder die Jackalope, als Bedrohung sehen und sofort handeln, um es zu neutralisieren. Vielleicht ist das auch einer ihrer Tropismen.«

»Vielleicht.« Nash war immer noch außer Atem. Die Sache klang plausibel. »Wann sind Sie denn zu diesem Schluß gelangt?«

Ihre Miene wurde ernst. »Vor ungefähr zehn Minuten«, sagte sie beinahe unhörbar.

Nash atmete langsam durch, als er gegen die hinter ihm stehende Wand sackte. »Besser spät als nie«, murmelte er. Zweifelnd sah er auf das Loch in der Wand. »Die Frage ist: Werden die uns angreifen, falls wir dort hineingehen?«

Sasaki zögerte. »Ich denke nicht«, meinte sie unsicher. »Sie hätten uns schon vor einigen Minuten töten können und haben es nicht getan. Vielleicht waren wir ohne die Rüstung uninteressant . . . vielleicht gibt es aber auch nichts, was sie aus unseren Anzügen bergen könnten.«

»Das hört sich für mich ziemlich nach Herumraterei an.«

»Das ist es auch«, gestand sie. »Jedenfalls haben wir keine andere Wahl. Wenn wir einen Weg zu Mamas Hintertür finden sollten, könnten wir zur D&M-Pyramide gelangen. Dort muß es irgendeine Möglichkeit geben, an die Oberfläche zurückzukehren.«

Nash blickte auf den digitalen Chronometer an der Stirnkonsole seines Helms. Zu seiner Überraschung stellte er fest, daß erst zehn Minuten vergangen waren, seit L'Enfant und Swigart sie mit Gewalt in die Kammer getrieben hatten. »Wir haben nur noch zwei Stunden, bis die *Akron* startet. Wenn wir hier herauskommen wollen, bevor die Bombe detoniert, müssen wir uns beeilen.« Er sah sie wieder an. »Sind Sie bereit?«

Sasaki nickte langsam, trotz ihrer äußeren Gelassenheit war es offensichtlich, daß die Erfahrung, dem Tod so knapp entronnen zu sein, sie doch mitgenommen hatte. Nash drückte beruhigend ihre Hand. »Okay«, sagte er, »gehen wir.«

Er trat zurück, brach den Helmkontakt ab, doch Sasaki hielt weiterhin seine Hand fest. Nash lächelte und nickte, dann führte er sie durch die leere Kammer zu der zerborstenen Wand.

Dahinter lag Finsternis, der Beginn der Katakomben. Hand in Hand traten sie zaghaft in das unberührte Reich der Cooties.

22 Unterwelt

Jenseits von Raum C4-20 wurde der Tunnel breiter und höher als im Labyrinth. Anstelle schmaler Korridore aus glattem Fels glich er eher einem unterirdischen Flußlauf mit polierten Wänden aus erodiertem Gestein, die immer tiefer in die Katakomben hineinführten. Nash fiel die Ähnlichkeit mit irdischen Höhlensystemen auf. Er fragte sich, ob die Cooties die Stadt vielleicht nicht tatsächlich auf einem alten unterirdischen Wasserlauf erbaut hatten, der einst Wasser in das seichte Meer gespeist hatte, wo heute die Planitia Acidalia lag.

Doch das war es nicht, was seine unmittelbare Aufmerksamkeit fesselte. Zu beiden Seiten des Tunnels lagen große, fast gestaltlose Metallklumpen, einige davon so groß wie ein Lastwagen, obwohl man sie kaum mit Fahrzeugen hätte verwechseln können. Irgendeine Art beiseitegelegter Maschinerie, und doch sahen sie alle merkwürdig ausgeschlachtet aus, als handele es sich um riesige Maschinenblöcke, deren funktionstüchtige Teile man entfernt hatte. Nash trat an einen der Klumpen heran und wischte vorsichtig eine Patina roten Staubs von einer glatten Oberfläche; im Strahl seiner Helmlampe war eine Reihe winziger Löcher und Furchen zu erkennen, anscheinend Befestigungspunkte für irgend etwas, das schon vor langer Zeit entfernt worden war.

»Was meinen Sie, was das . . .?« wollte er fragen, als ihm einfiel, daß er ja keine Comlink-Verbindung zu Sasaki hatte. Er drehte sich um und sah sie auf dem Tunnelboden knien, augenscheinlich studierte sie etwas. Als er näherkam, erhob sie sich und preßte ihren Helm gegen seinen.

»Spuren«, sagte sie, auf den Boden weisend. Der rote Staub wirkte durchsiebt und durchzogen, wo Hunderte von winzigen Beinen noch vor kurzem durch den Tunnel gehuscht waren. Sie führten geradeaus, über ihren Lichtkegel hinaus in die Dunkelheit.

»Sie sind dort entlang«, sagte er schleppend. Sie musterte ihn verblüfft und er antwortete mit einem Grinsen. »Fangen wir sie oben am Paß ab, Pilger.«

»Ach ja.« Miho lächelte verspannt. »John Wayne. Der alte amerikanische Cowboystar. Maxim Oeljanow war ein großer Verehrer seiner Filme.« Ihre Miene wurde wieder ernst. »Lassen wir das jetzt. Wir müssen sie einholen.«

Sasaki brach den Kontakt und schritt den Tunnel entlang, hielt den ovalen Lichtfleck ihrer Lampe sorgfältig auf die Spuren geheftet. Sie zeigte keine Neugier für die fremden Artefakte um sie herum, und Nash konnte es ihr nicht verübeln. Ihr stand der Sinn nach noch größerer Beute. Was sollte sie Zeit auf das Gegenstück zu einem Autofriedhof verwenden, wenn es doch die Möglichkeit gab, den Ursprung dieser Relikte ausfindig zu machen?

Jedenfalls blieb ihm nichts anderes übrig, als ihr zu folgen. Nash trat neben sie und trug dafür Sorge, daß er selbst die Spuren nicht aus den Augen verlor. Obwohl sie sich in einem Wettlauf mit der Zeit befanden, mußte er feststellen, daß das wenige, was er bisher geschaut hatte, seine Neugier weckte. Sie waren die ersten Menschen, die sich so tief in das Revier der Cooties hineingewagt hatten. Nicht nur das – indem sie der Spur der Pseudocooties folgten, nahmen sie zugleich die einzige Möglichkeit wahr, einen Weg aus den Katakomben zu finden.

Der Tunnel neigte sich leicht in die Tiefe; während sie dahinschritten, wurde sich Nash immer bewußter, daß sie sich zunehmend von der Planetenoberfläche entfernten. Nach einigen hundert Metern gelangten sie an eine Gabelung, wo sich ein weiterer, offenbar kleinerer Tunnel zur Rechten mit dem ihren verband. Aus dieser Gabelung führten noch mehr Spuren hinaus. Miho blieb stehen, betrachtete den Kompaß an ihrem Handgelenk und verglich ihn mit der breiteren Spurenbahn; dann entschied sie sich, im Haupttunnel zu bleiben, weil er direkt in Richtung Südosten führte, wo sich die D&M-Pyramide befand. Nach etwa dreißig Metern trafen sie auf eine zweite Kreuzung, wo ein weiterer Abzweig den Tunnel schnitt. Und wieder beschloß Miho, dem gegenwärtigen Tunnel zu folgen.

»Ich denke, das sind Sekundärtunnel«, meinte sie. »Möglicherweise waren es einmal Zuläufe in einem unterhalb der Oberfläche liegenden Flußsystem, das die Cooties . . .«

»So weit bin ich auch schon gekommen«, unterbrach Nash sie, und sie blickte ihn scharf an. »Ich bin nicht ganz dumm, Miho. Ich möchte nur sicherstellen, daß wir uns in diesem Labyrinth nicht verlaufen. Denn wenn wir es tun, haben wir keine Zeit mehr, den Weg zurück zu suchen.«

Sie schüttelte den Kopf. »Ich verstehe . . . aber das scheinen Nebenströme zu sein, und selbst wenn sie zu einer der anderen Pyramiden führen sollten, besteht immer die Möglichkeit, daß sie sich in noch kleinere Adern teilen, bevor wir eine Öffnung erreicht haben.« Sie wies auf die breitere Spurenbahn in den Haupttunnel. »In letzter Zeit gab es auf diesem Weg viel Bewegung. Wahrscheinlich haben sie den Atomsprengsatz in diese Richtung fortgebracht, und außerdem entspricht es der von uns registrierten seismischen Aktivität. Das dürfte die chancenreichste Option sein.«

Nash prüfte den REM-Zähler auf seinem Helmdisplay. Keine Hinweise. Das Gerät zeigte nur die normale Hintergrundstrahlung, wie sie für den gesamten Mars typisch war. Das paßte; der Kentucky-Derby-Sprengsatz war gut abgeschirmt, so daß er bei seiner Beförderung durch die Katakomben keine auffälligen Gamma-Spuren zurückgelassen hatte.

»Ich denke, Sie haben recht«, antwortete er.

Sasaki sagte nichts. Sie entfernte sich von ihm und wies nach vorn, um den langen Marsch fortzusetzen. Sie befanden sich inzwischen in völlig unbekanntem Gebiet, das noch nie von Menschen kartographiert worden war. Nash konnte nur hoffen, daß sie sich daran erinnerte, und er betete darum, daß sie sich nicht desorientieren ließ. Er blickte zur Felsendecke über ihren Köpfen und verspürte ein kurzes Schauern; er wollte nicht unter dieser ganzen Masse stehen, wenn der Atomsprengsatz detonierte. Sie mußten einen Weg aus den Katakomben finden, oder sie blieben für alle Zeiten hier eingesperrt . . .

Lebendig begraben unter einer Stadt der Toten.

Während der Haupttunnel immer zahlreichere Windungen machte, trafen sie auch auf immer mehr Zusammenströme auf ihrem Weg in die Tiefe der felsigen Bodenschicht. Jedesmal mußte Sasaki stehenbleiben und den Kompaß überprüfen. Nach der vierten Kreuzung jedoch sahen die einzelnen Tunnel fast identisch aus, so daß sich schließlich nicht mehr zwischen der Hauptader und ihren Zuströmen unterscheiden ließ. So blieb nur die Südostrichtung des Kompaß. Inzwischen hatten sie auch die demontierten Maschinen hinter sich gelassen; die Tunnels waren nun gänzlich leer, wenn man von den zerfurchten Stellen absah, wo sich die Fußabdrücke der Extraterrestrier fanden. Jeder Klaustrophobe hätte vor Entsetzen nur noch aufgeschrien.

Als sie um eine Windung traten und auf die siebte Kreuzung zukamen, erblickten sie etwas völlig Unerwartetes. Der nächste Kanal kam von oben, und aus seiner Öffnung strömte eine beständige Schar von Pseudocooties hervor. Zwei Ströme, um genau zu sein: einer, der aus dem neuen Tunnel hier eindrang und auf die Hauptader zuhielt, und der andere, der in die gegenüberliegende Richtung marschierte, in den Zulauf hinein.

Nash blieb stehen und packte Sasakis Arm, als sie die Alien-Roboter erblickten. »Was . . . die . . .?« stammelte er und schob seinen Helm an ihren.

»Ich denke, ich weiß es.« Ihre Stimme klang sehr leise, aber auf merkwürdige Weise gelassen. »Schauen Sie sich die Exemplare an, die aus dem Nebentunnel kommen. Sehen Sie, was die tragen?«

Nashs Helmlampe blitzte über die Pseudocooties. Die aus dem Zustromkanal kommenden Roboter hielten jeder einen großen Felsbrocken zwischen den Scheren. Felsgestein. Offensichtlich nichts Bedeutungsvolleres als das . . . doch die anderen, die in den Kanal hineinmarschierten, trugen nichts bei sich. Als Nash dem Treiben zusah, schien es ihm, als würde für jeden Pseudocootie, der aus dem Nebenkanal trat, ein anderer aus der Hauptader zurückkehren. Er erinnerte sich auch an etwas, was Kawakami einmal gesagt hatte, als er nämlich die Pseudocooties mit Treiberameisen verglich. Sie hatten tatsächlich diese innewohnende mechanische, unmenschliche Präzision.

»Es sind Minenarbeiter«, bemerkte Sasaki. »Sie holen Rohstoffe aus der Kruste des Planeten. Sie wählen sie nur aus und bringen zurück, was sie brauchen.« Sie hielt inne. »Aber warum von oben . . .?«

Nash musterte sie: Durch sein Helmvisier konnte er erkennen, daß sie von den Pseudocooties völlig gefesselt war. Er ergriff ihren Arm und riß heftig daran. »Können wir durch sie hindurch?« fragte er.

Sasakis Augenlider flatterten, als tauchte sie aus einer Trance auf. »Ich weiß nicht . . . ja, vielleicht, aber ich . . .«

»Es gibt nur eine Möglichkeit, es herauszufinden.« Nash löste sich wieder von ihr. Er atmete tief durch, dann trat er vor und begab sich, einen vorsichtigen Schritt nach dem anderen, mitten in die Schar der Pseudocooties hinein.

Einen Augenblick lang reagierten die Metallwesen verwirrt; sie umschwärmten seine Beine, stießen gegen ihn und gegeneinander. Manche drückten mit Antennen und Scheren gegen seine Waden und berührten sie. Nash behielt sie sorgfältig im Auge und war bereit davonzuspringen, sollte eines von ihnen den Versuch unternehmen, seinen Schutzanzug zu durchschneiden. Doch nichts dergleichen geschah. Wenige Augenblicke später hatten die Pseudocooties ihn gefügsam als unvorhergesehenes Hindernis auf ihrem Weg akzeptiert. Sie finden an, sich um ihn herumzubewegen und den Kontakt mit seinen Beinen zu meiden.

Nash seufzte erleichtert auf, dann wies er Sasaki mit einer Geste an, zu ihm zu stoßen. Sie zögerte eine Sekunde, dann trat auch sie zaghaft mitten in den Schwarm hinein. Wieder kam es zur Konfusion, als sie sich einige Augenblicke um Sasakis Beine scharten, dann teilten sich die Reihen der Hereinkommenden und der Abgänger zu ihren Seiten.

Sie preßte ihren Schirm auf seinen. »Sie sind wie die Arbeiter in einem Ameisenhügel«, meinte sie und deutete auf die Pseudocooties, die aus der Kanalmündung kamen. »Sehen Sie, daß die Exemplare, die noch gar nicht hier waren, uns auch schon meiden. Die Nachricht muß bereits die gesamte Population erreicht haben. Paul hatte recht. Sie haben ein kollektives Bewußtsein entwickelt, das es ihnen gestattet, ohne Zeitverlust miteinander zu kommunizieren und . . .«

Ihre Stimme verstummte, und die Farbe wich aus ihrem Gesicht. »Die Minotauren!« keuchte sie. »Sie könnten bereits unterwegs sein! August, wir müssen hier raus!«

Sasaki wollte davonjagen, doch Nash packte ihre Schultern und hielt sie fest. »Nicht laufen!« schrie er. »Die kommen nicht! Nichts kommt hierher!«

Er konnte ihr von Panik erfaßtes Gesicht im Helm erkennen; sie wehrte sich gegen seinen Griff, doch er hielt sie unvermindert fest. »Miho, denken Sie doch einmal nach!« forderte er. »Hören Sie mal kurz auf, und denken Sie eine Minute darüber nach! Wenn es noch irgendwelche Minotauren gäbe, dann hätte man sie bereits zusammen mit den anderen zur Basisstation geschickt. Nicht wahr? Wenn es mehr von denen gegeben haben sollte, warum waren sie dann nicht im Labyrinth, als wir kamen? Nicht wahr?«

Sie starrte ihn an, während sich stummes Begreifen in ihren Augen abzuzeichnen begann. »Vertrauen Sie mir!« rief er und schüttelte sie gnadenlos durch. »Es gibt keine mehr davon! Sie sind alle fort!«

Dann entspannten sich ihre Muskeln wieder, als der Angstanfall vorüber war. Sie sackte fast zusammen, schwankte gegen ihn; Nash legte die Arme um sie, spürte ihr Zittern. Er meinte, sie etwas auf japanisch sagen zu hören, bat sie aber nicht um eine Übersetzung. »Es ist in Ordnung«, sagte er und tätschelte unbeholfen die lebenserhaltende Einheit auf ihrem Rücken. »Es ist in Ordnung, es ist okay . . .«

Er wartete eine Minute, bis sie sich beruhigt hatte, dann schob er sie sanft von sich. »Wir müssen hier raus.« Er blickte auf seinen Chronometer. »Wir haben nur noch ungefähr eine Stunde, bis die *Akron* startet. Wir müssen uns jetzt wirklich beeilen.«

»Ja. Sie haben recht.« Sasaki nickte schnell, dann lächelte sie ihn unvermutet an. »Danke, August. Wenn wir keine Helme trügen, würde ich ihnen jetzt einen Kuß geben.«

»Den heben Sie sich bitte für Ihren Naturburschen von einem

Freund auf«, antwortete Nash. Er ließ die Hände von ihren Schultern sinken und zeigte auf den nach oben führenden Tunnel. »Wenn die tatsächlich von oben kommen sollten, dürfte es hier direkt an die Oberfläche gehen.«

»Möglich.« Miho prüfte wieder ihren Kompaß. »Grob geschätzt würde ich sagen, daß wir uns unterhalb der Stadtmitte befinden, unter dem offenen Platz zwischen den Pyramiden. Der Tunnel könnte uns dorthin führen . . . wir könnten uns aber auch verlaufen.«

»Wollen wir ihn also versuchen oder nicht?« Sie musterte den neuen Tunnel einen Augenblick, dann nickte sie langsam. »Ja, vielleicht sollten wir das . . . aber ich möchte immer noch sehen, was dort unten vorgeht. Wir sind schon so dicht dran.«

Nash zögerte, dann nickte auch er. »Okay, ich bin dabei. Wir gehen es überprüfen . . . solange wir uns beeilen« Er wandte sich wieder dem Haupttunnel zu, ohne die Pseudocooties zu beachten, die sich stumpfsinnig seitlich von ihnen dahinbewegten. »Kommen Sie, gehen wir los! Ich will sehen, was diesen kleinen Burschen so wichtig sein kann.«

Noch bevor sie ans Ende des Tunnels gelangt waren, konnten sie die Vibrationen im Steinboden spüren. Der Tunnel hatte sich inzwischen ausgeweitet, so daß er jetzt zwei nebeneinander fahrende Frachtzüge hätte beherbergen können. Nash erinnerte sich an die Eisenbahnanlagen vor seiner Heimatstadt Fitchburg, Massachusetts, wohin sein Vater ihn manchmal als Kind mitgenommen hatte, um die Züge kommen und gehen zu sehen. Jetzt vernahm er auch undeutliche Geräusche durch den Helm, als seien unmittelbar vor ihnen große Kräfte am Werk. Tatsächlich schienen sich die Pseudocooties um sie herum inzwischen mit größerer Geschwindigkeit zu bewegen, hasteten immer schneller auf ihr geheimnisvolles Ziel zu.

Sie kamen um eine weitere Biegung und erblickten plötzlich schwaches, diffuses Licht, das unmittelbar vor ihnen durch eine große Öffnung eindrang. Die Pseudocooties marschierten aus der Tunnelmündung hinaus und herein, doch jenseits dieses Punkts konnten sie keine Einzelheiten ausmachen. Zwischen den metallischen Insekten eilten sie dem Ende des Tunnels entgegen ... und blieben abrupt stehen, als sie sahen, was vor ihnen lag.

»O mein Gott ...« hörte Nash sich selbst flüstern.

Sie befanden sich am Boden einer riesigen, schüsselförmigen Höhle, die bequem die Ausmaße eines überdachten Baseballstadions auf der Erde aufwies.

Die Hänge der Felswände waren einige hundert Meter hoch, reichten weiter hinauf als der Schein ihrer Lampen. Über ihnen erstreckte sich eine glatte und doch von Unregelmäßigkeiten gekennzeichnete, konkave Decke, als würden sie von unten auf die Rückseite einer großen, undurchsichtigen Linse blicken. Die Höhle hatte eine schwache Ähnlichkeit mit dem ummauerten Krater der Station Arsia, wo die *Akron* zwischen ihren Flügen im Hangar verbrachte, doch war sie sehr viel größer; hier hätte ohne große Mühe die *Percival Lowell* niedergehen können.

Und doch berührte der Kreisrand der Decke die Wände der Höhle nicht ganz, so als würde sie frei über dem Boden schweben. Durch diese Spalte drang das Sonnenlicht gebrochen in die Höhle ein, aus einer unsichtbaren Öffnung hoch über der schwebenden Decke, wie durch ein blockiertes Oberlicht. Scharen von Pseudocooties huschten über den Steinboden im schattigen Zwielicht, bewegten sich zwischen Strukturen, die auf den ersten Blick wie große, dreistämmige Bäume aussahen – vielleicht auch wie Stalagmiten – und die, willkürlich über den Boden der Höhle verteilt, und an verschiedenen Stellen emporwuchsen. Die Miniaturroboter sahen davor winzig aus; viele von ihnen zerrten große, metallisch aussehende Gegenstände aus gewaltigen runden Gruben in der Nähe der Höhlenwände hervor und reichten sie einander, Schere an Schere, wie eine altmodische Feuerwehr mit Löscheimern.

Das taten nicht nur die Cooties. Größere, spinnenähnliche Kreaturen trugen noch größere Objekte aus den Gruben davon. Viele von ihnen kletterten an den Höhlenwänden auf die gewölbte Decke zu, ihre zerbrechlich wirkenden Beine hingen gefährlich an winzigen Rissen und Spalten im Gestein, während sie ihre Fracht zu der mysteriösen Kuppel emporbeförderten.

Und dann, ganz plötzlich, senkte sich etwas von dem nächst

stehenden Stalagmiten herab, der wie ein mutierter Mammutbaum vor ihnen aufragte: ein dreikralliger Arm, ähnlich jenem der Minotauren, nur sehr viel größer. Erschrocken wich Nash einen Schritt zurück, doch Sasaki blieb stehen. Sie sahen dem Arm zu, wie er sich auf ein flaches Objekt zubewegte, das von einem Dutzend Pseudocooties hochgehalten wurde. Die Krallen packten die Kanten der Platte, und als sie sie hoben, sah Nash zu seiner Überraschung mit an, wie einer der drei Baumstämme einen Schritt vorwärts machte. Nash stockte der Atem, er spähte hinauf, folgte dem großen Arm mit seinem Blick, als das Objekt an die Decke gehoben wurde. An der Spitze der drei Stämme, die tatsächlich mobile Beine waren, befand sich ein untertassenähnliches Mittelteil, aus dem sich zwei Riesenarme strecken. Als der linke Arm die Platte hochführte, stabilisierte der rechte Arm sie und drückte sie behutsam in eine Öffnung an der Decke, die genau ihren Ausmaßen entsprach.

Es war eine Maschine. Alles hier waren Maschinen. Nash merkte gar nicht, daß er wie betäubt war, bis er Sasakis Hand spürte, die sich um sein linkes Handgelenk schloß und ihn näher heranzog, damit sie ihren Helm seitlich an seinen pressen konnte.

»H. G. Wells hatte recht«, sagte sie. »Es gibt tatsächlich Dreibeiner auf dem Mars.«

Jetzt konnte er im diffusen Licht erkennen, daß jeder der Dreibeiner flache Platten von den Pseudocooties entgegennahm und sie an die hohe Decke der Höhle führte. Sein Kopf schwindelte bei der Vorstellung, daß etwas so Riesiges auch noch beweglich sein konnte.

»Es sieht so aus, als würden sie irgendein Gebäude erbauen«, sagte er, merkte aber sofort selbst, wie dumm seine Bemerkung war. »Es sind . . . ich weiß es nicht. Monteure. Sie können sich zwar kaum bewegen, aber das sind sie nun einmal. Wie große mobile Kräne, eigens erbaut . . . gezüchtet, wollte ich sagen . . . zu einem einzigen Zweck.« Er zeigte auf die nächste Spinne, die etwa die Hälfte der Höhlenwand erklommen hatte. »Wie die dort hinten, die etwas zur Decke hinaufbringt. Es ist, als wäre sie speziell für diese Arbeit erschaffen worden.«

»Das meine ich auch«, pflichtete Sasaki ihm bei. »Wie die

Pseudocooties und die Minotauren haben sie alle eine spezifische Funktion.« Sie machte eine Pause, dann fügte sie hinzu: »Schauen Sie mal nach oben. Sagen Sie mir, was Sie dort sehen.«

Er starrte wieder an die Decke. Der Strahl seiner Helmlampe tanzte über die unregelmäßige Oberfläche. Jetzt bemerkte er genau im Epizentrum die runde Öffnung eines schmalen Schachts. Zugleich sah er, daß die Decke gar nicht aus Gestein, sondern aus Metall bestand; sie setzte sich aus Platten zusammen, fast als wäre es . . .

»Eine Hülle«, sagte er laut.

»Ja. Eine Außenhülle.« Sasakis von Ehrfurcht erfaßte Stimme war kaum zu verstehen. »Wir haben nach ihrem Raumschiff gesucht . . . hier ist es.«

Vorsichtig bahnten sie sich ihren Weg durch die Höhle, mieden die Seiten der riesigen Kammer, um nicht in Kontakt mit den Pseudocooties oder den Dreibeinern in der Mitte des Bodens zu geraten. Doch ihre Vorsicht machte kaum einen Unterschied. Die Pseudocooties und Spinnen, denen sie begegneten, beachteten sie nicht im geringsten, während sie stur hin- und herhuschten und ihre Teile aus den Gruben holten, während die beiden Menschen für die Dreibeiner viel zu klein waren, um von ihnen bemerkt zu werden.

Obwohl es Nash damit eilig hatte, zu dem Tunnel zurückzukehren, aus dem sie gekommen waren, bestand Sasaki darauf, die Gruben zu überprüfen. Die erste, an die sie kamen, war vollständig leer; als er mit seiner Helmlampe hineinleuchtete, stellte Nash fest, daß es sich um eine glatte Rundbohrung handelte, in poliertes rotes Gestein getrieben, ungefähr vier Meter breit und fünf Meter tief. Er bemerkte, daß ihre Wände von winzigen, nadelkopfgroßen Löchern übersät waren, doch wenn die Grube selbst jemals irgendeinem Zweck gedient haben sollte, so war er inzwischen anscheinend hinfällig geworden.

Aber in knapp zwanzig Metern Entfernung befand sich eine weitere Grube. Sie gingen den Pseudocooties, die sich um sie scharten, aus dem Weg und traten näher. Die zweite Grube hatte dieselben Dimensionen wie die erste, war aber im Gegensatz zu dieser mit einer zähen scharlachfarbenen Flüssigkeit gefüllt. Sie hatte eine beunruhigende Ähnlichkeit mit einem riesigen Trog voller Blut; Nash vermutete, daß das Zeug möglicherweise tatsächlich nach Blut roch.

Und doch war die Flüssigkeit selbst nicht still; sie strudelte aus eigener Kraft. Feine Strömungen und Wirbel flossen durch die dichte Mixtur, als ob tief im Inneren der Grube irgend etwas lebte. Miho kniete am Rand der Grube nieder, starrte gebannt in den Morast hinunter. Plötzlich hob sie den Arm und ergriff Nash am Handgelenk, riß ihn neben sich, damit sich ihre Helme wieder berührten.

»Mikromonteure!« rief sie und zeigte erregt mit einem Finger auf die Mixtur. »Es sieht nur aus wie Flüssigkeit, ist aber keine! Das sind Millionen von Nanismen!«

Nash spähte in den Kessel. Bei genauerer Untersuchung stellte er nun fest, daß die Flüssigkeit eine beinahe körnige Beschaffenheit hatte, fast wie Treibsand. Er erinnerte sich daran, was Kawakami über die Konstruktion der Minotauren behauptet hatte. »Wollen Sie mir etwa weismachen . . .«

Er brach ab und betrachtete die Grube. »Sie wollen mir weismachen, daß dort unten etwas gezüchtet wird?«

»Ja!« erwiderte Miho begeistert. »Ganz genau! Wenn es eine echte Flüssigkeit auf Wassergrundlage wäre, wäre sie durch den Mangel an atmosphärischem Druck doch schon längst verdunstet. Nein, das sind mikroskopische, selbstreproduzierende Roboter . . . der größte davon wahrscheinlich kaum größer als ein Reiskorn.«

Sie stand auf und eilte zur nächsten Grube hinüber. Dort waren zahlreiche Pseudocooties damit beschäftigt, Gesteinsbrocken, die wahrscheinlich aus den Steinbrüchen dicht unter der Planetenoberfläche stammten, in eine Grube mit derselben Flüssigkeit zu werfen. In dieser Grube brodelte der Inhalt sehr viel schneller, als würden winzige Piranhas die Felsen verschlingen. Ohne die Pseudocooties zu beachten, trat Sasaki an den Grubenrand und sah eine Zeitlang zu, bevor sie sich wieder an Nash wandte.

»Die Rohstoffe werden in die Tanks gegeben«, erklärte sie

hastig, ihre Worte überschlugen sich fast, »die werden von den Nanismen wiederum in ihre Grundelemente zerlegt und zu Feststoffkomponenten für das Raumschiff zusammengesetzt.«

Sasaki deutete auf die riesige Hülle über ihren Köpfen, wo die Dreibeiner weitere Platten in Position brachten. »Alles in dieser Höhle ... die Pseudocooties, die Dreibeiner, das Schiff selbst ... ist ein Produkt der Nanotechnologie, aber auf einer Stufe, die so weit außerhalb der Reichweite unserer Art steht, daß wir solche Möglichkeiten bisher immer nur theoretisch in Erwägung ziehen konnten.«

Nash folgte ihrem Blick. »Dann ... ist das also nicht das ursprüngliche Schiff?« Sie schüttelte den Kopf. »Folglich ist der Schrott, den wir in den Tunnels gesehen haben, nur ...«

»... unbrauchbarer Schrott ihres ersten Raumschiffs«, beendete sie seinen Satz. »Dinge, die sie entweder nicht herunterbrechen konnten oder nicht zu kopieren brauchten. Es spielt kaum eine Rolle. Wenn Shin-ichi recht gehabt haben sollte, dann sind die Cooties in einem unterlichtschnellen Raumschiff hierhergekommen, das nur für eine Einwegreise durch die Galaxie gedacht war. Um wieder nach Hause zurückkehren zu können, mußten sie ein weiteres bauen.«

»Aber die Cooties sind doch alle tot!« fauchte er.

»Ja«, bestätigte Miho, »aber das spielt für die hier keine Rolle.« Sie blickte Nash ins Gesicht. »Begreifen Sie denn nicht? Sie gehorchen einem biomechanischen Tropismus ... einem Programm, wenn Sie es so nennen wollen, aber es ist tatsächlich sehr viel komplexer. Als die Cooties sich in ihre Stase begaben, teilten sie ihren Sklaven mit, was sie zu tun hatten und wie sie es bewerkstelligen konnten. Alles, was sie taten ... alles, was wir taten ... muß schon vor Tausenden von Jahren erdacht und vorausgesehen worden sein. Es ist ihnen gleichgültig, ob ihre Programmierer jetzt tot sind oder nicht. Dieser einzige Zweck ist alles, was für sie zählt.«

Sie schloß die Augen und schüttelte den Kopf. »L'Enfant hatte recht. Das hier ist tatsächlich eine Falle ... doch nicht aus den Gründen, die er vermutete.«

Während sie sprach, schweifte Nashs Blick zu der Grube neben ihnen zurück. Schon waren die Nanismen damit beschäftigt, etwas in ihren Tiefen zu erschaffen. Ganz in der Nähe konnte er eine weitere Schar von Pseudocooties sehen, die aus der Nachbargrube eine fertige Hüllenplatte hievten. Blutartige Flüssigkeit troff von ihr herab, als sie emporgezogen wurde – ein paar hundert Nanismen, die an ihr Endprodukt geheftet geblieben waren. Wenn all das aus örtlichen Rohstoffen hergestellt worden war ...

Letztlich begriff er, wohin all die Menschen und die von Menschen geschaffenen Gegenstände, die im Labyrinth und in Mamas Hintertür verschollen waren, verschwunden waren. Die Kampfrüstung, die Jackalope, die verschiedenen Sonden, die Leichen selbst – alles in die Gruben geworfen und auf seine Elemente heruntergebrochen! Sauerstoff, Wasserstoff, Kohlenstoff, Nickel, Zink, Kupfer – eine Leiche enthält viele nützliche Spurenelemente, wenn man nur wußte, wie man sie extrahieren und raffinieren konnte.

Sein Magen krampfte sich zusammen, als ihn das Entsetzen packte. Irgendwo dort oben, in dieser riesigen Maschine, waren die zersetzten Überreste von Hal Moberly, Sascha Kulejan und Paul Verduin – inzwischen nichts als unzusammenhängende Teile eines fremden Schiffs.

»Als das erste Schiff hier gelandet ist, haben sie es vollständig abgebaut«, fuhr Sasaki fort. »Das mußten sie tun, um überhaupt für so kurze Zeit zu überleben, wie sie es taten. Deshalb haben wir es auch nie gefunden. Aber dies hier ist ein Duplikat dieses Schiffs, von den Pseudocooties aus natürlichen Rohstoffen gefertigt. Vielleicht haben sie ...«

Sie hörte plötzlich auf zu sprechen, um zu der riesigen Decke emporzublicken. Nash folgte ihrem Blick. Zunächst konnte er nicht ausmachen, was ihre Aufmerksamkeit erregt hatte, doch dann traf der Strahl seiner Helmlampe auf die ausgestreckten Klauen eines der Dreibeiner und was er zwischen ihnen erblickte, ließ sein Herz gefrieren.

Der Dreibeiner hielt die unverwechselbare, längliche Gestalt des Kentucky-Derby-Atomsprengkörpers. Vorsichtig wurde er dem Schacht in der Mitte der Außenhülle entgegengeführt.

»Natürlich«, Sasakis Stimme in seinem Helm klang monoton. »Plutonium ... eine Element, das in der Natur nicht vorkommt. Uranerz können sie auf dem Mars finden, es sogar in den Gruben aufbereiten, aber wenn sie Plutonium brauchen, um überhaupt starten zu können...«

»Was wollen Sie damit... ?«

»Sie haben ein Orionschiff gebaut«, murmelte sie.

»Das verstehe ich nicht«, warf Nash ein, obwohl ihn langsam eine Ahnung beschlich. »Wenn sie schon Uran haben, wozu sollten sie dann auch noch...?«

»Das Uran können sie für die Reaktionsmasse verwenden, wenn sie erst einmal gestartet sind, aber für den Start selbst brauchen sie eine stärkere Antriebsquelle. Sie haben die ganze Zeit nur auf Plutonium gewartet.« Miho schien weniger mit ihm zu sprechen, als laut zu denken. »Das Gesicht war tatsächlich hier, um uns anzuziehen, die Stadt, um die Überreste der ursprünglichen Passagiere aufzunehmen... sie wußten instinktiv, daß wir über eine fortgeschrittene Kerntechnologie verfügen müßten, wenn wir zum interplanetarischen Raumflug fähig wären. Also haben sie ihr neues Schiff für die Heimreise gebaut und darauf gewartet, daß wir ihnen liefern, was sie am meisten brauchen, aber auf dem Mars nicht finden konnten – *Plutonium.*«

Nash konnte die winzigen Gestalten der Spinnen erkennen, wie sie im Inneren der Hülle nach unten langten, den Atomsprengsatz mit ihren langen Beinen packten und in das Schiff hinaufzogen. Von diesem Anblick fasziniert, schüttelte Sasaki staunend den Kopf. »Tausende von Jahren nur auf die eine Substanz zu warten, die sie zu ihrem Ursprungsort zurückbringen würde. Wenn unsere Landungsschiffe Atomantriebe hätten, hätten sie sie möglicherweise gestohlen und die Brennstäbe herausgeholt, statt dessen mußten sie etwas länger warten. Sie haben sich Zeit genommen, haben ihr neues Schiff gebaut, haben uns aus sicherer Entfernung beobachtet. Schließlich hat L'Enfant einen Atomsprengkörper hier auf den Mars gebracht, und wir haben ihn an den Katakomben abgeliefert. Sie brauchen nicht einmal den Antrieb zu bauen, um...«

»Hören Sie auf«, sagte er und schüttelte sie hart durch. »Was meinen Sie mit einem Orionschiff?«

Miho blinzelte, kam wieder aus ihrer Trance. »Etwas, was

sich eine Gruppe amerikanischer Wissenschaftler im letzten Jahrhundert ausdachte«, erklärte sie. Sie sah ihn an, ihre Augen waren aus Begeisterung und Furcht geweitet. »Eine absurde Idee . . . jedenfalls sah es damals so aus. Wenn man ein Raumschiff mit einer gewaltigen Schubplatte an einem Ende bauen könnte, um dann darunter eine Wasserstoffbombe von ausreichender Kilotonnage zu zünden . . .«

»Dann würde das Schiff vom Boden abheben«, beendete Nash ihren Gedankengang. »Es würde ihm durch schiere Gewalt Beschleunigung verleihen.«

Plötzlich war ihm klar, woher das indirekte Sonnenlicht kam, das die Höhle erhellte. Die Pseudocooties waren dabei, das Höhlendach auseinanderzunehmen, um einen ungehinderten Start ihres Schiffs zu ermöglichen und die von Nanismen weiterverarbeiteten Gesteinsbrocken als Material für die letzten fehlenden Teile des Schiffs zu nutzen. Und wenn sie bereits so weit fortgeschritten waren, um den Start vorzubereiten . . .

Plötzlich empfand er einen Anflug von Panik. »Wir verschwinden von hier«, sagte er mit einem Blick auf seinen Chronometer. Keine dreißig Minuten mehr bis zum planmäßigen Start der *Akron,* aber das war im Augenblick die geringste seiner Sorgen. In ungefähr eineinhalb Stunden . . .

Er ergriff ihr Handgelenk. »Kommen Sie, gehen wir. Ich werde nicht so lange bleiben, bis ich feststellen konnte, ob Sie mit alledem recht haben.«

Miho protestierte nicht, als er sie von dem Nanismen-Tank fortzerrte und den Weg zurückeilte, den sie gekommen waren. Es war zu spät, um in Mamas Hintertür nach einem Ausgang zu suchen. Selbst wenn sie ihn fänden und es nach oben zur D&M-Pyramide schafften, wären sie nach ihrem Austritt noch mehrere Kilometer von der Basisstation entfernt. Der Nebentunnel zur Oberfläche war ihre einzige Fluchtmöglichkeit.

Nash zerrte Miho zur Öffnung des Haupttunnels hinüber, rannte an der Grube vorbei, aus der die Pseudocooties soeben eine neue Hüllenplatte hervorholten. Er wollte jetzt nur noch eins – hier verschwinden, bevor . . .

Er spürte, wie etwas unter seinen Stiefeln rutschte, als sei er plötzlich in eine Pfütze getreten; er glitt rückwärts aus, warf sich reflexartig vor, verlor das Gleichgewicht und prallte auf ein Knie. Schmerzerfüllt stieß er ein Zischen aus – noch eine Verletzung! – und wäre beinahe vollends kopfüber gestürzt, als Sasaki seinen Arm ergriff und ihn in die Senkrechte riß.

Nash sah an seinem Bein hinunter, hielt Ausschau nach einem Riß in seinem Anzug, und merkte, daß er in eine Pfütze der Nanismen-Flüssigkeit getreten war. Seine Stiefelsohlen und der linke Unterschenkel seines Schutzanzugs waren von der blutfarbenen Flüssigkeit befleckt.

Wenn Sasaki irgend etwas sagte, konnte er sie jedenfalls nicht hören. Er musterte die Flecken noch einen kurzen Moment, doch nichts schien sich durch seine Stiefel oder das Gewebe seines Überkleids zu fressen. Irgend etwas konnte am Geschmack von Schutzanzügen nicht stimmen, daß die Aliens sie nicht mochten.

Es spielte keine Rolle. Er verdrängte den Zwischenfall, nahm Miho wieder bei der Hand, und gemeinsam rannten sie auf die Tunnelmündung zu.

23 Pikadan

W. J. Boggs beobachtete den digitalen Chronometer über dem Pilotensitz: Das grünbeleuchtete Display teilte ihm mit, daß es jetzt 17 Uhr 25 war. Sein Blick schweifte zu einer Betriebsanzeigekonsole neben seinem linken Ellenbogen, dann zu einer einzigen Diode, die jedoch dunkel blieb. Er starrte auf das winzige Licht, wollte es mit Willenskraft zum Blinken bringen, doch es widerstand seiner stummen Beschwörung, zum Leben zu erwachen.

Kommt schon, Leute, dachte er, *ihr könnt es immer noch schaffen ...*

Der Indikator neben der fraglichen Anzeige blitzte plötzlich rot auf und führte ihn einen Augenblick in die Irre, bis er begriff, daß es sich um die Diode der Hauptluftschleuse handelte. Er schnaufte wieder und sah zu L'Enfant hinüber. Der Kommandant saß rechts auf dem Copilotensitz und sah dem letzten scharlachfarbenen Leuchten des verblassenden Sonnenlichts über dem westlichen Horizont zu. Obwohl L'Enfant sich in Gedanken verloren zu haben schien, ruhte seine rechte Hand doch immer noch auf der Pistole in seinem Schoß.

»Ist Lieutenant Swigart bereits an Bord gekommen?« fragte er, ohne den Blick von dem Sonnenuntergang zu wenden.

Verdammt, der Hurensohn ließ wirklich nichts aus. Boggs betete, daß L'Enfant nicht auch sein Interesse für das eine, besondere Idiotenlicht bemerkt hatte. »Sie kommt gerade durch die Luftschleuse«, erwiderte Boggs. L'Enfant sagte nichts, aber ein Mundwinkel zuckte, seine harten Augen richteten sich pfeilschnell auf ihn. »Sir«, fügte Boggs hinzu.

»Sehr gut. Dann können Sie starten, sobald sie sich zu uns gesellt hat.« L'Enfants Blick schweifte zurück zu den Sichtluken der Gondel. »Wissen Sie«, sagte er leutselig, »ich habe immer wieder gestaunt, wie ähnlich die herbstlichen Sonnenuntergänge hier doch jenen auf der Erde sind. Genau wie dort geht die Sonne auch hier jeden Tag eine Minute früher unter, je näher die Wintersonnenwende heranrückt, bis es bereits am Spätnachmittag dunkel ist. Alles, was hier fehlt, ist das sich verfärbende Laub . . .«

Er sah Boggs wieder an. »Eine ganze Menge Übereinstimmung zwischen den beiden Welten, nicht wahr, Mr. Boggs?«

»Wenn Sie meinen, Sir.« Boggs musterte wieder den Chronometer. 17 Uhr 27 . »Wir sollten warten, bis die Sonne vollständig untergegangen ist, bevor wir starten. Um Sonnenuntergang wird der Wind immer ein ganzes Stück heftiger, weshalb es ziemlich riskant sein kann, vor Einsetzen der Flaute abzuheben. Vor ein paar Tagen hatte ich schon einmal Ärger damit, als wir von Arsia gestartet sind. Das Schiff hat sich aufgebäumt wie ein . . .«

»Nein.« L'Enfants Antwort klang kalt und entschieden. »Wir starten genau um siebzehndreißig, wie zuvor vereinbart. Und nicht später. Ich bin sicher, daß Sie mit der Schwerkraft des Winds zurechtkommen werden, Mr. Boggs.«

Boggs nickte stumm, tat so, als würde er die Checkliste in seinem Schoß studieren. L'Enfant wandte den Blick wieder ab. Verstohlen schielte Boggs erneut auf die Anzeige. Der Indikator mußte erst noch rot aufblitzen.

Verdammt, Nash, komm endlich rein! Erzähl mir nicht, daß du es schon vergessen hast, also . . .!

Er hörte Schritte auf dem Gehsteig, der zur Gondel hinunterführte, dann ließ sich ein schweres Gewicht in den Passagiersessel hinter ihm sinken. Boggs sah sich um und erblickte Megan Swigart – immer noch im Schutzanzug, allerdings ohne Helm und Handschuhe –, die ihren luftdichten Attachékoffer aus Aluminium auf den Sessel stemmte. »Ich habe die verbliebenen Aufzeichnungen eingesammelt, Commander«, meldete sie. »Alle CD-ROMs aus dem Befehlsmodul befinden sich im Koffer, und die Mainfraimes sind alle gelöscht.«

»Gute Arbeit, Lieutenant«, sagte L'Enfant zerstreut und sah immer noch dem Sonnenuntergang zu.

»Da war nichts bei.« Swigart lächelte gelassen, als sie den Riemen ihrer Steyr von der Schulter streifte und das Sturmgewehr vorsichtig gegen eine Armlehne stellte. »Ein Kinderspiel.« Boggs preßte die Kiefern zusammen und zwang sich dazu, den Blick von dem Attachékoffer zu reißen. Die Sau hatte gerade sämtliche Daten vernichtet, die das Wissenschaftlerteam in den letzten drei Jahren zusammengetragen hatte, und das nannte sie auch noch ein Kinderspiel. Alle Aufzeichnungen über ihr Schaffen befanden sich in diesem Attachékoffer. Obwohl nur L'Enfant wußte, was er mit den CD-ROMs vorhatte, konnte sich Boggs gut vorstellen, wo sie schließlich landen würden: ein kleines Informationsversteck, in der Obersten Geheimhaltungsstufe klassifiziert und in irgendeinem KI-System des Pentagon verborgen, wo die Namen von Kawakami und Isralilowa und Verduin und all den anderen nur noch als kleine Fußnoten erscheinen würden.

Vielleicht ging es bei Kentucky Derby ja überhaupt nur darum, war es die verborgene Absicht jener, die L'Enfant überhaupt auf den Mars geschickt hatten: Informationen zu stehlen, sie in der Nacht zu entwenden, wie ein zweitklassiger Dieb die vergoldeten Kerzenhalter von einem Kirchenaltar klaute. Und all das nur, um sich einen vorübergehenden Vorteil über einen eingebildeten Feind zu verschaffen ...

»Also gut.« L'Enfant setzte sich gerade auf, verschob die Pistole in seinem Schoß, als er sich zum Start anschnallte. Kaum hatte er die Gurte zur Hälfte hervorgezogen, als er innehielt und Swigart über die Schulter gewandt ansah. »Ach ja ... und haben Sie, nur um sicherzugehen, auch ...?«

»Jawohl, Sir, ich habe das Gelände der Basis überprüft.« Swigart setzte sich nun hinter L'Enfant, offensichtlich in der Absicht, Boggs für den Fall in der Schußlinie zu haben, daß er irgendwelche mörderischen Anwandlungen bekam. »Keine Bewegung in der Nähe. Alles klar.«

»Sehr schön«, meinte er. »War nur sicherheitshalber.« Spielte ihm seine eigene Einbildungskraft einen Streich, oder konnte Boggs doch eine leise Andeutung der Erleichterung in L'Enfants Stimme entdecken? Der Kommandant schnallte seine Hüft- und Schultergurte fest, dann sah er zu dem Piloten hinüber. »Mr. Boggs, es ist jetzt siebzehn Uhr dreißig. Bitte fliegen Sie uns hier hinaus.«

Ach Gott! Miho ...

Einen Augenblick lang war Boggs versucht, über den schmalen Gang zu greifen, das selbstzufriedene Arschloch mit beiden Händen an der Kehle zu packen und seinen kahlen Schädel durch die Cockpitscheiben zu rammen. Selbst wenn es L'Enfant oder Swigart gelingen würde, ihm dabei den Stöpsel herauszuziehen, hätte er dann wenigstens noch die Befriedigung mit anzusehen, wie der kranke Ficker starb, bevor die Sofortdekompression ihnen allen das Lebenslicht auslöschte. Wenn Boggs schon zur Hölle fahren mußte, konnte er diesen tobsüchtigen Wahnsinnigen wenigsten dabei mitnehmen ...

»Jawohl, Sir«, murmelte er statt dessen. Er schnaufte und schnallte sich selbst an. Der blinde Gehorsam eines Feiglings, der wenigstens ein wenig länger leben wollte.

Die *Akron* war bereits betankt und bestromt; er brauchte nur noch die Haltetaue zu kappen, die Maschinen zu richten und die Drosselklappen zu öffnen. Boggs verbannte gewaltsam alle Gedanken an Miho Sasaki, als sein Blick über die zahllosen Anzeigen, Schirme und LCDs fuhr, um wie im Schlaf zu überprüfen, ob alle Systeme flugbereit waren. Es war alles in Ordnung bis auf den Stein in seiner Brust.

Und als er das Steuerruder in der linken Faust packte und die rechte Hand über den Drosselhebel bog, warf er noch einen verstohlenen Blick auf die Anzeige der Heckwartungsluke neben seinem linken Ellenbogen

Die Diode pulsierte in kräftigem, lebendigem Rot.

Er starrte sie an, blinzelte ... und ebenso schnell, wie sie aufgeleuchtet war, erlosch die Anzeigenlampe auch wieder.

Irgend jemand hatte die hintere Wartungsluke im unteren Heck der *Akron* kurz geöffnet und wieder geschlossen. Genau wie all die vielen Male auf Station Arsia, als er die Bodenmannschaft anschnauzen mußte, um sicherzustellen, daß das verdammte Ding verriegelt war. Nur daß diesmal keine Flugmannschaft vorhanden war, um die Luke wieder zu sichern.

Nash war am Leben ... und er hatte sich erinnert.

Und wenn Nash es aus dem Labyrinth geschafft hatte, bestand die Möglichkeit, daß auch Miho entkommen war. Allerdings war es unmöglich sich zu vergewissern, daß beide an

Bord waren, ohne sich vor L'Enfant und Swigart zu verraten. So blieb ihm nur die Hoffnung.

Trotzdem fiel es ihm schwer, nicht zu grinsen. Boggs hustete schnell in seine Faust, um ein unwillkürliches Kichern zu überspielen, dann richtete er seine Aufmerksamkeit wieder auf die Instrumente. »Also gut«, sagte er. »Alles angeschnallt? Okay, dann los . . . «

Er packte die Kabelentriegelung und riß sie herab.

Es gab einen plötzlichen Ruck, als das Luftschiff sich von seiner Vertäuung löste. Nash hatte es bereits erwartet, doch Sasaki war völlig unvorbereitet auf die plötzliche Bewegung. Sie verlor das Gleichgewicht und wurde halb über die Reling des Laufstegs geschleudert; sie wäre fast vornübergekippt, hätte Nash sie nicht an den Hüften gepackt und zurückgerissen. Durch das Helmvisier erblickte er ihr bleich gewordenes Gesicht.

Kein Wunder. Wäre Miho über die Reling gestürzt, hätte sie nach etwa sieben Metern die Haut einer der inneren Gaszellen durchschlagen . . . und dann wären noch etwa weitere zwanzig Meter Sturz durch die Zelle selbst gefolgt, bis sie schließlich gegen das Innengerüst der *Akron* geprallt wäre oder sogar die Außenhülle aus Mylar durchstoßen hätte.

Mit beiden Händen packte sie die gegenüberliegende Reling und stemmte die Füße fest auf das Gitterwerk des Laufstegs. Schon konnten sie das Dröhnen der Maschinen vernehmen, als sich deren Drosselklappen öffneten. Dann folgte das vertraute Gefühl des Aufsteigens, als die *Akron* zum Flug ansetzte. Miho wollte ihren Helm schon gegen Nashs pressen, da signalisierte er ihr, das Comlink wieder zu aktivieren, und bestimmte mit drei hochgereckten Fingern den dritten Kanal.

Sie hatten absichtlich Funkstille bewahrt, selbst nachdem sie am Ende des Sekundärtunnels durch das teilweise abgebaute Dach der großen Höhle gestiegen waren. Wie Miho vorausgesehen hatte, gelangten sie aus den Katakomben auf den Startplatz zwischen den vier Hauptpyramiden. Der Aufstieg war nicht schwierig gewesen, da die Pseudocooties bereits den größten Teil der Bodenbedeckung entfernt hatten. Trotzdem hatten sie es nur sehr knapp rechtzeitig zur *Akron* geschafft. Sie hatten sich fast bis zur letzten Minute hinter einer Ecke der C-4-Pyramide verstecken müssen, bis Swigart schließlich an Bord des Luftschiffs gegangen war und sie einen panischen Spurt zu der Wartungsluke unter dem Heck des Lenkluftschiffs eingelegt hatten.

Sasaki zögerte, dann betätigte sie mit den Fingern die rechte Handschuhtastatur ihres Schutzanzugs. *Sind Sie sicher, daß wir das tun sollten?* fragte sie.

Es war eine Wohltat, ihre Stimme wieder deutlich hören zu können, ohne den Dämpfungseffekt der Helm-zu-Helm-Kommunikation. »Ganz bestimmt«, sagte Nash. »Die werden das Comlink selbst nicht benutzen, solange sie da unten sind, und ich bezweifle, daß sie hier hinaufwandern werden.«

Sie wirkte immer noch beunruhigt. *Was ist mit Waylon?*

»Wenn er aufgepaßt hat, muß er wissen, daß wir wieder da sind. Er wird sie schon nicht auf eine Inspektion losschicken.« Nash konnte nur hoffen, daß er damit richtig lag; ihre Glückssträhne zeigte schon ziemliche Ermüdungserscheinungen. »Kommen Sie, wir müssen in die Kuppel. Achten Sie nur darauf, daß Sie sich immer an irgend etwas Festem festhalten.«

Sie schüttelte den Kopf, ihre Miene war durch und durch grimmig. *Keine Sorge. Eine Lektion hat gereicht.*

Im Inneren der Luftschiffhülle war es dunkel, aber nicht völlig lichtundurchlässig; die Fiberoptik, die die mittleren Laufstege einrahmte, und die Leitern warfen ein orangefarbenes Glühen über die riesigen Gaszellen. Nash führte sie durch die Mitte der *Akron*, nahm denselben Weg, den er bei seiner vorhergehenden Fluginspektion der Hülle genommen hatte, zog sich an der Reling hoch, um die Steiglage des Decks zu kompensieren. Das Luftschiff erbebte, als es langsam auf seine vorgesehene Flughöhe emporstieg, und rechts und links stöhnten die Triebwerke. Es war schon das zweite Mal in einer Stunde, daß sie zu einem solchen steilen Aufstieg gezwungen gewesen waren: erst in den oberen Galerien der Cootie-Unterwelt und nun hier. Wieder spürte Nash, wie seine zerschundenen Magenmuskeln vor Schmerz aufheulten. Er biß die Zähne zusammen und zwang sich weiter.

Als er die Mittelleiter geortet hatte, machte er sich an den langen Anstieg zur oberen Treppe, legte gelegentlich eine Pause ein, um nach unten zu blicken und sich davon zu überzeugen, daß Sasaki nicht in weitere Schwierigkeiten geriet. Doch falls sie irgendwelche Probleme haben sollte, ließ sie es sich nicht anmerken. Sorgfältig hielt sie sich an den Leitersprossen fest, blickte nicht einmal in die Tiefe. Dann legte auch sie eine kurze Pause ein, um sich zu erholen, und sah zu ihm hinauf.

Ist es noch weit? fragte sie und die Erschöpfung in ihrer Stimme war nicht zu verkennen. Ihre Atmung war ein abgehacktes Keuchen; die Frau hatte heute schon eine Menge durchgemacht.

»Nicht sehr weit.« Nash fühlte sich ebenfalls zerschlagen. Er wartete noch ein paar Sekunden, bis sie beide wieder bei Atem waren, dann setzte er seinen Aufstieg fort. »Nur noch ein kleines Stück. Dann können wir uns ausruhen.«

Einige Minuten später erreichten sie die oberste Treppe; als sie dort eingetroffen waren, gewährte Nash Sasaki ein paar Minuten, um wieder zu Atem zu kommen, bevor er einmal mehr die Stufen zu der oberen Beobachtungskuppel nahm. Die Kuppel war groß genug für zwei, allerdings war sie leider nicht belüftet. Nash bedauerte diesen Mangel. In seinem Schutzanzug begann es schon zu riechen, und er hegte keinen Zweifel daran, daß auch Mihos Anzug nach schalem Schweiß duften mußte.

»Nichts zu essen da, aber da kann man wohl nichts machen.« Er beugte sich hinunter und zog die Luke hinter sich zu. »Sie werden auch mit Ihrem Wasservorrat haushalten müssen.« Er stöhnte auf, als er die Luke verriegelte. Nun, da sie geschlossen war, dämpfte sie das Rumpeln der Triebwerke sehr gründlich. »Es wird eine lange Fahrt nach Hause, soviel ist sicher.«

Sie antwortete nicht. Als er den Blick hob, sah er, daß sie unter der Plexiglasblase stand und schweigend auf das Heck des Luftschiffs blickte. Er erhob sich und drückte sich neben sie, um aus der Kuppel zu sehen.

Die Dunkelheit hatte sich über die Marslandschaft gelegt. Während ihres langen Aufstiegs hatte die *Akron* ihre Reiseflughöhe erreicht und wieder eine waagerechte Stellung eingenommen. Der Boden unter ihnen war vollkommen unsichtbar; die Positionsleuchten des Luftschiffs blitzten zu beiden Seiten der deltaförmigen Hülle rot und blau auf, ihr Licht brach sich stumpf an den Solarzellen. Über ihnen begannen die Sterne am Nachthimmel zu erscheinen, kalt und ohne jedes Funkeln in den schwarzen Tiefen des Alls.

Wenn es kommt, sagte sie, *schließen Sie die Augen und wenden Sie sich ab. Schauen Sie auf keinen Fall in den Lichtblitz.*

Einen Augenblick lang wußte er nicht, wovon sie sprach. Da begriff er es mit eisiger Klarheit und blickte sofort zu seinem Helmdisplay hinauf. Der Chronometer zeigte 18:29:45:38 . . . noch fünfzehn Sekunden.

Hatten sie wirklich so lange gebraucht, um bis hier hinauf zu kommen? Aber was noch schlimmer war – er hatte schon fast völlig vergessen, was sie da eigentlich zurückgelassen hatten.

»O Gott . . .« murmelte er.

Gott hat nichts damit zu tun, erwiderte sie mit leiser, angespannter Stimme. *Aufgepaßt!*

Instinktiv legte Nash den Arm um ihre Schulter; einen Augenblick später spürte er, wie ihr eigener Arm um seine Hüfte glitt, doch die Umarmung hatte nichts Tröstliches. Hatte Boggs es geschafft, rechtzeitig Distanz herzustellen? Das ließ sich unmöglich sagen. Er heftete den Blick auf die sich ständig verändernden Zahlen des Chronometers.

Fünf . . . vier . . . drei . . . Sasaki führte den Countdown mit einer monotonen Stimme aus Stahl aus. *Zwei . . . eins nicht hinschauen! Deckung!*

Ganz kurz sah er in der Ferne ein stummes, weißglühendes Blitzen, das die Linie des westlichen Horizonts beleuchtete, als Sasaki ihn heftig unter den Kuppelrand riß. Nash drückte sie fest an sich, während sie sich im Inneren der Kuppel zusammenkauerten, preßte die Augen gegen das plötzliche Gleißen zusammen, das durch die Kabine flutete.

Obwohl er sie fest geschlossen hatte, schien es ihm für einen Augenblick, als könnte er durch die Lider hindurchsehen: ein stummer Stoß nuklearen Lichts, grell wie eine Supernova.

Das Gleißen verstärkte sich noch; dann schien es wieder

nachzulassen. Er wollte aufstehen, doch Miho hielt ihn fest an sich gedrückt. *Nein!* schrie sie. *Warten Sie auf den Knall! Warten Sie auf . . .*

Ein gewaltiger Knall prallte wie ein Hammer gegen das Luftschiff. Nash spürte, wie die *Akron* sich nach vorn neigte, als die Schockwelle ihr breites Heck traf, und wie die Nase sich zu Boden senkte.

Immer noch aneinander geklammert, wurden Nash und Sasaki durch die Kuppel geschleudert. Über das Comlink hörte er Miho noch aufschreien, als der Aufprall ihm die Luft aus den Lungen preßte; er spürte einen scharfen, stechenden Schmerz in den Rippen, als die Rückenanlage seines Schutzanzugs sich gegen seinen wunden Brustkorb preßte. Er keuchte auf, rang nach Atem, spürte, wie seine Blase sich unwillkürlich leerte . . .

Sie stürzten ab. Die Explosion hatte sie erwischt. Die *Akron* ging runter . . .

Dann merkte er, wie das Luftschiff sich langsam wieder zu heben begann. Nach und nach kehrte der Boden der Beobachtungskuppel in die Waagerechte zurück.

Zögernd schlug Nash die Augen auf. Ein diffuses rotweißes Licht drang aus der Richtung der Detonation durch die Plexiglaskuppel. Sasaki löste sich aus seinen Armen; er ließ sie fahren und kämpfte sich auf die Beine, starrte durch die Blase auf das unirdische Licht.

Die falsche Morgendämmerung der Kernexplosion schwächte sich bereits ab, doch das war es nicht, was seine Aufmerksamkeit fesselte. Vor dem tiefschwarzen Himmel schoß ein neuer Stern rasend schnell ans Firmament: Eine kleine, undeutliche Kugel, am Boden merkwürdig abgeflacht, kletterte auf einer Feuersäule ins Weltall hinaus, raste einer Fluchtbeschleunigung entgegen, auf die sie seit Beginn der menschlichen Zivilisation gewartet hatte.

Pikadan, sagte Miho leise.

Er sah sie an, sagte aber nichts. *Sie nennen es den Pikadan*, sagte sie zur Antwort auf seine unausgesprochene Frage. *Die Überlebenden der Bombardierung von Hiroshima gaben ihm einen Namen . . . dem ›Blitzknall‹ der zündenden Bombe.*

Ihr Blick blieb auf das aufsteigende Schiff der Aliens geheftet. *Mein Großvater pflegte mir davon zu erzählen, als ich noch ein Kind war. Er wurde blind durch die Explosion, aber er konnte sich noch daran erinnern, was er als letztes gesehen hatte, bevor er . . .*

Sie hörte auf zu sprechen, als ihre Beine plötzlich nachgaben. Nash fing sie in seinen Armen auf, als sie zusammenbrach. Vorsichtig ließ er sie auf das Deck sinken und legte sie auf den Rücken, dann prüfte er ihre Sauerstoffzufuhr und untersuchte ihr Gesicht im Licht seiner Helmlampe. Einen Augenblick lang befürchtete er, daß ihr lebenserhaltendes System irgendwie versagt hätte. Er überprüfte die digitalen Anzeigen auf ihrer Brusteinheit und atmete erleichtert auf. Nein, das war nicht das Problem. Sie war einfach nur in Ohnmacht gefallen.

»Ist schon in Ordnung«, murmelte er. »Schlaf jetzt . . . du hast es dir verdient.«

Nash streckte ihre Beine aus und verschränkte ihre Hände über dem Magen, dann kauerte er sich neben sie. Das Gleißen der Explosion war verblaßt; als er durch die Blase nach oben schaute, konnte er die Sternschnuppe an den galaktischen Himmel schießen sehen.

»Ihr kehrt nach Hause zurück«, flüsterte er, während er den Stern beobachtete. Seine Augenlider wurden schwer. »Ich hoffe, es war die Sache wert.«

Er ließ es zu, daß seine Augen sich schlossen und sein Kopf zurücksank, als eine warme, tröstende Dunkelheit nach ihm griff, um ihn in sich aufzunehmen.

24 Kontamination

Nash und Sasaki schliefen den größten Teil der Nacht durch, während die *Akron* in südwestlicher Richtung aus Cydonia in die Planitia Acidalia davonjagte. Von Zeit zu Zeit erwachte Nash von heftigen Bewegungen des Luftschiffs; dann nahm er einen Schluck Wasser, streckte sich ein wenig, blickte durch die durchsichtige Kuppel zum strahlenden Licht der Sterne empor . . . und ließ sich wieder in den Schlaf gleiten. Er war erschöpfter als je zuvor in seinem Leben. So eng es für beide auch war, schlief er doch fest und ruhig.

Als er das nächste Mal erwachte, schien helles Sonnenlicht durch die Kuppel. Miho schlief noch; irgendwann hatte sie in der Nacht versucht, ihn zu umarmen, allerdings weniger wie eine Geliebte als wie jemand, der versuchte, es sich in einer beengten Lage bequem zu machen. Nash lächelte, als er vorsichtig ihre Arme löste und aufstand, um sich in der kleinen Kuppel so weit auszustrecken, wie er nur konnte.

Es war bereits später Morgen. Zu seiner Überraschung stellte er an der Form des kraterübersäten Geländes unter der *Akron* fest, daß sie sich bereits über der Planitia Chryse befanden, knapp nordöstlich von der Planitia Lunae. Wenn das stimmte, bedeutete es, daß sie schon über die Hälfte der Strecke zurückgelegt hatten. Er bemerkte die Geschwindigkeit, mit der der dreieckige Schatten des Luftschiffs über den Boden jagte, und schätzte, daß die *Akron* sich mit über achtzig nautischen Meilen pro Stunde bewegen mußte.

Boggs steuerte die Triebwerke auf vollen Touren. Mit seinem im Anzug eingebauten Kompaß bestimmte Nash seine Position und blickte nach Nordwesten. Am hintersten Rand des Horizonts entdeckte er einen dunklen rotbraunen Schleier, als sei dort ein gespenstischer Gebirgszug vom Himmel gefallen und würde sich nun langsam über die Ebenen bewegen. Es war der

Ausläufer des Sandsturms; offenbar war er bereits in die Planitia Acidalia eingedrungen und hatte Cydonia schon erreicht. Zweifellos führte Boggs die *Akron* dicht unterhalb des Sturmgürtels in dem Versuch, den wirbelsturmstarken Winden zu entgehen, die sein Schiff in Stücke reißen konnten.

Guten Morgen, hörte er Miho sagen. Nash sah sich um und stellte fest, daß sie erwacht war und gerade im Begriff stand aufzustehen. *Wonach schauen Sie?*

»Nach dem Sandsturm. Dort drüben.« Nash deutete auf den fernen Schleier. »Sieht so aus, als würde Ihr Freund sein Bestes tun, um uns vor ihm zu retten. Wahrscheinlich wird man die Triebwerke völlig überholen müssen, so, wie er sie gerade kochen läßt, aber wenigstens werden wir dann in einem Stück hier rauskommen.« Er überprüfte seinen Chronometer und überschlug etwas in seinem Kopf. »Bei dieser Reisegeschwindigkeit könnten wir die Station Arsia sogar schon kurz nach Nachteinbruch erreichen. Wahrscheinlich haben wir Rückenwind. Das wird uns helfen.«

Sie nickte zwar, sagte aber nichts. Ihre Miene war ernst, als sie auf den fernen Sturm blickte, in Gedanken war sie anscheinend woanders. »Ich kann Ihnen zwar kein Frühstück versprechen«, fügte er in dem Versuch hinzu, ihrer Situation noch etwas Heiteres abzugewinnen, »aber vielleicht schaffen wir es noch vor Lokalschluß ins Mars-Hotel.«

Ja. Ihre Stimme klang zerstreut, als sie aus der Kuppel blickte. *Aber nach der Landung müssen wir es immer noch mit L'Enfant und Swigart aufnehmen.* Sie sah ihn an. *Die werden uns umbringen, wissen Sie das? Alle drei von uns. Wir sind schließlich die einzigen Zeugen.*

Nash stieß einen stummen Pfiff aus und schüttelte den Kopf. »Nein, das werden sie nicht ... jedenfalls jetzt noch nicht. Wenn sie wüßten, daß wir hier oben sind, wären sie schon gekommen. Die Tatsache, daß wir überhaupt hier stehen, bedeutet, daß L'Enfant sich sicher ist, daß wir tot sind. W. J. lebt mit geborgter Zeit, aber L'Enfant muß ihn so lange am Leben lassen, bis sie Arsia erreicht haben. Er ist der einzige, der die *Akron* nach Hause bringen kann.«

Lieutenant Swigart ist doch auch Pilotin ...

»Eine andere Art von Pilotin. Es ist eine Sache, eine einsitzige Hornisse fliegen zu können, aber etwas völlig anderes, ein zweihundert Meter großes, lenkbares Luftschiff zu steuern.« Nash schüttelte wieder den Kopf. »Boggs ist erst einmal in Sicherheit, jedenfalls bis wir am Boden sind. Wer weiß? L'Enfant ist zwar verrückt, aber nicht völlig skrupellos. Er ist der Typ, der Talent respektiert. Es könnte sein, daß er W. J. nur deshalb nicht umbringt, weil er ihn hier lebend herausgebracht hat.«

Dann bleibt unser Leben aber nach wie vor bedroht? wandte sie ein.

Er zuckte mit den Schultern und merkte, wie seine Haut schmerzhaft am Inneren des Schutzanzugs schabte. Nash hätte alles darum gegeben, ihn jetzt abstreifen zu können. Inzwischen trug er schon seit einem ganzen Tag EVA-Kleidung. Wahrscheinlich fühlte er sich deshalb immer noch matt. »Vielleicht, vielleicht auch nicht. Wenn wir hier oben bleiben, bis wir gelandet sind, hat er nicht allzuviel Gelegenheit, uns etwas anzutun. Selbst im Hangar wird es zu viele Zeugen geben, um uns einfach umzubringen.«

Aber wenn er uns allein in die Basis bekommt, könnte er . . .

»Hören Sie, Miho, das Ganze ist eine Gleichung mit ziemlich vielen Unbekannten.« Nash merkte, wie er ärgerlich wurde. Er tat einen tiefen Atemzug, um sich wieder zu beruhigen. Es hatte keinen Sinn, Sasaki anzuschnauzen, nur weil sie sich wegen Boggs Sorgen machte. »Wir können nur nach Gefühl und Wellenschlag operieren . . .«

Nach Gefühl und Wellenschlag? wiederholte sie etwas verwirrt. *Ich verstehe nicht, was Sie damit . . .*

Er grinste und setzte sich wieder aufs Deck. »Nach Gefühl und Wellenschlag. Improvisieren.«

Ach so. Miho drehte sich um und ließ sich neben ihm zu Boden sacken. *Shin-ichi hätte verstanden, was Sie . . .*

Sie verstummte, und ihre Augen schlossen sich vor Trauer. Miho beugte sich vor und schlang die Arme um die Knie, erinnerte sich plötzlich an den bizarren Tod ihres Mentors. Nash hörte sie im Comlink schluchzen. Er nahm ihre handschuhbekleideten Hände zwischen seine, sagte aber nichts. Sie mußte sich ausweinen, das war schon längst überfällig.

Nach einer Weile drückte sie kurz seine Hände, dann lehnte sie sich mit dem Rücken gegen die gewölbte Wand. *August . . .* fing sie an, dann zögerte sie. *Was haben Sie vor, wegen L'Enfant zu unternehmen?*

Nash antwortete nicht. Er sah zu dem vorbeiziehenden fahlrosa Himmel empor. Er hatte Controls Erlaubnis, nach Notrecht zu verfahren. L'Enfant hatte das Siebte Zusatzprotokoll verletzt. Der Beweis dafür war da, nicht nur durch die Leben, die vernichtet worden waren und die Zerstörung, sondern auch auf dem Mikrofilm, der im Inneren seiner Kamera versiegelt war.

Nicht als ob Nash irgend jemandes Erlaubnis gebraucht hätte, um seinen früheren Kapitän umzubringen.

»Ich werde mich um Terry kümmern«, murmelte er. »Darum brauchen Sie sich keine Sorgen zu machen.«

Er spürte, wie seine Augen sich wieder zu schließen begannen. Gott, was war er müde! Jeder Muskel seines Körpers schien zu schmerzen; noch immer spürte er die Wunden seiner Folter. Nash lehnte seinen helmbewehrten Kopf gegen die Kuppel und streckte die Beine aus, so weit er nur konnte. Sasaki setzte das Gespräch nicht fort, und dafür war er ihr dankbar. Es lag immer noch eine lange Reise vor ihnen. Wenn er die nächsten acht oder neun Stunden durchschlafen könnte . . .

Doch kurz bevor er wieder einschlief, fiel sein Blick auf seine Stiefel und die linke Wade, als ihm etwas Merkwürdiges auffiel. Das letzte Mal, als er seine Beine bewußt betrachtet hatte, waren die Sohlen seiner Stiefel und das linke Wadenbein seines Schutzanzugüberkleids scharlachrot gefärbt gewesen. Das war in der Cootie-Unterwelt gewesen, als er in einer Pfütze neben einem der Nanismen-Tanks ausgerutscht war; dabei hatte er einige Spritzer der Flüssigkeit aus den Tanks abbekommen, hatte es aber zu eilig gehabt, die Katakomben zu verlassen, um es selbst Miho gegenüber zu erwähnen.

Wie der Rest seines Schutzanzugs waren Stiefel und Wadenbein inzwischen schmutzig vom Staub . . . aber von den Flecken war nichts mehr zu sehen. Sie waren völlig verschwunden, als wären sie nie dagewesen.

Irgendein Gedanke nagte an ihm. Also . . .

Er schüttelte den Kopf. Also was? Es war ein langer Marsch zurück durch die Katakomben gewesen, gefolgt von einer steilen Kletterpartie durch den Tunnel hinauf zur Planetenoberfläche. Danach hatten er und Sasaki im Dauerlauf den großen Stadtplatz überqueren müssen, um es noch bis zu dem heimlichen Rendezvous mit der *Akron* zu schaffen. In dieser Zeit mußte sich das Zeug abgerieben haben.

Also war es nichts Wichtiges.

Er konnte nicht mehr denken. Nash schloß die Augen.

Er erwachte, als die *Akron* sich mit einem gewaltigen Ruck schräg legte. Bevor er auch nur die Augen aufschlagen konnte, wurde er schon gegen Sasaki und mit ihr gegen die Kuppelwand geschleudert.

Mihos linke Schulter wurde durch den Aufprall scharf zurückgerissen; sie stieß einen schmerzerfüllten Schrei aus, als das Luftschiff einen weiteren Satz machte, diesmal in die Tiefe. Nash konnte gerade noch rechtzeitig Arme und Beine spreizen und Sasaki unter sich festdrücken, sonst wäre sie gegen die Dachkuppel geschleudert worden. Ihr Gesicht war von Schmerz verzerrt, aber sie hielt sich an ihm fest, als die *Akron* wieder heftig zur Seite ruckte.

Der Sandsturm . . . ! schrie sie.

Nash hörte ein lautes, reißendes Geräusch unter ihnen, als würde sich irgend etwas im Inneren der Schiffshülle mit Gewalt von seiner Kette reißen wollen. Doch dann schien das Luftschiff sein Gleichgewicht zurückzugewinnen; Boggs hatte offensichtlich immer noch die Kontrolle über das Ruder und kämpfte darum, das riesige Vehikel zu stabilisieren. Nash klammerte sich an der Innenkante der Dachkuppel fest, zog sich auf die Knie und starrte hinaus.

Das Sonnenlicht war schon sehr viel schwächer. Inzwischen war es später Nachmittag, und er merkte, daß er viel länger geschlafen hatte, als er ursprünglich wollte. Doch der Abendhimmel war vollkommen klar, es gab keine Spur von dem Scirocco aus rotem Sand, den er zu sehen erwartet hatte. Er blickte nach Westen, der untergehenden Sonne entgegen, und sah zu seinem Erstaunen einen großen Kegel, der dort am Horizont emporragte: Mons Pavonis, einer der drei Schildvulkane der Region Tharsis.

Ein weiterer plötzlicher Ruck durchzuckte die Hülle der *Akron*. Fast hätte es Nash von den Beinen gerissen, doch er hielt sich mit aller Kraft am Sims der Dachkuppel fest. *Was ist los?* fragte Sasaki mit angstschriller Stimme. *Ist das der Sandsturm?*

Nein, erwiderte er und versuchte trotz seiner Verwirrung gelassen zu bleiben. »Ich weiß auch nicht, was es ist.« Nun legte sich das Deck schräg, doch Nash hielt sich weiterhin fest und plagte sich auf die Beine.

Weit jenseits des Mons Pavonis konnte er die große Gesteinsmasse des Mons Olympus erkennen. Er blickte auf den Bug der *Akron* und sah die chaotischen Schluchten des Noctis Labyrinthis. Sie waren nun keine hundertfünfzig Kilometer mehr von der Station Arsia entfernt, zugleich bemerkte er aber auch, daß das Luftschiff an Höhe verloren hatte; es flog noch etwa zweihundert Meter über dem Boden.

Miho rief ihm irgend etwas zu, aber er ignorierte sie. Als er seinen Blick zum Heck hinüberschweifen ließ, spürte er, wie sein Herz gefror. Die Hülle war zwar noch weitgehend intakt, hatte aber viel von ihrer Festigkeit eingebüßt; am Heck waren große Dellen zu erkennen, als hätten massive Hände dort ihre Flanken zusammengedrückt, und das lange, windfangähnliche Höhenruder auf seinen Schlitzpfeilern war teilweise eingestürzt. Ein Blick auf das Haupthöhenruder, und Nash erkannte, daß die *Akron* einen großen Teil ihrer Manövrierfähigkeit eingebüßt hatte. Und obwohl er auf ihrer silbrigen Haut keine Risse erkennen konnte, zweifelte er nicht daran, daß das Luftschiff irgendwo an seiner Außenhülle auch Wasserstoff verlor.

Sie waren fast am Ziel... doch aus irgendeinem Grund brach das Schiff zusammen. Mit jeder Minute verlor die *Akron* unweigerlich an Höhe.

»Öffnen Sie die Luke!« schrie er. »Wir müssen nach unten!« Als er sich umdrehte, sah er, daß Miho bereits die Luke entriegelt hatte und die Leiter hinabgestiegen war. Sie hatte ihre

Helmlampe angeschaltet; der Strahl tänzelte vor und zurück, als sie die Sprossen hinabeilte.

Wieder durchfuhr ein Beben das Schiff. Nash ging in die Knie und stützte sich an der Lukenöffnung ab. Er wartete, bis er Sasaki von der Leiter treten sah, dann packte er selbst die Luke mit fester Hand und schwang sich kopfüber durch die Öffnung, machte einen unbeholfenen Purzelbaum auf den unten liegenden Gehsteg zu. Es war ein riskantes Manöver, doch er wollte keine Sekunde länger in der Beobachtungskuppel verweilen.

Seine Stiefelsohlen trafen im selben Augenblick auf den Gitterboden des Gehstegs, als das Schiff einen weiteren harten Ruck machte. Nash verlor das Gleichgewicht, stürzte vornüber, doch Miho packte ihn von hinten und riß ihn zurück. Zusammen fielen sie auf den Gehsteg.

Was ist los? schrie sie fast am Rand der Panik. *Stürzen wir ab? Warum sind wir ...*

Plötzlich hörte sie auf zu schreien; statt dessen vernahm Nash ein erschrockenes Keuchen im Comlink. Sein Blick schnellte in ihre Richtung. Sie sah unverletzt aus, doch das grelle Oval ihrer Lampe hatte etwas eingefangen: einen der schlanken Rahmenringe, die sich seitlich durch das Skelett des Luftschiffs zogen. Nash löste sich von ihr, nestelte an seiner Armbandbedienung, bis seine eigene Helmlampe aufblitzte. Dann drehte er die Schultern, bis auch sein Strahl auf denselben Ring traf ...

»O mein Gott!« flüsterte er.

Die Oberfläche des Rings blutete.

Flüssige rote Streifen troffen an seinen gekrümmten grauen Rändern herab, als hätte das Metall selbst ein schwärendes Sigma entwickelt. Nein, sie troffen nicht ... sie krochen, wie eine feste Masse aus mikroskopisch kleinen Läusen, die das Polykarbongitter hinauf und hinunter liefen. Die es fraßen ...

Die Nanismen, sagte Miho. *Sie sind an Bord des Schiffs.* Sie blickte Nash an. *Als Sie in dieser Pfütze in der Höhle ausgeglitten sind ...*

»Ich weiß«, murmelte er. »Etwas von dem Zeug ist an meinen Anzug gekommen. Ich dachte, es sei abgerieben worden, aber ich . . .«

Lassen wir das jetzt. Sie erhob sich bereits wieder, hielt sich am Geländer des Laufstegs fest. Wieder durchbebte ein Zittern die Hülle, doch diesmal waren sie darauf vorbereitet. *Inzwischen haben sie sich wahrscheinlich Abermilliarden Male vervielfacht und endlose Kopien ihrer selbst angefertigt. Wenn sie ihren ursprünglichen Zweck weiterverfolgen sollten . . .*

»Sie brauchen es mir gar nicht erst weiter auszumalen.« Nash bekam plötzlich ein flaues Gefühl im Magen, als ihm die volle Tragweite dieser Situation bewußt wurde. Die Mikro-Cooties waren als blinde Passagiere auf seinem Schutzanzug mitgekommen; seinem Oberkleid hatten sie nichts anhaben können, doch nachdem sie an Bord der *Akron* gekommen waren, hatten sie dort eine reiche Quelle an Rohstoffen vorgefunden, die sie zu ihrem einprogrammierten Zweck auseinandernehmen konnten. Für sie spielte es keine Rolle, daß das Cootie-Raumschiff bereits fertiggestellt und gestartet war; ihre Programmierung war sehr einfach: in Stücke reißen und neu erbauen.

Falls die Akron *zur Station Arsia zurückkehren sollte,* fuhr Sasaki fort, *werden sie außerhalb unserer Kontrolle sein. Dann wird es uns nie gelingen sie zu zähmen.* Ihre Stimme wurde schriller. *Sie könnten sogar die* Sagan *kontaminieren und an Bord der* Lowell *zur Erde zurückgebracht werden, wo sie schließlich . . .*

»Nein. Sie brauchen sich keine Sorgen zu machen, daß es so weit kommen könnte.« Nash stand auf und stolperte auf die Treppe zu, die zu dem Mittelgang unter ihnen führte. »Glauben Sie mir, die *Akron* wird es niemals bis zur Basis zurück schaffen. Sie werden . . .«

Das Luftschiff schüttelte sich wie ein nasser Hund. Nash griff haltsuchend nach einer Reling und spürte, wie sie leicht nachgab; er ließ den Blick in die Tiefe gleiten und stellte fest, daß sie leicht verbogen war, als bestünde sie aus gehärtetem Gips. Die Fläche seines Handschuhs war von Röte bedeckt. Er hielt ihn Sasaki entgegen.

»Sie zerstören das Schiff von innen!« schrie er. »Wenn wir

nicht von hier verschwinden, werden sie uns mit dem Schiff in die Tiefe reißen! Kommen Sie schon . . .!«

Der Treppenabstieg war furchterregend. Einzelne Sprossen drohten zusammenzubrechen und sie in die dunkle Schlucht unter ihren Füßen zu stürzen. Immer wieder fuhr ein heftiges Rucken durch das Luftschiff, und mehrere Male hätten sie fast ihren ohnehin unsicheren Griff um die Leiter eingebüßt. Doch sie brauchten nicht lange, bis sie unten angekommen waren; sie waren viel zu verängstigt, um beim Abstieg allzusehr auf Sicherheit zu achten.

Als Miho schließlich den Mittelgang erreicht hatte und ein Stück weitergegangen war, atmete Nash tief ein und überwand den Rest der Distanz mit einem Sprung. Er landete auf allen vieren und stieß keuchend die Luft aus. Dann stand er auf und blickte sich um. Im Zwielicht der Fiberoptik-Sicherheitsstreifen sah er, wie das Skelett des Luftschiffs einwärts stürzte, die Stützringe und das Trägergerüst zerschmolzen, als bestünden sie aus Wachs. Überall um sie herum sackten die riesigen Gaszellen wie alte Kopfkissen zusammen, als der Sauerstoff aus ihren sich auflösenden Häuten entwich. Nanismen-Flüssigkeit troff um sie herum, als wäre die *Akron* ein blutendes Ungeheuer. In der ganzen Hülle konnte Nash ein riesiges Stöhnen und Ächzen vernehmen: In jeder Sekunde krachte es irgendwo, als ein Stützträger nach dem anderen nachgab und ein weiteres Stück des Innenmantels hinabstürzte.

Die *Akron* lag im Sterben. Es war ein großes Schiff. Obwohl es von Milliarden von Mikrocooties infiziert war, brauchte es doch einige Zeit bis zu ihrer völligen Zerstörung.

Sasaki umklammerte gerade das Geländer des Laufstegs und starrte sprachlos auf das Chaos. Nash drehte sich zu ihr, wies auf den Bug des Schiffs. »Zum Frachtdeck!« schrie er. Sie sah ihn an. »Wenn wir die Luke aufsprengen und die Kabel abwerfen, könnten wir vielleicht . . .

Passen Sie auf! schrie sie.

Instinktiv duckte er sich und wirbelte herum, glaubte, daß einer der Träger auf ihn herabstürzen würde. Statt dessen sprang eine menschliche Gestalt aus dem Zwielicht hinter ihnen hervor, die Arme ausgestreckt, um ihn über das Geländer zu stoßen . . .

Nash packte den Angreifer an den Unterarmen und stieß gleichzeitig seinen rechten Fuß vor. Im selben Augenblick ließ er sich auch zurückfallen, wobei er die Gestalt immer noch an den Armen hielt. Seine Rückenausrüstung krachte gegen seine Wirbelsäule, und er rang nach Luft, schaffte es aber, den Angreifer über sich hinweg zu reißen.

Diese Aktion erwischte Megan Swigart vollkommen unvorbereitet. In dem Moment, bevor Nash seinen Griff löste, sah er ihr entsetztes Gesicht durch das Helmvisier. Da war sie auch in hohem Bogen über das Geländer gestürzt und schlug hilflos mit Armen und Beinen um sich.

Falls sie schrie, konnte er sie nicht hören, sie war auf einem anderen Comlink-Kanal geschaltet. Doch wie er den Gehsteig hinunterblickte, sah er ihr Helmvisier zerbersten, wie es sieben Meter unter ihm gegen einen T-Träger schlug: Eine kurze Wolke gefrierender Luft zwischen zerschlagenem Glas, dann stürzte Swigarts Leiche in die undurchdringliche Dunkelheit der unteren Hülle hinab.

Eine Sekunde später packte ein erneutes leises Beben die Hülle; ohne erst nachsehen zu müssen, wußte Nash, daß der Leichnam der Offizierin die Außenhaut der *Akron* durchstoßen hatte. Das Luftschiff mochte zwar an Höhe verlieren, aber bis nach unten war es immer noch ein sehr, sehr weiter Weg . . .

Er riß sich hoch und mußte keuchen, als ihm der Schmerz wieder in die Rippen stach. Es war das erste Mal, daß er jemanden getötet hatte. Seltsamerweise empfand er keine Reue. Es ging ihm nicht mehr aus dem Kopf, wie schweigsam sie gewesen war, als sie erst gestern drei Leute auf Boot Hill beerdigt hatten. Vielleicht hatte sie geglaubt, unsterblich zu sein, und empfand nur Verachtung für die Toten.

»Noch irgendwelche letzten Worte?« fragte er.

Sie haben sie getötet, flüsterte Miho.

»Ja.« Nash wagte es nicht, Miho ins Gesicht zu blicken, wollte aber auch nicht widersprechen. Er griff nach ihrer Hand. »Gehen wir. Vielleicht schaffen wir es noch hinaus.«

Er zog sie mit sich, als er dem Bug des abstürzenden Luftschiffs entgegenging. Sie hatten nur noch wenige Minuten, bis die langsame Demontage der *Akron* ihren Höhepunkt erreichen würde, bis die Masse des Luftschiffs in der schwachen Atmosphäre des Mars ihr eigenes Gewicht nicht mehr würde tragen können. Wenn sie schnell genug waren, würden sie immer noch durch die unbelüftete Frachtluke fliehen können. Und wenn sie es nicht waren, würden sie ganz sicher den Tod finden. Aber Nash wußte, daß es vorher noch eine Rechnung zu begleichen galt . . .

L'Enfant.

Es war Zeit, daß der Mann starb.

25 Das Labyrinth der Nacht

Als sie das Ende der Stufen erreicht hatten, entdeckte Nash, daß die Zugangsluke zur Hauptluftschleuse offenstand. Anscheinend hatte Swigart sie unverschlossen zurückgelassen, als sie sich ins Innere des Luftschiffs begab. Doch als sie die Leiter in das kleine Abteil hinunterstiegen, sahen sie auf dem Kontrollpaneel der Schleuse rote Not-LEDs blinken. Nash brauchte das Paneel nur einen kurzen Moment zu studieren, um zu begreifen, was hier geschehen war.

»Verdammt«, zischte er. »Der Schweinehund hat die Luftschleuse versiegelt!«

Die Luke zur Mannschaftskabine war von innen verriegelt; entweder hatte L'Enfant Boggs dazu gezwungen, die automatische Steuerung auszuschalten, oder der Kommandant hatte selbst die Hauptsicherungen manipuliert. Das Ergebnis war jedenfalls dasselbe: Nash konnte die Luke nicht von seiner Seite der Luftschleuse aus öffnen. Ein weiteres LED verriet ihm, daß man die Mannschaftskabine und die Gondel entlüftet hatte. Im ersten Augenblick glaubte er, daß die Nanismen vielleicht die unter Luftdruck stehenden Teile der *Akron* zum Platzen gebracht hatten – dann wären Boggs und L'Enfant bereits tot –, doch dann fielen ihm die drei offenen, leeren Schutzanzugspinde auf.

Sein Verstand arbeitete noch immer auf Hochtouren, als Sasaki die Luke zum Frachtdeck öffnete. Wieder erzitterte das ganze Fahrzeug, als er blind auf das deaktivierte Kontrollpaneel starrte. *Ich kann die Luken immer noch manuell öffnen und das Kabel abwerfen*, sagte Miho angespannt, *aber wie wollen wir Waylon dort herausholen, bevor . . .*

»Tun Sie es!« brüllte Nash, ohne auch nur zu ihr zurückzusehen. Es gab noch eine kleine Chance . . . »Machen Sie einfach alles startklar . . . und stellen Sie sich darauf ein abzuspringen, falls das hier nicht funktionieren sollte!«

Bevor Sasaki ihn fragen konnte, was er damit meinte, schaltete Nash das Comlink auf Kanal 1, die Allgemeinfrequenz. »Käpt'n L'Enfant«, sagte er. »Hier spricht Matrose Nash. Öffnen Sie die Luke, Sir.«

Er konnte das statische Zischen eines aktivierten Kanals hören, weiter aber nichts. »Käpt'n, hier ist Nash«, wiederholte er. »Ich bin immer noch am Leben. Wir sind beide noch am Leben. Sie haben es versiebt, Sir. Und nun öffnen Sie die Luke.«

Eine Weile erhielt er keine Antwort; Nash wollte gerade schon auf einen anderen Kanal schalten und es erneut versuchen, als L'Enfants leise Stimme aus dem Comlink ertönte.

Im Gegenteil, Mr. Nash, ich habe überhaupt nichts versiebt.

Nashs Hand erstarrte über der Comlinkbedienung seines Handschuhs. L'Enfant klang lächerlich gelassen, fast herausfordernd. *Ich habe einen Atomsprengkörper gezündet, und das entsprach auch meinem Auftrag. Es tut mir nur leid, daß Sie und Dr. Sasaki immer noch am Leben sind, aber ich denke, ich kann nicht sämtliche blinde Passagiere daran hindern . . .*

Nash unterbrach ihn. »Sie haben die Pseudocooties nicht erledigt, falls Sie das glauben sollten«, versetzte er. »Die haben dort unten ein Raumschiff gebaut und Ihren Atomsprengkörper für den Start verwendet. Der große Lichtblitz, den Sie letzte Nacht gesehen haben, war das startende Schiff. Wir haben die ganze Sache von der Beobachtungskuppel auf dem Schiff verfolgt.« Er machte eine Pause, dann verlieh er seiner Stimme gezielt einen ironischen Unterton. »War ein netter Versuch, aber Miho und ich haben ihnen beim Start geholfen. Hoffe, es macht Ihnen nichts aus.«

Erneutes Schweigen im Comlink. Nash fragte sich, warum er noch nichts von Boggs gehört hatte. Der Pilot mußte am Leben sein, deshalb war es höchstwahrscheinlich, daß L'Enfant ihn mit vorgehaltener Waffe zum Schweigen zwang. »Falls Sie es noch nicht bemerkt haben sollten«, fuhr er fort, »dieses Schiff hier stürzt ab.«

Ihre Beobachtungsgabe ist so scharf wie immer, Mr. Nash. Es war schwer zu sagen, es schien aber, als ob L'Enfants Stimme an Selbstsicherheit eingebüßt hätte. *Bevor Lieutenant Swigart ihr vorzeitiges Ende fand, meldete sie, daß irgend etwas das*

Schiff zum Auseinanderbrechen bringt. Ich nehme an, es hat mit den Aliens zu tun. Wieder eine Pause. *Haben Sie etwas mit an Bord gebracht, Mr. Nash? Sollte dem so sein, sind Sie verantwortlich für alles, was ...*

»Mein Gott, was sind Sie doch für ein pompöses Arschloch!« brüllte Nash. »Sie verhalten sich wie ein Rekrut, der sich ständig herausreden will, weil er zum Appell sein Bett nicht gemacht hat!«

Bitte! Ersparen Sie mir Ihre belanglosen ...

L'Enfants Stimme klang herablassend, aber Nash spürte instinktiv, daß er ins Schwarze getroffen hatte. »Ein dummes Kläffen, mehr kriegt man von Ihnen nie zu hören«, sagte er. »Immer versuchen Sie, anderen die Schuld aufzuhalsen! Die älteren Kadetten müssen wirklich ihren Spaß gehabt haben, Sie aufzuziehen.«

Das genügt! fauchte L'Enfant. *Ich lasse doch nicht von einem Aufwischer meine ...*

Das Gambit funktionierte. Trotz der Gefahr, in denen sie schwebten, ertappte Nash sich beim Grinsen. »Das genügt?« wiederholte er. »Ich habe ja noch nicht einmal angefangen! Das ist wie damals, als Sie die Sache mit der *Takada Maru* verbockt haben ... Sie kriegen wohl überhaupt nichts richtig hin, wie?« Er gab seiner Stimme noch einen höhnischen Unterton. »Ich habe Ihre ganze Operation in den Orkus gejagt, Käpt'n L'Enfant. Ich habe den Cooties ihr Entkommen ermöglicht, dann habe ich ein paar ihrer kleinen Freunde an Bord der *Akron* gebracht, und soeben habe ich einen Ihrer Offiziere ausradiert. Ist doch gar nicht so schlecht für einen kleinen Aufwischer ...?«

Er machte eine kurze Pause. »Und eins muß ich Ihnen sagen«, fuhr er schließlich fort, »es hat mir beträchtliches Vergnügen bereitet, das Biest von dem Laufweg zu stoßen. Sie hätten den Ausdruck in ihrem Gesicht sehen sollen, als sie ihren letzten Sprung antrat. Haben Sie sie übrigens schreien hören? Sie hat einfach ... «

Sie gottverdammter ...! L'Enfants Schrei war die reine infantile Wut; der Größenwahnsinnige fühlte sich herausgefordert. *Ich bringe Sie um! Ich schwöre es bei Gott, bei meiner Ehre als Offizier, daß ich Sie ...*

»Mich umbringen?« Nash zwang sich zu einem Lachen. »Sie Feigling! Sie haben ja nicht einmal genug Mumm in den Knochen, um mir gegenüberzutreten!« Er atmete tief durch. »Sie können doch bloß Geiseln nehmen und sie dann töten lassen, sobald die Lage etwas brenzlig wird.« Er sagte es mit gelassener, aus vollem Herzen kommender Verachtung. »Deshalb scheiße ich auch auf Sie und Ihre Offiziersehre.«

Nash wartete. Nichts. Allzu lange würde er dieses Spiel nicht mehr spielen können. »Versuchen Sie es doch mal damit, Sie Angeber«, fuhr er fort. »Öffnen Sie die Luke und lassen Sie Boggs da raus. Er kann das Schiff auf Autopiloten stellen. Spielt sowieso keine Rolle mehr, wir stürzen ja doch alle ab. Und dann lassen Sie uns doch unsere Rechnung begleichen, von Mann zu Mann, sofern Sie glauben, das ertragen zu können.«

Wieder wartete Nash ab. Im Comlink vernahm er nur Statik. Er blickte über die Schulter zu der geöffneten Luke des Frachtdecks. Sasaki hatte die Außenluken geöffnet und die Kabel hinuntergelassen; jetzt hing sie von zwei Taukränzen hinab und blickte ihn an. Durch die geöffnete Außenluke des Frachtdecks sah er, wie der felsübersäte Boden vorbeijagte, keine dreißig Meter unterhalb der *Akron*.

In wenigen Minuten würde das Luftschiff abstürzen. Und bei dieser Geschwindigkeit würde das niemand überleben.

Er zwang seinen Blick zurück zur Schleusenluke. »Kommen Sie schon, L'Enfant!« brüllte er. »Wollen wir doch mal sehen, ob Sie den Nerv haben . . .!«

Plötzlich erlosch eine der roten Dioden auf dem Paneel. Im selben Augenblick sprang die Luke ein Stück auf, als die inneren Dichtungsmanschetten sich lösten. Die Luftschleuse war wieder offen.

Sofort packte Nash den Griff, dann zögerte er. L'Enfant war immer noch bewaffnet. Es konnte sein, daß der Schweinehund seine Pistole – Nashs Pistole – auf die Luftschleuse gerichtet hielt. Er trat beiseite, preßte den Rücken gegen das Schott, fuhr sich mit der Zunge über die ausgetrockneten Lippen und streckte den Arm, um die Luke sanft zu öffnen. Bei drei geht es los, dachte er. Eins ... zwei ...

Die Luke wurde von innen aufgerissen, Nash zog die rechte Faust nach hinten, bereit, sie L'Enfant ins Gesicht zu schlagen, sobald er aus der Öffnung trat, doch statt dessen war es Boggs, der in die Luftschleuse hineingestürmt kam.

Sobald er Nash erblickte, blieb er stehen. Er starrte ihn mit geweiteten Augen an, während er versuchte, auf dem abschüssigen Deck seine Balance wiederzugewinnen. *Verdammt, Mann!* brüllte er. *Ich habe mir vor Angst fast in die Hose gemacht ...!*

»Verschwinde von hier!« Nash packte Boggs an den Schultern und schob ihn durch die Schleuse auf das Frachtdock zu. »Miho hat das Kabel zum Boden heruntergelassen! Folge ihr nach unten, sie wird ...!«

Die *Akron* machte wieder einen heftigen Satz, und sie hörten, wie hoch über ihnen Metall auseinanderbrach. »Los, Bewegung!« brüllte Nash. Er verpaßte Boggs einen weiteren Stoß in Richtung Frachtdeck. »Ihr schafft es schon bis unten! Ich kümmere mich um ihn! Und jetzt ...!«

Nein! schrie Miho. *Waylon, bring ihn ...!*

Wütend riß Nash sich von Boggs los und stürzte sich durch die geöffnete Luftschleusenluke in das Passagierabteil. Ein letztes Mal erblickte er das Gesicht des Piloten, als er die Luke hinter sich zuschlug. Schließlich fiel ihm noch ein, den Belüftungsknopf auf dem inneren Kontrollpaneel zu drücken; obwohl der Befehl jetzt zwecklos war, da die Luftschleuse sich auf das Frachtdeck öffnete, würde er die Luke wenigstens verriegeln.

»Tut mir leid, Leute«, flüsterte er, »aber Käpt'n L'Enfant und ich haben ein paar Privatangelegenheiten zu besprechen.«

Er hatte sich umdrehen wollen, als die *Akron* einen erneuten Satz nach links machte. Nash wurde die Kajütstreppe vorwärtsgeschleudert. In der Messe schlug er gegen einen Tisch, und seine wunden Magenmuskeln heulten auf vor Schmerz, als er zusammenklappte und sich beim Sturz auf den Boden die Eingeweide hielt.

Sie haben völlig recht, Matrose. L'Enfants Stimme klang wieder zuversichtlich. *Wir beide haben viele Dinge zu besprechen...*

Es fühlte sich an, als hätte Nash sich ein oder zwei Rippen gebrochen. Der Schmerz war mörderisch. Nash schmeckte Blut auf seinen Lippen; reflexartig hob er eine Hand ans Gesicht, doch seine handschuhbewehrten Finger trafen nur auf das Helmvisier. Verschiedene Codes flackerten zusammenhangslos über sein Helmdisplay.

Ich erinnere mich an Alice, fuhr L'Enfant fort. Seine Stimme war der Wahnsinn selbst: monoton, unendlich banal. *Kennen Sie Alice? Oder vielleicht auch ihren alten Freund Lewis Carroll...*

Nash mußte keuchen, als er sich wieder auf die Beine kämpfte. Ein Dorn schien sich in seinen Brustkorb gebohrt zu haben. Der Gang war übersät von Müll, der sich durch die plötzliche Dekompression gelöst hatte: Styroporkaffeebecher, Schreibstifte, zerrissene Kissen aus den Kojen, Logbuchseiten, der Teil eines Nackedeikalenders mit einem üppigen Model, das aufreizend über die Kühlerhaube eines Sportwagens drapiert war. Das Deck machte einen weiteren Satz, doch hatte er sich bereits mit den Händen abgestützt.

Nicht? Vielleicht ein wenig erschöpft? Lassen Sie mich Ihr Gedächtnis auffrischen...

Nash packte den Tisch mit beiden Händen und zerrte sich auf die Beine. Er zwang sich voranzustapfen, einen schmerzhaften Schritt nach dem nächsten. Direkt hinter dem kurzen Gang befand sich die Treppe zur Gondel. Er hielt sich mit dem linken Arm die Brust, kämpfte sich zur geöffneten Luke vor. Schon konnte er in das unten liegende Flugdeck hineinblicken. Es schien leer zu sein.

›*Die Zeit ist reif, das Walroß sprach's, zu künden von mancherlei Ding...*‹

Nein. Dort. L'Enfant – Copilotensessel, die Hände entspannt auf den Armlehnen. Nash konnte sein Gesicht nicht erkennen. Der Commander schien vor sich hin zu starren.

›*Von Schuhen und Schiffen und Siegelwachs...*‹

Durch die breiten Sichtluken der Gondel konnte er den zerklüfteten Rand einer riesigen Wunde auf sie zujagen sehen: das Noctic Labyrinthis, der westliche Ausläufer der Valles Marineris. Das Labyrinth der Nacht.

Die letzten Spuren des Sonnenlichts glitzerten auf der scharfgeschnittenen, zerklüfteten Wand der Mammutklippen, höher als jeder Canyon auf der Erde, die steil in ein dunkles Nichts hinabfielen, das die Sonne nur in den allerfrühesten Morgenstunden zu erreichen vermochte. Die *Akron* war keine hundert Meter mehr davon entfernt.

›*Von Kohlköpfen und Königen . . .*‹

Seine Pistole lag auf der untersten Stufe der Treppe.

Nash stürzte die Treppe hinunter, wäre fast über die S/G/-Sauer gestolpert. Unter Schmerzen beugte er sich vor und nahm sie auf. Der Hahn war bereits gespannt. Eine Einladung, die Schlacht ein für allemale zu beenden . . .

Sofern er die Nerven dazu hatte.

›*Wo das Meer sehr häufig kochte . . .*‹

Die Erinnerung an Torpedos, die sich durch kaltes, mondbeschienenes Wasser schnitten, an einem Ort und in einer Zeit, die nur wenige Jahre zurücklag und doch viele Millionen Kilometer fern. Ein Meer, das noch nicht zu einer kahlen winderzerfetzten Wildnis geworden war. Ein junger Mann, dessen unschuldiger Glaube, daß Autorität und Rechtschaffenheit eins seien, von den Schreien sterbender Matrosen unwiderruflich zerstört wurde . . .

»›Und es manchmal so schien, als wüchsen Schweinen eben doch FlügeL‹«, beendete Nash das Zitat. »*Alice im Wunderland.* Mein Chef liebt das.«

L'Enfant sagte nichts. Nash konnte inzwischen sein Profil durch das Helmvisier erkennen; mit einem erwartungsvollen Lächeln sah er auf den Abgrund, dem sie entgegenjagten. Es war schon viel zu spät, als daß auch nur einer von ihnen ihrem gemeinsamen Schicksal hätte entkommen können.

Nash legte den linken Arm vor die Brust und hob langsam die Pistole.

Ihr Chef hat einen guten Geschmack, murmelte L'Enfant.

»Nein«, erwiderte Nash. »Das ist auch bloß so ein Penner wie Sie. Redet zuviel.«

L'Enfant saß still im Sessel, sagte nichts. Wartete geduldig auf die Kugel.

Nash schloß die Augen, dann preßte er den Lauf der Pistole seitlich an L'Enfants Helm und drückte ab.

Er spürte den Rückschlag, hörte den Schuß und das scharfe Krachen des zerberstenden Helms. Doch er sah sich nicht an, was er angerichtet hatte; er hatte schon genug Blut gesehen. Die Befriedigung, seine Aufgabe erledigt zu haben, reichte ihm.

Nash ließ die Pistole aufs Deck fallen und setzte sich auf die Treppe. Er war unglaublich erschöpft. Hinter sich konnte er das gedämpfte Krachen des auseinanderfallenden Luftschiffs hören, das in sich selbst zusammenbrach. Ob es im inneren der *Takada Maru* wohl genauso gewesen war, als sie in den Wellen unterging?

Das würde er noch früh genug erfahren.

Der Rand der Schlucht lag unmittelbar vor ihm und war durch die Gondelluken klar zu sehen. Dahinter lag die dunkle Spalte, eine bodenlose Grube, so alt wie die Zeit selbst. Nash stützte sich auf der Treppe ab und zwang sich, die Augen zu schließen. Ein heftiges Knirschen und Stoßen, als der Gondelboden gegen Felsgestein schabte. Einen kurzen Augenblick fragte er sich, ob er vielleicht doch noch überleben würde, da zerbrachen die Sichtluken, und zerschmortes Glas zerschnitt ihm Arme und Brust. Es gab ein endloses Kreischen von Metall, dann Stille bis auf den harten Marswind und das Gefühl, zu fallen, zu fallen, zu fallen . . .

Er hatte gerade noch Gelegenheit ein letztes Gebet zu murmeln, als die *Akron* über den Rand der Schlucht hinweg ins Labyrinth stürzte.

Epilog

Wenn all das tatsächlich geschehen ist, hätten sie doch mittlerweile eintreffen müssen. Wo bleiben sie denn?

Enrico Fermi
Regarding extraterrestrial intelligence
Los Alamos, 1950

Station Arsia, Mars:
1. September,
10.50 MCM,
2032

Zinnfarbene Karpfen jagten einander in ihrer Spiegelung des Aquakulturteichs, vom Sonnenlicht des Mittmorgens versilbert, das durch die hohen Fenster des mittleren Atriums glitzerte.

Miho Sasaki hatte sich eine steinerne Bank am Teich ausgesucht, um dort zu sitzen, während sie ihren Bericht verfaßte, doch das kühle Wasser hatte sie abgelenkt. Das Datenbrett, das sie in den Garten mitgenommen hatte, lag geöffnet auf ihrem Schoß, die Tastatur unberührt, seit sie eine Datei geöffnet hatte ... Wie lange war das schon her?

Sie blickte auf die Uhr und seufzte. Eine halbe Stunde. Sie vergeudete Zeit.

Miho fuhr rastlos mit den Füßen über das an dem künstlichen Teich gepflanzte Gras und schonte dabei ihr bandagiertes linkes Fußgelenk, als sie wieder auf den leeren Schirm des Bretts starrte. Gedankenverloren klopfte sie mit der Spitze ihres

Schreibgriffels gegen die Lippen, als sie wieder nach einleitenden Worten für ihren Bericht suchte. Wie sollte sie nur jemals mit der rationalen Distanziertheit und wissenschaftlichen Objektivität, die für einen derartigen Bericht verlangt waren, alles beschreiben können, was sie in den vergangen Tagen erlebt hatte?

Acht Menschen tot ... eine Alien-Rasse, deren Technologie über die Grenzen des menschlichen Verstandes hinausging ... der sinnlose Verlust so vieler Freunde ...

Es war unmöglich, dabei über diese Dinge zu schreiben. Die Erinnerungen waren noch zu frisch. Miho legte das Datenbrett neben sich auf die Bank und ließ den Blick wieder zu den tanzenden Karpfen schweifen. Glückliche kleine Kreaturen. Sie waren in diesem kleinen, ruhigen Teich geboren worden; sie wußten nicht, daß sich ihre Vorfahren auf einem viele Millionen Kilometer entfernten Planeten entwickelt hatten, daß sie zu einer Spezies gehörten, die sich ohne die Hilfe einer höheren Intelligenz niemals auf dem Mars hätte halten können. Für sie umschrieb ihr Miniatur-Ökosystem das gesamte bekannte Universum; Miho war nur ein undeutlicher Schatten, der über ihrer Welt hing.

»Ihr habt so ein Glück«, murmelte sie laut, während sie ihnen beim Spiel zusah. »Ihr habt die Freiheit, dumm zu sein ... «

»Na, na! Muß man denn einem armen Fisch so etwas Unfreundliches sagen?« fragte eine Stimme hinter ihr.

Sasaki war nicht überrascht, W. J. Boggs zu hören; sie hatte damit gerechnet, daß er irgendwann auftauchen würde. Die einzige Überraschung lag darin, daß sie auf englisch gesprochen hatte; denn zu den seltenen Gelegenheiten, wenn sie Selbstgespräche führte, tat sie es meistens auf japanisch. Sie blickte über die Schulter, als er aus dem Unterkunftsbereich herankam. »Guten Morgen. Was hat denn der Arzt zu deinem Bein gesagt?«

Boggs humpelte auf sie zu, stützte sich unbeholfen auf die beiden Aluminiumkrücken, die er gestern abend im Stationslazarett bekommen hatte, wo sie ihn auch zuletzt gesehen hatte. Er trug einen Einteiler aus Kattun, darunter ein verschlissenes Sweatshirt; die Kleider stammten aus seinem Spind im Schlaftrakt der Stationsmannschaft, doch das rechte Bein seiner Levi's war bis zum Oberschenkel aufgeschlitzt worden, um Platz für den weißen Gipsverband zu schaffen, der sein ganzes Bein von der Hüfte bis zur Wade umschloß.

»Das gleiche wie vorher, schätze ich. Multiple Frakturen von Tibia und Femur, zerschmetterte Kniescheibe . . . den Rest habe ich vergessen, aber eine Weile werde ich mit Sicherheit nicht ohne diese verdammten Dinger herumlaufen können.« Er grinste sie an. »Solltest du vorhaben, mit mir in nächster Zeit irgend etwas Romantisches anzufangen, dann sei bitte vorsichtig. Ich bin ein wunder alter Köter.«

Sie lächelte bei dem Gedanken; er konnte von Glück sagen, daß er überhaupt noch am Leben war. Nach ihrem verzweifelten Sprung aus der *Akron* war sie mit einem gestauchten Knöchel davongekommen, weil sie sich so lange am Kabel festgehalten hatte, bis ihre Füße den Boden berührten. Boggs hatte über ihr am Kabel gehangen, mußte aber die letzten drei Meter springen, bevor das Luftschiff in das Noctis Labyrinthis stürzte. Glück im Unglück hatte er gehabt, weil sein Schutzanzug von dem Sturz nicht aufgerissen war. Aber natürlich fand er immer wieder Grund zur Klage . . .

Miho nahm das Datenbrett auf und machte Platz für ihn. »Sehr verbunden«, sagte er und fing unbeholfen an, auf die Bank zuzuhumpeln und vorsichtig darauf Platz zu nehmen, um dann die Krücken hochzuziehen, während er das rechte Bein streckte. Sanft massierte er den Gipsverband. »Das Ding juckt wie eine Flohkolonie . . . he, hast du Lust es zu signieren?«

»Es signieren?« Miho schüttelte den Kopf. »Ich verstehe nicht . . .«

»Eine ehrwürdige alte amerikanische Tradition. So, wie man sich einen Baseball signieren läßt, nur daß man niemanden für dieses Privileg bezahlen muß. Habe bereits eine Unterschrift eingeheimst, von meinem besten Barkeeper.« Er tippte mit dem Finger auf ein frisches Tintengekrakel direkt über seinem Knie. Miho sah genauer hin. *Freibier für Krüppel! Nuge.*

»Ich habe nur den Griffel«, sagte sie und zeigte ihm ihren Lichtschreiber. »Ich signiere es später.« Boggs wirkte enttäuscht, nickte aber. »Was ich meinte, war . . .«

Sie zögerte. »Wirst du auf der *Lowell* zurückfliegen?« fragte sie leise.

Boggs seufzte. »Na ja, ich schätze, das hängt alles davon ab«, meinte er. »Es wird mindestens sechs Monate dauern, bis das Bein wieder in Ordnung ist. Und selbst wenn die ein anderes Luftschiff für mich hätten, käme ich mit dem Ding sowieso nicht zurecht . . . und ich vermute, daß es mindestens zwei weitere Jahre dauern wird, bevor man die *Akron* ersetzt. Bis dahin gibt es für einen Luftjockey wie mich hier nicht allzuviel zu tun, also . . .«

Er blickte sie scharf an, als ihm ein neuer Gedanke kam. »Hast du mit irgend jemandem über die *Akron* gesprochen? Ich meine über die Absturzstelle?« Miho fühlte sich vor den Kopf gestoßen. Ihre Frage war immer noch unbeantwortet, ob er ihr nun absichtlich hätte ausweichen wollen oder auch nicht. »Ja. Ich habe heute morgen mit dem Generalmanager der Station und den Wissenschaftlern darüber gesprochen.«

Boggs lachte. »War Leahy etwa nüchtern?«

»Ja, soweit ich das feststellen konnte.« Sie lächelte leise. »Ich glaube, er hatte einen Kater. Er hat nicht viel gesagt.«

»Typisch. Ich habe gestern seine Fahne gerochen, als die an mir herumgefuhrwerkt haben.« Boggs schüttelte angewidert den Kopf. »Alles, was er sagen konnte, war: *Sie haben mein Luftschiff in den Sand gesetzt? Sie haben mein Luftschiff in den Sand gesetzt?* So ein Idiot . . .«

»Sie wollen eine Mannschaft in den Canyon schicken«, fuhr sie fort, »aber ich habe ihnen gesagt, sie sollen die Absturzstelle unter Quarantäne stellen und habe ihnen auch den Grund dafür genannt.«

Sie machte eine Pause. »Ich weiß nicht, ob sie meinen Wünschen entsprechen werden. Einige von ihnen waren begierig darauf, Nanismen-Proben einzusammeln, egal, wie gefährlich es ist. Aber wenigstens haben sie sich vorläufig damit einverstanden erklärt, am Canyon nur Beobachtungskameras aufzustellen und sich nicht zum Wrack hinunter zu wagen.«

Miho legte die Hand auf das Datenbrett. »Deswegen versuche ich auch gerade einen Bericht zu verfassen und ihn an meine Leute zu schicken, sobald wieder Funkverkehr mit der

Erde möglich ist. Vielleicht werden sie etwas vorsichtiger, wenn sie erfahren, mit welchen Risiken es behaftet ist, die Cootie-Nanotechnologie ohne entsprechende Sicherheitsvorkehrungen zu entwickeln.«

»Nun ja«, Boggs' Stimmung hatte sich etwas verdüstert. Er stemmte die Ellenbogen auf die Knie und verschränkte die Hände, starrte in den Aquakultur-Teich. »Und was haben sie über L'Enfant gesagt . . .?«

Er machte eine Pause. »Und über Nash?« fügte er sanfter hinzu.

Sasaki fuhr sich mit der Zunge über die Lippen. »Commander L'Enfant war vollkommen verrückt. Paranoid-schizophren. Er hat völlig ohne jegliche Befugnis gehandelt. Niemand hatte jemals von Operation Kentucky Derby gehört. Er war ein . . .

Sie schlang die Hände umeinander. »Ein Irrgänger? Irrgeher?«

»Irrläufer.« Boggs schloß die Augen und schnitt eine angewiderte Grimasse. »Das paßt. Diese gottverdammten Arschlöcher . . .«

Er spuckte in den Teich; die Karpfen schwammen fieberhaft herbei, bis sie feststellten, daß sein Speichel keine Nahrung darstellte, dann zogen sie sich in schlängelnden Bewegungen zurück, fast so als wären sie verlegen. »Und was war mit Nash . . .?«

»Sie hatten nicht einmal von einem August Nash gehört«, berichtete sie. »Selbst Leahy leugnete, seinen Namen jemals gehört zu haben. Sie haben sich überrascht geäußert, daß er etwas anderes gewesen sein sollte als . . .«

»Mein Copilot.« Boggs legte das Gesicht in die Hände. »Ich kann mich nicht einmal an seinen falschen Namen erinnern, und das arme Schwein . . .«

»Er hat nie existiert«, erwiderte sie. »Er hat nie gelebt.«

»Er hat uns das Leben gerettet«, erwiderte er leise, »und diese Arschlöcher werden nicht einmal zugeben, daß er überhaupt hier war. Die Schweinepriester werden niemals . . .«

»Pst! Sei still.« Miho lehnte den Kopf an seine Schulter, spürte die unterdrückten Tränen, wie sie nun zu strömen begannen, als sie sich an alles erinnerte, was sie beide durchgemacht hatten. Und ausnahmsweise hielt Waylon J. Boggs tatsächlich einmal den Mund. Er legte den Arm um ihre Schulter; diesmal wich sie der Berührung seiner Hand nicht aus.

So saßen sie einige Minuten umschlungen da. Ein Mann und eine Frau auf einer Gartenbank, weit fort von zu Hause. Erinnerten sich an all die Lügen, an all die Opfer . . .

»Sie leben«, flüsterte sie. »All die vielen Leben . . .«

Harvard, Massachusetts:
11. November,
22.30 EST,
2032

Eine kühle Abendbrise wehte über den Hügel, verteilte das Herbstlaub, das den asphaltierten Parkplatz um das riesige Radioteleskop bedeckte. Ein Stück die Straße entlang, vorbei an den Schildern, auf denen die Fahrer dazu aufgefordert wurden, ihre Scheinwerfer zu löschen, öffneten Astronomen soeben die weißbemalte Kuppel, die das optische 60-Zoll-Teleskop, das bereits auf einen bestimmten Abschnitt am westlichen Himmel eingestellt worden war, freilegte. Inzwischen ließ man auch das vierundachtzig Fuß große Radioteleskop rotieren, um dieselben Himmelskoordinaten abzudecken.

Obwohl das Astrophysikalische Observatorium der Universität Harvard und des Smithsonian Institute schon fast fünfundsiebzig Jahre auf diesem ländlichen Hügel in Massachusetts in Betrieb war, war dies einer der seltenen Augenblicke, da Radioteleskop und optisches Teleskop gleichzeitig für ein gemeinsames Projekt benutzt wurden. Doch nun, da der Mars wieder hinter der Sonne hervorkam, war die Gelegenheit viel zu gut, um sie sich entgehen zu lassen. Das Projekt META-Radioteleskop hatte nun schon über fünfzig Jahre die nördliche Himmelskugel nach Anzeichen extraterrestrischer Intelligenz abgesucht.

Endlich hatten die Astronomen eine bestimmte Richtung, in der sie suchen konnten. Heute nacht hatten sie sogar die Möglichkeit, den Sternen zu antworten.

Im Blockhaus des Radioteleskops lauschte Arthur Johnson eine Weile in einen Telefonhörer, um dann die Hand auf die Sprechmuschel zu legen. »Sie haben das Raumschiff gekauft«, sagte er laut. Hinter ihm in dem Raum aus nacktem Beton brach die Blues-Gitarre mitten im Akkord ab. »Sieht so aus, als sei es null Komma fünf AEs hinter dem Marsorbit, irgendwo draußen im Asteroidengürtel. Haben wir schon irgend etwas in der Spektralanalyse?«

In dem verglasten Computerzentrum nebenan saßen zwei weitere Wissenschaftler der Planetaren Gesellschaft über ein Computerterminal gebeugt. Neben ihnen befand sich das Herz und die Seele des Megachannel Extra-Terrestrial Assay, des Funkempfängers und Spektralanalysegeräts mit seinen acht Komma vier Millionen Kanälen, mit dem sich Funkwellen aus dem tiefen Weltraum auffangen ließen. Dioden blitzten wie winzige Weihnachtslichter über den riesigen Computer in seinem Stahlgehäuse; auf dem Flachbildschirm des Terminals war ein regelmäßiges Muster zu erkennen. Es glich einer Reihe aus schmalen Rechtecken.

Einer der Wissenschaftler hob den Blick vom Schirm. »Wir haben ein eindeutiges ET-Signal«, verkündet er, sein jugendliches Gesicht war gerötet vor Stolz. »Derselbe Azimuth und alles. Wir liegen voll auf Kurs.«

»Hervorragend. Frequenz?«

»Vierzehnzwanzig Megahertz«, murmelte der andere Wissenschaftler. »Ich fresse eine Besen, wenn wir nicht direkt an der Quelle selbst sein sollten.« Er blickte vom Schirm auf und grinste. »Ich denke, es ist Zeit für unser Konzert, Dr. Johnson. «

»Also gut.« Der Astrophysiker tippte eine weitere Zahl in sein Telefon. »Cape, hier ist Harvard-META. Codewort Bravo Whiskey Echo zwei-drei-zwo.«

Er wartete einen Augenblick, dann lächelte er breit. »Ja, Nathan, hier spricht Art. Bin froh, daß wir diese ganze Paßwortgeschichte endlich abgelegt haben. Hören Sie, wir haben die Cooties ganz eindeutig geortet. Die Frequenz ist vierzehnzwanzig Megahertz. Sind Sie bereit dort unten?« Wieder lauschte er, dann nickte er erneut. »Prima. Wir haben ihn eingestellt, und er übt schon seit ungefähr einer halben Stunde. Also gut, sobald wir von Ihnen grünes Licht bekommen, legen wir los . . .«

Johnson legte den Hörer auf und drehte sich zu dem Mann im hinteren Teil des Raums um. »Wir können anfangen, sobald Sie bereit sind, Ben.« Er nahm an einem Tisch unter einer an der Wand hängenden Karte der Milchstraße Platz. »Dann wollen wir mal ein paar Töne hören.«

Ben Cassidy saß auf der gegenüberliegenden Seite des Raums auf einem Schemel, die Yamaha auf dem Schoß, eine Harmonika an einem Gurt um den Hals befestigt. Bis auf einen kleinen Überwachungslautsprecher bestand sein Gerät nur aus einem Mikrofon und einem festverkabelten Klangbrett für seine Gitarre; beide waren sie allerdings mit einer abgeschirmten Telefonleitung verbunden.

Mehrere tausend Kilometer südlich des Hügelobservatoriums befand sich das andere Ende seines Kommunikationsrelais: die riesige Schüsselanlage des Deep Space Communications Network der NASA am Cape Canaveral. Das DSCN war meistens damit beschäftigt, die Verbindung zu Raumschiffen im Erdorbit aufrechtzuhalten, doch heute abend war es auf einen bestimmten Punkt am nächtlichen Himmel eingestellt.

Dort draußen, weit jenseits des Mars, bahnte sich das Cootie-Raumschiff seinen Weg aus dem Sonnensystem und ließ den roten Planeten auf einem Kurs hinter sich zurück, der es bis zum gegenwärtigen Zeitpunkt für menschliche Beobachter auf der Erde unsichtbar gemacht hatte. Das Raumschiff strahlte ein stetes Signal unbekannten Inhalts ab, als es das Sonnensystem der Menschheit verließ; soviel hatte die Station Arsia bereits feststellen können.

Die Zeit war gekommen, Lebewohl zu sagen, auf die einzige Weise, der die Cooties jemals Aufmerksamkeit geschenkt hatten.

Cassidy schluckte und berührte die Saiten seines Instruments. Er spielte ein paar willkürliche Noten, aber ihm fiel nichts ein. Er blickte zu Arthur Johnson auf; sein alter Freund sah erwartungsvoll zu, sagte aber nichts. Der Musiker spähte zum Computerraum hinüber.

»Entschuldigen Sie«, sagte er. Die anderen beiden Wissenschaftler hinter dem Fenster starrten immer noch gebannt auf den Schirm. »Entschuldigen Sie«, wiederholte er etwas lauter, und sie blickten ihn über die Schultern gewandt an. »Könnten Sie vielleicht für eine Minute aus dem Weg gehen? Ich möchte sehen, was auf dem Ding ist.«

Die beiden Männer sahen erst einander an, dann Johnson. Arthur machte eine Geste, die Radioastronomen erhoben sich und traten vom Terminal zurück, so daß Cassidy klare Sicht auf das oszillierende Signalmuster des Cootie-Raumschiffs bekam.

Cassidy beobachtete es eine Weile: eine rhythmische Reihe von Höhen und Tiefen, fast wie die Muster auf einer Tonleiter. So ein b, das zum f hinübersprang, dann zum g und schließlich wieder zurück zu b ...

Er gab die entsprechenden Befehle in den Speicher seiner Gitarre ein, dann legte er zögernd die Finger auf die Saiten und begann mit einem melancholischen Lied, das so alt war, daß niemand seinen genauen Ursprung mehr kannte, und doch so vertraut, daß jeder gewiefte Musiker es irgendwann einmal vorgetragen hatte. Er begann mit einer hämmernden, sich wiederholenden Baßfrequenz, dann ließ er eine schnelle Tonfolge vom unteren Ende der Skala bis zum oberen ertönen, dann wieder zurück ...

Cassidy schloß die Augen, als er sich auf die Eröffnungstakte konzentrierte, dann preßte er die Lippen an die Mundharmonika und ging den Refrain noch einmal durch, wobei er sein Gitarrenklirren diesmal mit dem scheppernden Sound des Railroad-Blues begleitete. Als er mit der Mundharmonika fertig war, hob er den Kopf und sang für die Aliens ...

I know you rider.
Gonna miss me when I'm gone.
Well, I know you rider,
Gonna miss me when I'm gone.
Gonna miss you, babe,
From rolling in your arms ...

Auf der gegenüberliegenden Seite des Raums nickte Arthur Johnson im Takt zur Musik; im Inneren des META-Raums richteten die beiden Wissenschaftler ihre Aufmerksamkeit vom Schirm auf Cassidy, wie er das zeitlose Lied vortrug.

I'm going down the road
Where I can get more decent care.
I'm going down the road
Where I can get more decent care.
Goin' back to my used-to-be rider
Cause I don't feel welcome here...

Cassidy akzentuierte die zweite Strophe mit einem weiteren Refrain auf seiner Mundharmonika, einem frechen Kommentar an ein extraterrestrisches Fahrzeug, das für immer das verworrene Reich der Menschheit verließ. Eine Nanosekunde später wurde es in den Asteroidengürtel übertragen, mit Lichtgeschwindigkeit einem unsichtbaren Rettungsboot hinterhergeschleudert, das seinen Weg durch ein spurloses Nichts zog. Ein letztes Lebewohl von der Erde.

Als Cassidy mit seinem Song fertig war, warteten sie auf eine Antwort, hielten auf dem Terminal Ausschau nach einem Anzeichen von Veränderung der Muster, der interplanetaren Statik. Es kam kein Zeichen. Wie zuvor, konnte die Menschheit sich weiterhin nur mit sich selbst unterhalten.

Kein Lebewohl, kein Versprechen der Rückkehr. Kein Trost in einem harten, gnadenlosen Universum. Nur die Erinnerung an eine alte, traurige Weise, irgendwo im tiefen Raum verloren, im Sturz durch das Labyrinth der Nacht.

ENDE